COLLECTION FOLIO

Yachar Kemal

Mèmed le Mince

Traduit du turc
par Guzine Dino

Gallimard

Collection Unesco d'auteurs contemporains
Série européenne.
Conformément aux règlements de l'Unesco la traduction a été relue par Louis Bazin, Directeur de l'Institut d'Études turques de l'Université de Paris.

Titre original :
INCE MEMED

Sur un plateau des contreforts du Taurus, dans l'un des villages qui appartiennent à l'agha local, Abdi, vit un adolescent, Mèmed, dit le Mince. Toutes les terres appartiennent à l'agha. Les hommes du village les cultivent, pieds nus dans les chardons. Les deux tiers de la récolte sont dus à l'agha. La terreur règne. Mèmed s'enfuit, est repris, s'enfuit de nouveau, avec Hatché cette fois, qu'il aime, mais que l'agha voulait donner à son neveu... Poursuivi, il tue ce dernier, blesse l'agha. Il n'a désormais plus le choix. Il se fait « bandit », se joint d'abord à la bande de Dourdou le Fou, pillard sans scrupule, qu'il quitte bientôt pour fonder sa propre bande.

Bandit merveilleux, intrépide, craint des riches et des oppresseurs, aimé des pauvres, il devient légendaire à travers plaines et montagnes d'Anatolie. Roman d'aventures, épopée lyrique, chant de révolte prolétarien, *Mèmed le Mince* est à la fois tout cela. Roman d'un Moyen-Age dont nous sommes les contemporains, mais qui fut moins écrit pour nous que pour ceux-là mêmes qu'il peint, paysans analphabètes, et qui donc n'était pas destiné à être lu par eux, mais bien à leur être lu, aux veillées, dans les villages perdus de Turquie. Ce qui est ici écrit a en effet toutes les vertus des grandes littératures orales.

Né en 1923 à Hemité, village d'Anatolie du Sud, Yachar Kemal a fait plusieurs métiers dans sa jeunesse. Autodidacte, il se distingue par des reportages sur la vie des campagnes en Anatolie. Il a reçu en 1956, en Turquie, le prix du roman pour Mèmed le Mince, *traduit depuis en plusieurs langues.*

Romancier, journaliste, nouvelliste, Yachar Kemal est un des meilleurs auteurs turcs contemporains.

I

Les contreforts montagneux du Taurus commencent dès les bords de la Méditerranée. A partir des rivages battus de blanche écume, ils s'élèvent peu à peu vers les cimes. Des balles de flocons blancs flottent toujours au-dessus de la mer. Les rives de glaise sont unies et luisantes. La terre argileuse vit comme une chair. Des heures durant, vers l'intérieur, on sent la mer, le ciel : odeur prenante.

Après les terres cultivées d'argile unie, commencent les maquis de Tchoukour-Ova*. Serrés, et comme tressés, buissons, bambous, ronciers, vignes sauvages et roseaux recouvrent tout d'un vert profond, à perte de vue, plus sauvages qu'une sombre forêt, plus foncés encore.

Un peu plus loin vers l'intérieur, si l'on dépasse d'un côté l'Anavarza*, ou de l'autre Osmaniyé*, en direction d'Islahiyé*, on arrive à de vastes marécages.

Les mois d'été, les marais bouillonnent. Ils sont sales, infects, l'odeur en est repoussante : joncs pourris, herbes pourries, arbres, bambous, humus

* Pour l'explication des mots suivis d'un astérisque se reporter au glossaire en fin de livre.

pourris. Mais l'hiver, ce sont des eaux limpides, scintillantes et vives. L'été, la surface est cachée par les herbes et les joncs. L'hiver, elle se dévoile.

Passé les marais, on retrouve des terres labourées. Le sol est gras, luisant, prêt à un rendement de quarante à cinquante pour un, tout chaud, malléable. Après des collines couvertes de myrtes au parfum lourd, soudain commencent les rocs, inquiétants. Avec les rocs, les pins. Leur résine, aux scintillements de diamants, imprègne la terre. Ces premiers pins dépassés, on retrouve des terres plates, mais steppiques, grisâtres, arides... Vues de là, les cimes neigeuses du Taurus sont tout près, comme à portée de la main.

Le Plateau-aux-Épines est une de ces steppes. Cinq villages y sont installés. Les hommes de ces cinq villages n'ont pas de terre : elle appartient toute à Abdi agha.

Le Plateau-aux-Épines est hors du monde, ou, si l'on veut, c'est un monde à part, avec ses lois et ses rites.

Hors de leur village, les gens du Plateau-aux-Épines ne connaissent presque rien. Ils quittent rarement le Plateau. Nul n'a cure des villages, des hommes, de la vie des hommes du Plateau-aux-Épines. Même le percepteur n'y vient qu'une fois tous les deux ou trois ans. Lui non plus ne voit jamais les paysans, ne s'y intéresse jamais. Il vient voir Abdi agha, et s'en va.

Le village de Dèyirmènolouk* est le plus grand du Plateau, et Abdi agha y habite. L'agglomération s'étend vers l'est, au pied des rochers mordorés, recouverts de taches laiteuses, verdâtres, argentées.

Tout en haut, ses branches recourbées et recroquevillées par l'âge, se dresse depuis toujours un platane majestueux, immobile. Si l'on s'en approche jusqu'à cent, ou à cinquante mètres, on n'entend rien ; pas un bruit, tout est profondément silencieux, à faire peur. A vingt, à quinze mètres même, c'est pareil. A dix aussi. Au pied de l'arbre, en se tournant vers les rocs, c'est autre chose : un vacarme épouvantable éclate. On en est stupéfait... Au premier abord, le bruit est assourdissant, puis il diminue, s'adoucit. Il vient de la « source » de Dèyirmènolouk. En réalité, ce n'est pas une source, mais les gens l'appellent ainsi. Si l'on y jette un morceau de bois, il reste à la surface, à danser, pendant un ou deux jours, parfois même une semaine, en tournoyant. Certains vont jusqu'à prétendre que l'eau bouillonnante ferait même danser une pierre.

La vraie source des eaux n'est pas là. Elles viennent du Mont-Blanchâtre, traversent les pins, se chargent d'odeurs de thym et de serpolet. Arrivées au roc, elles passent dessous et reparaissent, écumantes, jaillissant avec un grondement fou. De là jusqu'au Mont-Blanchâtre, le Taurus est tellement rocailleux, escarpé, qu'on y trouverait à peine un emplacement où bâtir une cabane. Les pins immenses et les ormes s'élèvent, brillants, au millieu des rochers. Parmi ces pierres, presque pas d'animaux. Pourtant, très rarement, au crépuscule, à la pointe d'un roc, tendant les jarrets, ses grandes ramures renversées sur ses épaules, un cerf reste là, semblant fixer l'infini.

Les chardons poussent sur les terres les plus ingrates, les plus arides. Une terre toute blanche, comme du fromage, l'herbe n'y pousse pas, ni les arbres, pas même le figuier de Barbarie.

C'est là que pousse le panicaut, que, tout à son aise, librement, il croît et prospère.

Dans la meilleure des terres, on ne rencontre pas un seul de ces chardons. La raison, c'est que, d'abord, une bonne terre est toujours cultivée, ensemencée, jamais en friche. Et puis, il semble que le panicaut n'aime pas la bonne terre.

Ce chardon pousse aussi sur des terres qui ne sont ni bonnes ni mauvaises, sur les terres médiocres. On l'arrache et on sème à sa place. Ainsi, sur des plateaux proches des cimes du Taurus, la hauteur d'un panicaut peut atteindre un mètre. Il a plusieurs branches, qui s'ornent de fleurs épineuses. Ces fleurs, à cinq pétales, comme des étoiles, sont entourées d'aiguilles à la pointe acérée. Sur chaque chardon, on en trouve des centaines.

Là où poussent les panicauts, il n'en pousse pas un ou deux, trois ou quatre. Ils poussent tellement les uns contre les autres, ils sont tellement serrés, que même le serpent ne peut passer à travers. Si l'on y jetait une épingle, ils ne la laisseraient pas toucher terre. Au printemps, ils sont minces, vert clair. Quand souffle une brise légère, ils se penchent, comme s'ils allaient se coucher. Vers le milieu de l'été, des nervures bleues commencent à apparaître... Ensuite, le bleu s'assombrit de jour en jour. Ce bleu est un des plus beaux qui soient. Une plaine, sans limite et sans fin, se couvre de bleu. Si le vent souffle au coucher du soleil, le bleu s'agite et se met à bruire. Tout comme la mer. Et, tout comme la mer, au coucher du soleil, le champ de chardons rougit. Vers l'automne, les panicauts se dessèchent. Le bleu devient blanc, des craquements se font entendre, qui proviennent des chardons.

Des escargots, tout blancs, gros comme des boutons, vont par centaines, par milliers, tout le long des tiges qui se couvrent ainsi d'un amas de perles laiteuses.

Le village de Dèyirmènolouk est dans une zone de chardons... Pas de champs, pas de vignes, pas de jardins. Rien que des panicauts...

L'enfant qui courait dans le champ de chardons était essoufflé. Il courait depuis longtemps, sans trêve. Il s'arrêta soudain et regarda ses jambes. Du sang perlait des déchirures faites par les épines. Il n'avait pas la force de se tenir debout. Il avait peur. Il redoutait d'être rattrapé d'un moment à l'autre. Avec crainte, il se retourna. Personne dans les parages. Soulagé, il tourna à droite et courut encore... Quand il fut de nouveau fatigué, il se coucha dans les panicauts. A sa gauche, il vit une fourmilière. Un moment, il oublia tout, absorbé par les fourmis. Revenant soudain à la réalité, il sursauta et repartit vers la droite. A l'orée du champ de chardons, il se laissa tomber sur les genoux. Voyant que sa tête dépassait, il s'assit cette fois sur le derrière. Ses jambes saignaient. Il commença de saupoudrer ses blessures avec de la terre. Elles brûlaient à ce contact.

Les rochers étaient un peu plus loin. Avec la force qui lui restait, il se remit à courir vers eux. Il atteignit le platane, sous le rocher le plus élevé. Au pied de l'arbre, il y avait une sorte de cuvette ; des feuilles jaunes comme de l'or, aux nervures rouges, l'emplissaient jusqu'à moitié du tronc. Les feuilles sèches bruissaient. Quand il se jeta sur elles, un oiseau, sur le bout d'une branche, s'envola.

Il était épuisé de fatigue. L'idée de passer la nuit là, sur ces feuilles, lui passa par la tête. C'était si doux. Il pouvait aussi rester sans bouger. Puis il se dit que non : « Le loup et l'oiseau peuvent vous manger. » Quelques feuilles, restées sur l'arbre, vinrent en tournoyant se poser sur les autres. Puis d'autres tombèrent, par deux ou trois.

Il parlait tout seul, à voix haute, comme s'il s'adressait à quelqu'un, à son côté :

— J'irai, disait-il. J'irai, je trouverai ce village. Personne ne saura que je suis allé là. J'irai oui, j'irai. Je ne retournerai plus. Je deviendrai berger. Ou je labourerai. Oui, je deviendrai berger. Elle n'a qu'à me chercher, ma mère. Qu'elle me cherche tant qu'elle veut !... Le barbu ne pourra plus voir ma figure. Non, il ne pourra plus la voir. Et si je ne trouvais pas le village ?... Je ne le trouverai pas. Je mourrai de faim. Oui, je mourrai...

Il faisait un soleil tiède d'automne, qui léchait les rochers, le platane et les feuilles. La terre était fraîche et inondée de lumière. Une ou deux fleurs d'automne avaient percé la terre et s'apprêtaient à poindre. Les asphodèles, à l'odeur amère, luisaient. En automne, les montagnes sentent l'asphodèle.

Il resta ainsi une heure ou deux, on ne sait, jusqu'au moment où le jour allait disparaître derrière les montagnes. Ce n'est que beaucoup plus tard que l'enfant, cessant de grommeler, se ressaisit. Soudain, il eut la pensée qu'on venait derrière lui. Il s'affola, jeta un coup d'œil au soleil. Le soleil était sur le point de culbuter. Où irait-il maintenant ?

De quel côté ? Il n'en savait rien. Un sentier très étroit passait entre les rochers. Il le prit et se mit à courir. Ni rocher, ni buisson ni pierre ne l'arrêtaient ; il courait. Il s'était bien reposé. Il s'arrêtait, regardait un moment derrière lui, puis reprenait sa course. Il s'emmêlait les pieds. Pendant qu'il courait ainsi, il aperçut, sur un arbre desséché, un tout petit lézard. Qui sait pourquoi ? cela le réjouit... En le voyant, le lézard s'enfuit sous l'arbre...

Il chancela, puis s'arrêta. Pris de vertige, il eut un étourdissement. Le monde, autour de lui, tournait comme une toupie. C'était fou comme ça tournait. Ses mains et ses jambes tremblaient aussi. Après avoir regardé derrière lui, il se remit à courir. A un moment donné, un vol de perdrix jaillit devant lui et le fit sursauter dans sa course. Désespérément, il se retourna encore une fois ; il était en nage. Il regarda encore. Ses genoux défaillirent. Il s'écroula sur place.

Il se trouvait sur un talus pierreux. Il sentait fortement la sueur amère. Il sentit aussi l'odeur d'une fleur et parvint péniblement à ouvrir les yeux. Très lentement, avec beaucoup de crainte, il leva la tête et regarda vers le bas. Le soleil allait se coucher. Les ombres s'allongeaient. Il aperçut au-dessous la silhouette vague d'un toit de terre. Son cœur bondit de joie. Et même, une fumée sortait de la cheminée. La fumée s'élevait lentement, en se balançant. Ce n'était pas une fumée noire. Une fumée presque mauve. Il entendit derrière lui un bruit qui ressemblait à des pas. Il tourna vivement la tête. A sa gauche, la forêt, devenue toute noire, descendait en trombe du ciel vers la terre. La forêt s'avançait sur lui.

Il se remit à parler ; mais il criait, plutôt. Tout en marchant du côté opposé à la forêt, comme s'il voulait la fuir, il criait de toutes ses forces : « J'irai leur dire... J'irai dire... Je peux labourer, je peux moissonner... Je dirai que je m'appelle Mistik*, Kara Mistik, Mistik le Noir. Je n'ai pas de mère, pas de père. Je n'ai pas non plus d'Abdi agha. Je garderai aussi vos bêtes. Je labourerai votre terre. Je serai votre enfant. Voilà, je peux l'être. Je ne m'appelle pas Mèmed le Mince*. On m'appelle Mistik le Noir. Ma mère n'a qu'à pleurer. Je le serai... Et Abdi agha, le mécréant, n'a qu'à me chercher. Voilà, je serai leur enfant. »

Puis il se mit à pleurer, en criant. La forêt noire ruisselait. Il pleurait de plus en plus. Il éprouvait un soulagement immense à pleurer, à pleurer en hurlant.

En descendant la côte, ses pleurs cessèrent subitement. Il essuya son nez de son bras droit, qui en fut tout mouillé.

Quand il arriva devant la cour de la maison, la nuit était tombée. Plus loin, il vit les ombres d'autres maisons. Il s'arrêta un moment et réfléchit. Est-ce que ce village était bien celui qu'il cherchait ? Devant la maison, un homme barbu s'affairait autour d'un bât. Quand le barbu leva la tête, il vit au milieu de la cour une ombre plantée là, immobile. L'ombre fit quelques pas vers lui et s'arrêta. Quand il fit tout à fait noir, ne voyant plus rien, l'homme laissa son travail et se leva. Quand il tourna à gauche, il vit la même ombre plantée à la même place, immobile.

– Hé là ! hé là ! dit-il, hé là !... qu'est-ce que tu cherches ici ?

– Moi, oncle, dit l'ombre, je peux garder les bêtes. Moi, je peux aussi labourer. Je peux faire tout ce que vous voulez.

Le barbu, prenant l'ombre par le bras, l'entraîna dans la maison :

— Entre donc, pour commencer. On parlera de tout ça après...

Il soufflait un léger vent du nord. Mèmed grelottait de tout son corps. Il grelottait comme s'il allait s'envoler.

L'homme dit à la femme qui était à l'intérieur :

— Mets des bûches dans la cheminée ; le gosse grelotte trop.

— Qui est-ce ? demanda la femme étonnée.

— Un visiteur que Dieu nous envoie, répondit le vieil homme.

— Je n'ai jamais vu de visiteur comme celui-là, fit la femme, cachant son sourire.

— Voilà, tu le vois, dit le vieux.

La femme alla très vite chercher une brassée de bois qu'elle jeta dans la cheminée. La cheminée s'éclaira petit à petit.

Le gosse se colla tout contre le mur, à gauche du foyer, et se recroquevilla. Il avait une grosse tête. Ses cheveux noirs, raides, déteints et roussis par le soleil, lui tombaient sur le front et le visage.

Un visage tout petit, desséché. Il avait les yeux immenses, marron, et le teint brûlé par le soleil. Il semblait avoir onze ans.

Son chalvar*, rongé jusqu'aux genoux par les ronces, laissait voir ses jambes nues. Il était nu-pieds. Le sang desséché recouvrait ses jambes. Malgré le bon feu, son tremblement n'arrêtait pas.

— Mon petit, dit la femme, tu as faim. Attends, que je te serve de la soupe.

— Oui, dit l'enfant.

— Ça te réchauffera, dit la femme.

— Je tremble encore, dit l'enfant.

Il y avait dans l'âtre, tout près du feu, une énorme casserole de cuivre. La femme la prit, et en versa de la soupe de semoule, plein une grande assiette de métal étamé. Les yeux du gosse étaient rivés sur le potage qui fumait dans la casserole. La femme posa la soupe devant lui. Elle lui mit dans la main une cuiller de bois :

— Mange vite ! fit-elle.

— Oui ! dit l'enfant.

— Pas si vite que ça ! dit le vieux. Tu vas te brûler !

— Ça ne me brûle pas, dit l'enfant.

— Il sourit. Le vieux, aussi, sourit. La femme se demandait ce qu'ils avaient bien à sourire ainsi.

— Il ne tremble plus, ce gaillard, maintenant qu'il a mangé la soupe, fit le vieux.

— Non, non, plus maintenant, dit le gosse.

Ce fut, cette fois, la femme qui sourit.

La cheminée enduite de terre paraissait toute nette. Le toit de la maison était en terre et le plafond recouvert de branchages. Le plancher brillait, noir, patiné par le suif des ans. Ils avaient divisé la maison en deux. L'autre côté était réservé à l'écurie, qui dégageait un air chaud et humide, imprégné d'une odeur de fumier, de paille et de branches fraîchement coupées.

Alors arrivèrent, par là, le fils, la bru et la fille du vieux. L'enfant les regarda, hébété.

— Tu ne salues pas notre hôte ? dit le vieux à son fils.

— Sois le bienvenu, frérot, dit le fils, avec un grand sérieux. Quoi de neuf ?

— Je vous salue ! répondit le gosse, avec le même sérieux ; ça ne va pas trop mal.

La fille et la bru lui souhaitèrent aussi la bienvenue.

A ce moment, la bûche, dans l'âtre, lança de grandes flammes.

L'enfant s'était pelotonné, les mains sur la poitrine. Le vieil homme vint s'asseoir près de lui. Les flammes vives du foyer projetaient des ombres étranges. En regardant ces ombres, le vieux comprit ce qui se passait dans la tête de l'enfant. Lui aussi, il regarda fixement les ombres fugaces, qui changeaient au gré des flammes. Quand il en détacha son regard, il souriait. Son visage était long et mince, avec une barbe blanche, de coupe ronde. Son front était brûlé de soleil, tout cuivré. Quand les flammes de l'âtre éclairaient son visage, son front, ses joues, son cou brillaient comme du cuivre rouge.

Soudain, comme s'il lui venait une idée, il se redressa :

— Eh bien, mon hôte, dit-il, quel est ton nom ? Tu ne nous as pas fait l'honneur de nous le dire.

— On m'appelle Mèmed le Mince, fit le gosse.

Aussitôt il se mordit la lèvre inférieure, regrettant cette gaffe. Tout honteux, il baissa la tête. En route, il avait bien résolu de dire : « Je m'appelle Mistik le Noir ! » Mais voilà, il n'y avait plus songé. « Tant pis ! se dit-il. Pourquoi ce Mistik, puisque j'ai un nom à moi ? D'ailleurs, à quoi bon cacher mon nom ? Qui me verra dans ce village ? »

— Mettez la natte et qu'on dîne, allons ! dit le vieux à sa bru.

On apporta la natte au centre de la pièce. Toute la famille et Mèmed le Mince se mirent autour. Personne n'ouvrit la bouche pendant le repas. Après avoir dîné en silence, on jeta encore une brassée de bois dans la cheminée. Le vieil homme amena une grosse bûche qu'il installa au milieu du foyer. Les flammes commencèrent à l'entourer. C'était là le plus grand plaisir du vieux. Il ne pouvait pas s'en passer. Quand les flammes entouraient ainsi sa bûche de tous côtés, il était ravi.

La femme se rapprocha du vieux, pour lui dire à l'oreille, à voix basse :

– Suleyman, où vais-je mettre le matelas du gosse ?

Suleyman rit, de son rire habituel :

– Dans la mangeoire du vieux cheval... Où veux-tu que ce soit ?... Là où nous couchons nous-mêmes. Qui sait le chemin qu'il a parcouru, notre cher hôte, pour venir jusqu'à nous ?...

Puis, se tournant vers Mèmed :

– Dis donc, Mèmed, lui dit-il, tu ne m'as pas dit d'où tu venais, et où tu vas ?

– Je viens de Dèyirmènolouk, et je vais au village là-bas, répondit Mèmed, en frottant ses yeux irrités par la fumée.

– On connaît bien Dèyirmènolouk, mais quel est donc ce village là-bas ? dit Suleyman, avec un air qu'il voulait attentif.

Très sûr de lui, Mèmed répondit :

– C'est le village de Doursoun.

– Quel Doursoun ? insista Suleyman.

– Tu connais Abdi agha, dit Mèmed, et il s'arrêta.

Ses yeux se fixèrent sur un point.

– Et alors ? dit Suleyman.

– C'est notre agha. Voilà, Doursoun est son garçon de ferme. Il laboure la terre d'Abdi agha. Eh bien, c'est ce Doursoun-là.

Ses yeux s'éclairèrent. Il hésita un moment :

– Il a capturé un jeune faucon l'autre jour. Voilà, c'est ce Doursoun. Tu sais maintenant qui c'est, oncle ?

— Je sais, je sais, dit Suleyman. Et alors ?

— Voilà, c'est à son village que je vais. Doursoun m'a dit : « Dans notre village, on ne bat pas les enfants. On ne les attelle pas à la charrue. Dans notre village, il ne pousse pas de chardons. » C'est là que je vais.

— Bien ! dit Suleyman. Quel était le nom de ce village ? Il ne te l'a donc pas dit, Doursoun ?

Mèmed se tut, pensif. Il resta longtemps ainsi, le pouce dans la bouche. Puis il dit soudain :

— Non ! Il ne m'a pas dit le nom du village, Doursoun.

— C'est drôle ! fit Suleyman.

— Oui, c'est drôle ! Doursoun et moi, nous labourions ensemble. Il s'est assis près d'une pierre : « Ah ! qu'il m'a dit, si tu voyais notre village ! Ses terres et ses cailloux sont en or ! Il y a la mer, et aussi des sapins ! » Il paraît qu'on monte sur la mer, et qu'on va partout. Doursoun s'est enfui de là-bas. « Ne le raconte à personne, que je me suis enfui de là-bas ! » qu'il m'a dit. Et moi, je ne l'ai pas même raconté à ma mère.

Mèmed se pencha à l'oreille de Suleyman :

— Toi non plus, n'en parle à personne. N'est-ce pas, oncle ?

— Ne crains rien, dit Suleyman. Je ne le raconterai à personne.

La bru se leva et quitta la pièce. Peu après, elle revint, avec un gros sac plein sur le dos. Elle le posa par terre. Quand elle l'ouvrit, il s'en échappa des bourres de coton. Elles étaient lavées, toutes blanches. Chacune semblait un petit nuage blanc tout rond. La maison s'emplit soudain de l'odeur forte des fruits de coton.

— Allons, Mèmed le Mince, fit gaiement Suleyman, tire un peu le coton, voyons ! Montre ce que tu sais faire.

— Eh quoi ? c'est donc une affaire de tirer le coton ? fit Mèmed, prenant devant lui une brassée de bourres.

Ses mains exercées commencèrent à travailler comme une machine.

— Mèmed le Mince, dit le fils, comment trouveras-tu ce village, maintenant ?

L'expression de l'enfant montra bien qu'il n'était pas du tout content de cette question. Il soupira.

— Je chercherai, fit-il. Il y a la mer, auprès de ce village. Je chercherai.

— Sapristi, Mèmed le Mince, dit le fils. Il y a quinze jours de marche, d'ici à la mer.

— Je chercherai. Plutôt mourir que de retourner à Dèyirmènolouk ! Non, je n'y retournerai pas. Je n'y retournerai jamais !

Suleyman reprit :

— Dis donc, Mèmed, il me semble que tu as eu des ennuis. Pourquoi ne me les dis-tu pas ? Pourquoi est-ce que tu as fui ?

— Oncle Suleyman, dit Mèmed, attends, que je te raconte tout. Mon père est mort. Je n'ai que ma mère. Nous n'avons pas d'autres parents ; moi, je laboure la terre d'Abdi agha.

A ce point de son récit, ses yeux se remplirent de larmes. Il sentit un chatouillement dans sa gorge. Il se retint. Sinon, il aurait éclaté en sanglots.

— Ça fait deux ans que je laboure la terre. Les chardons me dévorent, me percent. Le chardon vous happe la jambe, comme un chien. Voilà, c'est là que je laboure. Abdi agha m'assomme de coups. Hier matin, il m'a encore battu. J'avais mal partout ; alors, moi, j'ai fui. J'irai à ce village-là. Abdi agha ne me trouvera pas, là-bas. J'arriverai bien à labourer pour quelqu'un, là-bas. Je deviendrai son berger. S'il le veut, je pourrai devenir son fils.

Pendant qu'il disait : « Je pourrai aussi devenir son fils », il regarda avec insistance dans le fond des yeux de Suleyman. Mèmed était prêt à pleurer. S'il disait encore un mot, il éclaterait en sanglots. C'est pour cela que Suleyman ne parla plus d'Abdi agha.

— Écoute, Mèmed, puisque c'est comme ça, reste chez moi ! dit-il.

Le visage de Mèmed s'éclaira. Une vague de joie le fit frémir de tout son corps.

— La mer est très loin, Mèmed, dit le fils. Il n'est pas facile de retrouver ce village.

Le coton fut bientôt tiré. Partout, c'était une invasion d'insectes tombés des bourres. Affolés, ils couraient dans tous les sens, les minuscules insectes noirs du coton...

A l'un des bouts de l'âtre, on étendit un petit lit. Les yeux de Mèmed étaient brûlés de sommeil. Il regarda le lit avec une envie proche de la détresse. Suleyman, depuis un bon moment, devinait ce que ressentait l'enfant :

— Vas-y ! lui dit-il, en montrant le lit.

Mèmed, sans rien dire de plus, s'y glissa en se pelotonnant, les genoux ramassés sur la poitrine. Il avait mal partout, comme si on l'avait écrasé de coups. Il pensait en lui-même :

« Je deviendrai son fils. Oui, je le deviendrai. Elle peut bien me chercher, ma mère ! Il peut bien me chercher, Abdi agha ! Qu'ils me cherchent donc ! Qu'ils me cherchent jusqu'au jugement dernier ! Non, je ne reviendrai pas ! »

Deux heures avant le lever du soleil, au moment où, chaque jour, il partait au labour, il s'éveilla en sursaut. Il sortit du lit et alla dehors. Il pissa, encore tout ensommeillé. Puis il revint à lui, se rappela la soirée précédente, et Suleyman, avec sa barbe blanche. Il pensa :

« C'est la maison de Suleyman. Au fond, qu'est-ce que j'irais faire, à ce village ? Je deviendrai plutôt le fils d'Oncle Suleyman. Je resterai ici. De toute façon, je ne retournerai pas. »

La fraîcheur du dehors le glaça. Il revint se mettre au lit, les genoux contre la poitrine. Le lit le réchauffa. Il savait qu'aujourd'hui il pourrait dormir jusqu'au lever du soleil. Il se rendormit aussitôt.

Le soleil se leva dans le froid du matin. La femme retira la soupe de l'âtre. La soupe toute chaude chanta paisiblement, au bord du foyer. Le fils était depuis longtemps parti au labour. Suleyman s'était remis à son bât, reprenant le travail là où il l'avait laissé la veille au soir. Sa femme l'appela :

– Suleyman, la soupe refroidit. Viens manger.

– Notre hôte est-il debout ?

– Pauvre gosse ! Il était bien fatigué, hier soir, le malheureux. Il est encore dans ses rêves.

– Ne le réveille pas, le malheureux ! Hier, il a fui toute la journée : ça se voyait sur sa figure.

– Pourquoi se sera-t-il échappé ?

– Ils l'ont trop martyrisé.

– Tristesse ! Un si bel enfant ! Qu'est-ce qu'ils ont, les sans-dieu, après un gosse haut comme trois pommes ?

– Qu'il reste chez nous tant qu'il voudra !

A ce moment, Mèmed s'éveilla en s'étirant. Il se frotta bien les yeux, des deux mains, puis regarda du côté du foyer. Dans la casserole découverte, la soupe fumait doucement. Il tourna la tête vers la porte. Un ruban de soleil, comme coupé au couteau, la bordait. Il bondit aussitôt. Suleyman comprit son émoi :

— N'aie pas peur, mon petit, fit-il. Ça ne fait rien.

Mèmed se retourna. Il alla prendre l'aiguière de cuivre dans l'âtre, et sortit. Quand il se fut lavé la figure à grande eau, il vint se planter auprès de Suleyman et se mit à le regarder arranger le bât.

— Venez manger la soupe ! Elle refroidit ! cria de nouveau la femme.

Suleyman quitta brusquement le bât et se leva. Il dit à Mèmed, avec un clin d'œil joyeux :

— Allons ! Mangeons la soupe !

C'était une soupe de gruau au lait. L'odeur du lait, mêlée à celle du gruau, chatouillait agréablement les narines. Ils mangèrent, avec des cuillers de bois. Cette soupe plut beaucoup à Mèmed : « Oui, je serai son fils ! » se dit-il.

Suleyman garnit de foin le bât qu'il avait achevé. Le foin glissait entre ses vieux doigts allongés. L'éclat du soleil d'automne inondait la terre. Du foin séché sortait une fine poussière d'or, à mesure que Suleyman le maniait. Les grains d'or jouaient dans le soleil et s'envolaient de tous côtés.

— Il t'a donc bien tourmenté, Abdi agha ? demanda le vieux.

Mèmed ne s'attendait pas à cette question. Il rassembla ses esprits :

— Il me battait à mort, dit-il. Et il me faisait labourer nu-pieds dans les chardons. Et par un froid glacial. Il me tuait. Un jour, il m'a battu tant et tant que je suis resté un mois au lit, sans pouvoir me lever. C'est qu'il bat tout le monde, et moi surtout.

Ma mère dit que, sans l'amulette du Hodja-Blond, je serais mort...

— Alors, tu resteras ici, désormais ?

— Qu'est-ce que je ferais, dans l'autre village ? Puisqu'il est à quinze jours d'ici... Il y a bien la mer, mais qu'importe ! Il n'y a pas de chardons, là-bas, mais ici non plus. Je vais rester ici. Personne ne pourra me trouver ici, n'est-ce pas ? Le village de Dèyirmènolouk est beaucoup trop loin, maintenant, hein ? N'est-ce pas que personne ne pourra me trouver ?

— Mais, bougre d'âne, fit Suleyman, tu ne sais donc pas que Dèyirmènolouk est ici, tout près, juste derrière ce mont ? Tu as donc oublié comment tu es venu ici ?

Mèmed fut glacé de stupeur. Ses yeux s'ouvrirent tout grands, tout grands. La sueur lui vint. Des filets de sueur ruisselaient sur sa peau. Tous ses espoirs étaient tombés à l'eau. Il voulait dire quelque chose, mais ça ne sortait pas. Des aigles tournaient dans le ciel. Il les regarda fixement... Puis, il s'approcha un peu plus de Suleyman :

— Si j'y allais, à ce village ? Si je devenais le fils de quelqu'un, là-bas ? Si Abdi agha me trouve ici, il me tuera.

— Vas-y donc, alors ! Fais-toi donc adopter là-bas ! dit Suleyman d'un ton de reproche.

— Ah ! si j'avais été ton fils, comme ç'aurait été bien ! fit Mèmed, caressant. Comme ç'aurait été bien ! mais...

— Mais quoi ?

— S'il me trouve ici, pas de bon Dieu qui tienne, il me hachera comme chair à pâté !

— Qu'est-ce qu'on peut faire ? demanda Suleyman, en levant la tête de sur son ouvrage.

Il regarda Mèmed. Le visage de l'enfant était tout chiffonné, plissé comme une feuille. Ses grands yeux étaient éteints, comme s'ils avaient perdu toute leur lumière.

Voyant que le vieux le regardait, Mèmed s'approcha encore un peu plus, et lui prit la main :

— Alors ? demanda-t-il, concentrant dans ses yeux tout son espoir.

— Ne crains rien ! dit Suleyman.

Mèmed eut un sourire crispé, où la joie se mélangeait à la peur. Suleyman se remit à l'ouvrage et, quand il eut fini, il se leva et dit à l'enfant :

— Crénom, Mèmed le Mince ! J'ai affaire dans la maison d'en face. Il faut que j'y aille. Toi, fais ce que tu veux ! Promène-toi dans le village !

Mèmed le quitta et entra dans le village. C'était un hameau de vingt à vingt-cinq maisons. Elles étaient toutes faites de briques crues, ou de pierres grossières, disposées tant bien que mal les unes sur les autres. Elles ne s'élevaient guère que d'un mètre au-dessus du sol.

Il parcourut le village de bout en bout. Sur un tas de fumier, les enfants jouaient à un jeu de bâtonnets. Il vit des femmes qui, à l'abri du vent, du côté ensoleillé des maisons, filaient au rouet. Il ne vit qu'un chien qui, la queue serrée entre les jambes, fuyait, tout craintif, en rasant les murs. De tous côtés, ce village était plein de fumier. Jusqu'au soir, il le parcourut, de maison en maison. Il ne se trouva personne pour lui demander où il allait, d'où il venait. Si ç'avait été dans son village, dès qu'ils auraient vu un étranger, les enfants se seraient rassemblés autour de lui. Ce village n'était vraiment pas comme le sien. C'est précisément ce qui ne lui plaisait guère.

En rentrant à la maison, il tomba sur Suleyman.

— Crénom, Mèmed le Mince ! dit le vieux, tu nous as laissés tomber ! Quoi de neuf ?

— Ça va bien.

Plusieurs jours encore, Mèmed se promena à travers le village. Il fit la connaissance de quelques enfants, et joua aux bâtonnets avec eux. Aucun ne parvint à le battre à ce jeu. Pourtant, il ne s'enorgueillit pas de cette supériorité. A sa place, tout autre enfant n'en aurait pas fini de se rengorger. Lui, il en haussait les épaules, comme d'un enfantillage. C'est pour cela, d'ailleurs, que les gosses ne prirent pas mal ces victoires de Mèmed.

Plus tard, les pluies d'automne du Taurus commencèrent, à gros grains, comme tombent les feuilles d'automne. Il tonnait. Des monts qui dominaient le village, des pierres roulaient vers la plaine. Ces monts étaient boisés, avec de gros arbres. Les forêts s'y succédaient, épaisses.

Un jour, Mèmed vint trouver Suleyman et lui dit :

— Oncle Suleyman, qu'est-ce que je fais ici ? Je commence à m'ennuyer. Je mange mon pain sans le gagner !

— Attends donc ! fit Suleyman. Tu es si pressé ? On te trouvera bien un travail, crénom, Mèmed le Mince !

Quelques jours après, la pluie cessa. Sur les pierres, les rochers, les arbres et la terre trempée, le soleil brillait. Partout, la buée s'élevait, doucement. Et par tout le village, mêlée à la buée, l'odeur du fumier se répandait. De temps en temps, des nuages couvraient le soleil, des nuages argentés.

Assis devant la porte de la maison, Mèmed chaussait les sandales en cuir brut que Suleyman avait fabriquées pour lui. Elles étaient mouillées, un duvet mauve les recouvrait. A la couleur du duvet, on voyait que leur peau était celle d'un jeune taureau.

Mèmed était aux anges. Suleyman vint et se planta à son côté. Il le regardait lacer ses sandales. Les mains de Mèmed étaient habituées à le faire. Ça se voyait. Il enfila de part et d'autre les lacets puis les noua par-derrière.

— Dis donc, Mèmed, dit Suleyman, tu es un maître, pour lacer les sandales !

Mèmed leva la tête et sourit :

— Oncle Suleyman, je sais même les coudre, dit-il, mais tu les as très bien cousues toi-même.

Mèmed se leva. Plusieurs fois, il appuya fortement le pied sur le sol. Il fit une douzaine de pas. Il revint, marchant encore un peu, regarda ses sandales. Il était ravi. Il vint s'arrêter devant Suleyman.

— Elles sont très bien à mon pied, dit-il.

Ils se mirent en route. Chemin faisant, les yeux de Mèmed étaient tout à ses sandales. Parfois il marchait vite, parfois il s'arrêtait et les regardait attentivement. Parfois même, il se baissait pour en caresser le duvet. Suleyman partageait la joie de Mèmed :

— Je crois qu'elles te plaisent, Mèmed ?

— Elles sont bien à mon pied. J'aime des sandales comme ça !

— Tu vois, Mèmed, si tu étais allé à ce village là-bas, personne ne t'aurait fabriqué des sandales comme ça.

— Dans ce village-là, on ne porte donc pas de sandales ? demanda Mèmed, mi-sérieux, mi-taquin.

Suleyman ne saisit pas bien si c'était, ou non, une rosserie :

— Bien sûr qu'ils en portent ! fit-il. Tu ne veux pas qu'ils aient toujours des bottes ?

— Ah, bon ! dit Mèmed.

Ils sortirent du village. Mèmed se sentit soudain revivre. Les champs s'étendaient jusqu'au pied de l'autre montagne. Les champs, là non plus, ne valaient pas grand-chose. Il n'y avait pas de chardons, mais, quand même, ils ne valaient pas grand-chose. Ils étaient pierreux.

Au bout d'un moment, Mèmed s'arrêta et demanda :

— Où allons-nous comme ça, oncle Suleyman ?

— Nous faisons une promenade, dit Suleyman.

Mèmed n'insista pas. Ils continuèrent à marcher. De la boue se colla aux sandales neuves. Dans son for intérieur, Mèmed jura contre cette boue. Le village était resté loin derrière. On ne voyait plus que quelques fumées.

— Écoute-moi bien, Mèmed, dit Suleyman : voilà, c'est ici que tu feras brouter les chèvres. Tu peux t'éloigner jusque là-bas, mais ne dépasse pas la Colline-Rousse. De l'autre côté, c'est ton village. Ils t'attraperaient et t'emmèneraient.

— Tu fais bien de me le dire, je n'irai pas.

— Allons, rentrons ! dit Suleyman.

Ils retournèrent sur leurs pas. Au ciel, les nuages étaient tout blancs. Des aires de battage vert sombre se dessinaient çà et là sur l'étendue des champs pierreux. On voyait de rares escargots collés à l'herbe haute.

— Dis donc, Mèmed, dit Suleyman, il t'a bien fait souffrir, Abdi à la Barbe de Chèvre ?

Mèmed s'arrêta. Suleyman aussi. Mèmed regarda encore une fois ses sandales neuves.

— Asseyons-nous, dit Suleyman.

— Asseyons-nous, dit Mèmed.

Puis il commença à raconter :

— Voilà, je vais te dire, oncle Suleyman ; depuis la mort de mon père, n'est-ce pas, Abdi agha a pris tout ce que nous possédions. Si ma mère dit quelque chose, il la bat à mort. Moi aussi, il me saisit par le bras et me cogne par terre. Une fois, il m'a attaché à un arbre pendant deux jours. Il m'a laissé ainsi au milieu du champ. Eh bien, oui, je suis resté attaché là pendant deux jours, et ma mère est venue me détacher. Si ma mère n'était pas venue, les loups m'auraient mis en pièces.

Suleyman soupira :

— Donc, voilà où tu en es, Mèmed, dit-il en se levant.

Mèmed se leva aussi.

— Fais comme je t'ai dit, reprit Suleyman. Ne dépasse pas la Colline-Rousse. Quelqu'un peut te voir et aller te dénoncer à Abdi à la Barbe de Chèvre. Ils te prendront et t'emmèneront.

— Je le jure, dit Mèmed

Le lendemain matin, il s'éveilla de très bonne heure. Il se leva et aussitôt se précipita dehors. L'aube blanchissait faiblement. Il alla vers le lit de Suleyman qui dormait en ronflant. Il le secoua légèrement et le réveilla. Suleyman, tout ensommeillé, demanda à voix basse :

— Qu'est-ce que c'est ? C'est toi, Mèmed ?

— C'est moi ! dit-il fièrement. — Et il ajouta : — Il est tard, je vais aller faire paître les chèvres.

Suleyman se leva aussitôt. Il chercha sa femme du regard. Elle était levée depuis longtemps, et trayait les vaches, dehors.

Il lui cria :

— Prépare vite le casse-croûte de Mèmed le Mince !

La femme lava ses mains pleines de lait dans une grande casserole :

— Restons-en là, fit-elle. Je trairai le reste ce soir.

Elle prépara le casse-croûte en un tournemain. Elle plaça devant Mèmed une assiettée de la soupe qui bouillait dans l'âtre. Il l'engouffra en un instant. En un clin d'œil, il attacha le casse-croûte à sa ceinture, et poussa les chèvres devant lui. Il tira son vieux chapeau tout graisseux, et le lança contre elles à toute volée :

— En avant !... A la bonne heure !...

Suleyman cria derrière lui :

— Bonne chance ! Bonne réussite !

Jusqu'à ce que Mèmed eût disparu avec ses chèvres, le vieux se retourna sans cesse pour le regarder. Puis il pensa en lui-même : « Ah ! cette jeunesse, cette jeunesse !... »

Il arriva près de sa femme :

— Tu es encore soucieux, lui dit-elle. Qu'est-ce que tu as ?

Il répondit en soupirant :

— Ah ! cet enfant, qu'est-ce qu'il a pu lui faire, Abdi à la Barbe de Chèvre ! Ça fend le cœur de le voir comme ça ! Je connaissais son père. Le pauvre, c'était un homme bien tranquille. Mais vois ce gosse ! Il est dégoûté de la vie, il se lance dans les montagnes, parmi les loups et les oiseaux ! Tu vois ça !

— Sapristi, Suleyman ! dit la femme, toi aussi tu te tracasses de tout ! Rentre donc manger ta soupe !

II

Le soir tomba, tous les laboureurs revinrent des champs. Mèmed le Mince ne rentrait pas. La nuit arriva. Mèmed le Mince ne rentrait pas.

De la maison voisine, Zeynep cria à la mère de Mèmed :

– Deuné ! Deuné ! Mèmed n'est pas encore rentré ?

– Non, ma sœur ! fit Deuné d'une voix plaintive. Il n'est pas encore là, mon Mèmed. Qu'est-ce que je dois faire, maintenant ?

Dix fois peut-être, Zeynep l'avait dit à Deuné ; elle répéta :

– Va ! demande donc chez Abdi agha. Il est peut-être allé chez eux. Va, et demande-leur donc ! Il t'en arrive des choses, ma pauvre Deuné !

– Il m'en arrive des choses, dit Deuné, il m'en arrive des choses ! Si mon Mèmed était rentré au village, il ne s'attarderait nulle part, il rentrerait directement à la maison. Jamais il ne reste une seconde chez Abdi agha. J'irai quand même voir... Peut-être...

Il n'y avait pas de lune dans le ciel. Comme il y avait des nuages, pas d'étoiles non plus. L'obscurité. L'obscurité totale. Deuné se mit en route vers la maison d'Abdi agha. Elle marchait à tâtons. Un peu de lumière filtrait d'une fenêtre pas plus grande que la main. Elle s'approcha. Les battements de son cœur l'étouffaient. Une ou deux fois, elle avala péniblement sa salive. Ses pieds et ses mains tremblaient. Elle serra les dents. Elle mit du temps à émettre un son. Sa voix était mourante de peur :

— Abdi agha, mon Abdi agha, je t'embrasse la plante des pieds ! Mon Abdi agha, mon Mèmed n'est pas encore rentré ! Serait-il chez vous ? Je suis venue m'enquérir.

Une voix épaisse, forte, se fit entendre à l'intérieur.

— Qu'est-ce, femme ? Qu'est-ce que tu veux, à cette heure de la nuit ?

— Je mourrai pour toi, mon Abdi agha... Mèmed n'est pas rentré à la maison. Serait-il chez vous ? Je suis venue le demander.

— C'est toi, Deuné ? Que le diable t'emporte ! fit la voix forte.

— C'est moi, mon agha !

— Rentre ! voyons, qu'est-ce que tu veux ?

Deuné entra, en se faisant toute petite. Abdi agha était assis en tailleur sur un divan, près de la cheminée, sa casquette de velours de travers, la visière tournée sur son oreille gauche. Partout, dans la rue ou au bourg, c'était toujours ainsi qu'il la portait. C'est de cette façon qu'il manifestait sa dévotion*. Il avait une chemise de nuit brodée, et il égrenait bruyamment son chapelet d'ambre à gros grains. Son visage était long, tranchant, avec de petits yeux bizarres, d'un bleu mêlé de vert :

— Qu'est-ce que tu veux encore ? Dis ! répéta-t-il.

Deuné, penchée en avant, les mains jointes, serrait fortement sa main gauche dans sa droite.

— Mon agha, dit-elle, mon Mèmed n'est pas encore rentré du labour. Je suis venue voir si, des fois, il n'était pas chez vous.

— Ah !... dit Abdi agha.

Il se leva.

— Alors, il n'est pas encore rentré ? Ah chien ! fils de chien ! Alors, il n'est pas encore rentré ! et mes bœufs !...

Il alla précipitamment à la porte, dans un ample mouvement de sa chemise de nuit, et cria au-dehors :

— Doursoun ! Osman ! Ali ! Où êtes-vous ?

De trois endroits différents, trois voix répondirent :

— Nous sommes ici, agha !

— Venez vite ! dit Abdi agha.

Trois hommes arrivèrent dans l'obscurité, en courant. Doursoun, qui semblait avoir quarante ans, était grand et costaud. Quant aux autres, c'étaient des enfants d'une quinzaine d'années.

— Allez tout de suite aux champs et cherchez-moi ce chien, ce fils de chien ! dit l'agha. Il faut que vous me trouviez les bœufs ! Ne rentrez pas sans les avoir trouvés ! Compris ?...

— Nous parlions justement de lui, dit Doursoun. Qu'est-ce qui lui est arrivé, à Mèmed ? nous disions-nous. Il n'est pas encore rentré, allons le chercher !

Soudain Deuné se mit à sangloter.

— Ferme-la ! dit Abdi agha avec dégoût, ferme-la ! Je ne sais pas ce qu'on va faire, avec ton chien de fils de chien ! S'il est arrivé quelque chose à mes bœufs, je ne lui laisserai pas un os ! Je les lui briserai ! Je les mettrai en poussière.

Doursoun, Ali et Osman s'enfoncèrent dans l'obscurité. Deuné aussi les suivit :

— Ma sœur, dit Doursoun à Deuné, toi, ne viens pas ! Nous, on le retrouvera si l'on peut. Il a peut-être cassé quelque chose à la charrue, peut-être le joug. Il ne rentre pas parce qu'il a peur. Toi, ne viens pas ! Nous le trouverons et l'amènerons. Rentre, ma sœur Deuné !

— Je mourrai pour vous, supplia Deuné, ne revenez pas sans l'avoir trouvé ! Pour lui, tu es un oncle, il t'est confié. Ne reviens pas sans l'avoir trouvé. Il t'est confié ! Ne reviens pas sans l'avoir trouvé ! Il t'aimait beaucoup, comme un oncle !

La femme rentra chez elle.

Les trois hommes disparurent dans l'obscurité. Dans la nuit, on entendait le bruit de leurs pas qui s'éloignaient. Des pas habitués qui connaissaient le chemin. Ils arrivèrent d'abord sur un champ pierreux. Ils traversèrent ensuite des rochers abrupts. Ils s'assirent derrière les rochers, pour se reposer, côte à côte tous les trois. Ils s'étaient serrés l'un contre l'autre. Ils s'appuyaient l'un sur l'autre. Ils se turent ainsi un bon moment. L'obscurité devenait menaçante. A part le chant des bestioles, il n'y avait pas un seul bruit.

Doursoun parla le premier. Il ne s'adressait à personne, mais à la nuit :

— Qu'est-ce qui peut bien être arrivé à ce gosse ?

— Qui sait ? dit Osman.

— Vous ne savez pas ce qu'il me disait, Mèmed ? dit Ali. Il me disait : « Moi, j'irai à ce village-là ! Même si l'on devait me tuer, je ne resterai plus ici ! »

— Pourvu qu'il n'ait pas fui, dit Doursoun, qu'il n'ait pas fait cette folie !

— Il a bien fait, s'il a fui ! gronda Ali entre ses dents.

— Il a très bien fait ! dit Osman

– Pour nous, c'est pire que la mort, reprit Ali.

– Si l'on pouvait s'enfuir à Tchoukour-Ova ! dit Osman.

– Tchoukour-Ova n'est pas loin, dit Doursoun. Là-bas, il y a les terres de Yurèguir. Dans notre village, continua Doursoun, tu es ton propre agha si tu travailles beaucoup. Personne ne se mêle de tes affaires, personne ne s'en occupe. Les champs, quand tu les regardes, il te semble que des nuages les recouvrent : c'est plein de coton. Tu le cueilles. Dix piastres le kilo ! Dans l'été, tu gagnes cinq fois plus que ce que donne Abdi agha en une année. Il y a une ville, la ville d'Adana. Tout en cristal. Elle brille nuit et jour comme un soleil. Tu te promènes dans cette ville. Entre les maisons, il y a des passages : on les appelle des rues. On dirait qu'elles sont en verre. On mangerait dessus. Des trains arrivent et partent. Sur la mer flottent des bateaux aussi grands qu'un village. Ils vont à l'autre bout du monde. Les bateaux aussi brillent comme des soleils, ils sont inondés de lumière. Tu les regardes une fois et tu ne peux plus les quitter des yeux. Quant à l'argent, il y en a, des flottes, à Tchoukour-Ova. Il suffit que tu travailles.

Soudain Osman posa une question :

– Comment c'est grand, le monde ?

– Très grand, dit Doursoun.

Quand ils se levèrent, Doursoun continuait encore à parler de son village.

Après les rochers, ils tombèrent sur un champ de panicauts. Les chardons s'enroulaient autour de leurs jambes et les mordaient.

– Le champ que labourait Mèmed devrait être par ici ! cria Osman qui était assez loin devant.

— Je ne connais pas ce coin-là, c'est vous qui savez, répondit Doursoun.

— Voilà, c'est ici ! fit Ali, dont la voix venait de droite.

— Vraiment ? demanda Doursoun, incrédule.

— Bien sûr ! fit Ali. Renifle donc l'air ! Il vient une odeur de terre labourée.

Doursoun s'arrêta et inspira profondément :

— Oui ! dit-il.

De devant, Osman cria :

— Mes pieds s'enfoncent dans la terre labourée !

Ali :

— Les miens aussi !

Doursoun :

Attendez-moi, j'arrive !

Ils firent halte. Doursoun les rattrapa et leur dit :

— Maintenant, tâchons de trouver l'endroit exact où il labourait. Qu'en pensez-vous ?

— C'est facile, nous trouverons, dit Osman.

— J'ai froid, bon Dieu, dit Ali.

— Trouvons-le d'abord, on verra après, répliqua Doursoun.

A ce moment, Osman cria :

— Les sillons sont restés comme hier ! Il n'a pas labouré aujourd'hui !

Ali vint voir, lui aussi. Il tâta la terre de son pied. Plusieurs fois, il fit le tour du champ et conclut :

— Il n'a pas labouré aujourd'hui, Mèmed : les sillons sont comme avant.

— Pourvu qu'il ne lui soit rien arrivé ! dit Doursoun d'une voix souffrante (il y avait aussi un rien de stupéfaction dans son ton).

— Que veux-tu qu'il lui arrive ? fit Osman. C'est un vrai frangin du diable ! Il ne peut rien lui arriver.

— Oncle Doursoun, tu ne le connais donc pas ? Il ne peut rien lui arriver ! confirma Ali.

— Puisse Dieu t'entendre ! dit Doursoun. Mèmed est un bien bon gosse, un orphelin...

Ils s'assirent au milieu du champ labouré. Osman ramassa du petit bois et des broussailles, et y mit le feu, pendant qu'Ali et Doursoun parlaient. Ils s'assirent tous auprès du feu.

Ils pensèrent à toutes sortes de possibilités. Mèmed s'était peut-être évanoui. Un loup enragé l'avait peut-être emporté. Un voleur était peut-être venu lui dérober les bœufs. Ils firent aussi d'autres suppositions, mais ils ne restèrent sur aucune. Tout était possible, comme tout cela pouvait ne pas être.

Les lueurs des flammes frappaient le visage de Doursoun qui prenait une teinte proche du cuivre rouge. Sur ses traits planait, indécis, comme un sourire heureux.

Le feu s'épuisa. Il ne resta plus que quelques braises qui luisaient comme des yeux de chat. Ils s'ennuyaient. Ali chanta une chanson populaire. C'était une chanson triste. Elle s'envola dans la nuit :

Assis à la porte, il arrange la voiture...
Je suis dans le souci, mon cœur est en ruine.
Apporte les Livres, que j'en fasse serment ;
Je ne dirai plus bonjour à d'autres après toi.

Ils avaient froid. Osman ramassa des broussailles et ranima le feu. Ali et Doursoun allèrent aussi chercher des ronces, et en firent un tas à côté du feu.

— Si nous rentrons maintenant seuls, dit Doursoun, Abdi agha sera furieux. Il vaut mieux que nous couchions ici. Nous le chercherons et le trouverons demain.

– Ce Mèmed, on ne le retrouvera plus jamais, dit Ali. Il doit être allé à ce village, là-bas. Il ne parlait que de ça.

Doursoun sourit. Ali resta de garde pour entretenir le feu. Les autres se recroquevillèrent. Ali, immobile, regardait fixement le feu. Puis ses yeux se détournèrent vers l'obscurité.

« Il est parti, se dit-il, qu'il parte, il a bien fait ! Il est allé à la ville de cristal. Il est allé sur les terres tièdes de Yurèguir. Qu'il y aille ! Il a bien fait ! Qu'il y aille ! »

Quand Osman se réveilla, il lui passa la garde. Pendant qu'il installait sa tête sur une bûche :

– C'est là qu'il est allé, n'est-ce pas, Osman ? C'est là qu'est allé Mèmed, à l'endroit dont a parlé Doursoun ?

– Oui, là... dit Osman.

Tous trois s'éveillèrent aux premières lueurs de l'aube. Au levant, il y avait une légère rougeur. Les franges des nuages étaient bordées de rouge. Bientôt, ils commencèrent à blanchir. Puis le vent souffla. Bien qu'un peu froid, il était fort plaisant, ce vent du point du jour. Peu après, il fit assez clair pour tout voir. Au-delà des terres labourées, la steppe des chardons s'étendait, jusqu'au lever du soleil.

Tous ensemble, ils se mirent sur pied, lourdement, au milieu du champ. Ils étaient là, debout dans la lumière du matin. Leurs ombres déjà noires s'allongeaient jusqu'à l'occident. Tous trois ouvrirent les bras et s'étirèrent. Puis, tous trois, ils s'accroupirent pour pisser. Continuant de s'étirer, ils parcoururent le champ qu'avait labouré Mèmed.

— Voyez les traces ! dit Osman. Les bœufs sont partis avec la charrue. Ils l'ont traînée derrière eux... Allez ! suivons cette piste !

Ils la suivirent, la suivirent. A un endroit, ils s'arrêtèrent et discutèrent longuement : une paire de bœufs avait couché là ; leurs traces énormes, intactes, étaient là, toutes fraîches. On voyait même qu'ils avaient couché avec leur collier, la charrue derrière eux.

Le soleil levant commençait à réchauffer l'air. Ils sortirent des chardons et parvinrent à un ruisseau d'eau courante. Soudain, Ali poussa un cri. Les deux autres se tournèrent brusquement vers lui. Ils virent les bœufs, le collier au cou, la charrue derrière eux, en position d'attelage. L'un était marron, l'autre rouge. Tous deux avaient les côtes fortement saillantes.

Osman était devenu tout pâle :

— Il lui est arrivé quelque chose, à cet enfant ! Si Mèmed s'était échappé, il n'aurait pas laissé comme ça les bœufs attelés. Il lui est arrivé quelque chose !

— Mais non ! fit Ali. C'est sa ruse, d'avoir laissé les bœufs comme ça. Il est sûrement parti pour ce village !

— Ce village, ce village !... dit Osman en colère. Qu'est-ce que c'est que cette histoire ? Tu n'es pas fou ?

Doursoun sourit :

— Ne vous disputez pas, sapristi !

Ils poussèrent les bœufs devant eux.

La matinée était avancée quand ils rentrèrent au village. Le brouillard découvrait même la montagne d'en face. Tous les enfants, les femmes, jeunes et vieilles, étaient autour de Deuné. Ils se levèrent tous ensemble quand ils virent les bœufs, tout attelés, s'avançant devant les garçons de ferme. Personne ne parlait. Ils fixaient les bœufs. Deuné poussa un cri strident et courut vers l'attelage :

— Qu'as-tu fait de mon petit, oncle Doursoun ? Mon petit, il t'aimait tant !

— Voilà, c'est comme ça, attelés, que nous avons trouvé les bœufs près du ruisseau.

La femme se frappait avec des gestes de désespoir.

— Mon Mèmed ! mon petit ! mon malheureux ! mon orphelin !

— Sœur, dit Doursoun, il ne doit rien lui être arrivé. Je vais le chercher, moi. Je le chercherai et le trouverai.

Deuné n'écoutait rien. Tout en pleurant : « Mon malheureux ! mon orphelin ! » répétait-elle sans cesse. Puis, en convulsions, elle tomba dans la poussière. Là, elle commença de faire entendre des gémissements saccadés. Son visage, ses cheveux, étaient blanchis par la poussière. Plus tard, les larmes couvrirent son visage de boue.

La foule, figée, regardait tour à tour les bœufs et Deuné. Deux femmes quittèrent lentement la foule. Elles vinrent prendre par le bras Deuné qui se débattait à terre, et la soulevèrent. Elle était à demi évanouie. Sa tête, comme celle d'une morte, tombait sur son épaule droite. La prenant par le bras, elles l'emmenèrent chez elle.

Quand Deuné fut partie, la foule s'agita, s'anima.

Djennette, la vieille, parla la première. On l'appelait Djennette Tête de Cheval. Sa face longue était toute ridée. Très grande, elle avait des doigts minces, pareils à des fuseaux :

– Pauvre Deuné, dit-elle, qu'est-ce qui a bien pu arriver à son fils ?

Vite, Elif intervint ; on la connaissait, dans le village, surtout pour ses paroles de mauvais augure :

– S'il n'était pas mort, il serait venu... dit-elle.

Puis ses paroles firent tout le tour de la foule :

– S'il n'était pas mort, il serait venu...

Elif reprit la parole :

– C'est peut-être les ennemis de son père qui l'ont tué.

– Son père n'avait pas d'ennemis. Ibrahim n'avait même pas offensé une fourmi ! répondit dame Djennette.

Les voiles blanc, les voiles multicolores, les fez mauves, les fronts couverts de monnaies de cuivre s'agitèrent, comme une vague :

– Ibrahim n'avait pas offensé une fourmi...

Puis il y eut un brouhaha. Chacun disait quelque chose :

– Ah ! Mèmed !

–Ah ! l'orphelin !

– Sois maudit, espèce de mécréant !...

Une proposition s'éleva au-dessus de la foule. On ne savait pas qui l'avait faite :

– Que Deuné aille voir là où tourneront les vautours !

– Les vautours tournent sur les cadavres.

– Là où tournent les vautours...

– Là...

– Il est peut-être tombé dans le ravin du ruisseau.

Aussitôt, tout le monde se retourna vers la femme. Qui avait dit ça ? Il y eut un moment de silence. Encore une fois la foule se figea, puis s'anima de nouveau :

— Il est peut-être tombé dans le ravin du ruisseau.

— Dans le ravin...

Les têtes se tournèrent vers le levant. Les enfants, pieds nus, marchèrent d'abord. Après eux venaient les femmes. Pieds nus... Les enfants tombèrent les premiers dans les champs de chardons. Après, ce furent les femmes. Les jambes des enfants se couvrirent de sang tout rouge. Les enfants coururent quand même. Quant aux femmes elles maudirent les chardons qui venaient de surgir devant elles :

— Que leurs racines se dessèchent !...

Après le champ de chardons apparurent les rochers. A présent, fatigués, les enfants, les pieds en sang, restèrent en arrière. Les femmes prirent la tête. Elles étaient lasses quand elles arrivèrent au platane. Le grand arbre bruissait. Quand elles entendirent le bruit de l'eau, elles s'arrêtèrent soudain. Après avoir soufflé un certain temps, elles coururent toutes ensemble vers l'eau. Chacune, fixant l'eau du regard, voulait en percer le fond. L'une à côté de l'autre, l'une sur l'autre, les femmes firent un cercle. L'eau, écumante, bouillonnait en bas du grand rocher. A gauche, elle formait un assez grand lac. Trois ou quatre feuilles étaient tombées dans le tourbillon. Elles ne disparaissaient pas, mais tournoyaient au milieu de l'écume. Tous regardèrent un bon moment, sans faire entendre le moindre bruit.

— Si le gosse était tombé là, il serait apparu au moins une fois à la surface, dit la Djennette.

Il y eut de nouveau un brouhaha. Les têtes s'agitèrent.

— Il serait apparu au moins une fois.

— Il ne serait pas resté au fond, il serait remonté.

– Il serait apparu...

Fatiguée, épuisée, sans espoir, sans joie, les bras ballants, la foule s'en retourna. Mais les enfants, restés en arrière, absorbés par leurs jeux, s'amusaient en marchant. Les grands, eux, ne marchaient plus en groupe. Ils s'en allaient chacun de leur côté, la tête basse.

Deuné, le lendemain, tout en pleurs, dut s'aliter. Elle brûla de fièvre. Les jeunes filles du village vinrent l'assister. Quelques jours après, elle se releva. Ses yeux étaient comme deux vases de sang. Elle s'était noué une serviette blanche sur le front.

Un jour, une étrange nouvelle parcourut le village : « Deuné ne mange plus, ne boit plus, elle est assise près du tourbillon et regarde fixement l'eau, sans même sourciller, attendant que le corps de son fils ressorte. »

C'était vrai. Deuné, chaque matin, se levait avant le soleil et allait à la source, qu'elle scrutait sans trêve, sans lever les yeux de sur l'eau. Cela dura comme ça une dizaine de jours. Puis, épuisée, elle resta chez elle et s'y enferma.

Maintenant, elle avait une autre idée fixe : tous les matins encore, elle se levait très tôt, montait sur son toit, et fouillait du regard les horizons lointains, scrutant le ciel. Dès qu'elle apercevait, quelque part, une bande d'aigles qui tournait, elle filait là-bas à toutes jambes. Elle était devenue aussi mince qu'une aiguille, qu'un fil. Parfois, les aigles tournaient très loin, par exemple au-dessus de la Colline-des-Pluies. Il faut, pour y aller, un jour de marche. Deuné y courait.

Une nuit, on frappa à sa porte. Une voix disait :

– Ouvre, ma sœur Deuné ! C'est moi, Doursoun !

Elle ouvrit la porte, avec un mélange d'espoir et de peur :

— Entre, frère Doursoun ! fit-elle. Mon Mèmed t'aimait tant !

Doursoun s'assit, avec lourdeur et gravité, sur le coussin que venait d'étendre Deuné :

— Écoute-moi, sœur ! dit-il. Quelque chose me dit que ton fils n'est pas mort. J'ai comme l'impression qu'il s'est tiré, qu'il est parti quelque part. Je le trouverai.

Deuné s'effondra auprès de Doursoun :

— Parle ! frère Doursoun ! fit-elle. Tu sais quelque chose ?

— Je ne sais rien, sœur, mais quelque chose me le dit.

— Puissé-je me sacrifier pour tes paroles, frère ! cria-t-elle suppliante.

— Je le chercherai, dit Doursoun, et je le trouverai. Je peux seulement te dire que ton fils n'est pas mort. Mèmed n'est pas mort.

Deuné le quitta en lui disant :

— Mon seul espoir est en toi, frère. Ah ! si j'apprenais que mon fils est sain et sauf !... Je n'en demande pas plus dans la vie. Tu sais bien ce que tu dis, Doursoun, mon agha ! Puissé-je me sacrifier pour tes paroles ! Tu sais bien ce que tu dis !

III

L'été vint. On moissonnait. La chaleur était à son comble. La chaleur de Tchoukour-Ova, on l'appelle la « chaleur jaune ». Et au pied du Taurus, la « chaleur blanche ». La « chaleur blanche » s'était abattue sur la terre...

Depuis qu'il était là, Mèmed le Mince n'était pas le berger, mais bien le fils de la maison. Suleyman l'aimait comme son âme. Pourtant, depuis quelques jours, le petit garçon, d'habitude si éveillé, si pétillant de joie, avait l'air étrange. Il ne desserrait pas les dents. Des pensées tristes s'étaient emparées de lui. Auparavant, il chantait sans cesse. Il chantait des chansons nostalgiques. Plus de chansons à présent. Avant, il amenait les chèvres à la meilleure prairie, à la forêt où il y avait le plus de feuilles aux arbustes. Avant, quand une chèvre s'arrêtait de brouter, ou semblait trop calme, Mèmed s'en apercevait tout de suite et trouvait remède. Maintenant, il lâchait les chèvres dans la prairie, il s'asseyait à l'ombre d'un arbre, d'un rocher, appuyait son menton sur son bâton et se plongeait dans ses pensées. Parfois aussi, n'en pouvant plus, il se mettait à parler tout seul :

– Ma chère maman... Ah ! ma chère maman !

Qui est-ce qui te fait la moisson, à présent ? Abdi agha, le mécréant ! Ma chère maman ! Notre moisson va se dessécher et périr. A présent, oui, qui est-ce qui te fait la moisson, quand je ne suis pas là ?...

Il s'arrêtait, regardait le ciel, les nuages, la terre, les épis qui commençaient à roussir.

— Le champ près du nid de cigognes doit être desséché, maintenant. Qui est-ce qui va te faire la moisson, chère maman ?... Comment feras-tu toute seule ?

Les nuits, il ne dormait plus. Dans son lit, il n'arrêtait pas de se retourner. Il ne faisait que penser au champ près du nid de cigognes :

— Le champ près du nid de cigognes mûrit et passe vite. On ne pourra rien récolter, rien de rien, si l'on ne s'y prend pas à temps.

Le jour se levait, Mèmed sortait du lit. Son corps était brisé, meurtri... Il se mettait derrière ses chèvres. Les chèvres se dispersaient. Chacune s'en allait de son côté. Il s'en fichait. Il ne les voyait même pas. Il rêvait, il revoyait le visage clair et souriant de Suleyman, les yeux pleins d'affection de Suleyman. Il avait honte de lui-même. Il se ressaisissait. Il rassemblait ses chèvres et emmenait le troupeau dans un bon endroit... Cela ne durait pas longtemps. Les pensées tristes l'assaillaient de nouveau. Il se laissait tomber à terre. La terre était toute brûlante, mais il ne sentait rien. Il se disait : « Le nid de cigognes... » Il se disait : « Ma pauvre mère ! » Puis, soudain, il s'apercevait que le soir était tombé, que le soleil s'était couché... Il rassemblait ses chèvres dispersées. Ses chèvres, il les dirigeait vers la Colline-Rousse, dont le sommet était illuminé par les dernières lueurs du soleil. Laissant ses chèvres au pied de la colline, il grimpait tout seul, vers le sommet.

Dans le lointain, on voyait une plaine. La brume du soir s'étendait sur elle et montait peu à peu. Cette plaine, c'était celle des panicauts. Il ne parvenait pas à voir le village de Dèyirmènolouk ; une côte se dressait là, tout comme un rideau tendu : un amas de terre cendrée. On aurait cru qu'à l'instant même l'herbe allait prendre feu, tellement elle était desséchée.

Il se souvenait et se faisait des reproches :

– Qu'est-ce qu'il a dit, Suleyman ? Il avait dit : « Ne va pas de l'autre côté de la Colline-Rousse !... »

Il n'y avait pas âme qui vive, derrière la Colline-Rousse. Cela l'exaspérait davantage. Il redescendait en courant. Il se donnait beaucoup de mal et s'attardait à rassembler les chèvres dispersées à travers la colline.

Mèmed rentrait très tard au village. Et quand Suleyman lui demandait la raison de son retard, il mentait :

– J'ai trouvé un bon pré, et les chèvres ne voulaient pas le quitter.

Un autre jour, Mèmed se leva encore très tôt. Il alla à l'enclos des chèvres. C'était une nuit chaude, étouffante. L'enclos puait. Il en fit sortir les chèvres, et les poussa devant lui. De temps en temps, avant le point du jour, bien avant l'aurore, une zone du ciel, vers le levant, prend une teinte de henné. Peu après, les nuages, de ce côté, ont des franges ocrées. Puis l'aube point. Mèmed regarda vers l'orient : c'était un jour comme cela.

Bientôt, il ressentit comme une illumination intérieure. Son cœur devint léger. Il se sentit soudain léger comme un oiseau paisible. A ce moment, le vent de l'aube commençait à souffler, un vent qui semblait faire de petites vagues, et qui passait en lui léchant le visage.

Le cœur battant, il dirigea les chèvres vers la Colline-Rousse. Ils couraient, Mèmed derrière, et les chèvres devant, qui soulevaient un nuage de poussière. Juste en arrivant au pied de la colline, Mèmed fit obliquer les chèvres. Il était tout agité. Les chèvres se dispersèrent, allant de-ci, de-là. Mèmed s'assit à terre, le menton appuyé sur son bâton. Il pensa longtemps. Un moment, il se leva, furieusement, voulut rassembler les chèvres et les mener vers le sommet de la colline. Puis il y renonça. Il s'assit de nouveau et se replongea dans ses pensées. Il resta un temps la tête dans les mains. Une chèvre vint lui lécher le cou et les mains. Il n'y prit pas garde. La chèvre, d'elle-même, le quitta et s'en fut. L'atmosphère était si remplie de lumière qu'on eût dit que monts et rochers, arbres et plantes allaient soudain se sublimer et se transformer en lumière.

Il ôta les mains de devant sa figure. Dès qu'il ouvrit les yeux, la lumière les emplit. Il fut ébloui. Il resta un moment sans pouvoir regarder. Puis ses yeux s'habituèrent, et, las, indécis, il se leva. Péniblement, il rassembla les chèvres. Il les conduisit au sommet. En un instant, elles passèrent de l'autre côté de la colline.

Mèmed se dirigea vers le sud. En se protégeant les yeux de la main, il regarda dans le lointain. Il lui sembla que les hautes branches du grand platane lui touchaient l'œil. Son cœur fit un bond. Derrière la colline, mais du côté nord, il y avait une plaine. Entre cette plaine et les champs de Dèyirmènolouk

— autrement dit la Plaine-des-Chardons — s'avançait un promontoire de terre jaune, aux arêtes aiguës. Il mena les chèvres, cette fois, vers le pied de ce promontoire. Devant lui, deux petits oiseaux s'envolèrent. Il vit aussi, dans le ciel, un oiseau solitaire. A part cela, pas une mouche dans la plaine. Tout était désert. Bien loin, à l'horizon, un nuage blanc sortait de terre.

Tout à coup, en bas, au pied du promontoire, un tout petit champ lui sauta aux yeux. Au milieu du champ, une tache noire se courbait et se redressait. Cette fois, il tourna les chèvres de ce côté-là, avec la même indécision, la même fatigue, péniblement. Arrivé près du champ, il reconnut le moissonneur : c'était le vieil Heussuk la Betterave.

Heussuk ne quittait pas des yeux son ouvrage. Il ne regardait ni les chèvres, ni Mèmed. Sans trêve, il balançait sa faucille.

Mèmed laissa les chèvres libres. Elles vinrent en bordure du champ. Heussuk ne s'en aperçut même pas. Puis, de toutes parts, elles plongèrent entre les épis, dans un froissement de tiges cassées.

Dès qu'il vit les chèvres dans son champ mûr, Heussuk la Betterave devint enragé. Il jeta furieusement sa faucille contre les bêtes, et se lança sur elles en jurant tout ce qu'il savait. Mèmed restait là, sans bouger, et le regardait. Heussuk la Betterave, avec mille difficultés, soufflant et suant, attrapait les chèvres et les sortait du champ, quand il vit l'enfant, planté là, qui le regardait. Il comprit que c'était le berger des chèvres. Alors, là, sa colère redoubla, sa cervelle se mit à battre. Il laissa les chèvres, ramassa sa faucille à terre, et marcha sur l'enfant. Il avait l'écume à la bouche :

— Salaud ! Chien fils de chien ! Fils d'une

traînée ! Les chèvres sont entrées dans la moisson, et toi, tu restes là, à regarder ! Ah ! si j'arrive à t'attraper !... Fils de salaud ! Fils de putain !...

L'enfant ne bronchait pas. Pourtant, le vieux pensait que l'enfant s'échapperait, qu'il n'arriverait pas à le rattraper, et il ramassait des cailloux par terre pour les lui lancer. Il s'approcha, s'approcha. Alors, il va fuir, cet enfant ? Eh non ! l'enfant ne s'enfuit pas. Heussuk, sur sa lancée, l'attrapa par le bras. Il allait lui flanquer sur le crâne le dos de sa faucille, quand sa main s'arrêta net. Il lâcha le bras de l'enfant, qui retomba :

— Mèmed.. ! C'est toi, mon petit ? Tout le monde te croit mort !

Il haletait, comme s'il allait perdre le souffle. Il se laissa tomber à terre. De son cou, de son visage tout rouges, coulaient des filets de sueur. Là-dessus, toutes les chèvres envahirent encore le champ.

— Allons, va ! Sors ces chèvres, et reviens ! cria Heussuk.

C'est seulement alors que Mèmed, jusqu'ici figé comme une statue, retrouva le mouvement. Il courut dans le champ, en sortit les chèvres, et les mena à distance. Puis, il revint, et s'assit près de Heussuk la Betterave.

— Mon vieux Mèmed, fit Heussuk, crénom ! on s'est mis dans tous ses états à te chercher ! On a pensé que tu étais tombé à l'eau. Un peu plus, ta mère en mourait de chagrin. Tu n'as donc pas eu pitié de ta mère ?

Mèmed, le dos rond, le menton appuyé sur son bâton, se taisait.

— A qui ces chèvres ? fit Heussuk.

Mèmed ne broncha pas.

— Eh ! je te cause, Mèmed ! A qui ces chèvres ?

— A Suleyman, du village de Kesmé, laissa échapper Mèmed.

— C'est un brave homme, Suleyman, dit Heussuk.

Et il ajouta :

— Sacré fou ! tu pouvais aller où tu voulais, mais au moins prévenir ta mère ! Tu en as eu marre, entre les pattes de ce salaud d'Abdi... Mais il fallait prévenir ta mère, et, après, fuir où tu voulais !

Dès qu'il entendit le nom d'Abdi, Mèmed saisit les mains d'Heussuk :

— A aucun prix, oncle Heussuk, ne dis à personne que je suis berger chez oncle Suleyman ! A aucun prix ! Si Abdi agha l'entend, il viendra me prendre. Il me tuera de coups.

— Personne ne pourra rien te faire, dit Heussuk. Ah ! la tête folle, qui n'a pas prévenu sa mère ! Un peu plus, la pauvre en mourait de chagrin...

Heussuk, alors, soudain, laissant là son propos, se leva et retourna à sa moisson sans plus regarder Mèmed. Il se remit à faucher. Il fauchait vite. Le bruissement de sa faucille venait jusqu'à Mèmed.

Heussuk fauchait sans même lever une fois la tête. Puis, de temps en temps, les reins lui faisant mal, il s'appuyait les mains à la taille, et regardait au loin. Après quoi, il se remettait à faucher. Il avait depuis longtemps oublié Mèmed. L'enfant, lui, resté au bord du champ, planté là, sans bouger, le regardait.

Le soleil s'abaissa sur l'horizon. Les ombres s'allongèrent à l'infini. Mèmed jeta un coup d'œil au soleil. Il était tout rouge. Les herbes de la plaine étaient mi-lueur, mi-ombre.

Mèmed, traînant les pieds, alla vers Heussuk. Le vieux continuait à faucher avec la même ardeur. Mèmed s'arrêta devant lui, le cœur battant. Le bruissement qu'il fit, parvint à Heussuk qui se redressa. A cette heure du soir, il paraissait tout noir de sueur. Ils se regardèrent, face à face. Heussuk, lassé, regarda Mèmed au fond, au tréfonds des yeux. Mèmed baissa les yeux. Le regard à terre, il fit encore un ou deux pas vers Heussuk, et lui saisit les mains :

— Si tu aimes ton Dieu et ton Prophète, oncle Heussuk, dit-il, ne raconte ni à ma mère ni à personne que tu m'as vu !

Puis, lui lâchant brusquement les mains, comme les rejetant, il courut sans regarder derrière lui.

Le soleil était couché quand il parvint à la Colline-Rousse. Il était tout en sueur. Malgré tout, par moments, il était content, puis, aussitôt après, son cœur s'assombrissait. Puis, il était content de nouveau, et ainsi de suite... Un conflit de sentiments.

Il gravit la Colline-Rousse. De là-haut, il fixa du regard le petit champ, au pied du promontoire. Au milieu du champ, on apercevait un léger frétillement...

Quand Heussuk rentra au village, il souriait à tous, comme quelqu'un qui a un secret important, mais ne veut pas le dire. Il s'arrêtait devant tout le monde et riait. Personne ne sut que penser de cet air de Heussuk. Lui, alla droit chez Deuné. Deuné, devant sa porte, s'étonna, quand elle vit venir Heussuk tout souriant, lui qui venait la voir si rarement, qui n'aimait pas les visites, et qui souriait si peu d'habitude, allant et venant, sans s'arrêter, de sa maison à son champ.

Chez tout autre que lui ce comportement n'aurait rien eu d'étrange. Mais lui, quand il n'avait rien à faire, il restait seul ; il mettait une natte devant sa maison, s'asseyait dessus, taillant des morceaux de bois, fabriquant de jolies cuillers incrustées, des fuseaux, des cruchons de pin, des chapelets.

A présent, devant la maison de Deuné, il continuait de sourire. Ne parlant toujours pas et souriant sans cesse, il ne quittait pas Deuné des yeux. Elle ne savait trop que faire.

— Sois le bienvenu, mon agha ! entre et assieds-toi ! put-elle dire enfin, après avoir tourné, pleine d'embarras, autour de lui.

Heussuk fit semblant de n'avoir pas entendu, il persista à sourire.

— Heussuk, mon agha, assieds-toi donc ! reprit Deuné.

Heussuk cessa de sourire ; il dit lentement :

— Deuné... Deuné... et s'arrêta.

Deuné fut tout oreilles.

— Deuné, que me donnes-tu pour la bonne nouvelle ?

Deuné sourit, puis s'agita :

— Tout ce que tu voudras, Heussuk, mon agha, dit-elle en tremblant.

— Deuné, j'ai vu ton fils aujourd'hui.

Deuné ne dit rien. Pas une goutte de sang n'aurait coulé si on l'eût égorgée. Elle était pétrifiée.

— Ton fils est venu me voir aujourd'hui. Il a grandi, il a profité.

— Je me jetterai au feu pour ce que tu dis là, Heussuk, mon agha, gémit Deuné. C'est vrai ce que tu dis, Heussuk, mon agha ? C'est vrai ? répétait-elle, sans arrêt. Je me jetterai au feu pour tes bonnes paroles, Heussuk, mon agha !

Puis Heussuk s'assit et raconta tout à Deuné, du commencement à la fin. Deuné ne pouvait tenir en place ; elle allait et venait d'un bout à l'autre de la maison.

Peu de temps après, la nouvelle qu'avait apportée Heussuk la Betterave se répandit dans tout le village. Femmes, hommes, vieux et jeunes, tout le village s'amassa devant la maison de Deuné. Le clair de lune tombait sur les maisons de pisé, sur cette foule qui bougeait devant la maison de Deuné.

Un tapage, un vacarme montait de la foule. Il cessa soudain. Il n'y eut plus un souffle. Et toutes les têtes se retournèrent vers l'est. Un cavalier venait de loin. Les parties métalliques du harnais de son cheval brillaient aux rayons de la lune. Le cavalier s'approcha. Puis il fendit la foule et vint s'arrêter au milieu. Il cria :

— Deuné ! Deuné !

De la foule, une faible voix de femme répondit :

— A tes ordres, mon agha !

— Deuné, c'est vrai ce que j'ai entendu ?

— Deuné vint et s'arrêta près de la tête du cheval :

— Heussuk la Betterave l'a vu. Il est venu me le dire.

— Où est cette face de betterave ? tonna Abdi agha. Qu'il vienne près de moi !

La foule s'agita :

— Il n'est pas là ! Heussuk n'est pas là, dit-elle.

— A-t-on jamais vu Heussuk se mêler à la foule ? Même si c'était la fin du monde, il ne quitterait pas sa maison.

— Allez me chercher Heussuk ! ordonna l'agha.

De nouveau, nulle parole ne sortit de la foule, jusqu'à l'arrivée d'Heussuk. Tout semblait plongé dans un profond silence.

Peu après, on amena Heussuk, en chemise et caleçon blanc. Il se débattait entre deux hommes qui le tenaient fortement par le bras.

— Que me voulez-vous en pleine nuit ? Qu'est-ce qui vous prend ? Que Dieu vous maudisse, bande de cocus !

— C'est moi qui t'ai fait chercher, Heussuk, dit Abdi agha.

Heussuk baissa le ton. Il s'adoucit.

— Tas de vauriens, pourquoi ne me dites-vous pas que c'est l'agha qui m'appelle ? Ne m'en veuille pas, mon agha ! dit-il en se tournant vers lui.

— Heussuk, tu as vu le fils de Deuné, toi ? C'est vrai ? demanda Abdi agha.

— Je l'ai dit à Deuné, dit Heussuk.

— Dis-le-moi aussi ! dit l'agha.

Quand Heussuk commença à raconter, autour de lui, la foule se resserra en cercle. Heussuk raconta comment il avait surpris, dans son champ de blé, un berger avec ses chèvres; comment, furieux, il avait failli le frapper avec sa faucille, mais s'était retenu en reconnaissant soudain Mèmed. Il raconta tout en détail, sans rien omettre.

Abdi agha entra en fureur.

— Alors ça, Suleyman, dit-il, alors quoi, Suleyman, tu me prends mes hommes et tu t'en fais des bergers ! Tu dépasses toutes les bornes, Suleyman ! C'est bien de Suleyman du village de Kesmé qu'il s'agit là ?

— Oui, dit Heussuk.

— J'irai le chercher et le ramènerai demain, dit l'agha en se tournant vers Deuné.

Il éperonna son cheval et partit. La foule murmura derrière lui.

Devant la porte de Suleyman, Abdi agha tira les rênes de son cheval qui galopait.

— Suleyman, Suleyman !...

Suleyman était chez lui. Il sortit. Quand il vit Abdi agha, son visage devint gris comme de la cendre.

De son cheval, Abdi agha se pencha vers lui :

— Tu n'as donc pas eu la moindre honte, Suleyman, dit-il. Tu n'as pas eu honte de m'enlever un de mes gars ? Ça ne t'a pas gêné du tout, non ?... Est-ce qu'on enlève quelqu'un à Abdi agha ? Est-ce que ça s'est jamais vu ? Tu ne sais pas, toi, que ça ne se fait pas ? Honte à toi, Suleyman ! Tu devrais avoir honte de ta barbe blanche !...

— Descends donc de cheval, agha ! dit Suleyman. Descends donc et viens chez moi. Je vais tout te dire, en détail, agha !

— Je ne descendrai pas chez toi, dit Abdi agha. Où est l'enfant ? Dis-moi où il est ?

— Ne te donne pas cette peine, je te l'amènerai tout de suite.

— Peine ou pas peine, dit Abdi agha, montre-moi l'endroit où il se trouve !

Suleyman baissa la tête :

— Bien, agha, allons ! dit-il, en se mettant devant le cheval.

Ni l'un ni l'autre ne dirent mot jusqu'à ce qu'ils soient arrivés près des chèvres. Là, ils trouvèrent Mèmed assis sur une pierre et plongé dans ses pensées. Quand il les vit, il se leva et s'approcha d'eux. Abdi agha ne s'étonna guère. Les yeux de Mèmed croisèrent ceux de Suleyman. Suleyman pencha la tête, comme s'il voulait dire : « On n'y peut rien. »

Abdi agha poussa son cheval de quelques pas vers Mèmed :

— Marche devant ! dit-il.

Sans rien dire, Mèmed se mit devant le cheval, la tête rentrée dans les épaules.

Mèmed devant, Abdi agha derrière, ils arrivèrent au village vers midi. En route, Abdi agha n'avait rien demandé, et Mèmed n'avait soufflé mot. Seulement, Mèmed croyait à chaque instant qu'Abdi agha passerait son cheval sur lui et l'écraserait. Il le connaissait.

Arrivés devant la porte de Deuné, ils s'arrêtèrent. Abdi agha cria vers l'intérieur :

— Deuné, Deuné, prends ton chien !

Pendant que Deuné sortait de la maison, il tira la tête de son cheval et s'en alla. Deuné poussa un cri et enlaça son fils de ses bras.

Entre-temps, les paysans avaient appris la nouvelle. Peu à peu, la foule grossissait. Elle fit cercle autour de Mèmed. Chacun demandait :

— Où étais-tu, Mèmed ?

— Qu'est-ce qui t'arrive, Mèmed ?

— Ah ! Mèmed !

Mèmed, la tête basse, n'ouvrait pas la bouche. La foule grossissait de plus en plus.

IV

Mèmed acheva la dernière gerbe qui lui restait à faire dans le champ. Pendant la moisson, il avait plu ; les tiges étaient collées les unes aux autres. Une poussière noire comme celle du charbon les recouvrait. Gerbant depuis le matin, Mèmed était méconnaissable. Tout noir. Seules brillaient ses dents. Il termina sa dernière gerbe. Le tas était si grand qu'il recouvrait tout le centre de l'aire de battage. Un cercle humide, vert et pâle, en marquait les limites. Mèmed, fatigué, alla se coucher au soleil brûlant, la bouche ouverte. A travers les chaumes, des rubans de fourmis allaient très loin.

Couvrant ses yeux de ses mains, il resta ainsi à souffler un bon moment. Il travaillait depuis des jours. D'abord, il avait moissonné tout seul. Des chardons avaient envahi le champ près du nid de cigognes. Puis, avec sa mère, il avait battu le grain, et depuis des journées entières, il conduisait le cheval attelé au deuguen*. C'est pour cela qu'il n'avait plus que la peau sur les os. Son visage était tout vidé. Sa peau semblait pendre comme celle d'un vieillard. Elle était toute noire. Ses yeux étaient enfoncés dans leurs orbites. Les cernes de ses yeux descendaient au-dessous des pommettes.

Un peu plus loin, le cheval broutait bruyamment. Maigre à tomber par terre, ses côtes saillaient. Un vieux cheval, peut-être vieux de quinze ans. Des mouches assaillaient ses yeux. Il avait une mauvaise plaie, juste au milieu du dos, pleine de pus, de pus et de sang, avec des brins de paille collés dessus. De grosses mouches noires s'y posaient et s'envolaient.

La matinée avançait. Mèmed se tourna sur le côté. Il était trempé de sueur. Il passa sa main sur son visage et la retira pleine d'une boue noire qu'il secoua à terre. Dans la plaine, les chaumes, scintillant sous le soleil, étaient si éblouissants qu'on avait de la peine à ouvrir les yeux. Mèmed était mort de fatigue. A travers les chaumes où il était étendu, il regarda une ou deux fois le cheval.

Quatre à cinq cigognes tournaient au-dessus de Mèmed. Il se mit à les regarder, puis, de sa main, il coupa le chemin aux fourmis. Les fourmis passèrent par-dessus sa main. Il fit un suprême effort. Il se souleva d'abord pour s'asseoir, posa sa tête sur son genou droit et se laissa aller encore un bon moment. Puis il se sentit mieux. S'appuyant sur la terre des deux mains, il se leva lentement. Il sentit les fourmis marcher sur son visage, sur son cou. Il les prit et les jeta à terre. A côté des ronces poussiéreuses, le cheval se léchait une des jambes de devant. Mèmed alla vers lui.

Une fleur immense, bleue, avait fleuri sur un chardon. Une brise légère l'inclinait.

Il amena le cheval et eut beaucoup de peine à l'atteler au deuguen ; la bête n'arrivait pas à marcher dans le blé coupé, disposé sur l'aire de battage. Mèmed descendit du deuguen et essaya de marcher sur les tiges avec le cheval. Le cheval se prenait les jambes à chaque instant, et tombait à force de tirer dans le blé. Mèmed eut grand-pitié de la bête. Il ne savait que faire. Le cheval était en sueur, tout noir. Il soufflait tant que son poitrail, ses côtes se soulevaient et s'abaissaient ensemble. Tout son poitrail, son dos, ses flancs étaient couverts d'écume. Mèmed aussi était tout en eau. Ça lui dégoulinait de toutes parts; ça lui entrait dans les yeux, le brûlait. Son souffle aussi était coupé par l'odeur humide de la moisson moisie. Un certain temps, ils allèrent ainsi cahin-caha. Quand ils eurent achevé le premier tour, la paille se tassa enfin. On pouvait tourner plus vite. Les chaumes, sous le deuguen, crissaient.

Vers midi, le blé était bel et bien battu. Il luisait. Les tiges s'éclaircissaient. Derrière le deuguen s'élevait à présent une légère poussière dorée qui brûlait les narines de Mèmed. On sentait une odeur de poussière, une odeur de brûlé. Très loin, un homme faisait des meules. Et, au-delà, on pouvait encore voir deux ou trois personnes qui avaient attelé le deuguen. Sur toute la plaine immense, il n'y avait pas d'autre signe de vie.

Les chaumes étaient longs... La moissonneuse coupe le blé au ras des tiges ; sur le sol, il reste tout juste un empan de chaume. Mais quand on moissonne à la faucille, on ne prend que les épis ; il reste de longues tiges. Après les chaumes viennent les chardons.

Mèmed avait la langue et la gorge desséchées. Sous la chaleur, le cheval baissait la tête vers ses sabots, et marchait en traînant le pas. Mèmed, sur le deuguen, réfléchissait. Il ne regardait rien. Les cigognes s'étaient approchées tout près du champ. Mèmed semblait endormi. De temps en temps, le cheval enfonçait la tête dans la paille et mâchonnait, sans envie. La paille lui tombait de la mâchoire.

Mèmed se fichait de tout. Le soleil lui tapait sur la tête. Il regarda longuement du côté du village. Il n'y avait personne en vue. Il serra les dents. « Et ma mère ?... » dit-il.

Sa mère devait lui apporter de quoi manger et boire. Il avala sa salive. Il n'avait plus une goutte de salive dans la bouche. Doucement, il s'accroupit sur le deuguen. Le cheval s'arrêta. Il plongea la tête dans la paille. Mèmed s'en fichait. Ce n'est qu'après qu'il se rendit compte et qu'il tira sur les rênes.

— Hue, mon petit, hue ! dit-il.

Les mouches s'acharnaient sur le cheval, qui balançait lentement sa queue, sans la soulever. Les mouches s'en fichaient.

Mèmed, fâché, se leva de nouveau et se tourna vers le village. Au-dessus des chardons, on apercevait une tête. Peu après, il reconnut que la personne qui venait était sa mère. Tout de suite sa colère se transforma en joie. Sa mère était en nage, sa main qui tenait la nourriture s'allongeait comme si elle allait toucher le sol.

— Qu'as-tu fait, mon petit ? dit-elle. Ça avance ?

— Je viens de jeter dans l'aire les dernières gerbes qui restaient, dit Mèmed.

— Elles ne sont pas un peu trop hautes ? demanda la mère.

— Oui, mais elles se tasseront, répondit Mèmed.

Il saisit la cruche que tenait sa mère, y but en l'élevant au-dessus de sa tête. Il but longuement pour étancher sa soif. Sa poitrine, son menton, ses jambes furent trempés par l'eau qui coulait de la cruche.

— Descends, dit la mère, descends et laisse-moi monter un peu. Mange ton pain.

Il donna les rênes du cheval à sa mère et s'installa

à l'ombre du mûrier sauvage. Il ouvrit le grand mouchoir noué où était enveloppé son manger. Il y avait de l'oignon, du sel. L'eau dégouttait du sac de lait caillé. Des moucherons s'étaient posés dessus. Il se mit du lait caillé dans un bol. Quand il eut fini de manger, il se coucha à l'ombre des ronces. Le bas de son corps restait au soleil. Il dormit. Quand il se réveilla, l'après-midi était avancé. Il se leva en se frottant les yeux, et courut vers le champ de blé.

— Maman, tu es fatiguée, très fatiguée, dit-il.

— Viens, mon petit, dit la mère en baissant la tête.

Deux jours durant, ils battirent le blé. Le troisième jour, ils le vannèrent. Et le quatrième, ils l'amassèrent. Sur l'aire, les grains de blé rouges, en tas, flamboyaient. Ils ne purent ce jour-là mettre le blé en sac et le porter chez eux. Tel quel, il resta au milieu de l'aire. La raison en était qu'Abdi agha n'était pas venu chercher sa part. Cette nuit-là, Mèmed et sa mère, dévorés par les moustiques, veillèrent le blé. Le lendemain, Abdi agha ne vint pas dans la matinée. A midi, pas davantage. Ce n'est que tard dans l'après-midi qu'il s'amena, avec, derrière lui, trois de ses valets de ferme montés sur des chevaux harnachés. Son expression était sombre, effrayante.

Quand Deuné vit la tête qu'il faisait, elle eut peur. Depuis des années, elle le connaissait bien. Le visage de Deuné, fripé comme une pomme, se fripa davantage.

Abdi agha appela d'un signe Deuné près de lui. Il ordonna aux valets de ferme :

— Trois quarts pour nous, un quart pour Deuné !

Deuné se jeta sur son étrier :

— Ne fais pas ça, mon agha ! Nous mourrons de faim cet hiver. Ne fais pas ça ! Ne fais pas ça ! Je te baiserai la plante des pieds, mon agha !

— Ne gémis pas, Deuné ! dit l'agha, je te donne ton dû.

— Mon dû est un tiers, dit Deuné en gémissant.

Du cheval, l'agha se pencha vers Deuné. Il lui demanda en la regardant dans le fond des yeux :

— Qui a labouré, Deuné ?

— C'est mon agha, dit Deuné.

— Est-ce que mes garçons de ferme ne t'ont pas aidée ?

— Ils m'ont aidée, mon agha.

— Deuné !

— Plaît-il, mon agha ?

— Tu diras une autre fois à ton fils de ne pas aller s'engager berger chez Suleyman.

Deuné devint toute pâle. L'agha éperonna son cheval et partit.

— Que je sois ton esclave dévouée ! Ne fais pas ça, mon agha ! dit seulement Deuné derrière lui.

Les valets de ferme commencèrent à mesurer. Ils mettaient trois quarts à l'agha et un à Deuné. Le tas de l'agha grandissait. Celui de Deuné restait tout petit. Deuné regardait le tas et proférait des malédictions :

— *Inch'Allah*, puisses-tu ne pas le manger, ce blé, barbe de chèvre ! Tu t'en paieras le docteur ! Tu t'en paieras le chirurgien ! Sois couvert de furoncles ! Puisses-tu ne pas le manger, ce blé !

Les valets chargèrent sur les trois chevaux la part d'Abdi agha. Aucun d'entre eux n'ouvrit la bouche pour dire un mot à Deuné. Chacun demeurait figé comme la terre, comme la pierre. Mèmed vint s'asseoir près de sa mère. Au milieu de l'aire, un tout petit tas de blé. Comme il était grand tout à l'heure ! Il regardait tour à tour le tas de blé et sa mère. Il boudait d'un air fautif.

— J'ai compris, maintenant, dit la mère, pourquoi il ne t'avait pas battu en te ramenant de chez Suleyman. J'ai compris, c'est pour nous couper les vivres. Espèce de mécréant !

Mèmed ne put se retenir davantage. Il se mit à sangloter :

— C'est à cause de moi... dit-il.

La mère attira son fils et le serra de toutes ses forces.

— Que faire ? dit-elle. On n'y peut rien.

— Comment va-t-on passer l'hiver ? dit Mèmed.

— Cet hiver ! dit la mère.

Puis la mère se mit à pleurer :

— Ah ! si ton père était là, dit-elle. Ah ! ton père !...

V

Ils possédaient une seule vache. Cette année-là, elle avait vêlé. C'était un petit veau. Si Mèmed le Mince avait eu quelques terres, il aurait attendu fébrilement, avec un espoir farouche, au point d'en perdre le sommeil, un autre petit veau l'an prochain. Il imaginait vaguement le petit à naître. Alors les deux veaux grandiraient ensemble. Une paire de belles bêtes, au milieu d'une grande plaine... Il ne serait pas facile de les habituer au joug... Il faudrait se donner du mal. A la fin, ils se font aussi doux que des agneaux. Le champ est couvert de chardons ? Qu'il le soit. Le chardon pousse un an, deux ans ; la troisième année, maudite soit sa racine, pourvu que le champ t'appartienne !

Le poil des petits veaux nouveau-nés est d'un rouge aux reflets mauves. Il change après. Il devient blond, rouge pâle, mauve.

Le duvet de leurs oreilles est comme du velours. Si l'on ouvre bien la main et qu'on frotte la paume sur cette oreille, un frisson doux, frais, vous parcourt.

Dans les villages, dans toutes les maisons pauvres, la place des petits veaux est à l'ombre, à côté de la cheminée, tout près de l'endroit où on fait les lits. Elle est couverte d'herbe printanière en fleurs. La maison est emplie d'une odeur de fleurs printanières, d'herbes, de fumier et de jeune veau. L'odeur du jeune veau est à peu près comme celle du lait.

En automne, le veau grandit ; c'est alors qu'on le met avec le reste du bétail.

La mère vécut tout le printemps sans s'intéresser au petit veau, sans s'en soucier. Si elle n'avait pas souffert pour son fils, le petit veau aurait eu sa place dans la maison, comme un bouquet de printemps ; il en aurait été la joie.

La maison de Mèmed n'a qu'une seule pièce. Les toits de toutes les maisons du village ne résistent pas aux pluies d'automne et coulent. Seul, le toit de la maison de Mèmed tient tête aux pluies d'automne. Le père, avant sa mort, était allé chercher de la terre de Sary-Tchagsak ; il en avait recouvert le toit. La terre de Sary-Tchagsak est une terre à part. Ce n'est pas de ces terres que nous connaissons, noires, sablonneuses, sèches. Cette terre, grain à grain, semble pétrifiée en cristaux : il y en a de toutes sortes, jaunes, rouges, mauves, bleus, verts, de toutes les couleurs, mélangées ensemble. C'est pour cela que le toit de la maison de Mèmed flamboie au soleil.

Tout l'été, la mère et le fils travaillèrent de toutes leurs forces, mais en vain... Ils rentrèrent en automne dans leur maison, pleins de soucis. C'est alors qu'ils s'aperçurent qu'ils avaient un petit veau. Ils l'avaient oublié. Il avait grandi.

La mère mit une grosse bûche dans la cheminée. De gros nuages filaient du sud vers le nord. Peu après, un éclair illumina l'intérieur de la maison. Les flammes dans la cheminée se dévoraient entre elles.

Mèmed entra à ce moment. Ses mains étaient toutes rouges de froid. Il s'accroupit auprès de la cheminée. Quand il se retourna, il vit la vache couchée, qui ruminait, paisible. Il y avait du foin devant elle. Il y avait encore plein de foin de l'autre côté de la pièce.

Mèmed se leva et alla près de la vache. Il attrapa par l'oreille le veau qui restait devant elle. Le veau n'aimait pas ça. Retirant sa tête, il s'enfuit derrière sa mère. Le garçon sourit.

— Quand tu n'étais pas là, la Noisette a mis bas, près du Ruisseau-des-Alisiers, dit la mère. J'ai fini par les trouver là enfouis dans les broussailles. Avec sa mère qui lui léchait la tête. Un bon moment, elle n'a pas voulu me laisser approcher. Puis j'ai enveloppé le petit dans mon tablier et je l'ai apporté ici.

— Il a beaucoup grandi, dit Mèmed.

— Eh oui ! dit la mère.

Puis ils se turent soudain, n'osant se regarder. Tous les deux, tête baissée, fixaient le feu.

— Nous ne pouvons pas ne pas le vendre, dit la mère. Nous n'avons déjà plus de farine.

Mèmed ne répondit pas. La mère continua :

— Et Abdi agha qui est fâché contre nous ! Il va le prendre au prix d'une bête morte. C'est dire qu'on ne s'en sortira pas, jusqu'en été.

Mèmed se taisait.

— Nous n'avons pas d'autre solution, mon petit, dit la mère. S'il n'y avait pas eu ton escapade !... Elle a tout gâché.

Il leva lentement la tête, regarda sa mère. Ses yeux étaient pleins de larmes.

— Je ne suis qu'un prétexte, dit-il. Si ce n'était moi, ce serait autre chose.

— Ce serait autre chose, dit la mère. Ce mécréant, d'ailleurs, était aussi l'ennemi de ton père.

Ils se tournèrent alors tous les deux vers la vache. C'était une vache rouge, grasse, avec une tache comme un grain de beauté sur le front...

Et l'hiver arriva, inévitable. La neige montait jusqu'aux genoux. C'était, en plein midi, l'obscurité grise des nuages. La mère avait mis sur le feu une casserole, noire de suie. L'eau, depuis un bon moment, n'arrêtait pas de bouillir.

Djennette entra à ce moment.

— Viens t'asseoir, dit Deuné, viens t'asseoir, dame Djennette !

Djennette poussa un grand soupir :

— Vais-je m'asseoir, ma sœur ? Vais-je m'asseoir ? dit-elle en faisant mine de s'asseoir dans un coin. Je vais de porte en porte depuis ce matin. Je ne sais ni ce que je fais ni où je vais. J'ai appris que tu n'avais pas non plus de blé. Tu as épuisé aussi l'orge. Ça fait une semaine que nous n'en avons plus. Il y a beau temps qu'on voit le fond des sacs. Cette année, ma sœur, nous, on a eu une mauvaise récolte. Si elle avait été comme la vôtre... Mon homme est allé partout, il a fait le tour de chaque maison. Il a demandé qu'on lui prête. Personne n'a pu rien donner.

La Djennette vit l'eau qui bouillait sur la cheminée :

— Que vas-tu faire cuire ? demanda-t-elle.

La question de la Djennette était calculée. Un sourire blanc, sans vie, effleura rapidement le coin des lèvres de Deuné.

— Voilà, je fais bouillir de l'eau, dit-elle.

— Il ne te reste plus rien ? dit la Djennette avec étonnement.

— Tout ce qu'on a est sur le feu, dit Deuné.

— Mais que vas-tu faire ? demanda la Djennette, apitoyée.

— Je n'en sais rien, dit Deuné.

— Va donc demander encore une fois à Moustoulou !

— Je l'aurais fait, mais il n'a plus rien non plus.

La neige, en bourrasque, tourbillonnait de plus belle. Depuis des jours, la tempête de neige se prolongeait sans merci. Dehors, il n'y avait pas un chien. Le village semblait vide, comme une campagne déserte. Chacun s'était retiré chez soi, fermant portes et fenêtres.

Ceux qui ont une vache ont aussi du foin chez eux. Personne n'a affaire à qui que ce soit. Il n'y a pas une maison où Deuné ne soit allée, pas une porte où elle n'ait frappé. Cela faisait peut-être bien une semaine, peut-être bien dix jours.

— Je mourrai, mais je ne supplierai pas Abdi agha, disait-elle. Je mourrai plutôt...

C'était pareil tous les ans. La moitié du village ne mourait pas de faim parce qu'elle s'amassait devant la porte d'Abdi agha.

Deuné ne put tenir davantage. Encore, si elle était seule, mais il y avait le garçon. Durant des jours, il n'ouvrait pas la bouche. Pas une goutte de sang sur son visage, sur ses lèvres. Ses lèvres minces comme du papier. Tout son visage, tout son corps demeurait impassible, comme mort. S'il s'asseyait quelque part il y restait jusqu'au soir. Il prenait sa tête entre ses mains et se plongeait dans ses pensées. Toute son âme, sa vitalité, sa haine, son amour, sa peur, sa force étaient dans ses yeux. De temps en temps, dans ses yeux s allumait et s'éteignait un reflet, gros comme une tête d'épingle. C'était comme une lumière vive et perçante. Elle faisait peur. Le même reflet, sans doute, s'allume et s'éteint dans les yeux du léopard qui se prépare à se jeter sur sa proie et à la mettre en pièces. D'où venait ce reflet ? Peut-être de sa nature. Ou plutôt du martyre enduré, de la souffrance, des malheurs. Ce reflet était récemment apparu dans les yeux de Mèmed. Avant cela, ses yeux brillaient d'une lumière de ravissement et de joie.

Des nuages noirs roulaient sans arrêt dans le ciel. Devant la porte d'Abdi agha, une foule courbée par le froid, vêtue de loques tissées à la main, grelottait en se serrant. Une seule personne était à l'écart : Deuné. Tous, ils attendaient Abdi agha. Abdi agha sortirait et leur dirait quelque chose.

Il sortit enfin, avec son chapelet aux quatre-vingt-dix-neuf grains, son bonnet tricoté en poil de chameau, sa barbe pointue.

— Vous voilà de nouveau affamés, dit-il en bougonnant.

Bien entendu, aucune voix ne sortit de la foule.

Voyant Deuné toute seule derrière la foule :

— Deuné ! Deuné ! cria Abdi agha, toi, rentre tout droit chez toi ! A toi, je ne donnerai pas un seul grain ! Rentre chez toi, Deuné ! Personne jusqu'à présent ne s'est enfui de son village, de mon service, pour aller s'engager dans un autre village, comme berger, comme valet de ferme chez quelqu'un d'autre. C'est une invention de ton petit bout de fils. Toi, rentre tout droit !

Il se tourna vers la foule :

— Vous autres, venez derrière moi !

Il sortit de la poche de son large chalvar une

poignée de clés et la prit en main. De la poche de sa veste, il sortit un carnet.

Deuné, qui avait mis un bon moment pour se remettre, ne put que crier derrière lui :

— Mais, mon agha ! ce n'est qu'un bout de gosse ! Ne nous laisse pas affamés !

L'agha s'arrêta. Il se tourna vers Deuné. La foule derrière lui s'arrêta aussi pour se retourner.

— Un gosse doit savoir qu'il est un gosse, dit l'agha. Jusqu'à présent, depuis que je me connais, personne ne s'est enfui de Dèyirmènolouk, pour aller se faire berger ou valet de ferme dans un autre village. Ça ne se fait pas !... Toi, Deuné, droit à la maison !

Quand Abdi agha ouvrit la porte de sa grange, une odeur chaude de poussière s'échappa au-dehors. Il s'arrêta devant la porte :

— Écoutez-moi bien ! dit-il. Vous n'allez pas donner un seul grain à cette Deuné. Elle mourra de faim. Jusqu'à présent, personne n'est mort de faim à Dèyirmènolouk. Elle, elle mourra. Ou bien alors, si elle a quelque chose à vendre, elle le vendra. Si vous lui donnez, si j'apprends que vous lui avez donné quoi que ce soit, je viendrai chez vous et je reprendrai tout. Tenez-vous-le pour dit !

— Nous n'en aurons pas assez pour nous-mêmes ! répondit la foule.

— Nous n'en aurons pas assez !

— Pas à Deuné...

Une voix de femme, criarde, se fit entendre derrière :

— Il n'avait qu'à pas s'enfuir, le fils de Deuné !... Et puis, nous, on s'en fiche !... qu'ils crèvent de faim !...

Chacun s'en retourna chez soi, avec, sur son dos,

un sac de provisions où il y avait un mélange de seigle, de blé, et d'orge. Le moulin était à l'autre extrémité du village, un peu plus bas que le grand platane. Le lendemain, les sacs de farine s'entassaient devant le moulin. Depuis longtemps, il n'avait pas travaillé. Ce fut un beau jour pour Ismaïl sans Oreilles.

Vers le soir, une odeur de pain se dégageait de chaque maison.

Ali le Demeuré avait exactement soixante ans. C'était l'homme le plus grand du village. Aussi solide qu'un vieux platane. Il avait un grand visage et de tout petits yeux. De sa vie, il n'avait porté de chaussures. La plante de ses pieds était recouverte d'une couche noire, craquelée, qui lui tenait lieu de souliers. Il n'existait pas de chaussure à son pied. Ses pieds étaient si grands qu'ils allaient au-delà de toutes les pointures existantes. Même les sandales ne lui convenaient guère. Mais il aurait pu en porter s'il avait voulu. Quand on lui demandait pourquoi il ne le voulait pas, il se contentait de jurer.

Une des femmes pétrissait la pâte, une autre la roulait, une troisième cuisait le pain sur la tôle. A côté d'elle, des piles de galettes cuites s'entassaient.

Ali en mangea une ou deux avec appétit. Puis il eut les larmes aux yeux. Il se retourna vers sa femme :

— Femme dit-il, ça me reste dans la gorge !

— Pourquoi donc ? demanda la femme, étonnée.

— La femme et le fils d'Ibrahim... Ce qu'a fait Abdi agha, le mécréant, je n'arrive pas à l'oublier... Il ne lui a même pas donné un seul grain !

— Les pauvres ! dit la femme. Si Ibrahim vivait...

— Et Abdi qui nous a menacés !...

— J'ai entendu.

— On ne va pas voir mourir de faim deux êtres au beau milieu du village !

Ali écumait de rage. Il se mit à crier de toutes ses forces. Ses cris s'entendaient à l'autre bout du village :

— Allons, lève-toi, femme ! Enveloppe-moi une bonne quantité de pain dans un foulard, et mets une mesure de farine dans un sac. Je vais les porter à la famille d'Ibrahim.

La femme quitta la planche à pain, en secouant sa jupe enfarinée. Ali, tenant dans ses mains le baluchon et le sac, s'élança hors de chez lui, aussi agité qu'un arbre mugissant dans le vent.

Quand il arriva devant la porte de Deuné, il s'était calmé.

— Deuné ! Deuné ! cria-t-il, ouvre-moi !

Deuné et son fils, pelotonnés auprès du foyer éteint, restaient tous deux immobiles comme des pierres. Ali cria encore plusieurs fois :

— Deuné ! Deuné !

Au bout d'un moment, Deuné reconnut sa voix. Elle rassembla ses forces et parvint à se lever. Elle alla ouvrir la porte, à contrecœur :

— Entre, Ali, mon agha ! dit-elle.

— Ma fille, dit Ali, pourquoi me fais-tu attendre dehors des heures ?

— Entre donc, mon agha ! fit Deuné.

Il entra en se baissant :

— Pourquoi ce feu est-il éteint ? demanda-t-il.

La petite lueur, comme une tête d'épingle, était plantée dans les yeux de Mèmed. Elle disparut quand il vit le visage bon, souriant, rassurant d'Ali.

Ali montra le paquet de pain :

— Dieu est grand ! dit-il.

— Il l'est, sans aucun doute ! dit Deuné.

— J'ai froid, dit Ali. Regarde, le gosse est tout pelotonné ! Allume le feu...

Deuné regarda la cheminée vide.

— Il s'est éteint, dit-elle. Je ne m'en suis pas rendu compte.

Elle mit des bûches dans la cheminée.

— Le mécréant d'Abdi...

Dès que Mèmed entendit prononcer le nom d'Abdi, la petite lueur vint s'installer dans ses yeux.

— Ses mains seront bénies, à celui qui le descendra, dit Ali. Il aura gagné son paradis. Le père d'Abdi n'était pas comme lui. Il pensait aux villageois.

Après Ali, quelques villageois encore apportèrent à Deuné de quoi manger. Abdi n'en sut absolument rien. Mais tous ces sacs apportés par les villageois ne suffirent qu'à tenir quinze jours. Après, mère et fils n'eurent encore rien à manger pendant deux jours. Au matin du troisième jour, Deuné, sans rien dire, fit lever la vache de l'endroit où elle était couchée. Elle l'emmena en lui attachant une corde au cou.

— Maman ! dit Mèmed, quand la vache fut dehors.

— Mon petit ! fit Deuné.

Tirant la vache, Deuné vint s'arrêter devant la maison d'Abdi agha. Le petit veau, la tête entre les mamelles de sa mère, tétait.

Deuné resta un bon moment devant la maison. La voyant dehors, Doursoun prévint son maître. Sur ce, l'agha sortit. Deuné gardait la tête baissée. Son menton pointu et fin tremblait, ses lèvres froncées comme celles d'un enfant tremblaient aussi. Tout son corps était pris d'un léger frisson.

— C'est pour la vendre que tu l'as amenée, Deuné ? dit Abdi agha, en frappant de sa main le dos de la vache.

— Eh oui, mon agha, dit Deuné, sans lever la tête.

— Prends cette vache de la main de notre sœur Deuné, et amène-la dans notre étable ! ordonna Abdi agha à Doursoun.

Il mit la main dans sa poche et en sortit la poignée de clés.

— As-tu apporté un sac, ma fille Deuné ? demanda-t-il.

Sa voix était douce, attendrie.

— Eh ! oui, fit Deuné.

VI

On ne voit presque pas d'autres arbres, là où grandit le chêne. Le chêne couvre tout, montagnes et vallées, rivières et collines. Le chêne est gros, court et large ; ses branches, rabougries. La plus grande ne dépasse pas un mètre de long. Les feuilles, d'un vert foncé, sont serrées les unes contre les autres.

Cramponnés de toutes leurs forces à la terre, les chênes se dressent solidement. Il semble qu'aucune force ne pourrait les arracher. La terre où ils grandissent est inculte, toute blanche, une terre comme de la chaux. Comme si elle s'était juré de ne rien laisser survivre, que le chêne.

De petites collines en pente douce séparent Kadirli de Djigdjik. La terre de leurs sommets est glaiseuse, toute noire, grasse, fertile. Ces lieux forment la dernière extrémité des marécages de Tchoukour-Ova.

Au couchant, se situe le marais des Roseaux-Blanchâtres et, au levant, la grande forêt des pins des Monts Taurus. On cultive le sol des collines d'un bout à l'autre.

Dans ces champs-là, il y a des chênes, grands, hauts comme des cyprès. Leur verdure fraîche jaillit de leurs branches. Leur tronc n'est pas noueux comme celui des autres chênes. Il est semblable à celui des peupliers, tendre, tout lisse. Là, le chêne se dresse comme n'importe quel arbre.

Le champ de chardons ondule, vert, mauve, ou blanc comme neige. L'horizon où pointe l'aube est couvert de brume. Tout est glacé.

Mèmed a labouré longtemps au milieu du champ de chardons, les jambes couvertes d'écorchures. La bise était brûlante. Il a battu le blé sous les « chaleurs blanches ». Il a brûlé, grillé. Abdi agha lui a enlevé les trois quarts de ce qu'il avait arraché à la terre comme avec ses dents et ses ongles.

Aux autres villageois, il leur en prenait les deux tiers. Mais il en voulait à Mèmed. Il persistait dans son entêtement. Tous les prétextes étaient bons pour le battre et l'humilier.

Chaque chose pousse, grandit, et s'épanouit selon le sol où elle se trouve.

Mèmed avait grandi sur une terre inculte, péniblement. Sa taille ne s'élançait pas. Ses épaules, ses jambes ne se développaient point. Ses bras, ses jambes ressemblaient à des branches desséchées. Toutes sèches. Ses joues étaient creuses, son visage brun. Brûlé par le soleil. Quand on le regardait avec attention, on pensait inévitablement à ces chênes-là, trapu, solidement cramponné au sol. Dur et anguleux, partout. Il ne lui restait qu'un endroit, un tout petit endroit conservant sa fraîcheur : ses lèvres restaient roses comme celles d'un enfant. Elles se retroussaient toutes minces, comme celles d'un enfant. Un sourire demeurait sans cesse au coin de ses lèvres.

Ce matin-là, Mèmed le Mince était fou de joie.

Il sortit au soleil. Il se promena au soleil, puis il rentra. Un mouchoir débordait de la poche de sa veste, achetée à des contrebandiers. Il arrangea le mouchoir de mille manières. Ça le préoccupait. Il l'ouvrait quelquefois comme une feuille, d'autres fois il le pliait. Sa casquette aussi était neuve. Il l'enfonçait sur sa tête. Sous la visière, il sortait une mèche de cheveux noire et longue. Puis il la repoussait. Il se regarda encore une fois dans la glace. Il n'était pas satisfait. Il redescendit sa mèche noire sur le front. Il la laissa ainsi. Son chalvar aussi était neuf. Il l'avait acheté il y a deux ans, mais ne l'avait pas porté. Il le mettait pour la première fois.

Il mit des bas de laine et les ôta. Il en avait tant ! Sa mère tricotait bien les bas. Et puis, elle inventait les plus beaux motifs. Les derniers bas qu'il essaya ne lui donnèrent pas non plus satisfaction. Il les enleva et les mit dans un coin. Épiant sa mère du coin de l'œil, il alla ouvrir le coffre. L'intérieur du coffre sentait la pomme sauvage. L'émotion le saisit quand il aperçut une certaine paire de bas ornés, dans un coin du coffre. Il se baissa et les prit. L'odeur de la pomme sauvage s'était répandue partout. Il fut encore plus ému quand il toucha les bas.

Quelque chose de doux traversa son sein. Il se sentit tout drôle... Une chaleur, une douceur... Dans la pénombre de la malle, la couleur des bas paraissait sombre. Il les sortit et les porta à la lumière. Les couleurs s'éclaircirent. Elles s'illuminèrent.

On chante une chanson... Elle n'est pas la même la nuit que le jour. Si un enfant la chante, c'est autre chose, et autre chose si c'est une femme. Elle change, selon que jeunes ou vieux la chantent. Elle n'est pas la même dans la montagne et dans la plaine, dans la forêt et sur la mer. Chaque fois, elle varie. Le matin, à midi, dans l'après-midi ou dans la soirée, ce n'est pas la même.

Ces bas brodés sont comme la chanson. Ils sont faits dans un enthousiasme de chanson. Le jaune, le rouge, le vert, le bleu, l'orangé, toutes les couleurs qui s'y mêlent et y jouent, apportent une chaleur, une douceur concertées. Ils ont quelque chose de l'amour et de la tendresse.

Oui, ces bas sont comme l'amour. Ils participent à la même tradition. Si la main de Mèmed tremblait en les touchant, s'il se recueillait en les sortant à la lumière, ce n'était pas pour rien.

Sur ces bas d'amoureux, on trouve toujours deux oiseaux brodés. Appuyés bec à bec, ils semblent s'embrasser, ces deux oiseaux. Et puis, il y a deux arbres, aux troncs tout petits. Chacun n'a qu'une fleur, énorme. Les deux arbres sont nez à nez, comme pour s'embrasser. Entre ces deux broderies, aussi, coule un cours d'eau blanc comme du lait, avec des rochers rouges sur des rives charmantes. Couleurs et flammes font la fête, enivrées.

Il enfila les bas et mit ses sandales. Les bas lui venaient aux genoux. Un tas d'oiseaux et de fleurs montaient jusqu'aux genoux, un tas de motifs blancs en descendaient.

« Si je pouvais me faire voir à Hatché ! » se dit-il en lui-même.

Il marcha vers la maison de Hatché. Elle était devant sa porte. Ses yeux immenses et pleins de lumière sourirent dès qu'elle aperçut Mèmed. Et elle fut contente quand elle reconnut à ses pieds les bas qu'elle avait tricotés.

De là, Mèmed alla vers l'intérieur du village. Quand il rentra à la maison, le soleil était assez haut. Il s'assit sur une pierre et attendit son ami. Peu après, celui-ci arriva de derrière la maison.

— Les enfants, dit la mère, ne restez pas longtemps. Qu'Abdi agha n'apprenne pas que vous êtes allés en ville, sinon, vous êtes fichus !...

— Il ne le saura pas, dit Mèmed.

Son ami était Moustafa, le fils d'Ali le Chauve. Lui aussi venait d'avoir dix-huit ans. Ensemble, ils s'étaient mis à discuter de ce que pouvait bien être un bourg. A la fin, n'y tenant plus, ils avaient décidé d'y aller.

Intérieurement, quelque chose les y poussait. Tchoukour-Ova, que Dourdoun avait raconté comme un conte, les fascinait. Il y avait deux ans que leur décision était prise. Ils n'avaient pas pu, depuis ce temps, la réaliser. Pour commencer, Moustafa avait peur de son père, et Mèmed de sa mère. Les deux ensemble redoutaient Abdi agha. Ce n'est que trois jours auparavant qu'ils avaient soumis la question à la mère de Mèmed.

— Comment est-ce possible ? dit la mère. Comment, à cet âge-là, pensez-vous aller au bourg ? Est-ce possible ? Et puis, après, que dira Abdi agha ? Ma parole, si Abdi agha l'apprenait, il nous chasserait pour de bon de ce village !

Mèmed supplia sa mère.

— Ça ne peut pas se faire ! dit la mère.

Elle dit ça, mais ça la tourmentait.

— Qu'il nous chasse, après tout ! dit-elle enfin.

Ils ne dirent rien au père de Moustafa. Ils lui annoncèrent qu'ils allaient chasser le cerf, qu'ils allaient passer quelques jours dans la montagne. Depuis toujours, ils allaient chasser le cerf. Il n'y avait pas, au village, de meilleur chasseur que Mèmed. Il pouvait viser même une puce. C'était un tireur hors pair.

Si Ali le Chauve les avait vus habillés ainsi, avec

tant de soin, portant des bas d'amoureux, il n'aurait jamais cru qu'ils allaient à la chasse.

Moustafa laissa son fusil chez Mèmed.

Cette nuit-là, ils firent des plans jusqu'au matin. Pas une minute, ils ne fermèrent l'œil. Ils bavardaient sans cesse. Avant que l'aube ne blanchît à l'horizon, ils se mirent en route. Il faisait encore tout noir. Ils allaient presque en courant. Une bise montait d'en bas, fraîche, froide. Ils ne parlèrent ni ne s'arrêtèrent un moment pour souffler, jusqu'à ce qu'un peu de soleil ait point à l'horizon.

Près de la terre verte, Mèmed respira profondément :

— Il paraît qu'il y a un peu plus loin un endroit qui s'appelle Saryboga. C'est par là que nous allons passer d'abord. Puis, les Moulins, et, après, le village de Dikirli... et, après Dikirli, le bourg...

— Et après le bourg... murmura Moustafa.

Ils continuèrent à marcher. De nouveau, ils allaient presque en courant. De temps en temps, ils s'arrêtaient et se souriaient, puis ils reprenaient la route. Ils traversèrent en vitesse le Bois-Brûlé, le Passage-Souterrain, le Cimetière-Sanglant. Il était midi quand ils arrivèrent à Torounlar. Il faisait tiède. Les grenadiers étaient rouges de fleurs. La terre était humide. Ils s'assirent sur le sol.

On ne sait pas comment apparut, soudain, derrière le grenadier, un vieillard, grand, la chemise ouverte sur la poitrine, fatigué, en sueur. Les longs poils de sa poitrine étaient blancs et frisés. Sa barbe, blanche comme neige, était frisée aussi. Il posa par terre la besace qu'il avait sur le dos.

— Salut, jeunes gens ! dit-il.

Le vieux avait une voix pleine, qui frappait comme un marteau. Dès qu'il fut assis, il sortit de sa besace un ballot, et l'ouvrit. Il y avait des petits pains blancs et un gros oignon rouge... et avec l'oignon, un fromage de chèvre.

— Venez partager mon repas, dit le vieux qui commençait à manger.

— Bon appétit ! dit Mèmed.

— Bon appétit ! dit Moustafa.

— Venez donc ! insista le vieux.

— Non, merci, dit Mèmed.

— Non, merci, dit Moustafa.

Le vieux continuait d'insister :

— Nous allons manger au bourg, coupa court Mèmed.

— Nous allons manger au bourg, répéta Moustafa.

— Alors, c'est autre chose, dit le vieux en souriant. J'ai compris : un repas en ville... Mais vous avez encore un bon bout de chemin jusqu'à la ville.

— C'est là qu'on va manger, dit Mèmed.

— C'est là qu'on va manger, répéta Moustafa.

Bouillonnante, écumante, la rivière s'élançait à travers les rochers.

— Vous n'allez pas quitter cette rivière, dit le vieux, la bouche pleine. Elle vous mènera directement là-bas.

— Tu ne viens pas avec nous ? demanda Mèmed.

— Ah ! mon petit, dit le vieux, je vais aussi au bourg. Mais comment faire pour aller aussi vite que vous ?

Mèmed se tut.

Le vieux termina son repas. Après avoir attaché solidement son ballot, il s'allongea pour boire longuement, à sa soif, l'eau de la rivière. Il vint s'asseoir, s'essuyant la bouche et la moustache du revers de la main. Il sortit sa grosse blague à tabac et l'ouvrit.

Il roula une cigarette, grosse comme le doigt, dans une feuille de cahier jaune. Il commença à l'allumer. Elle mit un bout de temps pour prendre feu et répandit une odeur agréable. Après avoir bien allumé sa cigarette et bien appuyé son dos au grenadier, il demanda :

— Dites-moi, jeunes gens, d'où êtes-vous ?

— De Dèyirmènolouk, dit Mèmed.

— De Dèyirmènolouk, dit Moustafa.

— Vous êtes donc du village de ce mécréant d'Abdi agha à la Barbe de Chèvre ! J'ai appris qu'Abdi est agha, à présent, qu'il fait travailler les villageois comme des serfs et qu'il les laisse mourir de faim, qu'en hiver tout le monde se meurt de faim. On dit que, sans son autorisation, personne ne peut se marier, personne ne peut même sortir du village. On dit qu'Abdi, dans le village, tue les gens sous le bâton ; qu'il fait la loi dans cinq villages ; qu'il en est le roi ; qu'il fait ce que bon lui semble... Eh bien, alors !... Abdi à la Barbe de Chèvre !... Abdi qui se fait agha !...

Le vieux se mit à rire. Il riait tout en s'exclamant :

— Ben mon vieux ! Abdi ! Ben mon vieux ! Abdi à la Barbe de Chèvre !...

Il cessa de rire :

— Est-ce vrai ? demanda-t-il, le sourcil froncé.

Les jeunes gens se regardèrent. Le reflet, comme une tête d'épingle, apparut dans les yeux de Mèmed. Le vieux, voyant qu'ils ne répondaient pas et qu'ils étaient gênés, reprit :

— Voyez-vous, les gars, ce chien à la barbe de chèvre, ce maquereau qui tyrannise les villageois, ce foutu Abdi qui fait le vaillant, il est aussi peureux qu'un lièvre. Il est comme une femme. Ah ! c'est trop tard, mes petits, c'est trop tard. Si j'avais su qu'il deviendrait un salaud, j'aurais envoyé son âme en enfer. Maintenant, c'est trop tard. Alors c'est bien lui, Abdi à la Barbe de Chèvre ! Eh bien !...

Il recommença à rire :

— Alors, il veut se faire roi ? Il a donc cinq villages ? Eh bien ! Quelle histoire, ça alors ! Ben, mon vieux Abdi ! si j'avais sû que tu serais un tel salaud, si je l'avais seulement su !...

Mèmed et Moustafa s'étaient rapprochés l'un de l'autre, avec un air de méfiance envers le vieillard. Moustafa semblait sourire. Cela n'échappa pas au vieux :

— Vous êtes donc du pays d'Abdi ? Ils sont passés les jours où Abdi se traînait à mes pieds.

Moustafa, à ces paroles, ricana d'une façon trop visible. Voyant cela, Mèmed le poussa du coude, pour qu'il se retienne. Cela non plus n'échappa point au vieillard.

— Vous autres, dit-il, avez-vous entendu parler d'Ahmed le Grand ?

— Oui, dit Mèmed.

— C'est à toi que je le demande ! Toi, tu en as entendu parler ? demanda le vieux, rudement, à Moustafa.

— Certainement, dit Moustafa avec suffisance. Tout le monde le connaît.

— Un jour, à Siyringuitch, deux bandits se saisirent d'Abdi et le détroussèrent. Ils lui enlevèrent aussi sa femme ! On vint me prévenir et alors, Abdi vint se jeter à mes pieds pour me supplier. Je suis allé chercher sa femme et je la lui ai ramenée. Je la lui ai rendue. Si j'avais su qu'il agirait de la sorte avec les pauvres gens !...

Ahmed le Grand était un personnage légendaire dans les montagnes. Les mères berçaient leurs enfants en citant son nom. Ahmed le Grand était une terreur aussi bien qu'une joie pour les populations. Il avait su maintenir ensemble ces deux sentiments pendant des années. Si un bandit n'arrive pas à les inspirer tous deux à la fois, il ne peut survivre plus d'un an dans les montagnes.

C'est la terreur et l'amour qui font vivre les bandits. L'amour seul est insuffisant ; la terreur seule, c'est la haine. Pendant onze grandes années, Ahmed le Grand ne saigna même pas du nez. Pendant les seize années que dura sa vie de bandit, il ne tua qu'une seule personne : l'homme qui avait torturé et violé sa mère, pendant qu'il faisait son service militaire.

Quand il était rentré au village, il l'avait su. Après avoir tué cet homme, il avait pris le maquis. Cet homme, c'était Hussein agha.

Ahmed le Grand n'avait pas coutume de détrousser les gens. Et, là où il se trouvait, aucun autre bandit ne pouvait les détrousser à sa place. Il avait l'habitude de choisir un richard de Tchoukour-Ova, il lui envoyait, par l'intermédiaire d'un de ses hommes de main, une lettre lui demandant telle ou telle somme. Le richard qui recevait la lettre lui envoyait immédiatement la somme réclamée. Il obtint toujours, centime pour centime, l'argent qu'il exigeait de n'importe qui. Les autres bandits allaient torturer les riches, et la plupart n'obtenaient quand même pas un sou. Ils rentraient les mains vides de Tchoukour-Ova, avec, à leurs trousses, une compagnie de gendarmes.

L'argent, Ahmed le Grand ne le jetait pas à tout vent. En pleine montagne, d'ailleurs, il n'en avait que faire. Il achetait des médicaments pour les malades des régions qu'il parcourait, un bœuf pour ceux qui n'en possédaient pas, de la farine pour les pauvres.

Quand, amnistié, il redescendit dans son village, les habitants des villages voisins vinrent tous lui rendre visite. Après l'amnistie, Ahmed le Grand se retira chez lui, il se consacra entièrement à ses terres. Il n'offensa pas même une fourmi. Mais quand il remarquait une injustice, il se fâchait aussitôt.

– Ah ! le bon vieux temps ! disait-il.

Puis il se taisait, comme s'il en avait honte. Sa colère passée, il riait d'avoir parlé ainsi. Ahmed le Grand était oublié dans son village. Personne ne savait plus si un tel homme vivait. Les gens de son village s'étaient habitués à sa personne. Cet homme à la barbe blanche n'était plus Ahmed le Grand qui avait régné sur les Monts Taurus. On s'en fichait totalement, si Ahmed le Grand vivait ou pas.

Quand, dans la montagne, la renommée d'un bandit grandissait : « Il est comme Ahmed le Grand », disait-on. S'il ne tuait pas, s'il ne tyrannisait pas autrui, on le comparait à Ahmed le Grand. Par tous ses bons côtés, il était « comme Ahmed le Grand ».

Se tournant vers Moustafa, le vieillard demanda :

– Quelle sorte d'homme était-il, Ahmed le Grand ? En as-tu entendu parler ?

– Mon père dit qu'il n'y avait pas au monde un bandit aussi vaillant, aussi honnête et protecteur des pauvres qu'Ahmed le Grand, dit Moustafa.

– On ne t'a pas dit comment il était fait ?

– Mon père dit qu'il était grand, brun, qu'il avait de grandes moustaches, qu'il était gigantesque. Ahmed le Grand ! Mon père lui a parlé. Il avait un gros grain de beauté au milieu du front. Ses yeux étaient pleins de lumière. Il pouvait même viser un sou en l'air. Oui, vraiment, quand il tirait, il pouvait atteindre le sou en l'air. Et puis, mon père, il lui a parlé.

Le vieux lui demanda d'une voix ironique :

– Qui a rendu à Abdi sa femme enlevée par les bandits ?

– Mais c'est toi ! dit Moustafa. N'as-tu pas dit que tu l'avais reprise aux bandits et que tu la lui avais rendue ?

Inquiet, le vieillard hocha la tête :

– C'est pas moi, dit-il. Moi...

Mèmed regarda attentivement le visage de l'homme. Il vit, entre les deux sourcils et les cheveux blancs, un grain de beauté verdâtre, assez grand. Mais ce grain était verdâtre et non pas noir. Après cela, il ne put quitter des yeux le visage de l'homme.

Moustafa insista avec familiarité :

– Et alors ? Ce n'est donc pas toi qui l'as reprise et rendue ?

– Non, non, dit l'homme, c'est lui !

Après avoir dit cela, il s'étendit de tout son long sur la terre ; de sa besace, il se fit un oreiller.

Moustafa poussa Mèmed du coude :

– Allons ! lève-toi et partons ! dit-il à voix basse.

Mèmed se leva sans répondre. Il regardait toujours le visage du vieil homme. Quand ils furent debout, le vieux ouvrit les yeux :

– Alors, vous partez donc ?

– Adieu, dit Mèmed avec admiration.

– Adieu, dit Moustafa.

– Bon voyage ! dit le vieillard.

Il les regarda en soulevant sa tête de sa besace. Quand ils s'éloignèrent, il se recoucha de nouveau. Il ferma les yeux. L'eau chantait...

VII

Ils ne dirent pas un mot avant d'être arrivés au bois de pins du Col-de-Chameau. Le visage de Mèmed était amer comme du poison. Un court instant, un éclair de joie y passait, puis il s'assombrissait de nouveau : on eût dit un nuage noir de pluie qui s'abattait.

Il regarda plusieurs fois à la dérobée Moustafa qui avait l'air désemparé. La pente gravie, Mèmed, très las, se laissa tomber sur une pierre. Soudain, il sourit. Moustafa saisit l'occasion :

– Pourquoi souris-tu donc ?

Mèmed continuait de sourire, intérieurement.

– Dis, pourquoi ?

– Dieu le sait mieux que moi, fit Mèmed, devenu grave, mais cet homme n'était autre qu'Ahmed le Grand en personne. J'en ai le sentiment.

– Quelle blague !

– Comment ! une blague ? dit Mèmed, en colère. Cet homme-là, c'était Ahmed le Grand, en chair et en os.

– Fiche-nous la paix avec ça ! C'est un homme comme nous tous, et même, c'est un homme comme mon grand-père. Qu'est-ce qu'il a donc qui ressemble à Ahmed le Grand ?

— As-tu vu le grain de beauté sur le front ? Juste au milieu de son front ?

— Non.

— Au milieu de son front, il y avait un gros grain de beauté vert.

— Je n'ai pas vu ça !

— Ses yeux brûlaient comme une torche.

— Non !

— Ses yeux brillaient comme du verre.

— Pas vu !

— J'ai le sentiment que cet homme ne peut être qu'Ahmed le Grand.

— Peuh ! Des gens comme ça, si c'étaient des Ahmed le Grand, le monde entier serait plein d'Ahmed le Grand. Cet homme-là est tout pareil à toi et moi.

— Ses yeux brûlaient comme une torche. Il y avait sur son visage quelque chose d'aimable, d'attirant. Ah ! si ton père avait pu voir cet homme !...

Discutant ainsi, ils descendaient la pente, quand, soudain, une plaine s'offrit à leur regard. Dans la plaine, il y avait une grande peupleraie. Un cours d'eau coulait, en serpentant parmi les peupliers. Tout au long de la plaine, l'eau jouait dans le soleil. C'était la première fois qu'ils voyaient une rivière aussi longue, aussi serpentante, qui s'en allait dans la plaine en jetant des feux.

— Nous approchons, dit Mèmed.

— Comment le sais-tu ?

— Les eaux vont en serpentant dans Tchou kour-Ova. A mon avis, cette rivière est le Savroun, et ces peupliers, c'est la Peupleraie du Moulin, de Kadirli. Oncle Ali le Demeuré m'a bien expliqué tout ça. Compris ?

Moustafa eut l'impression que Mèmed était

fâché : il avait parlé bien sec. Il ne se fâchait pas bien facilement, mais, une fois que ça arrivait, c'était pire que tout. Aussi Moustafa fit-il un effort pour rentrer dans ses bonnes grâces :

– C'est juste, dit-il. Cette plaine est bien Tchoukour-Ova, sûrement. Tu as bien retenu les explications d'oncle Ali le Demeuré.

Ils arrivèrent à Chabapli. Le canal d'irrigation qui passe au bas de Chabapli était crevé. Il avait inondé la route en contrebas. Ils durent se déchausser pour passer.

Au bout de Chabapli, là où est maintenant la maison de Bolat-Moustafa, c'est la jonction des terres rouges et des terres blanches. Là poussent des buissons de genêts.

Quand ils eurent dépassé les buissons, les premières maisons du bourg apparurent. Quelques-unes étaient couvertes de chaume. Au-delà des chaumières, une bâtisse au toit recouvert de grosses tuiles. Ensuite s'étendait le bourg, avec, plaquées de zinc brillant, ses maisons peintes à la chaux, ses tuiles rouges, comme une ville miniature. Mèmed et Moustafa demeuraient fascinés, les yeux grands ouverts d'étonnement. Comme c'était blanc !... Que de maisons !... Ils n'arrivaient pas à quitter des yeux le bourg.

Quand ils eurent traversé la rivière de purin, ils furent dans le bourg. Le soleil faisait briller les vitres. Le reflet de milliers de vitres... des palais en cristal, comme avait dit Doursoun... La ville des rois de contes de fées... leurs palais !...

Des deux côtés, à l'entrée du bourg, il y avait des cimetières. Les pierres funéraires étaient à demi couchées. La face nord des stèles noircies était couverte de mousse. Et au milieu du cimetière, il y avait un très vieux et très grand mûrier, aux branches presque dénudées d'un côté et complètement desséchées de l'autre. C'était la première fois qu'ils voyaient un si grand cimetière.

Ils allèrent jusqu'à la place du marché, absorbés par la pensée du cimetière. Une peur, un frémissement les avait pris à sa vue. La première boutique où ils arrivèrent leur fit oublier le cimetière. Cette boutique était toute petite, recouverte de zinc. Le marchand avait posé, d'un bout à l'autre d'une longue table, des bocaux pleins de bonbons de toutes les couleurs. Devant la table aux bocaux, il y avait de grosses boîtes en fer-blanc, des caisses de sucre, de sel, de figues et de raisins secs. L'un près de l'autre, ils restèrent un bon moment en contemplation devant l'étalage. Cette boutique ne ressemblait en rien à celle d'Abdi agha.

Ils allèrent, s'arrêtant par-ci, par-là, regardant de-ci, de-là. Le soleil descendait derrière la colline quand ils arrivèrent au centre du marché. Ils se trouvaient devant un magasin de tissus. De l'indienne aux couleurs chatoyantes, des tissus imprimés, des étoffes pour faire des chalvars, des casquettes suspendues à une corde, des foulards en crêpe de Chine... Les foulards, à la suite les uns des autres, étaient tendus à travers le magasin. A l'intérieur, un petit homme, avec un gros ventre, sommeillait.

Ils se tenaient sur un trottoir construit avec d'assez gros galets de rivière et démoli par endroits.

« Ils ont recouvert même la terre ! » pensa Mèmed en lui-même.

Sur le côté droit du marché, il y avait de vieux mûriers tordus. Ils étaient serrés comme dans un bois. Au-dessous étaient installés les maréchaux-ferrants. Une odeur, qu'ils ne connaissaient pas, montait aux narines. Une odeur amère de savon... une odeur de sel, de tissus neufs, de moisissure de céréales... Mèmed prit Moustafa par la main et l'attira sous un mûrier. L'arbre grouillait de moineaux. C'était un gazouillis infernal. Tout le marché était plein.

— Voilà la nuit qui tombe, Moustafa, qu'est-ce qu'on fait ?

Soudain, Moustafa se ressaisit comme s'il sortait d'un somme :

— Qu'est-ce qu'on fait ? dit-il en regardant Mèmed dans les yeux, avec un regard vide.

Il avait l'air de vivre dans un rêve.

— Quand les villageois restent au bourg, ils couchent dans les auberges, paraît-il. C'est oncle Ali le Demeuré qui l'a dit.

— Allons à l'auberge !

— Allons-y, c'est mieux que tout le reste.

— Mais où est l'auberge ? Si on la cherchait ?

— Eh oui, si on la cherchait ? dit Moustafa.

Les rideaux de fer des magasins se tiraient avec bruit. Tout ce vacarme les décontenança. L'état de rêve dans lequel ils se trouvaient disparut. Ils en furent tout étourdis. Se tenant par la main, ils marchèrent, quittant cet endroit. Deux hommes gros et gras, des chaînes de montre ornant leur gilet, les dépassèrent. Ils n'avaient pas le courage de leur demander le chemin de l'auberge. Hésitants, ils s'arrêtèrent ensuite devant une boutique. Le soleil était couché. Ils se tenaient par la main comme des enfants. Le patron de la boutique les prit pour des clients et, d'un ton flatteur, leur dit :

— Entrez donc, les aghas ! Que désirez-vous ?

Quand ils s'entendirent appeler aghas, ils en furent confus. Laissant la boutique, ils quittèrent les lieux. Ils avaient pourtant l'intention de se renseigner sur l'auberge. Presque toutes les boutiques fermèrent. Sans savoir où ils allaient, ils errèrent presque une heure sans trouver à qui demander, sans oser arrêter qui que ce soit. Ils n'arrivaient pas à se décider.

Alors qu'ils commençaient à désespérer, Mèmed sursauta de joie : quelqu'un marchait devant eux, portant une veste en serge, tissée à la main, à la manière des montagnards. Oubliant tout, Mèmed se mit à courir derrière lui :

— Frère ! frère ! cria-t-il, arrête-toi un peu !

L'homme s'arrêta et fut étonné de voir Mèmed aussi agité. Mèmed se sentit tout drôle sous ce regard. Il ne s'y attendait pas.

— Parle ! dit l'homme avec dureté et mauvaise grâce.

— Nous sommes étrangers, dit Mèmed.

— Et alors ? Qu'est-ce que vous voulez ?

Mèmed était confus :

— Où est l'auberge ? C'est ce qu'on voulait savoir.

L'homme revint sur ses pas :

— Venez derrière moi, dit-il, et il tourna dans une rue.

L'homme marchait vite. Mèmed observa sa façon de marcher. C'était celle des montagnards. Les montagnards lèvent les pieds en l'air plus qu'il n'est nécessaire, presque à hauteur des genoux. Et puis, quand ils descendent, ils le font avec précaution, avec méfiance. Ils y sont habitués. Les gens des plaines, au contraire, marchent en traînant les pieds.

L'auberge, avec sa grande porte rongée par les vers, était un grand bâtiment délabré.

– Voilà, c'est ici ! fit l'homme, en continuant sa route aussi vite, de la même démarche sautante des montagnards.

– Il nous faut trouver l'aubergiste, dit Mèmed.

– Oui, dit Moustafa.

Ils entrèrent ; la cour intérieure était pleine de chevaux, d'ânes, de mulets, de voitures. Le fumier montait jusqu'aux genoux. Humide, l'odeur du fumier vous brûlait la gorge. Cette odeur violente leur fit mal au cœur. Une lanterne était suspendue, au milieu, à un pilier. Ses verres étaient presque entièrement noirs de suie.

– Regarde la lanterne, dit Mèmed à Moustafa.

– Comme elle est grande, dit Moustafa.

Au milieu de la cour, un homme, court de taille, menton enfoncé, allait et venait avec un peu d'agitation. Et, dans un coin, un groupe d'une quinzaine de personnes, qu'on reconnaissait être de Marache à leur vêtement de bure, discutaient à haute voix. L'un d'eux, en colère, jurait sans arrêt. Son agha, son pacha, sa vie, son destin, sa mère, sa femme, tout y passait. L'homme reprenait haleine et continuait de plus belle.

– Si on n'avait pas à vendre ces toiles !... commençait quelqu'un.

– Je m'en fous, de la toile ! poursuivait l'autre, sans se soucier de ce qu'on disait ; puis il ajoutait une bordée de jurons.

Ils s'approchèrent du groupe sans s'en rendre compte. Ceux qui discutaient ne s'en aperçurent même pas. Un vieillard était assis tout au fond de la cour ; il ne s'intéressait pas au groupe. Il avait un doux visage enfantin. De temps en temps, on ne sait pas à quoi il pensait, ou ce qu'il imaginait, mais il souriait tout seul. Mèmed s'approcha de lui sans aucune gêne :

— Oncle, dit-il, où est l'aubergiste ?

— Que lui voulez-vous, à ce cocu ? fit le vieux. Il est tombé à l'eau, le malheureux !

— Quel malheur ! dit Moustafa.

Mèmed lui donna une bourrade : il avait compris, lui, que le vieux plaisantait.

— Il est tombé la tête la première ! ajouta le vieux en riant.

— Ah ! le malheureux ! s'écria Moustafa, qui ne comprenait toujours pas.

— Oui, quel malheur ! fit le vieux.

— Ne fais pas attention à lui, oncle ! dit Mèmed. Nous sommes venus ici pour passer la nuit. Où est le patron ?

Moustafa, là-dessus, resta ahuri.

— Le maquereau qu'on appelle l'aubergiste ? Le voici ! Allez vous adresser à lui ! dit le vieillard, assez haut pour être entendu par l'aubergiste, qui ne se trouvait pas loin.

Ce dernier l'entendit et sourit.

— Vous autres, si vous cherchez un entremetteur, dit-il, le plus fort, c'est celui qui est près de vous, avec sa barbe blanche... C'est à ce métier-là qu'il a blanchi sa barbe. Ne croyez pas qu'il l'ait blanchie au moulin !

— Dis donc, espèce de truand en chef ! dit le vieux. Ces gens-là, ils veulent des places pour dormir !

Entre-temps, Mèmed était allé vers l'aubergiste.

— Vous allez dormir dans la chambre où couche ce vieux truand à barbe blanche, dit celui-ci. Il vous y conduira.

— Truand toi-même ! dit le vieillard. Venez les gars, je vais vous montrer où c'est.

Ils grimpèrent craintivement un escalier branlant couvert de poussière, qui craquait comme s'il allait s'effondrer. Ils entrèrent dans une chambre tout aussi poussiéreuse. Des matelas, côte à côte, étaient étendus à même le sol.

— C'est la première fois que vous venez en ville, n'est-ce pas ? demanda le vieillard.

— La première, dit Mèmed, oui, la première.

— La première, dit aussi Moustafa.

— Comment ça se fait ? dit le vieux. Vous paraissez chacun avoir vingt ans. Comment se fait-il que vous ne soyez jamais descendus en ville ?

— Nous n'avons pu descendre, dit Mèmed, confus.

— De quel village êtes-vous ?

— De Dèyirmènolouk.

— C'est un village de la montagne, non ?

— De la montagne, répondit Mèmed.

Quand le vieillard eut dit : « Vous n'avez pas encore mangé ? » ils eurent soudain très faim.

— Je m'appelle Hassan le Caporal, dit le vieux.

— Moi, Mèmed. Et lui, Moustafa.

Ils allèrent dans une épicerie où il y avait de grosses boîtes en fer-blanc rouillées, du raisin, du sirop de raisin, du halvâ*. Un nuage de mouches noires voltigeait.

— Sers-les d'abord et donne-moi ensuite du halvâ et du pain ! dit Hassan le Caporal à l'épicier.

— Qu'il nous donne aussi du halvâ et du pain ! dit Mèmed.

Ils mangèrent leur halvâ avec appétit, à la lumière tremblante de la lampe à pétrole.

Quand ils retournèrent dans la chambre, ils trouvèrent tous les lits pleins, sauf les leurs. Ils se mirent au lit sans se déshabiller. Une épaisse fumée de cigarettes emplissait la chambre. Plusieurs couches de fumée. Derrière la fumée, on voyait une lampe accrochée au mur sale, couvert de taches de punaises écrasées. Dans les lits, tout le monde bavardait bruyamment.

— Alors, c'est la première fois que vous couchez dans une auberge ? dit Hassan le Caporal aux jeunes gens qui essayaient de se mettre à l'aise dans leur lit.

— Eh, oui ! dit Mèmed, puis il ajouta : on pourrait étouffer, dans cette fumée et dans cette odeur !

Mèmed et Moustafa cessèrent de bouger dans leur lit.

— Alors, le bourg, ça vous a plu ?

— C'est très grand, dit Mèmed. Il y a de grandes maisons. Comme des palais...

Hassan le Caporal se mit à rire :

— Et si vous voyiez Marache ! dit-il. Il y a un bazar, avec des lumières de toutes les couleurs. Tout te sourit. Tu en resterais pétrifié. D'un côté, les boutiques de tissu, d'un autre les selliers et d'un autre encore les quincailleries !... Qu'est-ce que t'en dirais ?... Marache est un paradis ! Marache, c'est cent fois comme ici !

— Ben alors ! dit Mèmed après une longue réflexion.

— Eh oui ! dit Hassan le Caporal. Eh oui ! c'est comme ça. Et si vous aviez vu Istamboul, alors !...

Mèmed s'agita. Il ne pouvait plus se taire. Son visage se rembrunit :

— Qui donc est l'agha de ce bourg ? dit-il, et il se sentit soulagé d'avoir enfin osé.

Hassan le Caporal n'avait pas suivi :

— Qu'est-ce que tu racontes ? demanda-t-il.
— Je dis : qui est l'agha de ce bourg ?
— Mais voyons, mon petit, de quel agha tu parles ? Est-ce qu'il y a un agha dans un bourg ? Il n'y a pas d'agha dans un bourg. Chacun est son propre agha. Il y en a des tas !
Mèmed n'arrivait pas à comprendre :
— Quel est le seul agha ici ? répéta-t-il. Comment il s'appelle ? A qui sont ces boutiques, ces champs ?
Hassan le Caporal finit par comprendre :
— Qui est l'agha de votre village ?...
— Abdi agha.
— Tous les champs de votre village sont à lui ?
— A qui d'autre seraient-ils ?
— Le magasin de votre village ?
— A lui.
— Les chèvres, les moutons, les bœufs ?
— La plupart sont à lui.
Hassan le Caporal réfléchit en se grattant la barbe.
— Mèmed, mon fils, dit-il ensuite, ici, il n'y a pas d'agha, comme tu en connais, toi. Les champs, ici, appartiennent à peu près à tout le monde. Il y en a, évidemment, qui n'ont rien. Évidemment, chaque boutique appartient à quelqu'un. Évidemment, les aghas ont beaucoup de terres. Les pauvres en ont peu. Les plus pauvres encore n'en ont point.
— C'est pas vrai ! cria Mèmed d'étonnement.
— Je ne te raconte pas de blagues. Sûr que c'est vrai !
Le vieux parla longuement des sans-terres. Il parla ensuite de Marache. Des rizières de Marache, des ouvriers qui travaillaient dans les rizières. Des vignes de Marache. Des terres de Marache. Il parla d'un agha qui s'appelait Hadji. Il possédait des

terres sans fin, des jarres pleines d'or. Mèmed n'ouvrait pas la bouche. Hassan le Caporal avait été prisonnier des Russes au Caucase. Il parla du Caucase. Il parla même de la Galicie. Il parla de Damas, de Beyrouth, d'Adana, de Mersin, de Kohya. A Kohya, il y avait le tombeau d'un saint qu'on appelait Mélânâ. Il parla de son mausolée. Puis soudain, il cessa de parler. Il se couvrit la tête de sa couverture.

Dans la chambre, le bruit aussi avait cessé ; seul, dans un coin, un homme, penché sur son saz*, jouait ; à voix basse, à peine perceptible, il chantait d'une voix grave. Sous la lumière de la lampe à pétrole, son visage long prenait des formes diverses. Il s'allongeait, se rétrécissait, s'élargissait. Longtemps, sans penser à rien, Mèmed l'écouta. Après avoir accroché son instrument au clou, à son chevet, le joueur de saz, à son tour se couvrit la tête.

Mèmed était dans un état d'excitation extrême. Il n'arrivait pas à dormir. Il était envahi de pensées. Les idées se ruaient dans sa tête. Le village de Dèyirmènolouk n'était plus à ses yeux qu'un tout petit point. Le tout-puissant Abdi agha n'était plus qu'une fourmi. Au fond, c'était peut-être la première fois qu'il réfléchissait vraiment. Il réfléchissait avec amour, avec ferveur. Il réfléchissait pour la première fois, au-dessus de ses moyens. Il commençait à haïr. Il se sentit mûrir. Il prenait conscience de sa personne. « Abdi agha est un homme, nous en sommes aussi », se dit-il en se retournant dans le lit...

Le lendemain matin, de bonne heure, Moustafa lui donna une bourrade. Il ne la sentit pas. Il était plongé dans le sommeil. Ou dans une réflexion profonde comme le sommeil. Moustafa retira la couver ture de sur lui. Il ne pouvait pas dormir sans couverture. Il s'éveilla. Ou, plus exactement, il se redressa. Ses yeux étaient tout gonflés. Il était pâle. Très pâle. Mais, sur ses traits, il y avait de la satisfaction. Dans ses yeux, on lisait le bonheur de la pensée.

Ils payèrent l'aubergiste et sortirent.

— Où est Hassan le Caporal ? Nous devrions lui dire au revoir, dit Mèmed.

— Oui, dit Moustafa.

Ils le demandèrent à l'aubergiste courtaud, resté sur le pas de sa porte.

— Ce maquereau ? fit l'aubergiste. Ce maquereau-là, il s'est levé dans la nuit, il a mis son baluchon sur son dos, et il est parti vendre sa camelote dans les villages. Il ne reviendra que dans dix jours. Laissez-le tomber, ce maquereau !

— Nous aurions bien aimé le voir, dit Mèmed avec un soupir.

— Eh, oui ! fit Moustafa.

Ils arrivèrent au milieu du marché. Ils se tenaient là, regardant autour d'eux. Le soleil tapait fort. La foule leur semblait extraordinaire : « Ils grouillent comme des fourmis », se dit Mèmed. Les marchands de sorbet, portant sur le dos l'aiguière de cuivre jaune et frappant l'une contre l'autre les écuelles entre leurs doigts, comme des castagnettes, criaient :

— Du sorbet ! Du sorbet !... Du sorbet comme du miel ! comme de la réglisse ! Tant pis pour qui en boit et pour qui n'en boit pas !

Le soleil tapait et se reflétait violemment sur le cuivre jaune des aiguières. Mèmed ne pouvait les quitter des yeux ; il désirait les voir de plus près :

— Donne-moi un verre de sorbet ! et donnes-en à mon copain ! fit-il au marchand.

Pendant que celui-ci se penchait pour remplir

l'écuelle, Mèmed, timidement, toucha de sa main le cuivre jaune scintillant. Le sorbet glacé était mousseux. Tous deux ne purent en boire que la moitié. Ils n'aimaient pas ça.

Au coin d'une rue, assis sur un tronc assez haut, un maréchal-ferrant forgeait un fer à cheval. Il mêlait sa chanson au bruit du fer. C'était Hadji l'Aveugle, fameux dans la bourgade. Mèmed était plein d'admiration pour l'aiguière, et pour les fers à cheval.

Une bonne odeur vint à leurs narines. C'était l'odeur du kébab*. En se retournant, ils virent des vapeurs grasses qui sortaient d'une boutique vermoulue. Ces vapeurs répandaient une odeur forte, une odeur de viande et de graisse, qui leur fit tourner la tête. Comme des automates, ils entrèrent chez le marchand de kébab.

Le commis leur fit bon accueil :

— A vos ordres ! A vos ordres !

Cela acheva de les stupéfier. Ils s'assirent, et attendirent le kébab. Les boutiques d'hier, le bourg d'hier, le monde d'hier n'étaient plus du tout les mêmes, aujourd'hui, aux yeux de Mèmed. Aujourd'hui, les liens qui lui enserraient les pieds et le cœur s'étaient dénoués. Il se sentait libre, au large. Il se sentait léger, prêt à s'envoler.

Ils mangèrent le kébab avec gêne, comme si tous les gens de la boutique étaient à les regarder. Quand ils sortirent, ils étaient tout étourdis.

Ils parcoururent le marché trois fois de suite, d'un bout à l'autre.

Mèmed se tourna vers Moustafa :

— Ici, il n'y a pas d'agha ! dit-il.

— Vraiment ?

— C'est un village sans agha !

Ils entrèrent dans une boutique où étaient exposés des carrés de crêpe de Chine. Mèmed en choisit un, en crêpe jaune. Il pressa l'étoffe dans sa main, puis l'ouvrit. L'étoffe glissa dans sa paume et tomba. De la pure soie ! Ils l'achetèrent et sortirent.

— C'est pour Hatché, n'est-ce pas ? demanda Moustafa, en clignant de l'œil à Mèmed.

— Tu as bien deviné, Moustafa ! Quel garçon intelligent tu es ! dit Mèmed, moqueur.

Ils achetèrent du halvâ dans la boutique où ils en avaient mangé la veille. Puis ils prirent un pain, sorti tout chaud du four. Il était encore tout fumant. Ils mirent le halvâ et le pain dans un mouchoir dont ils attachèrent les coins.

Ils s'assirent sur la pierre blanche au milieu du marché, les yeux rivés sur les montagnes d'oranges dorées des étals. Ils se levèrent, achetèrent chacun une orange, et l'épluchèrent.

Quand ils se remirent en route vers leur village, il n'était pas loin de midi. Le soleil, qui tombait tout droit, projetait leurs ombres juste sur leurs pieds, de petites ombres noires et rondes.

Entre le moment où ils sortirent du bourg et celui où il disparut de leur vue, ils ne cessèrent de se retourner pour le regarder. Au-dessus du bourg planaient de petits nuages blancs : les cheminées des maisons laissaient échapper des fumées argentées qui restaient suspendues dans les airs. Les tuiles rouges se détachaient sur le bleu profond du ciel.

VIII

Il était un peu plus de minuit quand ils rentrèrent au village. A l'orient, une grosse étoile brillante se levait. Elle répandait des lueurs d'étincelle.

Devant la maison de Mèmed, Moustafa le quitta. Il était très fatigué. Il se repentait d'être descendu au bourg. Tandis que, pour Mèmed, c'était le contraire. Il était plein de joie. Il alla vers sa porte, mais sans conviction, et appuya son dos au mur. Il entrait ou pas ?... Pas encore !

Il marcha en se blottissant dans l'ombre des haies. Il s'arrêta, essoufflé, devant une maison. Il y avait devant elle un mûrier dont les branches s'ouvraient comme un parasol.

Il était sous le mûrier. Puis il alla s'allonger à l'ombre de la haie, à gauche. Peu à peu sa fatigue disparut.

Il existe un oiseau aux très longues pattes, fragile d'aspect, d'une couleur de fumée verdâtre, comme le vert d'arbre vu au travers de la fumée, au cou et au bec si allongés qu'on pourrait croire qu'ils n'ont rien à faire avec le reste du corps. Il se trouve toujours au bord de l'eau. Au village de Dèyirmènolouk, on l'appelle « divlik », à cause de son cri. Il chante d'une façon étrange, comme s'il sifflait. Son long sifflement se termine en sons entrecoupés. Il reprend et s'arrête, puis recommence, longtemps. Tout le charme musical de ce chant vient de cette finale entrecoupée. Mèmed l'imitait exactement.

De l'endroit où il était couché, il siffla plusieurs fois comme le divlik. Il ne quittait pas des yeux la porte, la porte qui n'avait nulle intention de s'ouvrir, qui ne s'ouvrirait pas... Il s'énerva. Il siffla encore une ou deux fois de suite. Ce n'est qu'après un bon moment qu'elle s'ouvrit avec précaution. Le cœur de Mèmed battait comme s'il ne tenait plus dans sa poitrine. L'ombre qui sortit vint silencieusement, lentement jusqu'à lui et s'étendit à ses côtés. Ils se glissèrent tout contre la haie.

— Hatché ! dit Mèmed doucement, en étendant la main.

— Mon âme, dit Hatché. Mes yeux n'ont pas quitté ton chemin, ton chemin de retour. J'attendais ton retour.

Leurs chaleurs se fondaient, leur souffle était brûlant. Ils se rapprochèrent davantage. Mèmed avait le vertige. Un moment, ils restèrent ainsi enlacés. Ils ne parlaient pas. Mèmed tremblait de tout son corps. Ses jambes se tendaient. L'odeur fraîche de l'herbe... La tête lui tournait.

— Je mourrais, sans toi. Je ne pourrais pas vivre. Tu n'es parti que pour deux jours... le monde m'a semblé étroit.

— Et moi, je n'ai pas pu rester davantage.

— Le bourg... commença Hatché.

— Attends voir !... dit Mèmed. J'ai des choses à te dire. Tout a changé. J'ai connu un Hassan le Caporal qui a même vu Istamboul. Cet Hassan le Caporal qui... Il est de Marache, Hassan le Caporal. Il habite la ville même de Marache. Il m'a tout dit... Un

Hassan le Caporal qui... Enlève ta fiancée et viens à Tchoukour-Ova ! qu'il m'a dit... Hassan le Caporal a dit que Tchoukour-Ova n'avait pas d'agha. C'est ce qu'il a dit. Hassan le Caporal va me trouver un champ, il va me trouver des bœufs, il va me trouver une maison... A Tchoukour-Ova, il y a Hassan le Caporal. Enlève ta fiancée et viens ! qu'il m'a dit.

— Hassan le Caporal, murmura Hatché.

— Un homme si bon que tu pourrais le mettre dans ton cœur ! Il fera tout pour nous, si je t'enlève.

— Si tu m'enlèves !... dit Hatché.

— Hassan le Caporal, il a une barbe longue, blanche comme neige. Tant qu'il sera à Tchoukour-Ova, rien ne nous manquera. Eh ! oui ! Hassan le Caporal ! « Dis donc, le gars, qu'il m'a dit, prends ta fiancée, enlève-la et viens !» qu'il m'a dit. Et moi, j'ai dit : « Bien ! dans dix jours, je la prends et je viens !» que je lui ai dit.

— Dans dix jours ! dit Hatché.

— C'est mieux qu'un père ! Il a une barbe blanche comme l'eau qui coule.

— Si on partait tout de suite ? dit Hatché...

— Dans dix jours ! dit Mèmed.

— J'ai peur...

— Tant que Hassan le Caporal sera à Tchoukour-Ova : mon souci, à moi, c'est ma mère. Abdi agha va la tyranniser.

— Elle n'a qu'à venir aussi, puisque Hassan le Caporal est là !

— Je vais la supplier. Je le lui dirai. Je lui dirai que le Caporal est là. Elle consentira peut-être.

— Moi, j'ai peur. J'ai peur d'Abdi agha. Son neveu est tout le temps fourré chez nous. Ils chuchotent tout le temps avec ma mère. Avant-hier...

— Dix jours ! Le onzième jour, toi, moi, ma

mère... Une nuit sur les routes... Tout droit à Tchoukour-Ova ! Nous lui dirons : « Hassan le Caporal, nous voilà !» Il sera étonné, puis si content !...

— Il sera content ? moi, j'ai peur...

Longuement, ils se turent. On n'entendait que leur souffle. Les insectes nocturnes chantaient.

— Moi, j'ai peur, dit Hatché.

— Le Caporal sera si content !

— J'ai peur de ma mère.

Mèmed avait le vertige. Un tourbillon jaune qui tournait sans arrêt, un tourbillon de soleil jaune qui emplissait tout l'horizon et qui tournait en lançant des éclairs :

— J'ai dit dix jours. Le onzième, on se tire !...

Hatché était la fille d'Osman, un homme doux, qui ne s'occupait pas des affaires des autres, un homme sans histoires. Quant à la mère de Hatché, c'était une peste. Elle se mêlait à toutes les disputes du village, à toutes les histoires. Elle était grande et forte. C'était elle qui faisait tout le travail à la maison. C'était aussi elle qui labourait.

Mèmed et Hatché avaient grandi ensemble. Parmi les petits garçons, c'était Mèmed qui savait le mieux faire des maisonnettes avec des cailloux. Et c'est Hatché qui savait le mieux les orner. Ils laissaient jouer les autres enfants ensemble et allaient ailleurs inventer d'autres jeux. Toutes sortes de jeux.

Quand elle eut quinze ans, Hatché allait chez la mère de Mèmed pour apprendre à tricoter des bas. La mère de Mèmed lui donnait les plus beaux modèles, lui apprenait les plus beaux motifs. « Tu seras, si Dieu le veut, ma bru, ma jolie » disait-elle de temps à autre, en lui caressant les cheveux. En parlant de Hatché à sa mère, à tout le monde, elle l'appelait « ma bru ».

Sur ce, quand elle eut seize ans, il arriva ce qui devait arriver. Mèmed était fatigué. Il rentrait du champ, et Hatché revenait de la montagne où elle avait cueilli des champignons. Ça faisait peut-être un mois qu'ils ne s'étaient pas vus.

Se rencontrant ainsi, à Aladjaguèdik, ils furent tout joyeux et se mirent à rire. Ils s'assirent sur une pierre. La nuit tombait. Hatché voulut se lever. Mèmed la retint par la main et la fit asseoir :

— Attends voir ! dit-il.

Il tremblait de tout son corps. Il était tout feu tout flamme. Il sentait des pincements par tout le corps.

— Tu n'es pas ma fiancée ?

Il prit les mains de Hatché entre les siennes :

— Tu n'es pas ma...

Hatché commença à rire.

— Dis donc voir, la fille, tu n'es pas ma fiancée ?

Hatché voulait s'arracher. Mèmed ne la lâchait point. Il était en nage :

— La fille... toi...

A la fin, l'idée lui vint de l'embrasser. Toute rouge, Hatché repoussa Mèmed avec violence et s'enfuit. Mèmed courut derrière elle et la rattrapa. La fille se calma et devint douce comme un agneau L'exaltation de Mèmed s'était un peu calmée :

— Je viendrai à minuit. Je me cacherai à l'ombre du vieux mûrier. Je vais siffler comme le divlik. On croira que c'est lui qui chante.

Puis il siffla comme l'oiseau, plusieurs fois.

— Voilà, comme ça, fit-il.

Un fou rire s'empara de Hatché :

— Comme le divlik... personne ne se rendra compte, dit-elle.

— Ne sommes-nous pas fiancés ? Que personne ne s'en aperçoive ! dit Mèmed.

Soudain Hatché pâlit :

— Et si on nous avait vus ? dit-elle en s'enfuyant.

Voilà. C'est à partir de ce jour-là que leur amour grandit chaque jour davantage, jusqu'à devenir passionné, légendaire. Ils faisaient tout pour se retrouver la nuit. Ni l'un ni l'autre ne fermait l'œil s'ils n'arrivaient pas à se retrouver... Il arriva aussi qu'ils furent surpris par la mère de Hatché. La mère de Hatché la persécuta. Sans résultat. La nuit, elle lui attachait les pieds et les mains. Elle verrouillait la porte à double tour. En vain. Hatché triomphait de tous les obstacles.

Elle tricotait des bas, tissait des mouchoirs pour Mèmed. Elle avait inventé des chansons pour lui. Elle avait exprimé son amour, sa jalousie, par toutes sortes de couleurs et de motifs sur les bas, par toutes sortes de chansons. Ces chansons, on les chante encore dans le Taurus. Ceux qui voyaient les bas en frissonnaient. Ceux qui entendent ou chantent les chansons en frémissent encore aujourd'hui. Ils sentent éclore en eux quelque chose de vert et de tout frais.

Mèmed rentra chez lui sans savoir ni quand ni comment. Vers l'orient, l'astre étincelant avait perdu de sa force, il pâlissait. Les premières blancheurs de l'aube se devinaient.

— Maman ! Maman ! cria-t-il à la porte.

La mère ne dormait pas. Elle pensait à son fils.

— Mon petit ! fit-elle, et elle se leva, ouvrit la porte, et l'embrassa.

— Alors, vous avez marché la nuit ?

— Oui, maman.

Il se jeta sur son lit. Il avait terriblement sommeil.

Un chatoiement jaune emplissait sa tête et tourbillonnait.

C'est peut-être un espoir, peut-être une nostalgie. Une nostalgie douce et chaude, une amie, une amante qui vous enveloppe de douce chaleur. Dans la tête de Mèmed, dans son cœur, et imprimés jusque dans sa moelle, il y a les reflets du cuivre jaune et, au-dessus, les tuiles rouges tout contre le ciel bleu, le bourg...

Les reflets du cuivre jaune se mêlent à la fumée violette, épaisse, qui monte du kébab. Le tintement des fers frappés par Hadji l'Aveugle... Le trottoir est fait de galets blancs, roulés, polis. Il brille, tout blanc.

La mère, assise tout près de son fils, lui demande :

– C'était comment, le bourg, mon petit ?

– Hein ? fait-il, et sa tête retombe.

Il songe à la façon dont Hadji l'Aveugle fait chanter les fers en les frappant. De là, sa rêverie passe aux maisons, avec leurs tuiles rouges. Mi-dormant, mi-éveillé, il sourit. Il pense que demain, après-demain, ils fuiront. Hassan le Caporal ne rentrera des villages que dans dix jours. Ça, ça l'ennuie. Mais il surmonte cet ennui. Dix jours, crest juste ce qu'il faut pour leurs préparatifs. Il revoit Hassan le Caporal, avec son visage enfantin, enjoué, souriant... Sa barbe blanche. Elle a l'air postiche, accrochée à sa figure. Hassan le Caporal leur trouvera une place. Et une paire de bœufs, pour travailler. Il a entière confiance en Hassan le Caporal. C'est un homme qui connaît le monde entier, qui l'a parcouru mètre par mètre. Et au bourg, il n'y a pas d'agha. Hatché, lui et sa mère, tous trois, ils travailleront, chacun dans son secteur. Et le produit de leur travail sera à eux. Hassan le Caporal réalisera tout cela, bien sûr. Il ne sait plus où il l'a entendu dire, mais la terre de Tchoukour-Ova est fertile. Il pense, et son cœur s'étouffe de joie. Sur les terres de Tchoukour-Ova, le chardon ne pousse pas. Quand il sera installé à Tchoukour-Ova, qu'il sera devenu propriétaire, un jour il reviendra au village. Il dira : « Tchoukour-Ova, c'est comme ça et comme ça ...». Et Abdi restera tout seul au village. Il ne sait ni semer, ni récolter... Il mourra de faim.

— C'était comment, le bourg, mon fils ? répète la mère.

Lui, il croit qu'il a déjà répondu. Il rêve. Devant les marchands de légumes, un monsieur avec un feutre blanc. Impeccable... Il a un pantalon... L'homme achetait des oranges. Il avait remarqué ses doigts : de longs doigts blancs, qui comptaient très vite la monnaie. Les pièces lui coulaient entre les doigts. Le reflet blanc de l'argent...

— Mon petit, dit la mère, dors-tu ?

Est-ce qu'il dormait ? De nouveau le chatoiement du cuivre jaune, ce chatoiement aux mille reflets sous le soleil de Tchoukour-Ova emplit sa tête et le ravit.

Quand il se réveilla, la matinée était avancée. Sa mère le regardait, assise à son chevet. Sans savoir pourquoi, soudain, il eut honte, devant elle. Il cacha sa tête sous sa couverture. C'est ainsi qu'il faisait dans son enfance, quand il était joyeux. En riant, sa mère le découvrit :

— Dis donc, grand garçon, tu vas te lever, à la fin ? Il est presque midi. Lève-toi et raconte un peu ce que tu as vu au bourg !

Il ouvrit les yeux en clignotant. Dehors, il y avait un soleil éblouissant. Du coin des yeux, il regarda dehors. Soudain, ébloui, il détourna son regard. Le soleil l'avait bouleversé. Il se leva très fatigué, épuisé. Malgré toute sa fatigue, toute l'obscurité qui demeurait en lui, une lumière, une clarté s'infiltrait dans son cœur. Lui-même ne savait pas ce qui dispensait l'angoisse qui l'étreignait. C'était cette lumière chaude qui provoquait cette joie. Pourquoi cette lumière ?

Il s'assit aux pieds de sa mère. Il raconta sur le bourg, en détail. Elle avait entendu plusieurs fois son mari lui parler du bourg, et plusieurs autres aussi, mais personne ne l'avait fait si bien que Mèmed ; au moment d'évoquer les reflets du cuivre jaune, il s'était surpassé. Les mots lui sortaient de la bouche avec la rapidité de l'eau qui coule. Tout en feu, il acheva le récit de son petit voyage. Mais quand le moment vint de dire ce qu'il avait à dire, il avala sa salive.

Sa mère le connaissait bien. Cette fois encore, elle comprit. Elle caressa les cheveux de son fils. Elle le regarda dans les yeux. Il allait lui dire quelque chose d'important, mais il n'arrivait pas à le faire.

Mèmed évita le regard de sa mère. « Ça y est ! dit la mère, en elle-même, il se passe quelque chose. Il se passe sûrement quelque chose .» Elle regarda Mèmed. On aurait dit qu'il ne pouvait ni agir ni bouger. « Il n'arrivera pas à me le dire, se dit-elle, ça ne sera pas facile !» Elle ne se retint plus :

— Sors donc ce que tu gardes sous la langue, mon Mèmed !

Mèmed tressaillit. Il devint pâle comme la cendre.

— Allons, sors-le ! répéta la mère.

Mèmed baissa la tête d'un air obstiné :

— Moi, dit-il, j'ai parlé cette nuit avec Hatché. Nous avons décidé de fuir ensemble.

— T'as pas perdu la tête, Mèmed ?

— Nous avons pensé que, si tu restais au village, Abdi agha te terroriserait. Viens avec nous à Tchoukour-Ova ! On s'installera au bourg.

— T'es pas fou ? dit la mère avec la même violence. Où est-ce que j'irai laissant mon coin, mon foyer, ma maison et tout ? Et puis, toi, où est-ce que tu emmèneras la fille des autres ?

— Mais que faire, alors ? Donne-nous une idée !

— Je te l'ai dit mille fois. Renonce à cette Hatché. Je te l'ai dit. Renonce à cette Hatché ! Je te l'ai dit cent fois, mille fois. Renonce ! On va d'ailleurs la fiancer au neveu d'Abdi agha. C'est une chose impossible pour toi. Renonce à ces sortes d'idées !

— Je ne peux pas renoncer ; Abdi agha ou un autre. Je ne peux pas renoncer. Abdi agha n'est tout de même pas l'agha de nos cœurs ! Je vais l'enlever. La seule chose dont j'ai peur, c'est qu'il se venge sur toi. Je n'ai peur que de ça ! Sinon... Je sais ce que j'ai à faire...

— Je n'irai nulle part ! Je n'abandonnerai pas ma maison, ma contrée, mon foyer ! Toi, prends-la et va-t'en ! Mais je te le dis encore, toi, tu es seul ! Rien de bon n'en sortira ! Tu as contre toi le tout-puissant Abdi agha, maître des cinq villages. Son neveu demande la fille en mariage. Ça finira mal. Renonce à cette affaire. Comme s'il n'y avait pas d'autres filles !...

Mèmed se fâcha ; il s'était rarement fâché contre sa mère.

— Il n'y a pas d'autres filles, dans le monde entier ! Il n'y en a pas d'autres que Hatché !

Après cela, Mèmed ne dit plus un mot.

On apprit deux jours après, que le neveu d'Abdi agha, qui habitait l'autre village, avait envoyé quelqu'un pour voir* Hatché. Abdi agha accompagnait cet émissaire. Malgré ses cris et ses pleurs ses parents se hâtèrent d'accorder la main de Hatché à ce premier prétendant. Le neveu d'Abdi agha, c'était un parti inespéré ! Et puis, si on laissait faire les filles, elles vous épouseraient des bohémiens ou des joueurs de tambour ! Quant à Hatché, elle passait son temps à pleurer.

Deux jours plus tard, ce furent les fiançailles. Abdi agha offrit à sa future nièce une pièce d'or pour mettre à son cou.

Après les fiançailles, des bruits de toutes sortes se répandirent dans le village. Les femmes parlaient, les enfants parlaient, les vieux, les jeunes, les hommes parlaient.

— Mèmed l'enlèvera !

— Il ne se la laissera pas soulever par le neveu chauve d'Abdi agha.

— Il aura peur, Mèmed !

— Pas du tout !

— Personne n'a jamais vu la peur dans les yeux de Mèmed.

— Personne !

— Vous ne connaissez pas Mèmed !

— Et puis après ? à quoi ça sert ? Abdi agha le fera mettre en pièces et jettera son cadavre aux chiens.

— Il suffit qu'il se fâche... Il le fera jeter aux chiens, et comment !...

— Mèmed prendra la fille et s'en ira !

— Il ira où ?

— Où il ira ! Il saura où aller !

— N'importe où qu'il aille, même dans le trou du serpent, Abdi agha le trouvera et l'en sortira !

— Il a le bras long, Abdi agha ! Il a le gouvernement derrière lui !

— Il a le gouvernement, le sous-préfet, le chef de District.

— Il a aussi le brigadier de gendarmerie.

— Le chef de District descend toujours chez lui !

— Ma parole ! Que mon cœur se brise pour Mèmed !

— Il est venu, cet étranger, de l'autre village, et il la lui a prise !

— Pauvre Mèmed !

— Je l'ai vu hier, Mèmed !...

— Ah ! le pauvre !...

— Je l'ai vu derrière les maisons. Il était tout jaune, un jaune poison, un jaune-vert.

— Et moi, j'ai eu peur de ses yeux.

— Il y a une lumière étrange dans ses yeux.

— Depuis les fiançailles, le pauvre, il ne sort pas de chez lui !

— Dans un coin sombre...

— Il paraît qu'il ne fait que penser jusqu'au soir.

— La passion... c'est compliqué. L'amour, ça peut vous rendre fou !

— Mèmed est à moitié fou.

— Il paraît que la mère attache sa fille toutes les nuits, qu'elle lui lie les pieds et les mains avec du chanvre.

— Elle ferme la serrure à double tour.

— Et Deuné, elle est mal en point.

— Elle aussi, elle craint pour son fils.

— Il paraît qu'Abdi agha en a entendu parler...

— Ah ! le pauvre Mèmed !

— Et qu'en entendant ça, il a ri...

— Les yeux de la fille coulent comme des fontaines.

— Ah ! le pauvre Mèmed !

— Le neveu chauve d'Abdi agha est venu se pavaner au village.
— Espèce de cornard !
— Il sera cornu comme un cerf !
— Espèce de cerf !...
— Quelle tyrannie !...
— Pauvre Mèmed !...
— La tyrannie !...
— La tyrannie !...
— Si Mèmed n'en meurt pas de colère...
— C'est la fille qui mourra de colère !
— Qu'ils deviennent aveugles, ceux qui séparent les amoureux.
— Parle moins fort !
— Et qu'ils ne puissent guérir !
— Qu'ils se traînent misérablement !
— Que des vers pénètrent leur chair !
— Qu'il leur sorte de l'érésipèle, et qu'ils restent couchés des années !
— Moins fort !
— Que des chardons leur poussent dans les yeux !
— Il possède cinq villages. Ces montagnes aussi sont à lui. Tout s'achète avec de l'argent, mais pas les cœurs !
— Ah ! le pauvre Mèmed !
— Il verra, Abdi ! Il verra tous les ennuis que Mèmed va lui créer ! Attendez voir, vous autres !...
— S'il le tuait ?
— S'il le tuait, sa main serait bénie !
— Mèmed est encore un enfant...
— Ah ! le pauvre Mèmed !
— Un enfant, mais...
— Tu sais combien de chamois il tue par an, Mèmed ?
— Va les compter !...

— Il tire une balle à travers le chas d'une aiguille.

— A travers les pupilles des yeux d'Abdi, *inch' Allah !*

— Moins fort, moins fort !

— Si une arme lui tombe entre les mains, à Mèmed, il ne fera pas grâce à Abdi.

— Si maintenant Ahmed le Grand était dans les montagnes...

— Il serait venu au village, il aurait rompu les fiançailles, et donné la fille à Mèmed.

— Si seulement il avait une arme !...

— Mèmed lui ferait son compte !

— Ah ! quel beau jour ça serait !

— Si jamais cela se faisait, les villageois fêteraient ça quarante jours et quarante nuits !

— Ceux qui séparent les amoureux ne pourront trouver le salut !

— Non, *inch' Allah !*

— S'ils ne trouvent pas Mèmed, ils trouveront Dieu !

— Ils le trouveront, *inch' Allah !*

— Moins fort !

— Où es-tu, Ahmed le Grand ? C'était le moment de te montrer !

— Il paraît qu'Ahmed le Grand est cultivateur au Daghestan, et qu'il a maintenant peur de sa femme.

— Mèmed est allé au bourg.

— Il se prépare une place...

— Ah ! s'il arrivait quelque chose à ce neveu chauve !...

— Si la foudre lui tombait sur la tête !...

— S'il rendait l'âme tout debout !...

— S'il rendait l'âme !...

— Si Mèmed prenait la fille et l'enlevait !...

— S'il prenait la fille !...

— S'il l'enlevait !...

— Moi, je connais Hatché, elle va se tuer...

— Si elle se tue, Mèmed ne vivra pas non plus !

— Ah ! le pauvre Mèmed !

— Ah ! la pauvre Deuné ! Toute jeune, elle a perdu son homme, qu'elle ne perde pas aussi son fils !

Tous les gens du village en parlaient. L'histoire de Mèmed les avait émus, mais personne n'y pouvait rien. Sans un instant perdu, les propos allaient à l'oreille d'Abdi agha. Le moindre bruit du village lui était connu. Il savait en détail tout ce qui se passait, tout ce que les villageois disaient.

Une nuit, il envoya un de ses hommes chercher Mèmed chez lui. Quand Mèmed fut humblement devant lui, les mains respectueusement croisées, il commença à crier de toutes ses forces :

— Espèce d'ingrat ! Malhonnête ! Tu as grandi chez moi, comme un chien ! Espèce de canaille ! Je sais que tu as des prétentions sur la fiancée de mon neveu !

Mèmed, pétrifié, ne faisait pas le moindre mouvement. Son visage, aussi blanc que le mur, ne reflétait aucun sentiment. Seule, la petite lueur, pas plus grande qu'une épingle, luisait dans ses yeux.

— Écoute-moi bien, Mèmed ! dit Abdi. Si tu veux vivre et gagner ton pain dans ce village, ne va pas à l'encontre de mes désirs ! Tu es un gosse. Tu ne sais rien. Tu ne me connais pas. Je suis capable de détruire ton foyer, moi ! Tu as compris, ingrat, affamé ? Moi, je suis capable de détruire ton foyer !...

Il s'approcha et le saisit violemment par le bras.

— On m'appelle Abdi, je suis capable de détruire ton foyer !

Mèmed se taisait. Plus il se taisait, plus l'autre se fâchait, criait :

— Dis donc ! affamé, fils d'affamé ! personne ne peut avoir l'œil sur la fiancée de mon neveu ! Je peux te faire mettre en pièces, moi, et faire jeter ton cadavre aux chiens ! Regarde-moi bien ! Tu ne passeras plus jamais devant sa porte ! Compris ? Tu ne passeras pas ! Compris ?

Il secoua plusieurs fois Mèmed, violemment. La pierre même aurait parlé, mais lui ne disait rien. Ce silence mettait Abdi en rage. Soudain, perdant contenance, il commença à lui donner des coups de pied.

Mèmed se retenait avec peine pour ne pas le tuer. Il serrait les dents. Il mordait l'intérieur de ses joues. Il mordait et dévorait de rage l'intérieur de ses joues. Sa bouche était pleine de sang. Dans sa tête, une lumière jaune chatoyait...

— Fous le camp d'ici ! reprit Abdi agha. Vous faire du bien, à vous autres, vous élever, vous donner une éducation, c'est un péché. C'est nourrir le corbeau pour qu'il vous crève un œil ! Fous le camp, fils de chien !

Quand Mèmed sortit, à moitié abruti, il cracha par terre. C'était du sang qu'il crachait.

IX

Les maisons, les arbres, les rochers, les étoiles, la lune, la terre, tout ce qu'il y a dans le monde, tout était perdu, fondu dans l'obscurité. Tout doucement, il bruinait dans le noir. Il soufflait même une brise légère, et froide. Par intervalles et par saccades, les chiens aboyaient dans l'obscurité. Puis un coq chanta, longuement. Ce coq qui chantait avant l'heure serait certainement tué, au matin, par son maître. Un son de clochettes venait de loin, de la route, de l'autre côté de la montagne. Elles s'arrêtaient parfois, puis reprenaient de nouveau. Elles tintaient avec de longs intervalles, indiquant que les voyageurs qui arrivaient étaient fatigués.

Depuis assez longtemps, Mèmed attendait, tapi sous la haie, à côté du mûrier dont les branches s'ouvraient comme un parasol. Mèmed pensait... Non, dans cette situation, Mèmed ne pouvait penser à rien. Mèmed avait seulement froid. Sans réfléchir, il sentait un tas de choses. Il bruinait doucement dans l'obscurité. Depuis la tombée de la nuit, la pluie mouillait Mèmed. Ça l'avait pénétré. Un tremblement le prenait de temps en temps, puis ça lui passait.

De l'autre côté de la haie, il entendit un bruit. Il

dressa l'oreille. Un chat qui sautait la haie. C'est ce qu'il crut. Un moment, il songea à sa mère. Il eut mal, comme si on lui avait entaillé la chair. Dans son cœur, il sentit une amertume, comme du poison. Une douleur sourde. On allait torturer sa mère...

Très loin, il y eut un éclair. Le tronc, les branches du mûrier fondus dans l'obscurité en furent tout dorés. Et un chemin de lumière passa à travers la nuit intérieure de Mèmed. Un long chemin de lumière.

A cet instant, tout le village dormait, avec ses chevaux, ses ânes, ses bœufs, ses chèvres, ses moutons, ses insectes, les animosités, les haines, les amours, les peurs, les soucis, les vaillances. Les rêves se confrontaient. A cet instant, les rêves s'éveillaient.

Aussi étroit que soit le champ de sa vision, l'imagination de l'homme est vaste. Même pour celui qui n'a pas quitté le village de Dèyirmènolouk pour voir d'autres pays, ce monde d'imagination est vaste. Il peut s'étendre jusqu'au-delà des étoiles. Si l'on ne sait où aller, on va derrière la montagne de Kaf*. Si ce n'est pas possible non plus, l'endroit où l'on vit se transforme, devient semblable au paradis. Maintenant, dans le sommeil, les rêves devaient s'en donner à cœur joie. Dans ce village de Dèyirmènolouk, pauvre et plein de souffrances, des existences nouvelles étaient en train de se vivre.

Mèmed rêvait aussi. Il avait peur, mais rêvait quand même. Un éclair traversa soudain sa tête. Le plein soleil de Tchoukour-Ova éclata dans sa tête, grandit, s'élargit, resplendit. Quand ce flot de lumière qui avait inondé ses pensées s'apaisa, une inquiétude s'empara de Mèmed. Il eut peur.

— Si elle ne devait pas venir ? se dit-il. Qu'est-ce que je ferais ? Si elle ne venait pas ?

Toutes sortes de possibilités lui traversèrent l'esprit :

— Si elle ne vient pas... Je sais ce qu'il me reste à faire, dit-il.

Sa main serra la crosse de son revolver. Quand il pensait à son revolver, toutes ses craintes s'effaçaient, il oubliait soudain son impuissance. Il songeait à son revolver, quand il entendit un bruit de pas légers. Il eut honte de tout ce qu'il venait de penser. C'était Hatché qui était là, devant lui. Il aurait fallu qu'il fasse jour pour que Mèmed puisse voir le visage de Hatché. Il aurait vu qu'elle devenait d'abord toute pâle, puis qu'elle rougissait peu à peu. Il aurait pu interpréter cela de diverses façons, l'attribuer peut-être à la peur.

— Je t'ai fait longtemps attendre, dit-elle en s'excusant. Ma mère n'en finissait pas de s'endormir.

S'effrayant de tout et se cachant, ils s'éloignèrent, la main dans la main. Ils foulaient le sol avec tant d'adresse qu'ils ne faisaient pas le moindre bruit. On aurait dit qu'ils ne foulaient pas le sol. Si nous disions qu'ils n'avaient même pas respiré jusqu'à ce qu'ils eussent quitté le village, ce serait presque vrai.

Quand ils furent sortis du village, leur crainte diminua un peu, ils se sentirent un peu plus libres, Mèmed portait le baluchon de Hatché. Quand il fut fatigué, Hatché voulut reprendre son baluchon, mais il ne le donna pas.

Pour mettre le point d'orgue à leurs ennuis, la pluie commença à tomber follement. Des éclairs luisaient autour d'eux. Après avoir dépassé les rochers, ils débouchèrent devant une forêt. Elle s'illuminait, tout comme en plein jour, à la lueur des éclairs. On voyait l'eau ruisseler à flots le long des troncs d'arbres. Hatché commença à sangloter. Mèmed se fâcha :

– Tu choisis bien le moment pour pleurer ! dit-il.

Ils marchèrent ainsi dans la forêt jusqu'à ce qu'il fît jour. Ils ne savaient pas où ils étaient. La pluie tombait toujours.

– Sois frappée par la colère et la malédiction de Dieu ! disait Hatché à chaque pas, en injuriant la pluie.

Quand il fit tout à fait clair, ils trouvèrent une grotte dans un rocher, et s'y abritèrent. Debout, tous deux tremblaient, chacun de son côté. Leurs vêtements leur collaient au corps. L'eau dégoulinait le long des cheveux de Hatché, comme si elle marchait encore sous la pluie.

– Si l'amadou n'est pas mouillé, nous allumerons un feu et nous nous sécherons, dit Mèmed, en claquant des dents.

Hatché sourit, heureuse.

– Ne ris pas ! dit Mèmed. On a reçu une telle pluie qu'elle n'a pas seulement traversé le cuir, mais notre propre peau !

De ses mains tremblantes, il essayait d'ouvrir le porte-monnaie attaché à sa ceinture. Tout l'espoir, le salut était là. Leurs yeux restaient fixés sur l'étui de cuir. Puis, leurs regards se croisèrent, ils sourirent. L'eau n'avait pas pénétré dans l'étui.

– Tu sais qui a fabriqué cet étui ? demanda Mèmed.

– Non.

– Tu connais l'oncle Suleyman, chez qui j'avais fui ? C'est lui. Depuis, je l'ai gardé en souvenir.

Il regarda avec inquiétude autour de lui :

— Rien n'est sec pour que j'essuie mes mains. Si je touche l'amadou, je vais le mouiller.

— Surtout, ne le touche pas avec tes mains mouillées !

— Tu vas voir comment je vais les sécher, dit Mèmed avec assurance.

Il alla vers l'intérieur de la grotte. La pluie n'y avait pas pénétré. La terre était toute sèche, poudreuse. Il y enfonça ses mains et les enduisit de poussière, puis il les leva en l'air :

— Ça y est ? demanda-t-il à Hatché.

Elle sourit.

— Va, Hatché, va ramasser des brindilles !

Elle s'élança de la grotte sous la pluie. Peu après, elle revint avec une énorme brassée de bois mort.

Les broussailles semblaient mouillées, mais, en réalité, elles étaient sèches. Ils les cassèrent en petits brins et en firent un tas au milieu de la grotte. Mèmed frotta l'amadou. Il le frotta, mais bien qu'il s'allumât, il n'arrivait pas à mettre le feu aux broussailles. Il fallait, aussi petite qu'elle fût, une flamme pour mettre le feu aux brindilles. Comment faire ?

— Toi, reste ici ! dit Mèmed. Je vais chercher du bois résineux.

Peu après, il revenait avec un morceau de ce bois. Il sortit son grand couteau à deux lames et le fendit en morceaux. Mais lui non plus ne prenait pas avec l'amadou. Il lui fallait encore une flamme. S'il y avait eu une toute petite flamme, le bois résineux aurait pris aussitôt. S'ils avaient eu une allumette maintenant, tout aurait été facile, mais... Mèmed en avait bien emporté, elles étaient aussi mouillées, en bouillie...

— Hatché, est-ce qu'on ne peut pas trouver un bout d'étoffe sec ?

Hatché claquait des dents.

— Je vais ouvrir mon baluchon pour voir. La pluie n'a peut-être pas pénétré à l'intérieur.

Dehors, la pluie tombait de plus belle. Tout à fait comme si le ciel entier crevait. Hatché ouvrit le baluchon. Elle fouilla et refouilla. Elle trouva un mouchoir au milieu des robes. C'était le premier cadeau de Mèmed : un mouchoir à pois rouges, comme les femmes en portent sur la tête dans les villages.

— Il n'y a que ça de sec, dit-elle en le montrant à Mèmed.

Mèmed le reconnut :

— Que ça ?

Il était devenu tout drôle en voyant le mouchoir.

— Oui, dit Hatché.

— Même si j'étais certain de mourir gelé ici, je ne le brûlerais pas, dit Mèmed, un peu vexé.

— On trouvera peut-être un morceau sec, parmi les robes, dit Hatché.

— Apporte voir.

Hatché apporta le baluchon. Mèmed fouilla et refouilla.

— Bien sûr, on ne trouvera pas un morceau, mais cent morceaux secs !

— Oui, et puis après, on se promènera nus. C'est ce qui va arriver si ça continue.

Il défit la doublure d'une robe vieillotte. Il frotta le briquet. Il enveloppa l'amadou avec le morceau d'étoffe. Il commença à souffler. Il souffla sans cesse. Quand il passa l'étoffe à Hatché, à ce moment-là, un éclair tomba juste à côté d'eux. Le sol trembla légèrement. Les arbres craquèrent. Hatché laissa tomber ce qu'elle tenait. Mèmed se baissa et le ramassa. Il recommença à souffler, en gonflant les joues. Il en avait mal aux joues.

Quand une flamme apparut soudain au-dessus de l'étoffe, il se réjouit. Il approcha aussitôt le morceau de bois résineux de la flamme. Il s'enflamma en crépitant. Il réunit plusieurs bûchettes. Il les glissa dans le tas de broussailles, au milieu de la grotte, et continua d'alimenter le feu.

La pluie devenait de plus en plus forte. Le ciel n'était plus qu'une fumée noire. Des éclairs brillaient tout le temps, il tonnait. Par instants, cela illuminait tout. Après chaque éclair, un scintillement de cuivre jaune embrasait Mèmed.

Le feu grandit. Mèmed ne cessait d'y ajouter du bois. Une fois secs, les morceaux de bois prenaient feu. D'immenses flammes brillaient et dansaient.

Ils enlevèrent leurs vêtements et les étendirent sur une branche qui se trouvait là. Ils la tirèrent près du feu. Hatché avait honte. C'est pour cela qu'elle n'ôtait pas son tricot et sa culotte.

— Enlève tout ça ! dit Mèmed. Enlève tout ça ! tu cesseras de trembler.

Hatché eut un regard suppliant :

— Ça n'a qu'à sécher sur moi, dit-elle.

— Sur toi, ils ne sécheront pas ! bougonna Mèmed, se fâchant. Jusqu'à ce qu'ils sèchent, toi, tu mourras de froid.

Quand Hatché vit que Mèmed se fâchait, elle commença à enlever son tricot. Ses épaules étaient rondes, brunes. Dès qu'elle eut ôté son tricot, elle le jeta sur les broussailles. Elle prit ses seins entre ses mains et les cacha.

Ses épaules tremblaient. Son cou était long comme celui d'un cygne. Il était beau. De petites mèches de cheveux se rassemblaient derrière son oreille. Ses cheveux noirs, tressés étaient défaits et tombaient sur son dos, le recouvrant entièrement jusqu'en bas des reins. Ses seins débordaient entre ses doigts.

Elle avait la chair de poule. Cela passa quand elle se réchauffa. La peau devint toute lisse. Elle rosit légèrement.

Mèmed avait planté ses yeux sur Hatché.

Il éprouva un désir irrésistible :

— Hatché !

Elle tressaillit. Cette voix, cette façon de dire son nom ! La voix exprimait tout. Elle comprit.

— Mèmed ! dit-elle, il doit se passer des choses terribles maintenant, au village. Ils doivent nous chercher partout. J'ai peur que nous soyons retrouvés...

Mèmed en avait peur aussi. Il ne le montra pas :

— Comment peuvent-ils nous retrouver dans cette forêt ? Allons donc !

— Je ne sais pas, je ne sais pas, mais moi, j'ai peur.

Ils se turent, longtemps. La pluie aussi semblait s'être calmée. Le feu ne cessait de grandir. Même les parois des rochers s'étaient réchauffées. Le sol avait séché.

Hatché, après avoir remis son tricot sec, enleva sa culotte, Mèmed aperçut ses jambes jeunes et pleines. Depuis un bon moment déjà, son désir était devenu irrésistible. De la même voix, il répéta :

— Hatché !

— J'ai peur, Mèmed.

Il s'approcha d'elle et lui serra le poignet, à lui en faire mal. Elle recula. De toutes ses forces, Mèmed la prit dans ses bras. Il l'embrassa. Soudain, elle s'abandonna. Mèmed la traîna au pied du rocher. Les grosses lèvres de Hatché restaient entrouvertes, ses yeux s'étaient fermés. Elle n'avait plus aucune force dans les bras :

— J'ai peur, laisse-moi, Mèmed ! disait-elle doucement.

Les flammes du grand feu s'allongeaient vers eux. Les flammes léchaient les rochers...

Ce n'est que beaucoup plus tard qu'ils reprirent conscience des choses. Mèmed prit Hatché par la main. Il voulait la soulever. Elle se dressa un peu. Puis, elle se recoucha sur le dos. Sa peur avait complètement disparu. Il ne lui restait qu'une lassitude, une fatigue dans le corps. Ensuite, elle se leva toute seule. Ses jambes, son dos, ses hanches étaient recouverts de terre.

X

La mère se leva avant l'aurore. Elle regarda le lit de Hatché. Le lit était occupé. Elle n'eut aucun soupçon. Quant il fit jour, voyant que Hatché n'était pas levée comme à l'habitude, elle eut un pincement de cœur. Ses craintes étaient fondées. Quand elle tira la couverture, elle fut comme frappée par la foudre, Hatché avait mis un coussin, bien allongé, sous la couverture, et c'était lui qui était là, couché à sa place. Cette ruse avait pour but de ne pas donner trop tôt l'éveil.

La femme restait là, la couverture dans la main. C'est seulement quand son mari l'appela qu'elle revint à elle. La couverture lui glissa des mains.

Il est de coutume, dans les villages du Taurus, pour celui dont la fille a été enlevée, ou le cheval, ou le bœuf, ou le coq volé, de se mettre devant la porte de sa maison, et de jurer contre tout le village, contre les jaloux, les envieux. Ainsi, pendant des heures, il n'arrête que pour mieux recommencer. Les villageois ne lui répondent jamais. Plus tard, la rage de l'insulteur s'apaise. Ce n'est qu'après cela qu'on discute le coup sérieusement.

– Elle a filé, la folle ! dit la mère à son mari. Qu'allons-nous faire maintenant ?

Le mari poussa un cri de joie évident :

— Dieu merci ! Dieu merci ! Je n'avais nulle envie de donner ma fille à cette espèce de chauve qu'est le neveu d'Abdi agha ! Mais il n'y avait pas moyen de refuser. Dieu merci !...

— Tais-toi ! dit la femme. Tais-toi. Il ne faut pas qu'on t'entende ! Abdi agha peut croire que c'est nous qui l'avons fait enlever, et il nous fera dépecer.

Puis, selon la coutume, la mère se mit devant la porte de la maison, et, sans trop de bruit, entreprit de se battre les flancs. Elle n'avait pas du tout envie de le faire. Elle ne criait même pas. Elle n'injuriait personne. Assise en tailleur, elle ne faisait que balancer son buste.

— Voyez voir ce qui m'arrive ! disait-elle sans y croire. Ma fille ! ma fille ! Sois une traînée, *inch' Allah !* Tu m'as déshonorée, puisses-tu crever ! Que tes deux yeux se crèvent !

— Rentre, dit son mari rudement. Elle a bien fait, la fille ! Elle a bien fait, la fille ! Elle a filé avec celui qui l'aime. Le reste, on s'en fout. Ne dis pas un mot ! Ne crie pas ! Va raconter la chose à Abdi agha ! Cesse tes malédictions contre la fille. Rentre à la maison !

La femme fit ce que son mari lui avait dit. Elle enveloppa sa tête dans un fichu noir. Elle alla tout droit chez Abdi agha.

— Eh bien ! où étais-tu donc, ma sœur ? Tu ne mets plus les pieds chez ton agha ! dit Abdi en la voyant.

La femme s'assit et commença par pleurer. Quand il la vit pleurer comme ça, avec un fichu noir sur la tête, Abdi agha flaira quelque chose :

— Qu'y a-t-il, ma sœur ? demanda-t-il, agité.

La tête baissée, la femme n'arrêtait pas de pleurer. Elle ne répondit pas.

— Parle ! cria Abdi agha. Sacrée bonne femme ! parle !

Il s'arrêta et réfléchit :

— Est-ce qu'il est arrivé quelque chose à ma nièce ?

— Mon agha... commença-t-elle.

— Parle !...

— Mon agha ! mon agha !

Elle se tut. Les sanglots lui coupaient la voix.

— Sacrée bonne femme ! Que Dieu te maudisse ! Ne me fais pas crever !

Elle essuya ses yeux :

— Elle a fichu le camp ! dit-elle. Elle a mis un traversin à sa place. Elle a fui au début de la nuit.

— Ça alors ! tonna Abdi agha. Ça alors ! Ça devait arriver, aussi ! La nièce d'Abdi se fait enlever par un valet de ferme !

Puis, se tournant vers la femme, il lui flanqua un violent coup de pied :

— Je brûlerai ce village d'un bout à l'autre ! J'y mettrai le feu et le brûlerai !

Il s'arrêta et réfléchit un moment. Il saisit le bras de la femme, se baissa à son oreille :

— C'est pas le fils de Deuné qui l'a enlevée ?

S'essuyant les larmes avec son fichu, la femme fit signe de la tête que oui.

Abdi agha ne tenait pas en place ; il appela ses hommes. Il appela tous les villageois. C'était un grand coup porté à son prestige dans le village. Ça ne pouvait pas en rester là !

— Ça lui apprendra, disait-il, ça lui apprendra, à ce crève-la-faim ! Vaurien ! Il verra ce qu'il verra ! Je le mettrai en pièces et morceaux ! En pièces et morceaux !

En peu de temps, tout le village apprit la nouvelle.

Tout le village s'en réjouissait. Les femmes, les jeunes, les enfants, les filles poussaient ensemble des cris de joie. Mais sans qu'Abdi agha en sût quelque chose. Devant lui ou devant ses hommes, les villageois paraissaient presque plus touchés qu'eux. Ils se parlaient en chuchotant. La pluie ne cessait de tomber. Tous dehors, sous la pluie, les villageois se serraient, tout près les uns des autres, parlant entre eux. Ils étaient rassemblés par groupes. Des allées et venues, de maison à maison, sous la pluie, des chuchotements de bouche à oreille. Le corps recroquevillé sous la pluie, chacun était trempé comme s'il sortait de l'eau.

Sur ces entrefaites, les gens de l'autre village, fiancé en tête, s'amenèrent en grande pompe. Chacun d'eux tenait un fusil de chasse. Le fiancé fulminait.

Ses jurons emplissaient le village :

— Je brûlerai et démolirai...

Il alla tout droit à la maison de Mèmed. Deuné, chez elle, semblait tout ignorer du monde entier. Devant la porte, le fiancé descendit rapidement de cheval. Il entra dans la maison.

Il attrapa la femme par les cheveux. La traînant tout le long du chemin, il l'amena jusqu'à la porte d'Abdi agha.

Quand celui-ci vit la femme, il ne put non plus se maîtriser. Il s'approcha et commença à la piétiner avec les talons de ses bottes. Pas le moindre son ne sortait de la bouche de Deuné. Elle était couverte de boue. On ne voyait même pas ses yeux, à cause de la boue.

Quand Abdi agha eut laissé la femme, le neveu à son tour commença à la piétiner. Il l'abandonnait, faisant le tour de la cour, en mâchonnant le bout de sa moustache, revenait vers la femme et recommençait à la piétiner. Le sang, qui coulait de la bouche de Deuné et se mêlait à la boue, ruisselait sur ses vêtements, comme un lacet rouge qui se déroule.

Abdi agha était tout nerfs. Sans dire un mot, il marchait en rond. Il ne voyait personne. Les gens, autour de lui, le suivaient des yeux, et attendaient pour voir ce qu'il allait dire.

Quand il devait prendre une décision importante, il roulait une partie de sa barbe autour de son index et la tirait. A présent, c'est ce qu'il faisait sans arrêt. Quand il s'arrêta, tout le monde se tut et le regarda. Il laissa sa barbe qu'il avait enroulée à son doigt et la caressa :

— Écoutez-moi, fit-il, ils sont encore dans les parages. Ils sont dans les rochers ou dans la forêt. Nous allons chercher. Seulement, ça ne peut se faire avec tout ce monde. Il faut à peu près dix personnes. Si vous le trouvez, ne le tuez pas. Si je ne suis pas là, vous me l'amènerez. C'est moi qui lui réglerai son compte. C'est moi qui lui apprendrai ce qu'il en coûte d'enlever la nièce d'Abdi agha !

Quand il eut fini de parler, c'est Rustem qui se hâta de prendre la parole. Il était chauve. Son visage était marqué par la petite vérole ; il avait un nez énorme :

— Laisse-moi parler et écoute-moi, mon agha, dit-il. Il pleut depuis hier soir, pas ?

— Oui, d'accord ! dirent à la fois plusieurs autres villageois.

— Les pas restent marqués dans la boue ? demanda Rustem.

— Ils restent marqués.

— De toute façon, même s'il n'y en avait pas, car

ils sont peut-être allés dans les rochers, nous devons suivre leur piste. Ils doivent être dans les parages. Sûr qu'on les retrouvera, à la piste...

— Que trois personnes aillent au bourg ! Je viens d'entendre qu'ils ont fui au bourg, dit Abdi agha. — Puis, se tournant vers Rustem : — Qui va suivre la piste ?

— Il y a Ali le Boiteux...

— Si Ali le Boiteux en a envie, il pourrait dépister l'oiseau même sous la pluie, même sur la terre sèche, dirent plusieurs voix.

— Il peut dépister même l'oiseau, dit Rustem.

— Il suffit que le bout de son aile ait frôlé le sol. Il peut dépister même l'oiseau qui vole.

— Allez me chercher Ali le Boiteux, n'importe où qu'il se trouve ! commanda Abdi agha.

— Ali le Boiteux est là, dirent-ils.

Traînant la jambe loin derrière lui, le Boiteux vint, clopin-clopant, se planter devant Abdi agha :

— Ne t'en fais pas pour ça, mon agha, dit-il. Ne te fais pas de mauvais sang. Si Mèmed le Mince a foulé du pied le sol, moi, je le trouverai ; à moins qu'il ne se soit fait oiseau pour s'envoler, moi, je le trouverai ! N'aie pas de chagrin ni de peine !

Les gens du village d'Ali le Boiteux ne cessaient de faire son éloge aux autres villageois, à l'agha.

— Cet Ali le Boiteux a mis au clair tous les vols commis dans notre village.

— Depuis quinze années, pas une seule épingle n'a été volée dans notre village.

— Grâce à Ali le Boiteux.

— C'est avec Ali le Boiteux qu'il faut aller chasser le cerf. Si une trace est visible sur les pierres, sur les rochers, en la suivant, Ali le Boiteux vous amènera jusqu'à l'endroit où broute le cerf.

— Il est unique, Ali le Boiteux, mon agha !
— Il ne reste plus aucune fouine dans les parages !
— Grâce à Ali le Boiteux.
— Même si le gosse Mèmed le Mince s'était caché dans le ciel, il le retrouverait.
— La piste d'un homme surtout... ! Il flaire l'odeur de l'homme à trois journées de distance.

Heussuk, qui n'aimait pas la foule, était là aussi, devant la maison de l'agha. C'est de Heussuk la Betterave qu'il s'agit. De cet Heussuk-là. Heussuk connaissait depuis longtemps Ali le Boiteux. Depuis des années, ils labouraient le même champ, l'un à côté de l'autre. Il connaissait l'habileté du Boiteux pour organiser des battues. D'ailleurs, dans les environs, il n'y avait personne qui ne le sût. Abdi agha aussi avait entendu parler de la renommée du Boiteux.

Ce n'est pas pour le faire connaître, mais parce qu'ils en étaient fiers, que les gens de son village le couvraient d'éloges.

Heussuk s'aperçut qu'Ali le Boiteux voulait bien se charger de retrouver la piste de Mèmed. Où qu'il se trouve, Mèmed, sur n'importe quel chemin, dans n'importe quelle grotte, ou fossé, le Boiteux le retrouverait comme s'il l'y avait lui-même installé. Comment faire pour parler avec le Boiteux sans qu'on s'en rende compte ? Le Boiteux ne lui refusait rien. Depuis le temps qu'ils mangeaient ensemble le sel et le pain !...

Le Boiteux écoutait, émerveillé, les villageois faire son propre éloge à l'agha :

— N'en déplaise à Dieu, c'est grâce à toi, mon agha ! disait-il en s'enflant d'orgueil, tandis que les villageois l'entouraient.

Qu'on dise qu'il était vaillant, qu'il était bon, qu'il n'y en avait pas un comme lui dans tous ces villages-là, Ali le Boiteux s'en fichait. Ça ne le touchait guère. Mais si on disait : « Il n'y a que le Boiteux pour suivre une piste ! », là, alors, il n'y avait plus de bornes à sa joie.

Ceux qui avaient besoin de ses services s'arrangeaient, un ou deux jours avant, pour dire quelque part, de façon à être entendus de lui : « Y a-t-il en ce monde quelqu'un qui suive une piste comme le Boiteux ? Quel suiveur de pistes !... Comme lui, on n'en trouve pas un dans toute la région d'Adana. Toutes les mères du monde n'ont pu accoucher que d'un seul suiveur de pistes : c'est Ali le Boiteux ! »

C'est seulement après s'être assurés qu'il avait entendu leur discours qu'ils lui adressaient leur requête. Après cela, on obtenait tout d'Ali le Boiteux. Il se serait tué pour vous donner satisfaction.

Pendant que le Boiteux, se dégageant de la foule, s'acheminait vers la maison de Hatché pour trouver les premières traces de la piste, Heussuk courut derrière lui et le rattrapa :

– Attends voir, Ali ! dit-il. J'ai deux mots à te dire.

– Ah ! frère Heussuk ! dit Ali en se jetant à son cou. Frère Heussuk ! Je languissais tant après toi ! J'allais justement venir te voir. C'est vrai, frère Heussuk ! Quoi de neuf ? Quand j'aurai fini ce boulot, je viendrai passer la nuit chez toi. Que je le retrouve, ce garçon !... Ça ne sera pas long. Trouver un homme, c'est vite fait.

– Suis-moi donc un petit peu, dit Heussuk. Qu'on ne nous voie pas parler. L'agha pourrait me soupçonner.

Intrigué, Ali le Boiteux se mit à suivre Heussuk. La pluie, qui avait ralenti tout à l'heure, se remit à tomber à grosses gouttes.

Devant la maison de l'agha, on harnachait un cheval pour Ali le Boiteux. Peut-on suivre une piste à cheval ? Ali le Boiteux pouvait suivre une piste, même les yeux bandés !

Heussuk atteignit l'ombre d'une maison et s'y accroupit. Ali, s'approchant de lui, dit d'un ton offensé :

— Viens donc t'asseoir un peu près de moi ! qu'on te voie mon frère !

— Voyons voir ! Comment vas-tu livrer ce pauvre gosse à Abdi ? Comment oseras-tu faire ça, toi ? Aie pitié de Mèmed le Mince. Aie pitié de l'orphelin ! Aie pitié du fils d'Ibrahim ! Y avait-il un homme aussi bon qu'Ibrahim ? Il t'aimait beaucoup. Je sais, tu le trouveras tout de suite, comme si tu l'avais caché toi-même. Abdi lui fera beaucoup de mal. C'est toi qui lui auras fait le mal. Veux-tu que je te dise quelque chose, Ali ? Emmène-les aujourd'hui sur une fausse piste. Si on lui donne encore un jour, Mèmed est sauvé. Dans son enfance, Mèmed s'était enfui chez Suleyman, dans le village de Kesmé. Tout le monde le croyait mort. Six mois ou un an après, c'est moi qui l'avais vu et avais prévenu sa mère. Eh oui ! C'est comme ça que ça s'était passé, à l'époque. Tout le monde le croyait mort. Il trouvera bien un trou pour se cacher. Allons, frère, donne-leur une fausse piste ! Qui sait où ils se sont faufilés, les pauvres, sous cette pluie, ce déluge ? Qui sait où ils sont à présent dans cette tourmente ? Ils doivent grelotter maintenant ! Alors quoi, Ali ? Dis-moi quelque chose, Ali ! Renonce à cette affaire !

Au fur et à mesure que Heussuk parlait, le Boiteux changeait de couleur. Quelques instants auparavant, devant tout le village, il sè réjouissait de dépister et de retrouver les fuyards. Pendant que Heussuk parlait, lui, il n'ouvrait pas la bouche, il regardait par terre.

Le voyant se taire, Heussuk disait d'amères paroles :

— Eh oui, frère Ali, les pauvres doivent être blottis l'un contre l'autre, sous un arbre. Ce n'est pas une pluie, c'est un fleuve qui doit maintenant couler sur eux. Un fleuve qui coule sans arrêt. Frère Ali ! Ils ont peur, les malheureux. Le cœur se briserait à les voir. Regarde-moi cette pluie qui gâte tout. Ça ne cesse de tomber. Si elle pouvait prendre pitié d'eux et s'arrêter de tomber ! Frère Ali, si elle s'arrêtait ! Ils ont peur d'un oiseau qui surgit, d'un souffle qui fuit, d'un lézard qui grimpe dans l'arbre. Ils sentent le cœur leur monter à la bouche. A présent ils pensent être rattrapés à chaque instant. Ce sont des amoureux, Ali ! Personne ne fait de mal aux amoureux. Ta main se desséchera, son eau se retirera comme d'un arbre sec ! Ta main se desséchera ! Mets-les sur une fausse piste, Ali ! Sauve les amoureux ! Un petit palais sera prêt pour toi au paradis. On te le préparera tout de suite, le petit palais. Dis Ali, dis-le-moi, promets-moi !...

Heussuk planta ses yeux dans ceux d'Ali. Il le regarda comme s'il voulait lui dire qu'il ne pouvait pas ne pas faire cela. L'autre, la bouche close, ne dit ni oui ni non. Heussuk, prenant la main d'Ali, recommença :

— Écoute-moi, que je te dise, Ali ! Ceux-là, ils s'aiment depuis qu'ils sont gosses. La fille, si elle ne voit pas Mèmed un jour, elle ne peut manger, elle ne peut dormir, elle sanglote sans arrêt. C'est Dieu qui les a fiancés. Tu ne le savais pas, Ali ? Dieu ! Quand Mèmed avait fui au village de Kesmé, tu sais bien, quand j'avais prévenu la mère, la fille, elle, est restée couchée, malade, jusqu'à son retour. Elle était devenue comme folle. C'est comme ça, frère Ali ! C'est comme ça ! Pour le reste, c'est à toi d'y réfléchir. Puis, ils ont voulu donner la fille à cette espèce de chauve de neveu d'Abdi. Et eux, ils ont fui. Pour le reste, c'est à toi d'y réfléchir. Si un oiseau s'abrite dans un buisson, ce buisson le cache, l'oiseau, Ali, c'est toi qui vas cacher Mèmed. Ne sois pas cause de leur malheur ! Si tu fais ça, Abdi sera ton ami, mais tout le village ton ennemi. Tu me diras qu'il suffit qu'Abdi soit ton ami, mais ce n'est pas tout, Ali ! Tout n'est pas là ! Tu n'as qu'à décider, mon Ali, moi, c'est tout ce que j'ai à te dire !

Les épaules basses, le visage changé par le chagrin, Ali se leva, sans rien dire à Heussuk.

— Tout un village sera ton ennemi !... répéta Heussuk derrière lui. Puis le rattrapant : Si on sépare des amoureux, crois-tu qu'on puisse être heureux soi-même, Ali ? Sache-le : celui qui détruit un nid voit son propre nid détruit ! Quand les deux amoureux se sont unis, tout le village les a fêtés. Tu seras pareil à un arbre pourri. Tout un village sera ton ennemi. Vois ce qu'ils ont fait à la mère du gars. Elle est encore étendue dans la boue... Peut-être même... Réfléchis bien, Ali !...

Pendant ce temps, le cheval était équipé. On appela Ali. Un jeune homme tenait les rênes et attendait dans une attitude respectueuse. Une pèlerine de laine aux poils longs était posée derrière la selle.

Tout le village, femmes et enfants, était dehors.

Tous fixaient le Boiteux. Il sentit tout le poids de ces centaines de paires d'yeux. Il se sentit percer par ces regards. L'éternelle douleur de sa jambe boiteuse le reprit. Une douleur insupportable. Toutes les fois qu'il se trouvait dans une situation difficile, cette douleur venait se coller à sa jambe. C'était insupportable.

Tout le village, avec ses pierres, ses terres, ses hommes, ses bêtes, maudissait le Boiteux.

Au pied du mûrier, devant la maison de Hatché, deux traces de pas se dessinaient, l'une à côté de l'autre. Ali les suivit. Il commença par tourner quatre ou cinq fois devant la maison de Hatché. Tous les gosses du village étaient derrière lui. Puis, au hasard, il plongea dans le village. Pendant quelque temps, il ne fit qu'aller et venir dans le village.

Deux ou trois villageois se trouvaient près de Heussuk :

– Que lui as-tu dit, au Boiteux ? lui demandèrent-ils.

– Je lui ai dit ce que j'avais à lui dire, répondit-il avec orgueil. Je crois que le Boiteux ne me contrariera pas.

Il était content de le voir errer sans but dans le village. Ce n'est pas en faisant des tours et des tours dans le village que le Boiteux se mettrait à suivre une piste. Dès qu'il avait le début de la piste, il la suivait jusqu'au bout. Comme une maille de bas qui file... S'il errait ainsi, le Boiteux, c'était bon signe.

Les paroles allaient bon train :

– Il erre, le Boiteux, c'est bon signe !

– Qui le dit ?

– C'est Heussuk qui le dit.

– Lequel ?

– La Betterave.

— Le Boiteux ne cesse de tourner dans le village, disait Heussuk. Dieu sait, il a eu pitié des amoureux. Il va faire perdre leur trace. Ah ! je vais te voir à l'œuvre, Boiteux !

— Moi, je le connais, ce Boiteux, disait Ali le Chauve. Le Boiteux, il dépisterait même son père. Même s'il savait qu'il serait perdu, son père, il le dépisterait. Ce qu'il lui faut, à lui, c'est une piste. Le Boiteux, il n'y résiste pas. Il est bon, il est gentil, ce n'est pas qu'il ne se fait pas de bile pour les amoureux, mais il ne peut s'empêcher de suivre une piste, rien ne peut l'arrêter. Même s'il savait qu'on le tuerait, même s'il voyait la mort au bout, montrez-lui une piste, il la suivra jusqu'à la fin !

— Bon ! Bien, Ali ! dit Heussuk. Ça fait dix fois qu'il fait le tour de la maison. Et ça fait un bon bout de temps qu'il erre dans le village. Mettons qu'il suive une piste. Tu ne vas pas me dire que Mèmed a été de porte en porte avec la fille ! Quand on enlève une fille, on ne se retourne plus pour regarder derrière. Quant à Ali le Boiteux, ce n'est pas lui qui va hésiter. Surtout avec cette pluie... Je lui ai dit, moi... Je lui ai dit : Ali, tu ne me regarderas plus en face ! que je lui ai dit...

Ali le Chauve médita sur ces paroles. Un espoir, une joie éclaira son visage.

— Que Dieu fasse qu'il ait changé de caractère, le Boiteux ! A le voir errer comme ça dans le village, on dirait qu'il a changé... Allons !... mon vieil Ali, voyons voir...

Ali le Boiteux allait et venait sans cesse. Devant les portes, descendant de cheval, il examinait soigneusement le sol, les pierres, il faisait tout ce que l'on fait lorsqu'on cherche une trace. Cependant, il se gardait bien de se rapprocher de la véritable piste. Il avait peur. Il savait que, s'il la revoyait, il n'y pourrait tenir, qu'il serait bien obligé de la suivre. Faisant semblant de l'avoir retrouvée, il sortit du village. Il avait envie de s'enfuir au galop, à bride abattue.

Longuement, il riva son regard à la forêt. La direction prise par la vraie piste menait directement à la forêt. C'est là qu'avaient dû fuir les amoureux. Tout se brouilla dans sa tête.

Il bruinait doucement. A nouveau, il tourna la tête de son cheval vers la maison de Hatché. Il s'arrêta devant la barrière, près du mûrier, en face de la maison. Il y avait là une trace de sandale paysanne, tout allongée : « La sandale est toute neuve, murmura-t-il, pour lui-même. Une sandale en peau poilue, sûrement une sandale faite avec un veau tué cet hiver. » Il repensa aux amoureux dans la forêt, sous la pluie qui continuait à tomber doucement. Il se sentait palpitant, brûlant de curiosité. Pendant qu'il rêvassait, un paysan s'approcha :

— Tu vas donc t'endormir ici ? Abdi agha s'impatiente : « Qu'a-t-il à tourner en rond dans le village ? Est-ce là le fameux Boiteux que vous m'aviez tant vanté ? » qu'il dit...

Pendant que le paysan parlait, Abdi agha, arrivant au galop, s'arrêta court près d'eux :

— Alors, quoi ! dit-il, dépisteur en chef, alors quoi ? Tu as une drôle de façon de suivre une piste. Depuis le matin, tu n'as fait qu'arpenter le village, comme pour le cadastrer. Et maintenant, tu vas t'endormir près de cette barrière !

Ali le Boiteux vit rouge. Il tourna le cou de son cheval vers Abdi agha :

— Agha, lui dit-il, demande aux paysans ! Avait-il des sandales neuves aux pieds, fabriquées avec la peau d'un veau tué cet hiver ?

L'agha se tourna vers les paysans :

— Est-ce vrai ? dit-il.

— Juste ! Le veau d'Ismaïl est mort cet hiver. Vous savez bien, Ismaïl le Meunier. Mèmed lui en a pris de quoi faire une paire de sandales.

L'agha se tourna vers Ali :

— C'est vrai... Montre donc, maintenant, de quoi tu es capable !

Rentrant le cou dans ses épaules, Ali fouetta son cheval et partit en tête avec Abdi, talonné par sept ou huit cavaliers. Ils sortirent ainsi du village.

Arrivé aux rochers, Ali arrêta son cheval. Les autres aussi. La trace menait vers les rochers. Ali en fut vraiment étonné. Les traces avaient pourtant d'abord pris la direction de la forêt... Il les examina.

— Ils ont suivi les rochers. Descendez de cheval ! Nous allons les suivre ici !

Ils laissèrent les chevaux à l'un d'entre eux, et suivirent Ali. Ils virent un peu de terre dans les rochers. Sur la terre, trois fleurs jaunes étaient écloses. La terre était toute noire, toute brillante et les fleurs éclatantes. L'une d'elles était penchée ; les autres se tenaient droites. Ali la montra à ceux qui le suivaient :

— Savez-vous pourquoi celle-ci est recourbée, et les autres pas ? Hier au soir, ou vers minuit, quelqu'un a marché dessus. Voyez, le bord de la sandale a laissé une trace de côté.

Tout le monde se pencha et regarda, mais nul ne vit la trace de côté. Après cela, Ali tourna en rond parmi les rochers. Abdi agha le suivait de près. Arrivé à un roc pointu :

— Ils sont revenus sur leurs pas à partir d'ici, dit Ali.

Ils retournèrent aux chevaux. Vers la forêt, les traces devenaient évidentes. Même les autres pouvaient suivre la piste. Arrivé au seuil de la forêt, Ali s'arrêta. Son visage devint tout pâle, cendreux. Les traces se dirigeaient cette fois vers les rocs de la forêt. C'était une marche d'aveugle, la marche de ceux qui vont au hasard... Les traces allaient, continuant d'abord tout droit, tournaient, changeaient de direction et retournaient encore. Ali, voyant la piste tourner en rond, eut pitié. Il pensa : « Je devrais faire prendre à Abdi le chemin qui longe la forêt, ils pourraient alors s'échapper, les pauvres ! »

Au pied d'un arbre, une herbe verte avait poussé. L'herbe, toute fraîche, était pressée contre le tronc de l'arbre, écrasée en partie ; un bout d'écorce s'enfonçait dans le sol.

La pluie reprit de plus belle. Ali le Boiteux mit la cape qu'il avait sur la selle. Les autres se taisaient.

— Le temps passe, dit Abdi agha. As-tu de nouveau perdu la trace ?

— Mais non, répondit Ali, suivez-moi !

Mais cette fois, il perdit vraiment la trace. Se tournant vers Abdi :

— J'ai perdu la trace, avoua-t-il.

Abdi agha se fâcha :

— Est-ce là tout ce que tu sais faire ? Est-ce tout, Ali le Boiteux ?

Le fiancé était derrière les autres, la main serrant la crosse nue de son pistolet. Ali fut ulcéré :

— Je retrouverai la trace, et pas plus tard que maintenant ! Ils ne doivent pas être loin. Ils ont été surpris par la tempête dans ces parages ; ils ont beaucoup tourné en rond. C'est pourquoi je m'embrouille.

Cherchant bien, il retrouva la piste. La forêt devenait extrêmement épaisse, les chevaux n'avançaient plus. Ils les laissèrent et continuèrent à pied.

Ali remarqua :

— Ici, ils ont coupé une branche.

Puis avec passion :

— Nous approchons. Ils ont ramassé une brassée de ronces. Des ronces sèches. Les traces vont vers les rochers.

A part Ali et Abdi agha, tous étaient trempés jusqu'aux os. Abdi demanda au fiancé :

— Pourquoi n'as-tu pas pris ta cape ?

L'autre n'était pas en mesure de répondre. Son pistolet tremblait au point de lui tomber des mains. Ali le Boiteux se mit à courir vers les rochers. Il étouffait d'émotion. Les autres coururent aussi.

— J'ai trouvé ! dit Ali. Ils doivent être sous ce grand roc, allez doucement !

Abdi, qui venait par-derrière, cria :

— Est-ce qu'ils sont là ? Tu ne dis rien, Ali !

Ali ne disait rien. Abdi, à bout de souffle, le rejoignit. Il regarda le point fixé par Ali. Les autres se mirent autour.

— Ici, ils ont allumé le feu, reprit Ali. Sur ce buisson, ils ont fait sécher leurs vêtements. Le feu n'a pas été allumé avec des allumettes, mais avec un briquet à mèche...

Il alla vers le fond de l'abri, regarda la terre sèche. Il se pencha et examina longuement le sol. Sur la terre, il put distinguer la trace des hanches larges et fortes de la fille. Un peu plus haut, on pouvait voir celle des épaules.

— Venez, venez ! cria-t-il aux autres. Venez voir !...

Tous se penchèrent. Ils regardèrent la terre. Abdi scruta le Boiteux d'un œil interrogateur :

— Ça y est ! dit Ali.

Abdi avait compris, mais il demanda quand même :

— Alors, quoi ?

— Vois donc, agha ! Ici, c'est le derrière nu de la fille, ici son dos... Ici sa tête. Regarde ça, les cheveux dénoués partout. C'est te dire, mon agha ; ce qui est fait est fait !

Abdi agha changea de visage. Il se tut un moment, puis éclata :

— Alors, selon toi, où sont-ils passés maintenant ?

— Ils sont tout près et on les retrouvera bientôt.

Le soleil allait bientôt se coucher.

— N'attendons pas qu'il fasse noir, Ali ! dit Abdi agha.

— Depuis qu'ils sont partis d'ici, dit Ali, ça doit faire environ deux heures. Qu'est-ce qu'on peut faire comme chemin, en deux heures, dans cette forêt ? Et puis, ils ont le ventre creux ! Là où ils se sont réchauffés, on ne trouve pas une miette de pain par terre. S'ils avaient eu des vivres, ils auraient mangé là !

Le fiancé se ratatinait. L'eau lui coulait partout. Ses dents claquaient.

— Allumons du feu et réchauffons-nous ! dit-il. Nous mourons de froid.

— Oui, nous mourons de froid ! firent les autres.

Abdi agha se fâcha :

— Nous, nous allons les chercher, et vous, restez là à vous réchauffer, cœurs de femmes !

Abdi agha et Ali s'enfoncèrent dans la forêt. Ali sortit son revolver.

Le fiancé, voyant la colère d'Abdi agha, renonça à son feu et les suivit.

La nuit tombait doucement. Ali était en plein sur la piste. Les traces étaient tellement visibles qu'il pouvait les suivre même dans l'obscurité. Les fuyards étaient pris au piège. Ils ne tarderaient pas à être rattrapés. Les traces de pas devenaient de plus en plus nettes.

Ils entendirent un froissement dans un buisson. Ils tendirent l'oreille. L'obscurité tombait lentement.

– Encerclez le buisson ! ordonna Abdi.

– Ils sont là ! dit Ali.

Soudain ils entendirent un cri de femme.

– N'allez pas tuer Mèmed ! cria Abdi. Vous devez auparavant me l'amener ! Je vais, de mes propres mains, lui faire ce qui doit lui être fait ! Je le ferai de mes propres mains ! Vous n'allez pas lui toucher un poil à Mèmed !

Mèmed était accroupi derrière le buisson. Sa main serrait la crosse de son revolver qui était enfoncé dans la poche droite de son chalvar. Il n'avait peur de rien, de personne :

– N'aie pas peur, dit-il à Hatché. Ils ne t'auront pas !

Il se mit debout dans le buisson :

– Je me rends, fit-il craintivement à ceux qui s'approchaient de lui. Je me rends !

– Attendez ! dit Abdi. Laissez-moi approcher ce chien !

Les autres se reculèrent. Abdi et le fiancé passèrent devant. Mèmed, dans le buisson, se tenait debout, tout droit. Comme il faisait noir, on ne voyait que son ombre.

Tout à l'heure, le Boiteux s'était beaucoup réjoui d'avoir atteint son but en suivant la piste. A présent, il était consterné de chagrin, en voyant le tour que prenaient les choses. D'ailleurs, ça se passait toujours comme ça. Il s'assit sur une souche et resta ainsi. Il se prit la tête entre les mains :

— Je ne ferai pas ça ! Je ne le ferai jamais plus ! Ah ! Mèmed ! disait-il tout seul.

— Espèce d'ingrat ! dit Abdi agha à Mèmed, espèce d'affamé ! C'est comme ça que tu agis avec moi ! Je vais t'emmener au village. Le reste, tu le devines...

Juste à ce moment, on entendit comme un déclic de détente, mais le coup ne partit pas. Abdi se retourna :

— Dites donc ! J'ai bien dit de ne pas le toucher, hein !...

Mèmed était immobile. Il n'avait aucune émotion, aucune peur. Comme une pierre, il attendait. A cet instant, sa main, dans la poche droite de son chalvar, bougea un peu. Il sortit tout doucement le revolver, sans trembler, comme s'il sortait une tabatière. Il le dirigea vers Abdi agha. Comme si de rien n'était, il tira deux coups de feu.

Pendant qu'Abdi agha tombait, en criant : « Ma mère, je suis fichu ! », il tourna le revolver vers le fiancé. Il tira encore trois coups sur lui.

— Je suis fichu ! cria aussi ce dernier, en tombant.

Mèmed mit le revolver dans sa poche :

— Hatché est ici. Si vous lui faites le moindre mal, gare à vous ! dit-il, avec le même sang-froid. A présent, rentre chez toi ! fit-il à Hatché. Je viendrai te chercher plus tard. Nous partirons dans un lieu inconnu. Toi, rentre tout droit chez toi ! Ceux-là, ils n'oseront pas te toucher.

Ils commencèrent alors à tirer sur Mèmed qui en fut surpris. Mais il s'était éloigné. Ils tiraient dans le vide, dans l'obscurité.

Vers minuit, il sortit de la forêt. Il bruinait encore, tout doucement.

XI

On frappait doucement à la porte, timidement... Cela cessait un moment, puis recommençait. La femme réveilla son mari :

— Lève-toi donc ! Lève-toi donc ! On frappe à la porte.

L'homme, tout ensommeillé, eut quelques velléités de se lever, puis remit sa tête sur l'oreiller.

— Allons, lève-toi, crénom ! reprit la femme. Quelqu'un frappe à la porte.

L'homme se leva en grognant. Titubant, il alla à la porte :

— Qui est-ce ? cria-t-il.

— C'est moi ! dit le visiteur, dehors. Il avait un chat dans la gorge et toussa pour s'éclaircir la voix.

— Qui es-tu ?

— Ouvre donc la porte ! Tu me reconnaîtras.

L'homme ouvrit la porte, en disant :

— Alors, entre !

Le visiteur entra en chancelant. Il faisait tout noir, dans la maison. L'homme dit à sa femme :

— Femme, fais de la lumière ! Voilà une visite !

Peu après, une lumière apparut. Sa bougie allumée, la femme vint près d'eux. Le visiteur ruisselait d'eau. Ses vêtements collaient à son corps. Ils regardèrent avec étonnement ce visiteur trempé. La femme ne pouvait le quitter des yeux. Elle restait là, l'observant, regardant ses yeux, ses cheveux, évaluant sa taille. Elle ne trouvait pas qui c'était :

– J'ai déjà vu notre hôte quelque part, dit-elle enfin, mais son nom ne me revient pas.

Son mari, lui, souriait, ne cessait de sourire :

– Moi non plus, je ne le remets plus, mais je l'ai vu quelque part. Je ne retrouve plus.

Il posa la main sur l'épaule du visiteur, le regarda encore :

– Je n'arrive pas à trouver. C'est la figure que je connais, mais je n'arrive pas... Femme ! Je vois que notre hôte a froid. Il est trempé. Allume vite du feu !... Et toi, mon hôte, dis voir qui tu es ! Je t'ai vu quelque part, mais je ne te remets pas.

– Oncle, dit l'hôte, je suis Mèmed le Mince.

La femme était partie chercher du bois de l'autre côté. Suleyman lui cria :

– Femme, vois donc qui est venu ! Vois donc !

– Qui ça ? demanda-t-elle avec émotion.

– C'est notre Mèmed le Mince ! Dieu soit loué, il est comme un jeune taureau ! C'est un costaud ! Et moi qui, tous ces temps-ci, ne cessais de parler de toi ! « Qu'est-il devenu cet enfant ?» que je disais. Oui, tu renaissais dans mon cœur !

– Ah ! mon petit ! cria la femme. Tous ces jours, oncle Suleyman ne cessait de parler de toi !

Suleyman avait beaucoup vieilli. Ses sourcils s'étaient épaissis. Tout blancs, ils lui tombaient sur les yeux. Sa barbe aussi était très longue. On aurait dit un tas de coton. Cela lui donnait de la majesté, à Suleyman.

La femme apporta du linge d'homme. Elle le jeta devant Mèmed.

— Déshabille-toi, mon petit, mets ça, dit-elle Sinon, tu attraperas du mal !

Mèmed alla dans le coin obscur de la pièce, où il se déshabilla. Il vint en caleçon et chemise près de la cheminée.

— Et alors ? dit Suleyman.

— Vous me manquiez beaucoup, mais que faire ? On n'est que des paysans !

Suleyman voulut taquiner Mèmed :

— Mèmed, tu n'es donc toujours pas allé à ce village ?

— J'ai pas pu, dit Mèmed en souriant avec amertume, et une boule de lumière jaune brilla dans l'obscurité de sa tête.

— Je te demande pardon, Mèmed, mais qu'est-ce qui t'arrive comme ça, en pleine nuit ?

— Je te dirai. Je suis venu parce que je pense que tu pourras m'aider. Je ne connais personne d'autre que toi au monde. Je n'ai personne d'autre que toi pour m'aider.

— Tu as froid, dit la femme. Je vais te faire une soupe. Tu as froid.

Quand Mèmed prit en main le bol de soupe chaude, il se rappela la soupe qu'il avait mangée des années auparavant, devant la même cheminée, grelottant comme en ce moment. Il était seul, alors. Il avait peur. Il avait peur de tout. La forêt avançait vers lui. Il avait peur. A présent, il était courageux, décidé. Le monde s'était ouvert, agrandi. Il savourait la liberté. Il ne se repentait pas du tout de ce qu'il avait fait.

— Vous pouvez bavarder, moi, j'irai me coucher, dit la femme.

— Voyons voir, raconte un peu, dit Suleyman après le départ de la femme.

– J'ai tué Abdi et son neveu.

– Quand ça ? demanda Suleyman avec étonnement.

– Aujourd'hui, à la nuit tombante.

– Tu dis vrai ? demanda Suleyman, sceptique. Tu n'as pas du tout l'air de quelqu'un qui a tué un homme.

– Ce qui est fait est fait. On n'y peut rien, c'est le destin.

Il raconta tout à Suleyman, dans le moindre détail. Le coq de l'aube chantait.

– Que tes mains soient bénies ! dit Suleyman quand il eut fini son récit. Tu as bien fait. Alors mon petit, que comptes-tu faire à présent ?

– Je n'irai certainement pas me livrer aux autorités ! Je vais prendre le maquis.

– Commence d'abord par te coucher. On réfléchira demain.

– Ils ne vont pas me faire pincer ici ?

– Ça ne viendrait à l'idée de personne. Personne ne peut penser qu'après avoir tué un homme, tu vas te cacher dans un village à deux pas de là.

– C'est vrai.

– S'ils te cherchent, ils te chercheront dans des villages lointains, dans les montagnes...

Contre le mur, en file continue, de grands sacs de grain étaient appuyés. Suleyman appela Mèmed :

– Viens Mèmed ! Reculons ces sacs ! Deux précautions valent mieux qu'une : je te ferai un lit derrière les sacs.

Tous deux, peinant et suant, écartèrent les sacs du mur, juste assez pour laisser place à un homme couché. Quand il eut arrangé un lit là, derrière, Suleyman dit à Mèmed :

– Allez, rentre et couche-toi ! Si tu veux, restes-y

couché un mois ! Personne ne se doutera que tu es là... Et après, je tire cette toile par-dessus toi. Allez, couche-toi donc, couche-toi !

Mèmed entra dans le lit sans rien lui dire. Suleyman, après avoir soigneusement verrouillé la porte, alla se coucher. Il réveilla sa femme qui s'était endormie :

— Attention ! lui dit-il. J'ai fait le lit de Mèmed derrière les sacs. Ne dis à personne, pas même au fils et à la bru, que Mèmed est venu chez nous !

— Entendu ! dit la femme, en reposant sa tête sur l'oreiller.

Au lit, Mèmed pensa un court moment à Hatché. Puis il revit Abdi qui tombait en se tordant de douleur. Il ne s'attendait pas à ça, Abdi ! Les cris du fiancé, la façon dont il avait déchiré la terre de ses mains, dont il avait mordu la terre et les racines, en se tordant et dont, soudain, il s'était affalé à terre, dans une mare de sang... Il avait vu un homme, à ce moment-là qui, alors que tout le monde tirait sur lui, était assis sur une souche, la tête entre les mains, se balançant douloureusement. On voyait bien qu'un grand chagrin le rongeait. Mais il ne put deviner qui c'était. Qui était-ce donc ?

Puis Mèmed oublia tout. Il se sentit tout pur, tout lumineux, comme s'il venait de naître. Il s'endormit comme si rien ne s'était passé.

Il se réveilla joyeux : ce qui était fait était fait. La lueur, pareille à une pointe d'épingle, réapparut dans ses yeux, quand il repensa aux événements de la veille.

— Écoute, lui dit Suleyman, j'ai fait un sondage ce matin dans le village. La nouvelle se sait déjà. Il se pourrait qu'on fouille aussi chez moi. Nous irons cette nuit dans la montagne retrouver les bandits.

On voyait à son visage que cela réjouissait Mèmed.

— Dourdou le Fou est un de mes parents. Je lui ai souvent rendu service. Il te prendra sous sa protection. Ne reste pas près de lui plus de trois mois ! Ce n'est qu'un chien. Il ne survivra pas longtemps dans la montagne. De toute façon, il sera tué un jour. On n'a pas vu un bandit comme lui survivre plus d'un an dans la montagne. Il tient quand même le coup, mais, à mon avis, ça ne peut pas durer. Essaie de te débrouiller tout seul, tâche de le quitter au plus vite. D'ailleurs, ce sera pour toi une expérience. Après quoi, tu formeras une bande à toi. Alors, écoute-moi bien ! J'insiste, et te le répète : ne traîne pas trop longtemps en compagnie de ce chien. Lui, c'est pas un bandit, c'est un voleur !... Si ce n'était pas pour toi, je ne le reverrais plus, ce chien ! Je ne veux pas dire que Dourdou le Fou n'était pas un brave gars. C'est les villageois qui ont fait de lui ce qu'il est. Un jour, il était allé visiter son propre village. Les villageois l'ont gavé de nourriture et l'ont fait prendre au piège par les gendarmes. Il s'en est échappé avec mille peines. C'est depuis ça que rien ne l'arrête plus. N'importe... Toi, arrange-toi pour un ou deux mois !

— Est-ce que sa bande est importante ?

— Tout ce qu'il y a comme salauds dans la région fait partie de sa bande. Tous les échappés du bagne ou du gibet en font partie. Écoute-moi bien mon fils, je vais te donner quelques conseils, ne les oublie pas. Tu es encore jeune, mais tu va mûrir. Resteras-tu longtemps ou non dans la montagne ? Ça, c'est Dieu qui le sait. Écoute bien ce que je vais te dire ! Je crois que c'est dans ton intérêt. J'ai eu souvent affaire à des bandits. Je m'y connais. Je sais comment ça finit. Dans la bande, ne te lie pas tout de suite avec tout le monde. Eux, ils voudront tout de suite devenir copains avec toi. Ils se montreront doux et agréables, bons copains. Ils te témoigneront beaucoup d'intérêt. Ils te diront leurs peines... Les hommes sont comme ça. Toi, tu te garderas de montrer tes sentiments. Tu ne te laisseras pas aller. C'est alors que tu feras une bonne impression. Tu dois être sérieux. Quand on est bandit, il faut commencer par impressionner ceux qui sont autour de vous... Bon ! Bon ! Qu'est-ce que je disais ? Ah ! oui ! Donc, n'essaie pas de vouloir tous les connaître, de lier amitié avec chacun. S'ils te trouvent un point faible, tu ne seras plus tranquille jusqu'à la fin de ta vie. Tu n'auras plus un sou de dignité auprès d'eux. Tu apprendras à les connaître avec le temps... Juge les hommes sur leurs actes et non sur leurs paroles. Après, tu choisiras celui qui sera ton camarade. Tu es fichu d'avance si tu te laisses faire. Il n'y a pas la moindre différence entre la prison et le maquis. Aux deux, il y a des chefs. Les autres sont des esclaves, et des esclaves de la pire espèce... Les chefs, ils vivent comme des hommes ; les autres, comme des chiens... Toi, tu deviendras un chef ; mais ne traite pas les autres en esclaves ! Que cela soit le secret de ta vie. Dès que tu arriveras, Dourdou le Fou te donnera un fusil. Petit à petit, tu rassembleras toi-même d'autres armes... Je vais de ce pas tâcher de savoir où se trouve Dourdou le Fou.

Un des villageois était le receleur de Dourdou le Fou. Suleyman alla le voir chez lui. Il apprit l'endroit où se trouvait le bandit. Dourdou était du Saule-Blanc, le village d'en face. Suleyman le connaissait depuis son enfance. Son père était allé à la guerre et n'en était pas revenu. Comme il y avait une parenté entre eux, Suleyman les avait aidés, lui et sa mère. Ou plutôt, il les avait empêchés de mourir de faim. Dans son enfance aussi, c'était un chien fils de chien.

Il avait pris le maquis depuis cinq ans. Les maisons qu'il avait brûlées, les foyers qu'il avait ruinés étaient sans nombre. Les villageois de ces parages pleuraient des larmes de sang sous sa poigne. Personne n'osait plus se risquer sur les routes. Ceux qu'il détroussait, il leur prenait tout, il les laissait tout nus. Il leur prenait tout, absolument tout, jusqu'à leur culotte. Dourdou le Fou n'épargnait ni amis, ni connaissances. Il n'aurait épargné ni son frère, ni sa mère, ni son père. A vrai dire, Suleyman avait peur de lui amener Mèmed. Car Dourdou était capable de le tuer, si ça lui passait par la tête.

— J'ai appris l'endroit où il se trouve, cette canaille ! dit Suleyman à Mèmed. Il se niche sur la Colline-des-Brumes paraît-il. Nous irons là-bas et tirerons trois coups de feu. Les hommes de Dourdou le Fou viendront nous chercher. Je dois dire que je n'ai pas grande confiance en cette espèce de cinglé ! Mais enfin... Il a beaucoup de respect pour moi. S'il y avait une autre bande dans les parages... Mais il n'y en a pas.

Après le coucher du soleil, Suleyman et Mèmed se mirent en route. Suleyman marchait devant. Quand ils eurent quitté le village, il se retourna :

— Crénom, Mèmed ! tu deviens un bandit, maintenant. J'espère que tu ne viendras pas piller notre maison, hein ?

— Moi ? C'est par votre maison que je commencerai ! Il y va de mon honneur de bandit. Est-ce que je ne fais pas partie de la bande de Dourdou le Fou ?

Suleyman riait aux éclats :

— Bien sûr, bien sûr !

— Est-ce que je ne parle donc pas sérieusement ? demanda Mèmed.

L'expression de Suleyman changea :

— Si tu avais commis une mauvaise action, mon Mèmed, si tu avais tué n'importe qui d'autre, je serais allé te livrer de mes propres mains au Gouvernement.

— Aussi, je n'en aurais pas tué un autre !

Suleyman s'arrêta brusquement. Il prit Mèmed par les épaules, le regardant droit dans les yeux :

— Écoute-moi bien, mon fils, Mèmed le Mince ! Si tu tues un innocent, un homme qui n'a pas commis de faute grave, si tu tues quelqu'un pour son argent, tu auras affaire à moi !

— Je ne tuerai plus personne, dit Mèmed très calmement.

Sans le lâcher, Suleyman continua :

— Si tu rencontres un autre Abdi agha et que tu ne le tues pas, tu auras encore affaire à moi ! Des Abdi agha, si tu en vois cent, tue-les tous les cent !

— Promis, dit Mèmed en riant. Si j'en vois cent, tous les cent !

Au matin, la pluie avait cessé de tomber. La plaine était couverte de boue, mais déjà ils escaladaient la montagne. Ils marchaient sur un sentier couvert de toutes petites pierres. Elles glissaient sous leurs pieds.

L'air sentait l'arbre pourri, la fleur amère et l'herbe. Les étoiles, au ciel, étaient toutes grandes... chacune entourée d'un halo lumineux... Il existe un oiseau qui « bêle » comme le chevreau ; de temps en temps, on l'entendait qui « bêlait ».

Ils montèrent un peu plus haut. Une tourterelle roucoula.

Quand ils furent presque au sommet de la Colline-des-Brumes :

– Sors ton pistolet, Mèmed le Mince, dit Suleyman, et tire trois fois.

Il se laissa tomber à terre, hors d'haleine. Il n'arrivait pas à reprendre son souffle.

– Oh là là ! fit-il, cette vieillesse !... Tu as bien de la chance d'être jeune !

Mèmed tira trois coups en l'air. De très loin, résonnant dans les rochers, un coup de feu leur répondit.

En se relevant, Suleyman gémit :

– Aïe, mes genoux ! Allons, mon petit, en route, allons-y !

Mèmed lui donna le bras.

Quand une autre détonation partit tout à côté d'eux, ils s'arrêtèrent :

– Eh bien ! fils de chiens ! vous n'allez pas me tuer, non ? cria Suleyman.

– Qui est là ? lança une voix jeune.

– Viens donc, toi, viens me conduire chez le Fou !

Un homme sortit des rochers qui se trouvaient à leur droite :

– C'est vous qui avez tiré ? demanda-t-il.

– C'est nous, dit Suleyman d'une voix ferme. Où il est, le Fou ? Je veux le voir.

La voix de l'homme se fit perplexe :

– Qui faut-il annoncer à Dourdou agha ?

– Tu diras que c'est l'oncle Suleyman, du village de Kesmé.

– Pardonne-moi, oncle Suleyman, je n'ai pas reconnu ta voix, dit l'homme aussitôt.

— C'est la vieillesse, mon petit. Elle change même la voix. Qui es-tu, toi ? Je ne te reconnais pas non plus.

— Je suis Djabbar, fils de Mistik, du village de Karadja-Euren. Tu ne te rappelles pas qu'on venait chez vous, avec mon père, pour acheter des harnais ? Tu nous les fabriquais et tu nous chantais en même temps des chansons.

— C'est drôle, dit Suleyman. Tu t'es donc fait bandit aussi ? Je n'en savais rien.

— Une fois que c'est arrivé, on n'y peut plus rien, dit l'autre.

Puis il cria vers Dourdou :

— Oncle Suleyman, du village de Kesmé, est là !

La voix s'éloigna en résonnant tout le long des rochers.

Un feu était allumé à l'entrée d'une grotte. Sept à huit hommes, autour du feu, nettoyaient leurs fusils.

Le rocher, au-dessus d'eux, s'élevait comme un peuplier.

Le feu immense traçait sur le roc des formes effrayantes. Un sentiment d'abandon s'empara de Mèmed, lorsqu'il vit ce rocher, ces hommes, ces armes...

Au bruit des pas dans la nuit, un des hommes, près du feu, se leva. Il était grand. Son ombre se balança sur le rocher, où des formes toutes longues s'agitaient. Il vint vers les nouveaux venus.

— Je crois que c'est notre Fou qui s'amène, dit Suleyman.

— C'est ça, dit Djabbar, Dourdou, mon agha !...

Dourdou cria. Sa voix résonnait comme une cloche fêlée :

— Sois le bienvenu, oncle Suleyman ! Qu'est-ce

qui te prend comme ça, en pleine nuit ? Tu viens donc te joindre à nous ?

Il s'empara de la main de Suleyman et la baisa.

— Dis donc, espèce de Fou, dit Suleyman, j'ai appris que tu étais le roi de ces montagnes. Tu y fais la loi, paraît-il...

— Le roi, je le suis, oncle Suleyman. Ma foi ! je ne laisse passer personne sur les routes d'en dessous. Je vais bientôt défendre à quiconque de s'aventurer dans les environs. Aucun pied humain ne foulera plus dorénavant ces terres. C'est moi qui toucherai le tribut de toutes les routes qui vont d'ici à Marache. Il va apprendre à me connaître, le village du Saule-Blanc. Il verra qui est Dourdou le Fou !

— Tu recommences à dire des bêtises, dit Suleyman.

— S'ils m'embêtent davantage, j'incendierai et je démolirai le village du Saule-Blanc. Je le réduirai en cendres et j'y planterai des figuiers de Barbarie !

— Arrête de dire des bêtises, dit Suleyman en se fâchant.

— Alors, tu ne sais rien à mon sujet ? marmotta Dourdou. Tu ne sais rien ?...

— Je sais, dit Suleyman. Je sais des tas de choses, espèce de Fou merdeux ! Vous avez déshonoré le métier !

— Il me faut encore un peu de temps. Quand j'aurai fait fortune, tu verras comment on fait le métier de bandit !

— En attendant ce jour, je mourrai. Je ne le verrai pas, ton métier de bandit ! Pour le moment, c'est ta réputation qui se répand par le monde.

— Tu verras ! Tu verras bien ! dit Dourdou.

Suleyman se fâcha :

— Si tu continues comme ça, si tu continues à

parler comme ça, on te tuera. Je ne verrai que ta mort ! Dommage pour ta jeunesse ! Tu sais bien que je t'aime beaucoup, espèce de Fou !

— Tu crois que je ne le sais pas que tu m'aimes bien ? Demande-le à mes camarades ; je le leur dis tous les jours. Si c'est Dieu qui m'a donné les os, ma chair, c'est à l'oncle Suleyman que je la dois. N'est-ce pas, camarades ? dit-il en se retournant vers eux.

— C'est vrai ! firent-ils.

— Ce que je n'approuve pas, c'est que tu t'es fait bandit sans aucune raison. Peux-tu donc me dire pourquoi tu as pris la montagne ? Pour crâner ! Ce n'est pas bien, Dourdou. C'est même de la folie !

— Assieds-toi donc, oncle Suleyman, dit Dourdou. Assieds-toi et prends une tasse de thé !

Suleyman s'assit, en appuyant ses mains sur ses genoux.

— Où retrouver cette jeunesse ? dit-il. Comme des enfants de chiens, vous la pourrissez votre jeunesse, dans la montagne !

Puis, regardant Dourdou, il sourit :

— Tu ne te prives de rien ! Où as-tu trouvé ces herbes odorantes ?

Tout autour du grand feu, sur un espace aussi grand qu'une aire de battage, le sol était recouvert d'herbes odorantes. L'épaisseur en était comme celle d'un lit moelleux. Un doux parfum se répandait dans la nuit. L'odeur était douce et langoureuse...

— Eh ! on se débrouille. Ne t'en déplaise, ces montagnes sont à nous ! dit Dourdou orgueilleusement.

Suleyman éclata de rire :

— Espèce de Fou, va ! dit-il. Tu ne prétends pas,

non, que le titre de propriétaire des champs odorants t'appartient ?

Mèmed avait remarqué que tous les bandits portaient des fez rouges. Le fez rouge était un usage établi dans le maquis. C'était le symbole du banditisme. On ne voyait pas de bandit en casquette ou en chapeau. Il n'y en avait pas. On ne savait plus qui avait instauré cette coutume. On ne savait pas non plus qui en avait continué l'usage après la réforme officielle relative au couvre-chef*. Peut-être y avait-il déjà, à l'époque de la réforme, des bandits qui, dans le maquis, portaient le fez, et qui n'avaient pas senti la nécessité de l'ôter. Tous ceux qui vinrent ensuite en firent autant.

Quand Suleyman fut assis, tous les bandits vinrent lui souhaiter la bienvenue et lui baiser la main. Tous regardaient Mèmed avec curiosité. Il était assis derrière Suleyman. Il enfonçait sa tête entre ses épaules et se faisait tout petit.

— Ce gosse, si vous voulez savoir qui il est, il s'appelle Mèmed le Mince. Il a commis un crime. Je vous l'ai amené, dit Suleyman en présentant Mèmed.

Pendant qu'il parlait, Mèmed avait baissé la tête et semblait s'être fait encore plus petit. Dourdou regarde le gosse et Suleyman tour à tour. Il demanda avec étonnement :

— Il va être de la bande ?

— Si vous l'acceptez... Sinon, il fera bande à part.

— Oncle Suleyman, dit Dourdou, puisque c'est toi qui l'amènes, nous le porterons dans notre cœur.

Du sac qui pendait sur sa hanche, il sortit un fez qu'il jeta à Mèmed. Ce dernier, tout en ayant l'air de rêver, l'attrapa au vol :

— Prends ça, mon brave, et mets-le ! C'est bien

mon ancien fez, mais il n'y en a pas d'autre pour l'instant. Nous en trouverons un meilleur plus tard.

Suleyman se retourna et sourit dans sa barbe.

— Que Dieu le garde, mais il est bien jeune ! dit Dourdou.

Cela vexa Suleyman :

— Il est bien jeune, mais il a bien descendu le redoutable Abdi agha. Ce n'est pas pour vol d'ânes qu'il prend le maquis !

— Tu dis, Abdi agha ? demanda Dourdou, stupéfié. Abdi agha ! Ça alors, mon vieux !

— Eh bien, oui ! qu'est-ce que tu croyais ?

— Tu n'as sans doute pas de fusil, frérot ? dit Dourdou, en regardant Mèmed avec des yeux à la fois incrédules et étonnés. Tu as bien fait de lui régler son compte à Abdi agha. Que tes mains soient bénies ! Il suçait le sang de cinq villages, paraît-il, comme une sangsue...

Puis il se retourna vers Djabbar :

— Djabbar, dit-il, ce fusil qu'on a pris à notre dernière razzia, sors-le de l'endroit où tu l'as enterré, et apporte-le ! Apporte aussi une ou deux cartouchières et des cartouches !

Il n'arrivait pas à croire qu'un bout de gosse ait pu tuer Abdi agha. C'est pour cela qu'il le regardait avec des yeux incrédules. Suleyman le sentit et reprit :

— Ce n'est pas seulement Abdi agha, mais aussi son neveu qu'il a tués ensemble ! T'as compris, Dourdou ?

L'étonnement de Dourdou redoubla :

— Sans blague ! le neveu aussi ?

Cette fois-ci, Mèmed s'était tout à fait rétréci et paraissait tout petit près du feu. Comme s'il avait froid.

Ils versèrent le thé tout chaud dans des petits verres et en servirent à Suleyman et à Mèmed. Se penchant avec une tendresse paternelle vers Mèmed, Suleyman lui dit :

— Voilà ta vie de bandit qui commence. Tiens bon !

Sans cesse, on mettait des bûches dans le feu, qui grandissait de plus en plus. Sous l'effet de la chaleur, l'odeur des herbes devenait plus forte. A la lumière du feu, les étoiles semblaient toutes petites, comme des têtes d'épingles.

— Ne crains rien, oncle Suleyman, dit Dourdou. Il ne lui arrivera rien tant que je serai là !

Suleyman regarda Dourdou de haut en bas, avec pitié :

— Toi, Dourdou, tu vas droit à la mort !

— Pourquoi ? fit Dourdou en riant.

— Celui qui se dit bandit n'allume pas de feu sur le sommet d'une montagne. Même si ton ennemi n'est qu'une fourmi, il ne faut pas le sous-estimer. Sans cela, tu vas carrément à la mort.

A ces paroles, Dourdou éclata de rire :

— Mais voyons, oncle ! dit-il. Il n'y a personne sur cette montagne ! Qui est-ce qui peut nous voir ?

— Ça ne se verra pas un jour, deux jours... Puis, un beau jour...

— On ne verra rien ! De toute façon, aucun gendarme n'osera s'approcher de Dourdou. Mais voyons un peu, oncle Suleyman, voyons ! Tu ne connais pas encore Dourdou le Fou ! Dourdou le Fou est l'aigle de ces montagnes. Qui osera se hasarder dans les parages de Dourdou le Fou ?

— On verra bien, dit Suleyman.

Pour changer de conversation, Dourdou demanda à Mèmed :

— Ta main n'a pas tremblé quand tu as tiré sur Abdi agha ?

— Non, elle n'a pas tremblé !

— Où as-tu visé ?

— La poitrine, juste à l'endroit où se trouve le cœur.

Après avoir dit cela, Mèmed sentit une solitude inexprimable. Tout s'effaça autour de lui. Il n'aimait pas ce fou de Dourdou. Était-ce pour ça qu'il se sentait si seul ? Le feu commençait à s'assombrir. Les visages des hommes qui nettoyaient leur fusil se perdirent dans l'obscurité. Les ombres sur les rochers devinrent gigantesques, puis disparurent. La brise qui soufflait inclinait les flammes vers le sud-ouest. Soudain, ses yeux s'arrêtèrent sur Suleyman. Lui était gai. Son visage à la barbe blanche prenait des expressions diverses, changeait sans cesse, selon le reflet des flammes.

Mèmed pensa que Suleyman se fiait à lui entièrement. Il se sentit moins seul. Puis un sommeil irrésistible s'empara de lui. Il se recroquevilla sur place.

— Les enfants, dit Suleyman, je vais aussi coucher ici. Notre gars s'est assoupi.

— Oncle, dit Dourdou, j'ai une bonne capote de soldat, couche-toi dedans !

— Apporte-la, dit Suleyman.

Et après avoir recouvert Mèmed avec un pan de la capote, il se pelotonna auprès de lui. Puis les autres bandits se couchèrent aussi.

Il en resta un de garde qui veillait à la pointe du rocher. Mèmed se réveilla, durci comme une pierre. Il se croyait gelé. Le soleil n'était pas encore levé, et ce n'est pas de sitôt qu'il allait le faire. Dans la pénombre, il vit, ronflant encore, les bandits alignés.

Il chercha autour de lui la sentinelle, et ne l'aperçut pas. Les ronflements dominaient tout.

Ronflent ceux qui n'ont pas la conscience tranquille. Cela, c'est vrai. Pour la première fois, depuis plusieurs jours, une peur s'empara de Mèmed. Si, à présent, deux hommes seulement s'amenaient, ils pourraient tuer tous ceux qui dormaient à poings fermés et s'en aller sans être inquiétés.

Il chargea son fusil et prit la garde.

Dourdou se réveilla le premier ; les autres bandits peu après.

Suleyman s'éveilla en même temps qu'eux.

– Garde ! cria Dourdou, en se frottant les yeux.

– A tes ordres, mon agha ! dit Mèmed en descendant du rocher, et il acheva sur un ton réglementaire : Je n'ai vu personne !

– C'est toi, Mèmed le Mince ? demanda Dourdou. C'est toi qui es de garde ?

– C'est moi.

– Tu ne fais qu'arriver. Ne te presse pas, voyons, tu as tout le temps ! Ne te presse pas !...

– J'ai pas pu dormir, je suis allé relever le camarade.

– C'est comme ça, dit Dourdou. Les premiers temps, on ne dort pas. Pendant une semaine, sur la montagne, on se sent seul, désespéré. On se sent abandonné de tous.

– Regardez-moi ça ! Ça sait pas mal de choses, après tout ! dit Suleyman d'un air moqueur, encore mal réveillé.

– Toi, oncle Suleyman, dit Dourdou, tu ne veux que me diminuer. Je me demande ce que je dois faire.

Tout s'éclaircissait petit à petit. Le soleil n'avait pas encore paru, mais le jour illuminait la cime de la montagne d'en face. Elle était inondée de lumière. Quant au reste, tout était dans l'obscurité.

De la cime, la lumière descendait peu à peu vers le bas, et, quèlque temps après, le soleil apparut.

Suleyman ne répondit point à Dourdou :

— Demeurez en paix ! dit-il.

Il embrassa Mèmed sur le front et se mit en route.

— Oncle Suleyman, bois notre thé et pars après ! dit Dourdou en courant pour le rattraper. Notre thé !... Parole que je ne te lâcherai pas sans ça !

— Merci, mon petit !

Dourdou l'avait attrapé par la manche de sa veste :

— Je ne te laisserai pas partir sans que tu prennes un verre de notre thé, disait Dourdou. En mille ans, on n'en trouve pas un comme toi. Tu es l'hôte de la montagne et... Tu ne vas pas partir sans prendre notre thé, pas ?... Tu crois que je te lâcherai ?

— Pas moyen qu'il vous fiche la paix, cette espèce de fou, dit Suleyman à part lui ; alors, je reviens.

Il inclina sa tête de côté.

— Allumez un bon feu ! ordonna Dourdou.

— Mais on va voir la fumée ! fit Suleyman.

— Que dois-je faire ? Ne dois-je donc pas allumer de feu ? Tu vas m'apprendre ça, toi.

— Je n'ai rien à t'apprendre, mon fils ; tu es assez grand pour te débrouiller toi-même.

Dourdou le Fou, pensif, hocha deux ou trois fois la tête. Ses boucles noires sortirent de sous son fez et se répandirent en tortillons sur son front. Suleyman reprit :

— Il ne faut pas opprimer les pauvres et les malheureux. Aux injustes, aux méchants, fais-leur ce que tu veux ! Et puis, ne compte pas du tout sur ton courage, mais fais travailler ta tête, sans quoi tu ne pourras pas vivre : ici, c'est la montagne, semblable à une cage de fer.

Le thé fut vite préparé. Suleyman fut de nouveau servi le premier, dans un petit verre. Le thé embuait le verre dans la fraîcheur matinale.

Quand il s'apprêta à partir :

— Mèmed peut vous être utile, dit-il. Soyez indulgents pour lui. Les premiers jours, laissez-le agir comme bon lui semble. Il s'habituera dans quelques jours.

Puis il les quitta. Il commença à descendre en s'appuyant sur le bâton qu'il tenait à la main. Sa taille était recourbée, mais malgré ça, il descendait rapidement la montagne comme un jeune homme.

Le voyant partir, Mèmed eut les larmes aux yeux :

— Qui sait quand je pourrai le revoir ? disait-il. Peut-être plus jamais !

Ses yeux étaient pleins de larmes :

— De par le monde, il y a des hommes bons, de par le monde !

XII

Le soleil était déjà assez haut et réchauffait l'atmosphère. Dourdou appela Mèmed qui était resté assis au pied d'un rocher :

— Viens donc voir, Mèmed le Mince ! Essaie une fois ton nouveau fusil ! As-tu quelquefois tiré avec un fusil comme ça ?

— Quelquefois.

— Tu vois cette tache blanche, sur ce rocher ?

— Oui.

— Eh bien, c'est elle que tu viseras.

Mèmed mit le fusil contre son épaule. Il visa. Il fit feu sur la tache blanche.

— Tu ne l'as pas eue, Mèmed le Mince ! fit Dourdou.

— Comment ça ? répliqua Mèmed, colère. Comment est-ce possible ?

— Qu'est-ce que j'en sais ? fit Dourdou en haussant les épaules. Tu ne l'as pas eue, c'est tout.

Mèmed se mordait les lèvres. Cette fois, il plaça bien soigneusement le fusil contre son épaule en bonne place. Il visa un peu plus longtemps. Il appuya sur la détente.

— Cette fois, ça y est, dit Dourdou. En plein milieu !

Là-bas, une légère fumée sortait de la tache blanche. Mèmed très étonné, revint à la charge :

– C'est bon, mais l'autre, elle n'y était donc pas ?

– Bravo ! Tu fais donc mouche à tout coup, Mèmed le Mince ?

– Je ne sais pas, fit Mèmed en souriant.

Le long visage de Dourdou se tendit. Bien qu'il fût jeune, il avait la figure pleine de rides. Sa bouche était très grande, et ses lèvres toutes minces. Du haut de sa joue droite jusque dans ses cheveux, il y avait une longue cicatrice de brûlure. Bien que pointu, son menton donnait une impression de grande force. Il riait toujours. Il y avait de l'amertume dans son rire.

– Mèmed le Mince ! dit-il, on fera quelque chose de toi, mon petit !

Mèmed rougit comme un enfant timide et fixa un point devant lui. L'un après l'autre, trois coups de sifflet partirent d'en bas. Ils tendirent l'oreille.

– Un éclaireur arrive, mon agha ! cria Djabbar.

Peu après, l'éclaireur était là, hors d'haleine. Avant de reprendre son souffle, il avertit :

– En bas, il y a quatre ou cinq cavaliers qui vont de la plaine de Tchanakli vers Akyol. Ils sont tous bien fringués. On dirait des gens qui ont de l'argent.

Dourdou lança un ordre à ses hommes qui, déjà, se préparaient :

– Allez, soyez prêts ! Que chacun prenne une bonne provision de balles ! Il éteindra encore quelques foyers, Dourdou le Fou !

Puis il se tourna vers Mèmed :

– Regarde ça, Mèmed le Mince !

Il visa la tache blanche. Le rocher se couvrit d'une fumée qui, bientôt, se dissipa. Dourdou se rengorgea :

— Comment est-ce, Mèmed le Mince ?

— En plein milieu.

— Oui, tu vois, en plein milieu ! fit Dourdou, souriant. Puis il lui lança un clin d'œil :

— C'est ta première chasse, Mèmed le Mınce. Tiens bon !

Mèmed ne répondit pas.

— Vous êtes prêts, camarades ? fit Dourdou.

— Oui.

Il était presque midi quand ils descendirent sur la route, bordée par les chênes serrés. Ils se tapirent d'un côté de la route, à cinquante pas les uns des autres. l'un d'eux alla plus en avant pour se mettre en guetteur.

Peu après, précédé de son âne maigre et titubant, un homme à la barbe grise en broussaille apparut sur la route. Ses moustaches retombaient sur sa bouche, et les extrémités en étaient toutes jaunies par la fumée de cigarette. Un jaune visible de très loin. Il avait des rides tout autour des yeux. Ses grands pieds étaient couverts de poussière. Son chalvar rapiécé se balançait sur son derrière. A petits pas, il marchait, comme s'il dansait ; il chantait en marmottant.

Ils écoutèrent la chanson en souriant :

Du pin coule la résine.
Fille ! ton fiancé regarde.
Dans ton corsage, tes seins
Sont de petites oranges odorantes.
Ohé, ohé, fille brune,
Peigne tes boucles, fille brune !
Ton père va-t-il prendre un gardien
Pour les grenades de tes seins ?

— Haut les mains ! cria Dourdou, ou tu es mort !

La chanson s'arrêta net. L'homme ne bougea plus :

— Je me rends, mon vieux, dit-il, je me rends. Mais qu'est-ce qui se passe ?

Sortant de sa cachette, Dourdou le Fou s'élança sur la route :

— Déshabille-toi !

L'homme fut étonné :

— Qu'est-ce qu'il faut ôter, mon agha ?

— Tout ce que tu portes !...

L'homme se mit à rire :

— Ne plaisante pas, pour l'amour de Dieu. A quoi te serviront mes vêtements ? Laisse-moi partir ! Je suis très fatigué ! Je vais m'écrouler, tant j'ai mal à la plante des pieds. Laisse-moi, mon bel agha !...

— Toi, commence par te déshabiller, fais vite ! dit Dourdou en fronçant le sourcil.

Soupçonneux, hésitant, ne sachant s'il plaisantait ou s'il était sérieux, l'homme regardait Dourdou dans les yeux. Il souriait et faisait le beau comme un chien.

— Allez ! allez ! qu'est-ce que t'attends ? dit Dourdou d'un ton dur.

L'homme peu convaincu, souriait encore. Dourdou lui flanqua un violent coup de pied à la jambe. L'homme cria de douleur.

— Ote-les, que je te dis ! Ote-les, tes vêtements !

L'homme commença à supplier :

— Pacha efendi, je te baiserai les pieds ! Je te baiserai les mains ! Mais voyons, je n'ai pas de vêtements, moi... Je resterai tout nu, nu comme un ver !...

Il mit son index dans la bouche et le suça, puis l'ôtant :

— Voilà, nu comme ça ! dit-il en montrant son

doigt. Je n'aurai rien d'autre à me mettre, pacha efendi ! Je te baiserai les mains ! Les pieds aussi !... Ne me prends pas mes vêtements ! Tu es un grand pacha efendi. A quoi te serviront mes loques ? Je te baiserai les mains, les pieds aussi...

— Dis donc, chien fils de chien ! Je te dis de les ôter.

— Pacha efendi ! Pacha efendi !

L'homme n'arrêtait pas de supplier. Puis il commença à pleurer :

— Depuis cinq ans, c'est maintenant que je rentre au pays ! Je rentre de Tchoukour-Ova... Je rentre de travailler...

Dourdou lui coupa la parole :

— T'as donc des sous ?

L'homme pleurait comme un gosse, en reniflant :

— Je me suis crevé loin du pays depuis cinq ans... Les mouches de Tchoukour-Ova m'ont crevé...

— T'as donc des sous ?... répéta Dourdou.

— J'en ai un peu, dit l'homme. Bien que vieux, j'ai travaillé à la rizière. Dans la boue, je me suis crevé, à Tchoukour-Ova. Je rentre à présent chez moi. Ne fais pas ça, efendi ! Ne me renvoie pas tout nu dans ma famille !...

Dourdou se fâcha davantage :

— Tant mieux ! ôte donc !...

L'homme rechignait, en se tortillant sur place. Dourdou tira son couteau. Il scintilla au soleil... Il piqua l'homme avec la pointe. L'homme sursauta et cria :

— Ne me tue pas ! Laisse-moi revoir ma famille ! Je vais les enlever, mes vêtements. Prends-les !

Dans leur cachette, les autres riaient. Seul, Mèmed en voulait à Dourdou. Cette lueur de léopard rapace avait réapparu dans ses yeux. Dourdou le dégoûtait.

Pendant que l'homme, à la hâte et apeuré, ses mains s'enchevêtrant, ôtait sa veste, son chalvar :

– Eh bien ! c'est ça ! disait Dourdou, voilà ce qu'il faut faire ! Tu n'avais pas à me faire languir !

Les mains tremblantes, l'homme posa ses vêtements à terre.

– Ôte ta culotte aussi, et ta chemise ! cria Dourdou.

Et il le piqua de nouveau de la pointe de son couteau.

L'homme, tout tremblant, déboutonnait sa chemise :

– Bien, mon agha ! Ne me tue pas, mon pacha ! J'ôterai tout.

Il enleva sa chemise, qu'il posa sur ses vêtements. Il ne portait pas de tricot. Puis, la tête penchée de côté, il regarda Dourdou avec des yeux suppliants.

– Allons, allons ! dit Dourdou. Ne me regarde pas dans les yeux ! Ôte ta culotte !

Péniblement, l'homme enleva aussi sa culotte. Ses mains semblaient voltiger, tant elles tremblaient. Couvrant de ses mains sa nudité, il alla vers son âne en courant. L'âne, arrêté au bord de la route, broutait. De sa main gauche, il le prit par la bride et le tira.

Ses jambes étaient minces comme des bâtons et poilues. Saillants, leurs muscles semblaient durs comme de l'os. Son ventre était rentré, tout fripé, tout pareil à une peau de chèvre... Les poils sur sa poitrine étaient blancs, sales, d'une saleté de foin. Bossu, ses épaules tombaient. Tout son corps était plein de piqûres de puces et d'insectes. Tout rouge, recouvert partout de larges taches. Comme une natte souillée. Mèmed, le voyant ainsi passer devant lui, eut encore plus de pitié.

A cet instant, la garde qu'on avait placée à l'autre extrémité de la route se mit à courir vers eux en disant :

— Ils arrivent !

— Des cavaliers arrivent ! dit Dourdou.

Dans leur cachette, les autres riaient du spectacle du vieillard au corps flasque, qui, continuant à cacher d'une main sa nudité, s'en allait lentement. L'homme avançait cinq à dix pas, puis se retournait et regardait avec regret, avec crainte, ses vêtements. Il essayait de partir, mais sans pouvoir les quitter des yeux.

Dourdou l'interpella :

— Viens ! dit-il. Viens prendre tes hardes ! Notre gibier s'amène. Tu l'as échappé belle !

Ce vieillard, en apparence rabougri, fini, arriva en courant avec une agilité dont on l'aurait cru incapable. Il se chargea les bras de ses loques, patinées comme du cuir par la saleté. Il repartit en courant. Ayant rattrapé son âne, il continua à courir.

Le visage de Mèmed était tout sombre. Ses mains tremblaient. Toutes les cartouches de son fusil, sans en rater une, il aurait voulu les envoyer dans la tête de Dourdou. Il se retenait pour ne pas le faire...

Dourdou, cette fois, cria plus rudement :

— Rendez-vous !

Tous ensemble, les cinq cavaliers qui arrivaient tirèrent sur le mors de leur cheval.

— Si vous faites un pas de plus, ou si vous bougez, je vous brûle ! J'en fais serment, je vous brûle !

Il cria à ses hommes embusqués :

— Moi, je vais près d'eux. S'il y en a qui bougent, faites tous feu de partout !

Comme si de rien n'était, d'un pas balancé, Dourdou s'avança au-devant des cavaliers :

— Descendez de cheval ! dit-il.

Sans rien dire, les autres descendirent.

Les harnais des chevaux étaient damasquinés d'argent. Tous ces hommes avaient l'air bien mis. Deux d'entre eux étaient vêtus comme des citadins. Un autre paraissait avoir dix-sept ans.

Dourdou cria à ceux de sa bande :

— Il me faut encore trois hommes !

A cet instant, le garçon qui paraissait avoir dix-sept ans se mit à pleurer :

— Je vous en prie, ne me tuez pas ! Prenez tout ce que vous voudrez. Ne me tuez pas !

— Mon lion, dit Dourdou, tu te mettras à poil, tout nu, ensuite tu pourras partir.

Alors le garçon jeta un cri de joie :

— Vous ne me tuez pas ? C'est vrai ?

Tout en se déshabillant très vite, il continuait à larmoyer avec reconnaissance :

— Alors vous ne me tuez pas ?

En un clin d'œil, il enleva ses vêtements, sa chemise, son tricot, sa culotte, tout ce qu'il portait, et les apporta à Dourdou :

— Prends ! dit-il.

Les autres aussi se déshabillaient sans rien dire. Ils avaient seulement gardé sur eux leur caleçon.

— Vous allez aussi enlever les caleçons ! dit Dourdou. Ce qu'il me faut à moi, c'est le caleçon !

Les hommes enlevèrent leur caleçon, couvrirent leur nudité avec leurs mains, et déguerpirent.

Aussitôt, les bandits s'emparèrent des chevaux, des vêtements, de tout ce qu'il y avait. Puis ils reprirent le chemin de la montagne.

Comme ils grimpaient, Dourdou dit à Mèmed :

— On dirait que tu as de la chance, le Mince, mon garçon ! Aujourd'hui, le sort a été bon pour nous.

On leur en a bien tiré pour quinze cents livres : les chevaux, les vêtements, tout ça pour rien !... le costume du garçon t'ira bien, il est encore tout neuf. Comme il criait, le chien fils de chien ! Quel petit sucré !...

Quand ils furent arrivés au fond des Rochers-Obscurs, Dourdou descendit de cheval et fit aussitôt mettre à Mèmed les vêtements du garçon. Puis il le regarda avec satisfaction :

— Crénom, Mèmed le Mince ! C'est qu'ils te vont bien, les habits de ce chien fils de chien ! Maintenant tu as tout à fait l'air d'un écolier !

Mèmed, avec ce costume étranger sur le dos, se sentit comme rapetissé, comme écrasé. Il avait l'impression d'étouffer. Il ne savait plus où aller, ni que faire. C'est alors que, brusquement, il jeta la question qu'il retenait en lui depuis qu'ils avaient quitté la route, la question qu'il n'avait pas encore eu le courage de poser :

— Que nous leur prenions toutes leurs affaires, c'est de bonne prise, très bien. Mais pourquoi leur prenons-nous leur caleçon ? Je ne comprends pas.

Dès qu'il eut dit cela, il se sentit allégé. Ne fût-ce qu'un instant, il oublia le vêtement étranger qu'il avait sur lui.

Dourdou rit à cette question de Mèmed :

— C'est pour l'honneur, répondit-il, que nous leur enlevons leur caleçon ! Il n'y a pas d'autre bandit que Dourdou le Fou qui prenne les caleçons. C'est pour qu'on sache que, ces gens-là, c'est Dourdou le Fou qui les a dépouillés.

XIII

Une chaleur de fin de pluie s'était abattue. Une chaleur moite, collante... Les habits de Véli, le neveu d'Abdi, étaient collés à son corps. On avait couché son cadavre ensanglanté, couvert de boue, sur une couverture de laine, dans la cour d'Abdi agha. Les mouches vertes, comme humides, toutes luisantes, tournaient sur lui. Une tristesse étrange, une solitude, l'enveloppait. Ses mains, devenues toutes jaunes, pendaient tristement des deux côtés.

Abdi agha avait reçu l'une des balles dans l'épaule gauche. Après l'avoir traversée, elle était venue se loger sous l'omoplate. La seconde avait traversé la jambe gauche et, ne rencontrant pas d'os, en était sortie. Déjà, dans la forêt, les blessures d'Abdi agha avaient été pansées par le chirurgien du village. Aussi n'avait-il pas perdu de sang. Quant à la balle logée sous son omoplate, elle le faisait souffrir énormément. Il en sentait la douleur jusqu'au poumon.

Abdi agha avait deux fils, l'un de quatorze ans, l'autre de seize. Ses fils, ses parents, ses hommes de main, ses valets de ferme l'entouraient attendant qu'il parle. Mais lui poussait des soupirs, sans arrêter ses légers gémissements. Ses épouses, assises à son chevet, pleuraient silencieusement. Soudain, ouvrant les yeux d'une façon étrange, Abdi agha demanda :

— Comment va mon neveu ? Comment va mon Véli ?

Les femmes répondirent par un sanglot.

— Alors ? dit Abdi agha.

— Que ta vie soit longue* ! dit un des paysans. Que ta vie soit longue, Abdi agha !

— Et le maudit ? demanda Abdi agha les yeux enflammés.

— On n'a pas pu l'attraper, dirent-ils d'une voix fluette, en baissant la tête.

— Et la fille, cette putain ? demanda Abdi agha, en ouvrant très grands les yeux.

— Nous l'avons prise et emmenée, dirent-ils.

Abdi agha ferma les yeux et posa sa tête sur l'oreiller. Il recommença à gémir. Quelques instants après, il ouvrit les yeux :

— J'espère que vous ne l'avez pas battue, la fille ?

— Nous ne lui avons pas fait de mal.

— Vous avez bien fait ! J'espère qu'elle n'a même pas reçu de chiquenaude.

— Même pas une chiquenaude, dirent-ils.

— Vous avez très bien fait.

Tout le monde savait que, lorsque Abdi agha ne battait pas un villageois qui avait fauté, c'était pour lui faire quelque chose de pire. Il serait puni jusqu'à la fin de sa vie de la faute qu'il avait commise. Une fois battu, sa faute était oubliée. Les villageois qui croyaient avoir fauté envers Abdi agha venaient se mettre devant lui, et ne s'en allaient que s'il consentait à les battre.

Abdi agha referma les yeux. Son visage était devenu jaune et allongé. Quand il ouvrit les yeux, une lueur de joie à peine visible se refléta sur son visage :

— Est-ce que tous ceux qui étaient avec moi dans la forêt sont là ? demanda-t-il.

— Il ne manque qu'Ali le Boiteux et Rustem, lui répondit-on.

— Allez les trouver aussi ! ordonna-t-il catégoriquement.

Peu après, la cour fut emplie par des cris perçants de femme. La mère, le père et les gens du village de Véli venaient d'arriver. La mère s'était jetée sur son fils et embrassait le cadavre couvert de sang et de boue. Quant au père, une main sur la tempe, il restait immobile, comme si son sang eût été figé. On éloigna avec beaucoup de peine la mère du cadavre de son fils.

Avec le même air figé, la tête baissée, le père aussi, lentement, se leva. Il avait un visage très long, un front large. Il portait une chemise brodée, sans col. Son chalvar était rayé, en coton. Il avait mis des sandales en peau brute, dont le duvet n'était pas encore parti. Quand il fut debout, il resta là, désemparé, les bras ballants... Une souffrance, une amertume indescriptibles couvraient son visage. Il n'arrivait pas à regarder le cadavre de son fils. Il ne pouvait pas le faire.

Tandis qu'il restait ainsi, quelqu'un vint le prendre par le bras et l'amena près d'Abdi agha.

— C'est le destin ! dit Abda agha en secouant la tête, quand il le vit.

Le père ne se retint plus :

— Le destin, le destin !... On n'appelle pas ça le destin, Abdi agha !... Ça, ce n'est pas le destin ! Si tu t'acharnes à ce point sur n'importe qui, un chat, un chien, un oiseau qui vole, il aura peur une première fois, une seconde. La troisième, poussé à bout, il deviendra féroce comme un léopard et te mettra en pièces. Il ne faut pas tant s'acharner sur les hommes. Il l'avait enlevée... Que le diable les emporte ! Il fallait les laisser partir ! dit-il.

Puis, il se figea de nouveau, son sang semblait l'avoir quitté. On aurait dit qu'il n'avait ni parlé ni bougé depuis qu'il était entré dans la pièce. Comme une pierre, il restait là où il était.

— Si j'avais su qu'il ferait ça ! dit Abdi agha en grinçant des dents ! Si seulement je l'avais su ! Tu verras ce qu'ils prendront ! Ce maudit et cette putain, ils regretteront mille fois de n'être pas morts ! Mille fois !... Je vais le leur faire regretter... Je ne les laisserai pas s'en sortir comme ça ! Tu ne penses pas que je les laisserai ! Je vais les attacher à un arbre et je mettrai le feu à l'arbre. De toute façon, à présent, il sera rattrapé. Est-ce qu'on s'est mis à sa poursuite ? demanda-t-il à ceux qui étaient autour de lui.

— Depuis la nuit passée...

— A-t-on envoyé quelqu'un au poste de gendarmerie ?

— Oui, depuis la nuit dernière.

— Les gendarmes ne sont pas encore venus ?

— Ils ne peuvent arriver que vers le soir. Il paraît qu'ils ont prévenu le Gouvernement. Ils attendent le juge d'instruction, sans doute. Ils attendent aussi le docteur.

— On ne peut rien faire sans le docteur, dit Abdi agha. Avant qu'ils arrivent, faites venir tous ceux qui étaient avec moi dans la forêt ! Il faut qu'ils soient ici, sans qu'il en manque un seul !...

— Ali le Boiteux et Rustem sont devant la maison ! dit un valet de ferme.

— Alors ils sont au complet ?

— Tous !

— Qu'ils viennent, alors, tout près de moi ! Que personne ne reste dehors ! Personne !...

Sans quitter son air pétrifié, lentement, le père du mort sortit. Pas une fois il n'avait jeté un regard sur Abdi agha. Derrière lui, tous ceux qui étaient dans la chambre sortirent. A leur place vinrent ceux qui s'étaient trouvés dans la forêt. Ils s'assirent en cercle autour d'Abdi agha.

Ils étaient intrigués. Ils savaient qu'Abdi allait leur dire de faire leur déposition de telle ou telle façon. Quand ils avaient affaire au Gouvernement, ils ne disaient rien par eux-mêmes. Tout ce qu'ils racontaient, Abdi agha le leur avait fait apprendre par cœur. Puis, ils allaient devant le représentant du Gouvernement et répétaient comme des perroquets. Si ce qu'ils avaient appris par cœur se terminait et qu'ils se trouvaient encore être interrogés :

« Je ne sais rien d'autre ! » devaient-ils dire.

A partir de ce moment-là, la réponse était : « Je ne sais pas. »

Cette fois, Abdi agha commença par dévisager chacun. Ils étaient tout pâles. Un certain temps, sans plus les regarder, il baissa les yeux et resta ainsi silencieux. Quand il leva la tête, il promena son regard perçant sur chacun d'eux. Ses lèvres bougèrent et il dit d'une voix faible :

— Écoutez-moi bien, mes frères ! D'abord, mettez votre main sur votre conscience... Vous l'avez mise ? Bien !... Après ça, réfléchissez un peu... Maintenant, je vous pose la question : Que faites-vous si le chien que vous nourrissez à votre porte vous mord, tue vos enfants ou l'un des vôtres ? Que faites-vous ? Je vous demande une réponse à cela.

Votre main est sur votre conscience, ne l'oubliez pas !...

Arrêtant son regard sur chacun d'eux, il les dévisagea l'un après l'autre :

– Répondez-moi ! Que feriez-vous à ma place ?

Cette fois, il les dévisagea successivement, avec la rapidité de l'éclair :

– Répondez-moi ! Que feriez-vous à ma place ?

– Ce qui arrivera, arrivera ! dirent-ils en marmottant.

– C'est-à-dire quoi ? dit Abdi agha en ouvrant les yeux.

– Ce que tu diras, agha, ce que tu voudras !

Entendant cela :

– Eh bien, voilà ! mes frères ! dit Abdi agha, comme s'ils avaient dit des choses importantes et qu'il les approuvait. Parfaitement, mes frères ! Mon chien à moi a mordu mon fils ! Il a mis en pièces mon fils et moi-même ! L'un a pris la fuite. Il sera arrêté. Il sera arrêté même si, devenant oiseau, il s'envolait ! Il n'y a rien à faire ! Sa complice est ici. Tous les malheurs viennent d'ailleurs de cette folle !... Toute la faute vient d'elle !... Autrement dit, c'est elle qui a tué le garçon... Nous l'avons vu de nos propres yeux, c'est la fille qui a tué Véli. C'est Mèmed le Mince qui a tiré sur moi, et c'est la fille qui a tiré sur Véli. Tous les deux avaient un pistolet dans la main. Vous l'avez tous vu ! Le maudit m'a visé d'abord et a fait feu. Puis c'est la fille qui a visé le garçon et a fait feu.

Puis criant vers l'extérieur :

– Qu'un de mes fils vienne ici !

Son grand fils entra :

– Apporte-moi cette arme !

Le fils sortit du placard un pistolet tout neuf et le

donna à son père. Abdi agha le passa à la personne qui était à côté de lui :

– Que chacun le regarde ! Est-ce le pistolet que vous avez trouvé entre les mains de la fille ? Est-ce bien l'arme qui a fait feu sur Véli ? Regardez bien !...

Le pistolet fit le tour et revint à Abdi agha.

– Vous l'avez bien vu, n'est-ce pas ?

– Nous l'avons vu, dirent-ils.

– Ce pistolet, c'est celui que tenait la fille entre ses mains, celui qui a tué Véli ! La fille a visé Véli. Véli est tombé par terre et le pistolet est tombé aussi des mains de la fille. Hadji l'a ramassé. C'est encore lui qui a attrapé la fille. Vous l'avez tous vu, Hadji ?

Hadji, un homme de petite taille, vieilli avant l'âge, avait les yeux d'un gris bleuté, le nez énorme, les vêtements déchirés, rapiécés. Son visage était sale, sa barbe et ses cheveux entremêlés n'avaient jamais connu le rasoir ni les ciseaux. On aurait dit qu'il s'était roulé dans la poussière.

– Oui, cher agha, dit-il. C'est exactement comme ça que ça s'est passé. C'est-à-dire que c'est moi, mon cher agha, qui ai ramassé le pistolet quand il est tombé par terre. La fille, tournant le dos, s'était mise à fuir... c'est-à-dire qu'elle tenait le gars par la main. Le gars, c'est Mèmed le Mince. C'est sa main qu'elle tenait, ils fuyaient tous les deux. J'ai couru saisir Hatché à bras-le-corps. Je l'ai empêchée de fuir. Hatché a tué Véli devant mes yeux.

Il hocha la tête. Il essuya ses yeux comme s'ils étaient mouillés :

– Ah ! Véli ! mon agha ! Y en avait-il un comme Véli, mon agha ? Il n'y a d'ailleurs que ces mauvais, qui frappent sans pitié le vaillant ! A-t-on jamais vu un brave en tuer un autre ? Ah ! Véli ! mon agha !

Véli, mon agha, qui n'est plus à cause d'une femme qui ne vaut pas un sou !... La fille, l'infidèle ! elle l'a abattu devant mes yeux !... et elle savait viser, la chienne fille de chien ! Oui, elle savait viser !... qui sait où elle l'a appris !

— Vous avez bien entendu ? dit Abdi agha. C'est ça que vous avez tous vu, n'est-ce pas ? Toi, Zèkèria, c'est bien ce que tu as vu ?

— C'est exactement ça ! dit Zèkèria.

— Et toi, Ali le Boiteux ?

Depuis longtemps, Ali le Boiteux se préparait à éclater :

— Moi, agha, dit-il, moi je n'ai rien vu, mais alors, absolument rien ! Tous les villageois me boudent parce que j'ai découvert cette piste. Ceux d'ici et ceux de mon propre village. Même les gosses me tournent le dos quand je passe. Ma propre femme me regarde avec dégoût. Elle ne m'a pas adressé la parole. Moi, je n'ai rien vu, agha. Sache-le bien ! Je n'ai même pas vu que Mèmed a tiré sur toi, dit-il.

Puis il se leva et marcha vers la porte avec colère. Tout son corps était secoué d'indignation. Il était toute révolte.

Abdi agha n'attendait de personne une insulte, une révolte pareilles. Il en fut ahuri. Il en resta bouche bée. Quand il reprit ses esprits, il s'énerva. Sa tête tremblait de colère. Il s'allongea vers lui comme s'il allait lui courir après :

— Ali le Boiteux, ne reste plus dans ton village ! Dès que tu y seras, ramasse tes effets, et va où tu voudras ! Si tu restes un jour de plus chez toi, j'enverrai des hommes et ferai détruire ta maison ! Tu as entendu, Ali le Boiteux ? s'écria-t-il.

Puis il dit pour lui-même : « Les canailles ! les ingrats ! les va-nu-pieds ! »

Écumant, il s'adressa alors à ceux qui l'entouraient :

– Vous avez bien compris ce que j'ai dit ? pas ?

– Nous l'avons compris.

– Mes villageois, mes frères, prenez votre main et posez-la sur votre conscience ! Est-ce possible qu'un gosse pas plus grand que ça tente de me tuer, moi !... un agha de cinq villages !... Le maître !... Pour une fille !... Que deviendriez-vous si j'étais mort ? Pensez-y donc !... Pensez, si je n'existais pas !... Une fille qui, sur le point de devenir ma nièce, s'enfuit avec un va-nu-pieds : Dans quel livre est-ce écrit ? Mettez bien votre main sur votre conscience !... Quand la conscience ne se mêle pas d'une affaire, cette affaire ne vaut rien ! Rien de bon n'en sort. La conscience avant tout !

– N'est-ce pas pour notre agha ? Eh bien ! Nous la mettons, notre main sur notre conscience. C'est fait ! dit Moussa le Tronc.

– Que ta vie soit longue ! dit l'agha élogieusement.

– N'est-ce pas pour notre agha ? dit aussi Kadir le Bouc. Nous l'avons tous mise, notre main !...

– Que votre vie à tous soit longue ! dit l'agha. Cette année, je ne vous prendrai que le quart de la moisson. Je vous fais don aussi des bêtes. Les bêtes que vous avez en main vous appartiennent. Allez donc, maintenant, apprendre par cœur, en mettant votre main sur votre conscience, ce que vous raconterez au Gouvernement !

Joyeux et souriants, ils quittèrent l'agha. Les trois quarts de la moisson et les bêtes. Mince alors ! Ils s'accroupirent à cinquante mètres dans un coin de la cour, à cinquante mètres du cadavre, pour apprendre par cœur la déposition :

— Monsieur, Hadji... ce Hadji que voilà, Monsieur, il est allé ramasser le pistolet qui était par terre. La fille, tenant le garçon par la main, fuyait. La fille a lâché la main du garçon. Nous sommes allés l'attraper.

Hadji leur coupa la parole :

— Ici, ça ne va plus ! dit-il. Tu vas dire que Hadji, c'est-à-dire moi, j'ai couru. Eux, ils fuyaient en se tenant par la main. J'ai enlacé Hatché. Quand je l'ai enlacée... c'est-à-dire, tu diras quand Hadji l'a enlacée, le garçon, c'est-à-dire Mèmed le Mince, a abandonné la fille et s'est enfui.

— Hadji a couru, il a enlacé la fille.

— Quand Hadji l'eut enlacée, le garçon, c'est-à-dire Mèmed le Mince, l'abandonnant, s'est enfui.

— La fille, elle, savait viser, et comment !

— Où avait-elle donc appris à tirer, cette fille de fils de chien ?

— Elle a visé Véli, elle lui a tiré trois balles. Toutes les trois l'ont touché. Ça alors ! fille de fils de chien ! Toutes les trois !

— Puis quand Véli est tombé par terre, inanimé, le pistolet aussi est tombé des mains de la fille. Hadji est allé, ce Hadji que voilà, le ramasser.

— Parfait ! dit Hadji. C'est comme ça que ça s'est passé. Nous allons continuer à bien apprendre par cœur jusqu'à ce qu'ils viennent.

Dans l'après-midi arrivèrent deux gendarmes, baïonnette au canon et, derrière eux, le docteur, le procureur, le brigadier de gendarmerie, qui se dirigèrent vers la maison d'Abdi agha. Ils étaient tous trois très fatigués.

On avait jeté sur le mort une couverture avec des dessins à fleurs. Son bras tout jaune dépassait. Le docteur, un homme jeune aux yeux bleus, ressemblait à une jeune fille. Dès qu'il descendit de cheval, il regarda le mort avec dégoût, puis le recouvrit :

— Vous pouvez l'enterrer ! dit-il.

Avec des mines funèbres, ils entrèrent et s'assirent près de l'agha.

Ils connaissaient Abdi agha qui descendait souvent au bourg. Le brigadier de gendarmerie, un grand ami à lui, manifestait sans arrêt son chagrin :

— Toi, ne t'en fais pas, agha ! disait-il. Je trouverai l'assassin comme si je l'avais caché moi-même. Je l'amènerai. Il aura son châtiment. Ne t'en fais pas pour cela... J'ai envoyé quatre gendarmes à sa poursuite.

Il avait apporté une machine à écrire. On la sortit d'une besace et on la posa sur la planche à pain. Ils envoyèrent un gendarme chercher Hatché. Elle fit sa déposition. La fille raconta tout comme ça s'était passé. La déposition fut consignée.

Après, on entendit celles des témoins. Hadji déposa le premier.

Il rapporta les faits depuis le début, puis termina ainsi le récit du drame :

— Pendant que Mèmed faisait feu sur Abdi agha, j'ai soudain vu cette fille, c'est-à-dire Hatché, un pistolet à la main, qui visait, qui visait... et qui faisait feu sur Véli. Quand Véli tomba à terre en criant : « Maman, je suis fichu ! », Hatché resta là, pétrifiée. Le pistolet lui tomba de la main. Moi, j'allai le ramasser en le tirant de la boue. Mèmed avait pris la fille, c'est-à-dire Hatché, par le bras, et ils fuyaient. Je me suis jeté sur eux. Je les ai attrapés tous les deux. Mèmed m'a échappé. Mais la fille, je ne l'ai pas lâchée. Non, je ne l'ai pas lâchée. Bien sûr, que je ne l'ai pas lâchée.

Hatché fut très étonnée de cette déposition.

Qu'est-ce qu'il voulait bien dire, Hadji ? Elle ne le comprit point.

— On dit que c'est toi qui as tué Véli, dit le procureur. Qu'en dis-tu, Hatché ?

— Non ! Comment aurais-je pu tuer un homme tout grand ?

Les choses ne s'étaient pas passées du tout comme Hadji l'avait raconté. Alors, pourquoi racontait-on les choses de cette façon-là ?

Puis on entendit la déposition de Zèkèria. Il parla exactement comme Hadji. Ni plus ni moins.

Quand tous les témoins eurent déposé de la même manière, Hatché sentit que quelque chose se tramait contre elle. Une frayeur s'empara de son cœur et la fit souffrir. Des larmes coulaient lentement de ses yeux.

Le procureur montra aux témoins le pistolet :

— Est-ce le pistolet que Hatché tenait à la main ? demanda-t-il.

— Eh oui ! c'était bien celui-là ! répondirent-ils.

Pour la nuit, ils furent les hôtes d'Abdi agha. Ils couchèrent sur des doubles matelas. On fit rôtir en leur honneur des agneaux entiers : un rôti de terre*. Chaque fois qu'il venait au village, le procureur s'en faisait faire un. La manière la plus savoureuse de cuire l'agneau, c'est d'en faire un « rôti de terre ».

XIV

La nuit, Hatché fut enfermée dans la pièce à côté. La tête sur ses genoux, elle pleura en silence jusqu'au matin. Le matin, quand on la fit sortir de la chambre où elle était emprisonnée, on la mit sous l'escorte de deux gendarmes pour l'emmener en prison. Elle était à demi consciente. Elle ne savait pas du tout ce qu'elle allait devenir, ce qu'on allait lui faire. Tout au long du chemin, elle trébuchait.

C'était la seconde fois qu'elle quittait le village pour aller aussi loin. La première fois, elle avait près d'elle un soutien, celui qu'elle aimait. Elle savait, alors, où elle allait, ce qu'elle ferait. Avec Mèmed, elle poursuivait le rêve chaud d'avoir une maison, un champ. Tandis qu'à présent, la frayeur, le désespoir l'emplissaient. Elle songeait à ce que ces hommes pouvaient faire d'elle. Sa mère même n'était pas venue lui dire adieu au moment où elle sortait du village. Même ses amies n'étaient pas venues. Voilà ! C'est ça surtout qui l'avait vexée, mortifiée.

Elle marchait, s'abandonnant à une tristesse infinie. Par moments, elle ne sentait rien, elle ne pouvait plus penser ni voir. Mais quand elle reprenait ses esprits, elle regardait les deux gendarmes qui l'accompagnaient, et frissonnait. L'avenir était sombre pour Hatché. A chaque pas, elle s'enlisait davantage dans l'obscurité. Devant elle se dressaient comme des géants, un Gouvernement, des gendarmes...

Le lendemain, quand ils arrivèrent au bourg, Hatché était épuisée de fatigue. Elle se traînait. Le bourg la réconforta. Elle eut dans son cœur une légère impression de sécurité. Elle eut moins peur. Mèmed revint à son souvenir. Il lui avait longuement parlé d'un certain reflet jaune... des oranges, des galets blancs comme du lait, de l'eau courante, de l'odeur du kébab... Sur une maison, disait-il, il y avait, tel un nid de cigognes, un belvédère en verroterie. Quelle maison était-ce donc ? Le soleil frappait d'une lueur rouge les vitres d'une fenêtre. On avait mis des verroteries rouges à la fenêtre... Soudain, elle se sentit mal : elle pensait à Mèmed. Où pouvait-il être, maintenant ? S'ils l'attrapaient, ils le tueraient. « Et ce serait ma faute, le malheureux ! »

Le sol du dépôt, qui se trouvait au-dessous des bureaux de la gendarmerie, était en ciment et l'eau montait jusqu'aux chevilles. On ne savait pourquoi, c'était ainsi, plein d'eau. En plus, ça puait les lieux d'aisance et c'était obscur. Il n'y avait qu'une seule fenêtre, qui ressemblait à une meurtrière, solidement fermée.

C'est là qu'on enferma Hatché. Elle y passa une nuit. Mais, comme la veille, elle ne ferma pas l'œil. D'ailleurs, où aurait-elle bien pu s'étendre ?

Pourtant, si elle avait été tranquille, elle aurait même dormi debout. Il lui semblait être noyée, dans cette obscurité immense comme la mer. Aussi attendait-elle avec impatience qu'on ouvrît la porte. Elle croyait qu'elle serait sauvée quand on l'ouvrirait. Elle croyait que tout son corps douloureux cesserait de souffrir quand il y aurait de la lumière. La lumière ne filtrait de nulle part, même pas par la fente de la porte, mais elle supposait que ce devait être à présent le matin.

Soudain, la porte s'ouvrit. La lumière, lourde comme du plomb, la frappa, l'étourdit. Après un bon moment, lentement, elle reprit ses esprits. A cet instant, un gendarme, la saisissant par le bras, la tirait dehors.

Il y avait là un tas de gens. Quand Hatché sortit, toutes les têtes se tournèrent vers elle, et les mots : « Voilà la fille qui a tué son fiancé ! » vinrent à son oreille. Elle comprit que cette foule s'était rassemblée pour elle. Baissant la tête, elle ne la regarda pas une seule fois. Elle passa au travers. Les deux gendarmes qui l'accompagnaient ne l'effrayaient plus, mais lui donnaient du courage.

On la conduisit devant un juge très âgé. Ce juge etait un vieil homme à la peau du cou pendante, à la moustache tombante, qui en avait vu bien d'autres.

Après avoir pris l'identité de la fille, il demanda :

— On prétend que tu as tué Véli, fils de Moustafa, est-ce vrai ?

— Ce n'est pas moi qui ai tué Véli, je vous le jure ! dit Hatché avec beaucoup d'innocence. Avec quoi l'aurais-je tué ? Moi, j'ai peur de toucher un pistolet !

Le juge connaissait très bien les paysans et les paysannes. Depuis des années, il en avait entendu des milliers. Il comprit tout de suite que Hatché était innocente. Il le comprit, mais il fut obligé de la faire quand même arrêter. Les preuves pesaient contre elle.

La salle où l'on enfermait les femmes avait été ajoutée à la prison. Le badigeon était tombé des murs couverts de taches de sang : des centaines, des milliers de moustiques y avaient été écrasés. Le plafond, le plancher, les fenêtres, les poutres étaient pourris et continuaient à pourrir...

Ça sentait l'humidité, l'urine. Derrière la porte, il y avait une caisse en fer-blanc. Le gardien était venu lui dire que, la nuit, si elle en avait besoin, elle pourrait s'en servir. A contrecœur, Hatché mit dans sa bouche un morceau de pain que lui avait apporté le gardien. Elle le mâcha longtemps, mais ne put l'avaler. Elle le recracha.

Le lendemain, le surlendemain, elle ne put rien manger. Elle vivait dans un monde cruel de torture. Elle n'arrivait pas à s'y faire. C'est au bout du troisième jour de prison que sa mère finit par venir, les yeux rougis par les larmes.

— Ma fille, ma fille, ma fille teinte au henné ! dit-elle, en s'asseyant devant la fenêtre de la prison. Qu'est-ce qui t'est arrivé ? Pourquoi as-tu tué ?

Pour la première fois, la fille parla avec révolte et passion :

— Comment puis-je tuer ? Est-ce que j'ai jamais eu une arme en main ? Ne le sais-tu pas ?

Devant cette révolte, la mère s'adoucit. Elle n'avait pas du tout pensé que sa fille était incapable de faire une chose pareille.

— Que sais-je, moi, ma fille teinte au henné ? Tout le monde dit : « C'est Hatché qui a tué Véli. » Que sais-je, moi, ma fille ? J'irai écrire une requête à l'écrivain public. Je dirai que ma fille, à moi, elle a peur d'une arme. Ah oui ! Abdi agha m'a fait dire de ne pas écrire de requête ou autre chose de ce genre. Sans qu'il en sache rien, j'irai faire écrire une requête pour toi, ma fille. Même s'il devait me tuer, je la ferai écrire. C'est ça, ma fille. Tu n'es pas du tout coupable ! C'est ce mécréant de Mèmed qui a tué, et c'est toi qu'on charge ! Ce mécréant de Mèmed ! Il a détruit mon foyer ! J'irai faire écrire une bonne requête pour toi, ma fille. J'irai pleurer devant l'écrivain public. Allons, je m'en vais !

Elle lui donna, par la fenêtre, le baluchon plein de nourriture qu'elle avait apporté du village.

– J'irai faire tout écrire par l'écrivain public ! Si le Gouvernement lit ma requête, il comprendra que tu n'es pas coupable. Le Gouvernement aussi est humain. Pourquoi qu'il t'emprisonnerait, si tu n'as pas tué ?...

La venue de sa mère l'avait soulagée un peu. Pour la première fois, Hatché aperçut les tuiles scintillantes, rouges et propres, d'une maison nouvellement construite. Derrière elle, la coupole de la mosquée et son minaret mince et élancé, lisse et tout blanc ; de l'autre côté, au pied du mur, un figuier aux feuilles épaisses ; plus loin, une grande cour poussiéreuse, avec des gens qui allaient et venaient...

Mèmed lui avait tout raconté, mais sans rien dire de la beauté et du brillant des tuiles.

Le gardien vint ouvrir la porte. C'était un homme très nerveux :

– Tu peux sortir prendre l'air, dit-il avec dureté.

A midi et le soir, il ouvrait la porte et la faisait sortir. Jusqu'à présent, elle ne s'était même pas rendu compte qu'elle sortait prendre l'air. Elle ressentit la joie de retrouver le monde.

La grande porte de la prison était en face de la fenêtre de la salle. Un ou deux prisonniers, la voyant plus à son aise et plus intéressée à ce qui se passait autour d'elle, l'interpellèrent :

– Eh ! ma sœur ! T'en fais pas, ma sœur ! Tout

arrive à l'être humain. Tu l'as eu, le bonhomme ! vive la sœur ! Vive le grand amour !

Hatché ne répondit pas. Elle rentra dans la salle. Elle commença à penser à Mèmed.

La mère alla chez Fahri le Fou, l'écrivain public. Fahri le Fou avait été, bien des années auparavant, chassé de son poste de greffier, pour s'être fait graisser la patte. Aussi, depuis ce jour-là, faisait-il l'écrivain public. Il gagnait trois fois plus que comme greffier. Il avait la renommée d'être plus habile qu'un avocat. Nuit et jour, il était seul et, ivre mort, il écrivait ses requêtes.

La tête appuyée sur la table crasseuse où se trouvait la machine à écrire, Fahri le Fou somnolait. Il empestait le raki. Cette façon de marcher, pensait-il tout en somnolant, est celle des personnes qui viennent faire écrire une requête. Car, par habitude, Fahri reconnaissait le pas des personnes qui venaient lui faire écrire une requête. Comme sa table s'abritait sous l'auvent d'une boucherie, des tas de gens passaient toujours près de lui. Il ne levait jamais la tête pour regarder ceux qui passaient. Mais ceux qui avaient l'intention de lui faire écrire une requête, il les flairait, même de très loin, et levait tout de suite la tête pour les voir venir, en les regardant dans les yeux :

« Raconte voir ! » disait-il.

— Raconte voir ! dit-il aussi à la mère.

La femme s'assit sur le trottoir et appuya sa tête contre le mur :

— Je me tuerai pour toi, Fahri efendi ! commença-t-elle. Tu ne sais pas tout ce qui nous arrive !

Fahri efendi avait mis la pointe de son crayon dans sa bouche, et la suçait.

— Je me tuerai pour toi, Fahri efendi ! Moi, je

n'avais qu'une seule fille ! Rien qu'une seule ! Je me tuerai pour toi, Fahri efendi !... Eh oui !... ma fille Hatché !... Ils l'ont prise, ma fille, ils l'ont mise en prison ! Ma jolie fille est en prison !

Fahri efendi retira lentement le crayon de sa bouche :

— Voyons voir, dit-il, raconte-moi un peu pourquoi ta fille est en prison !

— Je me tuerai pour toi, Fahri efendi ! Je te dirai tout, écoute-moi bien !... Nous avons fiancé ma fille au neveu d'Abdi agha. Ma jolie fille ! Ma fille pareille à une perdrix ! Bon ! Tu connais ce mécréant de Mèmed le Mince, le fils orphelin de Deuné ? Il paraît qu'ils s'aimaient, avec ma fille. Qu'en pouvions-nous savoir ? Une nuit, ils se sont enfuis. Tu connais Ali le Boiteux, le dépisteur ? Tout le monde le connaît. Ce mécréant trouve leur piste, et les surprend pendant qu'ils s'aimaient dans le creux d'un rocher. Le garnement tire son pistolet, le décharge sur Abdi agha et sur Véli, et il s'enfuit... Écoute-moi bien, frère efendi ! On n'a pas encore pu rattraper le garçon. Et, à la place du garçon, on a attrapé ma fille Hatché et on l'a emmenée. Les enquêteurs, ils ont mis ma fille en prison, ma fille ! ma rose ! A cause de ce maudit orphelin de Mèmed ! Ils prétendent que c'est ma fille qui aurait tué Véli... Tout le village a témoigné dans ce sens. Seul, Ali le Boiteux a dit qu'il ne pouvait pas témoigner, et, lui, il a été exilé de son village...

« Moi, je sais pas, frère Fahri efendi. J'ai cru aussi que la fille, elle, avait tué Véli. Tout un village n'allait pas mentir d'un commun accord. Ils n'ont rien contre ma fille, avais-je pensé. C'est ce mécréant d'Abdi qui les a forcés à mentir. Les villageois ne peuvent rien refuser à Abdi. Ah ! idiote que je suis !... Moi qui les ai crus ! Eh oui, frère Fahri efendi !... Puis, je suis venue voir la fille, et quand j'ai demandé à ma jolie fille... c'était tout autre chose !... "Est-ce que je sais seulement tirer au pistolet ?" m'a dit ma jolie fille.

« Je me suis rappelé alors qu'elle ne savait pas tirer. De plus, elle a peur des armes à feu. Aucune arme n'est jamais entrée dans notre maison. Son père, à ma jolie fille, il n'aime pas du tout les armes à feu. Tous témoignent contre ma jolie fille... Ils la détestent.

« Fahri efendi, mon agha, voilà où nous en sommes ! Ma jolie fille, elle a peur, elle a peur d'un fusil. Elle s'effraie à la vue d'un fusil ! Écris ça au Gouvernement, comme je te le dis ! »

Fahri efendi prit une feuille de papier et la mit sur sa vieille machine à écrire qui ne valait plus grand-chose. Il commença à écrire dans un bruit de ferraille. Sans s'arrêter, il écrivit cinq pages pleines :

— Écoute, femme, dit-il. Je vais te la lire, écoute bien ! Tu verras comme c'est bien.

Après avoir passé sa cigarette d'un côté à l'autre de ses lèvres, Fahri efendi lut d'un trait la requête.

— Qu'en dis-tu ? demanda-t-il quand il eut terminé.

— Que ta main soit benie ! C'est rudement beau ! dit la mère.

— Écoute, femme, dit Fahri, pour d'autres je l'aurais écrite pour quinze livres. Toi, donnes-en dix !

— C'est tellement bien que ça mériterait d'être gravé sur pierre. Que ta main soit bénie !... dit la mère en sortant d'une main tremblante l'argent de son baluchon noué et renoué. *Inch'Allah,* on va graver ça sur la pierre !

Pendant qu'il tournait et retournait le billet de dix

livres dans sa main, Fahri efendi lui expliqua minu tieusement où elle devait présenter sa requête, et ce qu'elle devait dire.

— Tu m'excuseras, frère Fahri efendi, dit la femme au moment de partir, la prochaine fois je t'apporterai des œufs et du beurre.

Suivant les indications, elle trouva le bureau du procureur à qui elle devait remettre la requête. Elle commença par être effrayée quand elle vit un des hommes qui avaient emmené sa fille, puis :

— Je me tuerai pour toi, mon agha ! dit-elle. Pourquoi as-tu pris ma fille ? Tu l'as arrêtée pour la mettre en prison ! Ma fille ne sait même pas se servir d'une arme à feu, comment tuerait-elle quelqu'un !... Ma fille a très peur des armes à feu. Quand elle était petite, dès qu'elle voyait un fusil, elle venait en pleurant se réfugier dans mes jupes, elle voulait se cacher. Je t'ai apporté une requête. Fahri efendi l'a bien joliment écrite. Lis-la, et relâche ma fille, frère ! Je te baiserai la plante des pieds. Ma fille teinte au henné n'a pas commis de faute. Il a pris son cœur, elle a fui avec ce mécréant de Mèmed le Mince. Ce sont des choses qui arrivent. Relâche vite ma fille ! Je te baiserai les pieds, frère !

— Assez ! dit le procureur. Laisse ta requête et va-t'en ! Le tribunal fera justice.

Il baissa la tête sur ses paperasses et se remit à écrire.

Le soir était descendu quand la mère retourna à la prison. Depuis le matin Hatché l'attendait avec impatience :

— J'ai fait écrire une de ces requêtes, à Fahri efendi, si jolie qu'elle franchira tous les obstacles. Que le Gouvernement la lise une fois, et il te relâche aussitôt. Il comprendra que tu es innocente et te relâchera. Dans la requête, j'ai fait écrire que tu avais peur des armes. Tu te rappelles, quand tu étais petite, si tu voyais une arme, tu courais te cacher dans mes jupes. Voilà, j'ai fait écrire ça. Il a fait un chef-d'œuvre, Fahri efendi. Ça valait bien vingt livres. Mais il ne m'en a pris que dix. Qu'il les prenne donc ! Pour ma jolie fille, bien sûr, ma fortune peut s'en aller, ma vie même. Que le Gouvernement lise ça une fois !...

— Ah ! si cela pouvait être ! dit Hatché.

Elle regarda sa mère dans les yeux, puis pencha la tête en avant :

— Mère, dit-elle, ma jolie mère, apporte-moi la prochaine fois des nouvelles de Mèmed ! N'est-ce pas, tu m'en apporteras ?...

— Qu'il aille se faire pendre, ton Mèmed ! dit la mère.

Levant les yeux, Hatché la regardait suppliante :

— Maman, ma jolie maman, tu vois que je pourris dans un trou. Si Mèmed n'est plus, je mourrai. Tu veux donc tuer ta fille ? Une nouvelle de lui !...

Hatché se mit à pleurer quand la mère dit :

— Se faire pendre !... *Inch' Allah !* qu'on le mette en pièces ! *Inch' Allah,* je t'apporterai la nouvelle de sa mort !

Voyant sa fille pleurer, la mère se tut. Hatché pleura longuement, mais elle ne dit rien.

— Il se fait tard, ma jolie fille, dit la mère au bout d'un moment, je vais partir.

— Mère ! dit Hatché.

La femme s'arrêta, ses yeux se remplirent de larmes :

— Bien ! dit-elle avec une voix enrouée. Pour toi, j'essaierai d'apprendre quelque chose. Tu ne sais pas comment ils ont battu la mère de Mèmed !... Elle en mourra, la pauvre !... Pauvre petite Deuné ! Alors, bonne nuit, ma fille !

Et elle s'en alla.

– N'aie pas peur ! Fahri efendi a écrit une de ces requêtes !... formidable !...

Elle avait une grande confiance dans la requête.

XV

L'obscurité était telle qu'on n'y voyait goutte. La forêt, comme un mur tout noir, se dressait dans la nuit ; elle bourdonnait. Plus loin, près du sommet de la montagne, un feu couvait. Ils avançaient en tâtonnant, se cognant aux arbres, avec bruit... La nuit sentait le mouillé. Elle sentait le pin, l'orme, le champignon, l'herbe odorante, la sueur. La sueur aigre. Quelques étoiles clignotaient dans le ciel.

Depuis des mois, ils n'avaient pas cessé d'attaquer des maisons, de détrousser les gens, et de se battre avec les gendarmes. Ceux-ci, renonçant à poursuivre les autres bandes, s'étaient acharnés sur celle de Dourdou le Fou. Mais Dourdou le Fou se moquait pas mal des gendarmes. Il s'en amusait. En peu de temps, Mèmed avait fait valoir ses capacités. Ses compagnons et Dourdou le Fou l'aimaient bien. Il rendait service à la bande.

La voix de Dourdou perça l'obscurité :

— Restons là, j'en peux plus ! On est crevés ! On court et on court depuis deux jours ! Puis après, quoi ! restons là !

Sa voix était rageuse, obstinée. Mèmed s'approcha de lui :

— Doucement ! parle à voix basse, mon agha !

— Et après, répliqua Dourdou avec colère.

Si ç'avait été un autre que Mèmed, il n'aurait pas été agacé. Ça venait d'arriver et ça vous enseignait le métier !

— Même si ton ennemi n'est qu'une fourmi ! dit Mèmed.

— Et après ?...

Mèmed fit comme s'il ne se rendait pas compte de l'ironie :

— Ça veut dire... qu'il ne faut pas sous-estimer...

Dourdou ne put se contenir davantage ; il déversa sa colère.

— Eh bien ! mon vieux Mèmed ! On dirait que Suleyman t'a amené non pas comme compagnon, mais comme chef d'état-major, ma parole ! Ne te mêle pas de ce qui ne te regarde pas, veux-tu ?...

Djabbar marchait à la gauche de Mèmed, il était essoufflé :

— Mèmed a raison, agha, dit-il. Si nous restons dans la forêt, ils vont nous cerner. Ils sont à nos trousses. Ils n'arrêtent pas de nous poursuivre. S'ils nous cernent, ils nous prendront comme des perdrix. Le sergent Assim ne cherche d'ailleurs qu'une occasion pareille... Allons-y doucement !...

— Comme des perdrix ! répéta Mèmed.

— Il y a pas mal de gendarmes à nos trousses, dit Djabbar.

— Ajoute à leur nombre, mon agha, les villageois, les bandits ennemis. Nous ne nous en sortirons pas !...

— On n'en sortira pas, dit Mèmed. On n'a même pas de munitions !

Dourdou resta planté là où il était :

— On ne bougera pas d'ici, d'un pouce !

Sa voix criarde résonna dans la forêt :

— Depuis deux jours, nous fuyons comme des chiens, des chiens !

Il y avait parmi eux un nommé Redjep le Sergent. Personne ne savait d'où il venait, le temps depuis lequel il était bandit. Personne non plus n'osait lui demander son passé. Il se fâchait à mort avec celui qui le faisait. Il ne voulait plus le voir, ni lui adresser la parole s'il le rencontrait. Comme si c'était son pire ennemi ! Il avait plus de cinquante ans.

La seule chose qu'on savait de lui, c'était qu'il avait fait partie de la bande d'Ahmed le Grand. Quand la bande fut amnistiée, tous étaient allés se livrer au Gouvernement. Mais lui n'avait pas voulu de l'amnistie ; il était resté tout seul dans le maquis.

Deux ans après, quand d'autres bandes s'organisèrent à nouveau, il les rejoignit. En somme, il avait essayé toutes les bandes. Toutes le connaissaient, le respectaient, l'aimaient.

Il n'appartenait jamais définitivement à une bande. Si aujourd'hui, il faisait partie de la bande de Dourdou le Fou, demain, il pouvait avoir envie d'entrer chez l'adversaire de Dourdou, dans la bande de Yozdjou. Il ne disait jamais de mal de personne, ne rapportait aucune parole, puis, un beau jour, il rejoignait la bande de Rèchid le Kurde. Il se trouvait bien partout.

Aussi ne lui demandait-on pas pourquoi il venait, pourquoi il partait. De plus, chaque bande se réjouissait de l'avoir. On le considérait un peu comme une mascotte. Enfin, Redjep le Sergent était un bandit parfait. Il n'y avait qu'à le voir au combat ; sa main n'arrêtait pas de recharger son fusil, comme une mitrailleuse.

On entendit dans l'obscurité sa voix grave, étrange :

— Les gars disent vrai, Dourdou. Quittons la forêt, essayons de nous abriter dans les rochers.

— Redjep le Sergent, Redjep le Sergent ! cria Dourdou. Nous ne ferons pas un pas de plus !

— Dourdou, mon agha, reprit Djabbar, même s'ils ne peuvent rien faire d'autre, ils peuvent bien nous cerner et incendier la forêt !...

— Pas un pas !

— Écoute, mon agha...

— Pas un pas !

— Nous serons décimés...

— Suis-je le chef de la bande ?

— Eh oui ! tu es le chef de la bande !

— Eh oui ! dit aussi Mèmed.

Les autres le dirent aussi.

— Mon agha, je vais te dire quelque chose, sauf ton respect, dit Mèmed.

— Parle, chef d'état-major ! dit Dourdou en souriant.

— Allons au moins à l'intérieur du bois, dans un endroit pierreux et accidenté.

— Je vous défends de faire un pas de plus !

Et, immédiatement, il s'assit là où il se trouvait. Les autres s'assirent aussi. Un bon moment, personne ne dit rien. Dans l'obscurité, les cigarettes de quelques-uns brillaient comme des étoiles. Aucun ne faisait entendre le moindre bruit. Djabbar se leva et s'étira. Il commença à grimper. Mèmed le suivit. Djabbar s'accroupit au pied d'un arbre pour pisser. Mèmed en fit autant. Peu après, son affaire faite, Djabbar se releva. Mèmed de même.

Quand ils se relevèrent, ils virent un petit feu. Étonnés, ils s'arrêtèrent net. Dourdou venait d'enflammer des branches de pin. Devant les flammes, il se balançait comme une ombre.

— Il cherche vraiment sa mort, cet homme ! dit Mèmed.

— Passe encore avec le sergent Assim, mais les villageois qui sont à nos trousses sont pires que tout. Il les a tous déculottés, dit Djabbar.

— Depuis que je suis là, dit Mèmed, on a déculotté au moins cinq cents personnes.

— Si seulement on avait distribué les vêtements volés aux pauvres des villages !... Peut-être les villageois nous auraient-ils laissés tranquilles. La raison pour laquelle nous n'avons pas eu de répit depuis deux jours, c'est que personne ne nous aide du dehors. Si nous tombions dans les mains des gens du village du Saule-Blanc, ils nous mangeraient tout crus !

— Quelle tyrannie ! Qu'est-ce que Dourdou n'a pas fait à ce village !

— Quelle tyrannie ! Des tortures inimaginables, des insultes !...

— Écoute, frère, dit Mèmed. Il ne faut pas trop en faire voir aux gens. Il faut les tuer, les battre, mais ne pas trop leur en faire voir. Rentrer dans son village, chez soi, sans culotte, à poil, est pire que la mort pour un homme comme ça. Il ne fallait pas le faire ! Il ne faut pas jouer avec les hommes ! Ils ont un point sensible, voilà, c'est là qu'il ne faut pas toucher. Moi, je le sais d'Abdi agha. Car il faut craindre ce côté des hommes. Il ne faut pas les sous-estimer...

En retournant, ils tombèrent dans un petit cours d'eau et se trempèrent jusqu'aux genoux. L'eau sentait la marjolaine. Toute la nuit sentait la marjolaine. Les étoiles semblaient lancer des étincelles. Tout était imprégné de l'odeur de marjolaine. Le petit cours d'eau, les étoiles, les pins bruissants, une odeur verte de marjolaine...

– Ah, fit Mèmed, si nous pouvions persuader ce fou, et l'amener ici !

– Tu le tuerais plutôt que de lui faire faire un demi-pas. C'est un cabochard.

Le feu de Dourdou était devenu immense. Une surface aussi grande qu'une aire de battage était tout en feu. Les flammes montaient vers le ciel. D'immenses troncs brûlaient en craquant. Dourdou allait et venait autour du feu, en riant.

– Voyez-moi ce feu ! dit-il. Est-ce qu'on fait mieux ? Où allume-t-on un feu pareil ?

– Il aurait mieux valu ne pas l'allumer ! fit Djabbar.

– Comme il ronfle joliment ! dit Dourdou.

– Il aurait mieux valu...

– Ferme-la, Djabbar, cria Dourdou, le rappelant a l'ordre.

Ils passèrent la nuit là, près du feu. Sauf Dourdou, personne ne dormit, de peur d'être surpris pendant son sommeil et d'être tué. Quiconque a éprouvé cette peur ne s'en débarrasse plus. Ils placèrent quand même trois hommes en sentinelle : Redjep le Sergent, Horali, Mèmed. Les autres se couchèrent. Un bon moment, ils essayèrent de dormir. Couchés par terre, ils ne faisaient que tourner d'un côté et de l'autre. Il n'y avait rien à faire.

Djabbar se leva le premier. Il s'assit en tailleur devant le feu. Après lui, les autres...

Paisiblement, Dourdou dormait. Ils restèrent près du foyer, sans parler, les yeux fixés sur le feu.

Au moment où l'horizon commençait à s'éclaircir, il y eut un crépitement.

Des quatre côtés à la fois, pleuvaient des balles, comme du sable. Comme ils étaient aux aguets depuis la veille, ils ne perdirent pas la tête. S'éloignant rapidement du feu, ils s'abritèrent. Mèmed eut à peine le temps de se jeter au pied d'un arbre. Les balles sifflaient à ses oreilles.

Le sergent Assim n'était pas protégé par-derrière, et c'est derrière lui qu'avait échoué Mèmed. Au moment de tirer, il redressa son fusil. Ça l'écœurait. Il l'abaissa et visa à côté.

Il se mit à rire tout seul :

— Sergent ! sergent ! cria-t-il, tu n'es pas bien abrité ! Tu en attraperas, des balles !

Le sergent s'en rendit compte. Des coups de feu éclataient de leur côté. Il n'avait pas une bonne place. Juste à ce moment, une balle emporta son képi.

— Dis donc ! dit-il. Si jamais tu tombes entre mes mains !

— Sergent, on m'appelle Mèmed le Mince ! Toi, tu n'auras que la mort entre les mains ! T'as des gosses ! Va-t'en sergent ! Va faire autre chose !

Une balle effleura la main du sergent, celle qui tenait la crosse... Le sang commença à couler.

— Va faire autre chose, laisse-nous tranquilles. Ne meurs pas de notre main ! Tu t'es trop acharné sur nous !

Le sergent, exposé aux balles de tous côtés, recula avec crainte. Il pensa que celui qui avait tiré les coups qui lui avaient emporté son képi et effleuré la main aurait pu le tuer depuis longtemps. Qui c'était, ce Mèmed le Mince ? Si Dourdou le Fou l'avait eu au bout de son fusil, il serait maintenant fichu ! Mèmed le Mince, il ne se rappelait pas un nom pareil. Il y a bien des Mèmed, mais Mèmed le Mince ?

— Espèce de... Je m'en fous, que tu t'appelles

Mèmed le Mince ou autrement ! marmonna-t-il, mais sans méchanceté.

Les balles s'abattaient par rafales, rouges et grasses dans l'aube.

Dourdou allait partout à découvert ; à bout de forces, il tirait même sans viser. Puis il s'arrêtait quelquefois et injuriait le sergent :

— Sergent ! Sergent ! Ne crois pas que Dourdou a fichu le camp ! C'est sans culotte que je t'enverrai près de ton capitaine ! Montre-toi un brin !... Sans culotte !...

Le sergent, les gendarmes, les paysans, les encerclaient de tous côtés. Une vraie cage !...

Dourdou le Fou comprenait qu'il était pris dans une souricière. Il vint en rampant près de Mèmed. Dans la bande, c'est à Mèmed qu'il se fiait le plus.

L'endroit où ils se trouvaient était exposé aux balles. Si les autres pouvaient s'approcher un peu, s'ils pouvaient resserrer le cercle, ils les tueraient tous, un à un. Pour la première fois de sa vie peut-être, Dourdou s'inquiéta un peu. La souricière était bonne !

Mais les autres avaient également peur de Dourdou. Ils étaient surpris que Dourdou acceptât de livrer combat ici, dans cette clairière. Ils se disaient qu'il y avait certainement une ruse, une supercherie là-dessous. C'est pour cela qu'ils restaient cloués sur place. Ils n'arrivaient pas à comprendre pourquoi Dourdou, qui fuyait tout le temps, acceptait à présent de livrer combat en un tel endroit.

— Ça va mal ! dit Dourdou, en nage, essoufflé ; aucun de nous n'en réchappera !

— Je suis fichu, ma mère ! cria quelqu'un à ce moment-là.

— Ça c'est le premier ! dit Dourdou. Ça y est, pour Redjep le Sergent ! Je n'ai peur d'aucun d'eux. Mais il y a parmi eux un gendarme qu'on surnomme « celui des quatre chemins », et un autre, de notre village, appelé Moustan le Noir. S'ils n'étaient pas avec les autres, j'aurais brisé leur cercle et nous en serions sortis. Mais ces deux-là ne laissent même pas échapper une puce ! Ils la descendraient avec leur fusil !

— Mon fusil s'est trop échauffé, dit Mèmed en regardant derrière lui. Il commence à me brûler les mains. Que dois-je faire ?

— Tu as tiré trop de balles, frère Mèmed, dit Dourdou, car ce fusil que tu as entre les mains est un bon fusil. Cesse de tirer, frotte le canon sur la terre, il se refroidira. Sinon, tu ne pourras plus tirer, l'acier se dilatera.

— Zut, alors ! se lamenta Mèmed, zut !

— Frère, dit Dourdou à voix basse, nous sommes encerclés. Moi, ça n'a pas d'importance. J'ai beaucoup d'expérience. Je pourrai toujours faire quelque chose et m'en tirer. Et puis, si je meurs, qu'est-ce que ça fiche ? Mais c'est à vous que je pense. C'est ma faute. C'est la faute de ma folie. Comment vous en tirerez-vous, vous autres ? C'est ça qui m'inquiète. On dira que Dourdou le Fou a planté là ses camarades et s'est enfui...

— A mon avis, fit Mèmed, il n'y a rien à faire. Nous attendrons jusqu'au soir.

A cet instant, deux balles vinrent se planter juste devant Dourdou. Il y eut de la poussière.

— Il n'y a rien à faire, dit Mèmed, il faut tenir jusqu'au soir.

Montrant l'emplacement des balles :

— Ces balles sont celles de Moustan le Noir, dit

Dourdou. A présent, il peut nous avoir tous les deux. Il doit nous avoir vus.

— Dourdou, mon agha, Redjep le Sergent serait-il mort ? Si on allait voir ?

— Attends voir un peu ! Il nous aura, la canaille ! Attends voir !

Un grand nuage de poussière s'éleva à ce moment devant eux. Ils ne se rendaient plus compte du nombre de balles qui pleuvaient tout autour.

— Tu vois bien, dit Dourdou. Je connais bien cette canaille de Moustan le Noir !

— Nom de Dieu ! fit Mèmed.

— Si nous ne changeons pas de place tout de suite...

Ils avancèrent en rampant pour se mettre derrière un assez gros arbre.

— Si ce Moustan le Noir n'était pas parmi eux !

Mèmed ne pensait qu'à Redjep le Sergent :

— On ne sait pas ce qu'il devient, Redjep le Sergent. Si on allait près de lui ?...

Les balles sifflaient au-dessus d'eux, cassaient les branches de la forêt, émondaient les arbres. Ils rampèrent.

Arrivés sous les balles près de Redjep le Sergent, ils le trouvèrent couché sur le côté, tout couvert de sang.

Quand il les vit, il sourit, serrant les dents de douleur :

— Débrouillez-vous comme vous pouvez, les gars ! dit-il en soulevant sa tête péniblement. Ils sont au moins cent cinquante. Laissez-moi où je suis ; c'est le destin !...

Ils regardèrent sa blessure. Le Sergent avait reçu la balle dans le cou ; elle était ressortie au sommet de l'omoplate, sans toucher l'os. En sortant, elle avait déchiqueté la chair.

— J'ai quelque chose à vous dire, dit Redjep le Sergent : Djabbar, il faut lui donner un coup de main. C'est un gars solide et vaillant. Il peut tenir tête à toute une armée. S'il n'avait pas été là, ils m'auraient criblé de balles. Quand il m'a vu atteint, il a attiré le feu sur lui. Puis il a ouvert un tel feu sur eux qu'ils en étaient ahuris.

Déchirant sa chemise, ils bandèrent sa blessure.

— Demain ! dit Redjep. Brisez leur cercle !

— Ça c'est pas possible, Sergent, dit Mèmed. Si on essaie, on sera tués. Comme ça, ils nous craignent. Ou nous tiendrons jusqu'au soir, ou nous mourrons ici.

Redjep le Sergent réfléchit. Les muscles de son visage se tendaient ; il se retenait avec peine pour ne pas crier :

— Ça, c'est vrai, Mèmed ! dit-il. Même si l'un d'entre vous essayait de s'enfuir, vous seriez tous tués. Rassemblez tous les camarades et faites le serment de ne pas reculer d'un seul pas ! J'ai compris que fuir, c'est mourir. Tenez bon ! Je crois qu'ils ne pourraient pas vous attaquer de front. S'ils le pouvaient, ils l'auraient déjà fait. Ils ont peur de quelque chose, d'un piège.

— Allons, Dourdou, mon agha, faisons ça ! dit Mèmed.

— Il faut se méfier du fils de Zala. C'est un froussard. Surveillez-le ! Il peut foutre le camp...

— Rassemblons les camarades ! dit Dourdou. Que Horali et Djabbar continuent à tirer pour les occuper !

Puis il siffla, mais les compagnons ne comprirent pas ce signal de rassemblement en un tel moment, quand ça n'arrêtait pas de tirer :

— Peut-on se rassembler dans cet enfer ? dit le fils

de Zala, mécontent, au camarade à côté de lui. Il n'y a d'ailleurs plus de salut. Redjep le Sergent, il est déjà fichu.

Horali s'amena le premier, puis Ala-Youssouf, puis Gudukoglou.

— Ce fils de Zala, où il est ? demanda Dourdou, méfiant.

— Il arrive, dit Horali. Il s'est aplati par terre. Il n'a même pas tiré une balle. Il ne fait que trembler de peur.

— C'est drôle, dit Dourdou. Je le croyais le plus courageux de nous tous.

Juste à cet instant, le fils de Zala arriva en rampant. Ses mains étaient couvertes de sang.

— Allons, vous autres, continuez à tirer ! dit Dourdou à Horali et à Djabbar. Occupez-les. Nous, on va discuter.

Cet arrêt momentané pour le rassemblement des bandits avait bel et bien mis le sergent Assim aux aguets. Ce n'était pas la première fois qu'il se trouvait aux prises avec Dourdou le Fou. Mais on ne savait jamais à quoi s'en tenir, avec lui. Il pouvait agir aussi follement que possible, comme avec beaucoup de sagesse. Celui qui acceptait le combat dans cette clairière cherchait simplement à mourir, ou bien c'était un vrai novice, un fou, un aventurier, ou bien, alors, il préparait un piège...

Quelqu'un comme Dourdou le Fou, capable de passer par le trou d'une aiguille, n'allait certes pas se laisser faire. Pour le sergent Assim, il s'agissait d'un piège. On y tomberait d'un moment à l'autre. Comment l'éviter ? C'est ce qu'il ne savait pas. S'en aller, c'était perdre tout prestige. S'il restait, le piège l'attendait. C'était la fin. Les balles qui avaient emporté son képi, qui avaient effleuré sa main, était-ce un avertissement ? Les paroles de Mèmed ne lui semblaient pas du tout rassurantes. Celui qui avait tiré aurait bel et bien pu, s'il avait voulu, le tuer depuis longtemps.

Il ne se décidait cependant pas à s'en aller. Pour une fois qu'il avait encerclé Dourdou le Fou !... est-ce que Dourdou le Fou se laisserait encercler une autre fois ?

— Camarades, ne bougez pas de vos places. On va voir ce qu'il va faire, ce Fou. De toute façon, il est encerclé. Nous l'avons dans la paume de notre main. C'est de son propre gré qu'il s'y est mis. Sinon, il aurait pu depuis longtemps atteindre les rochers de la Montagne-Mauve...

Le caporal suppliait :

— Je connais bien cette espèce de maquereau, ce Fou. Ce n'est qu'un fou. Ça doit lui être passé par la tête de rester là. Il ne s'agit nullement d'un piège. Il se croit fort, voilà tout. Resserrons le cercle, et vous verrez comme on l'aura !

— Un bandit, chien fils de chien, comme Dourdou, qui a fait ça pendant des années, ne livrerait pas combat ici. Il se retirerait au moins dans le fort de la forêt. Ici, c'est l'endroit le plus dénudé. Il se passe sûrement quelque chose. Soyons aux aguets...

Le caporal insista :

— Ne dis pas ça, mon Sergent ! Il a trop confiance en lui. Enveloppons-le et faisons-lui son affaire ! Resserrons le cercle ! Après, nous les noierons dans une cuiller d'eau.

— Restons sur nos positions ! cria le sergent, rappelant le caporal à l'ordre.

Quand Horali et Djabbar reprirent le feu, le sergent ne sut que comprendre. Qu'est-ce qui se passait donc ?

– Camarades ! dit Dourdou, pas question de nous séparer. Nous ferons tous feu d'un même endroit. Même s'ils viennent sur nous et nous collent le fusil sur la tête, pas question de bouger. C'est juré ?

– C'est juré ! crièrent-ils tous ensemble.

– Alors, dit Dourdou, trouvez un bon endroit, un endroit où on puisse bien se retrancher !

– Je vais voir ça ? proposa Mèmed.

– Vas-y !

– Couchez-vous ! couchez-vous ! cria alors Mèmed, en montrant l'exemple.

Les autres en firent autant. Les balles passaient, sifflant au ras de leurs oreilles.

– Ils nous ont vus ! dit Dourdou. Ils ne nous laisseront pas tranquilles, ici.

Ils restèrent longtemps couchés sans pouvoir se relever. Les balles passaient à droite, à gauche, tombaient près d'eux avec un bruit sec, sifflaient...

Le fils de Zala ne cessait de trembler :

– Malheur ! fit-il. Mèmed est touché !

Ses yeux s'agrandissaient d'épouvante.

Vraiment ? demanda Dourdou.

Mèmed, saisissant qu'on parlait de lui, se retourna et dit :

– Qu'est-ce qu'il y a ?

Le fils de Zala, dont les dents claquaient, répondit :

– Tu es tout couvert de sang. Tu as été touché.

– Je n'ai rien senti, dit Mèmed.

Il se toucha la tête et regarda sa main : elle était rouge de sang. Son cœur se mit à battre vite. Il se tâta, ici et là, sans pouvoir trouver la blessure. Dourdou, tout pâle, vint près de lui, tâta et la trouva :

— C'est à la tête. Une petite estafilade.

— Ne t'en fais pas ! dit Mèmed en souriant. Il faut bien débuter !

Il se leva et plongea vers la forêt. Il marchait sous les balles comme si de rien n'était. Peu après, on l'entendit crier :

— Venez ici !

Sous le feu nourri des gendarmes ils allèrent où les appelait Mèmed. C'était un trou où s'étaient entassés des arbres abattus.

— Parfait ! dit Dourdou. Retirons les arbres !

Soudain, au-dessus d'eux, ce fut comme un bouillonnement. Les feuilles se mirent à tomber, les branches à craquer. Sans retirer les arbres, ils sautèrent dans le trou, et ripostèrent. Des deux côtés, on faisait tomber une grêle de balles. Cela dura peut-être comme ça une demi-heure sans interruption. Puis un moment, on ne sait pourquoi, le feu cessa des deux côtés. Dourdou, maintenant, ne craignait plus rien. S'ils avaient dû venir, ils seraient déjà venus. Même s'ils rétrécissaient le cercle, il ne restait plus beaucoup de temps avant la nuit. On pouvait tenir jusqu'à ce moment-là. Il ne voulait plus fuir devant ce sergent.

Horali et Djabbar vinrent au trou après les autres.

— Où est Redjep le Sergent ? dit Djabbar, et tout le monde s'agita.

— Ne faites pas d'histoires, dit Mèmed, j'irai le chercher !

Tout le monde s'apaisa.

A quatre pattes, en se traînant parfois, Mèmed sortit du creux où ils s'étaient abrités. Il était fatigué, tellement fatigué qu'il soufflait avec peine. Il alla s'étendre le long d'un tronc. Aussitôt, du côté opposé, on recommença à tirer. Il ne pouvait pas s'éloigner du tronc. Impossible de savoir d'où elles venaient, mais les balles criblaient le tronc.

Il fit un saut. Il ressentit une vive douleur : « J'ai une balle dans la peau ! » se dit-il en lui-même. Il eut peur et se tâta. Il toucha l'endroit qui lui faisait mal. Il n'y avait pas de blessure.

Quand il arriva près de Redjep le Sergent, il était couvert de sang ; ses mains, ses pieds aussi, étaient déchirés.

— Dis donc, dans quel état tu es ! dit Redjep le Sergent. Tu es couvert de sang !

Mèmed sourit. Son visage était tellement recouvert de sang que son sourire ne se remarqua pas :

— Allons, viens, Redjep le Sergent ! C'est pour toi que je suis venu !

— Allez, vous autres ! Sauvez votre peau et laissez-moi là ! Ces individus-là ont cerné les quatre coins. Nous voilà dans de beaux draps, à cause d'un chien, d'un fou ! Aucun de vous n'en réchappera ! Les balles pleuvent de tous côtés. Le sergent Assim n'est pas aussi bête ! Laissez-moi là ! Écoute-moi, mon fils Mèmed, tu es un brave garçon : si tu t'en sors, abandonne ce Fou ! Ce qui m'étonne, c'est que midi est déjà passé. Pourquoi ne raccourcissent-ils pas le cercle ? Ils savent quelles sont nos forces exactes.

— Ils ont peur.

— C'est bien étrange.

— La seule chose qu'ils craignent, c'est que nous leur ayons tendu un piège ici. C'est ce qu'ils imaginent. Ils ne savent pas que c'est par pure crânerie que Dourdou est resté ainsi à découvert en pleine forêt. Ils ne peuvent même pas le concevoir. Ils ne savent pas que Dourdou n'a pas pu renoncer à son feu... Allons, Sergent, lève-toi et partons ! Ensemble, on mourra, ou on vivra...

— Si je survivais à ça !...

— Ta blessure est légère, tu t'en sortiras !

Le Sergent n'était pas capable de marcher. Mèmed le prit sur son dos. Il était lourd et grand. Après l'avoir porté un peu, il le déposa par terre. Le Sergent comprit que Mèmed n'était pas assez fort pour le porter :

— Ça n'ira pas comme ça, mon petit ! Viens que je m'appuie sur toi ! C'est mieux, comme ça !

— Bon, dit Mèmed.

De gros caillots de sang tachaient leurs vêtements. Ils furent à nouveau surpris par une rafale de balles. Ils se couchèrent par terre, comme s'ils s'y collaient. On avait dû les repérer. A droite et à gauche, les balles s'enfonçaient dans le sol.

— Ils y vont fort ! dit Redjep le Sergent. C'est maintenant seulement qu'ils ont compris, les salauds !

Quand ils arrivèrent, après mille difficultés, dans le fossé, ils virent encore deux nouveaux blessés. C'étaient le fils de Zala et Horali. Le fils de Zala continuait à trembler de tous ses membres. Il pleurait, il criait. Ils comprirent que l'ennemi se rapprochait et que les tirs étaient à présent mieux ajustés.

Moustan le Noir, du village de Dourdou, criait sans arrêt :

— Dourdou le Fou, mon vieux, le village du Saule-Blanc verra bientôt si tu es un brave ! Tu connais bien ton oncle Moustafa* ! Ne fais pas le fier, mon fils !...

Cela faisait enrager Dourdou le Fou, mais il ne

répondait pas. Longtemps, il continua à tirer sans rien dire.

— Eh ! dis donc, Dourdou le Fou ! reprenait Moustan le Noir, t'as avalé ta langue ?

A la longue, Dourdou n'y tint plus, il se mit debout :

— Moustan le Noir ! dit-il, je te connais bien ! Tu me connais bien aussi. Que je sois déshonoré, si je ne te coiffe pas avec la culotte de ta femme ! Que mon nom de Dourdou soit maudit !...

Mèmed n'eut que le temps d'attirer avec violence Dourdou vers lui. Il dégringola sur Mèmed. S'il était resté debout, une seconde, une demi-seconde de plus, Dourdou tombait, foudroyé par cinq balles à la fois, car, de l'autre côté, quatre hommes, en plus de Moustan le Noir, l'avaient visé. Les cinq coups étaient partis en même temps, mais Dourdou n'était plus à sa place.

— Espèce de cocu cinglé ! Si tu recommences à faire le clown, c'est moi qui te logerai la première balle dans la peau ! Tu es la cause de tout !

Dourdou le Fou rit aux éclats aux paroles de Redjep le Sergent :

— Si t'as la force de tirer, pourquoi ne tires-tu pas sur les autres ?

— Remercie ce petit bout de gosse ! dit Redjep le Sergent en montrant Mèmed. S'il n'était pas là, on serait tous fichus !

Mèmed sentit une faim atroce. Il dévisagea Dourdou. Dourdou aussi le regarda, amicalement. Voyant les mains, le visage de Mèmed ensanglantés, il sourit. Il se rappela le premier jour de son arrivée, comment il s'était fait tout petit derrière Suleyman. Le regard de Dourdou s'emplit d'une affection lumineuse. L'être humain, se dit-il, tout ce qu'il peut cacher !... Voilà un bout de gosse qui n'est arrivé qu'hier, il est aujourd'hui plus expérimenté, plus habile qu'un bandit de cinquante ans !

– Rendez-vous ! cria une voix devant eux.

– Tiens ! et ça, prends-le pour toi, Moustan le Noir ! cria Dourdou.

Beuglant comme un veau, Moustan le Noir tomba par terre.

– Est-ce que j'ai encore tort, le Sergent ? demanda Dourdou à Redjep.

– Que ta main soit bénie ! Mais, pour l'amour de Dieu, est-ce que vous avez décidé de mourir tous sur place ?

– On l'a décidé, on l'a même juré. On ne quittera pas ce fossé. C'est pas ça que tu voulais ?

– Ils commencent à arroser à la mitrailleuse. Il n'y a plus de chance de s'en sortir. On va mourir ou se rendre.

– Mourir ou se rendre ? demanda Mèmed, étonné et effrayé.

L'éclat du bronze des aiguières, qui le hantait parfois, traversa sa tête à nouveau.

– Si tu as une autre idée, dis-la, Mèmed le Mince !

– Si toi tu n'en as pas, comment le pourrais-je, moi ? dit Mèmed.

Le Sergent se mit à réfléchir. Sa blessure s'était refroidie, elle lui faisait mal, ne lui laissant pas de répit. La tête baissée, il crispait son visage, et se mordait les lèvres sans cesse. Puis, il leva la tête. Son regard s'arrêta sur chacun d'eux :

– J'ai une proposition à faire, dit-il. Si on réussit, on est sauvés. Si on fait ce que je vais dire, le sergent Assim ne pourra plus tenir ses positions, il filera tout droit auprès de son capitaine.

— Qu'est-ce donc ? dirent-ils.

— Trois grenades ! dit Redjep le Sergent. Est-ce que l'un de vous aura la bravoure de lancer trois grenades sur cette mitrailleuse ?

Pendant qu'il chargeait son fusil, Djabbar se retourna et répondit :

— Chacun de nous aura ce courage. Mais, de toute façon, le sergent Assim nous aura tous. Que ce soit de cette façon ou d'une autre...

— Est-ce qu'il n'y a plus aucun espoir ? dit Mèmed.

— Le seul espoir est là, dit le Sergent.

La lueur, comme une tête d'épingle, apparut dans ses yeux. Et l'éclat du bronze traversa encore une fois sa tête. Il se sentait bouleversé de bonheur et de souffrance.

— Je suis volontaire pour les grenades ! dit Mèmed.

— Voyez ce téméraire ! dit Dourdou, en se dressant dans le fossé. J'ai une grenade. Donnez-m'en encore deux !

Il les prit à Djabbar et s'élança. Il courait de toutes ses forces. Les balles sifflaient à ses oreilles en bourdonnant. Il se jeta derrière un rocher. Ses camarades en furent surpris. Ils crurent qu'il avait été blessé : comment Dourdou le Fou pouvait-il se jeter à terre dans l'élan de sa course, s'il n'était atteint par une balle ?

Des liserons jaunes avaient poussé sous une grosse pierre, jaunes et frais. La pierre était ronde. Dourdou la tâta : elle bougeait. Il s'en servit pour se protéger, et commença à la rouler. Les balles criblaient la pierre blanche. Des cris. Il comprit que la pierre ne le mènerait pas loin. Il y avait un creux, au pied de l'arbre, à cinquante mètres plus loin. Pour y sauter, il se mit debout. Il s'y jeta de tout son poids. L'endroit sentait la terre et les feuilles pourries. Il existe une fleur mauve dont, à cet instant, il ne se rappelait plus le nom. Voilà, ça sentait aussi l'odeur de cette fleur. Elle pousse dans les rochers, mais pas partout. Un nuage glissait sur une des cimes de la montagne, éclatante de lumière. Il rassembla ses esprits, quand il entendit le bruit de la mitrailleuse tout à côté de lui. Derrière ce tertre, il y en avait un autre. Celui-là était un peu plus grand que le premier. Il était probable qu'ils avaient installé la mitrailleuse entre les deux. Il fallait faire le tour de l'autre côté, et arriver sur le second tertre, qui était planté d'arbustes.

Soudain, il se leva et se mit à marcher. Ceux qui le virent en eurent le souffle coupé...

En un clin d'œil, il alluma les mèches des grenades et les lança, les unes après les autres, sur la mitrailleuse. Le sol trembla avec bruit. Tout ne fut que fumée. Il retourna en courant auprès de ses camarades. Le soleil se couchait.

Il ne dit pas un mot, ne regarda personne. Ses yeux étaient fixés sur un point : des yeux durs. Son visage était rabougri, tout petit. Les coups de feu s'espacèrent. Il sifflait encore une ou deux balles.

Alors, Dourdou se dressa et s'étira :

— Sergent Assim ! Sergent Assim ! Au revoir ! Va faire réparer ton instrument et reviens après, je t'attendrai là !

Rien ne répondit de l'autre côté.

— Tu connais bien le coin, Redjep le Sergent ? Est-ce qu'il n'y a pas dans les parages un village quelconque ? demanda Dourdou.

— Il n'y en a pas.

– Est-ce qu'on va marcher jusqu'aux rochers ? Si on doit le faire... On est déjà esquintés !

– On ne peut pas faire autrement, dit Redjep le Sergent. Moi-même je marcherai, avec ma blessure et mon âge, alors !... Pas d'arrêt !

XVI

Quand vers l'aube, ils arrivèrent aux rochers, les uns et les autres n'avaient plus figure humaine. Tout le long de la route Horali n'arrêtait pas d'injurier on ne sait qui, ni quoi... et il continuait encore. Redjep le Sergent n'en pouvait plus. Bien qu'il serrât les dents de toutes ses forces, il avait commencé de gémir.

Dourdou était éreinté, blessé, épuisé. Il s'assit dans les rochers. D'un mouvement lourd, il roula une cigarette. Il l'alluma. Quand il eut tiré quelques bouffées, il se tourna vers Mèmed :

– Frère, sais-tu ce que je désirais le plus au monde ?

– Non.

– Ce Moustan le Noir, tu sais, celui que j'ai abattu, eh bien, j'aurais voulu lui couper la tête, et la mettre au bout d'une perche que je serais allé planter au beau milieu de notre village. Est-ce donc son affaire, à cet homme, de me poursuivre ? Dis, frère Mèmed, est-ce son affaire ?

– Moi, j'en ai marre et je crève de faim ! cria Djabbar de loin.

– Si t'avais une idée là-dessus, ça serait mieux encore ! répondit Dourdou.

— Taisez-vous et écoutez ! dit Djabbar.

Des chiens aboyaient aux alentours. Il n'y avait pourtant pas de village.

— Qu'est-ce que ça peut bien être ?

— Écoute, Djabbar ! dit Redjep le Sergent en gémissant. J'ai connu beaucoup de crétins, mais je n'en ai pas connu de plus crétins que toi.

— Et pourquoi donc, Sergent ?

— Je n'en ai pas connu, voilà tout !

— Alors quoi ? dit Djabbar.

— Espèce d'âne ! Tu n'as donc pas compris d'où venaient ces aboiements ?

— Mais comment veux-tu que je sache ? C'est pas ma progéniture !...

— Espèce d'âne, ces aboiements de chiens viennent des tentes de nomades yeuruks*. Ce sont leurs chiens. Tu as compris maintenant ?

— J'ai compris.

— Heureusement ! dit Redjep le Sergent.

— Alors, dit Djabbar, je vais aller jusqu'à leur tente avec Mèmed le Mince pour leur demander du pain. Tu viens, le Mince ?

— Comme vous voudrez ! dit Dourdou. Nous, on allume un feu, on se réchauffe, on vous attend.

— Allons, Djabbar, dit Mèmed, allons ! Mais regarde-moi l'état dans lequel nous sommes ! On dirait des bohémiens ou des chiens qui ont dépecé un cadavre.

— T'en fais pas, dit Djabbar, on se lavera la figure, et tout ira mieux.

Des rochers jusqu'à la vallée, ils descendirent sans parler. Chacun d'eux avait peur de tourner sa tête vers l'autre... Comme s'ils avaient commis une faute. Une grande faute... Djabbar, à la fin, allongea sa main et attrapa le petit doigt de Mèmed. Mèmed leva lentement la tête et le regarda. Djabbar aussi le regarda dans les yeux. Ils s'arrêtèrent un moment et se regardèrent dans le fond des yeux.

— Djabbar, dit Mèmed, cet homme est un mauvais. Je me demande pourquoi on va derrière lui.

— On s'est engagés une fois, puis c'est avec lui que nous avons fait nos premières armes...

Le soleil était bien haut quand ils arrivèrent près des tentes. Cinq à six énormes chiens s'élancèrent vers eux.

— Tenez les chiens ! cria Djabbar.

Quelques enfants sortirent des tentes, puis s'y réfugièrent précipitamment en criant à leur mère :

— Les bandits ! les bandits sont là !

Sur ce, les femmes sortirent et, derrière elles, les hommes.

— Salut ! dit Mèmed aux gens rassemblés devant une assez grande tente.

Les Yeuruks regardèrent avec étonnement ce bandit tout jeune. A côté de lui, Djabbar était grand, il avait un aspect puissant.

— Entrez donc, les aghas ! dit un Yeuruk barbu.

Inclinant la tête à l'entrée, ils pénétrèrent dans la tente. Mèmed demeura stupéfait. La beauté de l'intérieur le frappa. C'était la première fois qu'il voyait l'intérieur d'une tente. Il n'entendit même pas le « Salut ! » du Yeuruk. Ses yeux ne voyaient que le décor. Le fond de la tente était tapissé de toiles brodées. Des motifs brodés sur les toiles, des couleurs qui voltigeaient, qui voltigeaient vertigineusement. Des couleurs qui flamboyaient joyeusement. D'où venait toute cette lumière dans la tente ? La lumière et les couleurs enlacées tournoyaient. Le regard de Mèmed se fixa plus particulièrement sur une toile. Un bon moment, il ne put en détacher ses yeux. Des oiseaux qui se bécotaient... Il y en avait peut-être des milliers. Des oiseaux verts, bleus, jaunes, rouges, mauves. Il en eut les larmes aux yeux. Les oiseaux de toutes couleurs voltigeaient. Le mât central était décoré de cerfs qui volaient. Des cerfs dont le poil brillait... comme en pure nacre.

– Dis donc, à quoi rêves-tu ? Réveille-toi ! dit Djabbar.

Mèmed se ressaisit en souriant :

– J'avais jamais vu l'intérieur d'une tente. C'est un paradis. Comme c'est joli ! dit-il.

Quand Djabbar eut demandé à qui appartenait cette tente :

– A moi, répondit l'homme assis en face, au visage rougeâtre, souriant, et aux yeux doux. On m'appelle Kérimoglou.

– J'ai entendu parler de toi, dit Djabbar. Alors c'est toi, Kérimoglou ?

– C'est moi, dit Kérimoglou avec beaucoup d'aisance et d'assurance.

– J'ai beaucoup entendu parler de toi, agha. Mais je te vois pour la première fois. Tu es bien Kerimoglou, l'agha de la tribu des Cheveux-Noirs ?

– C'est ça.

L'intérieur embué de la tente sentait le lait qui vient d'être bouilli.

L'agha dévisagea Djabbar, Djabbar dévisagea l'agha. Celui-ci, se tournant vers sa femme, l'interpella :

– Ces gens ont sans doute faim ! Qu'est-ce que tu attends, femme ?

– Le lait bout, dit-elle. C'est tout de suite fini.

Mèmed dit à Djabbar, en souriant :

– Mon nez...

— Quoi donc, ton nez ?

— Mon nez m'avait averti d'une odeur de lait, dehors. C'était bien ça.

— Le mien aussi. Les nez des affamés font toujours ainsi.

Kérimoglou, dont le visage coloré rougissait un peu plus, demanda, plein de confusion :

— Les garçons, vous venez sans doute du combat ?

— C'est, dit Djabbar, le sergent Assim qui nous avait pris en tenaille. Heureusement, nous nous en sommes tirés.

— Ce doit être un froussard, fit Mèmed, sans quoi il nous aurait tous, l'un après l'autre, descendus comme des perdrix.

— Il n'aurait pas dû nous laisser bondir ; il a brûlé ses cartouches pour rien, dit Djabbar.

La femme apporta la natte pour manger et la posa au centre de la tente. Kérimoglou l'ouvrit en souriant.

Pour la première fois de sa vie, Mèmed se sentit étranger à un lieu, à une chose. Plutôt étranger à soi-même, à son propre être. Son regard effleura le fusil. Puis il songea à sa tenue. De haut en bas, sur sa poitrine, se croisaient des cartouchières. A son côté, un énorme couteau, des grenades. Un sale fez mauve avachi sur sa tête et qui, de plus, était un vieux fez de Dourdou le Fou. « Alors, ça y est, je suis bandit ! se dit-il en lui-même. Alors, toute ma vie, dorénavant, je ne serai pas autre chose !»

On servit d'abord du lait qui fumait, tout bleu. Une crème légère en frisait déjà la surface. Puis du sucre de raisin, puis de la viande revenue au beurre. Les deux amis en avaient l'eau à la bouche. Ils se regardèrent comme des enfants. Kérimoglou comprit tout. Son vieux visage se fit souriant. Ses dents blanches comme du lait s'éclairèrent :

— Mais servez-vous donc ! dit-il. Servez-vous ! Eh ! mes neveux, allez-y sans cérémonie !

Tous deux saisirent les cuillères qui étaient sur la natte. Ils attaquèrent d'abord le lait. A la première attaque, tout le pain qu'on avait apporté disparut. On rapporta du pain. Le lait fut englouti. On rapporta du lait. Après avoir mangé à toute vitesse :

— Que Dieu t'en donne davantage, agha ! dirent-ils.

L'agha continuait à manger, lentement :

— A vos bons souhaits, mes enfants ! dit-il. Eh bien, mes neveux ! la jeunesse, c'est comme ça !

Quand ils cessèrent de manger, lui aussi s'éloigna de la natte, en s'essuyant la moustache avec le revers de la main :

— Alors quoi ? vous ne fumez donc pas ? Fumons donc une cigarette !

— Nous ne fumons pas, répondit Djabbar.

Kérimoglou porta une cigarette à sa bouche et battit le briquet. Une odeur douceâtre d'amadou se répandit.

— Je vais vous dire quelque chose, mais n'en soyez pas offensés, n'en ayez pas d'arrière-pensée, dit Kérimoglou, après avoir allumé sa cigarette.

— Parle, mon agha, dit Mèmed, on n'aura pas d'arrière-pensée !

Kérimoglou rougit, il était très gêné :

— Je voulais dire que... bafouilla-t-il... vous n'avez pas de maison, ni de mère, dans ces montagnes. Vous sortez d'un combat. Vous êtes couverts de sang. Vous avez peut-être même des blessures. Otez vos vêtements. On va tout de suite vous les laver, ils sécheront. Si vous êtes pressés, on les fera sécher près du feu. Pendant ce temps, vous porterez mon linge à moi. N'allez pas supposer que Kérimoglou, vous ayant tout enlevé, va vous faire ligoter ! Chez Kérimoglou, il ne peut rien arriver de mal à personne. Personne ne peut toucher aux hôtes de Kérimoglou, tant que je suis là. Sachez-le !

— Mais voyons, agha, nous vous connaissons bien, Kérimoglou ! dit Djabbar. En voilà une idée !

— En voilà des idées ! répéta Mèmed à son tour.

— Eh bien, mon neveu ! ne dis pas ça ! L'homme a tété le lait cru. Il peut faire le mal comme le bien. Ne dis pas ça, mon neveu !

Une des belles-filles, aux yeux noirs, aux joues rouges, de Kérimoglou apporta et posa devant chacun du linge qui sentait le savon.

— Je vais sortir et vous vous déshabillerez, dit Kérimoglou.

Et il sortit.

— Eh bien, mon vieux ! dit Mèmed après qu'il fut sorti, il y a des gens bien, de par le monde !

— Mais aussi des cruels et des mauvais, dit Djabbar.

— Vois par exemple Kérimoglou, dit Mèmed, vois comme il est accueillant !...

De dehors, Kérimoglou cria :

— Vous vous êtes déshabillés, les gars ? Je peux entrer ?

— Nous nous sommes déshabillés, dit Mèmed.

— Laisse-moi voir, dit Kérimoglou en entrant, comment va ta blessure ?

— Il n'y a pas de quoi s'en faire, dit Mèmed, une balle m'a effleuré la tête. Une toute petite éraflure...

Kérimoglou demanda aussi à Djabbar :

— Toi, tu n'as rien ?

— Dieu merci, non !

Kérimoglou sortit. Il revint peu après, tenant dans ses mains une cuvette et des morceaux d'étoffe.

Il avait préparé l'onguent lui-même. Il commença à bander la blessure de Mèmed :

— Dans deux jours, il ne t'en restera rien. Dans ma jeunesse, mon petit, j'ai été blessé aussi. Tout passe.

Il venait de bander la tête de Mèmed mieux que ne l'aurait fait un médecin.

— Que tes mains soient bénies ! dit Mèmed avec reconnaissance.

— Ta blessure est légère, mais irritée. Elle a enflé. L'onguent fera passer ça immédiatement. Ne crains rien !

Kérimoglou avait un air étrange et enfantin. Quand il voulait demander quelque chose, poser une question, son visage devenait tout rouge. Il semblait gêné. Il souriait et, craintivement, plaçait sa question. Cela le reprit :

— Mon petit, dit-il à Mèmed, il ne faut pas que tu sois choqué si je te pose une question, mais es-tu vraiment un bandit ? Vraiment ?... ou bien est-ce ...?

Djabbar se mit à rire.

— Agha, dit-il, notre ami Mèmed le Mince joue au bandit.

Mèmed sourit aussi :

— Alors, agha, tu trouves que ça ne me va pas, d'être bandit ?

— Je te demande pardon, mon petit, dit Kérimoglou, ce n'est pas pour te diminuer que je dis ça. Tu es trop jeune. Tu ne parais pas avoir plus de seize ans. C'est pour ça que je te le demande... Tu m'excuseras...

— J'ai dix-huit ans ! dit Mèmed avec fierté.

— Je suis tout de même curieux, dit Kérimoglou,

ne m'en veuille pas, pour l'amour du ciel ; mais pourquoi as-tu pris le maquis, à ton âge ?

Djabbar dit alors :

— Il a volé l'âne de son agha, Mèmed le Mince, et il l'a vendu. Puis, ayant peur d'être battu par son agha il est venu se joindre à nous. Que faire ? Nous l'avons accepté. Comme ça, il y aura parmi nous un voleur d'ânes aussi. Pourquoi pas ? Ça peut toujours être utile...

L'agha comprit que Djabbar plaisantait et ça l'attrista. Il regrettait maintenant d'avoir posé des questions. Il se taisait.

— Agha, dit Djabbar, voyant que sa plaisanterie avait peiné Kérimoglou, tu as entendu parler d'Abdi agha, de Dèyirmènolouk ?

— Je le connais bien, dit Kérimoglou. J'ai entendu dire l'autre jour qu'il avait été blessé, mais il n'est pas mort. Son neveu est mort.

— Voilà ! c'est celui-ci qui a tiré sur lui.

Kérimoglou dévisagea longuement Mèmed :

— C'est étrange, dit-il, Mèmed le Mince n'a pas du tout l'air d'un gars qui vous descend quelqu'un. C'est étrange !

— Mon agha, dit Mèmed, tu ne peux pas me faire encore un peu plus d'onguent ? Nous avons des camarades blessés. Je voudrais leur en porter...

— Il y en a du tout prêt. Il guérit très vite. Je t'en donnerai. Que tes jours ne soient jamais assombris !

Kérimoglou mit l'onguent dans un grand morceau de toile et le donna à Mèmed :

— Tu m'étonnes, Mèmed le Mince, dit-il, quand ils s'apprêtèrent à partir. Tu n'as pas du tout l'air d'un bandit. Mais il n'y a rien à faire... l'autre a sans doute dépassé les bornes. L'être humain, c'est comme ça, on ne sait pas ce qu'il cache en lui !

— Adieu ! dirent les deux gars.

— Bon voyage ! dit Kérimoglou, avec un sourire qui illuminait ses dents blanches comme du lait. Venez nous voir de temps en temps, nous causerons.

Tous deux tenaient un sac énorme dans chaque main. Ces sacs étaient lourds. Kérimoglou les avait remplis de pain, de fromage, de beurre.

— Quel homme bon ! dit Djabbar.

— Quel homme ! dit Mèmed.

Soudain, il se rappela, et son visage changea :

— Dis donc, Djabbar ! dit-il. Nous ne lui avons pas rendu son linge !

— T'en fais pas, dit Djabbar. On ne le lui a pas volé, on a simplement oublié...

— Non, on va retourner le lui rendre.

— Kérimoglou a raison, dit Djabbar en riant, t'as rien d'un bandit !

— On n'y peut rien, tout le monde ne naît pas brigand.

— Alors, retournons sur nos pas et rendons le linge !

— Retournons ! dit Mèmed.

Ils revinrent en courant. Kérimoglou, étonné, les reçut au seuil de la tente :

— Qu'y a-t-il ? Pourquoi revenez-vous ?

— Nous avons oublié ton linge sur nous et nous partions, dit Mèmed. Nous le rapportons.

— Et moi qui ai craint qu'il se passe quelque chose ! Le linge, c'est un cadeau que je vous fais. Gardez-le sur vous !

— Mais c'est pas possible ! dit Mèmed.

— Si, si, c'est possible ! dit Kérimoglou. Si vous l'enlevez, j'en serai froissé.

L'obscurité descendait quand ils arrivèrent aux

rochers. Au loin, sur le sommet d'un grand roc, une grande lumière brillait, lançant des étincelles.

— Frère Mèmed, dit Djabbar, cette grande lumière est sans doute celle des nôtres.

— Des nôtres ?

— Bien sûr ! Qui peut allumer un aussi grand feu ? Dourdou, pour narguer l'entêtement du sergent Assim, a fait exprès d'allumer un tel brasier.

— Djabbar, je n'ai plus la force de bouger, dit Mèmed. Siffle donc le signal convenu !

Mettant deux doigts dans sa bouche, Djabbar siffla avec force, longuement.

— Sacré Djabbar ! fit Mèmed, on entend ton sifflet jusqu'à un jour de chemin, ma parole !

Peu après, un coup de fusil partit du côté du feu, suivi d'une rafale.

— Qu'est-ce qui se passe ? demanda Mèmed.

— C'est Dourdou agha qui est en fête. Quand il est de bonne humeur, il fait pleuvoir des balles.

Personne ne vint à leur rensontre. Mèmed et Djabbar en furent vexés. Lorsqu'ils arrivèrent près du feu, ils étaient trempés de sueur, épuisés.

Mais, en les voyant, tout le monde se leva pour les accueillir.

— A votre honneur ! dit Dourdou, s'approchant d'eux et tirant deux coups en l'air avec son revolver. Encore un peu, et nous mourions de faim, si vous n'étiez arrivés à temps, ajouta-t-il. Regardez-moi Redjep le Sergent ! Il gémit encore. Pas de sa blessure ! de faim, ma parole ! de faim !...

Le feu couvrait une zone importante. D'énormes flammes, aussi grandes qu'un homme, s'élevaient en s'enlaçant. L'air était plein du craquement des bûches. Le bois, quand il brûle, dégage une drôle d'odeur. Une drôle d'odeur, comme si l'eau flambait... Quand brûle le bois mouillé, c'est pire encore. La bûche ne cesse de rouler au milieu des flammes. Et cela dure ainsi longtemps. Puis, se fendant en deux par le milieu, elle disparaît dans un flamboiement.

Mèmed alla tout de suite près de Redjep le Sergent :

— Comment vas-tu ? lui demanda-t-il.

— Ma blessure s'envenime, dit le Sergent en gémissant. Elle suppure. Je ne guérirai pas de cette blessure. J'en mourrai. J'en suis déjà mort.

Mèmed alla ensuite près de Horali :

— Et toi, comment ça va, frère Horali ?...

— Je m'en fous de sa mère, de sa femme ! du grain de millet, des balles, des bandits !... du village, de l'arbre, des pierres et de la terre, des rocs et des blessures !... de la femme d'Abdi agha, de la femme et de la blessure !... Alors, tu as entendu, toi : Abdi agha n'est pas mort ! L'espèce de gros maquereau, va ! Mais t'en fais pas, on l'aura, ce gros maquereau-là ! T'en fais pas ! Je m'en fous, de la femme du neveu ! Lui, du moins, il a crevé !...

— Frères, dit Mèmed, je vous ai apporté de l'onguent. Et aussi de la pommade. C'est Kérimoglou qui les donne. Il les a faits de ses propres mains. C'est un homme d'autrefois. En moins de deux jours, ça guérit les blessures !

— La pommade, je m'en fous ! dit Horali.

— Ne dis pas ça, frère Horali ! Elle sera peut-être utile.

— Espérons-le !

— Il s'avance bien, ton Kérimoglou ! dit Redjep le Sergent. Qu'il les guérisse en un mois, mes blessures, et je suis d'accord !

Mèmed, découvrant les blessures des deux

hommes, appliqua sur elles un peu d'onguent, puis il s'assit près du feu :

— Ouf ! je suis bien fatigué ! soupira-t-il.

— Écoute, Mèmed, ce que Djabbar dit de toi, dit alors Dourdou narquois. Il dit : « Mèmed est resté bouche bée, quand il a vu l'intérieur de la tente de Kérimoglou ».

— C'est vrai, dit Mèmed. Je n'ai jamais vu une tente pareille. C'était comme un palais du paradis...

— C'est bien Kérimoglou ! C'est pas pour rien qu'il est connu... Il s'est fait une renommée... Qui d'autre, si ce n'est lui, aurait une tente pareille ? dit Djabbar.

— Tu le connaissais, toi ?

— J'en avais entendu parler. Il paraît qu'il est très, très riche. Et on l'a vu de nos propres yeux. Il dort sur des millions.

— Comme il y a de braves gens en ce monde ! dit Mèmed. Il a pensé à tout pour nous. Il a enveloppé ma blessure. Il nous a rassasiés. Il a fait laver notre linge. Il nous a même fait cadeau à chacun de linge de rechange.

— C'est un très grand agha, dit Djabbar.

— C'est un agha riche et réputé, et nous, on n'en sait rien, dit Dourdou.

— C'est l'agha des Yeuruks, dit Djabbar. Ils campent, puis ils s'en vont.

— Nomades ou pas, dit Mèmed, ça ne me regarde pas, en tout cas ce sont de braves gens. Le poteau de sa tente était incrusté de nacre !

— Le poteau de sa tente était donc incrusté de nacre ? Mince !... Le bonhomme est donc plus que riche ? Mince, alors ! Le pilier de sa tente est incrusté de nacre !...

— Mais tu n'as rien vu, dit Mèmed. Elle est si

grande, sa tente, qu'il n'y avait pas moins de quinze mâts. Une de ses belles-filles nous a apporté à manger, elle portait au cou peut-être bien une cinquantaine de pièces d'or. Il est riche et bon à la fois. Un homme très bien. Avec un visage avenant !

— Comme il a été saisi, dit Djabbar, quand il a appris que c'était toi qui avais abattu Abdi agha ! Il te dévorait littéralement des yeux, n'est-ce pas, Mèmed ?

— Ah oui ! Comme il me regardait !

Dourdou fixait les flammes des yeux. Il ne parlait plus, il ne posait plus de questions. Plongé dans des pensées profondes, son visage tout entier semblait absorbé par la réflexion. C'était une habitude de Dourdou. Avant de prendre une décision, il fixait son regard sur quelque chose, n'importe quoi, un homme, un arbre, une image, une fleur, un oiseau, un fusil, un feu... Il restait ainsi sans bouger des heures entières. Comme il se taisait, les autres se turent aussi.

Il leur fit une sortie très rude :

— Allez vous coucher ! Ce soir, ce sera Horali, moi et Redjep le Sergent qui serons de garde.

Dans ces moments-là, on ne pouvait rien dire à Dourdou. Il était capable de tuer, de tuer même son père. Aussi, les autres ne dirent rien. Ils allèrent s'étendre au pied du rocher.

Pas comme tout à l'heure, mais encore de temps en temps, Horali continuait à proférer des injures. Les gémissements de Redjep le Sergent avaient cessé.

Il y a des personnes qui sont sympathiques de naissance. Redjep le Sergent en était. Ces sortes de gens ne semblent nés que pour être aimés des autres. Est-ce qu'ils ont pour cela quelque chose de plus que les autres ? Non ! Redjep le Sergent, par exemple, est-il causeur ? Non. Très gai ? Non plus. Rit-il, danse-t-il ? Est-il bon avec les autres ? Pas davantage. C'est un mystère.

Depuis trois ans, il se trouvait dans la bande de Dourdou le Fou. Avant ça, il n'était jamais resté plus de deux mois dans une bande. Tout le monde s'étonnait de ce que Redjep le Sergent fût resté trois ans dans la bande de Dourdou le Fou. Quand Redjep le Sergent avait rencontré pour la première fois Dourdou, il lui avait dit :

— Écoute-moi, espèce de Fou, si tu étais comme ces autres maquereaux qui se prennent au sérieux, je ne resterais dans ta bande que deux mois. Je ne me mêlerais pas à tes hommes. Les individus dits sensés n'arrêtent pas de se faire prendre au piège et cribler de balles. T'as compris ?

Et, depuis ce temps, Redjep le Sergent n'était plus revenu sur ce sujet. Il n'avait jamais fait d'objections aux faits et gestes de Dourdou le Fou. Plusieurs fois blessé inutilement, il n'avait toujours rien dit à Dourdou.

Personne ne savait de choses précises sur sa vie. Son parler ressemblait à celui des régions d'Antep*. Mais pas nettement. Il était certain qu'il avait vécu longtemps à Antep. Il en parlait très souvent. A propos de sa vie on racontait des tas de choses. Paraît-il que Redjep le Sergent, se réveillant une nuit, avait dit :

— Femme, donne-moi mon fusil, prépare-moi un casse-croûte ! Moi, je m'en vais !...

La femme avait apporté le fusil et l'avait posé près de lui. Elle avait préparé aussi le casse-croûte. Lui, il avait graissé soigneusement son fusil, mis une cartouchière. Puis, à la fin, il avait ajouté :

— Femme, donne-moi aussi mon vieux bonnet de fourrure. Moi, je m'en vais prendre le maquis. Donne-moi ta bénédiction !

La femme n'en revenait pas.

— T'es pas fou, toi ? avait-elle dit. Tu te réveilles, tu te lèves et tu vas prendre le maquis en pleine nuit. Ça s'est jamais vu !...

— J'ai envie de le faire, répliqua Redjep le Sergent. Je m'en vais.

Il n'avait rien dit d'autre ; il avait quitté la maison et, depuis, il n'y était plus revenu.

D'autres racontaient que Redjep le Sergent s'était fâché avec son gendre. La cause en était que son gendre avait fait injure à sa fille. Un jour qu'il passait devant la maison de son gendre, il avait entendu celui-ci dire à sa fille :

— Je m'en fous, de ton père !

Très fâché, Redjep le Sergent avait pris le maquis, pour ne pas tuer son gendre.

Et si on écoute ce que disaient encore d'autres personnes, le Sergent était très riche, mais il n'aimait pas payer ses impôts. Quand le percepteur venait au village, ça le rendait malade, il était obligé de garder le lit. Il avait pris le maquis pour ne pas payer d'impôts.

Certains disaient aussi qu'il avait tué sa bellemère. Pour dire quelque chose, chacun n'arrêtait pas d'inventer une histoire. On ne savait plus ce qui était vrai.

On ne savait plus non plus s'il était en délit. Qu'il ait pris le maquis, dans le temps, pour telle ou telle raison, n'avait pas d'importance. Ce qui en avait à présent, c'est que, s'il se faisait prendre, il en attraperait au moins pour trente ans de prison. Son nom était mêlé à trop d'attaques à main armée, à trop de combats, de pillages, de crimes.

XVII

Le jour vint. Le soleil se leva et la matinée avançait. Dourdou ne se réveillait pas. Pourtant ce n'était pas dans ses habitudes de laisser les lueurs du jour tomber sur lui. A midi, il dormait encore. Djabbar commençait à comprendre :

— Il va se passer quelque chose, se disait-il. Ce Fou-là ne dort jamais jusqu'à cette heure. Il se prépare à une attaque.

Avant d'entreprendre un coup difficile, il avait l'habitude de se lever tard. Mais ça ne lui arrivait qu'une fois par an, au plus.

— Qui va-t-il attaquer, à présent ? pensa Djabbar, en attendant avec impatience.

Redjep le Sergent était très gai, ce jour-là. Il chantait de sa voix vieille et pénétrante :

— Dites donc, les gars ! dit-il, réveillez-moi ce Fou ! Réveillez-le et qu'on se mette quelque chose sous la dent !

— Moi, je ne m'en mêle pas, dit Mèmed.

— Moi non plus, dit Djabbar.

Il y avait là Gudukoglou. Il se planta au chevet de Dourdou :

— Dourdou, mon pacha ! dit-il, réveille-toi donc. Dourdou, mon pacha !

Gudukoglou s'adressait toujours à Dourdou en l'appelant « pacha ». Cela plaisait beaucoup à Dourdou. Dans la bande, Gudukoglou avait plusieurs fonctions : l'une d'elles était de faire le pitre. C'était le bouffon de Dourdou.

— Réveille-toi donc, mon pacha ! Il est midi passé, mon pacha !

Dourdou se leva lentement, en se frottant les yeux avec ses gros poings :

— Mangeons tout de suite ; après on part.

— Que va-t-on faire des blessés ? demanda Djabbar. Redjep le Sergent et Horali sont en piteux état.

Dourdou interrogea les blessés :

— Comment ça va ? Pourrez-vous marcher avec nous ?

— Moi, je marcherai, dit le Sergent, ma blessure ne me fait plus si mal.

— Moi aussi, dit Horali. Cette blessure, je m'en fous.

Ils se disposèrent en grand cercle pour leur repas.

Quand les ombres s'orientèrent vers le nord, ils descendirent des régions rocheuses. On entendait venir, du campement yeuruk, les aboiements des chiens.

— A présent, où est-ce qu'on va comme ça ? demanda Mèmed.

Dourdou ne répondit pas ; il lui lança seulement un regard furieux. Mèmed n'insista pas.

Quand Dourdou prit la direction d'où venaient les aboiements, Mèmed et Djabbar comprirent l'affaire.

Djabbar dit tout bas à l'oreille de Mèmed :

— Le regard de Dourdou est tout changé, il n'a plus rien d'humain.

— C'est vrai !

— Et s'il fait quelque chose à Kérimoglou, que ferons-nous ?

— Oui, que ferons-nous ?

— Que faire ?

L'allure de Dourdou exprimait la méchanceté, le sommet de la scélératesse. Ce n'était pas souvent que son visage s'assombrissait ainsi. Maintenant, il avait une expression si tendue ; on eût dit qu'un rien pouvait le faire éclater.

Dourdou ralentit sa marche pour demander à Djabbar :

— Combien de tentes y avait-il auprès de la sienne, à Kérimoglou ?

— Trois.

Dourdou pressa le pas. Quand ils arrivèrent aux tentes, ce furent encore les gros chiens de berger qui les accueillirent. Après les chiens, les enfants se précipitèrent dehors à leur tour. Et après eux, les femmes. Puis, les hommes. Kérimoglou se tenait devant les hommes et souriait au groupe de bandits qui s'avançait.

De tous côtés, les tentes étaient entourées de moutons blancs et semblaient surgir au milieu d'une zone lactée. Les moutons et les agneaux bêlaient. Les énormes chiens de berger allaient et venaient comme des lutteurs. Accroupis, les chameaux se reposaient, tranquilles, la bave leur coulant de la bouche.

— Soyez les bienvenus, mes hôtes ! dit Kérimoglou en leur serrant la main à chacun.

— Merci de ton bon accueil ! dit Mèmed en riant.

Puis son rire se figea sur son visage. Une inquiétude ne cessait de l'agiter : qu'allait donc faire Dourdou le Fou ?

Mèmed montra Dourdou à Kérimoglou :

— Voici notre chef !

Kérimoglou était un homme d'expérience. Il regarda Dourdou en fronçant le sourcil, avec une expression qui montrait à Mèmed son incertitude. Dourdou, lui, l'expression dure et figée, la tête raide, marchait sans regarder autour de lui.

– Quel est son nom ? demanda Kérimoglou à Mèmed.

– Dourdou le Fou.

– Ah ! c'est celui-là ?

– Mais oui.

Le sourire se figea sur le visage coloré de Kérimoglou. Ses yeux s'embuèrent.

– C'est celui qui enlève aux gens jusqu'à leur caleçon ? C'est lui ?

– Oui, dit Mèmed avec un soupir.

Moins que Mèmed, Dourdou fut tout de même surpris quand il entra sous la tente. Un fusil incrusté d'ornements y était suspendu.

– Apporte-moi ce fusil, agha, qu'on voie un peu comment sont faits les fusils des aghas ! dit Dourdou en lançant un regard haineux à Kérimoglou.

Celui-ci sentit le venin de ces paroles. Son cœur se brisait, quelque chose lui disait qu'un malheur allait survenir. Le visage de cet homme, devant lui, son regard, ne lui inspiraient rien de bon. Tout en donnant le fusil à Dourdou, il lui dit :

– Voulez-vous qu'on vous apporte votre repas maintenant, ou préférez-vous attendre le soir ?

Les yeux de Dourdou étincelèrent :

– Moi, dit-il, je ne mange pas le pain et je ne bois pas le café de l'homme que j'ai l'intention de dévaliser. Si je mange son pain et bois son café, je ne peux plus le dévaliser.

Il se leva avec colère. Prestement, les autres aussi se mirent debout.

— Mange le repas que je t'offre, et dévalise-moi quand même ! dit Kérimoglou.

Mais sa voix tremblait. Et une rougeur s'étendait de ses joues vers son nez et son front. Peu après, des gouttelettes de sueur perlèrent sur son front :

— Écoute-moi, Dourdou agha, ces montagnes sont pleines de bandits. Jusqu'à présent, aucun d'eux n'a pillé la maison de Kérimoglou. Si tu veux le faire, fais-le. Voilà, la maison est là.

Mèmed et Djabbar étaient anéantis. C'était comme s'ils avaient été arrosés avec de l'eau bouillante.

— Moi, dit Dourdou, je ne ressemble à aucun autre bandit.

Kérimoglou ne bougea pas. Silencieux comme le mât de sa tente, il restait invulnérable.

— Apporte l'argent pour commencer, agha ! dit Dourdou.

Redjep le Sergent et Horali se levèrent en même temps que les autres, puis ils se rassirent, observant ce qui se passait. On ne sait pourquoi, dans le regard de Redjep le Sergent, il y avait comme un sourire rentré.

Voyant que Kérimoglou ne bougeait pas, lentement, Dourdou s'approcha de lui et frappa de toutes ses forces l'épaule du vieux avec la crosse de son fusil. Kérimoglou tomba par terre. Dourdou le prit par la main et le souleva. Dans l'autre coin de la tente, les femmes et les enfants pleuraient longuement.

— Regarde-moi bien, agha, tu n'es agha que pour la tribu des Cheveux-Noirs. Tu n'es pas mon agha. Dans ces montagnes, c'est Dourdou le Fou qui règne.

Il ordonna à Gudukoglou :

— Accompagne l'agha et apporte tout l'argent que tu trouves ! T'as compris ? Prends aussi l'or que tu trouveras sur les femmes ! T'as compris ?

— J'ai compris, mon pacha.

C'était encore une des fonctions de Gudukoglou. Quand les bandits attaquaient pour piller, il parvenait à trouver l'argent caché, en torturant. Il était maître en la matière. Quand il avait fouillé une maison, il ne restait plus un sou. Il fauchait tout. Gudukoglou était aux anges. Il attrapa l'agha par le bras et le tira :

— Voyons voir, viens un peu, Kérimoglou ! Montre l'endroit où se trouve l'argent ! Sinon, une balle de Gudukoglou te fera prendre le chemin du village des cailloux !

— Kérimoglou, cria Dourdou, tu donneras ta vie, ou tout ton argent !

Les enfants et les femmes des autres tentes s'étaient amassés devant l'entrée. Quand Dourdou les vit ainsi entassés, il sortit et cria :

— Allez, ouste ! dans vos maisons ! Votre tour viendra sans tarder.

Kérimoglou chercha des yeux Mèmed et Djabbar. Ils étaient derrière lui. Quand il se retourna, ses yeux rencontrèrent ceux de Mèmed. Mèmed baissa les yeux. Kérimoglou regarda ensuite Djabbar, avec une expression apeurée qui semblait dire : « Est-ce cela que j'attendais de vous ? »

Il leur tourna le dos et marcha vers Gudukoglou. Quand il arriva à l'autre bout de la tente, il fit signe à l'une des femmes qui se serraient les unes contre les autres comme des moutons :

— Ouvre le coffre ! Sors tout l'argent qu'il y a, et donne-le à cet homme ! Donnez-moi tout ce que vous portez sur vous en or, bracelets, bagues...

Kérimoglou avait bien saisi les intentions de Dourdou : il savait qu'il ne lui laisserait pas même un centime. Il n'y avait qu'à lui donner tout ce qu'on possédait. Gudukoglou remit à Dourdou un rouleau de billets et un sac de pièces d'or. Et Kérimoglou apporta les colliers, les bagues, les bracelets et les pièces d'or qui ornaient les toques des femmes.

— C'est tout ? demanda Dourdou à Gudukoglou. Il ne reste plus rien ?

— Rien ! lança, très sûr de lui, Gudukoglou.

Au cours d'autres brigandages, quand Dourdou demandait à Gudukoglou : « Est-ce qu'il n'y a plus rien ? » l'autre disait : « Il y en a encore, mon pacha ! » Puis il ramenait une pièce d'or, un billet de plus. Il fouillait ainsi, dix fois, vingt fois l'habitation et raflait tout. A la fin, il faisait signe qu'il ne restait plus rien. A l'expression des gens, Gudukoglou savait s'il restait ou non de l'argent quelque part.

— Tu es un homme sensé, Kérimoglou ! dit Dourdou. Tu as donné de tes propres mains tout ce que tu possédais. De toute façon, on allait te le prendre de force. Parmi les gens que j'ai pillés, je n'en ai pas rencontré de plus sensé que toi !

Kérimoglou restait pétrifié, le visage pâle ; ses lèvres tremblaient.

Déterminé, têtu, autoritaire, Dourdou tonna de nouveau :

— Dourdou le Fou a une habitude. La connais-tu, Kérimoglou ? D'autres bandits ne font pas ça. D'ailleurs, d'autres bandits n'osent pas piller Kérimoglou. La connais-tu, dis, Kérimoglou, cette habitude ?

Kérimoglou ne répondit pas.

— Dourdou le Fou pille jusqu'à la culotte des gens qu'il attaque ! Ote tes vêtements ! Kérimoglou ! cria Dourdou.

Kérimoglou ne broncha pas.

– C'est à toi que je parle ! Ote tes vêtements !

Kérimoglou ne fit aucun mouvement. Dourdou se fâcha. Il ne tenait pas en place.

Il tournait autour de Kérimoglou, avec rage. Soudain, il lui flanqua un coup de poing sous l'oreille. Et, sur la poitrine, plusieurs coups de crosse. Kérimoglou chancela. Au moment où il allait tomber, Dourdou le rattrapa par le bras, il lui hurla à plusieurs reprises à l'oreille :

– Ote tout !

Kérimoglou parla amèrement :

– Dourdou, ne me fais pas cela à moi ! Personne jusqu'à présent n'a pillé la maison de Kérimoglou ! Tu ne l'emporteras pas en paradis !

Ces paroles mirent Dourdou hors de lui. Lâchant le bras de Kérimoglou, il se mit à lui donner des coups de pied.

– Arrête, dit Kérimoglou en tombant par terre. Arrête ! tu ne l'emporteras pas en paradis !

La colère de Dourdou redoubla. Il commença à le piétiner :

– Je le crois bien aussi, que je ne l'emporterai pas en paradis ! C'est pour cela que je vais te laisser tout nu ! Au moins, on dira que je t'ai déculotté ! T'as compris ?

Les femmes qui pleuraient toutes ensemble de l'autre côté, en entendant le bruit, s'approchèrent. Une des femmes se jeta sur Kérimoglou. Ses cris étaient assourdissants. Gudukoglou prit la femme qui criait par le bras et la fit rouler à terre.

Dourdou criait :

– Si tu ne te mets pas à poil, si tu ne te mets pas à poil, toi-même, je te tuerai !

Les femmes hurlaient.

— Ne me fais pas cela à moi, ne me fais pas cela à moi, devant ma famille, mes enfants ! gémissait Kérimoglou.

Un moment, son regard rencontra celui de Mèmed qui était là, rongeant ses lèvres et tremblant de tout son corps. Il y eut une supplication dans le regard de Kérimoglou. Quelque chose bougea en Mèmed, qui le brûla. Il se retourna vers Djabbar. Ils se regardèrent. La petite lueur, comme une tête d'épingle, apparut dans les yeux de Mèmed. De rage, Djabbar aussi se mordait l'intérieur des joues.

Kérimoglou ne cessait de répéter :

— Ne me fais pas cela à moi, Dourdou agha ! Ne me fais pas cela !

— Déshabille-toi ! cria encore Dourdou, sinon...

Il posa le canon de son fusil sur la hanche de Kérimoglou.

— Déshabille-toi !

Aussitôt, en un clin d'œil, Mèmed s'élança hors de la tente :

— Ne bronche pas, Dourdou le Fou, ou je te brûle ! cria-t-il. Je te demande pardon, mais je te brûle ! Ce que tu fais là...

Après lui, on entendit la voix moqueuse de Djabbar :

— Ne bronche pas, Dourdou agha ! Lâche le bonhomme et va-t'en, ou je te brûle ! Nous sommes de vieux copains. Il vaut mieux que ce ne soit pas moi qui te descende !

— Il vaut mieux que ce ne soit pas nous ! dit Mèmed.

Dourdou ne s'attendait pas du tout à cela. Il en fut ahuri :

— Alors, c'est comme ça ?

Il saisit son fusil et tira deux coups dehors. Le soir tombait.

– Regarde, Doudou agha ! dit Mèmed. Ce n'est pas comme ça qu'on tire !

En sifflant, une balle effleura l'oreille de Dourdou.

– Lâche le vieux, et va-t'en ! Ça suffit comme ça ! Ce que tu fais là est révoltant !... Lâche-le et va-t'en !

– Alors c'est comme ça, Mèmed le Mince ? dit Dourdou.

– Si tu ne veux pas mourir, lâche le bonhomme ! Sors de la tente et va-t'en !

Dourdou flanqua un coup de pied à l'homme étendu par terre.

– Allons, les gars, partons ! dit-il.

Il vit dehors la silhouette de Mèmed, couché dans un fossé :

– Je te réglerai ton compte, Mèmed le Mince ! Je te réglerai le tien aussi, Djabbar ! dit-il.

Redjep le Sergent sortit le dernier de la tente.

– J'ai beaucoup aimé ce que vous avez fait là, les gars ! dit-il. Acceptez-vous que je reste avec vous ?

– Reste, Sergent, reste ! dirent-ils.

– Alors, toi aussi, le Sergent ? dit Dourdou.

– Oui, moi aussi, Dourdou agha !

– Toi aussi, je te réglerai ton compte, Sergent !

Dourdou et ses compagnons s'étaient éloignés de cinquante mètres, quand Dourdou, s'étendant par terre, dit :

– Allez, les gars, attaquons ! Aujourd'hui, il nous faut vivre ou mourir !

Six coups de feu claquèrent ensemble au-dessus de Mèmed et de Djabbar. Ils savaient bien que

Dourdou allait agir de la sorte. Aussi n'avaient-ils pas quitté le fossé où ils étaient.

— Dourdou agha, continue ton chemin ! Ne fais pas l'enfant ! dit Mèmed.

— Ce sera ou vous, ou moi ! répondit Dourdou.

— Dis donc, vas-tu continuer ton chemin, ou non ? dit Redjep le Sergent. Laisse-les tranquilles, ces jeunes gens ! Tu as d'ailleurs trouvé ton compte en t'attaquant à Kérimoglou. La tribu des Cheveux-Noirs a déjà vent de l'affaire. Bientôt ils vont ratisser la montagne, vous serez pris comme des puces ! Allez, fiche le camp !

— Fiche le camp ! cria aussi Mèmed.

— Il vaut mieux que tu ne meures pas de nos mains, fiche le camp ! cria Djabbar.

Du côté opposé, les coups de feu cessèrent.

— Ils s'en vont, dit Djabbar. Qu'ils s'en aillent au diable ! Ils s'en vont partager l'argent de Kérimoglou.

— Qu'ils s'en aillent ! fit Redjep le Sergent. La tribu des Cheveux-Noirs se vengera cruellement d'eux. D'ici peu, la montagne sera pleine d'hommes. Si cet homme est Kérimoglou, l'agha de la tribu des Cheveux-Noirs, Kérimoglou... Il y en a partout, des gens de cette tribu, par monts et par vaux.

— Maintenant, que pouvons-nous aller dire à Kérimoglou, comment oserons-nous le regarder en face ? demanda Mèmed.

— Cet homme nous a fait du bien, nous, du mal, dit Djabbar. Que pouvons-nous aller lui dire ? Nous lui demanderons peut-être : « Ça te plaît, ce que nous t'avons fait ? Tu vois, c'est ça qu'on appelle le courage ! Voilà comment nous dépouillons quelqu'un ! » Renonce ! Tirons-nous sans qu'il nous voie, allons là, en bas !

Mèmed se souleva du fossé. Il marcha vers les

tentes. Des bruits, des cris venaient de la tente de Kérimoglou. Mèmed ouvrit la porte. Deux femmes lavaient la tête de Kérimoglou dans une bassine. Tout en la lavant, elles proféraient des malédictions.

— Kérimoglou ! appela Mèmed.

Toutes les têtes se tournèrent vers la porte. Mèmed éprouva le désir de fuir sans rien dire. Mais il ne put bouger :

— Agha, bégaya-t-il, pardonne-nous ! On ne savait pas que ça allait tourner comme ça !

Il se retourna et se mit à courir. Kérimoglou criait derrière lui :

— Ah ! mon fils, ne partez pas sans avoir dîné ! Ne partez pas !...

Mèmed revint vers Djabbar.

— Allons, levez-vous ! dit-il. Levez-vous et partons ! Je ne pourrai plus rester ici davantage. Je souffre trop pour cet homme. J'en ai le cœur déchiré.

Djabbar se leva :

— Voilà comment les choses arrivent, fit-il. C'est fait, c'est fait !

Mèmed soupira :

— Nous aurions dû tuer ce Fou !

— Ce n'est pas facile de le tuer, répliqua Djabbar. C'est un sacré chien ! Sinon, crois-tu que je l'aurais laissé filer comme ça ?

— Qu'est-ce qu'il aurait pu faire, après avoir reçu une bonne balle ?

— C'est qu'il n'aurait pas reçu de balle ! Je n'ai jamais rencontré un homme pareil.

Redjep le Sergent intervint :

— Il y a quelque chose dans cet homme. Tout ce qu'il fait lui réussit. Si tout autre bandit avait fait ce qu'il fait, il n'aurait pas vécu un jour de plus. Dans cet homme, il y a quelque chose. Nous avons bien fait de nous en séparer. Mais quel homme courageux ! A chaque minute, il a l'air prêt à affronter la mort.

— C'est cet air-là qui m'a fait peur, dit Mèmed. C'est pour ça que je n'ai pu tirer sur lui. Sans ça...

— On peut dire ce qu'on veut, coupa Djabbar, mais il a un air !...

Ali s'écria :

— Arrêtons-nous ici, et dormons deux heures !

— Crénom, Ali ! qu'est-ce qu'il nous reste à faire ? répliqua Hassan. D'ici midi, nous arriverons à mon village. Tu passeras la nuit chez nous. Demain, tu te remettras en route, et tu seras à ton village dans l'après-midi.

Ali était un grand diable à la longue face grêlée, qui semblait prêt à s'effondrer si on soufflait un peu dessus.

— En pleine nuit comme ça, dit-il, en pleine nuit, rien n'est sûr. Allons, arrêtons-nous ici pour dormir jusqu'au matin ! Il ne reste plus qu'une heure ou deux avant le jour.

— Moi, je ne peux pas attendre, même une minute, dit Hassan. Il y a quatre ans que je n'ai pas vu ma maison.

— Moi aussi, ça fait longtemps, mais...

— Quoi ?

— Je suis fatigué.

— Tiens ! On entend le clapotis d'un ruisseau. Vas-y, et lave-toi la figure : ça passera.

— Ça, l'eau froide, c'est radical, contre la fatigue.

— C'est le ruisseau de mon village, dit Hassan. Y en a-t-il deux comme lui ? Froid comme glace ! Il coule, tout blanc, comme du lait, d'une source souterraine bouillonnante. Autrefois, juste sur la source, il y avait un grand platane. Je l'ai vu de mes propres yeux. Un jour, il tombait une de ces pluies, une pluie toute noire. Soudain, une boule de lumière verte a éclaté dans le ciel. La lumière verte a atteint le platane et a disparu. Nous sommes allés voir : plus de platane ! Il était en cendres ! Aujourd'hui, on ne voit même plus où il était, ce platane.

— Moi, fit Ali, ça fait juste trois ans, trois longues années que j'ai peiné cruellement à Tchoukour-Ova. Mais à la fin, j'ai gagné, frère !

C'était peut-être la centième fois, depuis le début du chemin, qu'Ali racontait, avec les mêmes phrases, les mêmes mots, toutes les peines qu'il avait endurées à Tchoukour-Ova, dans la grande plaine, pour gagner de l'argent, et ce qu'il allait faire de cet argent. En route, leur conversation s'arrêtait, ils restaient un moment sans rien dire, puis se remettaient à raconter les mêmes choses qu'auparavant. Hassan, lui aussi, répétait les mêmes récits sur son village, sur son enfant, sur le platane en cendres, sur Tchoukour-Ova, sur son agha de Tchoukour-Ova. Ali continua :

— Sur mon argent, je donnerai deux cents livres au beau-père, et j'amènerai la fille à la maison. Avec le reste, j'achèterai une paire de bœufs. Je ferai aussi un manteau ouatiné à ma mère. Elle a froid, la pauvre. Je recouvrirai la maison ; quand les pluies s'y mettent : ce qu'elle prend l'eau, la vache !

— Ça, la maison, fais-la ! Une maison qui prend l'eau, ça ne va pas. C'est intenable.

— J'ai crevé, à Tchoukour-Ova. J'ai brûlé de fièvre. On y est transformé en kébab, dans ce bon Dieu de pays. On ne m'y reprendra pas ! J'ai la fièvre au ventre. Qu'est-ce que j'ai pris cet hiver !

— Moi aussi, j'ai pris la fièvre.

— Si j'ai enduré les misères de Tchoukour-Ova, c'était pour amener une femme et une paire de bœufs à la maison, et pour acheter un manteau épais à ma mère. Autrement, serait-ce supportable ?

— Sûrement pas.

Et Hassan continua, sans laisser la parole à Ali :

— Frère, demain, juste à midi, si nous avons continué à marcher comme ça, nous arriverons à la prairie de mon village.

— Là-bas...

— Là-bas, de l'autre côté, au milieu de la plaine...

— Il y a un grand...

— Un grand arbre, dont les branches font un grondement.

— Passé l'arbre...

— Passé l'arbre, à main gauche...

— Il y a les pierres, entassées les unes sur les autres...

— D'un cimetière envahi par l'herbe.

— Tu n'as pas parlé de l'arbre du cimetière !

— Le jour où j'ai quitté le village, je ne sais qui, au milieu du cimetière, avait planté un arbre, aux branches fanées, de la grosseur du poignet.

— Un malheureux arbre tout seul.

— Eh oui !

— Si toutefois il n'a pas séché...

— Il sera énorme. Quand je passerai le long du cimetière, quelqu'un me verra.

— Pas n'importe qui ! Békir, fils de Kjeurdjé, te verra.

— Békir me verra, car Békir vient toujours s'asseoir sur la dalle de la fontaine. Il songe, les yeux fixés sur l'eau qui coule en bruissant.

— C'est son habitude, n'est-ce pas ?

– Oui.

– Békir ira prévenir chez toi.

– Ma mère, avec ses reins courbés...

– Et ses genoux qui plient mal...

– Viendra sur la route, à ma rencontre.

– Et le petit ?

– Viens, asseyons-nous un peu ici !

Ils s'assirent. Hassan était un tout petit bonhomme maigre, desséché, recuit. Ses dents énormes se voyaient entre ses lèvres. Ses sourcils étaient drôles, blanchis, comme poudreux. Il portait un chalvar de cotonnade bleue, encore tout neuf, qui sentait encore la fabrique. Sa coiffure aussi était neuve. Elle était de travers sur sa tête. Sa veste paysanne à fleurs rouges lui allait vraiment bien. Il avait aussi acheté des chaussures d'Adana, à talons bas, mais il ne pouvait se résoudre à les user sur la route : il avait aux pieds des sandales de cuir brut, par-dessus des bas de laine épais, qu'il avait amenés de son village, et qu'il n'avait pas usés. Ses bas étaient brodés.

– C'est que nous sommes fatigués ! fit-il.

– Eh oui !

– Allons, debout, maintenant ! Ça suffit, comme repos, pour des gens en voyage. Comment dit le proverbe ?

– La route convient au voyageur.

– Nous entrerons au village, frère. Mon fils est maintenant dans sa sixième année. Il était dans la seconde, quand j'ai quitté le village. Maintenant...

– Maintenant, il aura six ans.

– L'enfant viendra aussi à ma rencontre, avec ma mère.

– Il t'appellera : « père ». Après, nous irons chez toi.

— Tout le village viendra chez nous et m'entourera : « Eh bien, Hassan éfendi, dis donc, combien as-tu gagné à Tchoukour-Ova ? » et moi, je dirai : « Rien ! Que peut-on gagner, à Tchoukour-Ova ? Je suis parti et me revoilà, c'est tout ! »

— Et moi, le lendemain matin, je me lèverai de bonne heure et mangerai la soupe qu'aura faite ta mère, de la soupe à la pâte au yoghourt séché. Et puis, je me mettrai en route.

— Quand tu seras parti, moi je prendrai l'enfant avec moi et j'irai au village à côté, pour acheter une paire de bœufs énormes, aux cornes en croissant de lune. Et plus tard, le champ pierreux au bord du ruisseau, je le nettoierai de toutes ses pierres, une à une...

— Et après, tu laboureras le champ deux ou trois fois coup sur coup, comme les champs de Tchoukour-Ova. Tu feras la terre fine comme de la farine. Et puis, tu sèmeras.

— Et quelle semence ! Une semence dont chaque grain s'accrochera au sol comme les griffes d'une jeune panthère... Le manteau de ma mère, j'irai moi-même pour le faire faire au tailleur, à Göksün.

Hassan se pencha vers le visage d'Ali, jusqu'à sentir son souffle :

— Toi, dit-il, ça fait combien de temps que tu as quitté ton village ?

— Trois ans.

— A peine arrivé, ton premier travail, il faut que ce soit d'amener ta fiancée à la maison.

— Elle m'a tant attendu, la pauvrette ! Ça va faire maintenant six ans que nous nous sommes fiancés. A peine arrivé, je compterai la somme entre les mains de son père. Et le lendemain...

— Ça tu feras bien, frère !

— J'oublierai un jour tout ce que j'ai enduré à Tchoukour-Ova.

Comme ils arrivaient au haut de la côte, ils s'étaient arrêtés de parler. La côte montée et le sommet dépassé, une longue étendue plate s'étendit devant eux. Au loin, au milieu de l'étendue une assez grande fumée flottait.

Entendant une voix au bord de la route, ils s'arrêtèrent. Il y eut un bruit métallique.

— Pas un mouvement ! ordonna la voix.

— Nous sommes morts ! fit Hassan.

— Morts ! fit Ali.

— Fuyons ! dit Hassan. S'il nous tue, il nous tuera. Mieux vaut être tués que dépouillés. Si nous ne sommes pas tués, nous arriverons chez nous.

— Allons-y ! dit Ali.

Ils commencèrent à fuir. Derrière eux, ce fut une grêle de balles. Ils se couchèrent par terre en criant. La voix reprit :

— Ne bougez pas d'où vous êtes ! Nous venons !

Ali et Hassan ne pouvaient certes pas bouger d'où ils étaient. La peur leur avait ôté toute velléité de broncher.

Mèmed, Djabbar et Redjep le Sergent vinrent tous trois au pas de course et s'arrêtèrent à la tête des hommes étendus.

— Debout ! leur dit Mèmed.

Ils se levèrent tout doucement, plus morts que vifs.

— D'où venez-vous comme ça ? demanda Mèmed.

— De Tchoukour-Ova, frère ! dit Hassan.

— Moi aussi ! dit Ali.

Djabbar dit en riant :

— Alors, vous avez gagné beaucoup d'argent ? Si

nous ne vous avions pas eus, nous autres, nous mourions de faim. Sortez l'argent.

— Tuez-moi plutôt ! dit Hassan. Quatre ans entiers...

— Sortez l'argent ! redit Djabbar.

— Tue-moi, mon agha, fit Hassan.

— Ma fiancée, dit Ali, ça fait six ans qu'elle m'attend. Tant pis, tue-moi vite !

— Six années entières, confirma Hassan.

Djabbar passa la main sous l'aisselle de Hassan, et il en sortit un paquet. Le paquet dégoulinait de sueur. Il l'ouvrit. Dedans, il y avait une toile cirée collée à la cire. Et, dans la toile cirée, des billets de banque.

— Regardez-moi ça ! fit Djabbar. Que d'argent ! Et comment il l'avait caché !

— Colle-moi ton fusil dans la bouche et tue-moi ! fit Hassan. Je ne peux pas comme ça entrer les mains vides dans ma famille.

— Six années entières ! dit Ali. Ce n'est pas possible. Vous me tuerez. Je ne peux plus aller là-bas.

— Quatre années entières, dit Hassan, j'ai bu l'eau empoisonnée de Tchoukour-Ova. J'en ai la fièvre dans le ventre.

— Je vous baiserai les mains et les pieds, tuez-moi ! fit Ali.

— Tuez-moi ! fit Hassan.

Les yeux de Mèmed s'emplirent de larmes. Il dit amicalement :

— Allons, allons ! Personne n'y touchera, à votre argent. Djabbar, rends-le-lui ! Prends ton argent !

Hassan ne pouvait y croire. Plein de frayeur, il avança une main tremblante. Il prit l'argent. Il ne savait plus que dire. Il put seulement articuler :

— Que Dieu vous donne longue vie !

Puis il fondit en larmes.

– Longue vie ! fit Ali.

– Faites attention, dit Mèmed, à ce que je vais vous dire ! Vous ne passerez pas par la plaine de Tchanakli. Ce coin-là est tenu par la bande de Dourdou le Fou, maintenant. Il vous enlèverait jusqu'à votre caleçon. Bonne chance ! Et toi, *inch'Allah,* retrouve ta fiancée, frère !

A ces derniers mots, sa voix se voila. Il allait en dire davantage, mais il ne put pas.

Hassan pleurait à chaudes larmes, comme un enfant. Il n'arrivait pas à s'arrêter. En partant, il ne cessait de se retourner pour répéter :

– Bonne santé ! bonne santé, frères ! Soyez heureux ! Dieu vous sauve de ces montagnes et vous réunisse à ceux que vous aimez !

Et Ali lui faisait écho.

Mèmed et ses compagnons disparurent. Mais les sanglots de Hassan ne cessaient toujours pas. Ali le tança :

– Suffit, bon Dieu, Hassan ! Qu'est-ce que c'est que ces jérémiades ?

– Comme il y a de braves gens, tout de même, en ce monde ! Vois ce gosse, ce bandit haut comme trois pommes, s'il n'avait pas été là, il nous prenait notre argent, l'autre type, le géant.

– Mais non, ils ne l'auraient pas pris.

– Si nous ne passons pas par la plaine de Tchanakli, ce n'est que dans deux jours que nous pourrons arriver à mon village.

– Qu'est-ce que nous y pouvons donc ?

– Même si l'on me donnait la plaine de Tchanakli tout entière, je n'y passerais pas, dût notre voyage s'allonger, non pas de deux jours, mais d'un mois.

— Allons, conclut Ali, asseyons-nous et prenons un bon repos ! Et puis, il ne faudra plus emprunter la route. Nous la longerons à distance.

Ils s'assirent...

Quand ils étaient partis, Mèmed avait dit à Djabbar :

— Après leur avoir pris leur argent, si nous les avions tués, ils auraient été contents.

— Et le grand, comme il nous suppliait, en criant : « Tuez-moi ! »

— Qui sait comment, avec quel espoir, ils ont travaillé ?

— Sa fiancée l'attendait depuis six années entières.

— S'ils étaient passés par Tchanakli, Dourdou le Fou les aurait sûrement dépouillés.

— Ça ne devrait pas être permis, qu'il vive, ce Fou !

Ils allèrent s'asseoir au même endroit qu'avant. Le Sergent ne s'était pas mêlé à la conversation. Son cou enveloppé penchait de côté. Il s'étira longuement, et dit :

— Je me sens drôle, les enfants. J'ai comme un froid, un tremblement dans le cœur. Si je meurs...

Puis il s'arrêta, comme s'il regrettait ce qu'il avait dit.

— On ne meurt pas d'une blessure comme ça, dit Mèmed.

— Repose ta tête et dors un peu ! conseilla Djabbar.

Le Sergent ferma les yeux pour s'endormir. Un long moment après, Mèmed s'approcha tout près de Djabbar et lui dit, avec un ton de grand secret :

— Maintenant, nous sommes frères, tous les deux, Djabbar, n'est-ce pas ?

— Ça, pas de doute ! fit Djabbar, heureux.

— Je suis en train de crever de souci. Mon cœur a pris feu, il brûle, frère.

— Dis-moi ce que c'est, frère, et cherchons ensemble quoi faire !

— Il y a des mois que j'ai fait ce que j'ai fait. Et nous avons appris qu'Abdi agha n'était que blessé. Il n'est pas mort. Et Hatché, dans quelle situation est-elle ? Et ma mère, qu'est-ce qu'elle est devenue ? J'en crève. Avec ce Fou, de pillage en pillage, de combat en combat, je n'ai absolument pas pu trouver le temps de me renseigner.

— Frère, nous irons au village pour savoir, dit Djabbar. Pourquoi te faire tant de souci ?

— Ce mécréant n'est pas mort. Sûrement, il a fait du mal à Hatché. Je sens en moi quelque chose, je ne comprends pas, une souffrance, une blessure, dans mon cœur, et une voix qui me dit : « Mèmed, ne reste pas là, vas-y ! »

— Que la blessure du Sergent aille mieux, et nous irons aussitôt !

— « Ne reste pas là, qu'il me dit, mon cœur, frère Djabbar. Ne reste pas là ! »

XVIII

Ils l'ont redescendu dans la plaine de Hèlèté.
Il n'a plus de tête : comment le regarderais-je ?
Envoyez mon salut à la fille du Bey !
Avec maman, maman, maman Iraz,
Monte en haut des montagnes, et fais-moi signe !
Noukraghi, c'est la montagne d'Ofou.
On dit que la graisse d'aigle est un remède aux maux.
Je suis tombée aux pieds du Bey de Besni.
Avec maman, maman, maman Iraz,
Monte en haut des montagnes, et, de là-bas, fais signe !

A vingt ans, Iraz resta veuve avec un bébé de neuf mois dans les bras. Elle aimait beaucoup son mari.

— Que tout autre homme me soit un péché, après Hussein, dit-elle au chevet du mort.

Elle tint parole. Elle ne se remaria point.

Quelques jours après la mort de son mari, elle confia son enfant à une parente et s'attela à la charrue. Elle commença à labourer là où son mari s'était arrêté. En un mois, elle laboura le champ, le sema et termina le travail. Quand vint l'été, c'est toute seule qu'elle fit la moisson.

Elle était forte, robuste, jeune. Elle tint bon. Elle prenait son gosse dans les bras et faisait le tour du village en le cajolant.

– Même si ses oncles n'en prennent pas soin, mon petit saura grandir. Mon Riza grandira quand même ! disait-elle pour faire bisquer les oncles.

L'aîné des oncles voulut épouser Iraz.

– Je ne me remarierai pas, disait-elle. Je ne veux pas d'autre homme dans le lit de Hussein. Même si je devais vivre jusqu'au jugement dernier, je ne me remarierai pas.

– Mais voyons, Iraz, lui disait-on, celui-là, ce n'est que le frère de l'autre ! On ne peut pas dire que ce soit un étranger. C'est l'oncle du gosse, après tout ! Il en prendra soin comme de son propre fils !...

Iraz s'entêtait envers et contre tous.

Alors, par rancune, l'oncle enleva à Iraz le champ qui lui restait de Hussein. Pourtant, il n'avait aucun droit sur lui. Quand leur père était mort, ils avaient partagé les champs à parts égales. Mais Iraz n'y pouvait rien. Elle était trop jeune pour trouver le chemin de la justice, ou la protection de la gendarmerie. Tout ce qu'on inventait contre elle était gagné d'avance.

Iraz n'avait plus de champ, mais elle tint bon :

– Même si ses oncles font les mécréants, mon bébé pourra grandir ! Mon Riza grandira quand même ! Il grandira même s'il n'a pas de champ !

En été, Iraz s'embauchait pour travailler aux champs. En hiver, elle faisait des journées chez les riches. Elle gagnait ainsi sa vie. Son gosse était magnifique.

Elle répétait sans cesse, comme un refrain, une berceuse, une chanson pleine d'amertume :

— Mon petit grandira quand même !

Et il grandit. Il grandit en écoutant tous les jours sa mère et les villageois parler des causes de leur misère, des raisons pour lesquelles ils n'avaient plus leur champ.

Un refrain, comme une chanson amère :

— Mon petit grandira quand même !

Ce refrain, où une maman avait mis toute sa souffrance, toute son énergie, tout son courage, il le porta en lui.

Riza eut vingt et un ans. Il était comme une jeune arbuste, comme une jeune branche. Dans le village de Sakarkeuy, personne ne montait les chevaux, ne lançait le javelot, ne visait, ne dansait le halay*, aussi bien que lui. Mais ni la mère ni le fils n'étaient tranquilles. Ils avaient le cœur lourd... Avoir son propre champ, et être obligés d'aller travailler chez les autres comme valets de ferme ou métayers !...

Les terres du village de Sakarkeuy sont très fertiles et, de plus, comparées à celles des autres villages, elles s'étendent à perte de vue. Une vaste plaine ! Et juste au milieu de cette plaine, comme un point, se dresse un roc qu'on appelle Adadja.

Après les semailles, quand toute la plaine verdit, le roc d'Adadja brille, tout blanc, au milieu des champs. L'un des champs au pied du roc d'Adadja, l'un des plus grands, est celui du père de Riza. Son oncle le cultive depuis des années.

Voilà ! C'était à ce champ, un champ fertile et gras, que rêvait Riza ! Il en rêvait, et sa haine grandissait, débordait... Où qu'il aille, où qu'il laboure, il n'avait d'yeux que pour le champ au pied du roc d'Adadja. Cette terre là-bas, c'était sa passion. Tout le temps, tous les jours que le bon Dieu faisait, sa mère lui disait :

— Ah, fils ! le champ d'Adadja !... ton père nous aurait fait vivre comme une fleur, avec ce champ-là ! Que ses yeux lui en crèvent, à ton oncle !

Riza baissait la tête et se plongeait dans son rêve avec, aux narines, l'odeur de la terre grasse et lumineuse. Le désir de cette terre le brûlait.

— Ton mécréant d'oncle ! disait la mère, ton mécréant d'oncle !... il s'en repentira bien un jour !

Ces derniers temps, Riza avait un air étrange. Il n'était pas pareil à lui-même. Il se réveillait tôt le matin et se mettait en route... tout droit vers Adadja. Il arrivait au champ, au pied du roc, et, s'asseyant sur une pierre, se livrait à ses rêveries...

Le blé était là. Il y avait des insectes sur la terre. A l'aube, la terre s'embuait. La nostalgie de la terre qui s'embue est la plus terrible des nostalgies. Riza plongeait sa main dans la terre toute molle. Elle était toute chaude. De la terre dorée coulait entre ses doigts sur le sol :

— Cette terre est à moi, se disait Riza avec un frissonnement, un plaisir dans toute sa chair ; elle est à moi cette terre et, depuis vingt ans, d'autres l'ensemencent et la moissonnent.

Il se levait, fatigué, décidé, il s'en retournait chez lui.

— Où étais-tu, depuis l'aube ? lui demandait sa mère.

Le visage sombre, il ne répondait pas. Cela dura exactement deux mois. Le blé monta jusqu'aux genoux. Il devint d'un vert jaunâtre, puis d'un vert sombre.

— Mère, dit un jour Riza, le champ est à nous !

— Bien sûr, mon petit ! A qui serait-il donc ?

— Je vais porter plainte au Gouvernement !

— C'est ce jour que j'attendais enfin, dit la mère.

— J'ai demandé aux gens âgés, dit Riza. Mon père a partagé le champ de mon grand-père avec mes oncles. Même s'il ne l'avait pas fait, il nous reviendrait, car mon grand-père me l'avait légué.

— Oui, mon petit ! Ce qui est à nous est à nous !

Comme c'était un procès d'héritage, il ne dura pas longtemps. La terre grasse et tendre, au pied d'Adadja, revint à Riza. Le jeune Riza, écrasé sous la peine des années passées, retrouva son champ comme on retrouve sa bien-aimée, sa mère, son père. Quand il en prit possession, c'était la saison d'été. La terre toute chaude grillait. La moisson était faite, le chaume brûlait, scintillant.

Pour obtenir une seconde moisson, Riza trouva une paire de bœufs. Il les attela à la charrue. La terre s'effritait sous le soc. Tout ce qu'il voulait, c'était labourer au plus vite le champ, afin de voir sa propre terre prête à recevoir la semaille et à rendre trente à quarante grains pour chaque grain semé.

Quand on veut une seconde moisson, c'est deux fois qu'il faut labourer. La première, deux heures avant l'aube : la seconde, dans l'après-midi, après que le vent d'ouest se fut levé. Le labour de l'aube dure jusqu'à midi. Au milieu du jour, on ne travaille plus. Il fait trop chaud. Les mouches s'abattent sur les bœufs et ne les quittent plus. Pendant ce temps, on se repose à l'ombre d'un arbre. En fin d'après-midi, quand les nuages s'élèvent, pareils à des voiliers sur la Méditerranée, on attelle de nouveau. Et on recommence de labourer, jusqu'à minuit, s'il fait clair de lune.

Il faisait clair de lune. Riza avait labouré jusqu'à ce que le soleil devienne torride, et recommencé en fin d'après-midi. Ni la chaleur, ni la fatigue ne l'arrêtaient. Parfois, il oubliait le temps et labourait même jusqu'au matin. La terre, douce, labourée, paraissait plus belle au clair de lune. La nuit... le silence. On entendait mieux le soc fendre la terre.

Iraz était fière d'avoir élevé ce garçon comme un jeune arbuste. Il avait réussi à arracher leur champ à ses oncles. Pleine d'animation, elle allait et venait, ces jours-ci dans le village :

— Il laboure son champ ! disait-elle, dès qu'on prononçait le nom de Riza.

C'était la pleine lune. La lune toute ronde. Elle argentait tous les champs, et encore davantage le champ que labourait Riza. Il soufflait en même temps un vent frais. Leurs pieds s'enfonçant dans la terre, les bœufs de Riza tiraient lentement la charrue. La terre avait des reflets métalliques sous le clair de lune. Un lourd sommeil s'appesantissait de tous côtés. Riza était fatigué. Laissant les bœufs, il se coucha pour dormir, en se servant d'une motte de terre en guise d'oreiller. Sa silhouette recroquevillée faisait une tache au milieu du champ. Elle tranchait sur la plaine, tel un découpage noir...

Le lendemain, un des enfants de la famille apporta comme tous les jours à Riza son casse-croûte. Déjà la journée était brûlante. Tout semblait crépiter de chaleur.

L'enfant chercha Riza sous les arbres. D'habitude, quand Riza le voyait venir, il se levait et, souriant, allait à sa rencontre. Sans lui prendre le repas des mains, il soulevait l'enfant de terre en le prenant sous les aisselles.

Cette fois-ci, le gosse était étonné. Il chercha sous

tous les arbres : personne. Puis, il aperçut Riza recroquevillé au milieu du champ. On ne voyait pas les bœufs.

Quand il approcha de Riza, il eut peur. Le casse-croûte lui tomba des mains. Retournant sur ses pas, l'enfant s'enfuit en criant...

Il était à bout de souffle quand il entra au village, comme s'il allait s'écrouler. Il criait encore. Il criait, mais sa voix n'était qu'un sifflement. Il vint se jeter à terre devant leur maison. Les femmes se rassemblèrent autour de lui. Comme il avait peur, elles lui tirèrent sur la langue. Elles lui firent boire de l'eau et lui en versèrent sur la tête.

— Mon agha, Riza est étendu dans le sang ! dit l'enfant quand il fut remis. Il y avait une mare de sang sur le sol. Quand je l'ai vu comme ça, je suis rentré en courant. Du sang lui avait coulé de la bouche.

Les femmes comprirent de quoi il retournait. Elles baissèrent la tête et restèrent silencieuses. Mais, en un clin d'œil, tout le village connut la nouvelle. Iraz la sut aussi. S'arrachant les cheveux et poussant des cris déchirants, elle arriva au champ, suivie des villageois. La tête de Riza avait glissé de la motte de terre et pendait à côté.

— Mon petit orphelin, mon petit malheureux ! dit-elle en se jetant sur son fils.

Les femmes, les enfants, les hommes faisaient cercle autour du mort. La plupart des femmes pleuraient.

— Qui l'a tué, mon brave ?

Iraz ne se contrôlait plus. Elle se frappait, gesticulait. Elle vous brisait le cœur. Deux femmes essayèrent de l'arracher au mort. Elles n'y arrivèrent point. Elle y était collée. Elles ne purent l'en séparer.

— Enterrez-moi aussi toute vivante avec Riza !

Iraz, ce jour-là, resta jusqu'au soir sur le cadavre de son fils.

On fit connaître la nouvelle au bourg. Les gendarmes, le procureur et le médecin arrivèrent. Les gendarmes arrachèrent au cadavre la femme aux yeux rougis comme des coupes de sang, et au visage bleui à force de pleurer. Elle se prosterna à terre et resta là comme une morte. Puis, très longtemps, on n'entendit plus sa voix. Quand cela fut nécessaire, on amena la femme, jusque-là étendue sur le sol, collée au sol, devant le procureur.

— Femme, qui a bien pu tuer ton fils ? demanda le procureur. Qui soupçonnez-vous ?

Les traits de la femme se tendirent. Puis, d'un regard vide et pesant, elle regarda le procureur.

— Qui a tué ton fils ? répéta le procureur. Qui soupçonnes-tu ?

— Ce sont ces mécréants-là ! dit Iraz. Ces mécréants-là !... Qui d'autre que ces mécréants pourrait l'avoir tué ? C'est le fils de son oncle ! à cause du champ !

Le procureur fit une enquête serrée sur l'affaire du champ et en dressa le procès-verbal. La foule quitta le champ.

Le mort, avec des mouches vertes qui voltigeaient sur lui, la charrue abandonnée attendant les bœufs qui l'avaient désertée, la mère, dont les yeux, à force de pleurer, étaient taris, restèrent là, mornes, dans la morne tristesse de la plaine. Ali, le fils de l'oncle, fut arrêté comme assassin et amené à la gendarmerie.

Ali prouva avec des témoins à l'appui que, ce jour-là, il ne se trouvait pas au village, qu'il se trouvait au village d'Euksuzlu pour un mariage. Le village d'Euksuzlu était à quatre heures de Sakarkeuy.

Iraz et tous les villageois savaient que c'était Ali qui avait tué Riza à cause du champ.

Les villageois, eux, restèrent stupéfaits. Iraz aussi. Ali revint au village comme si de rien n'était. Iraz avait pensé qu'on allait sûrement le pendre. Elle le croyait et ça la consolait. Aussi, quand elle sut que celui qui avait tué son fils se promenait dans le village, comme si de rien n'était, elle fut hors d'elle. Elle en devint folle de rage. Elle saisit une hache et courut à la maison d'Ali. Il fallait qu'elle tue celui qui avait tué son fils. Ceux de chez Ali qui virent Iraz accourir avec une hache fermèrent leur porte, et la verrouillèrent. Quand Iraz trouva la porte fermée, elle commença par la défoncer à coups de hache.

Ali n'était pas là. S'il avait été là, il n'aurait pas fermé la porte. Il y avait dedans la mère, le père, deux filles et un petit enfant. La porte était sur le point de se briser. Pour y arriver et ensuite mettre en pièces, à coups de hache, tous ceux qui étaient là, Iraz frappait de toutes ses forces.

Les paysans, attirés par le bruit, vinrent s'attrouper autour de la maison. Ils n'osaient pas s'approcher d'Iraz, plus exactement, ils n'en avaient nulle envie. Ils voulaient la voir venger son fils de ses propres mains.

— Arrête, ma sœur ! arrête, ma sœur ! Ils ne sont pas fautifs ceux qui sont dedans.

— Ali n'est pas à la maison, laisse tomber ! disait parfois un homme.

— Ali n'est pas là, disait aussi le père. Laisse tomber, Iraz ! criait-il.

Soudain, on ne sait plus comment cela se passa, Ali surgit du milieu de la foule, et saisit Iraz par-derrière. Il lui enleva la hache des mains, jeta la femme épuisée par terre et commença à la piétiner. Mais les villageois arrachèrent Iraz à Ali.

La même nuit, Iraz mit le feu à la maison d'Ali. Pendant que les villageois essayaient d'éteindre l'incendie, Ali sauta sur son cheval et alla à la gendarmerie. Il raconta ce qui s'était passé dans la matinée et porta plainte contre Iraz pour avoir mis le feu à leur maison. Quand Ali rentra au village avec les gendarmes, le jour se levait.

Les villageois entourèrent Ali :

— Laisse tomber, Ali ! lui disaient-ils. La pauvre a perdu un fils, son cœur est meurtri. Elle ne sait pas ce qu'elle fait, la pauvre ! Ne la fais pas souffrir davantage !

— Ne la fais pas pourrir en prison, la pauvre ! nous avons éteint l'incendie.

Ali ne voulut rien entendre. On emmena Iraz à la gendarmerie.

— J'ai cassé leur porte, j'ai tout fait ce dont on m'accuse, dit Iraz dans sa déposition. Si j'avais pu entrer dans la maison, j'aurais tué tout le monde à coups de hache. Je n'ai pas réussi. Est-ce trop que de vouloir tuer ceux qui m'ont tué mon fils, mon orphelin unique ? C'est encore moi qui ai mis le feu à la maison. Et pour qu'ils brûlent tous dedans, c'est la nuit que j'y ai mis le feu. Les coquins de villageois ne m'ont pas laissée faire ! Ils les ont avertis. Ils sont allés éteindre le feu. Vous trouvez peut-être que je suis allée trop loin pour mon fils ? Mon orphelin valait bien ça ! Vous ne savez pas tout ce que j'ai enduré pour l'élever ! Vous trouvez que j'y suis allée trop fort ?

Elle fit la même déposition chez le procureur. Ensuite au tribunal ; on l'arrêta et on la conduisit en prison. Mais elle ne changea en rien sa déposition.

Elle ne faisait que répéter :

— Mon fils valait plus qu'un village ! il valait un pays entier ! Est-ce trop, pour mon fils ? Est-ce trop ?

En prison, on la mit dans l'unique salle réservée aux femmes. Elle ne s'attendait pas à cela. Pour un fils élancé et beau comme un platane, elle n'avait fait que mettre le feu à une maison. Cette injustice lui parut même plus cruelle que la mort de son fils. La tête baissée, elle ne regardait nulle part. Elle ne voyait même pas le sol qu'elle foulait. Ses yeux ne discernaient rien. Elle marchait comme une aveugle, en tâtonnant. Était-elle seule dans cette pièce ? Y avait-il quelqu'un d'autre ? Elle ne se rendait pas compte. Elle était assise dans un coin, comme une pierre au fond d'un puits, silencieuse.

Un fichu aussi blanc que le lait entourait sa tête. Sa peau était bronzée par le soleil. Elle avait d'immenses yeux azurés, brillants et ardents. Ses sourcils, qui s'étiraient vers le haut de ses tempes, lui donnaient une beauté bizarre. Son menton était très pointu, son visage large. Une toute petite frange brune descendait sur son front et se recourbait. A présent, elle était défaite Le blanc de ses yeux n'apparaissait plus, tant ils étaient rouges. Son menton semblait desséché. Ses lèvres étaient pâles, fendues par la soif. Seul son fichu était encore blanc comme du lait, sans tache.

Elle répétait sans cesse .

— Mon fils souple comme une branche, il valait un royaume. Est-ce trop, est-ce trop si, pour lui, je réduisais en cendres un illage entier, ses terres et ses pierres ?

Hatché n'osait rien demander à cette nouvelle venue, mais elle se réjouit beaucoup. Maintenant, elle aurait au moins une compagne. Elle fut contente intérieurement, mais aussi prise de pitié pour cette femme. Qui sait ce qui lui était arrivé, à la pauvre ? Elle pouvait, après tout, se passer de compagnie dans ce lieu de malheur. Il ne fallait pas se réjouir des nouvelles venues. Elle voulait poser des questions à la femme, mais elle n'osait pas. Ce n'est pas facile de questionner les gens de cette sorte, pensifs, qui luttent plus morts que vifs, et qui sont à la dernière extrémité de leurs forces. On ne sait plus ce qu'il faut leur dire. Aussi Hatché ne put rien demander. Elle se contenta de regarder cette femme.

Le soir vint. Dehors, Hatché fit de la soupe sur le brasero ; quand elle fut cuite, elle la porta dans la cellule ; elle sentait l'oignon et la graisse rance, et fumait légèrement. Quand elle fut un peu refroidie, Hatché s'approcha craintivement d'Iraz :

– Tante, dit-elle, à présent tu dois avoir faim. Je t'ai servi un peu de soupe ; manges-en !

Le regard d'Iraz était tout vide ; il semblait qu'elle n'entendait pas ce qu'on lui disait.

– Tante, répéta encore craintivement Hatché, tante, mange donc un peu de cette soupe ! Pas tout, un petit peu ! A présent, tu dois avoir très faim.

Iraz n'écoutait même pas. Son regard était vide. Un regard pétrifié. Elle ne cillait pas. Elle avait un air pire que celui des aveugles ; même dans le regard des aveugles, on saisit un désir de voir. Rien de cela dans le regard d'Iraz. Chez les sourds, il y a une agitation, une tension, un élan pour entendre. Chez Iraz, il n'y avait rien de tout cela.

Hatché la secoua légèrement :

– Tante !

Le regard vide de la femme se tourna lentement et vint se poser sur elle. Hatché ne sut quelle contenance prendre. Elle s'agita, elle voulut fuir ce regard. Elle voulut dire quelque chose. Elle bafouilla, elle n'arriva pas à parler. Elle laissa la casserole devant la femme et s'enfuit dehors. Elle était à bout de nerfs.

Elle resta dehors jusqu'à ce que le gardien vienne verrouiller la porte. Elle avait peur d'entrer et de revoir l'expression d'Iraz. Ça lui brisait le cœur. Quand la porte fut fermée, sans se tourner vers Iraz, elle ouvrit rapidement son lit, et se coucha. Elle resta un bon moment recroquevillée dans son lit.

La nuit tomba. Elle ne se leva pas pour allumer la lampe. Tous les jours, dès qu'il faisait sombre, elle allumait. En allumant, elle verrait ce visage qui portait les traces d'une lutte meurtrière. Elle avait peur aussi de l'obscurité. Mais l'obscurité était meilleure que la lumière. L'obscurité se dressait comme un mur entre elles.

Hatché ne ferma pas l'œil de la nuit. Elle se leva quand la première lueur filtra entre les planches qui cloisonnaient la fenêtre. Iraz, toujours à la même place, semblait collée comme une ombre légère sur le mur. Elle ne bougeait pas. Seul se détachait son fichu blanc qui, sur le mur, semblait une fenêtre éclairée.

A midi, Iraz n'avait toujours pas changé de position. Le soir, ce fut pareil. Et cette nuit aussi, Hatché la passa, comme la précédente, apeurée, à demi réveillée. Au matin, toujours quand les premières lueurs du jour commencèrent à filtrer dans la pièce, elle se leva et alla s'asseoir à côté d'Iraz. Elle avait un air décidé à tout.

— Tante, dit-elle, je me tuerai pour toi ! Tante, cesse de te tourmenter !

Elle s'empara des mains de la femme :

— Je t'en supplie ! dit-elle.

La femme tourna ses grands yeux ouverts sur Hatché. Leur couleur avait pâli. Toute la lumière en était perdue, et le blanc avait laissé place au noir.

Hatché insista :

— Dis-moi ta peine, tante, dit-elle. Je me tuerai pour toi ! On ne vient pas ici si on n'a pas de malheur. Que viendrait-on chercher ici, si on n'avait pas des malheurs ? Pas vrai, tante ?

— Qu'est-ce que tu dis, ma fille ? dit enfin Iraz.

Hatché se réjouit en entendant Iraz ouvrir la bouche pour dire un mot. Elle se sentit comme soulagée d'un grand poids.

— Pourquoi es-tu comme ça, tante ? dit-elle. Depuis que tu es venue, tu n'as pas ouvert la bouche. Tu n'as même pas mangé une bouchée de pain.

— Mon fils valait tout un pays. C'était le plus élégant du village, mon fils. Est-ce trop ?

— Depuis que je t'ai vue, j'ai oublié ma propre peine. Quelle est la tienne, tante ? Raconte. Ouvre-toi !

— Si je démolis la maison de ceux qui ont tué mon fils, si je brise leur porte, est-ce trop ? Si je les tue un à un, est-ce trop ? Si je les hache en petits morceaux...

— Malheur ! Malheur ! Qu'ils deviennent aveugles !

— C'était le plus élégant du village. Si je les tue tous, est-ce trop ?

— Malheur ! Malheur ! Qu'ils deviennent aveugles !

— Le plus élégant ! Si je les tue tous...

— Malheur ! Malheur !

— Et ils m'ont emmenée, ils m'ont jetée ici ! Et la

main qui a tué mon fils se balance au bout d'un bras, dans le village ! Je ne dois pas mourir, pour que d'autres meurent !

— Tante ! tu dois mourir de faim ! Depuis que tu es là, tu n'as rien mangé. Je vais te préparer une soupe.

Elle décida qu'elle mettrait plus de graisse, aujourd'hui, dans la soupe. Un mois après son arrivée, elle s'était proposée pour laver le linge de quelques riches prisonniers. Elle avait mis comme ça quelques sous de côté.

Une petite fille faisait le marché pour les prisonniers. Elle appela la fillette et lui confia quelques piastres :

— Achète de la graisse ! dit-elle.

Elle était transportée de joie. La femme avait parlé. On ne meurt pas de désespoir, une fois qu'on a parlé. Mais si quelqu'un ne parle pas et s'enterre en soi-même, ça finit mal. C'est pour cela qu'elle était joyeuse. Toutes les chansons agréables qu'elle connaissait lui revenaient à présent à la mémoire.

Elle mit du charbon dans le brasero et commença à l'activer. Très vite, le charbon se transforma en braise. Elle l'activait, tantôt en soufflant avec la bouche, tantôt en agitant un morceau de carton. Elle remplit d'eau sa toute petite casserole et la posa sur le brasero. La soupe fut prête tout de suite. Hatché elle-même fut étonnée de la rapidité avec laquelle la soupe avait cuit.

Quand Hatché avait parlé de soupe, Iraz avait ressenti en elle un écrasement, une amertume. Son cœur se creusait. Son estomac et ses entrailles étaient comme collés ensemble... Depuis le jour où son fils avait été tué, elle n'avait pas même mangé une bouchée. L'odeur de graisse fondue, d'oignon revenu, pénétra ses narines. Elle entendit le grésillement de la graisse fondue versée dans la soupe.

Hatché approcha la casserole pleine et la posa devant Iraz :

— Allons, tante, je t'en supplie ! dit-elle.

Elle lui mit une cuillère en bois dans la main. La cuillère immobile dans sa main, Iraz semblait inconsciente de ses gestes. On aurait dit qu'elle allait tomber.

— Allez, tante, je t'en supplie !

Très lentement, Iraz plongea la cuillère dans la soupe...

Quand elle eut terminé sa soupe, Hatché lui dit :

— Tante, il y a de l'eau dans l'aiguière. Lave-toi le visage, tu te sentiras mieux.

Iraz fit ce que Hatché lui avait dit. Elle alla se laver le visage.

— Que ta vie soit longue ! dit-elle. Que tes désirs soient exaucés, *inch'Allah !...*

— Si cela pouvait être ! dit Hatché. Ah ! si cela pouvait se faire ! Ah ! si seulement cela se pouvait !

Elle se mit à raconter à Iraz tout ce qui lui était arrivé :

— Eh oui ! ma tante, c'est comme ça ! Je ne désire rien d'autre au monde que d'avoir des nouvelles de mon Mèmed. Ça fait exactement neuf mois que je suis ici. Personne n'est venu me voir... Ma mère, enfin celle qui est soi-disant ma mère, n'est venue qu'une seule fois. Eh oui ! ma tante, les premiers jours, je suis restée sur ma faim. Plus tard, je me suis débrouillée en lavant le linge des prisonniers. Eh oui, ma tante !... Si je pouvais seulement avoir des nouvelles ! s'il est encore en vie ! Après, on peut me pendre si on veut ! Je m'en fiche ! Qu'une nouvelle me parvienne de mon Mèmed !...

La torpeur, l'ahurissement d'Iraz s'atténuaient de jour en jour. Alors, elle apprit des condamnés qu'elle ne devait pas dire au tribunal : « J'ai brisé la porte à coups de hache, j'aurais tué tous ceux qui étaient dans la maison, si ce bâtard n'était pas venu, et j'ai mis le feu pour brûler tous ceux qui étaient dedans » ; qu'on pouvait tuer dix types et que, s'il n'y avait pas de preuves, de gens qui aient vu et su la chose, la loi ne vous tenait pas pour assassin. Les premiers jours, Iraz n'arrivait pas à comprendre cette iniquité. Puis elle saisit, peu à peu. Dans les interrogatoires qui suivirent, elle niait tout, sur tous les points.

— Ah ! disait-elle, si j'étais dehors, je montrerais au Gouvernement que c'est Ali qui a tué mon fils ! Ah !

Hatché s'efforçait de la consoler :

— Tu sortiras, *inch'Allah*, chère tante Iraz. Tu sortiras, et tu livreras au Gouvernement celui qui a tué ton fils. Mais moi, vois mon état, ma jeunesse, et je vais pourrir ici ! On fabrique des tas de preuves contre moi.

Des jours passèrent. Iraz et Hatché devinrent comme mère et fille. Peut-être même davantage. Elles buvaient la même gorgée d'eau. A présent, leur peine était commune. Hatché savait, comme si elle l'avait vécue dans ses moindres détails, l'histoire de Riza : son allure, ses yeux noirs, ses doigts en fuseaux, sa manière de danser le halay ; son enfance, tout ce qu'il faisait quand il était gosse, tout ce qu'Iraz avait souffert pour l'élever, l'histoire du champ, du crime...

Iraz savait aussi tout sur Mèmed, tout depuis le jour où ils jouaient à faire des maisons avec des pierres. A la fin, leurs peines et leurs joies étaient communes. Elles n'avaient qu'une seule pensée, c'était Mèmed.

Durant la journée, et jusqu'au soir, jusqu'au milieu de la nuit, au point de s'aveugler, Iraz et Hatché tricotaient des chaussettes. Elles étaient recherchées dans tout le bourg : « Les chaussettes de la fille qui a tué son fiancé et de la femme dont le fils a été assassiné ...»

On aurait dit que les motifs tricotés sur les bas étaient empreints d'amertume. Hatché et Iraz ne copiaient aucun modèle ; elles n'arrêtaient pas de créer de nouveaux dessins, des couleurs amères comme le poison, des dessins cruels. Depuis que le bourg était bourg, on n'avait jamais vu de motifs aussi pénétrants, aussi cruels, aussi beaux.

Quelqu'un qui entre dans la prison pour la première fois est un peu perdu. Il se sent complètement séparé du monde. Comme perdu dans une forêt sans fin. C'est même pire que cela. Il se sent loin de sa terre, de sa maison, de ses amis, de tout, comme si tous les liens qui le retenaient étaient rompus. Il se trouve dans un vide profond, absolument silencieux. Une autre façon de voir l'envahit également. Le sol, la pierre, le mur, le petit coin de ciel qu'il aperçoit, la porte, les fenêtres grillagées même, il les considère comme des ennemis personnels. Surtout s'il n'a pas d'argent ; impuissant, il reste dans un coin.

Ce n'est pas pour rien que Hatché et Iraz travaillaient nuit et jour au point de se crever les yeux. Elles ne touchaient pas à une piastre de ce qu'elles gagnaient. Elles ne mangeaient pas mieux. Depuis quelques mois, leur repas se bornait au seul pain que l'administration de la prison leur donnait.

De toute façon, Mèmed ne tarderait pas à venir. Peut-être demain, peut-être aussi dans un mois. On allait certainement l'arrêter et l'amener. Il lui faudrait de l'argent. C'est pour qu'il ne reste pas, impuissant, dans un coin, qu'elles sacrifiaient ainsi la lumière de leurs yeux.

— Ma fille, disait Iraz, notre Mèmed ne souffrira pas comme nous. Nous sommes là !

— Eh bien, oui ! nous sommes là ! disait Hatché avec fierté. Nous sommes là !

— Notre Mèmed a déjà de l'argent tout prêt qui l'attend ici, disait Iraz. Puis, nous en gagnerons davantage jusqu'à ce qu'il arrive. Le jour où il viendra, on lui remettra tout l'argent. Il n'aura pas à s'humilier devant n'importe qui. Il n'attendra pas que d'autres lui en donnent.

Dans la nuit, elles se couchaient, lasses, les yeux douloureux, et bavardaient longuement, échangeant leurs soucis. Au sujet de Mèmed, elles faisaient hypothèses sur hypothèses. Elles imaginaient des choses impensables. Que ne pouvaient-elles inventer ? Pour finir, Hatché se fâchait après sa mère et commençait à dire :

— Et ma mère, ma mère, est-ce qu'on peut l'appeler une mère ? Qu'est-ce que je lui ai donc demandé ? Je lui ai dit : « Mère, je serai ton humble esclave, mais donne-moi quelque nouvelle de Mèmed ! Sauf ça, je ne te demande pas la moindre chose. » Et elle est partie, sans jamais revenir.

— Qui sait ce qui a pu lui arriver, à ta malheureuse mère ? Qui sait quels ennuis elle a ? disait Iraz, qui tentait toujours ainsi d'excuser la mère.

Comme tous les soirs, ce soir-là, elles se mirent au lit à minuit. Leur matelas était trempé à cause de l'humidité. Les cigales chantaient. Pour les habituer plus vite à l'obscurité, elles frottèrent doucement leurs yeux.

— Tante Iraz ! dit Hatché.

— Qu'est-ce qu'il y a ?

Tous les soirs, ça commençait ainsi.

— C'est trempé, dit Hatché.

— Eh bien ! on n'y peut rien, ma fille.

— Est-ce que ma mère est une mère ?

— Qui sait ce qui lui est arrivé, à la pauvre ! répondit Iraz.

Hatché ne se contenta pas de parler de sa mère ; elle sauta sur un autre sujet :

— Nous allions avoir à Tchoukour-Ova, sur la terre de Yurèguir, une maison d'une pièce. Mèmed allait travailler comme garçon de ferme, puis on allait acheter un tout petit lopin de terre. Voilà ce qu'il disait, Mèmed !

— Vous êtes jeunes, cela arrivera un jour !

— Il m'emmenait au bourg manger des kébabs !

— Il le fera.

La conversation se prolongeait ainsi, jusqu'à ce que Hatché oubliât complètement. Elle oubliait qu'elle était en prison, et que Mèmed était en fuite. Iraz l'oubliait aussi. Cette fois-ci encore, ce fut de même.

Hatché parlait comme dans un rêve :

— La terre de Yurèguir... La terre de Yurèguir est chaude. Elle est ensoleillée. La moisson est si dense que même un tigre ne pourrait passer au travers !... Notre champ est de trente hectares.

— Oui, ma fille, trente hectares.

— Sur une moitié, nous avons semé du blé, sur l'autre de l'orge.

— Au milieu de l'orge, un demi-hectare d'oignons, ajouta Iraz.

— J'ai badigeonné l'intérieur de notre pièce avec de la terre verte.

— De la terre verte, dit Iraz, ou de la rouge ?...

— Nous avons une vache avec des yeux énormes, une vache rouge. Elle a aussi un petit veau.

Ici, Iraz se taisait et ne répondait pas. Elle se tut encore cette fois-là.

Hatché continua :

— Ma maison est la tienne. Mèmed est ton fils, et moi, je suis ta fille. Les branches du saule, devant notre maison, penchent très bas. Elles touchent terre. Tout autour, nous dresserons une haie. Au milieu, on fera un jardin... des fleurs.

Hatché reprenait ses esprits comme au sortir d'un profond sommeil :

— Penses-tu qu'ils vont arrêter Mèmed et l'amener ? demandait-elle.

Elle posa encore la même question :

— Hein ? Qu'est-ce que t'en dis, tante ?

— Si ce n'est pas demain, ce sera dans un mois.

— Mais nous sommes là, n'est-ce pas, tante ?

— Nous sommes là ! dit Iraz avec orgueil, et nous avons de l'argent !

C'est ainsi qu'elles s'endormaient chaque nuit. Et c'est ainsi qu'elles s'endormirent encore.

XIX

C'était vendredi, jour de marché au bourg. Si sa mère devait venir, c'est le vendredi qu'elle viendrait. Aujourd'hui, Hatché s'était réveillée de très bonne heure, avant le lever du soleil.

– Si elle venait aujourd'hui ! avait-elle dit.

Elle disait la même chose tous les vendredis.

Cependant, craintive et hésitante, vers midi, on vit venir vers la prison une grande femme, chargée d'une besace. Hatché poussa un cri :

– Tante Iraz !

Iraz, effrayée, arriva en courant :

– Qu'y a-t-il, ma fille ?

– C'est ma mère ! dit Hatché.

Iraz regarda vers la rue. Elles restèrent debout, côte à côte. Elles regardèrent la femme qui, lasse, pieds nus, venait en boitant, tenant entre ses dents les pointes de son fichu noir. Quand sa tête arriva à leur niveau, elle s'arrêta, juste devant la porte de la prison. Le gardien, rabougri, la peau collée aux os, agité de tremblements nerveux, lui cria :

– Qu'est-ce que tu veux, femme ?

– Il y a ma fille ici. Je suis venue la voir.

– Mère ! cria Hatché.

La femme releva lentement la tête, regarda le gardien et dit :

– Monsieur, frère, la voici, ma fille !

– Vous pouvez vous voir ! dit le gardien.

Elle entra, déposa sa besace au pied du mur, et s'assit, le dos au mur, en gémissant :

– Oh ! J'ai les os brisés !

Hatché restait là à regarder sa mère, dont les pieds étaient écorchés, blanchis par la poussière. Ses cheveux aussi étaient blancs de poussière et une sueur noirâtre ruisselait le long de son cou. Même ses sourcils et ses cils disparaissaient sous la poussière. Sa robe était déchirée et sale.

En la voyant dans cet état, la rancœur que Hatché avait éprouvée pour sa mère disparut. Elle se sentit pleine de pitié. Ses yeux se remplirent de larmes. Sa gorge se serra. Elle ne se décidait pas à s'approcher de sa mère.

Quand celle-ci aperçut sa fille, qui restait là à la regarder, sa gorge se serra également. Elle aurait sangloté, si elle ne s'était pas retenue pour réfléchir à ce qu'elle allait lui dire :

– Viens donc, ma pauvre ! viens donc près de ta mère ! Viens donc, ma malheureuse fille ! dit-elle.

Puis, n'en pouvant plus, elle se mit à pleurer doucement, en essayant de ravaler ses larmes. Hatché alla lui baiser la main et s'assit près d'elle. Iraz vint aussi près d'elles :

– Sois la bienvenue, ma sœur ! dit-elle.

Hatché présenta Iraz à sa mère :

– Voilà tante Iraz ; nous couchons dans la même chambre.

– Qu'est-ce qui lui est arrivé, à elle ? demanda la mère, anxieusement.

– On lui a tué son Riza.

– Ah ! dit la mère, ah ! les maudits ! Ah ! ma sœur !

Toutes trois se turent un moment. Puis, levant la tête, la mère parla :

– Ma fille, ma fille aux cheveux d'or, aux yeux noirs, n'en veuille pas à ta mère ! Tout ce qu'il m'a fait subir, Abdi le Mécréant ! Tout ce qu'il m'a fait subir parce que j'ai déposé une requête ! Je suis seule à savoir tout ce que j'ai souffert. Il m'a défendu de redescendre au bourg. Sinon, aurais-je laissé ma fille pareille à une rose entre quatre murs, dans ce bourg inconnu ? Je serais venue tous les deux jours, auprès de ma fille aux cheveux d'or !

Soudain elle se tut. Pour la première fois depuis son arrivée, son visage s'illumina. Elle attira la tête des femmes près de la sienne et commença à parler à voix très basse :

– Attends voir, ma fille, j'ai failli oublier de te dire, j'ai une nouvelle à t'annoncer : Mèmed est devenu bandit. Tu entends, il est bandit !

Dès que la mère eut prononcé le nom de Mèmed, le visage de Hatché devint comme cendre. Son cœur se mit à battre comme s'il allait jaillir hors de son sein, comme s'il allait se briser.

– Après avoir tiré sur eux, Mémed est allé se joindre à la bande de Dourdou le Fou. Il paraît qu'il en fait voir de toutes les couleurs au monde entier. Et ils ne laissent passer personne par les chemins. Ils ont coupé toutes les routes. On dit qu'ils tuent tous ceux qui leur tombent entre les mains. Ils les détroussent, jusqu'à leur culotte...

– Mèmed ne fait pas des choses pareilles ! dit Hatché, furieuse, Mèmed ne tuera personne !

– Est-ce que je sais, moi, ma fille ? dit la mère. C'est ce qu'on raconte ! Après le nom de Dourdou le Fou, c'est celui de Mèmed qui est connu. A présent, sa renommée s'est répandue partout. Le nom de Mèmed le Mince est dans toutes les bouches. Est-ce que je sais, moi, ma fille ? S'il y a mensonge, c'est le mensonge des autres que je répète. Quand Abdi a su cela, pendant à peu près un mois, il a fait monter la garde autour de sa maison par quatre ou cinq hommes. Les villageois racontent qu'il avait peur chez lui. Même quand cinq hommes armés veillaient dehors, il ne fermait pas l'œil jusqu'au matin. En alerte, il allait et venait dans sa maison. Puis, le Sergent Assim est venu le voir et lui a dit qu'il était à la poursuite de Mèmed le Mince. Il lui a dit aussi que ces montagnes n'avaient jamais vu un bandit comme Mèmed le Mince, qu'il aurait pu anéantir la bande de Dourdou le Fou, si Mèmed le Mince n'avait pas été avec eux. Sur ce, Abdi agha a quitté le village. Les uns disent qu'il habite le bourg ; d'autres qu'il est descendu dans les villages du sud de Tchoukour-Ova. D'autres disent encore qu'il s'est enfui à Ankara, auprès du Grand Gouvernement. Autrement dit, Abdi agha se cache de Mèmed. Et moi, je me suis dit : « J'irai voir ma fille, ma rose, pendant qu'Abdi agha n'est pas là .» Eh bien ! voilà, ma rose, ma fille, où en sont les choses !

Pendant qu'elle racontait tout cela, son visage avait une expression de détente, presque souriante. Quand elle eut fini, il devint verdâtre, comme celui d'une morte. On aurait dit qu'elle étouffait.

Iraz et Hatché se réjouirent beaucoup à l'idée que Mèmed avait pris le maquis. Leurs yeux se rencontrèrent, leurs regards se parlèrent. Lorsqu'elles virent le visage verdâtre de la mère, elles eurent peur.

— Maman, maman, qu'est-ce que tu as ? ne put que bégayer Hatché.

— Ah ! tu ne sais pas, ma fille ? Je vais te donner

une mauvaise nouvelle ! *Inch'Allah !* C'est un mensonge. Je l'ai appris en route. Je n'ose pas le répéter. C'est ce matin que j'ai appris, ma fille, c'est ce matin que j'ai appris qu'hier matin Dourdou le Fou et Mèmed s'étaient battus, à cause d'un agha des Yeuruks et que Dourdou le Fou avait tué Mèmed et deux de ses camarades. C'est ce que j'ai appris. Mèmed a voulu protéger l'agha des Yeuruks et Dourdou le Fou l'aurait tué. Un cavalier est passé, paraît-il, au village, un cavalier yeuruk. Il était armé jusqu'aux dents. Il avait deux fusils. Il a dit, paraît-il, qu'il allait en renfort auprès de l'agha des Yeuruks. Son cheval était baigné de sueur et d'écume. C'est ce qu'ont raconté les villageois. C'est lui qui a parlé de la mort de Mèmed.

D'abord, Hatché resta figée. Puis, prenant Iraz par les mains, elle se jeta dans ses bras :

— Il ne manquait plus que ça, tante ! fit-elle, en poussant un cri.

Puis elle se tut.

— Moi, je pars, dit la mère. Adieu, ma fille ! Je te ferai savoir des nouvelles plus exactes un de ces jours. Il y a du beurre dans la besace, des œufs, du pain. Vendredi prochain, je reviendrai, si ce mécréant n'est pas revenu au village ! Aie l'œil sur la besace ! Qu'elle ne se perde pas ! Reste en paix !

Et elle se remit en route.

« Je n'aurais pas dû le lui dire !» pensait-elle che min faisant.

Hatché recommença à sangloter :

— Ah ! disait-elle, Dourdou le Fou, espèce de mécréant, comment n'as-tu pas eu pitié de mon Mémed ? N'a-t-on pas pitié de son copain ? Comment as-tu pu faire ça ?

Iraz essayait de la consoler :

— Un bandit qui se respecte, on apprend chaque jour la nouvelle de sa mort. N'en crois rien. Tu dois t'habituer à cela.

Hatché n'écoutait pas.

— Je ne vivrai pas, moi non plus, disait-elle, je ne vivrai pas après Mèmed !

Iraz se fâcha :

— Dis donc, la fille, qu'en sais-tu, s'il est mort, le gars ? On ne pleure pas un vivant ! Moi, dans mon enfance, ou plutôt dans ma jeunesse, j'ai peut-être entendu vingt fois annoncer la mort d'Ahmed le Grand. Pourtant, il vit encore, paraît-il.

— Ah ! ma tante, ce n'est pas pareil ! Mèmed n'est qu'un débutant. Moi, je ne peux plus vivre, je mourrai !

— Espèce d'ânesse butée ! Les bandits font exprès de répandre eux-mêmes le bruit de leur mort. Écoute-moi bien ! T'as entendu que cette barbe de chèvre d'Abdi s'était enfui du village dès qu'il a su que Mèmed avait pris le maquis. Il se peut très bien que la nouvelle de sa mort ait été inventée pour la barbe de chèvre. Mèmed va se faire croire mort, et quand la barbe de chèvre reviendra au village, il le tuera. Ce n'est qu'un complot, peut-être !

— Tante, il ne sait pas faire des choses pareilles ! Moi, après ça, je ne pourrai plus vivre ! Je mourrai, tante !

Puis, elle commença à trembler comme si la malaria l'avait prise. Elle brûlait de fièvre. Iraz la souleva et la porta dans son lit.

— Attends voir, ma sotte fille, attends voir, tout ce qui peut naître avant le jour ! Attends voir ! Ne crois donc pas tout ce qu'on dit !

Le second jour, Hatché sortit du lit, comme une morte. Elle avait noué sur son front, en le serrant très fort, un fichu noir. Son visage était couleur de cire, terne, tout jaune. Depuis cette nouvelle, Hatché devenait inguérissable. Chaque jour, elle jaunissait et maigrissait davantage. Elle ne dormait plus. Dans son lit, elle posait sa tête sur ses genoux et restait assise ainsi jusqu'au matin.

Avec elle, Iraz ne dormit pas non plus. Elles ne parlaient plus entre elles la nuit. Mais, de temps en temps, Iraz lui disait :

— Ma folle fille, tu verras, d'ici peu tu auras une bonne nouvelle de Mèmed.

Hatché ne prêtait pas l'oreille à ses paroles.

XX

Depuis deux jours, ils se cachaient le jour et avançaient la nuit. Ils venaient d'arriver aux rochers bordés de pins et s'étaient arrêtés pour souffler. Ils craignaient un piège de Dourdou le Fou :

— De toute façon, il ne digérera pas ce coup, disait Djabbar. Il ne fermera pas l'œil tant qu'il ne nous aura pas fait du mal. Je connais toutes ses réactions, moi. J'ai vécu quatre ans avec lui. Il est vrai qu'il ne vivra pas longtemps. Un de ces jours, il aura une balle dans la peau, mais il ne nous lâchera pas. Il en mourrait. Il mourrait de rage s'il ne nous faisait pas souffrir. A présent, il est sûrement à nos trousses. Il ne fallait pas faire ce qu'on a fait...

— T'as peur, Djabbar ? demanda Mèmed.

— Non, mais...

— Mais quoi ?...

— C'est-à-dire... je veux dire qu'il ne nous lâchera pas...

— S'il nous cherche, il aura son compte !

— Il ne nous cherchera pas ouvertement, il nous tendra un piège, dans un coin, quand on ne s'y attendra pas. Nous y tomberons. S'il osait nous braver en face, en homme !... Dieu soutiendrait ou lui, ou nous...

Redjep le Sergent était absorbé. Il regardait le soleil se coucher, le sommet de l'arbre qui rougissait. Le soleil disparaissait. Il baissa lentement la tête. Son visage, et le bandage qui entourait la blessure de son cou étaient dorés par la lumière du couchant.

— Il se peut que ce soit nous qu'il soutienne, dit-il.

Il regarda à nouveau le sommet de l'arbre.

— Est-ce que tu m'en veux, frère Mèmed ? demande Djabbar.

— Non, pourquoi t'en voudrais-je, frère ? Tu as peut-être raison. Je crois aussi qu'il ne nous lâchera pas.

— Je voulais dire qu'il faut nous tenir sur nos gardes.

— T'as raison, Djabbar. A tout hasard...

— Écoutez-moi bien, les gars, dit Redjep le Sergent, savez-vous ce que j'aime dans ces montagnes ?

— Non, dit Mèmed en souriant.

— Les arbres, au coucher du soleil. La lumière qui tombe par flaques sur les arbres, au moment du coucher du soleil. C'est ce que j'aime.

— J'ai compris, dit Mèmed.

Le soleil se coucha, la nuit tomba. Il y avait une demi-lune. Elle n'était pas haute. Elle se couchait vite. Sa lueur, silencieusement, allongea au sol l'ombre des arbres. Les ombres s'entremêlèrent. On ne pouvait pas les distinguer.

— On se met en marche ? demande Djabbar.

— Marchons ! dit Mèmed, en se levant.

— Attendez voir un peu, les gars, attendez voir un peu, dit Redjep le Sergent en allant vers le pied d'un rocher.

Il en revint quelques instants après.

— J'ai aperçu dans l'obscurité, au pied du rocher,

une verdure agréable à voir. Une étincelle verte, une verte flamme. J'ai vu que c'était de la mousse...

Djabbar rit, Mèmed rit aussi.

— Non, mais alors, sans blague, t'as pris la mousse, dans l'obscurité, pour une flamme verte, vraiment ?

— C'est étonnant, dit Redjep le Sergent, avec beaucoup de sérieux. Mais regardez donc ça !

— Ça y est, t'as fini de voir la flamme verte ? demanda Mèmed. Alors, on peut partir ?

— Je voudrais encore regarder, mais on n'a pas le temps.

— On n'a pas le temps, dit Mèmed.

Ils commencèrent à dévaler les rochers. Depuis deux jours, ils ne faisaient que marcher dans les rochers. Pour dire vrai, ils se traînaient plus qu'ils ne marchaient. Et depuis le matin, ils n'avaient plus de quoi manger. Ils étaient affamés. Et pratiquement plus de chaussures aux pieds ! Les rochers les avaient rongées. Seul le dessus du pied était couvert par elles. Les paumes de leurs mains saignaient, on y voyait la chair toute rouge.

— Et voilà ! nous recommençons à nous traîner ! fit Redjep le Sergent. Mais qu'est-ce que nous craignons, comme ça, de ce salaud de Fou ? Qu'est-ce que nous craignons, bon Dieu ? Descendons ! S'il veut nous tendre un piège ou faire d'autres bêtises, qu'il le fasse !

— Ne te fâche pas, Redjep le Sergent ! dit Mèmed. Nous descendons.

— Mes mains me font plus mal que ma blessure au cou. Est-ce que je pourrai tirer, avec des mains comme ça ? Tu dis que je me fâche, mais comment je ne me fâcherais pas ?

— Ça passera, crénom, Sergent ! dit Mèmed. Si

nous arrivons au village, nous ferons faire de l'onguent pour tes mains.

— T'es pire qu'une vieille femme, maintenant ! dit Djabbar.

— Si tu parles encore une fois comme ça, Djabbar, dit le Sergent, furieux, je vais te trouer la peau, ma parole ! Compris ?

— Tais-toi, Djabbar, dit Mèmed.

Djabbar riait aux éclats. Redjep le Sergent se fâcha de plus belle, et dit, serrant les dents :

— T'es pas un homme ! Fils de putain !

— Tout de suite, nous descendons dans la plaine, Redjep le Sergent, mon lion ! dit Mèmed, cherchant à le calmer.

— Que ce fils de putain arrête de rire ! Ma parole, je vais lui trouer la peau !

Là-dessus, Djabbar s'approcha du Sergent, lui saisit vivement la main, et la baisa :

— Allez, nous sommes réconciliés, qu'est-ce que tu veux d'autre ? fit-il, rieur.

— Je ne me réconcilie pas avec un fils de putain ! dit Redjep le Sergent qui, pourtant, s'adoucissait.

— Sergent, ton fusil est-il chargé ? demanda Mèmed pour changer la conversation.

— Oui ! répondit le Sergent d'un ton sec.

— Parfait !

— Et j'en flanquerai cinq coups dans la tête d'Abdi le Mécréant. Je lui mettrai le crâne en morceaux, en miettes, puisqu'il martyrise les pauvres !

— Nous les lui flanquerons tous les deux. Je n'aurai pas de paix tant que je ne l'aurai pas tué de ma propre main.

Il méditait, avec une terrible haine. Tuer un homme ! Effacer un homme de la surface de la terre, l'anéantir ! Cela, c'était à sa portée, maintenant ! Il se revoyait dans la forêt lâchant ses balles. Il revoyait Véli rendant l'âme, la façon dont il se débattait, à terre, dans la boue. C'était ça, tuer un homme. En faisant feu de son pistolet, il ne pensait pas à rayer quelqu'un du nombre des vivants. Il songeait seulement à sauver sa vie, contre toute attente, à trouver une planche de salut. Mais maintenant, il allait tuer un homme, il allait détruire une vie, il allait supprimer un être qui avait ses colères, ses amours, ses affections. Il lui vint une sorte de sentiment qu'il n'en avait pas le droit. Il avait appris à réfléchir, à penser avec suite et profondeur. Il songeait à Hassan le Caporal, du bourg. Qui sait, c'était peut-être lui, par sa sympathie, qui lui avait appris à réfléchir. Mais s'il ne tuait pas Abdi, qu'est-ce qui arriverait ? Cela aussi, il l'entrevit un instant dans son imagination. Et ce qu'il imaginait là lui fit peur. Il chercha à se distraire de cette pensée, mais, plus il s'en efforçait, plus cette maudite pensée s'accrochait à lui. « D'abord, arrivons au village ; après, on verra !» se dit-il.

— Au secours, je tombe ! cria alors, de toutes ses forces, Redjep le Sergent.

Ils accoururent : le Sergent, en voulant sauter d'un rocher sur un autre, avait manqué son coup, sans pouvoir revenir en arrière. Les mains agrippées à une racine d'arbre, il était resté suspendu dans le vide. Ils le tirèrent de là. Il demanda, l'air excédé :

— Pour l'amour de Dieu, Mèmed, dis-moi combien reste-t-il à faire avant la plaine ?

— Dans un instant, nous y arrivons !

La lune descendait juste derrière la montagne opposée quand ils arrivèrent dans la plaine.

— Enfin, nous voilà, dit Redjep le Sergent. Après avoir failli nous casser la tête dans les rochers, on est enfin arrivés. Qu'il tende un piège s'il le veut, le Fou ! Reposons-nous un bon coup. Les paumes de mes mains me font très mal.

Les autres, aussi, avaient mal aux mains, aux genoux, aux pieds. Comme s'ils avaient laissé des lambeaux de leur chair sur chaque rocher.

Ils n'échangèrent pas de paroles. De nouveau, Mèmed était absorbé par ses pensées : « Abdi a mérité la mort !»

Il revoyait, dans sa mémoire, le moment où il leur avait enlevé leur veau. Il se revoyait dans le champ de chardons, sous un froid perçant, labourant, quand les chardons dévoraient ses pieds, ses jambes. Dans la bise froide, les écorchures le brûlaient comme si du feu était tombé dessus. Cette douleur vous pénétrait jusqu'au cœur. Il repensait à son enfance affligée et amère comme du poison... « Abdi a mérité la mort ! Attendez voir qu'on soit au village !»

– Eh, Mèmed ! dit Djabbar en le secouant, te voilà encore plongé dans tes rêves.

– C'est rien, dit Mèmed, confus.

– Allons, mettons-nous en route ! Si on laisse venir le jour, on ne pourra plus bouger !

– T'as raison.

Ils se levèrent. Après avoir marché pendant un quart d'heure, ils tombèrent sur le champ de chardons.

– Oh ! ma mère ! dit Redjep le Sergent, ma parole, je préfère encore les rochers. Ces épines-là vous mordent comme un chien !

– Voilà le champ de chardons, c'est celui-là où je venais labourer, dit Mèmed avec un ton navré.

– Oh ! ma mère ! ne cessait de répéter Redjep le Sergent. Oh ! ma mère !

— Dis donc, Mèmed, dit Djabbar, la charrue ne peut enlever tous ces chardons !... ce n'est pas un champ, c'est une forêt de chardons !

— Oh ! ma mère !...

— Une forêt, dit Mèmed.

— On n'a vraiment pas de veine de tomber sur un champ de chardons après les rochers.

— Oh ! ma mère ! Que voulez-vous, la veine de Mèmed le Mince est comme ça ! Bonne mère !

Ils s'arrêtèrent pour souffler et tâtèrent avec leurs mains le sang qui ruisselait de leurs jambes.

Mèmed jurait ; il prenait plaisir à répéter les gros mots qu'il disait dans son enfance. Tous ces jurons, il les avait appris de Doursoun. Qui sait où il était à présent, Doursoun ?

— Oh ! ma mère !

Les chardons bruissaient. Écrasés par les pieds des hommes, ils faisaient entendre un bruit lent et sourd. Dans le silence de la nuit, ce bruit pouvait s'entendre de très loin.

— Oh ! ma mère !

— Va encore pour le chardon ! dit Djabbar, mais ces cailloux sur le sol, c'est encore une autre calamité !

— Voilà ! nous sommes arrivés à l'endroit où je labourais juste ici ! dit Mèmed.

— Oh ! ma mère !

Un chant de coq se fit entendre au loin vers le sud. Le coq chanta longuement, sans interruption, puis ils tombèrent sur un ruisseau. Des galets roulaient sous leurs pieds. Ces chardons étaient encore pires que les autres !

— Oh ! ma mère !

Quand ils sortirent du ruisseau, la silhouette du grand platane surgit devant eux, comme une ombre plus dense collée à même la nuit. Ils marchèrent vers lui. Quand ils eurent contourné l'arbre, le bruit d'une cascade éclata comme une bombe.

— Oh ! ma mère !...

— Nous sommes arrivés au village ! cria Mèmed. Descendons à la source pour nous laver la figure et les mains. Demain, je vous fabriquerai une de ces paires de sandales !

— Redjep le Sergent ! cria Djabbar, ça suffit, papa ! Nous avons passé la plaine des chardons.

— Je n'avais jamais rencontré nulle part un tel amas d'épines. Oh ! ma mère !

Ils descendirent à la source, et enlevèrent ce qui restait de leurs chaussures. Ils plongèrent leurs pieds dans l'eau.

Oh ! ma mère !

— Ici, on appelle ça la Source, dit Mèmed.

Il se rappela que, pendant une période, quand il s'était échappé chez Suleyman, sa mère venait là, regardant, des semaines durant, ce trou d'eau, attendant que son cadavre remonte au pied des rochers. Il pensa à sa mère. Il se demanda en lui-même, peut-être pour la mille et unième fois : « Qu'est-ce qu'ils ont bien pu lui faire ?»

— Dis, Djabbar ! Qu'est-ce qu'ils ont bien pu faire à ma mère ?

— Absolument rien !

— Oh ! ma mère ! dit le Sergent, qu'est-ce que c'est, ici ?

— On appelle ça la cascade de la Source, dit Mèmed. En bas, il y a le moulin, celui d'Ismaïl sans Oreilles.

— Dis donc, frère ! dit Djabbar, allons-y avant

d'entrer dans le village, et renseignons-nous, ça vaut mieux !

— Oh ! ma mère !

— Nom de Dieu de bon Dieu ! suffit, Sergent ! cria Djabbar.

— Ce sera peut-être mieux comme ça, reconnut Mèmed. Si vous voulez, allons-y au moulin du Sans Oreilles !

— Ce sera mieux ainsi ! fit Djabbar. A mon avis, il ne faut jamais entrer les bras ballants nulle part, dans aucun village.

— Voyez ça ! C'est juste ! dit le Sergent. Ce bouffon fils de chien de Djabbar a de l'idée. Tu sauras que, dans la vie de bandit, la nature entière, du loup à la fourmi, est ton ennemie. Tu agiras comme si, derrière chaque pierre, il y avait une embuscade. Tu es encore nouveau, mais tu as l'esprit mûr, Mèmed, mon fils. Réfléchir tient lieu d'expérience. Réfléchis avec soin sur chaque chose !

Ils continuèrent leur chemin. Au loin, ils virent une lueur tremblotante, comme une étincelle. Mèmed leur dit :

— Vous voyez cette petite lumière, là-bas ? Eh bien ! c'est le moulin d'Ismaïl sans Oreilles.

Quand ils approchèrent du moulin, on entendit, plus loin, les aboiements d'une meute de chiens.

— Le village, c'est sûrement là-bas, où les chiens aboient ? dit Djabbar.

— Oui ! fit Mèmed.

Quand ils arrivèrent devant la porte du moulin, ils s'arrêtèrent.

— Qui est là ? cria Ismaïl sans Oreilles.

On entendit des pas devant sa porte.

— C'est Mèmed le Mince, le fils d'Ibrahim.

Pendant un bon moment, aucune voix ne se fit entendre à l'intérieur. Puis :

— Qu'est-ce qu'il viendrait chercher ici, Mèmed le Mince ? C'est pas vrai ! On nous a dit que Dourdou le Fou l'avait tué. C'est encore hier qu'on nous l'a dit !

L'odeur de farine se répandait dans la nuit. Il leur semblait qu'ils allaient bientôt piétiner dans la farine. Le bruit de la chute d'eau du moulin se répercutait, éclatant, dans l'obscurité.

— Je ne suis pas mort, oncle Ismaïl, dit Mèmed. Tu ne me reconnais donc plus à ma voix ?

— Je te reconnais, sûr que je te reconnais ! je viens t'ouvrir tout de suite.

Il vint et ouvrit la porte avec bruit. Quand la porte fut ouverte, la lueur orangée d'une flamme oscillante se refléta sur leurs visages.

Ismaïl regarda longuement Mèmed, puis :

— Dis donc, Mèmed, tu n'es pas arrivé à l'abattre, ce mécréant, pour libérer le village ?

Mèmed le Mince sourit. Ils entrèrent. Dans la cheminée, les flammes s'enchevêtraient, et s'allongeaient sur le sol. L'odeur de la farine était encore plus forte à l'intérieur. Le cou long et ridé d'Ismaïl, son visage pointu et long, sa barbe, son vieux chapeau crasseux, tout était recouvert de farine.

Quand il vit les mains et les pieds de ceux qui venaient d'entrer, il demanda, effrayé :

— Mais qu'avez-vous donc ?

— On s'est battus avec Dourdou le Fou, puis on a marché dans les rochers pendant deux jours, dit Mèmed en souriant.

Ismaïl s'installa, le dos appuyé au mur :

— Hier, dit-il, un cavalier est passé par le village. Il allait se battre contre Dourdou le Fou. Il a dit que

Dourdou le Fou t'avait tué. Tout le village a eu bien de la peine pour toi, mon Mèmed. Tu sais que nous t'aimons bien tous.

Ismaïl frappa Mèmed amicalement sur l'épaule et lui caressa les oreilles, puis il s'écria :

— Ma parole ! Je n'en crois pas mes yeux ! T'es armé jusqu'aux dents ! Comment peux-tu porter tant de cartouches ? Ça me fait tout drôle, de te voir aussi armé ! Je me rappelle quand tu labourais cahin-caha le champ de chardons, comme si c'était aujourd'hui ! Je n'arrive pas à y croire.

— Eh bien ! oui, c'est comme ça ! dit Mèmed.

— Vous avez faim, maintenant ? dit Ismaïl. Je vais aller vous faire cuire de la galette sous la cendre.

Il se mit debout, fixa son regard sur le feu, et resta ainsi un instant, souriant en lui-même.

— Et le feu brûle bien ! ajouta-t-il.

Ismaïl s'était voûté. Mèmed s'en étonna : comme dans son enfance, il l'imaginait toujours jeune.

Craintivement, il demanda :

— Quelles nouvelles de ma mère ? de Hatché ? Est-ce qu'Abdi agha est rentré chez lui ?

Ismaïl se figea là où il était. Il ne broncha pas et ne répondit pas. Il ne s'assit pas non plus. Il s'attendait d'ailleurs à cette question. Mèmed allait d'un moment à l'autre la lui poser. Il en tremblait. Et voilà que c'était fait. Pendant qu'il réfléchissait d'un air troublé, regardant de tous côtés, Mèmed répéta sa question :

— Quelles nouvelles de ma mère ?

— Elles vont bien, bégaya Ismaïl très vite. Attendez un peu, que je vous raconte tout ce qui concerne le mécréant ! Et puis, j'ai failli l'oublier, il me faut vous préparer de l'eau salée pour vos plaies !

Ismaïl revint avec un assez grand récipient plein d'eau :

— Trempez-y vos mains et vos pieds ! Ils sont meurtris par les cailloux ; ça fait vraiment très mal. Mais l'eau salée vous fera du bien.

— T'as vu ma mère ces jours-ci ? lui demanda-t-il encore.

— Je t'ai dit qu'elle va bien, alors ! Écoutez ce que je vais vous raconter au sujet du mécréant. Quand il a appris que tu étais entré dans une bande, il a eu une de ces frousses ! Chaque nuit, il faisait garder sa maison par cinq, six, dix sentinelles. Puis, il a disparu. Si vous aviez vu son visage, vous auriez eu peur. Comme la terreur peut transformer un homme ! A présent, il a appris ta mort, il est peut-être là. On raconte que ses gens à lui ont fêté la nouvelle de ta mort. Ça ne m'étonne pas, ils te connaissent bien.

Une fièvre intérieure s'était emparée de Mèmed. Il ne tenait pas en place. Il brûlait de l'envie d'entrer au village le plus tôt possible :

— Allons, les copains, allons au village avant qu'il fasse jour !

Djabbar et Redjep le Sergent comprirent ce que Mèmed voulait dire. Sans dire un mot, ils attachèrent leurs sandales et se levèrent.

— Vos galettes sont encore dans le feu ! dit Ismaïl, peiné. Vous n'attendrez pas encore un peu ?

Puis, comme ils partaient, il ajouta :

— L'eau salée, ça fait du bien. Refaites-en faire, là où vous irez.

Ils sortirent du moulin, Mèmed en tête. Après une dizaine de pas, ils retombèrent dans les champs de chardons. Les étoiles brillaient, tout humides.

Redjep le Sergent s'arrêta, et pissa, tourné vers l'orient :

— La comète ne s'est pas encore levée, dit-il. C'est mon étoile. Il reste encore du temps avant le matin.

Les autres se taisaient. Maintenant, ils avaient moins mal aux mains et aux pieds. Un renard fila devant eux. S'ils n'avaient pas été si près du village, Redjep le Sergent l'aurait eu du premier coup. Mais on n'y pouvait rien. Il s'enfuit en traînant sa queue dans les ronces. Ses poils, à la lumière des étoiles, semblaient ternes.

— Alors, frère Mèmed ? dit Djabbar.

— Nous allons bientôt entrer dans le village. Le voici, là, en contrebas.

Quand ils approchèrent des premières maisons du village, quelques chiens énormes vinrent à leur rencontre. Mèmed, s'approchant d'eux, les appela. Les chiens le reconnurent. Se couchant à ses pieds, ils commencèrent à frétiller de joie.

Traversant le milieu du village, les trois hommes allèrent directement à la maison de Mèmed. Tout était silencieux. Mèmed n'avait jamais vu son aspect comme ça, à une heure pareille. Cela lui sembla curieux. Ses yeux cherchaient des gens entre les maisons, des poules, ceux qui partaient au labour, n'importe quoi de vivant.

Il frappa légèrement à sa porte et dressa l'oreille. Pas un bruit. Il frappa encore plusieurs fois et attendit. Pas le moindre bruit. Il ne put s'en empêcher, il alla jusqu'à la toute petite fenêtre. Tout doucement, il appela :

— Maman ! maman ! maman !

Toujours pas une voix, pas un souffle. Il appuya son oreille à la planche de la fenêtre. Il écouta de toute son âme. Aucun bruit ne venait de l'intérieur, si ce n'est celui que font les vers quand ils rongent le bois. Ses soupçons augmentèrent. Mais la dernière lueur d'espoir qu'il portait en lui ne s'était pas encore éteinte.

— Elle n'est pas à la maison, dit-il avec chagrin en se retournant.

Il réfléchit. Quels étaient les gens que sa mère aimait le mieux, dans le village ? Ali le Demeuré et sa femme.

Ali le Demeuré était maintenant dans sa soixante-quinzième année. Dans ces derniers temps, il s'était un peu voûté. Mais il n'en était pas moins solide, comme à cinquante ans.

— Voilà ! fit Mèmed. C'est ici la maison d'Oncle Ali !

L'ombre d'un chien énorme était couchée devant la maison d'Ali le Demeuré. Quand le chien entendit le bruit des pas, il leva la tête, puis il la reposa sur ses pattes de devant. Mèmed appuya avec lassitude son épaule sur la porte, et appela :

— Oncle Ali. Eh ! oncle Ali !

Des voix agitées se firent entendre à l'intérieur. Une voix très épaisse et vieillie se distinguait parmi les autres. Elle s'arrêtait, la voix, puis elle reprenait :

— Mais, nom de Dieu, c'est Mèmed ! C'est tout à fait la voix de Mèmed ! Nom de Dieu, c'est lui !

Redjep le Sergent se baissa à l'oreille de Mèmed :

— Ils ont reconnu ta voix ! Eh bien, mon vieux !...

La porte s'ouvrit à cet instant. Tenant un morceau de bois résineux allumé à la main, Ali le Demeuré apparut à la porte en caleçon et chemise. Il semblait si énorme qu'on aurait cru qu'il ne tiendrait pas dans la maison, qu'il en déborderait.

— Dis donc, Mèmed, s'exclama-t-il en souriant, et

nous qui avions appris ta mort par un Yeuruk ! Je suis très content de te voir !

Il cria vers l'intérieur de la maison :

– Les filles ! C'est Mèmed qui est là ! Levez-vous, faites du feu ! Préparez des lits !

Ali le Demeuré à la barbe blanche s'écarta du seuil :

– Entrez donc !

Ils entrèrent. Djabbar était maussade. On aurait dit qu'il allait pleurer si on le touchait. Ali le Demeuré laissa le morceau de bois résineux dans un coin de la cheminée et s'assit.

– Alors, Mèmed le Mince, voyons, comment ça va ? Dis-moi un peu comment ça va ? Tout le village était en deuil quand on a appris la nouvelle de ta mort. Si Hatché l'a apprise, elle mourra de chagrin. As-tu des nouvelles de Hatché ? Ta pauvre mère... Je l'ai enterrée comme si tu avais été là. Je l'ai mise dans la tombe de mes propres mains.

Il leva la tête, il regarda Mèmed. Le visage de Mèmed tournait au violet. Ali le Demeuré s'en inquiéta :

– Mon Mèmed, qu'est-ce que tu as ? Tu ne savais donc pas tout ça ?

Les yeux de Djabbar se remplirent de larmes. Redjep le Sergent se leva ; il enleva les cartouches de son fusil, puis les remit de nouveau en place.

Sans perdre sa maîtrise, Mèmed demanda :

– Et qu'est-ce qui ne va pas avec Hatché ?

Ali le Demeuré se frappait la poitrine :

– Ah ! l'imbécile que je suis ! Pourquoi t'ai-je dit tout ça ? Comment pouvais-je savoir que tu l'ignorais, après tant de mois ?

Depuis l'arrivée de Mèmed, la femme d'Ali le Demeuré s'était blottie près de la cheminée ; fixant des yeux le feu, elle restait là, immobile. Elle n'avait même pas dit : « Sois le bienvenu ! » à Mèmed.

Elle parla avec rage :

– C'est toujours pareil avec toi ! Il fallait laisser au moins le temps aux gars de casser la croûte. T'étais pressé ! non ?

– Comment pouvais-je savoir, moi ? Tant de mois se sont écoulés depuis ! Comment pouvais-je deviner qu'il n'en savait rien ?

Sa voix était larmoyante.

– Pardonne-moi, mon petit, c'est la vieillesse.

Les fils d'Ali le Demeuré, ses petits-fils, ses belles-filles, tous ceux qui se trouvaient chez lui entouraient les hommes assis près de la cheminée, et regardaient Mèmed, coiffé de son fez mauve, les cartouchières croisées sur la poitrine, le poignard sur la hanche, son revolver, ses grenades, ses jumelles, avec des regards étonnés, incrédules et un petit peu moqueurs. Il leur semblait que Mèmed jouait au bandit à côté de ces deux grands gaillards.

– Qu'est-ce qui se passe avec Hatché ? demanda de nouveau Mèmed.

Ali le Demeuré ne répondit point. La tête penchée, il fixait le coin de la cheminée.

– Tante ! dit Mèmed en s'adressant à la femme d'Ali.

Elle avait les joues creusées par la maigreur. On voyait, à travers le voile qui lui couvrait la tête, ses cheveux blancs, teints au henné.

– Tante, dis-le-moi ! Qu'est-ce qui se passe, avec Hatché ?

La femme regarda Mèmed dans les yeux avec pitié :

– Qu'est-ce que tu veux que je te dise, mon

Mèmed, mon petit ? Qu'est-ce que tu veux que je te dise ? Hatché ?

Son visage rougissait, pâlissait, changeait de couleur.

— De toute façon, quelqu'un le lui dira, alors... Qu'est-ce qui se passe avec Hatché ? dit le Sergent.

La femme tourna la tête vers Ali, comme si elle allait le tuer, et lui lança un regard !...

— Ah, toi ! lui dit-elle, ah, toi !... Qui sait depuis combien de jours il n'arrête pas de marcher, le gars ! Il fallait le laisser manger, avant de lui annoncer la nouvelle !

Elle se leva et vint s'asseoir près de Mèmed. Frappant son genou avec la main, elle se mit à parler :

— Écoute, frère, je vais tout te raconter en détail. Abdi a été blessé. Ah ! si une bonne balle lui était entrée dans le cœur pour n'en plus ressortir ! Dès qu'il est revenu à lui, il a rassemblé des faux témoins. Il n'y en a qu'un, ce mécréant d'Ali le Boiteux, ce sans-foi qui a cherché ta trace, qui ait refusé. Il a dit : « Moi, je ne fais pas de faux témoignages ! » Quand le Boiteux a dit ça, Abdi à la Barbe de chèvre l'a chassé du village. Il a pris sa femme, ses enfants, ses ustensiles et tous ses baluchons, puis il est parti ailleurs.

Elle lui raconta tout longuement, en lui disant qui avait témoigné contre Hatché, qu'elle se trouvait à la prison du bourg, toute seule, dans un cachot, et elle ajouta qu'elle avait entendu dire qu'on allait bientôt la pendre.

La lueur, pas plus grosse qu'une tête d'épingle, apparut dans les yeux de Mèmed. Quand il apparaissait, ce reflet, ses traits se tendaient, il ressemblait à un tigre qui va se jeter sur sa proie.

Lentement, Mèmed se leva :

– Venez, camarades ! dit-il. On va régler son compte à Abdi agha !

Il se tourna vers la femme d'Ali le Demeuré et lui prit la main :

– Dis-moi, tante, c'est encore eux qui ont tué ma mère, n'est-ce pas ?

Les yeux de la femme se remplirent de larmes. Elle ne dit rien.

– N'est-ce pas ? répéta Mèmed.

La femme se tut. Mèmed lui lâcha la main :

– Allons, les copains ! dit-il.

Suivant Mèmed, Djabbar et Redjep le Sergent plongèrent dans l'obscurité. Mèmed vérifia son fusil ; il était armé.

– Contrôlez vos fusils ! S'ils ne sont pas armés, armez-les ! Préparez aussi les grenades !

Redjep le Sergent était bouleversé par tout ce que la femme venait de raconter. Tandis qu'elle parlait, il n'avait cessé de regarder Mèmed en secouant la tête, tantôt d'un côté, tantôt de l'autre.

Mèmed marchait en courant. Il l'attrapa par le bras.

– Écoute-moi bien ! dit-il. On n'épargnera personne, ni femmes, ni enfants. On va tous les déchiqueter !

– Tu t'y connais mieux que moi, Sergent ! dit Mèmed.

Il arracha son bras à l'emprise du Sergent et continua d'avancer.

XXI

Nul ne sut quand ils arrivèrent devant la porte d'Abdi agha.

— Appelle-le, toi ! dit Mèmed au Sergent. Dis que tu es un visiteur, que tu leur apportes une nouvelle très importante.

Le Sergent frappa trois coups très fort à la porte. De l'intérieur, une voix de femme se fit entendre :

— Qui est-ce ?

— Ouvre la porte, sœur. Je suis un visiteur. J'apporte des salutations et une nouvelle. Je dois retourner tout de suite.

La femme vint ouvrir en marmottant.

— Attends, frère, dit-elle, que je fasse un peu de lumière !

Laissant Redjep le Sergent sur le pas de la porte, elle retourna vers le fond de la pièce et craqua une allumette. L'intérieur s'éclaira. A ce moment, les trois hommes s'avancèrent vers la lumière.

La femme demeura stupéfaite quand elle s'aperçut de la présence des deux autres. Elle posa un moment un regard étonné sur Mèmed, puis soudain poussa un cri strident.

Redjep le Sergent la saisit aussitôt et lui ferma la bouche avec la main.

— Abdi agha est-il à la maison ? demanda Mèmed avec colère.

— Non ! il ne vient plus à la maison. Je me sacrifierai pour tes ongles, mon Mèmed ! Que le diable emporte Abdi agha !

Pendant ce temps, toute la maison s'était réveillée et, terrifiée, venait voir les brigands : les deux femmes d'Abdi agha, ses deux fils, des femmes en visite, venues d'autres villages.

Mèmed ordonna à Redjep le Sergent :

— Suis-la et fouille la maison ! Tire-lui dans la tête, si tu vois Abdi !

— Mes cinq cartouches, toutes les cinq, je les déchargerai dans sa tête ! Je la lui mettrai en bouillie !

Il poussa la femme avec la crosse de son fusil :

— Fais de la lumière et montre-moi les chambres !

Sans rien dire, la femme alluma un autre morceau de bois résineux. Elle marcha devant le Sergent.

Au milieu de tous, Mèmed restait comme une statue de la colère. Son petit torse paraissait développé comme celui d'un géant. Il était effrayant à voir. Les femmes pleuraient. Les deux gosses tremblaient comme une branche sous le vent !

On ne peut pas dire combien de temps s'était écoulé. Le Sergent revint. Il semblait déçu :

— J'ai cherché dans tous les coins et recoins, il n'y est pas ! dit-il.

— Il y a un mois qu'il est parti à Tchoukour-Ova, dit la femme. Il savait que tu allais venir. Il n'en dormait plus. Il a décidé de s'en aller.

— Sergent ! dit Mèmed.

— Dis voir !

— Emmenez ces deux gosses dehors, dit Mèmed

en montrant les enfants, et faites le nécessaire.

Les deux femmes, à la fois, se jetèrent aux pieds de Mèmed :

— Nous nous sacrifierons pour toi, mon Mèmed ! Ce n'est pas leur faute, à nos gosses ! Je me tuerai pour toi ! Trouve le mécréant et tue-le ! Ce n'est pas la faute à nos gosses !

Le Sergent avait saisi les enfants et les entraînait. Les gosses résistaient et se débattaient. Djabbar en attrapa un par le poignet et le jeta à terre. Le gosse cria de toutes ses forces.

Une des femmes ne disait rien. Elle était allongée aux pieds de Mèmed et semblait pétrifiée. L'autre femme ne cessait ses supplications :

— Mon Mèmed ! mon Mèmed ! est-ce la faute de nos gosses, ce qu'on t'a fait ? Est-ce leur faute ?

Le Sergent jeta aussi l'autre enfant sur le sol et mit son pied sur lui. Il appuya le canon de son fusil sur la tête de l'enfant. Il se tourna vers Mèmed :

— Alors, quoi ? est-ce nécessaire que ça se passe dehors ? Dis-moi ce que t'attends ! Est-ce que je tire ?

Soudain, la femme qui était restée étendue par terre se jeta avec la rapidité du faucon sur Djabbar, entraînant l'un des gosses jusqu'à la porte. Djabbar sortit son poignard qui pendait à sa ceinture et en frappa la femme. Elle s'écroula sur le sol en criant :

— Je suis perdue !

L'autre femme, voyant le fusil du Sergent sur la tête de l'enfant, supplia :

— Mon Mèmed, mon Mèmed ! épargne mon petit ! Tu as raison, mon Mèmed, mais mon petit, lui, est-il coupable ?

Le visage de Mèmed se transformait à chaque seconde. Dans ses yeux, le reflet pas plus grand qu'une tête d'épingle s'était éteint. Voyant que le Sergent était sur le point de presser sur la détente, qu'il n'y avait plus une seconde à perdre, il donna un coup de pied au canon du fusil appuyé sur la tête du gosse. Le coup partit, la balle s'enfonça dans le mur. Puis, en se tournant vers Djabbar, Mèmed lui dit :

– Lâche le gosse !

La femme, tour à tour, baisait chaque main de Mèmed.

– Va, Mèmed ! va trouver ce mécréant, et tue-le ! Tu as entièrement raison, mon petit. Qu'on ne m'appelle plus Zenep si je verse une seule larme après sa mort ! Trouve-le et tue-le ! Tu as le droit de le faire !

Mèmed ne dit pas un mot. Très lentement, comme si tout son corps se brisait, il sortit. Redjep le Sergent était furieux. Il jurait. Il saisit le bras de Mèmed, il le serra si fort qu'on aurait dit qu'il allait l'arracher :

– Toi, avec des sentiments pareils, tu ne peux ni te venger, ni être un bandit ! Abdi te fera coincer et tuer par ses hommes près d'un ruisseau. D'ailleurs, tu as déjà sur le dos un ennemi comme Dourdou le Fou !

– Écoute, Redjep le Sergent ! dit Djabbar. Ferme-la un peu ! Si on a un ennemi comme Dourdou le Fou, on a aussi des amis, comme la grande tribu des Satchi-Karali. Tu ne voulais tout de même pas qu'on tue ces gosses à la place d'Abdi ?

Redjep le Sergent se tut.

Les voisins qui avaient entendu les cris et les pleurs s'étaient amassés devant la maison d'Abdi agha.

– Mèmed n'est pas mort, il est bien vivant, se disait-on à l'oreille.

— Mèmed n'est pas mort !

— Il n'est pas question qu'il meure, Mèmed, avant de vaincre Abdi agha !

— Mèmed n'a pas tué les gosses !

— La pitié de Mèmed est aussi vaste que la mer !

Fendant la foule, les trois hommes s'éloignèrent de la maison. Cette foule était si silencieuse que, dans la nuit, on l'entendait respirer.

Mèmed parla enfin. Sa voix était brisée :

— Maintenant que les villageois nous ont vus, nous n'aurons plus de tranquillité. Sortons du village !

— Sortons ! dit Djabbar.

— Ma blessure ne va pas, dit Redjep le Sergent. Elle me fait très mal. Que va-t-on faire hors du village ? De plus, on crève de faim !

— On reviendra plus tard, dit Mèmed.

Ils marchèrent pour quitter le village. Ils laissèrent derrière eux le bruit, le tumulte. Des aboiements de chiens emplissaient le village. De tous côtés, de longs aboiements de chiens inquiets s'élevaient.

Redjep le Sergent soupira profondément et dit :

— Asseyons-nous ! Je suis fatigué. Je suis mort. Ma blessure ne me laisse pas de répit.

— Crénom, Sergent ! fit Djabbar, qu'est-ce que tu parles de blessures ? Tu es en pleine forme !

Le Sergent se dressa, furieux :

— Salaud de fils de chien ! hurla-t-il, si tu ouvres encore une fois la bouche contre moi, je te brûle ! C'est tout ce que j'ai à te dire.

Djabbar rit aux éclats. Mèmed intervint :

— Ne fais pas ça, Djabbar ! Tu vas nous amener une histoire.

— Oui, dit le Sergent, à cause de cet enfant de

putain, je ferai un malheur ! Un malheur, je le jure !

— Ne te fâche pas, crénom, Sergent ! dit Mèmed. Il plaisante !

— Il n'a pas à plaisanter. Je souffre le martyre.

— Allons, Djabbar, dit Mèmed, plus de plaisanterie !

Djabbar s'approcha du Sergent, lui prit la main et la baisa.

— Pardonne-moi ! Finie la plaisanterie !

— Ce maquereau a les poils du diable ! fit le Sergent en riant.

— C'est juré, plus de plaisanterie !

Ils s'assirent à terre. Ils attendirent que le bruit cesse dans le village, que tout le monde s'en retourne chez soi. Chacun pensait à autre chose ; aucun d'eux ne disait rien pendant ce temps.

Le bruit diminua petit à petit. Les aboiements s'arrêtèrent l'un après l'autre. Djabbar s'ennuyait dans ce silence. Il ne put se retenir :

— Redjep le Sergent ! commença-t-il.

— Quoi donc ?

— Redjep, si Mèmed ne s'était pas mis en travers, est-ce que tu aurais tué ce gosse ?

— Ça n'est pas tuer, c'est seulement prendre une vie. Qu'est-ce que tu crois ?

— Rien, je voulais savoir.

— Djabbar, dit le Sergent en serrant les dents, sûrement, dans ton village, la putain, c'était ta mère, et le maquereau ton père !

— Allons, tais-toi, Djabbar ! dit Mèmed.

— Bon, je me tais.

Tout le bruit cessa et le village fut de nouveau plongé dans le silence et l'obscurité.

— Allons, debout ! dit Mèmed. Soyons chez Ali le Demeuré avant qu'il fasse jour !

— Ah ! mon brave Mèmed. soyons-y au plus vite ! dit Redjep le Sergent.

Ils se levèrent. Comme la première fois, ils traversèrent le village dans le silence le plus total.

Ayant entendu de loin le bruit des pas, Ali le Demeuré avait ouvert la porte. Il attendit sur le seuil :

— Je n'ai pas dormi. Je vous attends depuis longtemps.

— Nous voilà, frère, dit Redjep le Sergent.

— Je vous ai fait cuire des poules, vous avez sans doute faim.

— Et comment, frère ! dit Redjep le Sergent.

Redjep le Sergent avait des cartouchières, une ceinture, une bretelle de fusil entièrement ornées de plaques d'argent qui venaient de chez un maître bijoutier. Il avait des moustaches tombantes teintes en rouge : il les passait au henné.

Dès qu'ils furent installés, une fille rougissante apporta le repas, en souriant discrètement à Mèmed. Il y avait du pilaf, tout chaud, qui fumait. On amena aussi, dans un plat de cuivre, une poule rôtie.

— Crénom, Sergent ! dit Djabbar, tu n'aurais pas dû être bandit, mais chef de bureau !

— Ferme-la ! cria le Sergent, de toute sa colère.

— Fiche la paix au Sergent ! fit Mèmed.

— Mais je n'ai rien dit de mal.

Il y avait déjà longtemps qu'Ali le Demeuré se préparait à dire quelque chose à Mèmed. Mais, tantôt on ne lui laissait pas la parole, tantôt il y renonçait de lui-même. Mèmed s'en aperçut :

— Oncle Ali le Demeuré ! dit-il, qu'est-ce que tu as à nous dire, crénom ! Tu es là, depuis ce matin, à avaler ta salive...

— Avaler ma salive ? Mais non ! Depuis que tu

étais enfant, je savais déjà que tu serais un homme de bien. Tu as bien fait de ne pas tuer ces gosses innocents.

C'en était trop pour Redjep le Sergent, qui ne sut plus se contenir :

– Toi, le vieux, dit-il, tu ne peux pas comprendre des choses comme ça. Est-ce que tu sais donc ce que c'est une affaire de vengeance ? Ça t'est-il jamais arrivé d'en avoir une ?

– Non, fit Ali, en courbant le dos.

– Eh bien, si ç'avait été moi, à la place de Mèmed, je n'aurais pas laissé âme qui vive dans la maison. Je les aurais tous exécutés. Et j'aurais rasé la maison. Compris, le vieux ?

– Oui.

Pendant tout le repas, la tête baissée, Mèmed gardait le silence, absorbé dans ses pensées :

– Oncle Ali le Demeuré, dit-il, Dieu te le rende au centuple ! Tu nous as rassasiés !

– Au centuple ! fit Djabbar.

– Au centuple ! dit le Sergent J'en suis tout ragaillardi !

Djabbar allait encore dire quelque chose, mais Mèmed lui coupa la parole :

– Oncle Ali, j'ai quelque chose à te demander.

– Vas-y !

– Dans quel village Ali le Boiteux est-il allé ? Le sais-tu ?

– On dit qu'il est à Tchagchak. C'est à deux jours d'ici à pied.

– Comment saurons-nous s'il y est vraiment ?

– La sœur d'Ali l'Aveugle est ici, chez le vieux. Ça fait deux jours qu'elle est venue, de là-bas. Je vais aller lui demander.

– Il nous faut absolument trouver Ali le Boiteux, dit Mèmed à Redjep le Sergent et à Djabbar. S'il est à Tchagchak, il nous faut y aller.

— D'accord, dit Djabbar.

— Et ma blessure ? dit le Sergent. Elle va de plus en plus mal.

— Ne viens pas, toi, mon Sergent. Tu peux rester ici, si tu veux. Ici, oncle Ali prendra soin de toi.

— Je te soignerai et je te cacherai.

Le Sergent resta saisi, comme frappé par la foudre :

— Moi ! dit-il, moi, je ne peux pas vous quitter ! Vous avez compris ? Je mourrai, mais je ne vous quitterai pas ! Mais j'ai une proposition à vous faire : envoyons-lui quelqu'un pour le faire venir ici !

La vieille femme d'Ali le Demeuré était restée assise tout à fait à l'écart. Elle intervint :

— Ce traître ? Ce traître, qui a amené toutes ces affaires à Mèmed en suivant sa trace ? Si vous l'envoyez chercher, il s'enfuira. Il prendra ses cliques et ses claques et disparaîtra. Il gagnera les montagnes. Comment viendrait-il jamais ici, ce mécréant ?

— Tu veux voir le Boiteux, fils ? demanda Ali le Demeuré, en regardant Mèmed dans les yeux.

— Oui, le Boiteux, dit Mèmed.

— Consentez-vous à coucher pendant deux jours dans notre étable ?

— Nous y coucherons même une semaine, dit Mèmed sans hésitation.

— Je vais tout de suite envoyer Ali l'Aveugle à cheval, pour qu'il cherche le Boiteux. Il lui dira que je veux le voir, qu'il s'agit de suivre une piste. On raconte qu'il a renoncé à suivre les pistes, qu'il a juré, après ton affaire, qu'il n'en suivrait plus. Mais pour moi, il viendra. Il viendra, même s'il ne doit pas suivre de piste. Tu ne lui feras pas de mal, hein, Mèmed ?

La femme d'Ali le Demeuré intervint :

— Pourquoi pas ? Qu'il le découpe en morceaux avec son couteau ! N'est-ce pas ce mécréant-là qui est cause de son malheur ? Qui l'aurait trouvé, mon Mèmed, dans la forêt, si le Boiteux n'avait pas été là ? Qu'Ali le Demeuré le fasse chercher ! Toi, mets-le en pièces devant cette porte, et moi je rassemblerai tous les villageois pour qu'ils voient le spectacle !

— Femme, ne parle pas comme une folle ! dit Ali le Demeuré. Ali le Boiteux n'a pas fait ça avec l'intention de faire du mal à Mèmed. Quand il suit une trace, il ne pense plus à rien. Il ne voit plus rien au monde. Il ne sait pas si ce qu'il fait est bien ou mal. Dès qu'on lui parle d'une piste, il perd la tête. J'ai bien vu sa mine, quand il est revenu de la forêt : tout blanc, plus de sang sous la peau. Une vraie face de cadavre. Tout le monde a témoigné contre Hatché, mais lui, il a préféré être chassé du village, rester sans feu ni lieu, plutôt que de le faire. Il a tout quitté, et il est parti. Mon Mèmed, ne fais rien à Ali le Boiteux ! Ce n'est pas un méchant homme.

— Méchant homme ou pas, fit la femme, c'est lui qui t'a amené toutes ces histoires, tue-le, mon Mèmed ! Si Ali le Demeuré ne l'envoie pas chercher et ne le fait pas amener, toi, vas-y ! Trouve-le, déniche-le, même s'il était rentré dans un trou de serpent ! Et ce grand poignard que tu portes au côté, flanque-le-lui dans le ventre !

— Attention, femme ! fit Ali le Demeuré en colère. Pour l'amour de Dieu, ne te mêle plus de nos affaires !

— Ali le Demeuré ! insista-t-elle, ne trouble pas l'esprit à ce garçon ! Qu'il sache ce qu'il a à faire !

— Ouais, persifla Ali, qu'il tue ce malheureux, chez qui suivre une trace est une véritable folie ! Il n'a même pas pensé qu'il arriverait des choses comme ça à Mèmed. Et quand bien il y aurait pensé, il aurait quand même suivi sa trace. C'est sa folie. Tue-le donc, Mèmed, ce malheureux, pour que ton cœur soit en paix !

— Mon cœur ne sera en paix, en paix profonde, dit encore la femme, que quand j'aurai vu le cadavre de ce traître !

— Tu ne lui feras rien, pas, mon Mèmed ? Tu ne lui feras rien, au pauvre gars ? insista Ali le Demeuré.

— Moi aussi, je lui ferai suivre une piste, dit Mèmed d'une voix lourde et pleine.

— Fais-lui suivre une piste pour commencer, puis tue-le, ce mécréant ! dit la femme. C'est lui qui t'a mis dans cette situation, et c'est à cause de lui que ta Hatché pourrit en prison !

Ali le Demeuré se pencha vers Mèmed et lui dit à l'oreille :

— C'est sa trace, à l'autre, que tu lui feras suivre ?

« Oui ! » fit Mèmed, des yeux.

— Eh bien, je suis content de ça, mon Mèmed ! Bien content ! Je vais aller de ce pas chez Ali l'Aveugle, je le ferai lever et se mettre en route. Ali le Boiteux ne fera pas l'ombre d'une objection. Il accourra. Maintenant, qu'on vous fasse un lit dans notre étable ! Vous y coucherez deux jours.

Puis il se tourna vers sa femme et cria :

— Femme ! Au lieu de raconter des choses sans queue ni tête, tu ferais mieux de faire des lits, dans l'étable, pour que nos hôtes puissent dormir ! Moi, je m'en vais chez Ali l'Aveugle.

— Va ! Va au diable ! dit la femme.

Le peu de cheveux qu'elle avait étaient tout

blancs. Toutes ses dents étaient tombées, et sa bouche semblait froncée comme l'ouverture d'un sac. Elle avait la peau brune et des yeux gris bleuté.

En s'approchant de Mèmed, elle fit des gestes pour lui montrer qu'elle allait lui confier un secret très important.

– Viens ! Viens près de moi ! lui dit-elle.

Puis se penchant à son oreille :

– Ne fais pas confiance à ces canailles-là. Pas plus à ton oncle Ali le Demeuré qu'à un autre. Tous sont les hommes d'Abdi le Mécréant. Il n'est pas impossible qu'ils t'enferment maintenant dans l'étable, et qu'ils aillent prévenir la gendarmerie. Ne leur fais pas confiance ! Pas plus à Ali le Demeuré qu'à un autre ! Mais sois tranquille, moi, j'irai faire le guet pendant deux jours près du moulin. Je vous avertirai dès que je verrai les gendarmes. Vous sortirez et pourrez vous enfuir. Eh oui, mon Mèmed ! Il n'y a que moi dans ce village qui ne veuille point qu'il vous arrive malheur ! Je t'ai hérité de Deuné ! Quel homme était ton père ! Tu es pour moi son héritage aussi. Je vais faire préparer votre lit dans l'étable. Voulez-vous vous coucher tout de suite ?

– Je meurs de sommeil, mère Huru ! dit Mèmed. Je suis mort. Depuis trois jours...

– Malheur, malheur de moi ! cria-t-elle.

Puis se tournant vers les femmes de la maison :

– Filles de mécréant ! Ces garçons meurent de sommeil, et nous ne nous en doutions pas ! Emmenez des lits dans l'ancienne étable à vaches ! Disposez-les sur la paille !

– Oh là là, oh, ma mère ! cria Redjep le Sergent.

– Qu'y a-t-il, Sergent ? fit Mèmed.

– Regarde donc mon cou ! Comme il a enflé ! Regarde ça ! il déborde d'entre mes épaules !

— On va tout de suite te soigner, dit Mèmed.

— Oui, fit Huru, la mère Huru va tout de suite te préparer un remède fameux : tu seras entièrement remis.

Les matelas furent bien vite portés dans l'étable. Les trois compagnons les suivirent. Accroché à la poutre du milieu, un petit morceau de bois résineux était allumé. La flamme paraissait hésitante. Le foin sentait agréablement une odeur amère. Des toiles d'araignée couvraient le plafond. Des brins de paille y étaient accrochés. Des milliers de brins de paille. Les femmes fermèrent la porte en sortant. Les premières lueurs de l'aube naissante filtraient par la lucarne.

Les lits étaient là, disposés sur la paille. Djabbar, à la tête du sien, bâillait à se décrocher la mâchoire. Redjep le Sergent le poussa et alla se jeter sur sa couche :

— Je suis brûlant, les enfants, dit-il. Ne dormons pas tous ! Qu'un de nous prenne la garde !

— Dormez, vous ! dit Mèmed. C'est moi qui la prendrai.

Il se mourait de peine.

Djabbar s'endormit sitôt couché. Le Sergent gémissait. Mèmed prit son fusil, monta en haut du tas de paille, et s'installa, la tête sur les genoux...

Vers midi, Huru apporta à manger à ses hôtes. Le Sergent gémissait toujours. En le voyant, elle s'écria :

— Zut ! J'ai oublié !

— Quoi donc, mère Huru ? demanda Mèmed.

— Le remède pour la blessure de notre frère, dit-elle en montrant le Sergent.

Elle s'éclipsa aussitôt.

Ils venaient de finir de manger quand Huru revint, portant un récipient qui fumait.

— Mon père, dit-elle, préparait ce remède. Ça guérissait tout de suite les plaies. J'en ai fait moi-même, pour notre frère.

Elle se mit vite à débander la plaie du Sergent. Elle avait des mains expertes. Les bandes collaient à la blessure. Sa tâche n'était pas aisée.

— Ah ! mon pauvre frère ! fit-elle, ta blessure est bien enflée ! Ah ! mon pauvre frère !

Redjep le Sergent serrait les dents et gémissait. Huru soigna et pansa la plaie. Elle l'enveloppa très proprement.

— Que tes mains soient bénies, ma sœur ! fit le Sergent. Que tes belles mains soient bénies ! Je me sens mieux.

Il retourna se coucher. Djabbar dit à Mèmed :

— Couche-toi, frère ! Je monterai la garde.

— Et moi, fit Huru, j'irai là-bas, au moulin. J'observerai, pour voir si on ne vous fait pas quelque tour de mécréant. Du plus loin que je verrai les gendarmes, je vous ferai prévenir. Dans cette maison, personne ne pourra faire de mal à mon Mèmed, au fils de ma belle Deuné ! Je vais là-bas, au moulin, observer la route qu'empruntent les gendarmes, quand ils viennent.

Mèmed se coucha, mais n'arriva pas à dormir. Il n'avait pas dormi depuis des jours, depuis des jours, il était fatigué, mais n'arrivait quand même pas à dormir. La mort de sa mère, l'emprisonnement de Hatché l'avaient ébranlé. Il était écrasé par tant de malheur. Il lui semblait quelquefois qu'il allait étouffer. Son cœur le brûlait. Il se laissait envahir par de sombres pensées et ne parvenait pas à les chasser. Parfois, il avait peur de n'importe quoi, de lui-même, des hommes, de ses camarades, de tout. Mais il ne faisait rien voir de ce qui se passait en lui.

Ce fut vers minuit que Djabbar vint pour le réveiller :

— J'ai sommeil. Prends la garde !

En réalité, Mèmed n'avait pas dormi. Il se leva, prit son fusil sous son bras, et alla s'installer en haut du tas de paille, les genoux contre la poitrine et la tête sur les genoux. Il se replongea dans ses pensées.

Vers le matin, il s'assoupit un peu.

Dès que la porte de l'étable s'ouvrit, il saisit son fusil.

— Quoi, Mèmed le Mince, tu ne vas pas me tuer ? dit Ali le Demeuré en souriant.

Mèmed ne répondit pas.

— Ali l'Aveugle vient d'amener le Boiteux. Ils sont à la maison. Réveille tes amis, et venez ! J'ai tout raconté à Ali le Boiteux. Il a très peur. Il crève de peur. Et ma folle de femme lui en a fait voir de toutes les couleurs. Elle s'est jetée sur lui en lui crachant au visage. « C'est moi qui te tuerai, si Mèmed ne le fait pas !» lui a-t-elle dit. Le Boiteux est terrifié. « C'est donc pour me faire tuer que tu m'as fait venir ? » qu'il me dit. Il tremble de tous ses membres. Il en mourra de peur !

En apprenant la venue d'Ali le Boiteux, Mèmed eut dans les yeux une lueur de satisfaction. Djabbar s'était éveillé. Ils eurent d'abord l'intention de ne pas réveiller le Sergent. Mais ils pensèrent qu'il en serait fâché, et finirent par l'avertir :

— Lève-toi, Sergent ! lui dit Djabbar. Lève-toi ! Le fameux suiveur de pistes, Ali le Boiteux, est venu ! Il faut que nous parlions avec lui.

Redjep le Sergent, qui ne pouvait pas tenir son cou droit, demanda, avec stupéfaction :

– Ali le Boiteux ? Ali le Boiteux ?

– Oui, Ali le Boiteux, le suiveur de pistes ! reprit Djabbar, avec insistance.

– Ah, le fils de... ! Ah, le fils de... ! Alors, il est venu ? Aïe, aïe ! Mon cou est tout cassé !

– Allons, Sergent, pas de blagues ! fit Djabbar.

– Debout ! dit Mèmed. Allons le trouver !

– Attendez-moi ! dit le Sergent.

Il ramassa fiévreusement ses affaires. Il mit bien en place tous ses harnachements rehaussés d'argent. Il se lissa longuement les moustaches. Il sortit son peigne d'argent, et se peigna avec soin. Il ne pouvait se résigner à regarder ses pieds : les semelles de ses chaussures étaient entièrement parties. Il essuya de son bras la poussière de son fez. Djabbar s'impatienta :

– Allons, Sergent ! nos chaussures ne sont pas fameuses, bien sûr, mais qu'y pouvons-nous ?

– Oui, qu'y pouvons-nous ? dit le Sergent.

Quand ils entrèrent dans la maison, Ali le Boiteux voulut se lever. Il se souleva un peu, puis se rassit. Il était tout pâle.

– J'ai amené notre frère Ali ! dit Ali l'Aveugle.

– Salut ! dit Mèmed.

Redjep le Sergent regarda Ali le Boiteux dans les yeux, en serrant les dents :

– C'est toi, le chien dépisteur ? Dis donc, t'as pas peur de Dieu ? T'as pas honte des hommes ?

Ali le Boiteux avait les yeux fixés devant lui, sur les cendres de la cheminée, et ne bougeait pas.

– Tais-toi, Sergent ! dit Mèmed. Je veux parler avec Ali agha.

– Eh bien, parle donc ! dit le Sergent avec colère. Parle avec ce salaud, ce sans-honneur, ce sans-conscience !

Mèmed vint s'asseoir tout près du Boiteux. Ses genoux frôlaient les siens :

— Ali agha, dit-il, tu vas me rendre un service. Viens donc un peu dehors avec moi !...

Ali le Boiteux semblait figé sur place :

— Mon Mèmed, dit-il, je ne pensais pas que tout allait tourner ainsi.

— N'aie pas peur, dit Mèmed, je vais te dire quelque chose, dehors.

— Aie pitié de moi ! gémit Ali le Boiteux. Je t'en supplie, aie pitié ! Ne me fais pas de mal comme je t'en ai fait !

— Lève-toi, je vais te dire quelque chose à l'écart.

Il n'y avait plus une goutte de sang sur le visage d'Ali le Boiteux. Il tremblait :

— Je t'en supplie, dit-il, aie pitié de moi ! Que mes gosses ne soient pas orphelins ! Je te baise les pieds, frère Mèmed ! Je t'ai fait du mal, ne m'en fais pas, toi !

Redjep le Sergent se fâcha :

— Ah ! c'en est assez, chien boiteux ! Lève-toi donc !

Il tira son couteau qui pendait sur sa hanche.

— Mon Sergent, dit Mèmed, ne touche pas à cet homme !

— Bon, ne le touchons pas ! Puis, après tout, ça ne nous regarde pas. Je te le laisse, prends-le, Ali le Boiteux, et mets-le comme une fleur sur ta tête !

— N'aie pas peur, Ali agha, dit Mèmed, je ne te ferai pas de mal. Si j'avais l'intention de te tuer, je pourrais le faire aussi bien quand tu es assis. Je veux te dire un secret à l'oreille.

— Que ma femme et mes enfants ne te maudissent point ! dit Ali, se levant.

Traînant sa jambe boiteuse, il alla attendre dans un coin obscur de la chambre. Mèmed le suivit :

— Écoute-moi, Ali le Boiteux ! Tous ces malheurs, c'est toi qui en es la cause. Bon ! Puis, tu as été courageux ! Tout ça, c'est le passé. Venons-en au présent. Tu dois me découvrir une piste.

— Je te donne ma parole qu'après ton affaire, j'ai fait le serment de ne plus jamais suivre de piste ! Tue-moi ! J'ai fait le serment. Je ne peux plus suivre de piste. Je ne souillerai plus mes mains de sang.

— Si tu ne le fais pas, alors je te tuerai !

Ali pencha la tête :

— Aie pitié, dit-il, pour l'amour de Dieu !

— Tu la suivras, cette piste, ne supplie pas en vain !

— Quelle est cette piste ? demanda Ali avec candeur.

— C'est celle d'Abdi agha. Tu vas la trouver, même s'il est dans le trou du serpent ou sous l'aile de l'oiseau. Tu vas me le trouver. Si tu ne le trouves pas, c'est alors que...

— Ah bon ! C'est ça que tu voulais me demander ? S'il ne te faut qu'Abdi, je le trouverai, même s'il est en enfer. Il doit être à présent au bourg, ou au village d'Avchar, ou au village du Jardin-Jaune. Il doit être dans un de ces trois endroits... Venez avec moi à Tchoukour-Ova, je vais vous le trouver comme si je l'avais caché moi-même ! Je le trouverai et vous le livrerai moi-même ! C'est ce mécréant qui a ruiné ma maison, parce que moi, je ne voulais pas faire de faux témoignage. Mes enfants et tous les miens, nous avons crevé de faim au village de Tchagchak. Je suis resté tout seul parmi des étrangers. Mets-le en pièces, ce mécréant-là ! Je ferai tout ce que je pourrai pour le trouver ! Je deviendrai bandit s'il le faut. Je deviendrai bandit et prendrai le maquis avec toi !

— D'accord ! dit Mèmed. Allons nous asseoir près de la cheminée ! Nous parlerons plus tard du reste. Toi, ne dis rien à personne ! Ali le Demeuré a flairé quelque chose, mais lui, il ne dira rien !

— S'il le faut, le monde entier peut bien le savoir, ça m'est égal. Tout ce que cet homme a fait aux gens du village, à toi, à Hatché, puis à moi, ça me pèse sur le cœur comme une montagne. Le monde entier peut bien le savoir. Si même ce n'est pas trop demander, je prendrai un fusil et je me joindrai à ta bande. Ça m'est égal qu'on sache ça, ma parole !

Mèmed alla s'asseoir près du foyer. Ali le Boiteux avait le visage tout souriant.

— Tu es tout sourire, Boiteux ! dit Ali le Demeuré. Est-ce donc qu'il y a encore une piste à suivre ?

— Non ! J'ai regagné l'affection de mon frère Mèmed, c'est pour ça que je suis content.

Cette nuit-là, ils furent quatre à coucher dans l'étable : Redjep le Sergent, Djabbar, Mèmed et Ali le Boiteux. Le jour n'était pas encore levé qu'ils quittèrent le pailler pour se mettre en route.

— Reste en bonne santé, mère Huru ! Et toi aussi, oncle Ali le Demeuré ! et vous tous ! dit Mèmed en s'en allant.

Le village, tout doucement, s'éveillait. Il y avait même deux ou trois cheminées qui commençaient à fumer.

— Mèmed, Mèmed ! dit Huru avec colère, si tu ne haches pas comme chair à pâté ce mécréant de Boiteux, ce traître, je te renie ! Les ossements de Deuné gémissent dans leur tombe ! Tu m'entends !

— Je te souhaite bonne route, mon petit ! dit Ali le

Demeuré. Ne prête pas attention à ce que dit cette folle !

Puis se tournant vers Ali le Boiteux :

– Ali, excuse-nous ! Il n'y a rien de pire que la vieillesse, pour les femmes.

Quand ils furent sortis du village, Ali le Boiteux dit :

– Ah ! Enfin je verrai, de mes yeux, la mort du mécréant !

En disant cela, il se passait la langue sur les lèvres, comme il le faisait quand il était content. Il reprit :

– Écoute-moi bien, frère Mèmed ! Je t'ai fait beaucoup de mal, mais désormais, je veux te faire beaucoup de bien. Quand nous aurons liquidé ce mécréant, je veux m'employer à t'aider. Tu es miséricordieux, tu es un brave garçon. Tout autre, à ta place, m'aurait tué depuis longtemps. Toi, tu as compris que, dans tout ça, je n'étais pas coupable. Tiens ! Si j'avais menti en connaissance de cause, pour témoigner contre Hatché, alors, là, ma faute aurait été sans pardon possible.

Ça faisait un bon moment que Redjep le Sergent ne s'était pas mêlé à la conversation. Il dit au Boiteux :

– Alors, comme ça, tu es un bon suiveur de pistes ?

– J'en étais un. Mais maintenant, je suis lié par un serment. J'ai juré de ne plus suivre de pistes humaines.

– Et celles d'animaux, qu'est-ce que tu veux en faire ?

– Je continue à suivre les traces de gibier, mon agha, avec les chasseurs. Sans ça, je mourrais. Si je ne suivais plus de pistes, je mourrais.

— Eh bien ! fit Djabbar.

— Oh, ma mère ! gémit le Sergent.

Puis ils n'ouvrirent plus la bouche jusqu'au moment où ils arrivèrent dans la plaine du Rocher-Suspendu. Les chemins étaient couverts de rosée. La terre, là, était rouge. Et elle dégageait une odeur. Une odeur qui rappelait celle de Tchoukour-Ova.

— Oh ! là là ! fit le Sergent. Oh, ma mère ! J'ai les genoux brisés. Et je ne peux tenir ma tête droite.

— Pas de blagues, crénom, Sergent ! dit Djabbar. Qu'est-ce qui t'arrive ?

— Oh, là là ! Ma mère !

— La blessure est très enflée, dit Ali le Boiteux. Ça ne peut pas aller comme ça. Elle s'irritera de plus en plus. Il faut descendre dans un village. Près d'ici, il y a la maison d'Ummet le Blond. Si vous voulez, allons-y ! C'est un brave homme.

— Impossible ! dit le Sergent. Je ne reste pas dans les maisons pour une blessure. Je ne peux pas laisser tomber la poursuite de ce mécréant.

Puis il s'échauffa :

— Mèmed ! Djabbar ! Ici vous me donnerez le commandement de la bande, pour cette poursuite. Quoi que je dise, vous ne vous écarterez pas de ce que j'aurai ordonné. Entendu ?

— Entendu, Sergent ! dit Mèmed.

— Entendu, quoi qu'il arrive ! dit Djabbar. Mais voyons, que comptes-tu faire ?

— Quiconque s'opposera à mes ordres, dit le Sergent, je l'abattrai, fût-il mon propre père !

— Bien, dit Djabbar. Mais que comptes-tu faire ? Personne ne transgressera tes ordres, mais dis-nous ce que tu vas faire ?

— Ne te mêle pas de la suite ! fit le Sergent. Et toi,

Ali le Boiteux, tu t'es engagé à retrouver ce mécréant d'Abdi ?

– Oui ! Et même si je ne m'y étais pas engagé, je voudrais le tuer. Je veux le manger tout cru !

– Maintenant, parle-moi bien en face ! Voyons, dis-moi où il est, d'après toi, Abdi ?

– Pour l'instant, je ne peux pas le savoir. Il est descendu, soit au bourg, soit au village d'Avchar. Peut-être même qu'il est descendu jusqu'à Yurèguir. S'il sait que nous allons le chercher, il est sûrement dans la plaine de Yurèguir. Les bandes ne peuvent pas descendre à Yurèguir. On ne se cache pas, dans la plaine.

– Bien ! Et s'il est descendu à Yurèguir, qu'est-ce que nous ferons ?

– Je l'épierai. Dès qu'il quittera Yurèguir, je vous avertirai. Je ne lâcherai pas sa trace.

– Et maintenant ?

– Maintenant, vous allez rester dans la maison d'Ummet le Blond. Moi, je descendrai à Tchoukour-Ova et je retrouverai Abdi. Je viendrai vous renseigner. Allons donc chez Ummet le Blond ! C'est un de mes parents éloignés, et il n'aime pas du tout le mécréant.

Vers le milieu de l'après-midi, ils arrivèrent à la maison d'Ummet le Blond, entièrement isolée au sommet d'une colline boisée. Ali le Boiteux dit à Ummet, en lui présentant Mèmed :

– Voici notre ami Mèmed le Mince !

– Frère, dit Ummet, je savais que tu avais pris la montagne et j'en étais très heureux. Je désirais beaucoup te voir.

Ali le Boiteux laissa tout le monde en plan dans la cour de la maison, tourna les talons, et s'en alla. Ummet le Blond cria derrière lui :

— Eh, frère Ali ! bois donc un café, avant de partir comme ça !

Ali le Boiteux, sans même se retourner, répondit, comme pour soi-même :

— J'ai à faire, frère Ummet ! Une affaire urgente !

XXII

Traînant la jambe, trébuchant à chaque instant, le Boiteux marchait très vite, presque en courant. Un vent léger soufflait dans la nuit. Il y avait une lune pâle. La lumière tombait en flaques à travers les arbres.

« Je le trouverai, même s'il se cache sous l'aile d'un oiseau ! » se dit-il.

Il se rappela comment sa maison avait été démolie. La maison à laquelle il avait travaillé de longues années, qu'il avait rendue si accueillante, si proprette, les hommes d'Abdi agha l'avaient démolie en une heure et n'en avaient laissé que des ruines. Il serra les dents. Il marcha encore plus vite.

Il faisait à peine jour quand il entra au bourg. Il se dirigea vers la place du marché. Le balayeur de rues, Mourat le Réfugié, balayait la place en soulevant des nuages de poussière. Il semblait avoir froid. L'ayant salué, le Boiteux marcha, toujours très vite, vers le café de Tevfik qui venait d'ouvrir. Il demanda du thé. On lui apporta un thé fumant. Bouillant d'impatience, il demeura au café jusqu'à ce que les boutiques s'ouvrent.

Il prit la direction de celle de l'Oncle Moustafa, comme les premières lueurs du jour tombaient sur les trottoirs de pierre blanche. Oncle Moustafa venait de Marache. Il était charmant, avec sa barbe blanche. Il n'avait pas encore ouvert la boutique. Ali s'assit devant la porte, en s'appuyant contre elle. Il attendit. Un chien galeux passa devant lui, le museau au sol. C'est en face que Hadji l'Aveugle battait le fer. Peu après, ce dernier arriva, et se mit à marteler sur son enclume en chantant.

Le fumier étalé au pied du mur d'en face dégageait une sorte de buée. Quand le jour se leva complètement, la buée disparut. Puis, tout au bout de la rue, arriva Moustafa. Quand il vit Ali le Boiteux à sa porte, de si bon matin, il se mit à rire :

— Qu'est-ce qui se passe, Ali ? dit-il, qu'est-ce qui se passe ? C'est la piste d'un voleur qui t'a mené vers ma boutique ?

Ali se dressa, en s'étirant :

— C'est bien ça ! répondit-il.

— Entre donc, Ali ! dit Moustafa efendi, après avoir ouvert la boutique. Où étais-tu donc ? Tu avais disparu ?

— Eh oui, c'est comme ça !

— Mais qu'est-ce que tu deviens ?

— J'ai eu des tas de malheurs, ne m'en parle pas !

— Oui, j'ai su ça.

— Eh bien, voilà ! c'est comme ça!

— Abdi a mal agi. Il fait ses cinq prières par jour, il est très pieux, mais en cela, il a mal agi. C'est inhumain, ce qu'il t'a fait.

Ali voulut tâter le terrain :

— D'après ce que j'ai ouï dire, il paraît qu'Abdi agha est ici. Qu'est-ce qu'il cherche ici ? S'il est là, il vaut mieux que je m'en aille. Il peut me chercher noise.

— N'aie pas peur, Ali ! Il craint surtout pour sa

propre vie. Tu sais bien, le gosse, c'est un bandit, à présent. Il paraît même que c'est un bandit sans peur. Abdi se cache dans tous les trous pour le fuir. Il n'ose même pas rester au bourg. Hier, il est venu m'acheter des cigarettes et des allumettes. Il est parti au galop sur son cheval. Il est allé au village de la Poussière-Blanche. On dit qu'il va s'établir là-bas. Celui qui n'a pas de foi triomphe de celui qui n'a pas de religion. Résigne-toi. Il t'a fait du mal, ne lui en fais pas à ton tour ! Vois ! Il fuit devant un gosse pas plus grand que ça !...

— Chez qui penses-tu qu'il habite au village de la Poussière-Blanche ? interrogea Ali sans en avoir l'air.

— Chez qui veux-tu qu'il habite ? Il habite chez le syndic Hussein. C'est d'ailleurs son parent.

Pour s'assurer qu'Abdi était bien au village de la Poussière-Blanche, Ali demanda encore :

— Il n'aime pourtant pas le village de la Poussière-Blanche ! Quand il descendait à Tchoukour-Ova, il habitait chez son cousin, au village du Jardin-Jaune !

— Tu ne sais pas ce que tu dis, Ali ! dit Moustafa efendi en se fâchant. Le bonhomme a la face jaune comme de l'ambre, il n'a plus une goutte de sang au visage ! Tu crois qu'il va confier sa vie à cet innocent qu'est son cousin ? Quelle canaille, cet Abdi ! Mais il paraît que le jeune gars a fait une descente, il y a quelques jours, à la maison d'Abdi, qu'il a failli tuer ses enfants, qu'ensuite, il en a eu pitié, et qu'il y a renoncé. Un détachement de gendarmes s'est mis en campagne, pour rechercher l'enfant-bandit. Il s'appelle Mèmed le Mince, à ce qu'on dit. Le syndic Hussein est un homme vaillant. A moins qu'on ne le tue, il ne livrera pas son hôte ! Quelle canaille, cet Abdi !

Il n'est pas assez fou pour aller au village du Jardin-Jaune ! Si tu allais à la Poussière-Blanche, tu le trouverais maintenant assis devant la cheminée d'Hussein. Comme si tu l'y avais installé toi-même !

— Tout se paie ! dit Ali. Il m'a fait du mal, Dieu lui en fera !... Il va encore traîner longtemps chez les autres ! Longtemps encore la peur le fera suer à mort !

— Résigne-toi, résigne-toi, tout se paie ! marmotta encore Moustafa efendi.

Bien qu'il sût à présent où trouver Abdi agha, Ali ne s'en contenta pas. « Il ne faut pas que j'amène le Mince pour rien à Tchoukour-Ova, il pourrait bien lui arriver un pépin !» pensa-t-il.

Chez Moustafa efendi, il acheta un peu de halvâ ; il prit un pain à la boulangerie d'en face. Puis il se mit en route pour le village de la Poussière-Blanche.

A une heure du bourg, on tombe sur les marais de la rivière d'Agtchasaz. Les fourrés au bord de l'eau sont touffus comme des forêts. Le ruisseau limpide de Savroun passe à travers en se salissant et se mêle à la boue d'Agtchasaz. Tout le monde, ici, souffre du paludisme.

Ali faillit perdre son chemin à travers la jonchaie du Mûrier-Solitaire ; il chercha une piste, à gauche. Il trouva celle d'un chacal et se mit à la suivre. La piste allait tout droit vers les marais. Il était content d'avoir cette piste, mais elle le mettait en colère. « Il est complètement fou, ce chacal ! » se disait-il. Mais il continuait à suivre la piste. Tout en jurant contre le chacal, il la suivit encore un bout de temps. A la fin, elle le mena sur un terrain sec. « Il n'est pas bête du tout, ce chacal fils de chien ! se dit-il ; d'ailleurs tous les chacals sont malins !...»

Bref, le second jour, vers midi, il arriva au village

de la Poussière-Blanche. Il y avait là vingt-cinq à trente habitations. Des huttes. L'herbe des toits était toute fraîche. Toutes les huttes des villages de marais ont leur toit recouvert d'herbe fraîche. Le marais étant tout près, on coupe facilement l'herbe et on la dispose sur le toit. Mais sur le toit des huttes éloignées des marais, l'herbe, dévorée par le soleil, a une couleur argentée.

Ali le Boiteux s'enfonça dans la solitude du village. Il n'y avait même pas une mouche. Seule, la tête d'une femme apparut et se retira, à la porte d'une petite hutte dont les parois avaient fléchi.

– Sœur ! lui cria Ali le Boiteux, quand la tête de la femme disparut, sœur ! où est la maison d'Hussein agha ?

La femme retourna à la porte. Elle montra une bâtisse au centre du village, recouverte à moitié d'herbes et à moitié de tôles. Ali, traînant sa jambe, se mit à marcher dans cette direction, le souffle coupé par l'émotion.

La grande porte était ouverte. Il s'arrêta un moment devant. Un homme de grande taille, qui se trouvait à l'intérieur, vint sur le seuil :

– Qu'est-ce que tu veux, mon frère ?

– Je suis un pays d'Abdi agha, je lui apporte une nouvelle.

– Entre ! dit l'homme.

Traversant la longue maison d'un bout à l'autre, il arriva à une chambre tapissée de kilims*, où un feu brûlait en crépitant. Il vit, penché vers la cheminée, Abdi agha qui se balançait en somnolant, tout en égrenant très doucement son chapelet. Il attendit un moment devant la porte.

L'homme de haute taille, s'approchant d'Abdi, lui dit :

— Agha, quelqu'un de votre village est là !

L'air absent, l'agha leva lentement la tête. Il fixa son regard sur Ali. Ali restait là, penché sur sa jambe boiteuse. Au début, l'agha ne le reconnut pas. Il le regarda encore, en clignant des yeux. Dès qu'il le reconnut, il pâlit. Il voulut parler, il n'acheva pas, on ne put comprendre ce qu'il disait. Ali s'approcha de lui. Les yeux d'Abdi agha s'agrandirent. Son chapelet lui tomba des mains.

— Approche donc, Ali, parvint-il à dire. T'as une nouvelle du village ?

Ali s'assit près de lui, non loin de la cheminée.

— Dis voir, tu as une nouvelle ?

Ali jeta un regard sur l'homme qui se tenait debout. Abdi agha comprit.

— Osman, nous voulons rester seuls, dit-il à l'homme. Sors donc un peu !

L'homme sortit et ferma la porte.

— Quelle nouvelle, mon Ali ? dit Abdi agha en se rapprochant de lui.

Puis son visage changea, et prit une expression effrayante :

— A moins qu'à présent, ce soit ma piste que tu suives ?

Il y avait sur le visage d'Ali le Boiteux une expression tellement pitoyable qu'on aurait cru qu'il allait pleurer, que, malgré son âge, il allait fondre en larmes :

— Ah ! mon agha, dit-il, tout ce qui m'est arrivé à cause de cette histoire de piste !... J'ai dû quitter mon village, j'ai perdu ma maison, mes biens. Et à présent, c'est de ma vie qu'il s'agit ! Mèmed le Mince est venu me surprendre au village de Tchagchak et m'a conduit à Dèyirmènolouk. « Je vais le pendre, ton Abdi agha, qu'il me dit. Je vais vous tuer ensemble ! » La nuit, il est entré chez toi. Il a cassé la porte. On entendait des cris, des bruits. C'est à ce moment que je pus fuir. Je suis allé chez Heussuk. Heussuk a dénoué mes mains ligotées derrière mon dos. J'ai dit à Heussuk : « Va ! Va voir ce qui se passe chez mon agha ! » Heussuk est allé voir, puis il est revenu : « L'agha n'est pas là », m'a-t-il dit. Mèmed avait fermé la porte à clé, personne ne pouvait entrer dans la maison, on entendait crier les femmes et les enfants. Deux autres bandits cherchaient dans tout le village pour me trouver, paraît-il. Eh oui, mon agha ! J'ai dû fuir de là. Au moment de partir, il y avait dans le village une atmosphère de jugement dernier. On entendait les cris jusqu'à la rivière d'en bas. Je suis venu te trouver pour que tu fasses quelque chose.

Le visage d'Abdi agha pâlit et changea d'expression.

Ali le Boiteux se mit à pleurer. Il sanglotait :

— Mon agha ! mes enfants et ma femme sont restés au village de Tchagchak. Je ne suis pas fautif, moi ! Je ne pourrai jamais plus remonter là-haut. Dis-moi un peu ce qu'il faut faire, mon agha. Et toi, que vas-tu devenir, mon agha, dans les villages de Tchoukour-Ova ? Passe encore pour des gens comme nous, mais je me fais de la bile pour toi. Tu es un grand agha. L'agha de cinq villages ! Partout, dans tous les villages de la montagne, on raconte que tu as fui devant un gosse haut comme le pouce. Passe encore pour moi ! C'est sur ton sort que je pleure.

Les joues et le cou d'Abdi agha devinrent cramoisis ; ses yeux s'emplirent de larmes :

— Mon petit Ali, dit-il, je t'ai fait du tort. Ramène ta famille dans ton village ! Je vais te faire un mot pour qu'on te donne chez moi des bœufs et du grain.

Va, excuse-moi, mon petit Ali ! Ramène ta famille dans ton village !

— Comment puis-je ramener ma famille au village ? Il va me tuer, la canaille, fils de canaille !

— N'aie pas peur. Je ne le laisserai pas vivre longtemps dans la montagne. Il est au plus mal avec Dourdou le Fou. J'ai envoyé un message à Dourdou. Bientôt, je lancerai aussi la bande de Tchitchekli à ses trousses. N'aie pas peur de lui ! Je vais le faire attraper comme une perdrix. Il suffit que je sois en vie. N'aie pas du tout peur !

Il mit sa main dans sa poche. Il en sortit une liasse de billets verts et en tira une dizaine :

— Prends ça, mon fils Ali, pour ton argent de poche ! A présent, je vais te dire quelque chose : tu iras tout droit au village. Tu diras chez moi qu'on descende trois troupeaux de moutons à Tchoukour-Ova. Ne te fais pas remarquer par ce traître ! Si tu veux, vas-y la nuit. Que personne ne te voie ! De là, tu enverras un garçon de ferme chez toi. Qu'il te ramène ta famille au village ! Et toi, apporte-moi des nouvelles de la mienne. Qu'est-ce que ce maudit a bien pu leur faire ? J'en suis un peu inquiet ! Mange quelque chose et mets-toi en route !

Ali se remit à pleurer.

— Ne me fais pas ça, mon agha ! Ne me renvoie pas là-haut ! Je me suis échappé une première fois. Cette fois, il me tuerait !

L'agha se fâcha :

— Tu vas te mettre tout de suite en route ! Tu feras tout ce que je t'ai dit ! N'aie pas peur ! Les gendarmes l'ont peut-être déjà arrêté. Qu'est-ce qu'il peut savoir du métier de bandit, lui ?...

— Bon ! Je m'en vais, mon agha. C'est vrai, qu'est-ce qu'il peut en savoir ?

On apporta à manger à Ali. Il mangea rapidement et se mit en route.

– Je vais au village. Je viendrai rendre compte à mon agha, dit-il en partant.

Il marchait comme s'il volait. Il avait oublié qu'il boitait. Sans se reposer une seconde, il fut chez Ummet le Blond en un jour et demi.

Devant la porte, il siffla doucement. Il était minuit. Ummet reconnut le sifflement et sortit :

– Sois le bienvenu, frère ! dit-il. Parle à voix basse. C'est plein de gendarmes, dedans. Ils sont à la poursuite de ton gars, ils en reviennent. A présent, ils dorment. Le Sergent Assim est fou de rage. Quant aux gaillards, ils sont à leur aise dans la grange. Je leur ai fait cuire un agneau. Ce Mèmed le Mince est un fameux lascar, trempé comme de l'acier ! Il ne dit rien. Il a un air indifférent à tout, mais on voit qu'il est tout plein de choses. On le voit à ses yeux, ils brillent tout le temps. Tu vas voir, il aura la grande réputation de bandit de ces montagnes. Viens, que je te conduise !

Ils allèrent vers la grange. Ummet le Blond ramassa deux cailloux et les frappa trois fois l'un contre l'autre. La porte s'entrouvrit.

– C'est moi, dit Ali le Boiteux.

– Sois le bienvenu ! dit Mèmed.

Il se retira à l'intérieur et ferma la porte.

– Ton camarade Ummet, continua-t-il, en voilà un brave type ! Un très brave homme. Un autre que lui nous aurait livrés depuis longtemps. Il nous aurait depuis longtemps attiré une bagarre avec les gendarmes. Je suis content que tu sois revenu.

– Frère, dit Ali le Boiteux, je l'ai trouvé. Il était assis devant la cheminée de Hussein agha, au village de la Poussière-Blanche.

De joie, Mèmed ne sut que faire. Il sortit de sa poche une allumette et la craqua. C'était une grande imprudence. Le bois résineux était placé au seuil de la porte ; il le trouva et l'alluma. Djabbar et le Sergent dormaient dans un coin, tous deux dans le même lit. Il s'approcha doucement et secoua un peu Djabbar. Aussitôt, celui-ci bondit, les yeux agrandis par la peur, et se précipita sur son fusil. Mèmed saisit l'arme :

— Ce n'est rien, Djabbar, c'est moi !

— Qu'est-ce qu'il y a ? Qu'est-ce qui est arrivé ?

— Ali est revenu.

— Ali ?

— Oui !

— L'a-t-il trouvé ?

— Oui !

— Alors, notre affaire est en bonne voie ?

— Oui !

— On part aussitôt, alors ?

— On se met tout de suite en route !

— Tout de suite en route. Mais l'état de Redjep le Sergent empire. Il n'arrive plus à tourner la tête. Il craint de mourir.

— Que faire, alors ?

— Si on le laissait ici ?

— Il ne restera pas, il nous causera des ennuis. Puisqu'il y a rien à faire, réveillons-le !

— Réveille-le ! dit Mèmed.

Djabbar secoua le Sergent. Tout ensommeillé, celui-ci se retourna sur le côté droit.

— Debout, Sergent !

— Mais je suis mort, vraiment mort !

— Lève-toi, dit Djabbar, lève-toi, bon Dieu ! On doit se mettre en route tout de suite !

Il le prit par la main et le souleva. Le Sergent grogna :

— Laisse-moi tranquille ! Je te dis que je me meurs ! T'as compris, je me meurs !

— Je te supplie de te lever, mon lion, mon cher Sergent, allons ! T'étais pas notre chef de bande ? C'est comme ça, quand on est chef de bande ?

Quand il lui lâcha la main, le Sergent retomba sur le lit et recommença à dormir.

— Le pauvre ! dit Mèmed, c'est la première fois qu'il dort, depuis des jours. Il s'est assez démené contre son mal.

— Mais qu'allons-nous faire, alors ? demanda Djabbar. On le laisse ici ?

— On ne peut pas.

Mèmed prit le Sergent par les poignets et le souleva ; puis, se baissant à son oreille, il lui répéta plusieurs fois :

— Sergent ! Sergent ! Abdi agha se trouve au village de la Poussière-Blanche ! Poussière-Blanche, Poussière-Blanche !... Il vient d'arriver, Ali le Boiteux est arrivé ! Ali le Boiteux !

Redjep le Sergent ouvrit les yeux.

— Quoi ? demanda-t-il.

— Nous avons découvert l'endroit où se cache Abdi agha ! Au village de la Poussière-Blanche !

— Est-ce Ali le Boiteux qui l'a trouvé ?

— Oui.

— S'il ne l'avait pas trouvé, j'avais décidé de le descendre. Il a sauvé sa peau.

Sur ces mots, il se leva. Son visage était ravagé comme s'il avait bu du poison. Il cherchait à ne pas montrer combien son cou le faisait souffrir.

— Les gars, dit-il, avant de partir, mettons encore une fois de l'onguent sur ma plaie. Redjep le Sergent va accomplir le plus bel exploit de sa vie. Il va tuer Abdi le Mécréant. Tous les péchés que j'ai pu commettre devant Dieu me seront pardonnés !

— Attendez, c'est moi qui vais mettre l'onguent ! dit Ali le Boiteux.

Il s'assit tout près de Redjep le Sergent.

— Dis donc, Ali, lui dit Redjep, si tu ne l'avais pas trouvé, tu étais foutu. Je t'aurais tué !

— Mais je l'ai trouvé, cet ennemi du pauvre. Faites-lui son compte !

— Tu vas voir, comme je vais le lui faire !

Dans une boîte à cirage, Ali prit un peu d'onguent, dont il recouvrit soigneusement la plaie de Redjep, puis il la banda.

— Allons, partons ! dit Redjep. Faites vite ! Chaque minute qu'il vit de plus, l'infâme, est de trop !

Aussitôt, ils furent dehors. Ils avaient même oublié de dire adieu à Ummet. Ils se mirent en route.

— Enfin, notre jour est arrivé, dit Djabbar.

— Merci, mon Dieu, pour ce jour-là ! dit Mèmed.

Il ne savait que faire, il débordait de joie. Il marchait devant, comme s'il volait, suivi d'Ali le Boiteux.

Celui-ci raconta tout ce qui s'était passé, comment il avait roulé Abdi, qui lui avait donné dix livres. Ça les faisait rire.

Quand ils arrivèrent au Mûrier-Solitaire, ils mouraient de faim. Emportés par la joie, ils ne s'étaient arrêtés nulle part ; se cachant le jour, ils avaient marché la nuit à travers monts et bois.

— Ne vous inquiétez pas ! dit Ali le Boiteux, je vous apporterai du pain, tout de suite. Attendez-moi dans ce creux !

Il alla au village du Mûrier-Solitaire. A une demi-heure de là, de l'autre côté du château fort d'Anavarza, on voyait le village de la Poussière-Blanche.

Une demi-heure après, il revint avec un sac plein de pain et un autre de yoghourt :

– J'ai volé le yoghourt, dit-il ; il était suspendu à une poutre de la maison ; je l'ai pris comme si c'était chez moi.

Ils mangèrent, puis roulèrent une cigarette.

On voyait, à son visage, que la blessure de Redjep le Sergent était intolérable. Il serrait les dents et crispait son visage. Il n'arrêtait pas de grogner. Il disait :

– C'est moi le chef de la bande ! Si cette fois-ci vous vous mêlez de ce que je fais, tant pis pour vous. J'ai fait tant de mal, laissez-moi une fois faire le bien ! Vous allez faire tout ce que je vous dis ! Compris ?

Il se tourna successivement vers Djabbar et Mèmed :

– Compris, Djabbar ? Compris, Mèmed ?

– Compris !

– Compris !

– On va maintenant attendre ici jusqu'à ce qu'il fasse nuit. Et la nuit nous irons nous cacher dans les fourrés qui bordent le village. Vous, ne vous mêlez de rien ! Je connais chaque pouce de terre, chaque pierre, dans ce coin-là. Compris ? Pierre par pierre. Ce qu'on voit là-bas, c'est l'île de Djeyhan. Derrière l'Anavarza, il y a le village de Hadjilar. Quand on aura tué le bonhomme, on va monter derrière Hadjilar, pour atteindre la montagne. Après cette histoire, on va envoyer à nos trousses au moins une compagnie de gendarmes. Ce ne sera pas facile de s'en sortir ! Mais personne ne connaît ce coin-là comme moi ! J'en connais tous les trous. Vous me jurez que vous ferez tout ce que je vous dirai de faire ? Le frère Manchot n'a pas suivi mes instructions, c'est ainsi qu'il a été cause de la ruine de toute sa bande. Il a été tué aussi. Tchoukour-Ova et Redjep le Sergent, ça ne fait qu'un ! N'oubliez pas ça non plus !

L'endroit où ils se trouvaient était le lit d'un torrent. Les eaux avaient entraîné jusque-là et enterré, au pied des buissons, des galets blancs, de l'écorce de pin, des joncs, des racines de laurier-rose. Les eaux, passant au travers des buissons sans les déraciner, avaient déposé à leur pied tout ce qu'elles charriaient ; puis, sautant par-dessus les berges, elles avaient creusé les bords du champ voisin. C'est dans ce creux que Mèmed et ses amis étaient tapis.

Le soir arriva. Le jour baissait et dorait la surface immensément plate de Tchoukour-Ova. Les franges des nuages s'illuminèrent. Le soleil s'immobilisa à l'autre bout de la plaine.

— Il y a longtemps, dit Redjep le Sergent, que je n'ai vu le soleil se coucher sur Tchoukour-Ova. Il s'arrête un moment à ras de terre, rougit comme du sang, puis, soudain, disparaît à l'horizon. Arrêtez que je le regarde ! Car je vais mourir. Arrêtez un peu, que je le contemple !

Djabbar rit.

— Pourquoi ris-tu, crénom, enfant de chien ? dit le Sergent, irrité.

— Je ris d'Ali le Boiteux.

Le Sergent se tut.

La nuit tomba. Le Sergent, les deux mains sur les hanches, absorbé, dressé contre les dernières lueurs du jour, ressemblait à une statue :

— De toute façon, je vais mourir, dit-il, j'ai tout de même vu encore une fois le coucher du soleil sur Tchoukour-Ova !

Ils traversèrent la plaine du Mûrier-Solitaire, puis ils tombèrent sur des marais.

Quand ils purent en sortir, les huttes du village de la Poussière-Blanche apparurent. Quelques-unes laissaient filtrer de la lumière. Autour d'elles, c'était l'obscurité la plus complète. Fatigués, les hommes s'assirent, leur dos aux buissons.

Ali le Boiteux s'apprêta à allumer une cigarette. Le Sergent, qui s'était mis à gémir faiblement, rugit :

— Maquereau boiteux ! Je vais t'étendre raide à terre ! Remets cette allumette dans ta poche !

Le Boiteux s'exécuta sans rien dire. Le Sergent continua, d'un ton sec, dur :

— J'ai encore quelque chose à vous dire. Le premier qui fait autre chose que ce que je dis, même si c'était mon père, je l'abats ! Dites voir, c'est bien moi le chef de la bande ?

— C'est toi, Sergent ! dirent-ils.

Là-dessus, le Sergent pencha la tête en avant et réfléchit une demi-heure. Puis il releva la tête, se tourna vers Mèmed, et lui demanda :

— Cet Ali le Boiteux, est-ce qu'il te servira encore à quelque chose, après ?

— Oui.

— Un bandit a toujours besoin d'un homme comme Ali le Boiteux.

Puis le Sergent se tut un long moment. Le temps passait. Djabbar ne put surmonter son impatience :

— Eh quoi, Sergent, tu dors ? fit-il.

Le Sergent en fut très fâché :

— Petit de chien ! dit-il en serrant les dents, est-ce que c'est facile d'enlever comme ça un homme dans un grand village au milieu de la plaine ? Je ne dors pas, je tire des plans.

Il se replongea dans ses pensées. Quelque temps

après, il releva la tête, comme s'il se réveillait. Il arrêta successivement son regard sur chacune des silhouettes sombres : la faible lueur des étoiles ne permettait pas de distinguer les visages.

— Alors, les gars ! dit Redjep le Sergent (sa voix était chaude et tendre, presque maternelle), mon compte sera bon, après ce coup ! Je ne guérirai pas de ma blessure, elle me tuera. Je le sais bien. C'est pour vous que je me fais du souci. Je me fais du souci pour Mèmed le Mince. Il a du cœur. Depuis des années, il n'y a que lui, parmi les hommes des cinq villages, qui ait tenu tête au tyran. Il promet. Si je ne meurs pas, je prendrai soin de lui comme de la prunelle de mes yeux. Mais je vais mourir !

Il se tourna vers le Boiteux :

— Toi, Boiteux, tu es un homme intelligent. De plus, tu n'es pas bandit. Tu peux beaucoup aider Mèmed.

— Je ferai tout ce que je peux pour Mèmed. La destruction de ma maison, mon expulsion du village me pèsent sur le cœur comme une pierre de meule.

— Attention ! dit le Sergent, nous irons chez Hussein agha vers minuit. Nous ferons ouvrir la porte. Nous tuerons Abdi dans la maison, puis nous sortirons. Mais il ne faut pas qu'Ali le Boiteux vienne avec nous.

— Il est d'ailleurs minuit, dit Mèmed. Allons-y tout de suite, si tu es d'accord. Tout de suite !

Le Sergent se leva, arrangea ses cartouchières, chargea ses pistolets, tâta ses grenades à main, fouilla ses poches :

— Donne-moi des allumettes, Boiteux ! dit-il ; donne-les et ne reste plus là ! Mets-toi en route, va où tu voudras !

Le Boiteux lui donna ses allumettes :
– Heureux combat ! dit-il.
Il tourna le dos et partit
– A bientôt, Ali, et bonne santé ! lui dit Mèmed.
– A bientôt, dit Ali.

XXIII

Quand il eut disparu, les autres marchèrent vers l'intérieur du village. Un vent frais du nord soufflait et sifflait dans les franges des toits des huttes. Ils s'arrêtèrent devant celle qui était à moitié recouverte de tôle.

— Mèmed, frappe à la porte ! dit le Sergent, et toi, Djabbar, tiens-toi prêt ! Mets-toi à l'affût ! Couche-toi derrière le tertre ! Tire sur quiconque s'approchera de la maison ! N'aie pas de pitié ! Descends toute ombre qui s'approche !

Mèmed prit une pierre et en cogna la porte.

Les plaques de tôle avaient un éclat mat sous la lumière des étoiles. Les coups à la porte rompaient le silence du village. Après un long moment, une voix d'homme se fit entendre :

— Qui est là, en pleine nuit ? qui est là ?

— C'est moi, dit Redjep le Sergent. Frère, je suis un pays d'Abdi agha. Ouvre la porte, je lui apporte une nouvelle.

— Va-t'en, et reviens au matin !

Juste à ce moment, un chien aboya à l'autre bout du village.

— J'ai beaucoup à faire. Je dois absolument voir Abdi agha maintenant. Ouvre donc la porte, frère !

L'homme ouvrit la porte, pour la refermer aussitôt.

— Ah ! ma blessure ! dit Redjep le Sergent. Sinon, je serais rentré. Ah ! ma blessure ! Mais ça ne fait rien. A présent, je vais leur faire ouvrir la porte.

Il cria de toutes ses forces, en direction de la maison :

— Je suis Redjep le Sergent, le chef des bandits. Apprenez-le, si vous ne le savez pas ! Livrez-moi ce mécréant d'Abdi ! Si vous ne le faites pas, tant pis pour vous ! Je me fiche pas mal d'Hussein agha, ou d'autres. Livrez-moi ce mécréant-là !

Mèmed parla aussi :

— Et moi, je suis Mèmed le Mince ! Je suis venu pour venger ma mère et ma fiancée. Sortez-le dehors ! Nous ne partirons pas d'ici tant qu'il ne sortira pas !

— Abdi agha n'est pas ici, dit la voix de l'intérieur. Allez-vous-en ! Il n'est pas ici !

— Je m'appelle Redjep le Sergent ! Je suis le plus fort des bandits ! Je ne partirai pas, tant que je n'aurai pas Abdi le Sans-Foi ! Mèmed, dit-il ensuite, sors la grenade et mets-la au seuil de la porte ! On va la faire sauter !

L'homme cria, de l'intérieur :

— Il y a des femmes et des enfants ; Abdi n'est pas là !

— Ouvre, alors ! dit Redjep le Sergent.

— Je ne peux pas.

— Mèmed, cria Redjep le Sergent, allume la mèche, et mets la grenade contre la porte !

— C'est prêt ! dit Mèmed. Est-ce que je la mets ?

— Qu'est-ce que t'attends ? cria encore Redjep le Sergent.

Soudain, un coup de feu partit de l'intérieur.

— Couche-toi, Mèmed ! dit le Sergent, couche-toi ! C'est le Sans-Foi qui tire !

Maintenant, il pleuvait des balles.

— Lance la grenade, Mèmed ! dit le Sergent.

— Ayez pitié des femmes et des enfants ! dit une voix. Nous sortons, nous autres. Faites ce que vous voulez après. Et toi, Abdi agha, cesse de tirer ! Laissez-nous sortir, et faites ce que vous voulez après !

Les tirs s'arrêtèrent. La porte s'ouvrit. Des enfants ensommeillés, des femmes tremblantes, en chemise, se précipitèrent dehors, et s'éloignèrent bien vite de la maison. Un très vieil homme et deux jeunes gens sortirent les derniers :

— Voilà ! Abdi est dedans. Réglez votre compte ensemble ! dit le vieillard.

Il avait à peine fini de parler qu'un coup de feu partit. Abdi tirait très vite. Les villageois, qui avaient entendu la fusillade, venaient vers la maison de Hussein agha. Quelqu'un parmi eux, dit :

— C'est une descente de bandits !

En entendant cela, les villageois se mirent à fuir vers leurs huttes. En quelques instants, il n'y eut plus personne dehors.

— Mèmed, dit le Sergent, vise la porte et arrose-la de balles !

— A quoi ça sert ! Le bonhomme est dedans, il nous atteindra tous les trois.

— Alors, tu crois ça ? fit le Sergent d'un air moqueur. A présent, il verra ce qu'il verra ! Toi, n'arrête pas de tirer sur la porte, et ne te mêle de rien ! Fais ce que je te dis ! N'arrête surtout pas de tirer sur la porte !

Il cria de toutes ses forces :

— Alors, Abdi, tu préfères tirer, au lieu de te traîner à mes pieds ? Tu préfères te cacher dans la maison et tirer ! Tu vas voir ce qui va t'arriver !

Il alla vers le côté nord de la maison. Mèmed ne cessait de tirer sur la porte. Il était curieux de savoir ce que le Sergent avait l'intention de faire. Abdi agha aussi continuait à faire feu. Quant à Djabbar, tourné vers le village, il restait couché sans broncher. Le tir d'Abdi agha était bien ajusté. Si Mèmed ne s'était pas caché à côté de la porte, il aurait été touché depuis longtemps.

Il n'y avait plus ni femmes, ni enfants. C'était la même solitude que quand ils étaient arrrivés. Il se passa un bon moment. Mèmed continuait à tirer sur la porte. Comment cela allait-il finir ? Le Sergent ne revenait pas. Un moment donné, fatigué, Mèmed cessa de tirer.

Le Sergent cria, de derrière la maison :

– Dis donc, fils de putain ! n'arrête pas de tirer !

Mèmed recommença à tirer, sans conviction.

Tout à coup, une voix s'éleva, venant du mûrier :

– Tirez si vous voulez jusqu'au matin ! On va voir si vous pourrez le faire sortir, Abdi agha !

– Qui es-tu, toi ? demanda Mèmed.

– Je suis Hussein agha ! Aucun bandit n'est descendu à Tchoukour-Ova depuis Rèchid le Kurde ! C'est à Tchoukour-Ova que Rèchid le Kurde a été tué ! Quand il fera jour, on va vous ramasser comme des poires !

Pleine de colère, la voix éraillée et fausse du Sergent s'éleva de derrière la maison :

– Djabbar ! Djabbar ! Ne laisse pas parler cette canaille ! Ferme-la-lui !

Djabbar fit pleuvoir des balles tout autour du mûrier.

C'est alors que tout se produisit. De chaque côté de la maison, une flamme éclata. En une seconde peut-être, toute la maison fut la proie des flammes.

— Hussein agha ! Hussein agha ! grande canaille ! cria Redjep le Sergent, on peut l'attraper, Rèchid le Kurde. Mais moi, on ne peut pas ! Je m'appelle Redjep le Sergent ! Je suis le loup de Tchoukour-Ova. Je tuerai Abdi cette nuit, ou bien alors je mettrai le feu à ce village !

L'homme, sous le mûrier, jeta un cri strident, puis les femmes, les enfants, tout le village se mit à crier.

— Arrête de tirer, Mèmed, dit le Sergent, qu'il sorte, le mécréant, ou qu'il étouffe !

Mèmed cessa de tirer.

Le vent du nord inclinait, à droite et à gauche, les flammes qui s'élevaient, aussi hautes que des peupliers. Bientôt une maison voisine prit feu à son tour, puis l'incendie se communiqua à la maison suivante. En moins de vingt minutes, une dizaine de maisons s'étaient enflammées.

Djabbar et Mèmed, couchés à l'affût, attendaient. Redjep le Sergent tournait autour de la maison, en criant :

— Sors, Abdi, sors ! Tu vas brûler ! Sors et traîne-toi aux pieds de Mèmed ! Il se pourrait qu'il t'accorde la vie !

Aucune voix ne répondait de l'intérieur. De temps en temps, une balle sifflait aux oreilles de Redjep. Les flammes lançant des étincelles, montaient jusqu'au ciel. Elles se courbaient, se recroquevillaient, s'envolaient dans le ciel noir qui s'illumina bientôt entièrement. Comme en plein jour, tout s'éclaira. Des rochers mauves de l'Anavarza jusqu'aux fourrés que côtoyait le fleuve de Djeyhan, une lumière blanche trouait l'obscurité.

Une foule en chemise et caleçon, qui s'était jetée dehors, courait d'un endroit à l'autre, essayant de sauver quelque bien des maisons en proie aux flammes. Une atmosphère de jugement dernier régnait dans le village.

— Sors dehors ! Sinon tu te feras rôtir ! Sors dehors ! criait tout le temps le Sergent.

Il se tournait vers Mèmed.

— Mon Mèmed, il n'y a pas d'autre sortie que la porte, ne t'en fais pas, toi ! Il ne tardera pas à sortir. Tu le descendras à la porte !

— Bien ! disait Mèmed.

Du mûrier, une femme âgée vint en courant. Elle entra dans la maison en flammes. Redjep le Sergent ne put rien lui dire. Elle porta en courant un matelas sous les mûriers. Puis elle sortit un coffre en noyer, ensuite des casseroles, des kilims, des couvertures et, en dernier lieu, une grande couverture roulée sous son bras. Après cela, les flammes enveloppèrent la porte.

Mèmed, Djabbar et Redjep le Sergent attendaient, les deux premiers à leur place, le dernier tournant autour de la maison. Abdi ne sortait pas, et il ne se passait rien.

Le toit de la maison, en brûlant, finit par s'effondrer. De la porte ouverte, Abdi ne sortait toujours pas. Ils attendirent... Les murs embrasés se penchèrent vers l'intérieur. Personne !

Le vent du nord s'était intensifié, portant les flammes d'une hutte à l'autre. A présent, toutes les maisons du village brûlaient. Tout était éclairé comme en plein jour. Comme si le soleil rouge feu de Tchoukour-Ova était tombé sur la plaine. C'est ainsi que tout baignait dans la lumière. Les ombres des mûriers et celles, allongées, des peupliers s'étendaient sur la terre humide. Des silhouettes humaines grouillaient partout.

Ce n'était pas le vent du nord qui soufflait, mais un vent de flammes. On aurait dit qu'on faisait jaillir sans cesse des flammes d'un foyer lointain.

— Malheur ! Il s'est échappé ! dit Mèmed.

— Il s'est échappé ! dit Djabbar.

— Il n'y avait pas de trou, dit Redjep le Sergent, et je n'ai pas arrêté de tourner autour de la maison, pour qu'il ne puisse pas tenter une sortie. Il n'est pas sorti. Il a brûlé dedans ! Il a préféré brûler que de tomber entre nos mains !

— Peut-être ! dit Djabbar.

— Peut-être bien, mais j'aurais voulu voir son cadavre. Quel dommage ! Un village entier a brûlé à cause de lui.

— Il brûle ! dit Djabbar.

— Qu'il brûle ! dit Redjep le Sergent. Que tout Tchoukour-Ova brûle, avec ses pierres et ses terres !

— Que vont devenir ces pauvres gens ? demanda Mèmed, plein de compassion.

— De toute façon, ils n'avaient rien, dit Redjep le Sergent. Et puis après ? S'ils n'ont pas de maison, qu'est-ce que ça peut faire ? Rien ne peut changer leur situation. Ils resteront ce qu'ils étaient.

— Qu'est-ce qu'on fait, alors, mon Sergent ? dit Mèmed. On ne va pas rester là à attendre ! La nouvelle doit être parvenue au bourg. Il va se passer des choses, demain !

Redjep le Sergent rit bruyamment :

— Ils vont télégraphier à Ankara, en disant qu'on a brûlé tout un village ! Il se passera des choses ! Il nous faut atteindre les rochers de l'Anavarza. Si l'on nous surprend dans la plaine, nous sommes fichus !

Ils regardèrent encore la maison brûlée. Tous trois soupirèrent, puis, tournant le dos au village en flammes, ils se mirent en route.

Quand ils furent hors du village, ils se retournèrent encore une fois. Ce n'était plus qu'une boule de feu, qu'une vague de flammes qui s'agitaient.

— Ah ! mon Dieu ! dit Mèmed. Il ne reste pas même une maison ! Surtout à cause de ce vent du nord ! S'il n'y avait pas eu le vent, tout cela ne serait pas arrivé ! J'aurais préféré mourir que de voir ça. Quand nous sommes sortis du village, femmes, enfants et hommes restaient pétrifiés à nous regarder. Avez-vous entendu un seul murmure ? En avez-vous entendu ? Ils ne nous ont ni maudits, ni jeté de pierres, ni injuriés. Pétrifiés, ils nous ont regardés comme ça, sans rien dire. Je n'aurais pas voulu voir ça ! J'aurais préféré mourir que de voir ça !

— Enfin, c'est fait ! dit le Sergent. Aïe ! Aïe mon cou ! Je me meurs ! Aïe ! Aïe mon cou !

Il s'assit par terre, prit son visage entre ses mains, et resta un moment ainsi. Mèmed et Djabbar, debout, attendirent près de lui. Puis, le Sergent s'étendit et commença à se tordre de douleur. Djabbar voulut le prendre dans ses bras, mais ne put le maîtriser. Le Sergent se tordait atrocement.

Soudain, des cris s'élevèrent du village. La comète s'était levée, juste au-dessus du point où se lève le soleil. Elle répandait une vaste lueur, d'où semblaient s'échapper des tourbillons d'étincelles. Les cris d'une foule qui approchait. Une voix répétait sans cesse :

— C'est par là qu'ils sont partis ! Ils viennent de partir à l'instant !

On entendit une autre voix qui demandait :

— De quel côté ?

— Il me semble que c'est la voix du sergent Assim, dit Mèmed, en se penchant vers Djabbar.

— Ça doit être lui ! dit Djabbar, effrayé. Fuyons ! Sergent ! Sergent ! on est encerclés ! Lève-toi !

Il hissa sur ses épaules le Sergent qui était exténué. Ils marchèrent. Ils coururent sans savoir où ils allaient. L'incendie du village commençait à s'éteindre. Ils couraient vers l'obscurité.

— Coupez le chemin des fourrés et de l'Anavarza ! cria la voix du sergent Assim.

— On est fichus ! dit Djabbar.

— Si j'étais sûr qu'elle soit morte, cette canaille, je m'en ficherais de mourir ! Ah ! Si je pouvais être certain qu'il est mort, qu'il a brûlé comme une bûche, là-bas !...

— Le Sergent a cessé de s'agiter, dit Djabbar. Pose-le à terre, il pourrait lui être arrivé quelque chose.

— Il ne m'est rien arrivé, dit en gémissant le Sergent, sur le dos de Djabbar. Ça va mieux. Tu peux me descendre !

Stupéfait, Djabbar le déposa à terre.

— Où allons-nous ? demanda Redjep.

— Le sergent Assim est à nos trousses, dit Djabbar.

— Aide-moi à me lever, grogna le Sergent.

Le soulevant sous les aisselles, Djabbar le mit debout. Chancelant sur ses pieds, le Sergent se tourna plusieurs fois, à droite, à gauche, et regarda autour de lui.

— Écoutez-moi bien, dit-il, nous sommes tout près des fourrés. Si nous atteignions l'Anavarza, nous serions à coup sûr sauvés. Mais c'est impossible ! Nous serions pris en chemin !

Il dressa l'oreille :

— Ils ne sont pas loin. Vous entendez les voix ? Dans les fourrés, nous ne nous en tirerons pas.

Demain, tous les villages des environs vont se mettre à notre poursuite dans les bois. Mais il n'y a pas d'autre solution.

— Il n'y en a pas d'autre, dit Mèmed.

— Derrière les fourrés, il y a le fleuve de Djeyhan. Nous y plongerons. Le courant nous portera. Et peut-être on en réchappera.

— Que faire d'autre ? dit Mèmed.

— Nous avons fait brûler ce mécréant comme une torche, n'est-ce pas ? dit Djabbar.

— Oui, fit Mèmed.

— Il me vient un doute, dit Djabbar. Et s'il s'était enfui ?

C'était assez pour rendre fou le Sergent, qui cria :

— Salaud ! Mécréant toi-même ! Tu serais content s'il s'en était tiré ! Mais comment aurait-il pu le faire, dis-le ! Mèmed était à la porte. Moi, je surveillais la maison des deux côtés. Comment s'en serait-il tiré ? Il n'y avait pas une seule fenêtre dans la maison. Comment, alors ?

— Il a brûlé comme une torche, dit Mèmed. Après ça, je pourrai mourir tranquille.

— Alors Djabbar, qu'est-ce que tu racontes ? fit le Sergent.

Djabbar se tut.

Des bruits de pas dans la nuit, c'est tout ce que l'on entendait. Des bruits de broussailles, d'herbes sèches. Des bruits de pas qui frôlaient les broussailles, les herbes sèches, la terre, montaient dans la nuit comme une vague immense.

— Ils sont tout près ! dit Djabbar. Ils ne font pas de bruit.

— Allons dans les fourrés ! dit le Sergent. Tenez-moi par la main !

Ils le prirent par la main et se mirent à courir vers

les fourrés. Les pas, derrière eux, se hâtèrent, se précisèrent, se multiplièrent. Un bruit, comme un froissement, les poursuivait. La nuit les poursuivait dans ce froissement. Monts, pierres, buissons, arbres, tout les poursuivait.

– Cette plaine est une plaine de malheur ! Quelle immensité plate ! Ah ! ma bonne mère !...

Quand le soleil se lève, il s'y reflète comme dans un plateau étamé. Les rares collines sont toutes petites, faites d'un peu de terre entassée. Les rochers de l'Anavarza, s'ils les atteignaient, ils étaient sauvés. De l'autre côté, le fleuve est une eau sombre, qui coule, rapide ou calme, selon l'endroit. La terre des berges est noire et recouverte de roseaux, elle s'effrite sous les pas.

C'est le repaire des outardes aux longues pattes... L'odeur de la vase est forte. Au milieu de la plaine, est un mûrier isolé, aux feuilles couvertes de poussière. S'il n'y avait ces fourrés pour se cacher, on resterait à découvert, comme un piquet au milieu de la plaine. Une odeur de marais plane de tous côtés. S'avancer dans les fourrés, c'est effroyable. Aucun être humain n'en a foulé le sol. On ne peut raisonnablement s'y aventurer.

Le bruit de pas s'intensifiait. Comme le vent, il parcourait la surface de la plaine. Il courait comme une flamme.

– Par ici, les gars ! dit Redjep le Sergent, à bout de souffle. On n'en a plus pour longtemps !

Une rafale éclata devant eux.

– Couchons-nous ! dit Redjep le Sergent, en se jetant à terre. Ils ont encerclé les fourrés. Ne faites aucun bruit ! Ne ripostez pas ! Avancez dans les fourrés en rampant ! Désarmez les fusils, les gars ! Si un coup partait, nous serions morts, mis en morceaux par ces villageois qui s'amènent !...

Mais les autres les tenaient sous un feu sans pareil. La nuit s'éclairait, par éclats, à tous les coups. Puis, soudain, le feu cessa.

— Ils ne sont pas là, dit quelqu'un à voix basse. S'ils étaient là, ils auraient riposté.

— Les villageois arrivent, dit une autre voix, eux, ils les auront.

Les villageois approchaient.

— Ils fuient peut-être vers l'Anavarza ?...

— Sûrement vers l'Anavarza ! Pour qu'un bandit se cache à Tchoukour-Ova, dans les fourrés, il faut qu'il soit devenu fou !

La foule des paysans, hommes, femmes et enfants, vint se joindre aux gendarmes. Un brouhaha... des voix qui fusaient de tous côtés.

Un grand tumulte emplissait la nuit. La foule, haineuse, ne pouvait tenir en place. Elle bouillonnait. Elle tournait autour de la lisière des fourrés, autour des champs ; elle allait d'un côté et d'autre.

Peu après, des coups de feu partirent au pied de l'Anavarza.

— Ne bougez pas ! dit Redjep le Sergent. La foule nous a servis. Elle a dérouté et emballé les gendarmes. Ne bougez pas, pour l'amour du ciel !

Son souffle était brûlant. Mèmed le sentait sur son oreille et sur son cou.

Des gendarmes affolés passaient tout près d'eux, à quinze mètres au plus de l'endroit où ils se trouvaient.

Le cœur des trois hommes, tapis au pied du buisson, battait à se rompre. Si les gendarmes s'étaient arrêtés pour écouter, peut-être auraient-ils même entendu ce battement !...

Mais le tumulte ne cessait pas au pied de l'Anavarza. Cela aussi les servait.

Le va-et-vient des gendarmes continua un bout de temps, puis ils parlementèrent et décidèrent de quitter les lieux.

Redjep le Sergent poussa un profond soupir de soulagement :

– Enfin ! Dieu merci ! dit-il. Ils nous auraient mis en pièces, si nous étions tombés entre les mains des paysans. A présent, enfonçons-nous vers l'intérieur, vers les profondeurs !...

Ils se levèrent. Redjep le Sergent fit quelques pas, puis s'arrêta :

– Qu'est-ce que t'as, le Sergent ? dit Mèmed.

– Aïe ! Aïe ! dit le Sergent.

– Dis-nous ce qu'il faut faire, mon Sergent !

– Avançons vers l'intérieur ! Aïe ! Aïe !... vers l'intérieur, vers les coins retirés !...

Mèmed l'avait pris par un bras, Djabbar par l'autre. Les pieds du Sergent traînaient, sans vie, comme ceux d'un mort...

Ils marchèrent ainsi jusqu'au matin. A l'aube, une lueur, venant de l'orient, recouvrit les fourrés. En s'inclinant, elle se fondait dans la sombre lumière, orange et verdâtre, des fourrés. Une brume se levait lentement. Le vert sombre des fourrés cédait la place à la lumière orangée, pour tourner ensuite au bleu.

Les ronces des mûriers avaient déchiré leurs jambes. Mèmed pensa aux chardons. Soudain, sans savoir pourquoi, l'éclat du cuivre jaune rejaillit dans sa tête, comme un éclair.

Ils couchèrent le Sergent sur les broussailles épaisses. Il était enflé de partout. Sa tête, son cou... Son cou ne se distinguait plus de ses épaules. Il ouvrit plusieurs fois la bouche pour parler. Sa voix ne sortait pas. De sa main, il montra l'Anavarza, puis le sol. Il regardait avec insistance le sol. Puis, des larmes glissèrent, goutte à goutte, de ses yeux, qu'il ferma.

Soudain, il se raidit, se souleva en même temps, un peu, puis tomba.

— Ah ! Sergent ! Ah ! dit Mèmed.

— Ah ! dit Djabbar.

— Je n'aurais jamais cru qu'il allait mourir !

— Il le disait, lui. Il le répétait sans cesse.

— A-t-il accompli son destin ? Qui le sait ?

— On ne savait ni son métier, ni pourquoi il s'était fait bandit, ni d'où il était. A-t-il accompli son destin ? Je n'en sais rien.

— Il était acharné à vouloir la mort d'Abdi, plus que moi ! Qu'est-ce que ça lui faisait ? C'était mon ennemi, à moi. Quand tu as dit qu'Abdi n'était pas mort, qu'il avait fui, un peu plus il te mettait en morceaux.

— Creusons une tombe avec nos couteaux, au Sergent solitaire !

Mèmed sortit son couteau, il l'enfonça dans la terre et commença à creuser. Il répétait :

— Le Sergent solitaire !

Ils creusèrent facilement, dans la terre humide du bois, un trou assez large et assez profond pour recevoir le corps du Sergent. Ils l'y couchèrent avec ses vêtements, le recouvrant d'abord avec des broussailles, puis avec de la terre.

— Djabbar, dit Mèmed, il lui faut aussi un arbre. Plantons un arbre à son chevet !

Ils cherchèrent longtemps et finirent par trouver un jeune mûrier dont le tronc avait l'épaisseur du poignet. Ils vinrent le planter près de la tombe.

— C'est peut-être la première tombe de ces fourrés, dit Mèmed.

Peu après, le jour se leva. De la terre fraîche de la tombe du Sergent montait une légère buée.

Dès qu'il fit jour, des cris vinrent du village, atteignirent les fourrés et l'Anavarza.

— Nous devons aller vers le fleuve, dit Djabbar. Nous devons quitter ce bois et atteindre l'Anavarza.

— Oui, nous devons suivre les conseils du Sergent, dit Mèmed. Il connaissait bien le coin. Comme il était content d'avoir mis le feu à ce village ! N'est-ce pas, Djabbar ?

— Il aurait été plus content encore s'il avait mis le feu à toute la plaine de Tchoukour-Ova ! C'était un drôle de bonhomme que ce Sergent-là ! Il se peut qu'il ait beaucoup souffert à Tchoukour-Ova. Près de lui, on n'osait jamais parler de Tchoukour-Ova. Parfois, il se mettait à chanter la fameuse chanson sur Tchoukour-Ova :

Tchoukour-Ova, c'est un brasier ardent.
Chaque moustique y est un loup ravisseur.
Si tu meurs, mon cœur en aura de la peine.
Debout, frère ! Retournons au pays natal !

Puis, un bon moment, il ne parlait plus à personne, allant et venant seul, le cœur lourd de chagrin. Ensuite, ça lui passait... Qui sait quel était son chagrin, au pauvre gars ? On n'a jamais su ce que c'était. Et voilà sa fin. Il reste dans les bois de l'Anavarza ! Dernièrement, sa colère contre Tchoukour-Ova semblait passée. Il ne chantait plus la chanson. Les autres bandits l'ont dit : quand ils descendaient à Tchoukour-Ova, le Sergent ne les accompagnait pas. Jusqu'à ce qu'ils remontent, il les attendait, tout seul, sur le chemin. Voilà ! C'est dans la terre de Tchoukour-Ova qu'il est enterré.

— C'est peut-être ce qu'il voulait, dit Mèmed.

— Allons, partons ! fit Djabbar, bientôt les fourrés seront à nouveau pleins d'hommes et de chiens.

Mèmed se tourna vers la tombe du Sergent :

— Repose en paix, mon Sergent, repose en paix !

Et il s'éloigna ; ses yeux étaient pleins de larmes.

— En paix ! dit aussi Djabbar.

Ils avançaient avec peine, dans des ronces que le tigre même aurait eu de la peine à traverser. Djabbar avait pris le fusil et les équipements incrustés d'argent du Sergent. Tout ce poids, et ces ronces, infranchissables comme un mur, le tuaient...

Quant à Mèmed, il était plus vigoureux et plus leste que jamais... Quand il ne pouvait pas écarter une ronce, il la coupait avec son couteau. Djabbar le suivait en se baissant. Mèmed se démenait.

La chaleur de midi était brûlante. Autour d'eux, il n'y avait pas d'autre bruit que le craquement des ronces. En se retournant, on voyait le long tunnel que Mèmed avait creusé à travers les ronces.

Il ne leur restait plus que deux heures de marche pour atteindre l'Anavarza. Ils ne voyaient que le ciel et le sommet des rocs de l'Anavarza.

Quand ils eurent traversé la moitié du bois, le soleil descendait sur le sommet de l'Anavarza.

— Arrêtons-nous ici, dit Mèmed, que la nuit vienne ! Après, nous grimperons.

— Je suis mort de fatigue, dit Djabbar.

Il s'allongea. Mèmed aussi. Les rochers n'étaient pas loin. Il en descendait des centaines, des milliers de bruits de pas. Mèmed se leva et observa :

— Je ne peux rien voir, dit-il. Les gens du village nous cherchent. Trop tard ! Qu'ils nous cherchent autant qu'ils veulent ! Nous sommes sauvés, pour sûr.

Djabbar se redressa :

— Maintenant, quand ils ne nous auront trouvés ni dans la montagne, ni dans le bois, ils prendront le chemin d'Azabli, de Soumbache et du bourg, et ils chercheront à nous faire tomber dans une embuscade.

— Si c'est comme ça, fit Mèmed, nous attendrons quelques jours.

— Nous, nous gravirons la montagne en passant au-dessus de Kozan.

— Est-ce que tu connais la route, toi ?

— Non, mais je connais les montagnes de la région. Du sommet de l'Anavarza, on voit de tous côtés.

— Allons, montons-y avant qu'il fasse trop noir !

— Les bruits de pas se sont tus.

— Et s'ils tendaient une embuscade en lisière du bois ?

— Tu n'y pense pas ! Comment en auraient-ils l'idée ?

— Alors en route ! conclut Mèmed.

Il faisait noir lorsqu'il arrivèrent au pied de la montagne. Par endroits, on voyait des lumières qui s'allongeaient dans la nuit. Les eaux du Djeyhan se tordaient comme un lacet. Le village de la Poussière-Blanche fumait, recouvert d'un épais nuage.

— Quel est cet endroit ? demanda Mèmed, en montrant un groupe de maisons, vers l'orient.

— Ça doit être le village du Puits-Fauve.

— Si on allait par là ? C'est tout près.

— Ça doit être surveillé, j'en ai peur.

— Allons-y ! S'ils nous cherchent, ils nous trouveront !

Il se tourna vers Djabbar, dont le visage se distinguait à peine dans l'obscurité.

— Qu'est-ce que t'en dis, frère Djabbar ? Penses-tu qu'il soit mort, le maudit ?

— Je ne crois pas. S'il avait été à l'intérieur, s'il ne s'était pas enfui, il se serait jeté dehors quand les flammes l'auraient atteint. A tout le moins, il aurait crié.

— Peut-être qu'il a été soudain suffoqué par la fumée et qu'il est mort ?

— Jusqu'au dernier moment, il nous avait tiré dessus, de l'intérieur. S'il était mort suffoqué, il n'aurait pu le faire.

— Peut-être que, tout d'un coup, un mur en feu s'est abattu sur lui, ou que le plafond s'est effondré ?

— Ah ! fit Djabbar, si ç'avait été ainsi ! Nous ne nous serions pas donné toutes ces peines pour rien !

Ils commencèrent à descendre. Ils avaient vraiment faim.

XXIV

Les anciens contaient le passé de Tchoukour-Ova. A l'époque où Mèmed le Mince avait pris le maquis, Ismäil le Grand avait plus de quatre-vingt-dix ans. Il en savait long, Ismaïl le Grand, avec ses yeux très verts, comme le gazon, son menton pointu comme celui de tous les Turkmènes*, sa barbe clairsemée, ses larges épaules, aussi solides que dans sa jeunesse, ses yeux perçants comme ceux d'un faucon.

D'ailleurs, il chassait toujours. La taille fléchie, recourbée, le fusil sur l'épaule, il continuait à battre les bois. Il chantait des chansons turkmènes nostalgiques, racontait les combats des tribus. Et, à la fin de chaque histoire, il montrait, avec fierté, la blessure qui l'avait marqué.

Parfois, il ne tenait pas en place. La maison, le village l'étouffaient. Il aimait garder toutes les traditions des Turkmènes, faire revivre à toute heure leur passé. Certains jours, il se déchaînait, comme s'il était ivre. Enfourchant son jeune cheval roux, qu'il avait élevé et soigné lui-même, il partait au galop, à travers les montagnes embaumées d'odeurs de pin, de thym et de menthe. On aurait dit un vent qui soufflait depuis le passé des Turkmènes.

Il aimait évoquer l'émigration, l'exil, le grand

combat avec l'Ottoman. Il décrivait la beauté des fusils de l'époque, parlait des tambourins décorés, qu'on battait sous les tentes aux couleurs vives. Il racontait comment la plaine se remplissait d'une symphonie rouge et verte. Un tintamarre de couleurs descendait sur la plaine de Tchoukour-Ova.

Ismaïl le Grand commençait :

— Il y a cinquante ou soixante ans...

Il commençait, et n'arrêtait plus. Il parlait avec ferveur, comme on chante un chant d'amour :

— La plaine de Tchoukour-Ova n'était que marais et fourrés. Au pied des monts, des champs pas plus larges qu'une main... Pas une âme qui vive, à cette époque-là, à Tchoukour-Ova. Venait la transhumance, avec son chatoiement, la transhumance des Turkmènes, quand la plaine mettait ses habits de fête, quand les arbres, la terre, le monde dénudés se paraient... Des caravanes rouge et vert s'ébranlaient. Nous partions, nous franchissions les montagnes, nous campions sur le plateau des Mille-Taureaux. Et, quand arrivait l'hiver, nous redescendions dans la plaine de Tchoukour-Ova. Ses taillis et ses jonchaies étaient si épais, si serrés que même le tigre avait peine à s'y frayer un chemin. Dans les prairies, l'herbe aux genoux pendant douze mois, des troupeaux de gazelles se promenaient, des gazelles effarouchées, aux yeux au kohol*. Nous les chassions, montés sur de superbes chevaux. La vaillance d'un cheval se révèle à cette chasse. Les roseaux de Tchoukour-Ova montaient comme des peupliers. Aux bords des étangs, le pollen des joncs, éclatant de lumière, tombait sur les eaux. Nuit et jour, la plaine entière sentait le narcisse ; même la brise de Tchoukour-Ova sentait le narcisse. C'était quelque chose, cette plaine ! La Mer-Blanche* roulait des vagues aux blanches écumes. Des tribus s'installaient, en campements. La fumée s'élevait en volutes. La plaine entre Osmaniyé et Toprak-Kalé, jusqu'à la montagne, de l'autre côté du fleuve Djeyhan, était le domaine de la tribu des Tedjirli. Au-dessous, la tribu des Djerit se réservait les régions de Djeyhan-Békirli, de Moustafabeyli, et de Djeyhan proprement dite. La tribu de Bozdogan, celles entre l'Anavarza et Hémité. Les Kurdes de Lek, celles entre l'Anavarza et Kozan. Les Soumbasli s'installaient entre le ruisseau de Soumbas et les Monts Taurus. Les Tatarli, entre le village actuel d'Ekchiler et Kadirli. Parfois, il leur arrivait d'échanger leurs places : les Bozdogan allaient sur les terres des Djerit et les Djerit sur celles des Bozdogan. La plus célèbre des tribus était celle des Avchar. Elle pouvait occuper le pacage qui lui plaisait, personne ne pouvait l'en empêcher. Je me souviens vaguement d'un combat avec l'Ottoman. Il y avait un bey turkmène qui s'appelait Kozanoglou. Il habitait l'emplacement de l'actuel Kozan*. Toutes les tribus se battirent sous son commandement. L'Ottoman fut vainqueur. Il emmena Kozanoglou. La tribu des Avchar fut exilée à Bozok et dispersée. Une chanson de Dadaloglou* évoque cette défaite. Il y a aussi une complainte de Kozanoglou.

Ismaïl le Grand se taisait à cet endroit de son récit. Ses yeux se remplissaient de larmes. Ses lèvres tremblaient. Puis, à pleine voix, il entonnait la complainte de Kozanoglou :

J'ai gravi la montagne de Kozan,
Avec de la neige jusqu'aux genoux.
Mes blessures font autant de trous
Que le chirurgien examine.

Est-ce qu'il en sera donc ainsi ?
Le fils peut-il frapper son père ?
Soldats du Sultan,
Ce monde restera-t-il ainsi ?

Puisque les tentes noires sont abattues,
Que leur toit touche la terre,
A quoi bon fuir, mon brave Kozanoglou,
Devant cinq cents cavaliers ?

— Voilà, c'est après ça que l'Ottoman força les tribus à se sédentariser à Tchoukour-Ova. Il leur donna des champs en toute propriété et, pour nous empêcher de monter vers les plateaux, il plaça des soldats le long des routes de la montagne. Personne ne put s'en aller. Les tribus furent décimées à Tchoukour-Ova : beaucoup de gens moururent de la malaria, d'autres de la chaleur. Des épidémies ravagèrent les tribus. Elles ne voulaient pas se sédentariser à Tchoukour-Ova. Les vignes qu'on leur avait données, les arbres, elles en brûlaient même les racines. C'est pour cela qu'à présent on ne voit d'arbres dans aucun village. Les Ottomans comprirent enfin que les tribus allaient périr. Ils leur permirent de monter en été sur les plateaux. Plus tard, les tribus commencèrent à s'établir d'elles-mêmes à Tchoukour-Ova, à transformer leurs campements en villages. Puis, elles semèrent le blé. C'est depuis ça que la tribu s'est désagrégée, que les traditions se sont perdues. Tout a changé. Les hommes se sont amollis. Le désir de l'Ottoman a été exaucé.

Dès qu'on parlait de tribu, Ismaïl le Grand devenait intarissable. Il avait la nostalgie d'une vie entièrement libre, comme celle des nomades. Il commençait toujours par dire : « Je suis un homme qui a vu Dadaloglou ! » Il s'en vantait tout le temps...

Mil neuf cent dix-sept, dix-huit, dix-neuf, vingt... La Première Guerre mondiale, la défaite des Ottomans. Tchoukour-Ova était plein de déserteurs et de bandits qui ne laissaient passer personne dans les montagnes du Taurus.

L'armée française d'occupation arriva à Tchoukour-Ova. Bandits, déserteurs, hors-la-loi, honnêtes gens, voleurs, malfaiteurs, mauvais et bons, jeunes et vieux, toute la population de Tchoukour-Ova s'unit pour chasser l'envahisseur de son sol. Il fut chassé de tout le pays. Un nouveau gouvernement* s'installa, une nouvelle vie commença...

Vers la fin du XIXe siècle, de longues années après leur arrivée à Tchoukour-Ova, les conditions avaient obligé les tribus à s'attacher à la terre, qui fut ainsi valorisée.

Les Turkmènes, qui jusqu'alors n'avaient cessé de combattre, abandonnèrent les plateaux et se ruèrent sur les terres. La terre jaune de Tchoukour-Ova donnait quarante à cinquante grains pour chaque grain semé ! Incroyable ! Après 1900, on pouvait constater que les marais étaient en partie asséchés, que les bois reculaient, que la plupart des terres en friche de Tchoukour-Ova se transformaient en champs cultivés...

Le nouveau gouvernement s'efforçait de mettre fin au pouvoir illimité des petits seigneurs, survivants de la féodalité. Celle-ci, depuis quelque temps, s'écroulait d'elle-même. Mais les nouveaux riches la remplaçaient. La plupart luttaient pour entrer en possession du plus grand nombre de terres possible.

Et, comme toujours et partout, ils y parvenaient. Ces gens-là ne reculaient devant aucun moyen qui leur permît de s'emparer des terres de pauvres gens. Les uns se servaient de la loi, d'autres de la corruption, d'autres encore de la force.

Une bataille acharnée opposa les nouveaux riches à la population. La terre des riches s'agrandit de jour en jour. C'est à ce moment qu'on fit appel aux bandits du maquis. Contre ceux qui, en quête de justice, défendaient jusqu'à la mort leur lopin de terre.

Ces bandits étaient nourris et payés dans la montagne ; on les utilisait même contre les forces de l'État. Pas un agha ne refusait un moyen aussi efficace. Et ceux qui ne trouvaient pas de bandits dans la montagne organisaient eux-mêmes de nouvelles bandes. Voilà pourquoi les Monts du Taurus étaient envahis par les brigands. Ainsi, les intérêts des aghas de la plaine commençaient à se heurter dans les montagnes.

Là-haut, les bandes se combattaient et causaient la mort des pauvres gens. La terre des aghas s'agrandissait.

Ali Safa bey était le fils d'un agha appauvri. Celui-ci, bien qu'il eût perdu sa fortune, avait fait suivre à son enfant les cours du lycée d'Adana, puis ceux de l'École des Hautes Études juridiques d'Istanbul. On ne savait trop pourquoi, Ali Safa bey n'avait pas continué ses études. Il était venu exercer, au bourg, la profession d'avocat. Après avoir traité plusieurs affaires, il avait tout abandonné pour s'intéresser uniquement à la terre.

Tout d'abord, il reprit, par mille moyens, aux paysans, les terres que son père avait perdues faute d'argent. Il connaissait maintenant toutes les ruses pour s'approprier des terres. Il devint insatiable.

Les paysans, eux non plus, ne ressemblaient plus à ceux d'autrefois. Ils avaient compris : la terre.

c'était de l'or ! Ils ne voulaient pas la lâcher. Une lutte, qui devait durer des années, s'établit entre les paysans et Ali Safa bey. L'intelligence diabolique d'Ali Safa fit ses preuves.

Il sut inventer toutes sortes de combinaisons, trouver mille moyens pour s'emparer des terres des paysans. Pour commencer, il employait la méthode la plus efficace, celle qui consiste à créer des litiges entre deux ou trois villages. Quand ceux-ci étaient dressés les uns contre les autres, il s'empressait de prendre parti pour l'un d'entre eux ; puis, avec le concours de ses « alliés », il occupait la terre des autres. C'était bien la méthode la plus efficace ! Mais elle ne durait pas longtemps. Les paysans en conflit, se rendant compte de la situation, finissaient par trouver leur véritable ennemi. Hélas ! toujours trop tard, car la moitié au moins de leurs terres ne leur appartenaient déjà plus, tandis que celles d'Ali Safa bey se trouvaient augmentées de la superficie des champs de deux ou trois villages réunis.

Durant de longues années, il inventa des procédés, employa des moyens tels qu'il fallait un ou deux ans pour s'apercevoir de chacune de ses ruses. Quoi qu'il arrivât, Ali Safa en sortait toujours à son avantage. A la fin de chaque année, sa ferme se développait, s'agrandissait encore...

Cependant, avec le temps, ses manœuvres devinrent si flagrantes qu'elles furent connues de tous. Aucun paysan ne se laissait plus prendre dans les filets d'Ali Safa bey. Toutes ses possibilités, tous ses moyens semblaient taris. Pourtant, il n'avait pas dit son dernier mot.

A cette époque, il y avait encore des bandits dans les montagnes, des déserteurs, des détrousseurs, des assassins, des révoltés... Ali Safa bey cherchait à profiter de ces gens-là.

Il s'entendait avec un ou deux chefs de bande. Il envoyait lui-même quelques-uns de ses hommes de main dans la montagne. Il faisait attaquer les villageois par les bandits. Il était donc tout-puissant et ne craignait personne. Gare au paysan qui oserait bouger, après cela !... En une nuit, il verrait sa maison brûler, sa femme enlevée, ou bien il serait torturé et tué. Tout le monde savait que c'était Ali Safa bey qui faisait faire tout cela, mais on ne pouvait rien faire contre lui. Les gendarmes qui poursuivaient les bandits étaient tués.

Bien entendu, les autres aghas suivaient les méthodes d'Ali Safa. C'est ainsi que les terres de Tchoukour-Ova furent ensanglantées. On s'entretuait. Les bandits des montagnes se divisèrent en deux, trois, cinq et même dix bandes qui se dressèrent les unes contre les autres. En une seule nuit, plusieurs d'entre elles disparaissaient et plusieurs autres se formaient.

Seuls, des hors-la-loi comme Guizik Douran*, Rèchid le Kurde, Djeutdèlek, qui ne se laissèrent pas enrôler, essayèrent de protéger les pauvres gens contre les autres bandits et les aghas. On oublia vite les noms et la réputation d'un tas d'assassins sanguinaires du Taurus. Mais Guizik, Rèchid et Djeutdèlek, des chansons parlaient d'eux. On les chante encore, et on se les transmet.

C'est à cette époque, quand les bandits, dans les montagnes, s'entre-tuaient pour les intérêts des aghas, et que les paysans de Tchoukour-Ova gémissaient, impuissants, sur leurs terres usurpées, que Mèmed le Mince avait pris le maquis.

Les vingt hectares de terres d'Ali Safa devinrent

trente mille hectares dès la première année. Ils ne cessèrent d'augmenter les années suivantes... Trente-cinq mille, quarante mille, quarante-cinq mille, cinquante mille... cinquante et un mille hectares... Et les paysans sans terre devinrent tous des métayers d'Ali Safa bey, ouvriers sur leurs propres terres.

Ali Safa était grand, portait toujours des bottes vernies, avait un visage brun, noirâtre, aux sourcils épais. Avec sa cravache au manche d'argent, il n'arrêtait pas de battre ses bottes toujours luisantes.

C'était un mardi. La bande de Kalaydji venait de faire savoir qu'elle avait épuisé ses munitions. Il fallait attendre encore une semaine pour en recevoir de Syrie. Ali Safa bey était désemparé et inquiet. Dans sa grande maison, il allait et venait avec nervosité. Il réfléchissait. Il réfléchissait sans cesse. Il devait patienter encore un an avant de mettre la main sur les terres du village de Vayvay. Il devait patienter. Mais il enverrait à Ankara plusieurs télégrammes qui se suivraient, disant que la population du bourg était en état de révolte, que des bandits avaient pris le maquis, et qu'il demandait l'intervention de l'État. Mais, pour le moment, il ne pouvait rien faire d'autre qu'attendre... Cette sacrée bande de Kalaydji !

Assise sur le divan, sa femme regardait, admirative, le va-et-vient de son mari, la façon qu'il avait de fouetter ses bottes vernies avec sa cravache au manche d'argent.

Quand il était en colère, il se soulageait en racontant à sa femme ses secrets et ses plans.

Comme toujours, il répéta :

— Tu ne sais pas ce que je vais faire, femme ?

— Quoi ?

C'est toujours ainsi qu'il entrait en matière.

– Tu ne sais pas ce que je vais faire ? Ma parole ! J'en ai marre. Je n'en peux plus ! Je suis à bout, par leur faute ! Il leur faut des munitions tous les jours du bon Dieu. Tous les jours du bon Dieu, il me faut aller à la gendarmerie. J'en ai marre. Les villageois se sont rassemblés hier pour aller voir le sous-préfet ; ils lui ont dit qu'ils en avaient assez des bandits, que leurs biens, leur vie, leur bonheur étaient à leur merci. « Et la terre est à nous ! », ont-ils ajouté. Ils ont failli télégraphier à Ankara. Je suis allé les en empêcher. « Ne déshonorez pas notre bourg aux yeux des Grands ! » leur ai-je dit.

« Il me faut patienter encore deux ans. Comme si, moi, je n'en avais pas assez ! Que je mette seulement la main sur les terres du village de Vayvay ! Tu ne sais pas ce que je vais faire, femme ? »

La femme hocha la tête.

– Je vais réunir les villageois et je vais câbler des dépêches, l'une à la suite de l'autre, à Ankara. Je dirai qu'il y a un soulèvement, que des bandits ont pris le maquis, qu'il s'est formé un petit gouvernement de bandits... Alors, le Gouvernement nous enverra ici un régiment, ou bien une division de montagne, et les gars auront leur compte réglé. On les pendra tous ! Le Gouvernement a réussi à réprimer le grand soulèvement des Kurdes, ce n'est pas avec ces quelques bandits de rien du tout qu'il va se gêner. J'ai recommandé au télégraphiste de bien se garder d'envoyer à Ankara des dépêches, concernant les bandits, qui pourraient discréditer notre bourg. Aucune dépêche ne partira... Mais après deux ans, une fois que les terres de Vayvay seront en ma possession... Je sais ce que je leur ferai voir à ces hors-la-loi !...

Il se tut et se mit à rêver. Un bon moment, il marcha dans la maison, la tête en l'air.

Par la suite, non pas deux ans plus tard, mais bien après, Ali Safa envoya à Ankara télégramme sur télégramme, fit exprès attaquer le bourg par les bandits à sa solde, provoqua la venue, pour la répression, de forces atteignant le bataillon ou le régiment, et finit par faire extirper le banditisme.

Quand on sonna à la porte, Ali Safa bey sortit de son rêve.

La domestique qui avait ouvert la porte la referma précipitamment et monta les escaliers en courant :

– Il y a un homme, à la tête enveloppée d'un pansement, qui veut te voir ; il a une longue barbe.

– Qu'il vienne !

L'homme à la tête enveloppée vint se jeter sur le divan en soufflant.

– *Selamunaleyküm*, Ali Safa beyfendir, mon frère ! dit-il.

– *Aleykümselam !*

– Ali Safa bey, ton père était mon meilleur ami. J'ai besoin de ton aide. Abdi a besoin de ton aide. Sauve-moi de cette calamité ! Devant mes yeux, il a mis le feu à un village entier. L'ami de ton père, Abdi, a besoin de ton aide. J'en ai besoin. Je sais que je peux compter sur toi. Sauve-moi de cette calamité ! Je te baiserai les pieds, sauve-moi de cette calamité ! Ton père et moi, nous étions très attachés l'un à l'autre, comme des frères, plus que des frères. Je te baiserai la plante des pieds. Sauve-moi !

– Mais qu'est-ce qui t'agite tant ? dit Ali Safa en souriant, repose-toi donc un petit peu, on parlera ensuite.

– Tu me demandes encore ce qui m'agite ? Ali Safa bey, qui d'autre veux-tu qui soit agité, si ce n'est moi ? L'individu tourne autour de ma tête comme l'épée d'Azraël. Il a brûlé un village entier à cause de moi. Le grand village de la Poussière-Blanche... Que je ne sois pas agité ?... Je te baiserai la plante des pieds, Ali Safa bey, sauve-moi ! Sauve-moi de cet homme ! Sauve-moi, Ali Safa bey ! L'oncle Abdi se tuera pour toi. J'ai perdu le sommeil. Ali Safa bey, l'individu est à mon chevet comme l'épée d'Azraël. Plus de sommeil pour moi !

– Abdi agha, dit Ali Safa bey, mi-moqueur, mi-sérieux. On m'a dit que ce Mèmed le Mince n'est qu'un gamin pas plus grand que ça !

– Ce n'est pas vrai, ce n'est pas vrai ! dit Abdi agha en se levant. Ce n'est pas vrai ! Il est aussi grand qu'un peuplier, à présent. Je l'ai vu quand il a mis le feu à la maison. Il est aussi grand que nous deux. Ce n'est pas vrai ! Ce n'est pas vrai ! C'était quand il était gosse... A présent, il est aussi grand que nous deux. Est-ce qu'un gamin pas plus grand que ça arriverait à faire toutes ces choses ? Il est aussi grand qu'un géant, énorme, le maudit !

– Ne t'en fais pas, agha, dit Ali Safa bey, en le rassurant. On trouvera bien une solution. Bois donc ton café !

Abdi agha prit d'une main tremblante le café qu'apportait la domestique. Une odeur suave se répandit dans la chambre. Il commença à boire son café avec bruit.

La femme d'Ali Safa bey vint s'asseoir sur le divan à côté d'Abdi agha.

— Tu l'as échappé belle, agha, dit-elle. Nous avons tout su et nous avons été très peinés. En voilà des histoires ! Ah ! pauvre Abdi agha ! *Inch' Allah*, Ali Safa bey lui en fera voir de bonnes, à ce mécréant. Ne t'en fais plus !

Depuis que le village avait brûlé, Abdi agha avait changé. Il en parlait tout le temps. Il racontait l'incendie à tous ceux qu'il rencontrait. Même si on ne l'écoutait pas, il racontait quand même. Ceux qui l'écoutaient le plaignaient et maudissaient Mèmed le Mince. Le sous-préfet, le commandant de gendarmerie, les gendarmes, les secrétaires, les fonctionnaires, la population du bourg, celle des villages alentour, tous partageaient les malheurs d'Abdi agha... Abdi agha racontait son histoire avec un air si larmoyant qu'on ne pouvait s'empêcher de compatir.

Aussi bien, lorqu'il vit, en face de lui, la femme d'Ali Safa, disposée à l'écouter, il ressentit un doux bien-être, pareil à une joie... Dès avant son récit, le visage d'Abdi agha prenait une telle expression de désolation et de souffrance que l'on comprenait son malheur avant même qu'il en parlât.

— Nous avons tous eu beaucoup de chagrin, dit-elle. La femme du sous-préfet est venue me voir hier ; il paraît que son mari est monté sur ses grands chevaux, qu'il crache du feu : « Il faut absolument l'arrêter ! » qu'il a dit. Est-ce qu'on met le feu à un village entier ? La femme du sous-préfet désire aussi te voir. Elle se demande à quoi ressemble un homme qui a échappé à un incendie. Nous avons eu beaucoup de chagrin. Quand ses affaires concernant le village de Vayvay seront terminées, Ali Safa bey réglera leur compte à ces bandits ! Il ne restera plus aucun bandit dans les montagnes. Pour toi, mon Abdi agha, nous avons tous eu beaucoup de chagrin.

Ali Safa bey allait et venait, d'un mur à l'autre, en frappant de sa cravache ses bottes vernies. Le visage d'Abdi agha se tendit, ses lèvres tremblèrent :

— Ah ! ma fille, dit-il en commençant, quelles histoires que les miennes ! Des histoires qui n'arrivent à aucun être humain. Ah ! ma fille, ma jolie fille ! Véli était mon neveu. Mon Véli était comme un arbrisseau, sa taille flexible comme une branche. Hatché était sa fiancée. Ce mécréant a enlevé Hatché. Bon ! Qu'il l'enlève ! Peu nous importe ! Deux cœurs unis font d'une chaumière un palais. Comme s'il n'y avait pas d'autres filles pour mon Véli ! Il n'avait qu'à faire un signe pour en avoir des tas. Moi, je suis l'agha de cinq villages. Mon père et mon grand-père l'étaient aussi. Il a enlevé la fiancée de mon neveu ? Bon ! Qu'il vienne quand même vivre au village ! Que j'ai dit. Qu'il ne reste pas chez les étrangers ! Que j'ai dit. Tous mes villageois sont mes fils. Il y a un proverbe qui dit : « Si tu nourris le corbeau, ça ne l'empêchera pas de te crever un œil .» Je n'y prêtais pas foi. On dit aussi que la pitié amène le malheur. Je n'y prêtais pas foi non plus. Est-ce que ça me regardait ? Comme j'ai été bête ! Il n'avait qu'à rester là où il avait fui. Il n'avait qu'à se traîner dans la misère chez les étrangers. Je suis allé chercher le serpent, mon ennemi mortel, je l'ai amené au village. J'ai pardonné à celui qui avait enlevé la fiancée de mon neveu, je l'ai amené au village. Puis ils ont tué mon neveu et m'ont blessé moi-même. J'ai failli en mourir. Voyez mes bontés à moi, et leur cruauté à eux !...

— Ah ! Abdi agha, ah ! dit la femme. Il ne faut

pas leur faire du bien, à ces gens-là. Notre Safa bey ne fait jamais de bien à personne.

— Il ne faut pas en faire, il ne fallait pas en faire, mais c'est trop tard. Après m'avoir blessé, reniant le pain qui l'a nourri, capable d'enfoncer son poignard dans la table sur laquelle il a mangé, cet ingrat s'est enfui pour rejoindre les bandits. Bon, qu'il s'en aille ! ai-je dit. Que le diable l'emporte ! Qu'il devienne bandit ou déserteur, qu'il devienne ce qu'il voudra ! Mais un beau jour, on m'a fait savoir qu'il s'était juré de me tuer. Il se dirigeait avec sa bande vers le village. Eh oui, ma fille, il s'amenait avec sa bande. Il paraît qu'il voulait boire mon sang comme du sorbet. Compare mes actes humains à ses actes maudits, à lui ! On se demande ce qu'il a contre un vieillard comme moi ! Comme si je n'avais déjà un pied dans la tombe ! Je ne passe mon temps qu'en prières et prosternations. Qu'est-ce que j'ai à voir aux choses terrestres ? Mais j'ai compris qu'il viendrait au village et qu'il me tuerait. On peut s'attendre à tout de ce maudit-là. Je me suis enfui du village. J'ai abandonné ma maison, mon village, mon foyer, j'ai fui. Hussein agha, du village de la Poussière-Blanche, est un parent. Je suis venu me réfugier chez lui. J'aurais mieux fait de ne pas y aller : tout un village est en cendres à cause de moi.

— Tu aurais dû venir chez nous, dit la femme. Tout cela ne serait pas arrivé.

— Est-ce que je pouvais savoir, ma fille ? Je ne pensais pas que ce maudit agirait de la sorte. Pas le moins du monde ! Bref ! Tout le village a brûlé, ma fille, il est en cendres. Les pauvres, les misérables sont dehors, tout nus. On a le cœur en lambeaux quand on songe à ces gosses lamentables. Ils n'ont pas de pain à manger, rien à se mettre sur le dos. Ils mourront de faim, cet hiver. Les bœufs, le bétail ont aussi brûlé pour la plupart. Mon cœur se fend, surtout pour les petits gosses. Voilà ! Il se fend, mon cœur. J'ai vu ces enfants, ces pauvres villageois, et j'ai oublié mes propres soucis. J'ai envoyé Ali le Boiteux au village, pour qu'il apporte de quoi manger, du blé, à ces pauvres gens. Mon cœur se fend toujours pour les pauvres gens. Voilà ! C'est comme ça ! J'ai peur que ce mécréant-là ne mette également le feu à notre village. Il en a pris l'habitude. Il ne se gênera pas. Il y mettra le feu et le réduira en cendres. Totalement en cendres... Ah ! ma fille ! Il a appris où j'étais, ce fauve, il a amené sa bande. Voilà qu'au milieu de la nuit, j'ai entendu une voix. On me demandait. J'ai tout de suite compris que c'était lui. Car la nuit d'avant, je l'avais vu en rêve. C'était bien clair pour moi, ça m'a fait un coup au cœur. Heureusement que Hussein agha ne m'a pas livré au bandit ! Il ne l'aurait jamais fait !

« Là-dessus, ce maudit a pris la porte sous son tir. Il a dit à Hussein agha : "Emmène femmes et enfants, et sors !" C'est ce qu'il a fait, Hussein agha, en pleine nuit — que pouvait-il faire d'autre, le pauvre ? — et il m'a conseillé de me rendre. Mais je n'en ai rien fait. Je suis resté dedans pour me défendre. Alors, Mèmed a mis le feu à la maison.

« Toute la grande maison brûlait avec un grondement. Trois hommes avaient pris la porte sous leur tir et lançaient des balles : je ne pouvais pas sortir par là. Et il n'y avait pas le moindre trou pour sortir. Je me tournais de tous côtés dans la fumée et dans les flammes. Une ou deux fois, j'ai eu l'intention de me jeter dehors, mais après, j'y ai renoncé, préférant brûler comme une torche plutôt que de tomber entre ses mains. Les flammes tombaient sur moi, toutes rouges. La fumée m'enveloppait, de tous côtés. Je ne pouvais même plus voir la porte. J'étais dans une fumée toute noire. J'étouffais. Ça grésillait tout autour de moi. Je me jetais ici et là, en vain. J'avais perdu l'espoir d'être sauvé. Des flammes et du feu pleuvaient sur ma tête. J'ai cru que c'était la mort. J'ai pensé à mes enfants, à mes villageois... Les villageois de mes cinq villages mourraient de faim. "Mes pauvres gens !" ai-je pensé. Et pendant ce temps, ma fille, je commençais à brûler. Je brûlais par la tête. Alors, je me suis jeté par terre de désespoir. Tandis que je me démenais dans le feu, j'entendis une voix qui disait : "Abdi agha ! Abdi agha !" C'était la voix de la première femme de Hussein agha. Elle me cherchait dans les flammes. "Je suis là, sœur", lui ai-je répondu. "Viens dans ce coin en tôle, me dit-elle. Je vais t'envelopper dans la couverture." Elle m'a soigneusement enveloppé dans la couverture. C'était une couverture immense. D'ailleurs, je ne suis pas très grand ! Elle m'a pris sous son bras et elle m'a sorti dehors. Quant au mécréant, il croit que j'ai brûlé dedans. S'il n'y avait pas eu la première femme de Hussein agha, c'est ce qui serait arrivé ! »

La femme d'Ali Safa avait les yeux pleins de larmes. Abdi agha aussi. Il était même sur le point de sangloter.

— Et puis, continua-t-il, les bandits ont attendu jusqu'à ce que la maison de Hussein soit brûlée. Elle brûla et tomba en cendres. Alors, ils allèrent dans le village pour y mettre le feu. Va encore pour la maison de Hussein agha. Ils l'avaient brûlée à cause de moi... et puis, il est riche, Hussein agha. Il peut en quelques jours en construire une autre à la place de celle qui a brûlé. Mais, espèce de maudit sans foi, pourquoi brûler celles des pauvres gens ? Pourquoi laisser les malheureux tout nus, sans rien, face à l'hiver ? La maison de Hussein agha brûlée, il fallait vous éclipser, bande de mécréants ! Les pauvres paysans, qu'est-ce qu'ils vous avaient fait ? C'est surtout ces pauvres gens qui me fendent le cœur.

– Cet hiver, dit la femme, les pauvres gens vont grelotter de froid. Sans maison, sans toit, et sans avoir de quoi manger... Quand cette affaire du village de Vayvay sera terminée, Ali Safa bey ne laissera pas survivre un seul bandit dans les montagnes. Il enverra dépêche sur dépêche à Ankara... A Ismet pacha... Dépêche sur dépêche... L'infanterie viendra. Pas des gendarmes comme on en a... On attaquera les bandits l'un après l'autre et on les pendra. Ça leur apprendra à mettre le feu aux villages ! Tu ne sais pas ce qu'on en souffre, Abdi agha ! Depuis des années, c'est nous qui les nourrissons. Tout ce qu'il gagne, Ali Safa bey, passe aux bandits. Quand cette affaire de Vayvay sera terminée !...

Ali Safa bey allait et venait distraitement. Quand il entendit sa femme parler de l'affaire de Vayvay, il se ressaisit. Il vint la prendre par le bras :

– Qu'est-ce que tu disais à l'agha ? Qu'est-ce que tu disais ?

– Ça ne fait rien, Ali Safa bey, dit Abdi agha, je ne suis pas un étranger. Ça ne fait rien. Ton père était plus que mon frère.

– Mais oui, dit la femme. Si je le considérais comme un étranger, lui aurais-je dit tout cela ?

Ali Safa bey regarda sa femme dans les yeux, d'un air qui voulait dire : « T'as fait une gaffe, t'as commis une faute. »

– Allez ! Va-t'en dans ta chambre, lui dit-il, irrité. Nous avons des choses secrètes à nous dire.

La femme, toute fautive et repentante, se leva et s'en alla dans une autre pièce.

Ali Safa bey s'assit en souriant près d'Abdi agha. Il lui mit la main sur le genou :

— J'ai bien réfléchi, agha, dit-il, bien réfléchi ! Ce Mèmed le Mince n'est pas homme à se laisser avaler tout cru. Tu as raison de craindre. Il faut craindre un homme capable de brûler un grand village, sans peur des autorités ni des paysans. Depuis une semaine, toutes les montagnes sont pleines de gendarmes et d'hommes armés. Rien. On ne le trouve pas. Il a à ses trousses une bonne cinquantaine de gens du village de la Poussière-Blanche, et les fins tireurs d'une quinzaine d'autres villages. Ils n'arrivent pas à le trouver. Un homme comme ça, on peut le craindre, et ça n'est pas facile de le supprimer.

Abdi agha changeait sans cesse de couleur, son teint passait du rouge au gris. Il s'accrocha au bras d'Ali Safa bey :

— Fais tout ce que tu peux, mais sauve-moi de ses mains ! Demain, il viendra brûler tout ce qu'il y a de villages dans Tchoukour-Ova. Fais tout ce que tu peux !

— Ça ne va pas être facile, Abdi agha, pas facile du tout, mais on verra.

— Il faut que tu fasses ce que tu peux.

— Je vais essayer de faire quelque chose contre cet homme. Mais j'ai aussi quelque chose à te demander...

— Tout ce que tu voudras ! Demande-moi la vie, Ali Safa bey ! Demande-moi la vie, fils de mon frère ! Que je meure pour toi ! dit Abdi agha, ému, en se levant.

Ali Safa bey le prit par la main et le fit asseoir.

— Merci, dit-il. Je savais que tu m'aimais. Ne

crois surtout pas que je te demande une contrepartie pour cette affaire-là ! Surtout pas ! Si tu le croyais, je ne te dirais rien. Je lui réglerai son compte, à Mèmed le Mince. Surtout, ne crois pas que je demande une contrepartie pour cette affaire-là !

— Je ne le croirai pas, ma parole ! Je ne le croirai pas ! dit Abdi agha, tremblant encore, et toujours angoissé. Ma parole, que je ne le croirai pas ! Tu es le fils de mon cher frère, Ali Safa bey !

Après avoir réfléchi un moment, Ali Safa bey releva la tête et regarda Abdi agha dans les yeux.

— Tu sais bien, mon agha, que j'ai, moi aussi, un tas d'ennuis. Dieu merci, j'ai moins de soucis, ces dernières années. J'en ai moins, il est vrai ; mais ce procès des terres de Vayvay m'ôte le sommeil.

— Moi, je sais que toutes les terres du village de Vayvay appartenaient à ton père, dit Abdi agha, sans que son émotion soit amoindrie. C'est ton père qui les ensemençait et les moissonnait. Quand il est mort, tu faisais tes études. Les villageois de Vayvay sont venus s'installer sur les terres de ton père. Tes titres de propriétés sont les premiers, je te l'ai bien dit. Ils comprennent toutes les terres du village de Vayvay. Cela, je le sais, moi, et les populations de mes cinq villages le savent aussi, ainsi que celle du village de la Poussière-Blanche. Toi, ne t'en fais pas pour cela ! Ton oncle Abdi saura se débrouiller. Pour les champs, laisse-moi faire ! Dans six mois, les champs du village de Vayvay t'appartiendront.

— Agha, dit Ali Safa bey, ne crois surtout pas que je te demande une contrepartie !

— Non, non, dit Abdi agha, en secouant la tête, jamais de la vie, jamais !

— Je les ai tous exilés du village. De peur, ils n'osent plus y mettre les pieds. Tous se sont enfuis vers Yurèguir. Mais ils ne renoncent pas aux terres...

— Laisse ton oncle Abdi agha s'en occuper ! Ces sortes d'affaires sont les miennes. Tu verras comment je me débrouille !

— Dans une semaine, les munitions arriveront de Syrie.

— Et alors ?

— Je vais charger la bande de Kalaydji de s'occuper de tes gaillards.

— Fils, je me tuerai pour tes yeux, dit Abdi agha, et il se leva.

Ali Safa bey voulut le retenir pour la nuit, mais Abdi agha ne jugea pas prudent d'être son hôte. Il dit même :

— Il vaux mieux, par les temps qui courent, que nous ne nous adressions pas la parole devant les autres. On ne sait jamais...

XXV

Cette nuit-là, jusqu'au matin, ils coururent, sans s'arrêter. Aux premières lueurs de l'aube, ils prirent, hors d'haleine, les rochers du Pin-Blanchâtre. Chemin faisant, ils n'avaient rien dit. Pas un mot. Quand ils eurent gravi les rochers, ils s'assirent sur une pierre, le regard tourné vers la plaine de Tchoukour-Ova, encore noyée de brume dans le soleil levant. Tout doucement, le brouillard se leva, et ils virent les villages, les routes, les collines, et les méandres luisants du fleuve.

Quand le soleil fut déjà haut, il ne resta plus trace de brume dans la plaine. Celle-ci se déploya devant eux, toute brillante, laissant voir chaque arbre et chaque caillou. Les champs et les jachères, avec leurs couleurs variées, noires, rouges, fauves, avaient l'air tout proches.

Djabbar fut le premier à rompre le silence :

– Tu vois, Mèmed, hier soir, c'est là-bas que nous étions !

– Oui, fit Mèmed sans tourner la tête.

Djabbar, en le voyant si absorbé, ne sut plus que dire. Il se tut un moment. Mais il lui fallait à tout prix parler. C'était plus fort que lui. Il reprit :

– Regarde ! Au pied de l'Anavarza, juste là, on

voit comme une tache toute noire : c'est le bois. Et là, où on dirait que quelque chose vole en l'air, c'est le marais des Roseaux-Blancs. Le village de la Poussière-Blanche fume encore ! Il fume à grosses volutes ! Ça monte jusqu'au ciel, t'as vu ?

Mèmed, recroquevillé sur lui-même, répondit « oui » d'une voix toute lasse. Djabbar lui demanda, très vite, avec inquiétude :

— A quoi penses-tu, Mèmed ? Tu es tout soucieux...

— Est-ce qu'il a vraiment brûlé, ce mécréant, cet enragé ? Voilà ce que je me demande. Et puis, c'est un désastre, pour les pauvres gens de ce village. Que faire, maintenant ? Voilà ce que je me demande.

— Ne t'en fais pas, ce qui est fait est fait !

— Bien sûr.

— Allons jusque chez Ummet le Blond. Nous y passerons la nuit et, demain, nous gagnerons les montagnes.

— Et sais-tu l'idée que j'ai, Djabbar ? demanda Mèmed, les yeux brillants.

— Non !

— J'irai au Plateau-aux-Épines. Je réunirai autour de moi les cinq plus anciens du village. Je leur dirai : « Maintenant, il n'y a plus d'Abdi agha. Les bœufs que vous avez sont à vous. Semez autant qu'il vous plaira ! Tant que je tiendrai la montagne, c'est ainsi que ça se passera. Si je suis tué, alors vous vous débrouillerez. » Et puis, je réunirai les gens du village et je mettrai le feu au champ de chardons. Personne ne labourera sans avoir brûlé les chardons.

— Ça, c'est bien, fit Djabbar, les yeux humides. Un village sans agha ! Chacun possédera ce qu'il a gagné !

— Oui, c'est comme ça ! dit Mèmed en souriant.

— Nous garderons les terres, l'arme au pied.

— Il faut encore que nous fassions quelque chose.

— Quoi donc ? demanda Djabbar, curieux et ému. Que devrons-nous faire ?

— Je ne sais pas au juste, frère. Mais il faut absolument que nous fassions quelque chose.

— Mais quoi ?

— C'est un désastre, pour ces pauvres gens du village de la Poussière-Blanche. Il faut absolument que nous fassions quelque chose. C'est à cause de nous que leurs maisons ont brûlé.

— C'est un désastre, bien sûr, mais que faire ?

— Oui, que faire ?

Djabbar se mit debout en s'étirant. Ses longues jambes, ses larges épaules se tendirent comme des cordes d'acier. Mèmed, aussi, se leva, s'étira. Il avait le visage tout bronzé. Il était si maigre que sa peau semblait collée à ses os. Et pourtant, son expression ne portait pas trace de fatigue. Dans sa façon de marcher, de parler, dans chacun de ses mouvements, il y avait de la santé, du sang-froid, de la vivacité. Il avait beaucoup changé depuis qu'il s'était fait bandit.

Quand il fut debout, la lueur jaune se mit à briller dans sa tête, plus fort que le soleil, envahissante, immense.

— Djabbar ! dit-il, en se passant la langue sur les lèvres comme avec gourmandise, chacun conservera le fruit de son travail ! Nous, nous monterons la garde, et tout le monde aura de la terre.

— Oui, ce sera ainsi, tous auront de la terre.

Ils descendirent le versant oriental des rochers, Mèmed en tête, suivant des pistes de chèvres.

— Peut-être bien que les gendarmes sont à nos trousses ! fit Djabbar.

— Sûrement ! C'est pourquoi nous nous enfoncerons dans la forêt.

— Bien !

— Depuis que cette question des champs m'est venue à l'esprit, je n'ai plus du tout envie de mourir.

— De mourir ? dit Djabbar d'une voix inquiète.

— Je n'ai plus envie de mourir, reprit Mèmed, qui revit en pensée Redjep le Sergent... Ce Redjep, quel genre de type c'était ? Le voilà parti, avant que j'aie pu m'en faire une idée. Même sur le point de mourir, il voulait encore nous faire du bien. Mais il se réjouissait de l'incendie du village. Je n'ai jamais pu comprendre cet homme-là. Il aimait tout le monde. Il était aussi l'ennemi de tout le monde. Le village a brûlé, il a été content. Et si nous avions fait du bien à ce village, il aurait encore été content, j'en ai l'impression.

Djabbar, le nez en l'air, reniflait le vent. Il respirait l'odeur des pins. Il en avait une brindille à la bouche et la mâchonnait. Il acquiesça :

— Moi aussi, j'en ai l'impression.

— On dirait que mon cœur va sauter hors de ma poitrine, fit Mèmed. Je me sens bien. Ma tête tourne. Vais-je rire, ou pleurer ? Je ne sais. Je suis entre les deux. Ah ! cette question des terres ! Qu'en diront les gens du village, qui sait ?

— Qui sait ?

Le vent soufflait doucement, apportant des odeurs de sources, des senteurs de marjolaine.

Ils marchèrent, traversant forêts et rocailles. Le soleil était déjà bas quand ils arrivèrent à proximité de la maison d'Ummet le Blond.

— Attendons que le soleil se couche, fit Mèmed. Nous irons après chez Ummet le Blond.

— Entendu.

Ils s'assirent, respirant profondément. Ils étaient trempés de sueur.

Le soleil se coucha, l'obscurité se fit. La plaine de Tchoukour-Ova, un moment embrumée, se voila d'un rideau noir. Le ciel était couvert d'étoiles. Elles semblaient se toucher. A l'orient, une constellation semblait jeter des étincelles. De temps en temps, on voyait une étoile filante. Le plus souvent, elle tombait, en face, derrière la montagne.

Ils se levèrent et allèrent chez Ummet le Blond.

– Hé ! frère Ummet ! frère Ummet ! fit Mèmed d'une voix faible.

Un long moment, on n'entendit rien à l'intérieur. Puis la porte s'ouvrit, et Ummet sortit. Quand il comprit que ces deux hommes, dans la nuit, étaient Mèmed et Djabbar, il eut peur. Il ne put rien dire. Il resta longtemps, mâchonnant des paroles qui ne voulaient pas sortir.

– Salut, frère Ummet ! dit Mèmed. Quoi de neuf ?

– Chut ! fit Ummet.

Mèmed comprit. Ummet lui dit à l'oreille :

– Venez derrière moi ! Je vais vous emmener dans la montagne. Ici, c'est plein de monde.

– Nous sommes morts de faim, Ummet ! dit Djabbar.

– Alors, attendez un instant ! fit Ummet.

Il rentra chez lui, et en ressortit au bout de cinq minutes :

– Allez, en route ! dit-il.

Ils marchèrent derrière lui. Ils se dirigèrent vers la cime de la montagne, sautant les rochers, tâtonnant à travers les arbres de la forêt. Leur marche dura environ une heure et demie. A la fin, Ummet s'arrêta dans un bouquet d'arbres, essoufflé, et leur dit :

— Puisse votre foyer sombrer, Bon Dieu ! Est-ce que c'était une chose à faire ? Vous avez brûlé tout un village de Tchoukour-Ova ! Est-ce que ça se fait ? Guizik Douran lui-même ne l'aurait pas osé. Qu'est-ce qui vous a pris ?

— Eh quoi ? qu'est-ce qu'il y a donc, Ummet ? fit Djabbar. Dis-nous !

— Que voulez-vous qu'il y ait ? Il y a des gens armés d'une dizaine de villages, peut-être mille personnes ; il y a une compagnie de gendarmes qui ratissent la nature depuis deux jours. Ils regardent jusque dans les trous de souris pour voir si vous n'y êtes pas. Vous vous ferez attraper, un de ces jours. Il ne restera rien de vous. Ils vous mettront en charpie. Brûler tout un grand village de Tchoukour-Ova ! A-t-on jamais vu ça ? Alors, dites, vous l'avez brûlé pour le plaisir ?

Ummet se tut.

— Pour le plaisir ? fit Mèmed d'une voix étranglée.

Ummet ne répondit pas. Mèmed répéta deux fois sa question.

Ummet n'était plus très sûr de bien comprendre, et il aurait bien voulu changer la conversation, mais il ne sut que répéter :

— Pour le plaisir !

Il était incapable, en effet, de parler contre sa pensée. Mais soudain, un éclair illumina son esprit :

— Sapristi, vous avez réussi à le tuer, le mécréant ?

— Il a brûlé, il a grésillé, avec la maison de Hussein agha ! fit Djabbar.

— Ici, il y a, dit Ummet, une anfractuosité, comme une grotte. Personne n'y viendra. Vous y resterez jusqu'à ce que vos poursuivants se retirent. N'en bougez pas ! Si vous voulez des nouvelles d'Ali le Boiteux, sachez qu'il est à Dèyirmènolouk. Demain, je vous apporterai à manger. N'ayez pas l'idée de sortir d'ici !

Il s'approcha de l'entrée du trou :

– Voilà, c'est ici ! Rentrez-y ! Si votre cachette était découverte, n'ayez pas l'idée de vous sauver par en bas, par Tchoukour-Ova ! Ce serait votre mort. Retirez-vous plutôt vers le sommet ! Quand vous l'aurez dépassé, vous atteindrez, au flanc de la montagne, le Ruisseau-du-Moine. Au revoir !

Quand Ummet fut parti, ils s'assirent à l'entrée de l'anfractuosité et mangèrent très vite.

– Je vais rentrer dans le trou et dormir, dit Djabbar. Si tu ne peux pas lutter contre le sommeil, réveille-moi !

Mèmed ne répondit pas. Dans sa tête, la lueur jaune, de plus belle, s'était remise à luire. Elle coulait comme un grand fleuve jaune, avec ses clapotis et ses méandres de lumière. Le crâne de Mèmed s'emplissait d'un bruissement heureux.

Chacun posséderait ses terres. Il les posséderait, qu'Abdi agha fût mort ou non. Le Plateau-aux-Épines est en feu. Les flammes dévorent les chardons à toute vitesse. Elles coulent sur le Plateau-aux-Épines, à la vitesse d'une grande cascade. Le tourbillon, précédé d'une boule de lumière, parcourt le plateau dans l'obscurité de la nuit. A travers les épines et les chardons, dix jours, quinze jours, un mois durant, cette masse de flammes se promène. Et puis, un jour, on constate que le feu est éteint et que le Plateau-aux-Épines est d'un noir charbonneux.

Alors, des chants s'élèvent sur le plateau. De chaque coin partent des chansons gaillardes. Les villageois ont attelé leurs bœufs, et ils labourent sans que nul chardon, nulle épine, vienne leur déchirer les jambes. Quel confort !...

Sûrement, ce sera la fête au village de Dèyirmènolouk. Une grande fête. Tout vieux qu'il est, Ali le Demeuré lèvera la jambe jusqu'au-dessus de sa tête et, à cloche-pied, dansera une danse grotesque qui fera rire tout le monde. Si Redjep le Sergent avait vu ça, il aurait été bien content. Mais qu'y peut-on ? Il est maintenant couché dans un bois de l'Anavarza.

Là-dessus, Mèmed ressentit comme un vague sentiment de crainte. Plus de mille paysans. C'est à ne pas y croire. Plus de mille paysans armés ! Que venaient-ils faire dans ces montagnes ? On n'avait jamais vu ça. Un village avait brûlé, et puis après ? Est-ce que ça les regardait ? Une compagnie de gendarmes ! Ça, il ne faut pas s'en faire, ça peut aller. La peur qui naissait dans son cœur s'effaça, disparut. Maintenant, il avait le sentiment qu'ils pouvaient bien être quinze cents, deux mille, tant pis ! Rien à craindre. Il avait sur lui plus de trois cents cartouches, et il savait, aussi sûr qu'il était vivant, qu'il n'en brûlerait pas même une pour rien.

Jusqu'au matin, il pensa à toutes ces choses. Hatché, aussi, occupait sans cesse son esprit. Il pensait à elle, à la prison ! ça lui tordait le cœur. Il se demandait comment tant de malheurs pouvaient fondre ensemble sur un seul être. Lui qui jurait très peu, il lança des jurons furieux.

Djabbar ne se réveilla que dans la matinée, les yeux éblouis de soleil.

— Pourquoi ne m'as-tu pas réveillé, Mèmed ? demanda-t-il.

— Je n'avais pas sommeil.

— Mangeons une bouchée ! Et toi, tu dormiras.

— Bien.

Djabbar amena le paquet de vivres et l'ouvrit. Il y avait du fromage et de l'oignon vert. Ils les enveloppèrent en rouleaux, avec le pain en galettes, et se mirent à manger, sans hâte, en prenant tout leur temps. Après quoi, ils allèrent à la source qui jaillissait, en face, à la base d'un rocher, et, à plat ventre, s'y désaltérèrent.

– Je vais dormir ici, au soleil, dit Mèmed.

– Vas-y ! fit Djabbar.

Sa tête à peine posée sur le sol, Mèmed s'endormit, comme un enfant. Son visage exprimait la calme innocence de l'enfance. Il se réveilla quand le soleil vint se planter au zénith. Il était en sueur. Il s'étira, se lava le visage à la source du rocher, et retrouva ses esprits.

– Pourvu que cet Ummet ne nous fasse rien ! dit Djabbar.

– Pourvu ! dit Mèmed.

– Qui sait ?

– Non, fit Mèmed, il ne peut rien nous faire, seulement, nous, nous devons partir d'ici. Il nous faut aller à Dèyirmènolouk.

– Et si nous tombons dans une embuscade ?

– Des bandits ne tombent pas dans une embuscade. Ils y font tomber les autres.

– Attendons au moins Ummet !

– Oui. Nous ne pouvons pas partir sans l'avertir.

Une heure plus tard, ils entendirent, en bas, un bruit dans les buissons. Ils se jetèrent derrière le rocher. Le bruit continuait, grandissait, s'approchait. Soudain, Ummet sortit de derrière un sapin. En les voyant ainsi sur la défensive, il sourit. Mèmed sourit aussi. Ummet leur donna des nouvelles :

– Ils sont découragés. Ils s'en retournent. Je leur

ai d'ailleurs dit que des bandits qui ont fait un coup, hier, dans la plaine de l'Anavarza, ne tiendraient pas, aujourd'hui, la montagne d'Akardja.

— Tu as bien fait, frère Ummet, dit Djabbar.

Ummet prit la main de Mèmed le Mince :

— Toi, frère, je t'aime de tout mon cœur ! dit-il. Tu as bien agi. Moi, mes enfants, ma femme, toute ma maison, nous sommes prêts à nous sacrifier pour toi !

— Nous l'avons brûlé, nous l'avons grillé ! dit Djabbar avec vantardise.

Ummet, à cela, ne répondit rien.

— Frère Ummet ! dit Mèmed, si chacun possédait la terre qu'il cultive, qu'en penserais-tu ?

— Ce serait parfait.

— Et si chacun possédait les bœufs avec lesquels il laboure, qu'en penserais-tu ?

— Il ne pourrait rien y avoir de mieux au monde.

— Et si on labourait le Plateau-aux-Épines après l'avoir bien brûlé, qu'en penserais-tu, frère Ummet ?

— Ça, ça serait bien !

Djabbar prit des mains d'Ummet le paquet de vivres qu'il avait apporté, et l'attacha à sa ceinture.

— Reste en bonne santé, Ummet ! dirent-ils.

— Si vous avez des ennuis, venez me trouver ! dit Ummet. Je vous protégerai contre mes propres frères. Je t'aime beaucoup, Mèmed.

— Porte-toi bien ! fit Mèmed.

Ils partirent. Mèmed, qui marchait devant, s'arrêta. Djabbar le rattrapa et s'arrêta aussi. Ils restèrent un instant, se regardant dans les yeux.

— Frère, dit Mèmed, je suis content de cette affaire !...

— Et moi !... fit Djabbar.

XXVI

Le village de Karadout, la Mûre-Noire, est au bord de la rivière Djeyhan. Devant le village, le Djeyhan se répand dans la plaine, s'élargit, devient comme un lac, paraît stagner. Là, tous les dix ou quinze ans, la rivière change de lit, oscillant de droite à gauche. Là où elle est allée, elle laisse un épais limon. C'est pourquoi cette région est la plus fertile de Tchoukour-Ova. La terre y est hors de prix.

La dernière ferme qu'Ali Safa bey a réussi à s'approprier est à la limite même de Karadout. Plus de la moitié de ces terres a été abandonnée par des Arméniens en fuite. Le reste, il l'a arraché, par la force et par la ruse, aux paysans de Karadout. Depuis des années, Ali Safa bey et eux sont en contestations sans fin. Entre les deux parties, c'est la guerre ouverte. Comment Ali Safa bey s'était accroché aux terres fertiles de Karadout, comment, par la ruse, il s'était emparé de vastes superficies, c'était une longue histoire, toute une aventure même. Dans cette affaire, Ali Safa avait bien montré que ses roueries et ses inventions ne connaissaient ni limite ni obstacle. Nous allons voir ce dont il était capable pour une poignée de terre.

Békir le Blond était du village de Karadout. C'était même le seul homme du village qui sût lire et écrire. Son intelligence était renommée, depuis le temps où il avait été à l'école du chef-lieu de canton. Il était courageux, hardi, honnête. Il ne connaissait pas le mensonge. Grand, élancé, souriant, il était franc et pur comme un enfant. Il s'était dressé comme un obstacle sur le chemin d'Ali Safa bey. S'il n'avait pas été là, Ali Safa aurait déjà agrandi sa ferme de toutes les terres de Karadout. Mais il se dressait devant lui, comme une montagne. Il avait sauvé son champ et ceux des gens du village. Il était très différent des autres villageois, qui l'aimaient beaucoup et suivaient aveuglément ses conseils. De longues années durant, Ali Safa bey n'avait pu lui faire aucun mal. Ses procès avec les paysans traînaient en longueur, sans que ces derniers eussent en rien le dessous. Jusqu'au moment où arriva ce que nous allons raconter.

Le chef de bande Kalaydji Osman, Osman l'Etameur, était le cousin de Békir. Leurs pères étaient frères. Osman était un bon à rien, une tête brûlée. Et c'était aussi le chien d'Ali Safa. Il lui rapportait tout ce qui pouvait se passer dans le village. Les gens du village ne pouvaient pas le sentir. D'ailleurs, il n'y demeurait guère, et il avait même abandonné son métier d'étameur, pour s'occuper de la ferme d'Ali Safa. Il volait des bêtes aux paysans, mettait le feu à leurs récoltes, faisait toutes sortes d'infamies. Les villageois en étaient arrivés à ne savoir que lui faire, car, d'un côté, ils ne voulaient pas peiner son cousin Békir efendi, de l'autre, ils avaient peur d'Ali Safa bey... Et puis, ils ne voulaient pas se salir en touchant à ce chien.

Ce fut le mariage de Békir efendi. Grosses caisses

et clarinettes s'en donnaient à cœur joie. Le village était sens dessus dessous. Tout le monde dansait et chantait. Chaque maison était un lieu de fête. C'est que le village mariait son cher Békir efendi.

C'était la dernière nuit des noces. Devant la maison du marié, trois coups de feu claquèrent. Il y eut un moment de confusion. Békir efendi avait été tué. C'était Kalaydji qui l'avait tué. La mariée resta là, les mains teintes au henné. Kalaydji disparut dans l'obscurité et prit le large dans la montagne. On s'interrogeait sur les raisons diverses qui avaient pu pousser Kalaydji à tuer Békir efendi. Quelles qu'elles fussent, c'était tout de même une chose inouïe que ce meurtre en plein soir de noces. Personne n'aurait pu s'attendre à ça. Les villageois allaient tous répétant : « Puisse-t-il devenir aveugle ! Un homme comme Békir efendi, est-ce qu'on le tue ? Puisse-t-il devenir aveugle !... »

On passait en revue les divers motifs du meurtre. L'un disait :

– C'est Ali Safa bey qui a poussé Kalaydji. Il l'a soudoyé, pour lui faire tuer Békir efendi.

Un autre affirmait :

– Il aimait la fille. Il n'a pas pu supporter qu'elle épouse Békir efendi. C'est pour ça.

D'autres remarquaient :

– C'est une tête brûlée. Ça lui est venu soudain à l'esprit. Il a tiré et il a tué, comme ça, uniquement pour qu'on puisse dire : « Kalaydji a tué Békir efendi. »

D'autres encore, qui connaissaient de près le meurtrier, disaient :

– Depuis qu'ils étaient enfants, Kalaydji Osman ne pouvait pas souffrir Békir efendi. Et même, si Kalaydji s'est mis à aider Ali Safa bey, c'est parce que Békir efendi soutenait les gens du village. Il ne pouvait absolument pas souffrir Békir. Son mariage, l'affection que lui montraient les villageois, c'est ça qui a poussé Kalaydji.

Quoi qu'il en soit, Kalaydji n'avait aucun motif valable pour tuer Békir efendi. Toutes les hypothèses émises pouvaient d'ailleurs être justes : il y avait de tout cela dans le caractère de Kalaydji.

Après ce meurtre, Kalaydji fut ouvertement un instrument de terreur et d'intimidation entre les mains d'Ali Safa bey. Tout ce qu'il y avait dans la montagne de gens de sac et de corde se groupèrent autour de l'Étameur, qui, comme un fléau, s'attaqua sans trêve à tous les pauvres gens de Tchoukour-Ova qui avaient maille à partir avec Ali Safa. Il s'acharna à plonger dans le malheur les adversaires d'Ali Safa bey.

Et malgré tout, Ali Safa, même après l'assassinat de Békir efendi, ne put arracher la moindre parcelle de terre au village de Karadout, où Kalaydji ne pouvait plus mettre le pied. Bandit ou pas, Kalaydji n'était plus un homme pour les paysans de Karadout. Ils ne le craignaient pas.

Depuis quelques jours, Tchoukour-Ova était en émoi. Le nom de Mèmed le Mince allait de bouche en bouche. Mèmed le Mince, le brûleur de villages, la ruine des foyers ! Après l'incendie du village de la Poussière-Blanche, Mèmed le Mince était devenu légendaire. On ne comptait plus les curieux qui venaient voir les ruines de ce village. Les femmes et les enfants de la Poussière-Blanche se racontaient et racontaient aux autres ce que c'était, ce Mèmed le Mince : « Il était comme un géant. Il s'était emparé d'un tronc de pin enflammé et allait de maison en maison pour y mettre le feu. Comme le vent, il tournoyait dans le village. Si l'une des maisons qu'il avait enflammées s'éteignait, il accourait pour y mettre de nouveau le feu. Si vous l'aviez vu, Mèmed le Mince ! Dans la nuit, ses yeux projetaient de la lumière. Il s'allongeait parfois comme un peuplier, et parfois il devenait tout petit. Les balles ne l'atteignaient pas. Tout le monde avait tiré sur lui. Inutilement. » Autant de villages, autant d'histoires différentes !

Comme il en avait l'habitude, Ali Safa bey rencontra Kalaydji dans la grotte des Vignes-de-l'Instituteur.

Quand il lui fit la proposition de se débarrasser de Mèmed le Mince, Kalaydji en fut très content, mais il ne le montra point.

– Ce coup est un coup difficile. Ali Safa bey, répondit-il. Un coup difficile. On ne peut pas l'avoir, un type comme lui.

– Le nom de Mèmed le Mince est devenu légendaire dans Tchoukour-Ova. Si tu descends quelqu'un, il vaut mieux que ce soit un homme dans son genre. Comme ça, ta renommée fera le tour du monde. Pour une occasion, c'en est une ! De plus, si tu supprimes Mèmed le Mince, Tchoukour-Ova nous appartiendra.

– C'est difficile.

– N'aie pas peur ! dit Ali Safa bey en lui tapant sur l'épaule. L'autre agha aussi te paiera pas mal.

– C'est difficile. Mais on verra. On trouvera peut-être moyen.

– Tu dois trouver moyen de l'avoir. Aussi courageux qu'il soit, Mèmed est un novice. Il ne connaît pas la montagne. Tu lui tendras un piège, et ça sera tout.

– On verra.

Quand Kalaydji revint près de ses amis, après avoir quitté Ali Safa bey, il leur dit :

— Il y a du boulot bien payé et facile.

Ses amis le regardèrent dans les yeux.

— Vous savez qu'il y a un parvenu qui s'appelle Mèmed le Mince, continua-t-il, celui qui a brûlé le village de la Poussière-Blanche ? On va le supprimer... C'est bien payé ! Autant qu'on voudra !

Tuer Mèmed le Mince était, pour la bande de Kalaydji, aussi facile que de manger du pain ou boire de l'eau.

Depuis son entrée dans le maquis, disait-on, Kalaydji avait déjà supprimé trois bandes et tué plus de quarante personnes dont Békir efendi le Blond.

Osman l'Étameur, Kalaydji, était un petit homme aux yeux verts, d'un vert de serpent, ou parfois grisâtres, d'une drôle de couleur, qui lui donnaient un regard glacé, un regard de mort. Les poils raides et jaunes de sa barbe étaient plantés sur son visage comme des épines de hérisson. Ses épaules étaient larges, comparées à son cou grêle. Et ce cou était tout rouge, comme grillé au feu. Il portait un chalvar bleu, aux poches ornées de broderies d'argent. Tout son corps était paré de cartouchières. Il en avait même attachées aux jambes. Elles étaient aussi rehaussées d'argent. Elles brillaient, du plus loin qu'ont le vît. Il portait, à droite comme à gauche, des pistolets, des dagues, des poignards aux manches incrustés de nacre. Il avait des jumelles sur la poitrine. Des jumelles à prisme. S'échappant de sous son fez violet, ses boucles jaunes pendaient jusqu'entre ses sourcils.

Il ne brillait ni par son intrépidité, ni par son courage, mais par la ruse. Ceux qu'il avait combattus, il ne les avait jamais attaqués de face, il les avait toujours frappés dans le dos. Les ruses qu'il inventait, les pièges qu'il tendait paraissaient impensables, inimaginables. Il semblait l'instrument d'Ali Safa bey. En fait, il l'était, mais Ali Safa bey n'en était pas moins le sien. Jusqu'à présent, il n'avait rencontré les gendarmes qu'une ou deux fois. Quand les gendarmes se mettaient à sa poursuite, le réseau d'informations dirigé par Ali Safa bey avertissait aussitôt Kalaydji. Et l'hiver, Kalaydji le passait somptueusement dans la chambre qu'Ali Safa bey lui avait réservée dans sa maison. Quand il s'ennuyait d'être seul dans sa chambre, il montait là-haut, dans la montagne, rejoindre ses amis. Sa bande aussi menait une vie tranquille. Pendant la grande neige, elle s'installait dans un village de la montagne, se régalait de rôtis d'agneau. Elle prenait du bon temps. C'est pour cela que les hommes de Kalaydji se seraient fait tuer si Ali Safa le leur avait demandé.

Kalaydji interrogea :

– Y a-t-il quelqu'un parmi vous qui connaît Mèmed le Mince ?

Appuyé à un arbre, Horali avait les yeux fermés. Il se redressa.

– Moi, je le connais bien, agha. Nous étions ensemble dans la bande de Dourdou le Fou.

– Alors, approche voir un peu !

Horali s'avança. Kalaydji le prit par les deux épaules et le secoua :

– Dis voir un peu ! Quel genre d'homme est-ce, ce Mèmed le Mince ?

Horali avala sa salive. Il fit un geste comme s'il allait s'essuyer les lèvres.

— A première vue, comme ça, il ne ressemble à rien. Il est tout petit, tout fluet, avec une grosse tête, de grands yeux. Il semble avoir une vingtaine d'années. C'est un gars qui reste toujours pensif. Pour le comprendre, il faut l'avoir vu tirer, il faut l'avoir vu au combat. Il peut viser un sou en l'air. Dès le premier jour qu'il est entré dans la bande — tu connais Dourdou le Fou, tu sais comme il vise bien — Mèmed le Mince tirait encore mieux que lui. Maintenant, il est capable de tirer à travers le chas d'une aiguille. Il est très vif. S'il l'avait voulu, il aurait tué Dourdou le Fou, le jour de la querelle avec les Yeuruks ; il nous aurait tous tués. Est-ce que Dourdou le Fou se serait laissé faire, si Mèmed n'avait pas été ainsi ? Dourdou avait peur de lui...

— Vantardises que tout cela, Horali ! Tu te vantes ! T'a-t-il donc payé pour chanter sa louange, ce Mèmed le Mince ?

— Mais non ! Tu m'as dit de te le décrire, et moi, je t'ai dit ce que je sais, ce que j'ai vu. Il est vraiment comme j'ai dit, ce Mèmed le Mince.

Kalaydji s'assit par terre, prit sa tête entre ses mains, et se mit à réfléchir. Une heure, deux heures passèrent. Puis il appela de nouveau Horali, et lui demanda :

— Écoute-moi bien, Horali. Est-ce que Mèmed le Mince à confiance en toi ?

— Non.

— Pourquoi ?

— Quand il s'est mis contre Dourdou le Fou, j'ai pris le parti de Dourdou.

— Et alors ?

— Il ne me fait pas confiance. Il ne fait, d'ailleurs, confiance à personne, même pas à son père. Pas même à Djabbar qui est près de lui.

— Dis donc ! Tu ne vas pas nous faire croire, maintenant, que ton galopin d'hier est une espèce de Guizik Douran ?

— Je le connais, moi !

— Et puis après ? dit Kalaydji avec irritation.

Quand il s'énervait, il se mettait les doigts dans le nez et en tirait les poils. C'est ce qu'il faisait en ce moment.

— Tu as l'air de vouloir dire que Mèmed le Mince ne se laissera pas prendre dans un piège, et qu'il ne se fera pas tuer non plus ?

— Ce n'est pas ce que je voulais dire. Il n'y a pas d'homme qui ne tomberait dans un piège. Et puis, tout de même, Mèmed le Mince est un novice. Tout dépend du piège...

— Je te fais confiance, Horali. Tu sais te débrouiller. Il n'y a pas de bandit plus expérimenté que toi dans les montagnes. Je te charge de cette mission.

— D'accord, mais ils sont deux !

— Qui est l'autre ?

— Djabbar le Long.

— Par Dieu ! Djabbar le Long est un honnête gars. Un gars vaillant.

— On n'y peut rien ! Il périra avec l'autre.

— Qu'il périsse ! dit Kalaydji.

Puis soudain :

— Écoute, frère Horali. On va chercher l'endroit où il se trouve. Tu iras l'inviter dans notre bande. Si ça ne réussit pas, on trouvera autre chose.

— Il se peut qu'il accepte de venir et on en finira sans difficulté. Il viendra peut-être. Il n'aura pas l'idée d'un piège, lui.

— D'accord ?

— D'accord !

— Pourrons-nous vite trouver où il est ? A-t-il un endroit attitré ?

— Pas encore, le pauvre, il est trop nouveau ! dit Horali en souriant. Mais c'est facile de le trouver. Je le trouverai, moi.

XXVII

Depuis des jours, affamés, se cachant, ils marchaient. Ils avaient franchi des montagnes couvertes de forêts, de rochers. Ils mouraient de fatigue. Tous deux étaient pliés sous le poids de leurs armes et de leurs munitions. Leurs mains tremblaient, comme s'ils avaient eu froid.

L'obscurité était devenue profonde, les étoiles rares. Elles frémissaient. Les étoiles aussi ont froid, vers le matin. L'aube approchait. Soudain, un vacarme éclata, qui fit sursauter Djabbar.

— Qu'est-ce que c'est ? demanda-t-il, stupéfait.

— C'est la source ! dit Mèmed. Tu te rappelles, la première fois que nous sommes venus...

— Je sais. Alors, asseyons-nous un peu après.

— Impossible !

Sans égards pour sa fatigue, pour son épuisement, il ne s'arrêtait pas, même un instant, il continuait sa route, sans trêve. Il dit, hors d'haleine :

— Qu'est-ce qu'il y a donc, frère Djabbar ? Nous sommes arrivés !

Il se tut pour reprendre souffle, puis continua :

— Qu'est-ce qu'il y a donc ? Nous nous reposerons dès que nous serons au village. Il faut y entrer avant le point du jour. Eh oui, frère Djabbar ! Nous en avons tant fait !... Maintenant, nous voici arrivés ! Hein, frère Djabbar ?

— Ne te fâche pas !

Là-dessus, Mèmed ne dit plus un mot. En approchant du village, il marchait encore plus vite. Et Djabbar, derrière lui, devait dépenser ses dernières forces pour le rattraper.

Ils entrèrent dans le village quand les lueurs de l'aube commençaient à poindre au levant. Quelques chiens les accueillirent bruyamment. Mèmed n'y prêta pas attention. Il marchait, tout raide, à toute allure. Il arriva devant la maison d'Ali le Demeuré.

— Oncle Ali ! Oncle Ali !

— C'est toi, mon Mèmed le Mince ? demanda aussitôt Ali.

— Oui, c'est moi !

— J'arrive, mon Mèmed ! Sois le bienvenu, mon petit ! Qu'as-tu fait du mécréant ? On nous a dit que tu avais mis le feu au village de la Poussière-Blanche, et qu'il avait brûlé avec.

Quand la porte s'ouvrit, Mèmed demanda avec émotion :

— Qui est-ce qui vous a apporté cette nouvelle ? Est-ce que tous les villageois le savent ?

— Nous le savons tous, mon petit. Que ta main soit bénie ! Nous sommes tous contents. La mort ne réjouit pas, mais lui l'a méritée. Même sa femme était contente. « Il a ce qu'il mérite ! » a-t-elle dit. Elle n'a pas versé une seule larme. Entrez, mes enfants !

Soudain, il se ressaisit et demanda, anxieux :

— Qu'avez-vous fait de l'autre camarade, ce vieux ?

Mèmed soupira :

— Ne m'en parle pas !

— Que Dieu ait son âme ! Je vais vous allumer la

cheminée tout à l'heure. Vous avez sans doute faim ?

Mèmed ne perdait pas de vue sa question :

– Oncle Ali le Demeuré ! insista-t-il, qui vous a apporté cette nouvelle ?

– Tu n'es pas au courant, mon petit ? Tu ne sais pas ce qui s'est passé ? Ali le Boiteux était l'homme de ce mécréant. C'est lui qui l'a dit. Quand le village brûlait, il allait justement le voir là. Il est resté en dehors du village, il a vu l'incendie. Après, il est entré dans le village. A ce qu'il paraît, on retirait les os d'Abdi de dans les ruines. Même que la plus grande partie de ses os avait brûlé !

– Alors, comme ça, Ali le Boiteux était son homme ?

Ali le Demeuré retira la cendre de sur les braises du foyer et murmura avec colère :

– C'est comme ça, mon petit ! Eh ! c'est un être humain, il a tété le lait cru...

Mèmed rit.

– Tu ne me crois pas ? demanda Ali le Demeuré, en le regardant dans les yeux.

– Oncle, comme tu oublies vite !

– C'est la vieillesse qui se porte à la tête...

– Ne t'en fais pas, il n'y a pas de mal ! fit Mèmed, en lui caressant les épaules.

Mèmed s'assit près du foyer, et Djabbar aussi, derrière lui. Ali le Demeuré souffla, souffla, et raviva le feu.

– Eh quoi ? fit-il en riant. Quoi de neuf, encore ?

– Rien ! dit Mèmed.

Peu après, le jour commençait à filtrer lentement par la fenêtre. Il faisait plus clair.

La vieille femme du Demeuré tournait tout autour de Mèmed :

— Alors, il a brûlé ? Dis-le, voyons Mèmed ! Il a donc brûlé ? Ça, c'est bien fait ! Il a donc brûlé !

Elle éloigna la soupe du feu, puis, faisant fondre de la graisse, elle l'ajouta à la soupe. Une odeur de gras brûlé se répandit dans la maison.

— Alors, il a brûlé ? continuait-elle. Il paraît que ses os aussi ont brûlé. Qu'ils brûlent ! On dit que le village de la Poussière-Blanche est en cendres. Tant mieux !

Elle apporta la natte, qu'elle jeta entre les hommes, et mit la soupe dans une grande casserole. Elle vint la poser au milieu de la natte. Mais elle n'arrêtait pas de parler :

— Il a donc brûlé ! Il a donc brûlé !

Pendant un moment, Mèmed resta, la cuillère en l'air. Il ne la plongeait pas dans la soupe, il ne la posait pas sur la natte. Il restait ainsi, sans bouger. Djabbar finit par s'en rendre compte. Leurs regards se croisèrent. Il y eut un silence profond. Ali le Demeuré les observait avec curiosité. Ce n'est qu'après un certain temps que Mèmed plongea vivement sa cuillère dans la soupe et l'avala rapidement. Soudain, une lueur pas plus grosse qu'une tête d'épingle s'alluma dans ses yeux, perçante. Il était transporté. Il avait le vertige. Des scintillements jaunes tournoyaient dans sa tête. « Alors, c'était bien ça ! pensait-il. Un feu grand comme une montagne roulait dans le champ de chardons ; le feu roulait, roulait sans cesse... »

Il leva la tête et resta ainsi, son visage brun et ses yeux inondés de lumière.

— Je vais te dire quelque chose, oncle Ali, dit-il.

Ali le Demeuré ne comprit rien à cette sorte d'interpellation. Les yeux vides, il demanda :

— Que vas-tu me dire, fils ?

— A présent que le mécréant est mort..., dit Mèmed, d'une voix tremblante. Puis il se tut.

On enleva la natte. On remua le feu pour le ranimer. Ali le Demeuré sortit deux fois et revint. Les enfants de la maison, assis plus loin, regardaient Mèmed, les yeux grands ouverts. Ali le Demeuré attendait toujours la suite de cet « A présent que le mécréant est mort... » Il était clair qu'en disant cela, Mèmed avait l'air de vouloir dire des choses très importantes.

Ali le Demeuré ne put se retenir plus longtemps.

— Alors ? demanda-t-il, à présent qu'il est mort ?...

— J'ai une idée, dit Mèmed lentement. Je ne sais pas ce que tu en penseras.

Il se tut encore, puis reprit de nouveau, très vite :

— Les champs, tous les champs de ce village et des quatre autres villages, tous, tous ceux qu'on cultive, tant qu'il y en a, c'est à vous de vous en occuper, voilà, comme ça !... Je les garderai l'arme à la main. Et je mettrai le feu au champ de chardons...

— Écoute, Mèmed, dit Ali le Demeuré, en lui coupant la parole, parle un peu moins vite ! Je n'ai rien compris.

Mèmed freina son émotion.

— Je voulais dire, oncle, que ces terres n'appartenaient pas au père du mécréant.

Ali le Demeuré réfléchit. Il se gratta la tête.

— Les terres sont à tout le monde, dit Mèmed. Ce n'est pas le mécréant qui les a créées. Cinq villages peinent pour lui comme des esclaves. Il n'y a pas d'agha à Tchoukour-Ova ; il n'y a rien. Ah ! si tu avais entendu Hassan le Caporal !

— Ces terres aussi étaient à tout le monde, jadis. Avant que n'apparaisse le père de ce mécréant. Il a tout fait, il s'est emparé de nos terres. Avant lui, chacun labourait ce qu'il voulait, comme il voulait.

— Voilà, dit Mèmed en s'enflammant, voilà ! c'est comme ça que ça sera de nouveau ! Exactement comme ça !

Ali le Demeuré baissa encore la tête et se laissa aller à la rêverie.

— Ce sera comme ça de nouveau. Exactement comme ça. A quoi penses-tu, oncle ?

— Si cela pouvait être !... marmotta Ali le Demeuré.

Ses yeux s'étaient remplis de larmes.

— Cela sera ! Je te demande un service. Tu feras dire à tous les gens sensés de venir ici. Je vais leur parler et leur distribuer les champs. Ils ne seront plus serfs, ni esclaves. Ce qu'ils sèmeront, ils le garderont. Et leurs bœufs seront à eux...

— Si cela pouvait être, si cela pouvait être !...

— Toi, fais-leur dire de venir !

Le dos appuyé au pilier central de la maison, la femme d'Ali le Demeuré suivait la scène tout en filant. Son fuseau lui tomba des mains. Soudain, se ressaisissant, elle se jeta dans les bras de Mèmed.

Sur sa toile tissée, contre le mur noirci par la fumée, une araignée se promenait.

— C'est vrai ce que tu dis là, mon petit ? Tu vas faire ça ? dit-elle en embrassant les mains de Mèmed. La moitié, le tiers de nos récoltes, on ne le donnera plus à personne ?

— C'est fini, la servitude ! dit Mèmed d'un ton définitif. Je garderai les terres jusqu'à ma mort. L'arme à la main. Après ça...

— Les bœufs ?

— Aussi.

La femme lâcha les mains de Mèmed et se retira

dans un coin sombre de la pièce. Elle se mit à sangloter. Elle n'arrêtait plus. Ali le Demeuré sortit. Il était indécis. Il rentra de nouveau et regarda Mèmed. Son visage lui sembla dur comme le roc.

— Qui veux-tu que j'appelle, fils ?

— Ceux que tu juges avoir un brin de raison, dit Mèmed sans lever la tête.

— Bon ! dit Ali le Demeuré.

Il alla chez Heussuk la Betterave et le mit au courant. La Betterave ne dit rien à Ali le Demeuré. Il était aussi indécis. Puis, ils allèrent chez chacun des habitants du village et les mirent au courant. Quelques-uns se réjouirent aussitôt, mais ils ne tardèrent pas à réfléchir. Tout le village était indécis. Les villageois n'arrivaient pas à croire à cette chose impossible. Devant les maisons, des attroupements d'enfants, d'hommes et de femmes se formaient. Les gens s'amassaient et parlaient, mais se regardaient, effrayés, dans le fond des yeux. La foule, agitée et pleine d'espoir, allait et venait d'une maison à l'autre, dans un grand silence. La foule s'agita ainsi, silencieusement, à travers le village, durant un certain temps. Puis elle vint devant la porte d'Ali le Demeuré et s'immobilisa. Tous attendirent sans broncher. On n'entendait même plus vagir les nouveau-nés.

Quand il perçut le bruit des pas, Mèmed demanda à la femme d'Ali le Demeuré :

— Qu'est-ce qui se passe dehors ?

— Ce sont les villageois qui se sont rassemblés ; ils regardent la porte. J'sais pas ! dit la femme en essuyant ses yeux.

Puis elle sortit. Tous les yeux se fixèrent alors sur elle. Elle se sentit écrasée sous les regards. Elle s'agita, s'énerva.

— Que voulez-vous ? cria-t-elle. Pourquoi êtes-vous rassemblés comme ça ?

Aucune voix ne sortit de la foule.

— Pourquoi vous taisez-vous ?

Personne ne broncha.

— Si vous voulez voir Mèmed le Mince, il est dedans !

De nouveau, personne ne sourcilla.

— Que les yeux vous en crèvent ! Pourquoi restez-vous comme ça ? Eh bien ! Qu'est-ce que vous faites là ? On dirait qu'il y a un mort dans chacune de vos maisons ! Que les yeux vous en crèvent ! Regardez-moi ça ! et ça se dit des hommes !

Puis elle se tourna vers les femmes :

— Et vous, vous couchez avec comme si c'étaient des hommes ? Eh ben ! en voilà des femmes ! Ces morveux-là ? Qu'est-ce que vous avez, à rester comme des pierres ? Dansez, riez, faites la fête !

La foule restait figée comme pierre.

— Que le diable vous emporte ! Vous n'avez pas entendu ? Mèmed le Mince a brûlé Abdi agha !...

La foule ondula légèrement.

— Il l'a brûlé à grandes flammes... Il a brûlé aussi d'un bout à l'autre le village de la Poussière-Blanche. A grandes flammes !... Vous ne le saviez pas ? Il est chez nous depuis hier. Il est dedans à présent. Vous ne le saviez pas ? Dorénavant, on ne travaillera plus sans répit pour tout donner à Abdi agha. Les champs sont à nous... A grandes flammes !... Les bœufs aussi... A grandes flammes, le village de la Poussière-Blanche !

La foule ondula. Une espèce de murmure la parcourut d'un bout à l'autre. Il se fit plus fort ; tout le monde parlait à la fois. Un bruit indescriptible envahit le village. Les chiens aboyaient, les coqs chantaient, les poules filaient dans toutes les directions, les enfants pleuraient ; dans les écuries, les ânes brayaient, les chevaux hennissaient. Depuis que le village de Dèyirmènolouk était ce qu'il était, pareil chahut n'avait jamais retenti.

Peu après, le village fut sous la poussière, un grand nuage poudreux le recouvrit. Puis, tout d'un coup, du beau milieu du village, partirent des cris de joie. La grosse caisse et la clarinette entrèrent en danse, les chansons fusèrent.

– Notre Mèmed, svelte comme une branche !...
– Notre Mèmed le Mince !...
– Même petit, il promettait !...
– Ça crevait les yeux !...
– Les bœufs sont à nous !...
– On plantera ce qu'on voudra !...
– Fini le métayage !...
– Finie la faim en plein hiver !...
– Fini de supplier comme un chien !...
– Notre Mèmed, svelte comme une branche !...
– Fini de vendre les veaux !...
– Finie la tyrannie !...
– On ira où on voudra !...
– On se fera des visites !...
– Selon ses désirs !...
– On fera ce qu'on voudra !...
– Notre Mèmed, svelte comme une branche !...
– Qu'ils tremblent les mauvais !...
– Hatché sortira de prison !...
– Cinq villages célébreront leurs noces !...
– Notre Mèmed, svelte comme une branche !...

Pendant deux jours et deux nuits, les grosses caisses et les clarinettes continuèrent à retentir. Les quatre villages alentour étaient en liesse. De partout venait le son grave de la grosse caisse. La nuit, les champs de chardon reflétaient les lumières. Une joie folle s'infiltrait sourdement dans les terres, dans les eaux, dans les arbres...

Les notables des cinq villages s'étaient rassemblés dans la maison d'Ali le Demeuré, tous auprès de Mèmed. Tantôt, ils doutaient, tantôt ils avaient peur, tantôt ils se sentaient pris de reconnaissance pour Mèmed : ils le regardaient alors avec affection. A la fin du deuxième jour, Mèmed leur fit une proposition :

— Mes aghas, leur dit-il, vous avez sans doute attelé les bœufs, ou vous allez bientôt le faire. J'ai une demande à vous adresser.

Tous ensemble, ils dirent :

— Tes désirs nous sont précieux.

Mèmed continua :

— Pourquoi n'avez-vous pas brûlé les champs de chardons avant le labour ?

— On n'y a pas pensé, dirent quelques-uns.

— Ne vaut-il pas mieux les brûler avant ?

— Bien mieux ! répondirent-ils.

Lentement, Mèmed se leva. Tous les notables en firent autant.

— Nous brûlerons les chardons, nous labourerons après...

Puis Mèmed enfila toutes ses cartouchières, prit son fusil et sortit. Les villageois le suivirent.

Le Chauve hurla :

— Tous au champ de chardons, avec clarinette et grosse caisse !

Ali le Demeuré reprit :

— Les chardons ne mordront plus les pieds des bœufs et des laboureurs !

Mèmed quitta le village sans se presser, prudemment. Sa tête se dressait, toute droite. Djabbar et les paysans venaient derrière lui. Pour le voir, les femmes et les enfants avaient grimpé sur les toits. Grosses caisses et clarinettes se turent ; il y eut un grand silence... Et ils sortirent ainsi du village. Ils pénétrèrent dans le champ de chardons. Les brises d'automne, douces et tièdes, soufflaient sur le plateau. Mèmed s'arrêta. Il s'arrêta un bon moment. Les paysans attendaient un geste de lui. Mèmed tourna la tête. Les paysans attendaient toujours, rien qu'un geste... Devant eux s'étendaient les champs de chardons, blancs comme du lait. On entendait des craquements : collés par centaines de milliers aux tiges de chardons, de tout petits escargots blancs les faisaient pencher vers la terre.

— Djabbar ! dit Mèmed.

Foulant les tiges, Djabbar s'approcha.

— Dis, mon frère !

— Si on avait mis le feu aux chardons, du temps de mon enfance, j'aurais bien mieux labouré !

Djabbar sourit. A ce moment, la foule, derrière eux, bougea. Quelques gars fauchèrent des chardons et en firent un tas ; d'autres leur donnèrent un coup de main. Peu après, il y avait une grande meule de chardons, une petite colline qui grandissait à vue d'œil. Le Demeuré s'élança :

— Suffit ! cria-t-il avec émotion.

Il sortit un bout de bois résineux de sa poche, l'alluma et le plongea dans la meule de chardons secs. La meule s'embrasait doucement. Puis tout brûla avec de grandes flammes. Les étincelles se dispersaient avec la brise. Les paysans, s'éloignant du feu, firent un demi-cercle et regardèrent. Le feu sauta de la meule sur la plaine, et courut sous le vent. Clarinette et grosse caisse se remirent à jouer. Tourbillonnant avec le feu, les chansons, les cris, toute la joie débordante, reprirent de plus belle. On faisait des rondes, on jouait. Djabbar tirait des coups de feu vers le ciel. Cependant, jusqu'au coucher du soleil, Mèmed se tut et resta là, auprès des chardons. Le vent du soir roulait le feu devant lui, à toute allure, le faisait sans cesse tournoyer. Le sol noircissait, devenait charbonneux. Avec le soleil, le feu fuyait vers le couchant. On entendait des cris dans les champs ; devant le feu, les chardons poussaient des cris d'oiseaux.

Alors, avec la même lenteur que tout à l'heure, Mèmed se mit à marcher vers le village. Les femmes et les enfants, vêtus de vert, de rouge, de bleu, de mille et une couleurs, faisaient la fête autour du champ de chardons ; eux aussi marchèrent, derrière Mèmed, vers le village.

Cette nuit-là, jusqu'au matin, le feu fit le tour du Plateau-aux-Épines, de la Colline-Dorée, de la Colline-aux-Étoiles, de la Source, du Gros-Arbre et des autres villages, descendant jusqu'en bas, jusqu'au village du Platane-Pourri... Une grande lueur léchait le plateau.

Soudain, une boule de feu apparut sur le Mont-Ali. Une énorme boule de feu. Une boule de feu qui tournoyait et lançait des étincelles, comme une comète... Le sommet du Mont-Ali s'éclaira comme s'il recevait les rayons du soleil. Tout lumineux ! Les villageois demeurèrent stupéfaits. Mèmed aussi. Pour la première fois, ils voyaient là, sur le Mont-Ali, un feu.

A ce moment, sept villageois qui avaient témoigné contre Hatché vinrent s'aligner devant Mèmed. Ils ne parlèrent point.

— Alors ?... dit Mèmed.

— Nous sommes fautifs... Aie pitié de nous !

— D'accord, dit Mèmed, compréhensif.

— Il nous a forcés, Mèmed !

— Je le sais.

Les yeux larmoyants, le buste courbé, ils se retirèrent en silence.

Jusqu'à l'aube, de joie, d'émotion, de chagrin, Mèmed ne put fermer l'œil. Son chagrin, c'était Hatché.

Un jour immense, radieux, frais, pur, léger comme une plume se leva sur le village de Dèyirmènolouk. Dèyirmènolouk vivait dans un rêve scintillant. Les arbres tournoyaient dans la lumière. Les chardons brûlaient encore. D'un bout à l'autre, le plateau blanc noircissait.

La nouvelle vint qu'Ali le Boiteux arrivait par la route. Intrigué, Mèmed l'attendit. Ali le Boiteux arriva, traînant avec sa jambe infirme.

— Viens, Ali agha, viens, dit Mèmed, souriant.

Il s'approcha de lui et lui prit la main, qu'il caressa avec affection.

Ali transpirait. Il soufflait à petits coups. Il ne parlait pas. Ils restèrent ainsi, l'un à côté de l'autre. La sueur d'Ali se refroidissait. Son visage était pâle, tout jaune, tout vidé. En quelques jours, il avait vieilli peut-être de quinze ans.

Mèmed ne se retint plus :

— Dis donc, Ali agha, pourquoi tu es comme ça ? Tu es soucieux ?

— Ne m'en demande pas plus long ! dit Ali le Boiteux, épuisé.

Mèmed comprit que ce « Ne m'en demande pas plus long ! » cachait quelque chose. Il l'avait dit avec tant de lassitude, de peine et de colère retenue que... Les grands yeux de Mèmed s'agrandirent davantage.

— Est-ce une mauvaise nouvelle ? Il y a quelque chose qui ne va pas ?

Ali, pâlissant encore, les mains tremblantes, dit :

— Ne m'en demande pas plus long ! ne m'en demande pas...

— Tu me fais peur, Ali agha.

— Ça y est ! J'ai failli avoir une syncope, gémit Ali.

— Parle ! dit Mèmed en se penchant vers lui.

— Le mécréant, il...

— Et alors ?

— Il est sauf !

— Quoi !...

Il était comme foudroyé. Il chancela. Ses yeux s'obscurcirent. Puis, il resta tout raide.

— Je lui ai parlé, dit Ali. Il a loué une maison au bourg. Il va s'y installer. Il m'a envoyé ici, chez lui.

Voyant l'état dans lequel se trouvait Mèmed, Djabbar eut peur :

— T'en fais pas, frère Mèmed ! dit-il en voulant le consoler. Il ne nous échappera pas ! Il ne le pourra pas. Si c'est pas aujourd'hui, ce sera demain...

La femme d'Ali le Demeuré jeta un cri aigu. Elle alla dans un coin obscur de la maison et commença à se frapper la poitrine :

— Malheur ! Malheur de moi ! Fallait-il encore que je voie ça ! Malheur ! Malheur !

— Bon Dieu, qu'est-ce que tu as, tante, à te frapper ainsi ? dit Djabbar. Quoi qu'il arrive, il ne mettra plus les pieds dans ce village ! Les champs sont à vous, les bœufs aussi, tant que nous sommes en vie...

— Malheur ! Malheur !

Quelques minutes plus tard, tout le village avait appris la nouvelle. Il ne resta plus personne dans les rues du village. Tout le monde se retira chez soi. Le bruit cessa soudain. Le village fut tout silencieux. Les chiens cessèrent d'aboyer, les coqs de chanter. On aurait dit qu'il n'y avait pas un seul être vivant dans le village. Comme si le village de tout à l'heure, avec son grand bruit, sa grande joie, tous ses vivants, s'en était allé dans une autre contrée. On n'entendait pas même voler une mouche.

Ali le Demeuré était effondré, la tête enfoncée entre ses vieilles épaules. Sa femme avait les joues toutes rentrées. Elle était pelotonnée dans un coin. Mèmed était assis, la tête appuyée sur son fusil, plongé dans ses pensées. Son front était barré de rides.

Ce silence dura jusqu'à la fin de l'après-midi où une légère animation se manifesta. Ce fut d'abord un coq qui monta sur un tas de fumier et chanta en battant des ailes. Les plumes vertes, rouges, mauves du coq luisaient comme si elles étaient huilées. Puis ce furent les chiens qui aboyèrent. Après ça, les hommes sortirent de leurs maisons. Ils commencèrent à se rassembler, çà et là. Un grognement traversa le village d'un bout à l'autre.

— Pour qui il se prend ?...

— Pour qui il se prend, Mèmed le Mince, ce montagnard ?...

— Le fils d'Ibrahim le Miséreux !

— Pour qui il se prend, pour distribuer les champs de notre Abdi agha ?

— Regardez-moi cette taille, cette taille qu'il a !

— On dirait un gosse de sept ans !

— Morveux !
— Il n'est même pas capable de porter son fusil !
— Il se prend pour un vrai bandit !
— Il ose brûler un village, comme s'il était un vrai bandit !
— Il se prend pour un vrai bandit et distribue les champs comme son propre bien !
— Comme son propre bien, il distribue les champs et les bœufs de notre agha !
— Pour qui il se prend ?
— Il se pourléchait à la porte de notre agha !
— Jusqu'à hier encore !...
— Le fils sans cervelle d'Ibrahim le Miséreux !
— C'est un crâneur fini !
— Le porc sans cervelle !
— Et la fille des autres pourrit en prison à cause de lui !
— Hatché pourrit en prison !
— Voyez-moi donc ça !
— Et puis, il a fait brûler le champ de chardons ! Pour que les épines ne déchirent plus les pieds de ceux qui labourent !
— Pour qu'ils ne se blessent plus !
— Voyez-moi donc ça !
— Il s'amène en se vantant d'avoir tué Abdi !
— Notre agha...
— Notre agha peut tuer d'une seule balle cent chiens comme lui !
— Notre agha !

Ensuite, les villageois, en foule, emplirent la cour d'Abdi agha. Il félicitèrent ses épouses et ses enfants.

Le grognement continua jusqu'au milieu de la nuit. Pourtant, plus de la moitié du village était pour Mèmed et déplorait qu'Abdi agha ne soit pas mort.

Ceux-là n'avaient pas quitté leur maison. Ali le Demeuré était comme un mort. Sa femme, elle, était tombée malade et avait dû s'aliter. Elle ne desserrait pas les dents. Mèmed non plus. Seul, Djabbar était dehors et ne cessait de parler et de vouloir convaincre les villageois.

— Abdi agha ne peut plus mettre les pieds dans le village. Ne craignez surtout pas ça ! De toute façon il mourra bientôt. C'est sûr qu'il mourra ! Ma parole, qu'il mourra ! Je vous le jure ! Il mourra. Ne vous laissez pas aller. Je vous dis qu'il va mourir, je vous le dis !

Personne ne l'écoutait.

Les deux amis quittèrent la maison d'Ali le Demeuré avant que naisse le jour. Mèmed marchait sans pouvoir lever la tête. Sa tête pendait, sans vie, comme si elle allait tomber. Djabbar, aussi triste que lui, avançait silencieusement à côté de lui. Comme ils quittaient le village, quelques chiens aboyèrent derrière eux. Mèmed ne les entendit même pas. Djabbar leur jeta des pierres. Le champ de chardons avait entièrement brûlé. La terre, toute fendillée, était recouverte de cendres noires. Mèmed resta planté au milieu de la plaine. Djabbar n'eut pas le courage de lui adresser la parole. Il attendit, il attendit longtemps. Mèmed ne bougeait pas. Djabbar alla s'asseoir sur une pierre, son fusil sur ses genoux.

Le jour se leva. Mèmed demeurait toujours planté à la même place, il ne bronchait pas. Son ombre s'allongeait sur le village. La matinée était avancée, mais Mèmed ne bougeait toujours pas. Djabbar ne se retint pas davantage ; il alla le secouer :

— Dis donc ! qu'est-ce qui te prend, frère Mèmed ?

Mèmed se ressaisit soudain. Il clignota des yeux comme s'il se réveillait.

— T'en fais pas, frère Mèmed ! L'homme, il a sucé du lait cru ! De toute façon, on l'aura...

— De toute façon ! dit Mèmed en serrant les dents.

Puis il regarda la plaine brûlée qui s'étendait sans fin, à perte de vue.

XXVIII

Les myrtes, d'un vert foncé, font penser à une boisson dense, enivrante, mais follement enivrante. Les flancs de la colline de Sulèmich sont recouverts de myrtes agrippés par touffes au sol. Ceux qui suivent les sentiers, vers le sommet, en sentent l'odeur forte, pesante. C'est une odeur qui alourdit et alanguit.

De l'autre côté, c'est la plaine. On n'y trouve même pas une petite pierre. La terre en est fine comme du sable, et friable. Des grenadiers poussent d'un bout à l'autre. Personne ne sait quand ces grenadiers ont été plantés. Ils sont couverts de fleurs rouges. On appelle cet endroit le Jardin-des-Grenades. Un voile de fleurs rouges le recouvre. Les abeilles les assaillent.

Le ruisseau de Savroun coule au-dessous du Jardin-des-Grenades. Dans les hauteurs, dans le Taurus, le ruisseau de Savroun jaillit comme d'une gouttière. Il est tout petit, mais très fou. Il saute de roc en roc, en écumant. En bas, il est calme et s'étend sur la plaine. On dirait un lac. Pourtant, l'eau n'arrive même pas aux chevilles. Toute clapotante... L'eau qui s'étend laisse émerger, au centre, plusieurs îlots, plus ou moins grands. Des îlots entourés d'alluvions et de sable. La plupart sont recouverts de fourrés serrés comme un mur... D'autres sont à demi dénudés. On y trouve des faux poivriers à l'odeur tiède et des tamaris au feuillage d'aiguilles, au tronc violacé. Ils ne cessent de se balancer, solitaires. Sur les berges, les lauriers-roses ouvrent leurs énormes fleurs.

Depuis des années, on avait cultivé le melon et la pastèque dans l'île de Bostandjik, l'une des plus grandes. Mèmo le Kurde la louait à un agha qui avait beaucoup de terres. Les plus gros melons, les plus grosses pastèques de Tchoukour-Ova, on les trouvait là, chez Mèmo. Horali gardait ce jardin, depuis de longues années déjà.

Aux quatre coins de sa tonnelle, s'entassaient les épluchures des fruits. Il y avait là autant d'abeilles que sur une ruche. Elles étaient tellement nombreuses qu'on ne voyait plus les épluchures. Il y en avait de toutes les espèces : à miel, noires, tachetées. Au soleil, la couleur des abeilles brillait, tournait au vert.

Les épluchures qui entouraient la tonnelle témoignaient de la générosité de Horali. Il offrait du melon et de la pastèque à tous ceux qui venaient à Bostandjik. Celui qui passait par là ne pouvait s'en retourner sans en avoir mangé.

Personne ne savait d'où venait ce Horali. Son type convenait à Bostandjik. Comme les tamaris, qui s'y trouvaient bien, il s'y trouvait bien aussi.

On ignorait si Horali aimait ou non cette île. Il ne le montrait pas du tout. Allez voir si les tamaris qui poussent à Bostandjik aiment l'endroit, ou non ! C'était pareil pour Horali.

Là, sa subsistance était assurée. De plus, il y avait des côtés agréables, dans cette vie-là. Les nuits d'été, où l'on nage dans la sueur, le Savroun coulait avec de petits clapotis sous son oreille. Les galets brillaient au clair de lune.

Mais un jour de printemps, on vint de nouveau à Bostandjik pour planter des melons et des pastèques. Et que vit-on ? L'île n'existait plus. A sa place, l'eau coulait. Les crues l'avaient emportée. Après ça, Horali disparut.

A cette époque-là, le banditisme était presque à la mode. Tout le monde, pour un oui ou pour un non, pour s'être fâché avec sa femme, trouvait un fusil et prenait le maquis. Aussi, on apprit un beau jour que Horali avait rejoint des bandits. Tous ceux qui l'apprirent, les doigts leur en restèrent dans la bouche.

Voilà ! Ce Horali est le même que celui dont nous avons déjà parlé.

Horali remuait ciel et terre pour faire prendre Mèmed le Mince au piège. Pourtant, quelque chose le tourmentait. Il avait mal dans le fond de son cœur, mais n'en savait pas la raison.

Il commença par s'informer auprès des gens de Dèyirmènolouk. On lui dit qu'il demeurait sur le Mont-Ali. Il ne le trouva pas. Il en était fou. Il grimpa au-dessus du Plateau-aux-Épines, sur le plateau de Mazili. Il ne le trouva pas davantage. Quand il interrogeait un villageois, celui-ci le regardait d'abord tout bêtement, puis lui disait : « Mèmed le Mince ? Mèmed le Mince ? Ni vu, ni connu ! »

Dans les villages de la montagne, tout le monde connaissait le nom de Mèmed le Mince et l'aimait.

C'est pour cela que, même sachant où le trouver, personne n'en aurait donné des nouvelles. Ça a toujours été comme ça : un bandit aimé par la population reste introuvable. Mais Horali ne perdait pas espoir. Il ne cessa de chercher par monts et par vaux. Plus tard, enfin, il changea de tactique. A tous ceux qu'il rencontrait, il disait :

— Je suis de la bande de Mèmed le Mince. Je les ai perdus après l'incendie du village.

Petit à petit, cette tactique porta ses fruits. Horali apprit le véritable repaire de Mèmed : il se cachait près de la source du Savroun. Il s'y était installé. De temps en temps, il allait au village, y passait la nuit ; d'autres fois, dans la pinède du Savroun.

La région de la source du Savroun était pleine de petits groupes de bandits et de brigands. Mèmed se tenait à l'écart et ne parlait avec aucun d'eux. Cela lui valait la haine et l'envie des autres bandits, et c'est pour cela, aussi, qu'ils le craignaient. Dans la région de la source du Savroun, Mèmed le Mince régnait comme une terreur noire.

Les nuits qu'il ne passait pas au village, il les passait sur la branche d'un grand pin qu'il avait choisie pour lit. C'est là qu'il couchait. Djabbar veillait au pied de l'arbre. Mèmed arrangeait l'endroit comme une maison, le rendait confortable. « Viens voir ! » disait-il à Djabbar. Djabbar n'y allait pas. Il n'y allait pas, mais mourait d'envie de savoir comment c'était.

C'est un receleur de Mèmed qui amena Horali au-dessous du grand pin. Djabbar fut très content de le revoir. Il se jeta à son cou :

— Je suis très content, Horali, que tu t'en sois tiré, de cette blessure, j'en suis très content... Où es-tu à présent ?

Mèmed aussi descendit rapidement de l'arbre :

— Sois le bienvenu, frère Horali ! Nous étions très inquiets à ton sujet.

Horali fut désemparé devant tant d'affection.

— Rien ! dit-il, sans savoir ce qu'il disait. Rien !

Mais par la suite, il se ressaisit.

— A présent, je fais partie de la bande de Kalaydji, dit-il. Je suis passé chez eux après la mort de Dourdou le Fou. Voilà ! On continue. Que faire, après tout ? C'est comme ça ! C'est ça notre destin. Le destin...

— Eh quoi, Horali ? Tu sembles soucieux. Qu'est-ce que t'as ? dit Djabbar en riant.

— Ne m'en demande pas plus long, dit Horali en soupirant.

Ils s'appuyèrent aux troncs des arbres et s'assirent par terre.

— Où est Redjep le Sergent ? reprit Horali, en cherchant du regard autour de lui.

— Que ta vie soit longue ! Il est parti, répondit Djabbar. C'est sa blessure qui l'a emporté.

— Ah ! Redjep le Sergent, dit Horali avec chagrin. Voilà, le monde est comme ça !

— Monde de mensonges ! dit Djabbar en se fâchant. Monde de mensonges ! Notre fin, c'est la terre noire.

Mèmed, qui était rêveur, se ressaisit et lui demanda :

— Nous avons appris l'affaire de Dourdou le Fou, mais raconte voir aussi, tu étais avec lui ?

— Ne m'en demande pas plus long là-dessus, frère Mèmed ! Ne me demande rien ! gémit Horali. Quel dommage pour les gars, tels de jeunes arbustes, qu'on a perdus ! Quel dommage !

— Allons, Horalı, raconte voir, dit Djabbar, ne nous fais pas languir.

— Après vous avoir quittés, Dourdou le Fou a continué de plus en plus fort. On a commencé à enlever les femmes. On les enlevait et on les obligeait à danser pour nous dans la montagne.

— Quand un bandit commence à faire ça, dit Djabbar, il est foutu ! Rien ne peut plus le sauver.

— Si ce n'était que ça... Si ce n'était que ça !...

— Quoi encore ?

L'étonnement de Djabbar augmentait.

— Il a établi une dîme dans les villages. Dans tous les villages, chaque maison devait lui payer une dîme selon sa fortune.

— Et quoi encore ?...

— C'est pas fini...

— Quoi encore ? dit Djabbar, en ouvrant les yeux tout grands.

— Il s'est installé sur un des côtés du Col-du-Chameau. Tout ce qui passait de vivant par ce col, il le blessait en tirant sur la patte droite de devant quand c'étaient des bêtes, sur le bras droit quand c'étaient des hommes.

— Complètement fou !...

— Des manchots du bras droit, il y en a plus de cent. Quelques-uns en sont morts.

— Très mauvais. Et après ?

— Et après... Voilà, frère : un jour, nous sommes rentrés dans le village du Peuplier-Blanc. Nous avons sorti les femmes de leurs maisons. Nous les avons amenées sur la place. Toutes. Même les vieilles. Et puis... frère, nous les avons fait danser. Les pauvres, elles étaient serrées les unes contre les autres, comme des moutons, toutes tremblantes. De peur, quelques-unes firent quelques pas de danse du ventre, puis s'enfuirent se blottir dans la foule. Alors, Dourdou le Fou s'est mis à injurier pères et mères dans le village. Il n'arretait pas de jurer. Les hommes s'étaient enfermés chez eux, ils n'osaient même pas sortir. Soudain, on ne sait pas comment, je n'arrive même pas à le comprendre maintenant, une poussière emplit l'air. Nous étions couverts de poussière. Dourdou le Fou avait disparu. Moi, je me suis trouvé sur le toit d'une maison... Mon fusil, je ne l'avais plus. Cette poussière persista pendant une demi-heure. Puis, tout s'éclaircit. La foule grouillait sur la place. Une foule lasse, presque morte... Je suis descendu du toit. Je tremblais de peur. Pourquoi suis-je descendu du toit ?... Je n'en savais rien... Je n'en sais rien, pas plus maintenant. Pourquoi suis-je descendu ?... Je suis resté là, à regarder la foule. Elle s'est dispersée petit à petit. Personne ne s'est aperçu de moi. Ils m'ont peut-être vu, mais n'y ont pas attaché d'importance. Ils étaient épuisés. J'ai regardé la place, il n'y avait personne. Pas de morts. Rien du tout. Dourdou le Fou et les autres bandits étaient réduits en poussière, fine comme la farine. J'ai vu quelques crosses de fusils dans la poussière, et une des bottes de Dourdou le Fou... Je n'ai rien vu d'autre... Voilà, c'est ainsi... Quand j'ai pu me ressaisir, je me suis enfui de là...

— Alors, c'est comme ça ? dit Djabbar. Ce n'est pas du tout comme ça qu'on nous avait raconté la chose !

— Ça devait lui arriver, dit Mèmed. Il l'attendait lui-même d'ailleurs. Il le savait. Il savait que ce serait comme ça, qu'il lui arriverait quelque chose de ce genre. C'est pourquoi il s'y est lancé lui-même, tête baissée.

— Et ton Kalaydji, dit Djabbar, c'est un autre type du même genre, lui aussi...

— Non ! fit Horali. Il n'est pas comme Dourdou le Fou. C'est un froussard, une lopette, un hypocrite. Il ne se laissera pas prendre si facilement.

— Un conseil fraternel, de toi à moi ! dit Djabbar. Lui non plus, il n'ira pas loin. Et sa fin n'en sera pas une. Tiens-toi loin de lui, frère ! Tu as échappé à bien des catastrophes, j'en aurais regret pour toi.

Mèmed semblait loin de cette conversation. On aurait dit qu'il ne les écoutait pas. Puis il vint prendre la main de Horali.

— Bon ! Pourquoi nous cherchais-tu ? Est-ce qu'il y a quelque chose ? Est-ce qu'il y a une nouvelle ?

Embarrassé, Horali les fixa un moment. Puis il regarda devant lui. Enfin, très vite, il parla :

— Kalaydji vous invite. Il veut vous voir. Il aimerait beaucoup connaître Mèmed le Mince. Il voudrait le rencontrer. Il m'a demandé si je le connaissais. J'ai dit que c'était mon camarade. J'ai fait ton éloge. J'ai dit qu'on était comme des frères. J'ai dit que je te trouverais et t'amènerais. Mais je vous ai beaucoup cherchés.

Mèmed et Djabbar se dévisagèrent d'une façon qui voulait dire : « Il se cache quelque chose là-dessous. »

— Alors, c'est ça ? dit Mèmed.

— C'est ça, dit Horali en bégayant.

— Alors, tu nous a beaucoup cherchés ? dit Djabbar.

— Beaucoup.

— Qu'est-ce qu'il nous veut, Kalaydji ?

— C'est parce que j'ai fait l'éloge de frère Mèmed... « Puisque tu le loues tant » qu'il m'a dit...

— Tu as très bien fait, frère Horali, dit Mèmed. Je te remercie.

Djabbar le regarda avec colère.

— Allons-y, dit Mèmed. Moi aussi, je voulais le voir. Allons-y tout de suite. Et où va-t-il nous attendre ?

— A Konourdag.

— Bon. Quelle invitation vais-je accepter, si ce n'est la sienne ?

Djabbar était vraiment étonné.

— Sûr que j'accepterai l'invitation d'un Kalaydji, dit Mèmed.

— J'ai fait tellement ton éloge !... dit encore Horali.

Djabbar attira dans un coin l'homme qui avait amené Horali et lui demanda :

— Comment t'a-t-il trouvé, ce bandit ?

— Il paraît qu'il demandait à tout le monde. On me l'a amené. « Je suis de la bande de Mèmed le Mince, qu'il m'a dit, amène-moi auprès de lui ; nous nous sommes séparés sans pouvoir nous rejoindre après : amène-moi ! » qu'il m'a dit. Et moi, je l'ai amené. Il m'a beaucoup supplié.

— C'est clair, dit Djabbar. A présent, va-t'en.

L'homme, en partant, ne cessait de regardait derrière lui.

— Frère Hussein ! cria Mèmed dans sa direction, nous reviendrons dans quelques jours ! Porte-toi bien ! Merci d'avoir amené le camarade !

— Au revoir ! fit l'homme.

Ils partirent. A la tombée de la nuit, ils atteignirent le Ruisseau-du-Moine. Là, ils achetèrent du pain dans un village et mangèrent. Après s'être reposés une heure ou deux, ils se remirent en route.

A l'aube, ils arrivèrent au Fort-Blanc. Ils burent à une source rocailleuse, recouverte de mousse. Tout le long de la route, Mèmed marchait devant, Horali ensuite, et enfin Djabbar. Ils grimpèrent sur le sommet du Fort-Blanc. C'est là qu'ils allaient dormir. En grimpant, Horali resta loin derrière. Djabbar en profita :

— Mèmed, dit-il, tu sais, frère Mèmed ?

— Je sais, dit Mèmed, en souriant.

— Pourquoi est-ce qu'on y va, alors ? dit Djabbar, hors de lui.

— T'as pas compris, frère ? On me fait filer pour me tendre un piège. Un type, qui a entendu parler de moi, m'invite. Puis-je ne pas y aller ? Il dira que j'ai eu peur. Ah ! Il croit m'avoir tendu un piège !

— Alors, on se laisse prendre au piège, comme ça ? Tout en sachant fort bien ? Ils sont au moins dix gars...

— Même s'ils étaient cent ; il n'y a rien d'autre à faire.

— Alors, tuons Horali.

— Non ! Il faut que je voie Kalaydji. Il faut que je voie quelle sorte d'homme c'est.

— Voyons-le... Mais... Allons, bon ! Voyons-le, après tout !...

— Regarde le visage de Horali, il change de minute en minute. Il a la tête d'un homme mille fois repenti... repenti de ce qu'il fait. J'ai l'impression qu'il va soudain se laisser aller à tout nous dire. Vois ! Pas une seule fois il n'a osé nous regarder dans les yeux. Peut-être ne fait-il que prier pour que nous n'allions pas près de Kalaydji. Laisse-le approcher et regarde ses yeux !

A ce moment, Horali les rejoignit. Ils ne terminèrent pas leur conversation.

— Alors, Horali, dit Mèmed, ça va ?

— Oui, ça va, répondit Horali les lèvres tremblantes.

Il chancelait comme un ivrogne.

Sur le sommet, il y avait quelques grands noyers. Ils en firent leur abri.

— Vous, couchez-vous, et dormez ! dit Djabbar. Moi, je monterai la garde.

Ainsi fut fait. Puis ils se relayèrent et dormirent à tour de rôle. Quand ils s'éveillèrent, le soir approchait.

Du Fort-Blanc, ils tombèrent à l'est d'Andiri, à travers des rochers. Puis, ils tombèrent dans une forêt de pins. L'air sentait bon le pin, la menthe sauvage, la marjolaine. Partout, on entendait le murmure de sources. La tourterelle chantait.

– Nous allons sans doute au Rocher-du-Nuage ? dit Djabbar.

– C'est ça ! fit Horali. Demain matin, nous serons là où est Kalaydji. Ils nous attendront au Mont Konour, près de la Source-Bleutée.

– Ha ha ? fit Mèmed.

Il serrait les dents ; mais il se retint.

Mèmed n'arrivait pas à comprendre la raison pour laquelle Kalaydji lui tendait un piège. Il n'y voyait pas clair. Il se doutait bien qu'Abdi agha y était pour quelque chose, mais il n'arrivait pas à faire la liaison entre Abdi agha et Kalaydji.

Un jour rayonnant de couleurs se leva au sommet du Mont Kayranli. Quand ils arrivèrent au Konourdag, la brume s'élevait lentement de la terre et des arbres.

– Reposez-vous. J'irai devant pour prévenir, dit Horali.

– Vas-y, dirent-ils. Et ils s'assirent en s'appuyant le dos contre un arbre.

– Penses-tu qu'ils vont déclencher contre nous un tir de barrage, Djabbar ?

– Mais non, voyons ! Ils ne nous tueront pas sans nous avoir fait un festin d'agneau rôti.

– T'as raison, Djabbar. Kalaydji n'aura pas le courage de se battre contre nous. S'il est comme on l'a entendu dire, c'est quand nous serons désarmés et pendant le repas qu'il voudra nous tuer. C'est pas difficile ! Mais je ne comprends pas pourquoi il veut nous tuer.

— C'est simple ! C'est un homme à Ali Safa bey.

— Et alors ? répliqua Mèmed.

— Et Ali Safa bey...

— Pas possible ?

— T'es pas plus malin que ça, Mèmed ? Chacun d'eux est le chien de l'autre. T'as compris, maintenant ?

— J'ai compris. Alors, c'est bien Abdi ?

— Personne d'autre, répondit Djabbar.

Il était presque midi quand Horali revint.

Ils se levèrent et marchèrent vers la source de Guengdjé. Quand ils arrivèrent en dessous de la source, ils aperçurent au loin Kalaydji. On voyait qu'il était méfiant.

Mèmed se jeta par terre et, en même temps, tira sur Kalaydji. « Ah ! Ma bonne mère ! » cria une voix derrière lui. Mèmed se retourna aussitôt. Il vit que Djabbar avait tué Horali. Horali se tordait et se débattait dans son sang.

— J'ai bien fait ! dit Djabbar. J'ai attendu jusqu'à la fin pour qu'il parle. Pour qu'il parle et qu'il sauve sa douce vie.

— Kalaydji a disparu ! s'écria Mèmed avec regret. J'ai été trop vite. Il me semble que je ne l'ai pas atteint.

Puis il cria de toute la force de ses poumons :

— Kalaydji, ne fais pas la femmelette ! Si t'as un brin de virilité, fais-toi voir ! N'aie pas peur ! Chien d'Ali Safa ! Boucher ! Giton de boucher ! Viens, si tu oses !

Djabbar gueulait aussi.

— T'as cru qu'on allait fuir ? Sors donc, si t'es un homme !

Aucun bruit ne se faisait entendre de l'autre côté.

Soudain, des coups de feu éclatèrent de toutes parts.

— Il prend du courage, Kalaydji, dit Mèmed en riant. Il va voir ce qu'il va voir.

Le combat dura jusqu'à minuit.

XXIX

De Kadirli à Kozan, de Djeyhan à Adana et jusqu'à Osmaniyeh, tout Tchoukour-Ova apprit que Kalaydji, sur les instances d'Ali Safa bey, avait tendu un piège à Mèmed le Mince, pour le compte d'Abdi agha ; que Mèmed le Mince s'en était tiré sans une écorchure et, qui plus est, avait blessé Kalaydji et tué deux de ses amis.

Dans Tchoukour-Ova et les Monts Taurus, l'histoire de Mèmed le Mince allait de bouche en bouche, en s'amplifiant. Tout le monde était pour Mèmed le Mince. La population des montagnes, à cause de sa renommée, pouvait défendre Mèmed le Mince contre tous ses ennemis, en tenant compte de tous les dangers qu'elle encourait. A n'importe quel prix.

— Mèmed le Mince ? disait-on. Mèmed le Mince, un jeune gamin. Mais tout cœur, des pieds à la tête. Il vengera le sang de sa mère ! Il ne fera pas grâce à Ali Safa bey de la rancune du village de Vayvay !

Les conséquences de la bataille entre Mèmed et Kalaydji se firent encore mieux sentir au village de Vayvay. C'était le soir quand la nouvelle parvint au village. Tout le monde cessa de travailler pour se rassembler sur la place. Les villageois étaient contents. Ils avaient enfin trouvé un soutien. Un soutien comme Mèmed le Mince !... Tous étaient en émoi. Chacun inventait quelque chose au sujet de Mèmed le Mince. En peu de temps, il devenait légendaire. On lui inventa tant de prouesses, tant de hauts faits, que dix vies humaines n'auraient pas suffi pour les accomplir tous. Mais, pour les villageois, c'était tout comme. Ils ne voyaient que Mèmed le Mince face à leur ennemi, face à Kalaydji. Depuis deux ans, ils ne quittaient plus le village, terrorisés par Kalaydji, et Ali Safa bey n'arrêtait pas de leur confisquer leurs champs. Ils n'osaient aller au bourg pour faire valoir leurs droits. Encore six mois de ce train, et Ali Safa bey aurait possédé leurs champs jusqu'au dernier. Bientôt, ils seraient des esclaves...

Le vieil Osman était assis, au milieu de la place, sur la margelle du puits. Il répétait sans cesse : « Mèmed le Mince, mon Faucon ! » et ne disait rien d'autre.

C'était un petit vieillard mince, de quatre-vingts ans, une barbiche et une quinzaine de poils blancs sur le reste du menton ; il avait des yeux verts, bridés. Ses dix garçons étaient tous des hommes faits.

Ses fils et les gens du village l'entouraient. Ils attendaient ce qu'il allait dire. Après avoir, une fois encore, clamé : « Mèmed le Mince, mon Faucon ! » il se mit debout, et dit :

— Mon Faucon ne fait pas de gaspillage, n'est-ce pas ?

— Est-ce que Mèmed le Mince a jamais pillé ? lui répondit-on.

— Alors, dit-il, préparez mon cheval, mes fils ! Et vous, gens du village, faites une collecte ! Je vais aller trouver mon Faucon. Mon Faucon a besoin d'argent, dans la montagne. Que chacun donne autant qu'il peut !

Le lendemain, aux premières lueurs du jour, quand la rosée s'élevait en buée dans Tchoukour-Ova, le vieil Osman plongea son cheval dans le brouillard bleu et fonça vers le Taurus.

— Mèmed le Mince, mon Faucon !

Il dut mettre trois jours pour arriver au village de Dèyirmènolouk. Quand il descendit de cheval dans le village, il était près de s'évanouir de fatigue. Tirant son cheval par la bride, il s'avança en boitant. Arrivé au milieu de l'agglomération, il s'arrêta, noyé de sueur comme son cheval. Il prit une grande inspiration. Il avait l'air hébété.

Les enfants du village, quittant leurs jeux, restèrent là, regardant avec étonnement ce vieillard qui respirait si fort. Le vieil Osman leva la tête :

— Les enfants ! Venez donc ici !

Les enfants accoururent. Le cheval, le col couvert d'écume, avait relevé sa jambe avant droite vers son ventre. Il la lui fit baisser.

— Où est la maison d'Ali la Rose ?

Le plus effronté des gosses se mit en avant :

— Il est mort depuis longtemps. Je n'étais pas encore né !

— Et où demeure Mèmed le Mince ?

— Oh ! Oh ! Sapristi, oncle ! Tu en as de bonnes !

— Crénom, gamin, qu'est-ce qu'il y a ? grogna le vieil Osman, fâché.

— Mèmed le Mince s'est fait bandit. Tu n'es pas au courant ?

— Qu'est-ce que j'en peux savoir, moi, petit ? Je suis de Tchoukour-Ova. Mèmed le Mince n'a pas de famille, de père, de mère ?

L'enfant fit un geste de dénégation.

— Et chez qui descendent les voyageurs, au village ?

— Chez oncle Ali le Demeuré.

— Alors, il s'est fait bandit, Mèmed le Mince ?

— Eh oui ! fit l'enfant. Il est venu au village, en disant qu'il avait tué notre agha, et, tout comme il avait dispersé les biens de son père, il s'est mis à distribuer aux gens du village les terres de notre agha. Il a même fait brûler les champs de chardons. C'est comme ça, oncle ! Notre agha le fera tuer. Personne ne l'aime, ce Mèmed au village. Il n'y a que la femme d'Ali le Demeuré qui l'aime. Mais notre agha la fera chasser du village.

— Où est la maison d'Ali le Demeuré, garçon ?

— C'est là ! fit l'enfant, avec un signe de la tête.

Le vieil Osman tira son cheval par la bride, et, arrivé devant la maison, il cria :

— Voici un hôte que Dieu envoie !

En chemise et caleçon, le col largement ouvert, Ali le Demeuré sortit, cassé en deux. Sa barbe toute blanche semblait toucher ses genoux.

— Sois le bienvenu, hôte que Dieu envoie ! dit-il. Je suis là pour te servir.

Il prit le cheval et le mena à l'écurie. Dans la maison, un grand feu flambait. Ça sentait le foin, la pâte, et la boue sèche qui sert de combustible. Ali le Demeuré revint, et s'assit devant son hôte.

— Eh bien, salut à toi ! dit le vieil Osman, en lui tendant sa vaste tabatière rouillée.

Puis il se pencha vers lui :

— Approche ! Approche donc, que je te parle à l'oreille ! A-t-on des nouvelles de Mèmed le Mince ? Où est-il ?

Osman posait cette question à voix basse, avec crainte. Ali le Demeuré rit bruyamment :

— Pourquoi as-tu peur de demander des nouvelles de Mèmed le Mince ? Rien à craindre !

— Mèmed le Mince est mon Faucon. Je ne sais pas, moi. Je suis venu pour le chercher.

Alors il expliqua longuement pourquoi il venait chercher Mèmed et ce qu'il voulait de lui. Quand il eut fini, la femme d'Ali le Demeuré, qui avait tendu l'oreille, intervint :

— Mèmed le Mince est notre Faucon ! — Elle était ravie de dire ça. — Oui, c'est notre Faucon ! Vous verrez. Bientôt, il tuera ce teigneux d'Abdi. Il viendra distribuer ses champs eux-mêmes. Ces salauds de paysans, qu'est-ce qu'ils lui ont fait, à mon petit, à mon Mèmed le Mince, frère ! Quand le grand jour sera venu, je sortirai au milieu du village. J'ouvrirai la bouche et fermerai les yeux. Je sais, moi, ce que je dirai à ces salauds de paysans qui ont tourmenté mon petit, sans comprendre le bien qu'il leur faisait. Je sais bien ! Et toi, frère, va voir mon Mèmed le Mince, salue-le de ma part, et dis-lui qu'il tue aussi Ali Safa bey, qu'il tue aussi ce mécréant, et qu'il coupe la tête de Kalaydji et l'envoie à Tchoukour-Ova ! Dis-lui : « C'est ta tante qui a dit ça ! » Tu entends, frère ?

— Par Dieu, femme, arrête un peu ! dit Ali. Que notre frère expose son affaire !

— Dis-lui ! fit-elle à son mari.

— Lui dire quoi ?

— Eh bien, qu'Ali le Boiteux va aller trouver Mèmed. Il est au Ruisseau-des-Fleurs, Mèmed. Notre frère accompagnera Ali.

— Est-ce loin, ça ? demanda le vieil Osman, inquiet.

— Assez loin, dit la femme.

— Dans ces conditions, j'aimerais passer la nuit ici, et partir après.

— Reste ici cette nuit, frère ! dit-elle. Moi, je ferai prévenir le Boiteux. Il est devenu l'intendant d'Abdi, ce Boiteux, mais il est quand même avec nous. C'est comme ça !

Ali le Demeuré regarda sa femme en roulant les yeux. Elle se tut. Alors ils s'aperçurent que le vieil Osman, le dos bien appuyé au mur, la tête penchée de côté, dormait ferme.

Ali et sa femme sourirent.

— Le pauvre vieux ! dit la femme. Qui sait depuis combien de jours il chevauchait ?

— Qui sait ? fit Ali le Demeuré.

Les deux hommes avaient pris un sentier très étroit et se dirigeaient vers les hauteurs du Ruisseau-des-Fleurs. Depuis le matin, le vieil Osman n'arrêtait pas de poser des questions à Ali le Boiteux.

— Mon Faucon, quelle sorte d'homme est-il ?

Et chaque fois, Ali le Boiteux ne se lassait pas de répondre :

— Il a d'énormes yeux gris-bleu. Ses cheveux sont en brosse. Son visage est amer, son menton mince, son teint basané, sa taille moyenne. Il peut faire passer une balle à travers le chas d'une aiguille. Il est vif, courageux. Il ne recule pas devant la mort.

— Ah bon ! disait le vieil Osman, et il se mettait à rêver.

Puis il reprenait :

— Bon ! Est-ce que mon Faucon se cache toujours au sommet de cette montagne ?

— Non, il restera ici probablement cette année. C'est pas loin du bourg, le Ruisseau-des-Fleurs.

— Ah ! Bon !

— Tu sais bien que Hatché est en prison. Les témoins sont revenus sur leur déposition, mais le Gouvernement ne l'a pas libérée.

— Ah ! Mon pauvre Faucon !

— Eh ! oui, c'est comme ça !

Ils arrivèrent ensuite dans une zone toute verte, plantée de petites herbes courtes, comme tondues. Dans le ciel, les nuages d'automne, noirs et blancs, semblaient bouillonner.

— Y a-t-il beaucoup de chemin, pour arriver à mon Faucon ?

Ali le Boiteux montra une pente rocheuse et boisée :

— Voilà ! C'est là-bas.

— C'est mon plus cher désir, de voir mon Faucon !

— Tu vas le voir.

C'est vers le soir qu'ils arrivèrent, après avoir traversé la forêt, devant une maison creusée dans la terre.

Ali le Boiteux siffla. Djabbar apparut sur le toit de terre battue, et cria vers l'intérieur :

— Frère Mèmed, regarde qui arrive !

Mèmed monta aussi sur le toit.

— Oh !... Ali agha, sois le bienvenu !

Ils s'embrassèrent.

— Ne m'en veuille pas, mon Mèmed ! dit Ali. Je t'ai beaucoup cherché. J'avais des nouvelles à te donner. C'est bien que vous vous soyez tirés du traquenard de Kalaydji ! Alors, ce fils de putain de Horali... ! Je n'aurais pas cru ça de lui. Je le connaissais, du temps qu'il gardait les jardins.

Un sourire illuminait le visage du vieil Osman, resté en arrière. Son cheval était derrière lui, comme d'habitude, la jambe droite de devant relevée sous le ventre. Sa robe était tachetée et mouillée.

— Qui est-ce ? demanda lentement Mèmed au Boiteux.

— Il vient de tout en bas, du village de Vayvay... Il n'arrête pas de t'appeler son Faucon.

Mèmed le Mince s'avança calmement vers lui et lui tendit la main.

— Sois le bienvenu, oncle !

— Salut, mon petit ! T'es sans doute mon Faucon ?

— Qui ?

— Mèmed le Mince.

Mèmed rougit légèrement et sourit :

— C'est moi.

Le vieil Osman se jeta au cou de Mèmed avec une vigueur dont on né l'aurait pas cru capable, et le couvrit de baisers.

— Mèmed le Mince, mon Faucon !

Il l'embrassait, tout en versant des larmes. Djabbar vint séparer le vieux de Mèmed. Le vieux s'assit tout près, sur une pierre, et se couvrit le visage avec les mains :

— Mèmed le Mince, mon Faucon !

Djabbar s'approcha de nouveau et, en l'aidant, le fit entrer dans la maison. L'intérieur était couvert de peaux d'ours. Des cartouches, des grenades, des fusils pendaient aux murs.

— Mon petit, je n'arrive pas à en croire mes yeux ! Je n'arrive pas à le croire ! C'est bien vrai que t'es mon Faucon, toi ? disait le vieux sans arrêt.

A chaque fois, Mèmed rougissait et était très gêné.

— C'est bien toi ?

— Excuse-moi, oncle, mais ici, on est en montagne, on n'a pas de café à t'offrir.

— Ça ne fait rien, mon Faucon.

Mèmed avait pris du poids, une rougeur légère couvrait ses joues. Ses moustaches noires étaient plus longues et très minces. Son visage avait durci, son expression était celle de quelqu'un prêt au combat, à chaque instant, prêt à bondir. Il avait également bruni, noirci, il semblait buriné. Il était plus grand qu'auparavant.

— Eh ben ! depuis que je ne t'ai pas vu..., dit Ali le Boiteux.

— Que Dieu ne prive de rien le village du Ruisseau-des-Fleurs ! répondit Djabbar. Ils n'arrêtent pas de nous nourrir. Mèmed est, à présent, et l'agha du village, et le juge, et le gouvernement. Les villageois ne vont plus à la Sous-Préfecture. C'est Mèmed qui règle toutes leurs affaires. Et Mèmed est si équitable !... C'est comme ça, depuis que tu ne l'as pas revu !

Le Boiteux sourit et dit :

— C'est bien que vous vous en soyez tirés, de Kalaydji. J'ai su tout ce qui s'était passé, qu'Abdi était allé se jeter aux pieds d'Ali Safa bey, qui avait appelé Kalaydji au bourg pour lui dire de te tuer. J'ai tout su. Je suis venu te trouver, mais tu étais invisible. Malheur ! me suis-je dit, malheur de malheur ! Kalaydji l'a eu, mon Mèmed ! J'ai battu la campagne. Au Fort-Blanc, j'ai appris que vous vous étiez rencontrés, avec Kalaydji, et que tu l'avais blessé. Même que tu avais tué deux de ses hommes. J'ai lancé mon chapeau en l'air, et je m'en suis retourné. Je suis rentré au village et, là, j'ai attendu, attendu. Un mois plus tard, j'ai appris que tu étais au Ruisseau-des-Fleurs. C'est Douran le Gros qui me l'a dit...

— Je suis envoyé du village de Vayvay, dit le vieil Osman. Kalaydji est le chien d'Ali Safa. Il tue les braves gens de chez nous. Ali Safa nous a pris nos champs. Si nous réclamons justice, il nous fait tuer par Kalaydji.

— Alors, dit Mèmed à Ali, tout cela, c'était combiné par Abdi agha ? C'était ça ? Je m'en doutais, d'ailleurs.

Le vieil Osman reprit, avec impatience :

— Nous avons appris, mon Faucon, que tu l'avais blessé, ce mécréant !... Que ne l'as-tu tué !...

— Une nouvelle m'est parvenue hier. Il paraît que sa blessure ne guérit pas, et qu'il a pris le chemin de l'enfer, répondit Mèmed.

Le vieil Osman se leva, se jeta dans les bras de Mèmed, et recommença à lui baiser les mains.

— C'est vrai ? c'est vrai, mon Faucon ? Nos champs seront à nous, désormais ! Nos champs à nous !... Est-ce vrai, mon Faucon ?

— C'est vrai ! Je me demandais aussi comment cette balle ne l'avait pas tué, car j'avais bien visé.

— Que Dieu exauce tous tes vœux ! Amen ! dit le vieil Osman.

Puis il alla ouvrir sa besace. Il en sortit un baluchon assez volumineux et le donna à Mèmed.

— C'est les villageois qui te l'envoient, mon Faucon. Merci, mon Dieu !... A présent, je vous quitte, avec votre permission. Je vais me mettre en route. Je vais aller porter la bonne nouvelle aux villageois... Qu'ils fêtent cette nouvelle !

Il sortit en hâte, détacha son cheval de l'arbre, monta dessus, et s'approcha de la porte :

— Reste en bonne santé, mon Faucon ! Je vais au

plus tôt annoncer la nouvelle. Ton oncle Osman reviendra te voir. Dieu te garde, mon Faucon !

Et il donna un coup d'étrier à son cheval...

Mèmed, un peu étonné, s'écria :

— Quel drôle d'homme !

— Quel drôle d'homme ! reprit Djabbar.

— Crénom, les enfants ! dit le Boiteux, je me demande comment vous avez pu dénicher ce Ruisseau-des-Fleurs, par Dieu !

Mèmed sourit, et Djabbar dit :

— C'est comme ça !

— Compare, quand même, notre village et ici ! fit le Boiteux.

— Ici, c'est ici ! dit Djabbar.

— Dites, comment avez-vous échoué ici ? demanda le Boiteux.

Mèmed montra le mur où était suspendu un saz.

— Eh quoi ? dit le Boiteux, qu'est-ce que ça donne ?

— Ça donne des sons de toutes sortes, dit Djab bar.

— Ne te moque pas du monde ! dit le Boiteux avec colère.

— Ali agha ! dit Mèmed, ce saz appartient à Ali le Misèreux, le chanteur-poète. Nous nous sommes rencontrés à Mazgatch. Il jouait du saz, assis sur un rocher, son fusil posé à côté de lui. Il s'est joint à nous. Ça fait longtemps, paraît-il, qu'il est bandit.

— Qu'on voit de drôles de choses ! dit le Boiteux

— Mais, dit Djabbar, c'est qu'Ali le Miséreux est un bon poète. Et il a une de ces voix ! Incroyable !

— Compris ! dit le Boiteux. Ali le Miséreux est bandit. Et c'est un bon poète. Mais pourquoi êtes-vous ici ?

— Ici, dit Mèmed, c'est le village d'Ali le Miséreux. Et ses oncles maternels sont les hommes les plus braves du village. Tu as saisi ?

– Oui.

– D'ici peu, dit Djabbar, il va arriver, Ali le Miséreux. Maintenant, il est tout en haut du sommet. Il chante avec passion, Dieu sait sur quel sujet. A peine revient-il des montagnes, sans même souffler, il prend son saz dans ses bras et se courbe sur lui. Voilà comment c'est, chez nous : c'est la fête, la joie ! Mais dis donc, Mèmed, si tu ouvrais le paquet qu'a apporté ce vieux, que nous voyions combien ils nous envoient d'argent, les gens de Vayvay !

– Voyons ! dit Mèmed.

Il ouvrit lentement le paquet : c'étaient des liasses de billets.

– C'est tout de l'argent ? dit Djabbar.

– Oui !

– Nous sommes riches !

– Eh oui !

– Bravo ! Vive le vieux !

– Ça serait déjà bien si ça restait comme ça, dit le Boiteux, mais écoute bien, tu vas voir ! Ce vieux ne va pas vous laisser tomber. D'ici deux mois, il en ramassera encore chez les gens du village et vous l'apportera. C'est un type formidable !

– Il doit avoir souffert, cet homme, dit Mèmed. Qui sait à quel point Ali Safa et Kalaydji les ont opprimés ?

– Ne vous en faites pas pour ce qui est de l'argent, dit le Boiteux. Derrière vous, vous avez le village de Vayvay, puissant comme une montagne !

– Comme une montagne ! reprit Djabbar.

– Mèmed, dit le Boiteux, tu as plu au vieil Osman. Même si Kalaydji ne l'avait pas à ce point tourmenté, il t'aurait quand même apporté l'argent.

Ces gens-là sont comme ça. Maintenant qu'il t'a appelé « son Faucon », ça y est ! Tu pourrais rentrer chez lui, égorger ses enfants devant ses yeux, il ne te dirait rien. Ces gens-là sont comme ça.

— Si ça va ainsi, dit Djabbar, tu peux vivre de ton métier de bandit jusqu'à la fin du monde, sans même saigner du nez !

— Ne dis pas cela, Djabbar ! fit le Boiteux. Penses-tu qu'Ali Safa bey vous laissera tranquilles ? Kalaydji était son âme damnée. Vous le lui avez arraché. Il ne vous le pardonnera pas.

— Il fera tout ce qu'il faudra, dit Mèmed.

— S'il en a l'occasion..., commença Djabbar.

— Va te faire fiche ! coupa Mèmed. Comme dit Ali le Miséreux, avons-nous vu un jour qui n'ait eu son soir ?

A ce moment, le fusil accroché en biais au cou, Ali le Miséreux entra. Il marchait avec un balancement. Il alla tout droit au saz, le décrocha du mur, s'assit sur place, et se mit à l'accorder. Soudain, il attaqua un chant. Il avait une voix grave, profonde, qui ne semblait pas sortir de lui. On eût dit que ce chant venait des siècles passés. Il venait de loin, des montagnes, de Tchoukour-Ova, de la mer. Il évoquait l'odeur du sel, de la résine de pin, de la marjolaine. Il disait :

Viens ! Apporte un remède à ma peine,
Toi qui es le remède de la peine du monde !

Le chant cessait un instant, et le saz, jouant plus fort, répétait les dernières mesures. Puis le poète reprenait :

Où que j'aie regardé, j'ai vu mon Ami.

Ses mains s'arrêtaient. Il était tout courbé sur son saz. Il restait là, comme endormi. Soudain, il releva la tête, ses mains volaient sur l'instrument :

Montagnes, rochers, oiseaux en vol...

Il jouait en tempête, et chantait :

Si tu me demandes mon nom, je suis Ali le Miséreux,
Un jour sensé, et fou cent jours.
Je suis le torrent printanier couvert d'écume,
Je viens des monts neigeux aux cimes déchiquetées.

Puis il se tut, immobile, tout rapetissé, fini, resté là comme une pierre, gelé. Enfin, d'un geste lent, il posa son saz près de lui.

Mèmed, aussi, était resté pétrifié. Un moment, une lueur d'acier brilla dans ses yeux. Puis, dans sa tête, une boule de lumière jaune se mit à tourner, étincelante. Il vit onduler en vagues l'immense plaine lumineuse de Tchoukour-Ova.

Il s'approcha doucement du Boiteux et lui dit :

– Ali, mon agha !...

– Quoi ?

Mèmed lui fit signe de sortir. Le Boiteux se leva et alla vers la porte. Mèmed le suivit. Quand ils furent sortis, Djabbar s'approcha d'Ali le Miséreux et lui donna une légère bourrade qui le fit revenir à lui :

– Eh, Ali ! écoute-moi !

– Qu'est-ce qu'il y a ?

— Mèmed a emmené le Boiteux dehors. Tu as compris ?

— Oui, dit Ali en riant.

— Il est fou, ce Mèmed ! Il a perdu toute raison. Sais-tu maintenant ce qu'il est en train de dire au Boiteux ? Il veut qu'ils aillent ensemble au bourg !

— Et puis après ? Il demande ça à tout venant. Tout le village du Ruisseau-des-Fleurs est au courant, les gens n'ont que ça à la bouche : « Mèmed dit qu'il veut à tout prix revoir Hatché, que Dieu peut bien lui enlever la vie, du moment qu'il l'aura revue dans la prison, qu'il irait même si le bourg n'était que flammes ! » Les gens ne parlent que de ça.

— Ce type a soif de son propre sang ! Je cherche bien à l'en empêcher, mais il me regarde d'un sale œil, comme si j'étais son pire ennemi.

— Laisse l'homme ivre marcher jusqu'à ce qu'il s'effondre !

— C'est bien joli, mais Mèmed est un brave, un chic type. Ces montagnes n'avaient pas encore vu d'homme comme Mèmed, et elles n'en reverront plus. C'est un homme de lumière, un saint !

Dehors, le vent fou du nord soufflait avec force. D'ici peu, il allait neiger. Un vol de grues venait de passer au-dessus des montagnes. Cela signifiait la venue de l'hiver. Il y avait dans l'air une odeur d'hiver.

Les aiguilles du pin s'agitaient sous le vent du nord. Mèmed invita le Boiteux à venir sous l'arbre.

— Assieds-toi là !

Quand le Boiteux vit le visage de Mèmed, il en fut stupéfait. Ses lèvres tremblaient. Il attendit, impatient de savoir. Mèmed descendit s'asseoir à côté de lui.

— Ali, mon agha, tu es un homme intelligent.

Tout m'est arrivé à cause de toi, tu le sais aussi. Mais j'ai bien compris que tu n'étais pas fautif. Tu es un homme bon.

– Mais voyons, Mèmed...

– Il n'y a pas de « Voyons... », Ali agha !

– Alors, parle !

Mèmed se tut un instant pour réfléchir. Son visage se tendit. Il semblait qu'une grande souffrance le torturait.

– Demain, dit-il, j'irai voir Hatché.

Le Boiteux en fut ahuri.

– Quoi ? Comment ?

– J'irai voir Hatché demain, dit Mèmed d'une voix dure et sourde.

– Eh bien !...

– Il n'y a pas de « Eh bien ! » qui tienne. J'irai.

Le Boiteux prit son menton entre ses mains et demeura ainsi.

– C'est difficile, dit-il en soupirant, après avoir réfléchi un certain temps. C'est très difficile. Ça veut simplement dire la mort.

– J'envisage la mort, dit Mèmed en contractant son visage. J'envisage la mort ! J'ai là, au milieu de mon cœur, un incendie. C'est comme si on le creusait, mon cœur. Je dois y aller. Je n'en peux plus. Demain, à l'aube, je me mettrai en route. J'irai au bourg...

– Et si on t'attrapait ! Tout mon espoir... Un village entier met son espoir en toi, et toi tu...

Dès qu'il entendit prononcer le mot de « village », Mèmed s'assombrit.

– L'espoir d'un village ?... Quel village ?

Furieux, il cracha par terre.

– Ne t'emporte pas, mon petit frère, dit Ali le Boiteux, très calme. Ne juge pas d'après les apparences. Il ne faut pas en vouloir à tes pays. Par peur, ils font semblant d'être du parti de l'agha. Mais leur cœur est avec toi. L'espoir de tout le village, des cinq villages, est en toi.

— Moi, j'irai ! dit Mèmed d'un ton définitif.

Il se leva, il marcha vers les hauteurs, chancelant comme un homme ivre. Les montagnes sentaient le vent du nord. Elles sentaient le pin.

Complètement ahuri, le Boiteux se leva et entra dans la maison.

— Qu'est-ce qu'il t'a dit, Mèmed ? demanda Djabbar, anxieux.

— Il veut aller au bourg, demain à l'aube.

— Il est fou ! cria Djabbar. Fou à lier ! Ils vont l'attraper et le tuer. Il faut l'attacher ! Où est-il parti, à présent ?

— Il se dirige vers la montagne. Il chancelait.

Djabbar courut à sa recherche, vers la montagne. Le vent du nord cassait les branches des arbres. Il y avait une odeur dans l'air comme quand il va neiger. Le temps s'assombrissait, et les nuages bouillonnaient dans le ciel. Soudain, tout devint noir. De grosses gouttes chaudes commencèrent à tomber. C'est alors que Djabbar trouva Mèmed, assis sur un tronc pourri, au pied d'un pin aux grosses branches dénudées.

Il s'approcha de lui. Mèmed semblait absent. Il ne se rendit même pas compte qu'on approchait de lui.

Doucement, Djabbar s'assit auprès de lui :

— Frère ! dit-il, ne fais pas ça ! Et puis, tu l'as raconté à tout le monde. Il n'y a plus personne qui ne le sache, dans le village du Ruisseau-des-Fleurs. Au bourg aussi, ça doit se savoir. Ils vont t'attraper. Ne fais pas ça !

Mèmed leva la tête et le regarda durement.

– Tu dis vrai, Djabbar. T'as raison. Mais mets-toi à ma place ! Sais-tu ce qui se passe en moi ? Deux mains se sont emparées de mon cœur, et le serrent très fort, et ne le lâchent pas. Je n'en peux plus ! Je ne peux plus m'empêcher d'aller voir Hatché. J'en mourrais. Si je dois mourrir, je préfère que ce soit autrement. Toi, veux-tu me rendre un dernier service ?

– Il n'y a rien que je ne ferais pour toi, Mèmed ! Nous avons dit qu'on était frères.

– Alors, trouve-moi de vieux habits... Voilà ce que je te demande.

Djabbar ne répondit pas. Il baissa la tête.

XXX

Un beau midi, le vieil Osman arriva au bourg. Le mors de son cheval était couvert d'écume. Il descendit de cheval au milieu du marché. Il passa les rênes à son bras et tira son cheval d'un bout à l'autre du marché. A tous ceux qu'il rencontrait, il disait : « Salut ! » A haute voix : « Salut ! »

Le bourg avait appris la nouvelle de la mort de Kalaydji. On savait donc pourquoi le vieil Osman se pavanait avec tant de désinvolture. Il parcourut encore plusieurs fois le marché, d'un bout à l'autre. Ses yeux cherchaient quelqu'un. Il ne le trouva pas. Il quitta le marché et se dirigea vers le ruisseau d'en bas. Il arriva devant le café de Tevfik. Le visage tout rouge, les mains tremblantes, il se tenait devant son cheval, raide comme une statue. Puis, appuyant son front à la vitre du café, il regarda longuement à l'intérieur. Dans un coin, il aperçut Abdi agha. Cela le réjouit. Il attacha le cheval à l'acacia de la place et entra au café. Il alla se planter devant Abdi agha. Celui-ci, levant la tête, vit le vieil Osman, avec son visage tout rouge et ses mains tremblantes. Leurs regards se croisant, le vieil Osman sourit. Abdi changea de couleur. D'une voix forte, le vieil Osman lui lança : « Salut ! » Avant qu'Abdi agha lui répondit « Salut ! », il tourna le dos et s'en alla. Abdi en demeura stupéfait, la bouche ouverte.

Le vieil Osman détacha son cheval, monta dessus, et le lança à bride abattue vers le village de Vayvay. Le village était à deux heures du bourg.

Quand le vieil Osman eut quitté le café, une agitation s'empara d'Abdi agha. Il avait peur. De peur, il ne tenait pas en place. Son pistolet à barillet et à crosse blanche était glissé en travers de sa ceinture. Sa main droite ne le quittait pas. Quand il jouait au trictrac, quand il comptait de l'argent ou quand il mangeait, sa main restait sur le pistolet. A chaque instant, il était prêt à rencontrer l'ennemi invisible. Du moins, c'est ce qu'il pensait !

Il se leva dans cet état d'esprit et se rendit tout droit chez l'écrivain public Ahmed le Politique. Quel homme étrange qu'Ahmed le Politique ! Il parlait drôlement, comme si on lui avait enfoncé dans la bouche un sac de noix et qu'on le secouât. Le Politique était l'ennemi mortel de Fahri le Fou, et entièrement dévoué à Ali Safa bey. Grâce à Kalaydji, il exerçait lui aussi ses talents au bourg. En son nom, d'ailleurs, il manigançait toutes sortes de combinaisons. La nouvelle l'avait bouleversé aussi.

— Écris, Ahmed efendi, dit Abdi agha, en entrant en coup de vent dans la boutique. Si le Gouvernement en est un, qu'il le prouve ! C'est comme ça que tu écriras, exactement comme ça ! Montagnes et vallées sont occupées par des bandits. Il y a un gouvernement au pied de chaque buisson ! Voilà ce que tu écriras. Même les gamins de quinze ans ont pris le maquis. Écris ça ! écris ! On brûle les villages. Ils font des descentes jusque dans le bourg. Nos vies et nos biens sont en danger. Écris-le ! Même les femmes sont armées. C'est la révolte ! Le bourg a élu son gouvernement. La loi n'existe plus que sur le papier. Tu écriras comme ça ! Voilà, écris tout ça ! Que l'infanterie arrive et qu'elle déracine toute la canaille !

Le visage déjà sombre d'Ahmed efendi s'assombrit encore plus. Il enleva son chapeau de feutre noir, qu'il posa sur la table. Il commença par s'essuyer le front avec son mouchoir :

— Tu crois que je vais écrire tout ce que tu me dis là ?

— Tu écriras tout ce que je te dis, mot pour mot, oui ! Les gendarmes n'en viendront pas à bout... Ils n'en viendront pas à bout, t'as compris ? Ils n'en viendront pas à bout. Même une troupe de gendarmes n'en viendrait pas à bout, de Mèmed le Mince et des autres !... Écris ! Écris que le Gouvernement nous envoie l'infanterie ! Écris qu'il y a une révolte, qu'un bandit, un gamin de vingt ans, mon domestique, qui s'appelle Mèmed le Mince... Voilà ! écris comme ça, comme je te le dis ! Mèmed le Mince distribue mes champs aux paysans. Il me chasse du village et distribue mes champs aux paysans, à mes garçons de ferme ! Mes cinq villages... Moi, de peur, je ne peux même pas vivre au bourg. J'ai loué une maison en face de la gendarmerie. J'ai bouché les fenêtres avec des sacs de sable. Rapport aux balles. J'ai fait boucher la cheminée. Rapport aux grenades. Cela ne l'a pas empêché de venir me trouver dans cette maison, juste en face de la gendarmerie. Si on ne l'avait pas su à l'avance, s'il n'y avait pas eu de gardiens, il allait faire sauter la maison à la dynamite. « Je vais faire sauter tout le bourg à la dynamite », disait Mèmed, paraît-il. Tout le bourg ! Voilà ! écris exactement ce que je te dis !

— Comment puis-je écrire tout ça, moi ? répondit

le Politique, larmoyant. On me couperait les mains. Mettons même que je l'écrive... Et l'honneur de notre bourg, alors ? Il est comme une fleur. La réputation du bourg, ne la salissons pas ! Et puis, après tout, si Kalaydji est mort, que Dieu donne longue vie à Ali Safa bey ! Il formera une autre bande. Attention ! Ali Safa bey ne sera pas content, si tu écris tout ça au Gouvernement.

Abdi agha écuma :

— Écris ce que je te dis !

— Je ne peux pas.

— Frère, je te dis d'écrire, écris !

— Je ne peux pas l'écrire !

Abdi se leva, furieux :

— Alors, je le ferai écrire à Fahri efendi !

— Fais écrire à qui tu voudras, mais ça ne te portera pas bonheur.

Abdi agha alla tout droit chez Fahri le Fou. Fahri le Fou entendit ses pas de très loin, il releva lentement sa tête de dessus la table...

XXXI

Le Roc-du-Faucon se trouve de l'autre côté du Ruisseau-des-Fleurs... Le Roc-du-Faucon est abrupt, haut, lisse. Il s'élève vers le ciel, couvert de mousse. Il est mêlé à une légende. Une source se déverse tout le long. Elle est entourée de petits arbres verts, et de menthe. Leurs senteurs parviennent jusqu'aux endroits escarpés, à une hauteur de trois peupliers au moins. L'eau écumante descend par la face du roc, lisse comme un mur. Dans le temps, il paraît qu'un jeune homme aimait à capturer les faucons. Les trous qu'on voit sur la face du roc sont des nids de faucons. Une fois, le jeune homme voulut capturer un jeune, à l'époque où les faucons ont des petits. Le nid se trouvait au milieu de la façade du roc, lisse comme un mur. On ne pouvait ni grimper d'en bas, ni descendre d'en haut. Le jeune homme trouva une corde longue et grosse et l'attacha au plus gros arbre du sommet. Ainsi il put accéder jusqu'au nid. Il prit le petit faucon et le cacha dans sa chemise. A ce moment-là, la mère se rendit compte de la situation. Furieuse, elle vint frapper la corde d'un coup d'aile et la coupa comme avec une épée. Le jeune homme s'écrasa sur le sol... Voilà pourquoi on dit « le Roc-du-Faucon ».

Quand Mèmed, en route depuis le matin, s'arrêta pour se reposer au pied du Roc, il entendit un craquement de ronces derrière lui, et quel ne fut pas son étonnement de voir Djabbar qui le regardait, la sueur ruisselant entre les poils de sa poitrine.

Un bon moment, Djabbar resta là où il était. Mèmed aussi fixait le sol devant lui. Puis Djabbar vint s'asseoir près de Mèmed. Il allongea lentement sa main et prit celle de son ami. Il la serra plusieurs fois. Mèmed ne broncha point. Il continuait à regarder devant lui.

— Frère ! dit Djabbar d'une voix qui tremblait et se voilait.

Il le dit avec tant de cœur, tant d'amitié, que Mèmed fut obligé de tourner la tête vers lui.

Djabbar prit ses mains entre les siennes :

— Ne fais pas ça, frère ! dit-il.

— Si toi non plus, tu ne me comprends pas, Djabbar, dit Mèmed en secouant la tête avec chagrin, il vaut mieux que je meure.

— Mon Mèmed, dit Djabbar en gémissant, je comprends ta peine. Mais c'est pas le moment de faire ça ! Ta souffrance est à nous deux.

— Alors, frère Djabbar, ne te mets pas en travers. Laisse-moi aller chez Hatché. Si on m'attrape, ce sera mon destin. Si on ne m'attrape pas...

Puis soudain, il se fâcha. Son visage changea.

— Personne ne peut m'attraper ! s'écria-t-il.

— Ce que tu veux faire là, c'est simplement leur offrir tes poignets pour qu'ils y mettent les menottes. Si quelqu'un te voit et te reconnaît... Si Abdi agha... Que pourras-tu faire dans le bourg ?

— Le destin décidera, répondit Mèmed.

L'éclat de son regard s'intensifia :

— Je ne me laisserai pas prendre !

— Alors, va, frère, et bonne chance !

— Merci.

— Je vais t'attendre ici pendant trois jours, chez Temir le Kurde. Si tu ne rentres pas dans trois jours, nous saurons que tu es pris.

— Sachez que je suis pris, répéta Mèmed.

Il se leva et partit.

— Un de plus de perdu ! dit Djabbar en le suivant des yeux jusqu'à ce qu'il disparaisse. Hélas ! les montagnes ne verront pas de sitôt un autre Mèmed le Mince !

Au village du Ruisseau-des-Fleurs, Mèmed le Mince avait fait chercher une paire de sandales déchirées et la défroque d'un garçon de quinze ans, usée et étriquée. Le vêtement de coton était tissé à la main, la veste était teinte à l'écorce de grenade... Le chalvar était blanc et sale, déchiré en plus. Mèmed y entra avec peine. Il paraissait, ainsi accoutré, la moitié de son âge. Il prit aussi un gros bâton de berger. Il mit une casquette crasseuse à la visière en lambeaux. Il attacha son pistolet et ses cartouches à sa jambe, sous son chalvar, ramenant la corde qui les tenait autour de sa taille.

Il marchait comme s'il volait. Il ne voyait rien autour de lui. La tête lui tournait. Il lui semblait rouler dans le vide. Le monde s'effaçait.

Vers minuit, il arriva aux confins du bourg. Dans les quartiers périphériques, les chiens aboyaient. Que devait-il faire ? A cette heure, s'il était entré dans le bourg, il n'aurait pas trouvé à coucher. Et puis, il pouvait se faire prendre. D'en bas venait le bruit d'une roue de moulin à eau. Changeant de direction, il marcha vers le moulin. Il faisait un bruit à vous rendre sourd. D'assez loin parvenait l'odeur chaude de la farine.

Le lendemain, c'était vendredi, jour de visite à la prison. Le seul ennui, c'était la mère de Hatché... Depuis qu'Abdi agha vivait au bourg, elle venait visiter Hatché tous les vendredis, pour lui apporter paraît-il des nouvelles de Mèmed. Mais elle lui racontait des histoires invraisemblables sur lui. Ce n'étaient plus des histoires qui l'amoindrissaient, bien au contraire. Comme celle, par exemple, de la distribution des terres et de l'incendie du champ de chardons, à laquelle elle rajoutait cinq fois plus. « Mèmed, disait-elle, a tellement grandi, il s'est tellement développé, qu'on dirait un minaret. » Hatché se sentait folle de joie. La prison n'en était plus une pour elle. C'était un paradis. Elle se jetait à tout moment au cou d'Iraz pour l'embrasser. Iraz aussi s'en réjouissait.

Enfin, depuis que Mèmed se trouvait au village du Ruisseau-des-Fleurs, des nouvelles et de l'argent parvenaient à Hatché tous les deux jours.

Les sacs poudreux de farine étaient rangés en files. Les quatre lourdes meules tournaient, soulevant un nuage autour d'elles. On entendait l'incessant clapotis de l'eau qui éclaboussait.

Le meunier était un homme à la barbe poivre et sel, aux yeux gris-brun ; de la tête aux pieds, il était couvert de farine. Une quinzaine de paysans avaient allumé un feu au milieu de la cour du moulin et s'étaient assis en cercle autour. Mèmed s'approcha, lança un « bonjour ». On lui fit une place ; il entra dans le cercle.

Les conversations reprirent. Un peu plus tard, personne ne faisait plus attention à Mèmed. Ils parlèrent des champs, des récoltes, de la disette, de la mort. Il fut ensuite question d'un commerçant qui avait été dépouillé au Col-de-Chameau. Quelques-uns affirmèrent que c'était Mèmed le Mince qui avait fait ça. Dès qu'on parlait de Mèmed le Mince, on avait aussitôt à l'esprit la question de la distribution des terres. C'est ce qui se produisit. Un paysan assez âgé demanda, perplexe :

— Qu'il ait distribué les terres, je comprends encore, mais pourquoi diable a-t-il fait brûler les champs de chardons par les paysans, ce fou, ce chien fils de chien ?

Les autres se mirent à dire, sur ce sujet, les choses les plus invraisemblables, les plus inimaginables. Mèmed rongeait son frein ; il enrageait. Il jurait intérieurement. Pas un de ces gens ne vit la vraie question, la vraie raison de ce feu de chardons. Cela ne leur vint pas à l'esprit. Comme ils dépassaient toute mesure, Mèmed finit par en rire intérieurement. Qu'est-ce que les paysans de Tchoukour-Ova pouvaient savoir des champs de chardons ? On se le demande, malheur !

Puis, les gens se roulèrent en boule, sur place. Mèmed fit de même. Quand il se réveilla, le matin était déjà avancé. Un paysan, debout près de sa tête, lui disait :

— Bon Dieu, gamin ! Le soleil est déjà haut ! Tire-toi de là ! Tu es dans le pas des chevaux et des ânes ! Allons, debout !

Hébété, Mèmed se leva en sursaut. Puis, presque courant, il prit le chemin du bourg.

Mèmed entra au bourg en trombe. Il traversa le marché par le milieu. Le marché était comme auparavant. Le marchand de sorbets, avec son aiguière jaune, allait de-ci, de-là. Hadji l'Aveugle chantait avec amour et entrain. Quand Mèmed passa près de lui, il fredonnait une chanson de Kozanoglou. La fumée des kébabs grillés s'échappait des restaurants. Des paysannes au chalvar noir allaient de boutique en boutique.

Près du jardin de la mairie, Mèmed aborda, craintivement et timidement, un paysan qui montait la côte.

— Par où va-t-on à la prison ? demanda-t-il.

— Monte cette rue et entre par le portail de pierre qui est en face !

Mèmed y entra. Au garde-à-vous, une section de gendarmes, alignée, attendait le brigadier. Mèmed se sentit tout drôle à la vue de tant de gendarmes réunis. Il lui passa par la tête de retourner sur ses pas et de fuir vers la montagne. Jamais, nulle part, il ne s'était senti si gêné, le cœur si serré. Au-delà des gendarmes, à droite, il vit une bâtisse, basse, sans fenêtres. La mousse en recouvrait les murs par endroits. Deux ou trois paysannes languissaient d'attendre devant la porte.

Mèmed courba fortement le dos. Il se recroquevilla, se fit tout petit. Comme une sentinelle se promenait sur le toit, il pensa que la bâtisse devait être la prison. Il avait beaucoup entendu parler de prison. Celle-ci était telle qu'on la lui avait décrite. Il marcha lentement vers la bâtisse.

Le gardien de la prison, une vraie calamité, se dressa soudain devant lui et lui demanda rudement :

— Qu'est-ce que tu veux, le petit ?

— J'ai une sœur en prison, dit Mèmed, tout pleurnichant.

— Qui ça ? Hatché ? demanda, toujours rudement, le gardien.

— Oui, dit Mèmed en courbant le cou.

— Hatché ! Hatché ! ton frère est là ! cria le gardien vers l'intérieur.

En entendant parler de frère, Hatché fut stupéfaite. Elle sortit, très intriguée, et se dirigea vers Mèmed, qui, très pâle, était affalé au pied du mur.

— Voilà, il est là ! fit le gardien.

Dès que Hatché vit Mèmed, elle ne put faire un pas de plus. Elle resta figée. Pas un mot ne sortit de sa bouche. Elle s'approcha en titubant et s'assit en appuyant son dos au mur. L'émotion l'écrasait. Ils restèrent ainsi longtemps côte à côte, comme s'ils étaient muets. Ils se regardaient dans les yeux. Iraz vint aussi. L'état de Hatché la frappa. Elle ne sut non plus que penser de leur silence. Elle s'approcha de Mèmed :

— Sois le bienvenu, mon fils !

Mèmed se mit à bégayer des paroles sans suite. Iraz n'y comprenait rien.

Le gardien vint vers midi :

— Allons, ça suffit, que chacun rentre chez soi !

Mèmed se leva, toujours aussi lentement, en se faisant tout petit. Il sortit la bourse d'argent de sa poche et la jeta sur les jambes de Hatché. Puis, se retournant, il s'en alla. Hatché resta là, jusqu'à ce qu'il fût sorti par le grand portail en pierre.

— Qu'est-ce qu'il y a, ma fille ? Qui était-ce ? demanda Iraz.

— Rentre, tante Iraz ! gémit Hatché. Rentre !

Quand elles furent rentrées, Hatché se jeta sur le lit, défaillante. Iraz s'inquiéta :

— Qu'est-ce qui t'arrive ?

— Mèmed ! dit Hatché.

— Quoi ? cria Iraz, avec stupéfaction.

— Ce garçon, c'était Mèmed le Mince !

— Malheur ! Je mériterais de devenir aveugle ! dit Iraz, se frappant la poitrine. Oui, aveugle ! Je n'ai même pas bien regardé le visage de mon Lion ! Oui, je mériterais de perdre les yeux !

Elles se turent. Puis, les yeux pleins de larmes, elles s'enlacèrent, en se balançant doucement :

– Notre Mèmed le Mince !

Ensuite, elles s'assirent sur le lit, côte à côte. Elles restaient là, se souriant :

– La plaine de Yurèguir..., dit Hatché.

– Notre maison... dit Iraz.

– Je plaquerai de la terre d'ocre sur les murs. Nous aurons douze arpents... Je ne laisserai les mains de ma tante Iraz souffrir ni du chaud, ni du froid.

– La maison sera à nous tous. Tous, nous travaillerons d'arrache-pied !

Un nouvel espoir naissait. Depuis quelques jours, dans la prison, on ne parlait plus que d'amnistie. Un certain député était venu d'Ankara et avait dit qu'il y aurait une amnistie dans les mois prochains. Dans la prison, on faisait des chansons sur l'amnistie. Nuit et jour, la prison résonnait de ces chansons.

Il y avait un vieux prisonnier qui s'appelait Moustafa agha. Il était bon conseiller pour tout le monde. Un homme intelligent, qui possédait des connaissances. Tous les jours du Bon Dieu, Hatché lui demandait :

– Oncle Moustafa, quand les prisons s'ouvriront, est-ce que Mèmed sera amnistié ?

– Non seulement Mèmed, répondait-il, mais le loup des montagnes et l'oiseau le seront aussi.

Hatché s'en réjouissait. Sa joie durait toute la journée et toute la nuit.

La plaine de Yurèguir était chaude et féconde. Par les prisonniers, Hatché avait tout appris de la plaine de Yurèguir ; elle en connaissait tous les villages, tous les coins :

— Nous, disait-elle, on va s'installer à Karatache. N'est-ce pas, tante Iraz ?

— Oui, là-bas, à Karatache, répondait Iraz.

Puis, Hatché sortait, et se dirigeait vers la porte de la prison des hommes, criant :

— Oncle Moustafa !

— Que dis-tu, folle fille ? répondait-il, d'une voix caressante, en marchant vers la porte.

Il savait bien ce que Hatché allait lui dire, mais il posait quand même la question.

— Mèmed sera-t-il aussi amnistié ?

— Mais oui, et même le loup et l'oiseau des montagnes ! Quand l'amnistie sortira, elle sera pour tous. Ce sera en l'honneur du gouvernement !

— Je te baise les mains, oncle Moustafa !

— Folle fille ! disait-il en souriant.

Et il se retirait dans son dortoir.

Iraz reprenait :

— L'amnistie, on l'aura. Ils veulent nous emmener mercredi à Kozan. Il paraît qu'ici on n'a pas pu porter un jugement sur nos cas. Le tribunal a donc décidé de nous envoyer là-bas. Ah ! pourvu qu'on ait l'amnistie, et qu'on n'aille pas à Kozan ! Cela m'ennuie tant, qu'on nous envoie là-bas !

Hatché était très chagrinée de cette nouvelle.

— Ah ! disait-elle, Mèmed ne pourra pas venir à Kozan ! Ah ! si je lui avais parlé ! Mais j'avais la langue nouée, je n'ai pas pu dire un mot.

— Et moi ! disait Iraz, si j'avais su que c'était Mèmed !...

— Mais l'amnistie est proche.

— Moustafa agha est un homme intelligent. Il est au courant. Il a des amis à Ankara.

— Nous sommes aujourd'hui vendredi... Combien de jours ça fait jusqu'à mercredi ?

Elle commençait à compter sur ses doigts :

— Samedi, dimanche... il y a cinq jours jusqu'à mercredi. Si, au moins, je l'avais dit à Mèmed, qu'on partait ! Si je l'avais dit !... Si je l'avais dit !...

— Si j'avais su que c'était Mèmed le Mince, moi, je le lui aurais dit tout de suite.

— Elle sortira, l'amnistie, hein, tante ?

— Moustafa agha est un homme intelligent. Il a des amis à Ankara. Elle sortira. S'il y a quelqu'un qui peut le savoir, c'est bien lui !

— Les saules pleureurs, devant notre maison, auront des branches inclinées jusqu'à terre.

— Jusqu'à terre.

— Nous aurons un petit veau, tout violacé.

Mèmed avait quitté la prison en volant de joie. La tête lui tournait. Il voyait trouble, comme s'il allait tomber par terre. Il arriva sur la place du marché. C'est avec peine qu'il put atteindre la pierre blanche qui en occupait le centre. Lentement, il se remit. Des tas et des tas d'oranges couvraient le marché. Les choux s'entassaient au milieu, par petits paquets. Il se leva de la pierre et s'avança au cœur du marché.

Il vit un groupe de gens près du café de Tevfik. Ils portaient des manteaux de bure et avaient des bêches sur l'épaule. Un petit homme, qui avait une ficelle blanche autour du cou, ne cessait pas de les injurier. Cela étonna Mèmed : « ici, aussi, il y a des Abdi agha !» se dit-il. Il s'arrêta un peu. Le petit homme continuait à injurier les autres. Ceux-ci n'ouvraient pas la bouche. Tête baissée, ils ne bronchaient pas. Soudain, l'homme qui criait s'adoucit :

— Mes frères, dit-il, vous m'êtes plus précieux que mon âme !

Cela étonna énormément Mèmed. Il ne sut que penser. Tête baissée, les hommes, la bêche sur l'épaule, s'ébranlèrent lentement et allèrent vers le bas du ruisseau.

— Ils vont aux champs de riz, dirent quelques personnes.

Cela intrigua encore plus Mèmed.

Il continua d'avancer. Une fumée dense de viande grillée sortait du restaurant où, la première fois, il avait mangé du kébab. Il y entra. L'odeur du kébab le ravit.

— Fais vite, frère ! dit-il au garçon.

— Et un ! urgent ! dit ce dernier au rôtisseur.

Quand il se retourna, il ne put en croire ses yeux ! Ali le Boiteux était assis juste derrière lui. Ce n'était pas un rêve. En cachette, Ali le Boiteux lui sourit. Mèmed ne dit rien. Aussitôt, mille mauvaises pensées l'assaillirent. Ali le Boiteux là, à sourire sans arrêt, sans dire un mot. Puis il se leva et vint s'asseoir sur la chaise libre à côté de Mèmed. Il se pencha vers son oreille :

— Sois tranquille, frère, tout va bien ! Nous en recauserons.

On apporta le kébab. Ils mangèrent et sortirent du restaurant. Le marchand de sorbets, avec ses aiguières en cuivre jaune, parcourait le marché de bout en bout. Mèmed lui cria :

— Un sorbet, s'il vous plaît !

Pendant que le marchand remplissait son verre, il caressait l'aiguière de la main. Cela fit rire le marchand :

— Elle est en or, mon fils ! en or ! dit-il.

— C'est Djabbar, fit le Boiteux, qui m'a dit que tu

étais descendu au bourg. J'ai enfourché mon cheval et galopé jusqu'ici pour qu'il ne t'arrive rien de mal. Je t'ai longtemps attendu devant la porte de la prison. Comment va Hatché ? Elle va bien ? Dis donc, t'es pas fou ? Est-ce qu'on descend au bourg sans cheval ? S'il t'arrivait quelque chose, si tu étais obligé de fuir, on te rattraperait aussitôt. C'est pour cela que je te suis avec le cheval. Si on te reconnaissait, tu n'aurais qu'à le prendre et galoper vers la montagne...

Les yeux de Mèmed se remplirent de larmes :

— Merci, Ali agha, dit-il, merci.

— Merci à toi, frère, parce que tu es Mèmed le Mince !

— Tu veux que je te dise quelque chose, Ali agha ?

— Dis voir.

— Nous sommes restés face à face, avec Hatché. Nous avions tous les deux perdu la parole. On ne s'est même pas dit un mot. Ça me révolte de la voir là. Moi, je ne veux plus y retourner. D'ailleurs même si j'y allais, je perdrais de nouveau la parole... Toi, va la trouver. Demande voir ce qu'elle raconte !

— Entendu ! dit Ali. Attends-moi au Café du Marché. Le cheval est attaché au mûrier, à l'autre bout du marché. S'il arrivait quoi que ce soit, tu l'enfourcherais.

— D'accord ! dit Mèmed.

Il sentait en lui-même un frissonnement étrange, inexplicable. Quelque chose lui glaçait le dos. Il n'était pas tranquille. On aurait dit qu'il ne tenait pas en place. Il avait envie de fuir, de casser, de mettre en pièces quelque chose. Il ressentait une espèce de chagrin et de peur, une profonde agitation. Ceux qui le voyaient regardaient avec étonnement ce petit paysan qui marchait avec un air égaré.

Marchant vite, il arriva près du cheval. Celui-ci avait du foin collé au museau. Mèmed arracha de l'herbe verte et lui essuya le museau. C'était un cheval gris acier, avec de grandes taches bleutées, roussâtres vers la croupe. Il caressa la tête du cheval et vint s'installer au café. Il commanda du thé. On le lui apporta. Il revit devant ses yeux l'image de Hatché. Elle avait beaucoup changé. Son teint était tout pâle et ses yeux cernés. Son visage arrondi laissait transparaître son épuisement. A cette pensée, le cœur de Mèmed se brisait. Ses larmes tombaient sur la table du café. Il était assis tout de travers. Son thé terminé, il attendit Ali avec anxiété. Ses yeux se fixèrent sur le chemin par où il allait venir.

Quand Ali apparut au bout du chemin, son visage était sombre. Mèmed s'avança à sa rencontre. Ils allèrent ensemble vers le cheval.

– Qu'est-ce qu'elle a dit ?

– Rien de bon.

Mèmed déborda :

– Parle, parle ! Je le savais, d'ailleurs. Quelque chose me tourmentait, je n'étais pas tranquille. Parle !

– Mercredi prochain, on emmène Hatché à la prison de Kozan. Hatché te dit adieu. Elle sera jugée à nouveau. Le tribunal d'ici en a décidé ainsi. On emmène aussi Iraz avec elle.

Quand il entendit cela, Mèmed fut comme frappé par la foudre. Mais il se ressaisit tout de suite. Il semblait avoir oublié la présence d'Ali. Il souriait en lui-même. Tout Tchoukour-Ova, avec ses arbres, son herbe, ses pierres, sa terre, son bourg, était inondé d'un scintillement jaune. Mèmed continua de sourire. Puis, soudain, il sauta sur le cheval. En une seconde, il avait changé, pour devenir un tout autre Mèmed le Mince.

— Allons, viens, Ali agha ! Ça va comme ça !

Ali marcha devant le cheval. Ils quittèrent le bourg en vitesse. Ils traversèrent les Mille-Taureaux et arrivèrent au-dessus de Dikirli, là où se trouve à présent le jardin d'oranges d'Osman le Karadjali.

Ali prit le mors du cheval et l'arrêta. Il regarda Mèmed dans les yeux.

— Qu'est-ce qu'il y a ? Qu'est-ce qui se passe ? Dis-le-moi !

Mèmed descendit de cheval. Il prit la main d'Ali en souriant.

— Je vais attendre sur la route. Je vais arracher Hatché des mains des gendarmes.

— T'es pas fou ? dit Ali en se fâchant. Enlever une fille des mains des gendarmes, en plein jour, au cœur de Tchoukour-Ova ! T'es pas fou ?

XXXII

La porte s'ouvrit et il entra, tel un tourbillon de joie. Depuis qu'il connaissait Mèmed, Djabbar ne l'avait jamais vu comme ça. Ali le Miséreux non plus. Ils furent heureux de le voir ainsi, prêt à s'envoler de joie. Il se promenait dans la pièce en chantant des chansons gaillardes :

Il y a cinq poires sur la branche.
C'est la pointe de l'aube blanche.
Sa mère n'avait pas mis la couverture.
Et ses blancs tétons ont pris froid...

Si quelqu'un, un peu plus tôt, leur avait dit qu'ils entendraient une telle chanson de la bouche de Mèmed, ils n'auraient vraiment pas pu le croire.

— Ali le Miséreux ! cria-t-il d'une voix forte, lui qui, toujours, parlait très posément, avec mesure : Prends ton saz, et joue-nous des chansons lestes !

Sans mot dire, Ali le Miséreux alla décrocher l'instrument du mur, et se mit à jouer un air des plus gaillards. Il jouait et chantait :

Je suis allé voir : la porte de fer était verrouillée.
Ses cheveux noirs étaient tressés avec des fils d'or...

Et Mèmed entonnait la chanson avec lui.

Et voici qu'il vit Ali le Boiteux, arrêté sur le seuil de la porte. Il alla lui prendre le bras, et cria à Ali le Miséreux :

– Joue-nous un air de halay !

Le Miséreux s'exécuta aussitôt, et les autres de tourner en rond en dansant. Puis Mèmed, tout essoufflé, quitta la danse et alla s'asseoir, le dos au mur. Mais il ne pouvait rester tranquille. Il continuait à claquer des doigts.

– Djabbar ! fit-il.

– A tes ordres, mon agha !

– C'est aujourd'hui le grand jour, frère !

– Qu'est-ce que tu as ? Qu'est-ce qui est arrivé ?

– C'est aujourd'hui le grand jour, le jour de montrer sa vaillance !

– Ne nous intrigue pas davantage, bon Dieu !

Mèmed se leva. Il retira les vêtements d'enfant qu'il portait, les jeta dans un coin de la pièce, et remit ses effets propres.

Le dessus de ses chaussures était en cuir de Marache, craquelé, rouge foncé ; les semelles étaient taillées dans un pneu d'auto. Il avait un chalvar de serge marron foncé. Il l'avait pris à un marchand qu'ils avaient dépouillé. En revenant du combat avec Kalaydji, Djabbar et lui avaient fait le guet pendant quelques semaines sur la route de Marache et avaient fait cette bonne prise. De là venaient, en plus de l'argent, leurs vêtements et leurs équipements. Ils étaient très contents de leur coup, et s'étaient promis de revenir surveiller la route de Marache. Les ceintures, les courroies de fusil étaient incrustées d'argent. Un très beau travail. Il jeta le fez qu'il avait sur la tête et le remplaça par un turban fait d'un grand mouchoir de soie bleue. Son revolver, avec l'étui, lui avait été envoyé par le bey des Yeuruks. Il était extrêmement beau, ciselé et incrusté.

Mèmed avait attaché, comme d'habitude, ses cartouchières en double rangée. Elles étaient ornées d'argent incrusté. Encore un cadeau du bey des Yeuruks.

– Qu'est-ce qui se passe, Mèmed ? dis-le-moi, voyons, dit Djabbar, très curieux.

– C'est le grand jour !

Ali le Boiteux, le dos appuyé au mur, restait devant la porte, souriant.

– Dis-le-moi, toi, le Boiteux, reprit Djabbar.

– Mercredi, on emmène Hatché du bourg à Kozan. En route, il veut l'enlever aux gendarmes. C'est ce qui le réjouit.

Pas un mot ne sortit de la bouche de Djabbar. Son visage s'assombrit. Ali le Miséreux, lui non plus, ne dit rien : il ne se mêlait pas de ces histoires.

Mèmed comprit ce que cela signifiait, mais il n'y attacha pas d'importance. Tant pis si le visage de Djabbar s'assombrissait ! Il n'attendait l'aide de personne. Il prenait ses risques.

Dans les jours où ils avaient fait connaissance, Ali le Miséreux lui avait récité un épisode de l'histoire de Kieur Oghlou, le Fils d'Aveugle. Ce héros légendaire était désormais présent en lui. Des jours durant, il n'avait cessé de le hanter. Le récit d'Ali était gravé dans sa mémoire :

On raconte que jadis, dans la ville de Bolou, Kieur Oghlou vit dans la rue un tout petit chien. Un chien grand comme la main. Quatre ou cinq énormes molosses l'avaient entouré. Ils l'attaquaient. Il ne s'enfuyait pas, ce petit chien, il se défendait. Il se défendit si bien qu'il eut le dessus. Il dispersa ses assaillants et continua son chemin. Voilà ce que vit Kieur Oghlou, le combat qu'il contempla. Et Kieur Oghlou se dit : « Voilà ce que peut faire un tout petit chien, s'il a du courage ! » C'est à la suite de cela que Kieur Oghlou devint Kieur Oghlou le héros sans peur. Et quand son père eut les malheurs que l'on sait, il prit la montagne.

Quand il entendait l'histoire de Kieur Oghlou, Mèmed était très ému. Après cela, il avait renouvelé son serment de tuer Abdi agha.

— Pourquoi fais-tu la grimace, frère Djabbar ? interrogea-t-il.

— Pour rien.

— N'aie pas peur. Mon histoire sera sans conséquences pour toi !

— Je ne dis rien !

— Quoi, rien !

— Rien !

— Et quoi encore ?

— Ça me fait peine pour toi.

— Crénom, Djabbar ! fit Mèmed, furieux, tu passes ton temps à me plaindre !

— Un brave comme toi, c'est dommage !

— Qu'est-ce que tu veux dire ?

— Ça me fait peine pour toi, voilà !

— Explique-toi. Dis pourquoi !

Cette fois, Djabbar se fâcha pour de bon et se mit à crier :

— Au beau milieu de Tchoukour-Ova, en terrain plat, en plein jour, entouré de tant de villages, tu vas arracher quelqu'un des mains des gendarmes, alors ? Tchoukour-Ova, c'est le piège, le piège à bandits ! Tous ceux qui s'y sont laissé attirer n'en sont jamais ressortis ! Ça me fait peine pour toi. Et puis, tu ne connais même pas les chemins de Tchoukour-Ova ! Si tu avais eu près de toi un type comme Redjep le Sergent, passe encore ! Mais est-ce qu'on descend à Tchoukour-Ova en demandant son chemin aux gens ?

Mèmed se raidit. Il se figea comme un roc.

— Alors, tu ne viens pas avec moi ? Dis-le !

— Je n'ai pas l'intention, moi, d'aller me fourrer de mon propre gré dans un piège.

— Cesse de parler de piège et parle ouvertement.

— Je ne veux pas y aller.

— Bien ! Et toi, Ali le Miséreux, viendras-tu avec moi ?

— Mais moi, je ne connais pas Tchoukour-Ova, frère ! Et je m'en méfie, de Tchoukour-Ova ! Je ne peux d'ailleurs t'être d'aucun secours. Au contraire ! Mais enfin, si tu y tiens, je viendrai. Qu'est-ce qu'on ne ferait pas, pour un copain ?

Quand Ali le Miséreux prononça ces derniers mots, Djabbar le foudroya du regard.

— Alors, c'est comme ça ! dit Mèmed.

Et il se tut.

Le soir, ils ne mangèrent pas ensemble. Puis, chacun se retira dans son coin, boudeur. Le plus gai, c'était encore Ali le Boiteux. Quand vint l'heure de se coucher, Djabbar dit :

— Vous autres, dormez. C'est moi qui monterai la garde.

Les autres allèrent donc se coucher, y compris Mèmed. Vers le milieu de la nuit, Djabbar s'approcha de Mèmed et le secoua. Mèmed se dressa avec colère et s'assit. Il ne dormait d'ailleurs pas.

— Qu'est-ce que tu me veux, Djabbar ? dit-il rudement. Ton amitié, tu me l'as prouvée ! Que me veux-tu d'autre ?

— Frère !

Djabbar prit la main de Mèmed entre les siennes et répéta :

— Frère !

— Ta fraternité, je la connais ! ricana Mèmed.

— Renonce à cette histoire. De toute façon, ils vont relâcher Hatché. Tous les témoins ne sont-ils pas revenus sur leur déposition ? Est-ce qu'ils ne sont pas tous pour Hatché, à présent ? Est-ce qu'ils n'ont pas affirmé au juge que Véli avait été tué par Mèmed ? Ils vont la relâcher.

— Oui, les témoins se sont dédits, mais ça ne sert à rien. Si ça servait à quelque chose, est-ce qu'on l'aurait envoyée au tribunal de Kozan ? T'as compris ? Elle pourrit en prison à cause de moi. Je mourrai, ou je la sauverai. Je ne te demanderai pas de venir. Il vaut mieux que tu ne viennes pas. J'ai quatre-vingt-dix chances sur cent de ne pas revenir... Un homme sensé ne se jette pas à la mort.

— Je ferais tout pour toi, Mèmed, mais ça, c'est de la folie ! C'est se jeter au feu consciemment. Ce serait dommage pour nous, pour toi. Pour toi, frère... Allons, fais ce que je te dis ! Ne me contrarie pas ! Je t'en supplie, Mèmed, ne me contrarie pas ! Si tu meurs de cette fichue façon, j'en aurai un chagrin éternel. Allons, ne fais pas ça, frère !

— Ne parle pas en vain, Djabbar ! Épargne ton souffle ! Ne dis plus rien ! Même si j'étais absolument sûr de mourir, j'irais encore. Qu'est-ce que je gagne, à vivre comme ça ? Ne parle pas en vain et n'épuise pas ton souffle !

— Fais comme tu voudras. Tu l'auras voulu !

Djabbar lâcha la main de Mèmed et se retira dans un coin.

Samedi, dimanche, lundi, ils ne se regardèrent pas en face. Ils se fuyaient. Mèmed se levait de très bonne heure, s'en allait dans la montagne et s'en retournait seulement à la nuit au logis. Mardi, au matin, avant même qu'il ne fasse jour, Mèmed se leva et réveilla Ali le Boiteux.

— Je m'en vais, Ali agha !

Ali sauta du lit :

— Ce que tu vas entreprendre ne peut se faire seul, dit-il. De plus, tu ne connais pas Tchoukour-Ova. Je t'accompagne ! Ne crois surtout pas que je vais tirer ! ajouta-t-il en riant. Je regarderai de loin pendant que tu tireras. Je me cacherai quelque part, et je te laisserai faire. Je vais te trouver un bon cheval au village du Ruisseau-des-Fleurs. Je monterai aussi un autre cheval. Je t'apporterai des nouvelles. Tu tendras ton piège aux gendarmes dans un endroit plus proche... dans la roselière de Sytyr*. Attends-moi un peu, que j'aille au village du Ruisseau-des-Fleurs ! D'accord ?

Les yeux de Mèmed brillèrent de joie ; il se jeta au cou d'Ali le Boiteux et l'embrassa.

— Comment, dit-il, te remercier de tes bontés, Ali agha ?

— Allons donc, frère, de quelles bontés parles-tu, frère ? dit Ali en secouant la tête avec tristesse. J'essaie de réparer ce que j'ai cassé.

Il le quitta brusquement et s'en alla.

Après une ou deux heures, quand le jour perça à l'horizon, il y eut un bruit à l'entrée du logis. On entendit le souffle rapide et bruyant des chevaux. Mèmed sortit :

— Bravo, Ali agha ! dit-il en riant.

— Ce cheval est celui de la mariée ! Je l'ai paré.

Il y avait au cou du cheval des perles bleues, des

rubans de toutes les couleurs. Le harnais et les rênes étaient brodés de fils d'or.

— Un cheval de noce ! dit encore Ali. J'ai apporté aussi une pèlerine noire. Il va pleuvoir très fort ; ça servira pour la pluie et aussi pour...

— Pour quoi ? demanda Mèmed.

— On ne verra pas ton arme ; tu t'en couvriras, on verra seulement la tête. Allons, ne perdons pas de temps !

Mèmed sauta sur un cheval. Ali le Boiteux en fit autant...

Au seuil de la porte, Djabbar les regardait sans broncher, Ali le Miséreux de même. Le visage de Djabbar était aussi pâle que celui d'un mort. Il restait figé là, comme une statue hittite.

Mèmed poussa son cheval vers la porte :

— Frère Djabbar, donne ta bénédiction ! lui dit-il. sans le regarder, d'une voix trouble. Et toi aussi, Ali le Miséreux, donne-moi ta bénédiction !

Djabbar ne bougea pas. Il les regardait sans rien dire, comme une statue hittite, en vérité.

— Je te bénis, frère ! dit Ali le Miséreux.

Alors, ils éperonnèrent leurs chevaux, et descendirent la côte.

Longtemps, Djabbar demeura ainsi...

Il bruinait. Une pluie mêlée de soleil. Le ciel s'éclaircissait parfois, mais la bruine reprenait de nouveau. Les joncs étaient trempés. L'eau dégouttait tout le long. Sur les feuilles, des gouttelettes scintillaient au soleil.

Il y avait, à cette époque-là, une roselière au-dessous de Sytyr. La route passait au-dessus d'elle, au pied de la montagne couverte de myrte. Ils descendirent dans la roselière par le village du Petit-Platane. La pluie cessa au coucher du soleil.

— J'ai bien fait d'emmener la pèlerine, hein ? fit le Boiteux.

— Oui !

— Mais la pluie a cessé.

— Elle reprendra.

— Il n'y a pas un meilleur coin que cette jonchaie pour tendre un piège à Tchoukour-Ova.

— Crénom, Ali agha ! Comment as-tu pu apprendre tant de choses par cœur ? Tu connais Tchoukour-Ova pierre par pierre !

— Dans ma jeunesse, je volais des chevaux dans la plaine, et je les emmenais dans les montagnes. Tu as compris, maintenant ?

— Oui. Est-ce que c'est sûr qu'ils passeront par cette route ?

— Il y a deux routes qui mènent à Kozan. L'une est celle du Pont-du-Fossé, l'autre est celle-ci. Comme il a plu, ils ne pourront pas prendre la route du Pont-du-Fossé, ils s'enliseraient dans la boue. A cause de ça, ils viendront sûrement par ici. On est très bien, là. On ne peut trouver de meilleur coin pour un piège. Tu feras ce que tu as à faire, puis tu t'enfuiras dans la montagne. Si Djabbar avait su que cela se passerait ainsi, il serait venu.

Le visage de Mèmed se tendit quand il entendit le nom de Djabbar.

— Ma parole, qu'il serait venu ! dit encore Ali le Boiteux. C'est qu'il a eu peur. Il a eu peur que nous soyons encerclés en plein jour, au cœur de la plaine.

Mèmed se taisait toujours.

— Il a eu peur, continua Ali, il a eu terriblement peur... C'est un vieux malin ! Il sait que les bandits qui sont descendus dans la plaine, tous ceux qui s'y sont aventurés, ont été tués... Il sait qu'aucun n'en est revenu.

– Aucun n'en est revenu ? demanda Mèmed avec intérêt.

– Pas un !

Ils ouvrirent leur baluchon et se mirent à manger, mâchant lentement chaque bouchée.

– Je m'en vais sur la route du bourg, afin de pouvoir venir à leur suite. Toi, retire-toi dans la montagne, et dors ! A l'aube, rentre dans la roselière ! Attache ton cheval au milieu des roseaux, qu'on ne le voie pas ! Toi, tu surveilleras la route ! Moi, je m'en vais ! Demain, en fin d'après-midi, ils passeront ici !

Le Boiteux monta en selle et s'en alla au galop vers le bourg.

Dès qu'il eut disparu au détour du chemin, Mèmed se mit en selle et se retira vers la montagne. Il descendit dans une carrière de pierre. De l'eau s'y était accumulée, mais l'abri était bon. Même s'il pleuvait, il n'y recevrait pas de pluie. C'était comme une grotte. Il y avait de l'eau au fond. Il se mit à y entasser des pierres, jusqu'à ce qu'elles émergent. Il attacha son cheval juste en haut, à un grand chêne. Puis, se blottissant dans la pèlerine, il s'installa sur les pierres. Par moments, il s'assoupissait, mais bientôt il revenait à lui dans un sursaut. Et ainsi jusqu'à l'aube.

Quand vint l'aurore, il monta sur son cheval et entra dans la roselière ; il traîna l'animal jusqu'au plein milieu des roseaux, où il l'attacha solidement à une racine.

Depuis la veille au soir, il se sentait bien. Pourtant, tout son corps était endolori. Il s'assit, adossé à une grande touffe de roseaux. Au milieu de cette touffe, les abeilles blondes avaient fait plusieurs ruches. Des araignées avaient tissé leur toile d'un roseau à l'autre. Les roseaux avaient des plumets, qui répandaient leur pollen dès que le soleil les frappait.

Rien n'est plus difficile que d'attendre. Mèmed attendait. Quand viendraient-ils ? Il était midi. Une chaleur humide s'abattit sur la plaine. L'après-midi avançait. Les ombres des montagnes d'en face s'allongèrent vers le levant. Mèmed prit son fusil, appuyé à une racine. Il alla dans un fossé près de la route. Il allait tout le temps, au milieu de la route, regarder du côté du bourg. On ne voyait personne. Il serrait les dents : « tire à droite, tire à gauche... N'importe où ! Tire dans la jonchaie, sur la route !...» Il trépignait de rage. A présent, chaque minute devenait une année. Puis, il sortit son couteau de poche, il se mit à creuser la terre. Il creusait de toutes ses forces et enlevait la terre dans le creux de ses mains ; puis, de nouveau, il courut jusqu'à la route. Rien ne venait. Il en eut les bras ballants. Il resta figé ainsi. Personne ! Il perdit espoir. Il alla reprendre son fusil et se mit en travers de la route.

Le soleil était sur le point de se coucher. Soudain, tout au bout de la route, il vit comme une tache noire qui bougeait. La tache sombre s'approchait de plus en plus. Son cœur sursauta. Mais il ne se retira pas dans la jonchaie. Quand la tache fut un peu plus près, il aperçut les deux femmes qui avançaient devant quatre gendarmes. Lentement, il se retira dans la jonchaie. Sur la montagne opposée, on ne voyait plus que la moitié du soleil.

Il visa d'abord la jambe du gendarme de grande taille qui venait en dernier, et pressa sur la gâchette. Le gendarme se retourna en hurlant et roula par terre. Puis, Mèmed tira à droite et à gauche, comme une mitrailleuse. Les gendarmes étaient ahuris.

– Dites donc, c'est Mèmed le Mince que vous avez en face de vous ! Laissez les femmes et allez-vous-en !

Un autre gendarme tomba aussi, en poussant un cri strident. Quant aux deux derniers, ils se jetèrent dans le fossé plein d'eau qui bordait la route et essayèrent de riposter à Mèmed. L'obscurité tomba : il recommença à bruiner légèrement.

Les femmes étaient restées au milieu de la route, sans savoir que faire. Un tremblement effrayant les secouait. Enfin elles s'assirent au beau milieu de la route, dans la boue.

– Allez, les gendarmes, retournez à vos affaires ! Laissez-moi tranquille ! Même si vous étiez un bataillon, ça ne servirait à rien !

Les cris, les gémissements des blessés montaient dans la nuit.

– Prenez vos camarades et allez-vous-en ! Prenez-les !...

Un moment, les gendarmes cessèrent le feu. Les femmes se ressaisirent un peu.

Iraz secoua Hatché.

– Allons, espèce de gourde, approchons-nous petit à petit de Mèmed !

– Quelle histoire ! gémit Hatché. Rapprochons-nous !

Silencieusement, elles se traînèrent le long de la route.

– Mèmed ! dit Hatché.

– Vous êtes là ? dit Mèmed.

– On n'y voyait plus goutte.

Du fossé, Mèmed sauta sur la route et s'approcha des femmes qui, dans le noir, flottaient comme des ombres. Il les prit par la main, et les attira dans la jonchaie, près du cheval. Les gendarmes continuaient à tirer au hasard.

En entendant le bruit des pas, le cheval hennit longuement. Mèmed le détacha.

— Montez, dit-il, montez et venez derrière moi !

Quand ils quittèrent la jonchaie, les gendarmes avaient cessé de tirer. Ils parlaient à leurs camarades blessés.

Se dirigeant vers le pied de la montagne, un cavalier, dont les fers lançaient des étincelles, dispersant les pierres de la route, passa devant eux. Peu après, il rebroussa chemin. « Ça doit être Ali le Boiteux », se dit Mèmed.

Tout à coup, une voix en sourdine se fit entendre :

— Mèmed le Mince ! Mèmed le Mince !

— Nous sommes là, Ali, viens !

Ali, essoufflé, vint s'arrêter près d'eux. Il descendit de cheval.

— Frère Mèmed, prends le cheval et monte dessus ! Tu le ramèneras après au village du Ruisseau-des-Fleurs. Ne reste pas au pied de la montagne ! Retire-toi sur la Montagne-Blanchâtre ! Demain, le sergent Assim va mettre tout ce qu'il y a comme gendarmes à tes trousses. Ne te laisse pas prendre ! Je te rejoindrai. Fais ton possible pour atteindre cette nuit le village du Ruisseau-des-Fleurs ! Et de là, le Mont-Blanchâtre... Ne t'arrête pas ! Au galop ! Que Dieu te protège !

Il tourna le dos et disparut dans l'obscurité.

— Je n'oublierai pas ta bonté, Ali agha !

Il enfourcha le cheval qu'avait laissé Ali le Boiteux.

— Monte en croupe ! dit-il à Hatché.

Hatché descendit de l'autre cheval et monta sur la croupe.

Il lança sa monture à pleine bride vers les hauteurs de la montagne.

Plusieurs fois, il se trompa de chemin. Puis il se retrouva. Avant qu'il ne fasse jour, ils atteignirent le village du Ruisseau-des-Fleurs. Ils s'arrêtèrent devant la première maison qu'ils trouvèrent au centre du village.

– Que quelqu'un sorte dehors ! cria Mèmed.

Un gars qui semblait avoir dix-huit ans ouvrit la porte. Quand il les vit, il se réjouit. Il vint tenir la tête des chevaux, et les mena à l'écurie. Les chevaux écumaient. Hatché et Iraz étaient pliées en deux. On aurait dit qu'elles tremblaient. Dans la nuit, leurs visages semblaient indécis, brouillés, hébétés.

Ils entrèrent. Les femmes de la maison avaient allumé le feu et avaient étendu des matelas devant la cheminée. Exténués, ils s'assirent dessus.

– Mes chers hôtes, dit Mèmed, je n'ai pas mangé depuis deux jours !

– Tout de suite, tout de suite, notre Mèmed le Mince ! lui répondit-on.

XXXIII

Abdi agha était effondré. Il avait maigri. Ses joues se creusaient. Jusqu'au soir, au café, on ne faisait que parler de Mèmed le Mince. Ça le mettait en rage, mais il n'y pouvait rien. La bouche des gens, ça ne se coud pas comme un sac.

Sur la place du marché, il ne tenait pas en place. Il faisait la navette entre la boutique de Moustafa efendi de Marache, le café de Tevfik, le marchand de fruits Remzi le Coq et l'écrivain public Ahmed le Politique. Où qu'il aille, il parlait pendant des heures, sans que les autres puissent placer un mot.

— Vous voyez bien ! disait-il. Voilà votre homme ! Vous disiez que c'était un gosse. Comme si je ne savais pas à qui j'avais affaire ! Quel scélérat fils de scélérat il est ! Sachez bien ceci, et ne dites pas qu'Abdi ne vous l'avait pas dit : il va instaurer son gouvernement dans la montagne. Il le fera certainement. L'individu qui distribue mes champs en célébrant des fêtes, mes propres champs que j'ai reçus en héritage de mon père, est-il autre chose qu'un gouvernement ?... Il va proclamer son règne bientôt. J'ai peut-être envoyé mille télégrammes à Ankara. Personne ne répond... Personne ne s'enquiert de quoi que ce soit... Drôles d'affaires que les affaires d'État ! Dans les monts du Taurus, les citoyens sont à la merci du bandit. Qu'ils envoient donc une troupe de soldats pour les exterminer tous !... Nom de nom ! Non pas que je me permette de critiquer notre gouvernement !... Je n'oserais pas, Messieurs. Mais pourquoi nous laisse-t-il terroriser par quelques bandits ? N'est-ce pas dommage ? N'est-ce pas un péché ?

Le matin du second jour, on emmena au bourg les gendarmes blessés... L'affaire se discutait ferme. Tout le monde était pour Mèmed.

Sur la place du marché, Abdi agha aussi s'agitait éperdument. Il était pris de panique. Il parlait à tous ceux qu'il rencontrait, à tous ceux même qu'il ne connaissait pas : « Je vous l'avais bien dit ! » faisait-il, et il s'en allait.

Puis, il entra au café de Tevfik, posa sa tête sur une table, et resta ainsi. Il avait oublié l'heure du déjeuner. Pendant qu'il somnolait, un garçon de ferme arriva :

— Mon agha t'appelle ! lui dit-il.

Abdi agha leva lentement la tête :

— Quoi ? demanda-t-il avec lassitude.

— Mon agha t'invite à aller chez lui !

Il se leva. Sa tête lui faisait mal à éclater. Ali Safa bey le reçut à la porte, le prit par le bras :

— Viens, mon agha, viens ! Tu as fini par nous oublier ?

Abdi leva la tête. Ses yeux étaient rougis. Lon guement, il regarda Ali Safa bey.

— Je l'avais bien dit ! fit-il.

Ali Safa bey sourit :

— Rentre donc, rentre ! Nous en parlerons.

— Je l'avais bien dit !

Ils montèrent les escaliers. S'arrêtant à chaque marche, soufflant, Abdi agha poussait des « Peuh ! Peuh ! ». Il se jeta sur le divan, épuisé.

— Je l'avais bien dit !

On apporta du café. Il tenait avec peine la tasse entre ses mains ; le café, il l'avalait péniblement...

Ali Safa bey vint s'asseoir près de lui. Il lui caressa la barbe :

— Mon Dieu, Abdi agha, tu vas nous faire brûler ce bourg ! Qu'est-ce que c'est que toutes ces requêtes-là ? Le Gouvernement va nous envoyer une armée ! N'est-ce pas dommage pour notre bourg ? Faut-il lui faire aussi une mauvaise réputation, parce que deux ou trois canailles ont pris le maquis ?

Abdi agha gémit, soupirant profondément et secouant la tête :

— Mon fils Ali Safa bey, est-ce qu'Abdi agha sait ce qu'il fait ? Est-ce qu'il sait ce qu'il fait ? Mèmed va me tuer. Il ne me laissera pas vivre ! Je ne sais plus que faire. Mes mains et mes pieds ne tiennent plus. Ce n'est pas ma mort qui me contrarie. Ce qui me contrarie, c'est que le Gouvernement ne vienne pas à bout d'un gosse pas plus grand que ça ! Ce n'est pas ça non plus qui me contrarie. Ali Safa bey, ne m'en demande pas plus long sur mon chagrin ! Ne m'en demande pas plus long ! Rien de tout ça ne me contrarie. Il paraît qu'il est allé au village et qu'il a distribué mes champs aux villageois, en disant : « J'ai tué Abdi agha, je l'ai brûlé, Abdi agha ! » Voilà ce qui me rend malheureux, ce qui me tue. C'est cela qui me fait peur. Ali Safa bey, ce n'est pas ma mort qui m'inquiète. J'ai d'ailleurs un pied dans la tombe. Si ce n'est pas aujourd'hui, ce sera demain. Je ne compte pas rester comme un pilier sur cette terre. Mais demain, il y en aura un autre, et celui-là distribuera tes terres, à toi. Après-demain, encore un autre... un autre, et un autre encore... et encore ! Voilà ! c'est de cela que j'ai peur !

Ali Safa bey lui tapa sur l'épaule :

— Mais non, Abdi agha, mais non ! Sois tranquille ! Il leur arrivera malheur, à ceux-là. Sois tranquille !

Les yeux d'Abdi agha brillèrent, sa barbe se dressa. La rougeur du sang anima son visage :

— Si, aujourd'hui, c'est moi qui en pâtis, poursuivit-il, demain, ce sera toi. Voilà ce qui m'effraie ! Il y a des bandits dans la montagne, qu'il y en ait tant qu'on voudra ! Qu'est-ce qu'un bandit, après tout ?... Mais ça ! ça m'effraie ! La question des terres... Si le paysan se mettait en tête de les avoir, rien ne l'arrêterait. Ce n'est pas de mourir que j'ai peur. Après tout, c'est votre affaire, Ali Safa bey. A mon avis, sans perdre un jour, il faut que ce gars meure. Ce gars fait rêver les ânes de carottes... Ne laisse pas passer un jour de plus, ne laisse pas le temps agir ! Fais attention, mon fils ! La question des terres, ne la sors pas de ton esprit ! Les gens de Vayvay, même, se mettent sous sa protection.

Ali Safa bey n'était pas soucieux il riait.

— Je comprends, mon agha, dit-il, je comprends, mais n'aie pas peur. Si ce n'est pas aujourd'hui même, demain on t'apportera sa tête et on la jettera devant ta porte. N'aie pas peur ! Le sergent Assim avec un bataillon de gendarmes, Ibrahim le Noir avec cinquante volontaires ont été envoyés à sa poursuite. Passe encore, les gendarmes, mais Ibrahim le Noir est un vieux bandit. Il connaît toutes les ruses et tous les trucs des bandits, il connaît très bien la montagne. Je leur ai dit : « Tranchez la tête de Mèmed le Mince, mettez-la au bout d'un pieu, et venez la planter devant la maison d'Abdi agha ! » C'est ce qu'ils feront.

— Il ne faut pas qu'il vive un jour de plus ! Pas un jour de plus ! *Inch' Allah !* il ne vivra pas, et ce que tu dis s'accomplira ! fit Abdi agha.

— Il n'y a pas d'*Inch' Allah* qui tienne ! Ça arrivera à coup sûr ! Connais-tu Ibrahim le Noir ?

— Oui !

— Eh bien, c'est notre homme !

Abdi agha reprenait un peu goût à la vie. Les portes de l'espoir s'ouvraient devant lui :

— Ibrahim le Noir aura raison de lui ! dit-il. J'ai confiance en lui. Et l'affaire de Vayvay, où en es-tu ?

Ali Safa bey répondit vivement :

— Depuis que Kalaydji est mort, ça va mal ! Ils n'ont pas peur. Si ça continue...

— Surtout, que ce Mèmed disparaisse ! Et après...

— Il disparaîtra !

Les villageois souffraient à pleurer, entre les mains des gendarmes. Les gendarmes qui poursuivaient Mèmed avaient reçu des ordres formels : « Vous allez amener Mèmed mort ou vif, sinon » !... Le « sinon » était grave. Ceux qui avaient reçu cet ordre avaient mis sens dessus dessous chaque village où ils étaient allés. Ils battaient tout le monde. Femmes et enfants. Des plaintes désespérées venaient de tous les villages de la montagne. Pas de pitié.

Personne ne savait où était Mèmed. Personne ne voulait le chercher. Ceux qui indiquaient une piste en indiquaient une fausse. L'enlèvement de la prison, par Mèmed, de la fille innocente avait créé légende sur legende dans les villages des montagnes, et à Dèyirmènolouk.

Personne ne travaillait, partout on parlait de Mèmed le Mince... En un jour, on avait peut-être fait dix chansons sur l'enlèvement de Hatché des mains des gendarmes.

C'est deux jours après l'affaire de la roselière que les gendarmes étaient entrés à Dèyirmènolouk. Ils faisaient une tête épouvantable. Ils allèrent tout droit à la maison d'Ali le Demeuré. Ils attrapèrent le vieux sur le pas de sa porte et le passèrent à la question. Ils ne purent lui arracher un mot. Ils l'interrogèrent sans trêve, le menacèrent. Sans résultat. Alors, ils se mirent à le frapper à coups de crosse. Huru, sa femme, tournait comme un oiseau, en hurlant, autour du vieillard qu'on assommait. Un gendarme la fit taire d'un coup de crosse.

Ils abandonnèrent les deux vieillards, rouges de sang, dans la cour de leur maison, et allèrent chez les autres gens. Jusqu'au soir, ils en rossèrent une quantité, à tour de rôle. Ils passèrent la nuit comme hôtes dans la maison d'Abdi agha. Le matin, ils se levèrent de bonne heure et recommencèrent à cogner. A force de battre, ils en étaient lassés, ils en avaient assez, ils avaient perdu tout entrain. Mais chaque peine a son remède : ils firent battre les paysans les uns par les autres.

Et voilà comment, à cause de Mèmed le Mince, le rouleau compresseur de la répression, avec ses gendarmes, ses tortures, écrasait les villages de la montagne, remontant vers les cimes.

Mèmed le Mince s'était retiré sur le Mont-Ali. L'effrayant Mont-Ali, aux rochers abrupts, le refuge des cerfs mauves aux longues ramures. Ses rocs étaient pointus comme des couteaux. On ne pouvait pas s'y promener, tellement ils étaient tranchants. C'était une « montagne de silex », comme on dit. A mesure que l'on approchait du sommet, il y avait de moins en moins d'arbres. Ils s'arrêtaient même bien avant le haut. La cime était hérissée de rocs nus. La neige n'y manquait pas, durant les quatre saisons de l'année.

Le haut du Mont-Ali, tacheté et neigeux,
S'est refroidi ; on n'y peut passer la nuit.

Depuis l'époque où il y venait chasser le cerf, Mèmed connaissait le Mont-Ali pierre par pierre, roc par roc, grotte par grotte. Une grotte se trouvait juste au sommet. Mais il n'y avait pas de chemin pour y parvenir. Il fallait progresser en se collant et en se cramponnant sur la paroi d'un rocher de cinq cents mètres de haut.

Quand Mèmed et les deux femmes eurent quitté le village du Ruisseau-des-Fleurs, les gendarmes les suivirent de près. Ils encerclèrent la montagne. On apporta à Mèmed la nouvelle qu'Ibrahim le Noir était aussi à ses trousses. Bergers, paysans, bûcherons, tout le monde allait aux nouvelles pour Mèmed, et Mèmed était au courant de tout, au jour le jour. Iraz et Hatché étaient très fatiguées. Elles avaient les pieds enflés. A cause de cela, ils ne pouvaient pas quitter les environs du village du Ruisseau-des-Fleurs.

Cependant, Ibrahim le Noir et les gendarmes grimpaient vers les hauteurs en ratissant la montagne du Ruisseau-des-Fleurs. Un berger vint dire à Mèmed : « Vous êtes complètement encerclés ; fuyez, sinon on vous tuera ! » Ils n'arrivèrent pas à fuir. Le combat commença à l'aube. De tous côtés, on les attaquait. Mèmed usait de ses cartouches avec mesure. Il ne tirait que sur ceux qui essayaient d'avancer. Le sergent Assim n'arrêtait pas de crier : « Rends-toi ! » « Bon ! » répondait Mèmed, et aussitôt il leur tirait dessus.

Le flanc de la montagne grouillait de gendarmes. Ils ne parvenaient pas à progresser. Au bout d'un moment, la chaleur bloqua le fusil de Mèmed et une cartouche se coinça dans le canon. Pour le refroidir, il enfouit le fusil dans la terre et continua à tirer avec son pistolet. Hatché tremblait de tout son corps. Mèmed en riait. Il était tout noir, tout en nage. La sueur dégoulinait de ses aisselles et tout le long de son dos. Elle laissait en séchant des traînées de sel.

Iraz aidait Mèmed. Très vite, elle sut refroidir le fusil et enlever la cartouche qui y était restée. Mèmed fut content d'avoir son fusil de nouveau en main. Puis, vers le soir, sans savoir pourquoi, les autres cessèrent le feu. C'était une tactique d'Ibrahim le Noir : faire croire que les assaillants se retirent, faire semblant de renoncer au combat, ce qui permettrait ensuite une attaque par surprise.

Mèmed comprit la manœuvre. Les gendarmes se retiraient. On les entendait glisser vers le bas en rampant. Il fallait les mettre en déroute. Charger pendant qu'ils se repliaient, voilà le meilleur parti à prendre pour les mettre en déroute. De l'endroit où il se trouvait, Mèmed s'élança vers eux en criant. Derrière lui, Hatché poussa un cri strident. Mais cela ne l'arrêta pas.

Quand les autres virent Mèmed foncer sur eux en les arrosant de balles, ils s'affolèrent complètement et coururent en débandade vers le bas. Et jusqu'au coucher du soleil, Mèmed les poursuivit. Quand il revint, il était minuit. Hatché se jeta à son cou en pleurant. Elle n'arrêtait pas de pleurer.

Iraz l'attrapa et la tira.

— Qu'est-ce que t'as, espèce d'idiote ? C'est pas la fin du monde, non ? C'est ça, la vie de bandit ! La femme d'un bandit doit tout supporter. Arrête de pleurer, espèce d'idiote ! Le gars, il t'a pas sauvée pour que tu lui compliques la vie !

Mèmed était essoufflé.

— Je vais vous dire quelque chose, prononça-t-il d'une voix entrecoupée.

— Parle ! dit Iraz.

— Si nous restons ici, nous serons dans le pétrin. Il faut fuir et les semer. Faites un dernier effort. Nous allons marcher jusqu'au Mont-Ali. Nous sommes entourés de gendarmes de tous côtés. Il n'y a rien d'autre à faire. Nous avons de quoi manger pour une semaine. Dans deux jours, nous serons au Mont-Ali. Nous aurons un chez-nous. Je connais un coin. Personne ne le connaît. Moi, je l'ai découvert parce qu'un jeune cerf y était tombé, un jour que je chassais. Nous vivrons là-bas. Nous pourrions y vivre jusqu'à la fin de nos jours.

— Pas jusqu'à la fin de nos jours ! fit Hatché, jusqu'à l'amnistie. Il paraît qu'il y aura une amnistie l'an prochain pour la Fête Nationale. Nous resterons là-bas jusqu'à l'amnistie.

— L'amnistie, dit Mèmed, les terres de Yurèguir... mais pas avant que je fasse ce que j'ai à faire !...

Soudain, il s'arrêta. Il n'y avait pas un bruit dans la nuit.

— Tu feras ce que tu as à faire, dit Hatché, rien d'autre n'est possible. Même si Abdi rentrait dans un trou de souris...

— Oui, fit Mèmed. Allons, partons !

Ils se mirent en route. Ils avaient froid. Le ciel était clair et comme lustré, avec des étoiles qui ressemblaient à des glaçons. Les branches, dans la forêt, étaient mouillées. En les frôlant, ils se trempaient. Une seule fois, Hatché poussa un soupir, puis elle se tut et se ressaisit. La femme d'un bandit devait être ferme.

Ils foulaient le sol lentement, avec crainte, en tâchant de ne pas trop faire craquer les broussailles. Les branches égratignaient leurs visages. Mèmed marchait devant, Iraz ensuite, puis Hatché... Ils descendirent le Mont-aux-Fleurs. Le soleil se levait. Le visage de Mèmed était éclairé à moitié. Les yeux de Hatché rencontrèrent ceux de Mèmed. Iraz les laissa, pour se perdre rapidement derrière les rochers.

XXXIV

L'ascension jusqu'au sommet du Mont-Ali fut pénible. Les roches râpeuses comme de l'émeri leur usèrent les mains et les pieds. Ils avaient la tête qui tournait. Tout en bas, entre les nuages, le Plateau-aux-Épines faisait une petite tache, pas plus grande que la main. Chacun de ses cinq villages n'était plus qu'un point.

Ils étaient au pied de la paroi rocheuse abrupte d'où l'on pouvait atteindre la grotte. Mèmed pouvait bien l'escalader dix fois de suite, mais les femmes, comment allaient-elles faire ? C'était un problème.

— Vous, reposez-vous ici ! dit Mèmed. Je vais emmener toutes les affaires que nous portons et les déposer dans la grotte. Après, je reviendrai vous chercher.

Il s'élança. Elles n'en revenaient pas de voir comment il marchait le long de cette paroi apparemment lisse comme un mur. Une demi-heure plus tard, il revint, le regard souriant :

— C'est mieux qu'une maison, là-bas ! Plus solide ! Et il y a des nids d'aigles tout près : nous serons les voisins des aigles !

Il prit Hatché par la main et lui dit :

— Viens, toi ! Tante Iraz m'attendra ici. Je t'emmène en pâture aux aigles !

— Est-ce que nous escaladerons ce mur ? demanda Hatché, effrayée.

— Tu ne te tiendras pas au mur, mais à moi. Vas-y !

Ils grimpèrent. Hatché, par moments, eut des vertiges et poussa des cris aigus. Mèmed la gronda. Il finit par arriver. Iraz, elle, n'attendit pas Mèmed pour grimper. Elle eut peur, ses membres furent brisés de fatigue, mais, quand Mèmed s'en retourna pour la chercher, il la trouva au sommet du rocher.

— Tu étais bandit avant même de naître, tante Iraz !

— Eh oui !

L'entrée de la grotte n'était pas très grande. Elle faisait trois fois la largeur d'un homme. La grotte était profonde et longue. Son sol était recouvert d'une terre fine comme de la farine et noire comme du poussier, pleine de fientes d'oiseaux. Les murs étaient sillonnés de traînées blanches qui suintaient.

— Aucun homme n'a encore mis le pied ici ! dit Mèmed.

— Ça vaut mieux ! fit Iraz.

— C'est notre village ! dit Hatché.

— Notre maison ! reprit Iraz.

— Allons, nettoyons notre maison ! s'écria Hatché, dont les yeux étaient humides de joie.

— Allons-y ! fit Iraz.

— Moi, dit Mèmed, je vais au village. Prenez ce revolver ! Qu'est-ce qu'il faut pour votre maison ?

— Un miroir, dit Hatché.

— Ah ! cette jeunesse ! fit Iraz en riant.

— Deux matelas, deux courtepointes, un verre,

une casserole, un trépied à feu, de la farine ; et surtout, de la santé ! Pour le reste, vois toi-même !

— Au revoir, portez-vous bien ! dit Mèmed.

Vers minuit, il arriva devant la maison d'Ali le Demeuré. Sa femme vint ouvrir. Dès qu'elle comprit que c'était Mèmed, elle fit : « Chut ! Chut ! » Mèmed entra doucement, sans bruit.

— Qu'est-ce qu'il y a, mère Huru ? Quoi ?

— Chut !

Mèmed n'ouvrit plus la bouche. La vieille alluma un morceau de bois résineux, obtura bien les fenêtres, sortit, fit un tour derrière la maison. Elle n'avait vu personne.

— Mon petit, dit-elle, comment as-tu fait pour venir ici ? Le village est rempli de gendarmes. Ils ont rossé ton oncle Ali le Demeuré et l'ont mis en piteux état. Ils l'ont pris par la barbe et traîné par terre, le pauvre. Et ils ont passé à tabac tous les gens du village. Tout ça, c'est la Barbe de Chèvre qui le fait faire. Tu n'as pas réussi à le tuer, et il court encore. Ils ont demandé où tu étais à ton oncle Ali le Demeuré. Comme il disait qu'il ne savait pas, ils l'ont mis dans un état, le pauvre, dans un état ! Il en est encore au lit. Il n'a pas encore pu se lever depuis ce jour-là. Et moi aussi, ils m'ont battue. J'ai le corps couvert de bleus. Ah ! tue-le donc, ce mécréant !

— Quelles nouvelles d'Ali le Boiteux ?

La vieille se fâcha, elle éleva la voix :

— Comment es-tu encore en vie ? Ah ! veux-tu que je te dise ? on devrait t'égorger avec un couteau non affûté ! Quand il t'est tombé entre les mains, est-ce que je ne t'avais pas dit de le tuer ? Tue-le ! Maintenant, il est devenu l'homme de l'Agha. Et même, Abdi agha lui a donné votre maison. Ah ! si tu avais fait comme je t'avais dit, si tu l'avais crevé ! Maintenant, il se promène en tête des gendarmes. Il cherche ta trace. C'est aussi lui qui ramasse les prestations pour Abdi agha. Il fait rosser les gens du village par les gendarmes. Tu es très coupable, Mèmed, très coupable !

— Et à cette heure, où est-il ?

— Où peut-il être ? grogna la vieille. Chez toi, bien sûr ! Il y a emménagé hier. La femme crasseuse du sale Boiteux s'est installée dans la maison de ma belle Deuné ! Et il a fallu que je voie ça ! Le sang s'en est retiré de mon cœur. J'en suis morte, je suis restée figée, desséchée.

— Je vais y aller, dit Mèmed, se levant.

— Là-bas, c'est bourré de gendarmes. Vas-y crânement, tue l'infidèle, et sauve-toi !

Mèmed sortit. Il arriva devant sa maison. Une odeur épaisse de laiterie et de veau vint frapper ses narines. Il sentit aussi les herbes du printemps. Du creux de la paume, il caressa de petites choses douces.

— Ali agha ! Ali agha !

En entendant sa voix, Ali bondit hors du lit. « Cet homme est fou, se dit-il, complètement fou ! » Il sortit plein d'émoi et lui ferma la bouche de la main, en criant à voix haute :

— Ah ! Tu as bien fait de venir ! Salut ! Tu as bien fait ! frère ! Alors, ce Mèmed le Mince ? Comment ? Il est allé au Mont-Blanchâtre ? Tu as bien fait de venir : nous allions nous esquinter à aller au Fort-Blanc. Bravo !

Puis se penchant à l'oreille de Mèmed :

— File vite chez ton oncle Ali le Demeuré ! Je viens tout de suite.

Sur quoi, il rentra et dit aux gendarmes :

— Camarades, l'individu a déménagé et s'est tiré au Mont-Blanchâtre. Là-bas, vous le chasserez comme une perdrix. Je viens de recevoir la visite d'un de mes informateurs. Nous avons retrouvé sa trace, à ce Mèmed le Mince, à ce maudit ! Vous l'encerclerez joliment, dans le Mont-Ali. C'est cuit ! Je vais tout de suite annoncer la bonne nouvelle à la femme d'Abdi agha, qui me récompensera.

Il sortit. La nuit était noire. Il était stupéfait du courage de Mèmed. Quand il entra chez Huru, la vieille suffoqua. Elle regarda Mèmed de travers, d'un air de dire : « Tu n'es vraiment bon à rien ! »

— Mère Huru, nous avons à parler ! dit Mèmed.

— Parlez donc ! D'ailleurs, je n'aurai aucun regret de ne pas voir la sale gueule de cochon de ce Boiteux. Parlez !

— Cette Dame Huru, dit le Boiteux en riant, je ne sais pourquoi est mon ennemie. Qu'est-ce que je lui ai fait, moi ?

Huru hocha la tête et serra les dents :

— Je le sais bien, moi, ce que tu as fait. Je le sais, cochon de Boiteux ! Maintenant, tu ne fais qu'un avec les gendarmes, n'est-ce pas ? S'il n'y avait pas eu ce Mèmed ici, est-ce que je t'aurais laissé entrer dans cette maison ? J'aurais préféré te mettre la tête en morceaux, te la casser en petits morceaux à coups de pierre !

Elle quitta la pièce.

— Bon Dieu, Mèmed ! dit le Boiteux, comment as-tu pu venir dans ce branle-bas ? Comment ?

— C'est comme ça, je suis venu.

— Il y a maintenant à ta poursuite le bandit Ibrahim le Noir. C'est Abdi qui l'a envoyé. Abdi et Ali Safa bey. Ils disent qu'Ibrahim le Noir aura raison de toi. Ils se fient beaucoup à lui. Ils lui ont même donné beaucoup d'argent. Mais ce n'est plus l'Ibrahim le Noir d'autrefois. Il s'est tassé, il gâtise. Il se poste au débouché d'une route, avec les hommes qu'il commande et, si Mèmed le Mince passe, pan ! ils le tueront. Alors, attention ! Ne passe pas par cette route-là. Ibrahim le Noir te tuerait. Il faut aussi que je t'apprenne, frère, que je suis devenu le favori d'Abdi agha. Quoi qu'il arrive, pour le moindre rien, c'est toujours à Ali le Boiteux qu'il s'adresse. C'est à moi qu'il demande tout. Il n'est pas mort, le maudit ! Ah ! Si vous n'aviez pas laissé rentrer cette femme pendant l'incendie de la maison !

– Qu'est-ce qu'on pouvait savoir ? Manque de réflexion ! Ah ! si on avait su !... dit Mèmed avec regret.

– Ils vont apporter ta tête et la planter sur une perche devant la maison d'Abdi agha, au bourg. Ali Safa bey lui en a donné sa parole. Il demeure tout à côté de la gendarmerie...

– Ne t'en fais pas ! Maintenant, il me faut deux matelas, deux courtepointes, un miroir, un verre, un seau de farine. Tu chargeras le tout sur un cheval, et tu me donneras ça... Du sel, du poivre, de la graisse...

– Facile ! Grâce à mon agha, je peux disposer de tout dans sa maison. On trouvera tout ce que tu veux.

XXXV

Une section de gendarmes, sous les ordres du Sergent Assim, ainsi qu'Ibrahim le Noir et sa bande, restèrent un automne et un hiver entiers dans les montagnes. Sous leur botte, les villages montagnards souffrirent mille tourments. Chaque villageois avait un endroit à indiquer : le Mont-Blanchâtre, les Monts-Bleutés, le Mont-Bérit, les Mille-Taureaux, le Mont-Tacheté, le Mont-aux-Clairières, la colline de Mèryemtchil, tout y passa, ils fouillèrent tout. Ils y déchirèrent leurs vêtements, leurs coiffures. Ils regardèrent jusque dans les trous de souris. Pas de Mèmed le Mince ! Il était évaporé ! Ils passèrent la moitié de l'hiver à Dèyirmènolouk. Ils fouillèrent jusqu'au moindre trou du Mont-Ali. Ils grimpèrent même tout près de l'entrée de la grotte. Rien !

Ali le Boiteux prenait la tête des gendarmes, en lançant fièrement : « Nous allons sûrement le trouver ! » Et il les emmenait aux Mille-Taureaux, faisant semblant de suivre une trace.

— Eh bien, Ali ! où est-il, ton fameux talent de suiveur de piste ? lui demandait-on

— Ah ! c'est la vieillesse ! répondait-il en soupirant. Je ne distingue plus très bien. J'ai vieilli ; ça ne va plus.

Ali le Boiteux n'avait pas vieilli, mais rajeuni. Il était vif comme le vent. En lui brûlait le feu de l'espoir.

Après avoir erré de longs mois, tout l'automne et tout l'hiver, éparpillés dans les montagnes, à la poursuite de Mèmed le Mince, se partageant les zones à explorer, ils revinrent au bourg, épuisés de fatigue. Au cours de ce ratissage des montagnes, deux grandes bandes avaient bien été détruites, mais pas de Mèmed le Mince ! Au bourg, les aghas étaient dans le deuil.

Ibrahim le Noir avait vieilli de dix ans :

– Je n'ai jamais vu ça ! disait-il. Cet homme détient un secret magique. Il est devenu invisible. Je n'ai jamais rencontré un cas pareil. Mais je le trouverai. Je m'expliquerai avec lui, face à face. Pas moyen d'y couper ! J'ai un compte à régler avec lui, et il sera réglé. Quand nous nous sommes accrochés, au Ruisseau-des-Fleurs, j'ai bien visé sa tête, et j'ai peut-être tiré cent balles. Il ne lui est rien arrivé. Les balles ne le traversent pas. Sans ça, j'en aurais eu raison avec une seule. Mais on verra !

En un instant, le bruit se répandit dans tout le bourg que les balles ne traversaient pas Mèmed le Mince. On en parla partout. Cela parvint jusqu'aux oreilles d'Abdi agha.

Abdi fondait. Il n'avait plus que la peau sur les os. Il passait son temps à attendre anxieusement la nouvelle de la mort de Mèmed. Il était dans tous ses états. A toute occasion, il allait chez Ali Safa bey :

– Alors, mon fils Ali, quoi de neuf ? A force de voir venir, je n'ai plus deux yeux, mais quatre, mais huit ! Alors, quoi ?

– Patience, oncle ! Patience ! Avec de la patience, le raisin vert devient halvâ. Patience ! Je t'ai donné ma parole. Je t'apporterai sa tête et je la planterai dans la cour de ta maison ! Patience !

Dès qu'il entendit raconter que Mèmed était invulnérable aux balles, Abdi agha devint comme fou. Tout d'un trait, il courut, en soufflant, jusqu'à la boutique du Politique. Il lui exposa son affaire. Il voulait qu'il envoie aussitôt un télégramme à Ankara. Le visage du Politique prit une expression encore plus abrutie et sa langue enfla dans sa bouche si bien qu'il ne pouvait parler.

— Écris ! dit Abdi. Écris ceci au Gouvernement ! Il y a un brigand dans les montagnes, un buveur de sang. Il tue les enfants. Il enlève les jeunes filles, les fillettes dans la montagne et il les viole. Il a fondé un gouvernement montagnard. Son influence ne cesse d'augmenter. Il distribue les terres. Il insuffle aux paysans l'idée de la distribution des terres. Voilà. écris-leur bien ça ! Fais-le-leur bien rentrer dans la tête ! Et fais un trait là-dessous, pour souligner ! Les filles qu'il enlève et qu'il viole, il les coupe en morceaux qu'il suspend chacun à un arbre. Des bandes tiennent la route Marache-Adana et ne laissent passer personne. Écris, monsieur le Politique ! Écris, mon frère ! Déploie toutes tes forces, utilise tout ton talent, que ceux qui liront ça à Ankara en restent le doigt dans la bouche ! qu'ils envoient l'armée ! Moi. je vais chercher un timbre ! dit-il en sortant.

Le bourg était en effervescence :

— Ah ! ce Mèmed le Mince ! Un gosse haut comme ça ! Pourvu qu'il réussisse son affaire, qu'il ne se fasse pas prendre !

Les jérémiades qu'Abdi agha lançait à tout venant et les intrigues d'Ali Safa bey s'ajoutant à cela faisaient grossir l'affaire. Quand les enfants pleuraient, on les distrayait en leur disant : « Mèmed le Mince qui vient ! »

Là-dessus, la section de gendarmes, dans la semaine même de son arrivée au bourg, dut repartir, avec des renforts, toujours sous le commandement du Sergent Assim, à la poursuite de Mèmed le Mince. Ibrahim le Noir, également, reprit avec sa bande le chemin de la montagne, non sans faire à Abdi agha serment sur serment, jurant qu'il attraperait bientôt Mèmed.

XXXVI

Les crocus jaunes, avec leurs tiges minuscules, semblaient collés à la terre. Dans les intervalles entre les rochers, ils formaient comme un tapis jaune, couleur de soleil. Les jacinthes bleues arrivaient à hauteur du genou. Ici et là, luisaient des violettes humides. Des fleurs rouges s'ouvraient, d'un rouge qui ne ressemble à aucun autre, un rouge cristallin, suave et chaud. De terre, c'était un jaillissement de verdure qui semblait fumer. Une vraie joie. Quand on regardait du Mont-Ali vers le bas, on avait l'impression d'une pluie verte, trouble. Les rochers mouchetés s'ornaient de broderies de toutes les couleurs. L'air était léger, la brise amenait par bouffées le parfum des fleurs.

Sur les flancs du Mont-Ali, les roches tournaient au rouge et au violet, effleurées de nuages blancs qui passaient, dans une atmosphère de berceuse. A mi-pente, du côté qui regarde vers les Mille-Taureaux, une source jaillissait, verte, parmi les pins clairsemés. C'est là que Mèmed allait chercher l'eau.

Tout était baigné de soleil. Le Plateau-aux-Épines était inondé de lumière ; les arbres, les chardons, les cailloux, les rochers, les fleurs elles-mêmes, tout s'y fondait en lumière.

Hatché, dans l'entrée de la grotte, avait posé sa

tête sur les genoux d'Iraz qui lui écrasait ses poux. Il y en avait des masses.

Ils avaient passé tout l'hiver dans la grotte, qu'ils avaient aménagée comme une maison, plus jolie que celle même d'un riche agha de village. Ils avaient jonché le sol de véronique séchée, et mis par-dessus des kilims yeuruks brodés, flambants comme le printemps, qui leur avaient été donnés comme cadeau de mariage par Kérimoglou, l'agha de la tribu des Cheveux-Noirs. Les parois de la grotte étaient recouvertes de peaux de cerfs, de cerfs aux grandes cornes qui semblaient cirées et étaient suspendues aux murs, aux poils luisants et comme dorés.

L'hiver avait été dur. Quand, au sommet du Mont-Ali, la tempête faisait rage, que les bourrasques de neige ne permettaient pas même de tenir les yeux ouverts, ils avaient beau faire du feu jusqu'au matin dans la grotte, c'était chaque nuit une lutte pour n'être pas gelés. Mèmed, en travaillant près d'un mois et demi, avait percé un trou pour la fumée, mais il était sans effet. La fumée emplissait la grotte. Dans la neige, dans la bourrasque, dans la tempête, ils se voyaient forcés de découvrir l'entrée et de sortir pour respirer. Ils avaient froid, ils gelaient au point qu'ils croyaient perdre les pieds et les mains, et se précipitaient de nouveau dans la grotte.

Ils mettaient sur eux tout ce qu'ils pouvaient avoir, peaux de cerfs, courtepointes, kilims, et passaient la nuit étroitement enlacés, serrés, collés les uns contre les autres. Au lever du soleil, ils se séparaient ; Mèmed allait à la chasse au cerf, les deux femmes faisaient du pain ou tricotaient des bas. Toutes les peaux de cerfs accrochées aux parois étaient celles des bêtes abattues par Mèmed. Ils en mangeaient la chair et mettaient les peaux à sécher. Durant tout l'hiver, ils n'avaient pas manqué de viande, pas même un seul jour.

La farine, la graisse, le sel qu'ils utilisaient, c'était Ali le Boiteux qui les apportait et les déposait dans une grotte au flanc de la montagne, d'où Mèmed les montait là-haut. Le Boiteux lui-même ne connaissait pas leur repaire. Pour que leurs traces ne restent pas dans la neige, chaque fois qu'ils sortaient de la grotte, ils traînaient derrière eux un gros buisson de paliure épineux. Il n'y a rien de mieux que cette plante pour effacer les traces dans la neige. Aussi profondes que soient les empreintes, le buisson, en passant sur elles, les bouleverse et les détruit. Les traces qu'il laisse lui-même disparaissent en une demi-heure. C'est pourquoi, malgré toutes les recherches dans le Mont-Ali, ils n'avaient pas eu le moindre ennui. Comment les gendarmes se seraient-ils doutés de quelque chose ? Sur toutes les pentes, la neige était sans tache, lisse, intouchée...

Hatché, la tête sur les genoux d'Iraz, lui demanda :

— Et alors, tante ? L'amnistie devait sortir. Moustafa agha en a menti.

— Elle sortira ! Patience, ma-fille, patience ! Il y a toujours un soleil qui se lève sur chaque sommet.

Elles avaient maigri. Elles étaient toutes noires de hâle. Elles n'avaient plus que la peau sur les os. Leurs yeux s'étaient agrandis, deux fois comme des yeux ordinaires, mais leur regard était ferme et lumi neux.

— Ma jolie tante ! reprit Hatché, il me suffit d'un soleil, qui se lève sur un seul sommet, un seul jour ! Je n'en demande pas plus !

— Patience !

— Cette crête de montagne... Tout ce qui nous est arrivé... je me promène dans un rêve. Dans un rêve. Je n'arrive pas à croire que c'est moi, ni que Mèmed est bien Mèmed.

Les jours où ils n'avaient rien d'autre à faire, Mèmed passait la journée à leur apprendre à tirer. Iraz s'y était bien faite, elle était devenue assez bon tireur. Mais Hatché n'y arrivait absolument pas. Elle avait horreur des fusils et des balles. En les regardant, elle en avait la nausée.

— Ah, si on s'en tire..., fit-elle.

— Maintenant, dit Iraz, le blé vert arrive à hauteur du genou, à Tchoukour-Ova. Les épis sont sur le point de se former. Les fourmis viennent de quitter leurs fourmilières et de se répandre au-dehors, sur les chemins. Elles s'étendent en files, au soleil.

A ce moment de l'année, toute la terre de Tchoukour-Ova sent le soleil. Iraz en avait les larmes aux yeux.

— La terre d'Adadja..., continua-t-elle. Avant que cette amnistie ne sorte, il faut que Mèmed tue Ali. Ou plutôt que ce soit moi qui le tue, de ma propre main. Et après, nous irons nous établir sur les terres de Tchoukour-Ova. Nous cultiverons notre champ d'Adadja. Avec cette terre-là, le père de mon Riza nous faisait vivre à merveille.

— La terre d'Adadja..., reprit Hatché, en fermant les yeux. Il pousse des touffes de narcisses, entre les rochers d'Adadja, n'est-ce pas ?

— Oui !

— Le rendement de la terre d'Adadja, continua Hatché, est de quarante pour un. En un an, on peut avoir une maison. Alors, si nous descendons là-bas, nous aussi nous gagnerons assez pour avoir notre maison.

— On la fera mettre au nom de Mèmed, dit Iraz. Et la terre d'Adadja sera à notre Mèmed. L'amnistie sortira. Et si elle ne sort pas, nous prendrons nos cliques et nos claques, et nous irons dans un endroit où on ne nous connaît pas. Si nous pouvions faire renoncer Mèmed à cet Abdi ! Nous partirions dès maintenant. Nous changerions de nom. Un jour, Mèmed irait en douce tuer Abdi. Mais non ! Abdi, c'est moi qui dois le tuer, de ma propre main. C'est pour ça que j'ai appris à tirer.

— Ah ! que tout ça est compliqué !

— Oui, bien compliqué ! Il y a des moments où je me console. Je me dis que, pour remplacer Riza, j'ai trouvé un fils comme Mèmed, et alors je renonce à toute vengeance. Mais d'autres fois, ma fille !... Je deviens enragée, folle. Mes seins, dont mon Riza a sucé le lait, me font mal. Mon cœur me dit : « Saute sur ton fusil, descends au village, tue Ali, et après ça qu'on fasse ce qu'on voudra ! » Attends un peu, ma fille ! J'en ferai de la chair à pâté, de cet Ali ! Ali, puisses-tu devenir aveugle ! Comment as-tu pu massacrer mon rejeton ?

— Il y a toujours un soleil qui se lève sur chaque sommet ! Patience, tante, patience ! Mais moi, j'ai peur, maintenant. Le soleil se lève toujours, mais Mèmed...

— Qu'est-ce qu'il y a encore ? dit Iraz sévèrement, en lançant un regard colère. Qu'est-ce qu'il y a encore ? Tu le rongeras tout vivant, ce pauvre garçon, tu le feras mourir à petit feu !

— Ça fait une semaine entière qu'il est parti ! dit Hatché, avec une mine affligée. Il ne restait jamais nulle part plus de trois jours. Une semaine entière ! Ah ! cette vie de bandit ! Ah ! ces montagnes ! Cette peur ! J'ai peur, petite tante, j'ai peur, j'ai peur ! J'ai le cœur tout serré. Est-il jamais resté dehors plus de trois jours ? Il lui est arrivé quelque chose, à Mèmed. Je vais partir, je vais aller au village, je vais me mettre en route, je vais le chercher au long des chemins ! S'il ne lui était rien arrivé à Mèmed, il serait revenu depuis longtemps. Je vais partir, petite tante !

Elle pleurait à gros sanglots. Iraz fronça le sourcil et cria :

— Reste où tu es, putain ! Si tu fais un pas hors d'ici, je te descends ! Ne bouge pas ! Ne lui attire pas une catastrophe, à ce garçon ! S'il se fait tuer, ce sera par ta faute. Autrement, il ne peut rien lui arriver.

Hatché se leva et courut dans la grotte, où elle se jeta à plat ventre, bouche contre terre. Son dos se soulevait et retombait. Longtemps, elle pleura ainsi, avec de courtes interruptions. Puis, Iraz vint s'asseoir près d'elle :

— Ma fille, ma fille, ma jolie fille Hatché ! pourquoi te ronges-tu ainsi toi-même ? Tu te démolis, c'est pitié ! Il ne peut rien lui arriver, à Mèmed : il peut tenir tête à cent hommes. Alors, toi, pourquoi fais-tu ça ?

— Ah ! tante ! si tu pouvais dire vrai !

En bas, sur le Plateau-aux-Épines, la brume se levait. Un morceau de nuage noir tournait dans le ciel. Soudain, Mèmed apparut, le visage et les mains en sang, trempé de sueur, hors d'haleine, et se précipita dans la grotte. En le voyant, Hatché se jeta à son cou et se remit à sangloter, sans pouvoir s'arrêter.

— Allons, ça suffit, Hatché ! disait-il. Allons, arrête ! Je vais te raconter. Allons, arrête un peu !...

Il lui caressait les cheveux. Iraz se fâcha, prit Hatché par le bras, et la tira avec vivacité :

— A-t-on jamais vu ça, quelqu'un comme toi ? criait-elle. Si ça continue, tu vas le faire mourir à petit feu, ce garçon !

— Allez, arrêtez ! fit Mèmed avec un sourire. Vous savez ce qui m'est arrivé ? Comme je revenais de chez Kérimoglou, sur le Plateau de Saridja, le Plateau-Jaunâtre, Ibrahim le Noir m'a tendu un piège. C'est un type terrible, cet Ibrahim le Noir, aussi courageux qu'expérimenté. Ils m'ont poursuivi jusqu'au flanc de la montagne. Peut-être même qu'ils auraient trouvé notre grotte. Pendant trois jours entiers, nous avons joué à cache-cache. Je fuyais, je fuyais devant eux, et puis je me retournais. Je les chassais jusqu'au Plateau de Saridja, puis je revenais. Alors, c'était à eux de me poursuivre. Nous en avons joué, une comédie ! Mon souci, c'était qu'ils n'apprennent pas que nous sommes sur le Mont-Ali. Et puis, grâce à l'aide de Djabbar, je les ai semés sur le flanc de la montagne, et je suis venu. Nous ne sortirons pas d'ici pendant une semaine. Pansez ma blessure !

Les deux femmes, s'entraidant, enlevèrent les vêtements de Mèmed. Il était blessé à l'épaule. Pendant qu'elles extrayaient la balle, la fièvre le prit brusquement. Ses genoux, appuyés contre son ventre, se mirent à trembler. Hatché était éperdue, elle devenait folle, elle ne savait plus ce qu'elle faisait.

Sa fièvre dura ainsi toute une semaine. Sa blessure enfla, enfla, devint énorme. C'est seulement le huitième jour qu'il put reprendre ses sens. Il leur raconta tout ce qui s'était passé :

— Avant d'arriver au Plateau de Saridja, j'ai rencontré les gendarmes. Ils étaient dix environ, avec le Sergent Assim à leur tête. Dieu sait, mais, cet

Assim, je crois qu'il mourra de ma main ! Il marchait sur moi, comme ça, à découvert ! Je lui ai dit : « Qu'est-ce que tu as, Sergent Assim ? As-tu renoncé à la vie ? » Et je l'ai visé. En me voyant ainsi tout près de lui, il s'est jeté à terre en criant. Je lui ai dit : « Ne crains rien, Sergent Assim ! Ce n'est pas ta faute. D'ailleurs, si j'avais voulu, je t'aurais déjà tué dix fois. Va-t'en ! Va ton chemin ! » Il s'est aussitôt relevé, il m'a souri, et est reparti avec ses gendarmes, sans dire un mot. Après, quelqu'un devait me donner des munitions sur le Plateau de Saridja. En arrivant à l'endroit convenu, j'ai été accueilli par une de ces fusillades !... Ibrahim le Noir faisait tomber une vraie pluie de balles. J'ai d'abord été blessé à la main. Ils m'ont poursuivi pendant deux jours jusqu'à la montagne. Et puis, une fois, j'ai entendu quelque chose comme la voix de Djabbar. Après, j'ai compris que, venu d'on ne sait où, Djabbar les attaquait pour me sauver. Nous les avons fait reculer. Puis ils se sont remis à me poursuivre. A la fin, Djabbar les a attirés sur lui. J'étais sauvé. Je n'ai même pas vu son nez, à Djabbar, rien ! Il aura raison d'eux. Quoi qu'il arrive, il nous faudra partir d'ici. Ils nous talonnent trop. Ça doit être un coup d'Ali Safa bey. C'est lui qui manigance tout ça.

Il resta encore couché une semaine. Des flancs de la montagne, un jour sur deux, parvenaient des bruits de combat. Tout doucement, la blessure de Mèmed se guérissait.

XXXVII

L'automne arriva. Les habitants du Plateau-aux-Épines travaillaient avec amour, avec ferveur. Cette année, le rendement de la terre s'annonçait bon. Les épis étaient pleins et lourds. La mère Huru allait et venait, sur le Plateau-aux-Épines, comme le vent. Comme un vent de flammes. Elle parlait et jurait sans arrêt.

Après les coups que lui avaient donnés les gendarmes, elle avait eu une côte à moitié cassée. Elle avait enduit ses côtes de mastic. Quand elle respirait, son visage se fripait et prenait une expression amère.

– Que les yeux vous en crèvent ! Que vouliez-vous à une vieille bonne femme comme moi ?

Puis elle parlait avec sévérité :

– Eh ! les villageois ! Abdi agha n'ose pas venir au village. Comme il n'ose pas venir, vous n'allez pas donner le tiers de votre bien ! Si vous le donnez, vous ferez une ânerie, une grosse ânerie... Vous lui direz que la récolte n'était pas bonne cette année. C'est d'ailleurs vrai, pas ? La récolte a été mauvaise ! On ne va pas crever de faim, nous, si la récolte a été mauvaise ? On n'en a pas. On ne va pas mourir de faim pour lui, non ? On n'en a pas, voilà ! On n'en a pas, voyons ! Le blé a brûlé, il a grillé.

Elle allait et venait d'un village à l'autre... En route, elle parlait toute seule. Dès qu'elle voyait quelqu'un battant ou fauchant le blé, elle l'accrochait :

— Soyez reconnaissants à Mèmed le Mince ! Soyez-lui reconnaissants nuit et jour ! Sans lui, Abdi aurait tournoyé sur vos têtes comme un oiseau noir. Grâce à Dieu, il n'est pas au village. Vous ne donnerez même pas un grain à Abdi agha. Vous n'allez pas lui en donner ? Il ne s'est pas fatigué, non ? Au bourg, Monsieur se repose !

Les gens réfléchissaient, secouaient la tête, ôtaient leur chapeau pour se gratter le crâne.

— On se demande comment tout ça finira ? disaient-ils. Voyons voir comment tout ça finira ?

Cependant la moisson terminée, chacun rentra sa récolte et personne ne donna le moindre grain de blé à Abdi agha.

Ali le Boiteux et les autres intendants d'Abdi allèrent partout dans le village. Chez chaque villageois, ce fut la même réponse :

— Nous sommes prêts à sacrifier notre vie pour notre agha. Y en a pas un comme notre agha ! Est-ce que nous l'aurions abandonné ainsi, misérablement, dans un bourg étranger ? Mais... on n'a même pas récolté un seul grain de la terre. On n'en a pas. Que peut-on tirer de rien ? L'année prochaine, *Inch' Allah !...* Dieu nous en donnera, et nous en donnerons à notre agha... Peut-il y en avoir un autre comme notre agha ? C'est ce mécréant de Mèmed le Mince qui a dérangé notre bon agha dans le village. Mais notre agha n'a pas dit son dernier mot ! *Inch' Allah !* L'année prochaine, nous aurons une bonne récolte. Alors, tout sera à notre agha. Même si nous devons crever de faim, tout sera à notre agha. T'as compris ? Tout à notre agha ! Il y a cinq villages sur le Plateau-aux-Épines. Que tous les cinq se sacrifient pour notre agha !...

— Depuis qu'on connaît le Plateau-aux-Épines, répondaient les intendants, il n'y a pas eu de pareille récolte. Pourquoi mentez-vous ? Dites plutôt que vous ne respectez pas le droit de chacun. Dites plutôt que vous ne voulez pas donner une miette à l'agha !

— Oh ! s'écriaient les villageois, que les yeux nous en crèvent plutôt ! Comment ? Que notre agha se traîne comme ça, misérablement, dans les bourgs étrangers, et que nous ne lui reconnaissions pas son dû, est-ce possible ? Nous sommes prêts à sacrifier notre vie pour notre agha. Qu'il crève, Mèmed le Mince !

Huru était aux anges. Pour sermonner tout le monde, elle ne s'était pas déplacée en vain. Pas un seul villageois n'avait donné un grain de blé à Abdi agha. Ils ne voulaient pas en donner.

Huru avait teint ses cheveux au henné. A la place de son fichu habituel, elle avait mis sur sa tête le carré de soie rouge et vert que les jeunes filles se mettent aux jours de noces et de fête. Sa robe aussi était en soie. Elle portait à son cou un collier avec trois pièces d'or.

Elle sortit même de son coffre ses perles de jeune fille. Elle se les passa autour du cou et s'attacha autour de la taille une ceinture de Tripoli en soie.

Son visage demeurait toujours souriant. « Huru a rajeuni », disait-on. Elle allait de maison en maison, chantant des chansons gaillardes. En les entendant, les jeunes filles rougissaient.

Quant à Abdi, il fut fou de rage en apprenant que les villageois ne lui avaient pas donné son dû. Il se rendit chez le Politique, pour lui dicter encore un télégramme émouvant à destination d'Ankara. Il raconta son histoire en pleurant. Puis il la répéta dans tout le bourg... Il racontait tout ce qui s'était passé, à tous ceux qu'il rencontrait. Il alla chez le sous-préfet, chez le commandant de gendarmerie. Il pleura et gémit. Le sous-préfet et le commandant se fâchèrent beaucoup contre les agissements des villageois. Ils envoyèrent aussitôt des gendarmes à Dèyirmènolouk. Les gendarmes firent pression sur les villageois. Ils emprisonnèrent la mère Huru. Pas un mot ne sortait de la bouche de la mère Huru et des paysans. Battus, injuriés, ils furent traînés comme des moutons, par groupes, d'un endroit à l'autre. Pas un son ne sortait de leur bouche. Femmes et enfants, tous les cinq villages étaient devenus muets.

L'affaire prit une telle envergure que le chef du district fut obligé de venir au Plateau-aux-Épines. Il eut beau faire et beau dire, personne ne parla. Tous le regardèrent bêtement, les yeux vides.

Ali le Boiteux parla le premier. Tout le monde resta étonné de la façon dont il parlait :

– Nous sacrifierons notre vie pour notre agha. Pour qui il se prend, ce bandit de Mèmed le Mince, qui n'est pas plus grand que ça ? Pour qui il se prend, pour que nous fassions ce qu'il nous dira ? Si nous n'avions pris même qu'un seul grain à la terre, nous l'aurions donné à notre agha. Ce chien de Mèmed le Mince, pour qui il se prend ? La récolte a été mauvaise cette année. Si on ne crève pas de famine, ce sera déjà pas mal !... Quant à moi, je suis un intendant de mon agha. Je mourrai de faim aussi.

Si nous n'avions pris même qu'un seul grain à la terre, nous l'aurions donné à notre agha.

Le Boiteux s'arrêta ; il promena son regard sur la foule, serrée comme un troupeau de moutons.

— Parlez ! s'écria-t-il. Même si nous n'avions pris qu'un seul grain à la terre, ne l'aurions-nous pas donné à notre bon agha ?

— Nous l'aurions donné, répondit la foule, bougeant lentement et parlant enfin.

— S'il nous demandait notre vie... continua le Boiteux.

— Nous la donnerions.

— Si Mèmed le Mince venait au village, dit encore le Boiteux.

— Il n'osera pas venir.

— Et s'il venait ?

— Nous le tuerions...

Bien entendu, le chef de district ne crut pas un mot de tout cela, et il commença à fouiller dans chaque maison. Mais, dans aucune maison, il ne trouva le moindre grain de blé. Comment les villageois avaient-ils pu cacher une aussi belle récolte ? Qu'en avaient-ils fait ? C'était ahurissant !

Tout ce qui se passait au Plateau-aux-Épines s'apprenait le jour même au bourg. Le Plateau-aux-Épines avait enfin ouvert ses portes vers le monde.

Abdi agha était complètement affolé. Il s'arrachait les cheveux.

Il était clair que tout cela était manigancé par Mèmed le Mince. Sa mort était une nécessité absolue. D'ailleurs, depuis quelques jours, l'affaire se corsait : on venait d'apprendre que Hussein agha, du village de la Poussière-Blanche, avait été tué, la nuit, dans son lit. Qui pouvait l'avoir tué, sinon Mèmed le Mince ?

Le Sergent Assim était un brave, un homme de bien, un vieux loup des montagnes, mais tout son courage ne lui suffisait pas pour aboutir à l'arrestation de Mèmed. Il entendait, de la bouche du commandant, algarade sur algarade. Il en était arrivé à ce point qu'il n'osait plus traverser le marché. Il avait trop honte. On racontait partout toutes sortes de choses désagréables à son égard, dont une grande partie lui revenait aux oreilles :

– Mèmed le Mince, il paraît que c'est un enfant haut comme trois pommes ! Eh bien ! il joue avec le sergent Assim comme avec une marionnette !

Le sergent Assim était prêt à éclater de fureur.

XXXVIII

La neige recouvrait le Mont-Ali et ses rocs, ses arbres, ses herbes, ses fleurs et ses terres. Le ciel était tout aussi blanc. Une blancheur infinie s'étendait du Mont-Ali au Plateau-aux-Épines, de là au Mont-Blanchâtre, au Ruisseau-des-Fleurs, jusqu'à Tchoukour-Ova. Pas une tache n'apparaissait sur cette blancheur et, sans fin, le soleil la frappait de ses rayons. Parfois, un nuage y projetait son ombre. Sous les rayons du soleil, des millions de cristaux scintillaient vers le ciel et éblouissaient le regard.

Ça allait mal dans la grotte. Il ne restait plus ni bois, ni farine ; rien à manger. Les cheveux de Mèmed s'entremêlaient avec sa barbe. Iraz avait maigri et noirci.

Hatché, elle, avait le ventre rond, elle était enceinte, et sur le point d'accoucher. Iraz disait que, si ce n'était pas pour aujourd'hui, ce serait pour demain. Hatché était pâle, son cou était mince. Jadis noirs et lumineux, ses cheveux étaient comme une broussaille, emmêlés et ternis...

Quant au sergent Assim, lui, il se tenait aux aguets. Depuis l'automne, il n'arrêtait pas de tourner autour du village de Dèyirmènolouk, au pied du Mont-Ali.

Iraz attira Mèmed dehors :

— Fils, il n'y a pas de tourbillon de neige aujourd'hui, dit-elle, décidons de ce que nous allons faire. La fille est sur le point de faire ses couches. Allons-nous rejoindre un village, ou bien nous procurerons-nous le nécessaire ici ? Décidons de ce qu'on va faire !

— Nous ne pouvons aller dans un village, répondit Mèmed, plissant son visage enfoui dans sa barbe. Ils fouillent toutes les maisons. Ce que nous allons faire, nous le ferons ici.

— Alors, tout de suite ! dit Iraz. L'enfant est sur le point de naître !

De temps en temps, Mèmed descendait bien au village, mais derrière lui, il traînait un gros buisson noir.

Ils rentrèrent dans la grotte. Hatché était assise, le dos appuyé contre la roche ; elle fixait des yeux un point lointain et regardait sans sourciller, les yeux figés.

— Hatché, je descends au village pour un petit moment avec Iraz. Charge le fusil et attends. Nous reviendrons cette nuit.

— Je ne peux pas rester seule.

— Que faut-il faire, alors, Hatché ?

— Je viendrai aussi.

— C'est pas possble, Hatché.

— J'en ai assez de rester ici.

— Alors, qu'Iraz reste aussi.

— Non !

— Mais qu'est-ce qui te prend ?

— C'est comme ça !

— Voyons, reste ici, ma fille ! dit Iraz.

— Je ne peux pas rester !

— Tu n'es plus la même, depuis que tu es dans la montagne, dit Iraz.

— C'est comme ça ! dit Hatché.

— Que le diable t'emporte ! s'écria Mèmed.

Ils se turent. Mèmed alla s'asseoir sur une pierre. Il mit son visage entre ses mains et réfléchit amèrement. Un aigle tournoyait au-dessus d'eux, les ailes ouvertes...

Mèmed était furieux.

— Restez, vous autres ! finit-il par dire.

Et il commença à descendre la pente. Il descendait en courant, comme un fou.

Iraz s'en prenait à Hatché :

— Espèce d'idiote ! Qu'est-ce que tu lui veux, au gars ? Il ne sait d'ailleurs plus comment faire. Les gendarmes ne lui laissent pas de répit, et il faut encore qu'il se soucie de toi !...

Hatché n'ouvrait pas la bouche.

L'après-midi, Iraz sortit de la grotte, et que vit-elle ? Le gros buisson noir de Mèmed était resté là. Elle cria comme une folle, de toutes ses forces, vers le champ de neige. Depuis longtemps, Mèmed l'avait traversé. Elle cria, cria, puis rentra dans la grotte et se jeta par terre.

— Un malheur ! dit-elle. Un malheur approche ! J'ai bien peur qu'il nous arrive malheur ! Il a oublié le buisson. Et il n'y a pas de tourbillon de neige pour couvrir sa piste. Le ciel est tout limpide. Et pas de tourbillon de neige. Même si je m'évertuais à recouvrir la trace de ses pas, je ne pourrais passer par où il passe...

Le soir du second jour, Mèmed arriva. Il était tout pâle, écrasé sous le fardeau qu'il avait porté.

— J'ai eu très peur, dit-il. Quand je suis descendu, je me suis aperçu que j'avais oublié le buisson. Il faisait trop noir pour m'en retourner passer le buisson sur la trace de mes pas. J'étais inquiet pour vous, je suis revenu le plus vite possible. Les gendarmes, paraît-il, ne lâchent pas Ali le Boiteux. Je suis sûr qu'ils lui font chercher ma piste. C'est ce dont j'ai peur. S'il rencontre ma piste, rien ne le retiendra de la suivre jusqu'au bout. C'est lui-même qui m'avait dit de traîner ce buisson derrière moi. J'ai bien compris qu'il ne pourrait pas s'empêcher de la suivre, ma piste, s'il la rencontre. J'en ai bien peur. Surtout juste en ce moment... C'est un malheur !

– Tout de même, Ali le Boiteux ne fera pas ça ! dit Iraz. N'aie pas peur, mon Dieu ! Le Boiteux se ferait plutôt tuer pour toi.

– Je le sais. Mais s'il tombe sur une piste, c'est plus fort que lui !... J'aurais dû tuer ce Boiteux dès le premier jour !...

XXXIX

Le sergent Assim était dégoûté de la vie : « Ce scélérat de Mèmed le Mince, je n'arrive pas à m'en débarrasser ! disait-il. S'il allait ailleurs et me fichait la paix ! S'il pouvait me ficher la paix !... »

Les gendarmes aussi étaient épuisés, ils n'en pouvaient plus :

— En plein hiver, tous les jours que le Bon Dieu fait, parcourir le Mont-Taurus ! Et quoi encore ?... gémissaient-ils.

Chaque fois qu'ils trouvaient une piste ressemblant à celle d'un homme, ils la suivaient ; quand la neige était piétinée, ils s'engageaient à l'aventure, pendant des jours. A cause de Mèmed le Mince, ils avaient arrêté bien d'autres bandes de brigands.

Et depuis un mois, ils tournaient autour du Mont-Ali. Tout cela, parce qu'un petit berger qu'ils avaient attrapé et battu avoua avoir vu Mèmed le Mince sur la montagne.

C'était presque le blocus du Mont-Ali. C'est comme si on avait posté des sentinelles à ses quatre coins. Le sergent Assim n'aurait jamais cru que Mèmed le Mince pouvait vivre par cet hiver terrible sur le Mont-Ali, mais, après les aveux arrachés au petit berger, il était bien forcé d'y croire.

Le gendarme qui, à travers la neige, venait du Plateau-aux-Épines confirma :

– Nous l'avons aperçu, sergent, dit-il en soufflant avec peine. Il traînait un buisson derrière lui pour effacer les traces de ses pas. Il traînait ça en gravissant la montagne. Quand il nous a vus, il a fui. Il n'a tiré aucune balle. Mais sa piste ne disparaîtra pas. Même s'il traîne le buisson dessus, ça ne disparaîtra pas. La neige a durci, maintenant. Traîner un buisson ne sert à rien. Nous avons examiné les traces : ce sont les siennes.

Le sergent Assim fut content. Pour la première fois, il rencontrait vraiment Mèmed. Il envoya un gendarme chez Abdi agha pour faire venir Ali le Boiteux.

Le Boiteux s'amena :

– Alors, mon sergent ?

– On a une piste.

– Mes yeux ne voient pas sur la neige. Il me faut la terre ferme.

Tous les paysans qui étaient présents reprirent en chœur :

– Les yeux du Boiteux ne voient pas sur la neige. Il ne peut pas suivre une piste sur la neige, dirent-ils. Il vous faussera la piste.

Mais le sergent Assim ne lâcha pas le Boiteux :

– Même s'il ne fait rien, il viendra avec nous, dit-il.

Entendant cela, le Boiteux commença à trembler comme une feuille.

– Je te baiserai la plante des pieds, mon sergent, ne m'emmène pas par ce froid !

– Rien à faire ! coupa sèchement le sergent.

Le cou penché de côté, le Boiteux ne broncha pas, le dos appuyé contre un mur.

Le sergent entraîna ses gendarmes vers le

Mont-Ali. Immédiatement, tout le village fut au courant. « On a trouvé la piste de Mèmed le Mince ! On a trouvé la piste ! »

Tout le village, femmes, hommes et enfants, accourut jusqu'au Mont-Ali, derrière les gendarmes. Là, au pied de la montagne, ils s'entassèrent au début de la piste. Fixant des yeux les traces de pas, ils restèrent là, à regarder.

Quand Ali le Boiteux vit la piste, son cœur se fendit. Il ne sut que faire. Il parlait, il parlait, mais il ne savait pas lui-même ce qu'il disait. « Pourquoi ce fils de chien n'a pas traîné de buisson derrière lui ? marmottait-il ; ils vont le trouver ; ses traces sont toutes nettes ! »

Le sergent Assim le prit par le bras et le mena devant la piste.

— Pourquoi remues-tu les lèvres comme ça ? Qu'est-ce que tu marmottes ? Dis, voyons ! est-ce bien la piste ?

— Non, dit le Boiteux. Ça, c'est la piste d'un berger... Puis, ça date d'un mois...

Le sergent Assim se fâcha. Attrapant le Boiteux par le bras, il le flanqua dans la neige.

— Salaud ! cria-t-il, salaud de Boiteux ! Tu es l'intendant de l'agha, tu manges son pain, et puis tu prends le parti de Mèmed le Mince ! Vous êtes tous des Mèmed le Mince ! C'est l'occasion, que vous guettez !

— Suivez la piste ! ordonna-t-il aux gendarmes.

A moitié gelés, ceux-ci mirent deux jours pour arriver au sommet du Mont-Ali. Ils cernèrent la crête. En bas, le village était en deuil.

— Ils l'ont trouvé, disait le Boiteux, d'une voix larmoyante, et la tête courbée. Ils ont trouvé notre Mèmed le Mince !

Le Boiteux avait abandonné toute prudence.

La mère Huru rugissait :

— Qu'ils le trouvent ! disait-elle. Qu'ils le trouvent, et ils verront ce qu'ils verront !... Même s'il y avait mille gendarmes, mon Mèmed le Mince se frayerait un chemin !

Sur le Mont-Ali, le premier combat s'engagea vers le soir. Les gendarmes venaient de trouver le chemin qui conduisait à la grotte et d'en découvrir l'entrée. Du sommet, ils n'arrêtaient pas d'y lancer des grenades. Pour les empêcher d'approcher, Mèmed riposta par une première salve. Il entourait le sergent Assim de balles.

Ils auraient encore pu fuir, mais cela devenait impossible : les douleurs de Hatché commençaient ; elle était en train d'accoucher. Quand elle entendit les coups de feu dehors, elle se mit à pleurer.

— Je vous l'avais bien dit ! dit Iraz, tout ça, c'est à cause du buisson.

— Oui, c'est à cause du buisson, mais ils ne nous auraient pas trouvés quand même si le Boiteux avait pu s'empêcher de suivre la piste. J'aurais dû le tuer ! Si au moins un tourbillon de neige se levait, ils ne tiendraient pas une minute ici, et, s'ils partent, ce n'est pas de sitôt qu'ils reviendront. Ah ! Boiteux !...

— Mon fils Mèmed, disait le sergent Assim avec douceur, rends-toi ! Tu es dans une vraie souricière, à présent, encerclé de tous côtés. Tu ne pourras pas en sortir. Viens te rendre ! Il y aura bientôt l'amnistie. Je ne veux pas que tu meures, toi.

Mèmed ne répondit rien. Mais une balle fit éclater la pierre qui se trouvait devant le sergent Assim. Alors, le combat fit rage. Les balles pleuvaient de toutes parts.

— J'attendrai ici une semaine, un mois. Un jour ou l'autre, tu n'auras plus de cartouches !

Serrant les dents, Mèmed, à la fin, répondit :

— Je sais, sergent, je sais, cria-t-il, ça finira ainsi Mais en attendant, je ne laisserai pas un seul de tes hommes vivant. Je vous tuerai tous. Je sais que tu as raison, sergent, mais, moi, je ne me rendrai pas. Vous me sortirez mort de la grotte. T'as compris, sergent ?

— Je te plains. C'est dommage pour un homme comme toi. Même si tu nous tuais tous, d'autres gendarmes arriveront. Tu n'y gagneras rien ! Cette année, il y aura l'amnistie. Viens te rendre, Mèmed le Mince !

— Cesse de parler, sergent, cria Mèmed. Je finirai par te descendre. Je ne l'ai pas fait jusqu'à présent, et tu n'as pas arrêté de me poursuivre.

Il y eut tant de coups de feu que les voix, les paroles ne s'entendaient plus. Ils se turent.

Mèmed était entouré de douilles vides. Il lui restait encore deux sacs de cartouches ; mais il n'était guère rassuré, car il lui fallait tirer très vite.

Iraz s'occupait de Hatché. Par intervalles, celle-ci poussait des cris perçants.

Et Iraz de répéter :

— C'était pas le moment ! C'était pas le moment !

Elle laissait un instant Hatché pour saisir le fusil et aller renforcer Mèmed. Elle tirait jusqu'à ce que Hatché pousse un nouveau cri. Alors, elle retournait près d'elle. Des gouttes de sueur glissaient sur le front de Hatché. Elle se tordait par terre :

— Ah ! ma mère. Ah ! ma mère, pourquoi m'as-tu mise au monde ?

Mèmed et Iraz étaient tout noirs. L'intérieur de la grotte sentait la sueur amère. Tout humide.

– Ma mère, je suis fichu ! s'écria soudain Mèmed.

Aussitôt, il s'en voulut et se mordit les lèvres jusqu'au sang. Mais Hatché, qui se tordait par terre, s'élança comme une flèche près de Mèmed, et s'écroula à ses pieds.

– Mon Mèmed, dit-elle, t'as été touché ? Je me tuerai.

Iraz vint regarder la blessure.

– Tu es blessé à l'épaule, dit-elle. et elle commença à bander la plaie.

Le sergent Assim n'en revenait pas qu'un seul homme puisse avoir tant de cartouches. Plusieurs de ses camarades avaient été touchés. Petit à petit, son espoir diminuait.

Hatché poussa encore un long cri aigu. Iraz la prit et la souleva un peu de terre.

– Fais un effort ! fais un effort ! dit-elle.

Le visage de Hatché n'était que rides et douleur. Soudain, les cris d'un bébé se firent entendre. Mèmed se retourna. Il vit un bébé couvert de sang. Le visage de Hatché était blanc comme du papier. Mèmed détourna la tête. Ses mains tremblaient si fort que son fusil lui échappa. Iraz accourut et, prenant le fusil, se mit à tirer. Hatché restait étendue comme une morte. Peu après, Mèmed se ressaisit.

– Donne, tante ! dit-il.

Et il allongea la main pour prendre le fusil. Iraz le lui donna.

Elle alla essuyer et saler l'enfant.

– C'est un garçon ! dit-elle.

Un sourire amer passa sur le visage de Mèmed.

– Un garçon ! répéta-t-il.

Le combat dura très tard dans l'après-midi. Mèmed ne se servait plus que d'une seule main. Iraz chargeait le fusil et, appuyant le canon sur une pierre, Mèmed tirait.

Lorsque la nuit vint, penchant la tête de côté et épuisée, Iraz dit :

— Y en a plus.

Mèmed ne pensait plus aux cartouches. Il fit entendre un gémissement, comme si on l'égorgeait. Il tomba sur le fusil. Il se releva. Ses yeux sortaient de leurs orbites. Il resta ainsi, au milieu de la grotte, inconscient. Il chancelait. Titubant, il s'approcha de l'enfant, lui découvrit le visage. Il le regarda longuement, avec étonnement, puis retourna à l'entrée de la grotte. Il souriait.

Il ramassa son fusil par terre et sortit son mouchoir de sa poche pour l'attacher, comme un drapeau, au bout du canon.

Il se retourna vers Iraz. Assise sous un gros roc incliné, elle pleurait silencieusement. Elle semblait toute desséchée.

— Tante Iraz ! dit-il.

Iraz leva la tête et regarda Mèmed.

— Hatché ! dit-il aussi.

Mais Hatché n'avait pas encore repris tous ses sens.

— Écoutez-moi ! continua-t-il. Ces gens-là ne me laisseront pas en vie. Mon fils, appelez-le Mèmed !

Il sortit en levant son fusil en l'air.

— Je me rends ! cria-t-il. Sergent Assim, je me rends !

Le sergent Assim était un bel homme, grand et costaud, avec de grosses moustaches, de grands yeux, des lèvres épaisses, et un air bonhomme. Les paroles de Mèmed l'étonnèrent. Il n'en crut rien.

— Mèmed le Mince, tu dis que tu te rends ? cria-t-il.

— Je me rends, je me rends, dit l'autre d'une voix éteinte. Ça y est !

Le sergent se retourna vers ses gendarmes :

— Ne quittez pas vos abris ! J'irai voir. Ça peut ne pas être vrai.

Peu après, le sergent Assim était à l'entrée de la grotte. Il alla au-devant de Mèmed et lui prit la main.

— T'en fais pas, Mèmed le Mince ! dit-il en souriant.

— Merci, dit Mèmed.

Iraz était recroquevillée dans un coin, elle s'était faite toute petite.

— Je n'arrive pas encore à croire que tu te rends !

Mèmed se taisait. Il allongea les mains vers les menottes.

De sa place, Iraz s'élança comme une flèche.

— Sergent, dit-elle, tu crois donc que tu as réussi à l'avoir, Mèmed le Mince ?

Elle pénétra au fond de la grotte et tira le kilim qui recouvrait le bébé. Celui-ci apparut. Ses yeux étaient fermés.

— Voilà ! C'est celui-là qui a eu Mèmed le Mince. Et vous vous croyez des hommes ?

Le sergent Assim ne s'attendait pas à celle-là ! Il regarda tour à tour Hatché, Iraz et Mèmed. Son sourire se figea sur ses lèvres. Il allongea la main vers Mèmed et reprit les menottes.

— Mèmed le Mince !... commença-t-il...

Puis il se tut. Les yeux dans les yeux, ils restèrent ainsi un bon moment.

— Mèmed le Mince ! tonna soudain sa voix, je ne suis pas homme à te prendre comme ça !

Ôtant cinq rangées de cartouches de sa ceinture, il les jeta par terre.

— Je m'en vais. Tire derrière moi ! dit-il.

Et il s'élança dehors, en poussant de grands cris.

Derrière lui, Mèmed tirait.

Arrivé près de ses camarades, le sergent Assim leur dit :

— Croyez-vous qu'il se rende comme ça, cette canaille ? C'est pour me tuer qu'il a joué la comédie. Si je ne m'étais pas jeté par terre, j'avais une balle dans la peau. Heureusement que j'avançais avec précaution. Maintenant, la tempête n'est pas loin. Descendons ! Sinon, nous mourrons tous frigorifiés.

Fatigués, épuisés, se retournant sans cesse pour regarder la grotte de Mèmed le Mince, les gendarmes se replièrent.

Des nuages noirs bouillonnaient au sommet du Mont-Ali. La tempête ne pouvait tarder. Déjà les premiers flocons tombaient. Puis, ils devinrent plus denses. Alors, un vent fou souffla.

Vers le soir, la tempête était terrible sur le Mont-Ali. Un tourbillon de neige effrayant sautait de roc en roc. Le Mont et ses alentours, le ciel, tout était d'une blancheur de lait. Tout tourbillonnait dans cette blancheur.

XL

La nouvelle, de village en village, se répandit jusqu'au bourg en un instant : Mèmed le Mince avait été tué ; on descendrait son corps dès que la tempête de neige aurait cessé sur le Mont-Ali.

Les gens de Dèyirmènolouk avaient les yeux rivés sur le sommet du Mont-Ali que frappait l'ouragan. C'était la Montagne des Montagnes, la plus impressionnante de toutes, celle qui avait eu raison de Mèmed le Mince. Chacun était enfermé chez soi, attendant Abdi agha, qui ne manquerait pas de venir à cette nouvelle.

Quant aux paysans de Vayvay, ils s'étaient mis à reprendre leurs terres, morceau par morceau, des mains d'Ali Safa bey ; le vieil Osman avait rajeuni ; il retrouvait ses vingt ans ; il défiait Ali Safa, et invoquait Mèmed le Mince, son Faucon. Mais la nouvelle parvint aussi à Vayvay. Dès qu'il l'entendit, le vieil Osman resta figé sur place, desséché. Un moment, un couteau n'aurait pu lui ouvrir la bouche. Des filets de larmes coulaient de ses yeux. Puis il parla :

– Malheur, mon Faucon, malheur ! Quel héros c'était, mon Faucon ! Il avait des yeux immenses, et quels sourcils ! Ses doigts étaient fuselés comme des roseaux, et sa taille était celle d'un cyprès ! Malheur, mon Faucon, malheur ! Il me disait : « Oncle Osman, un jour je viendrai chez toi, je serai ton hôte. » Ça ne s'est pas réalisé. Malheur, mon Faucon, malheur ! Et il avait sa femme avec lui ! Que peut-elle devenir maintenant, la malheureuse ? Écoutez, villageois ! Mon Faucon nous a sauvés des mains de ce mécréant. Nous devons amener sa femme au village, lui donner un champ, la nourrir. Si elle retombe en prison, nous la nourrirons même là. N'est-ce pas ?

— Entendu ! firent-ils tous.

Mais la crainte d'Ali Safa revint s'installer dans leurs cœurs.

Abdi agha, lui, courut d'abord chez Ali Safa bey. Celui-ci n'était pas chez lui. Seule, sa femme était là :

— As-tu vu, Abdi agha ? dit-elle. On a fini par réussir. Félicitations !

— Félicitations à toi aussi, ma fille !

De là, il courut chez le sous-préfet, lui baisa la main et le pan de sa veste :

— Monsieur le sous-préfet, que Dieu élève sans cesse le Gouvernement et l'État ! Le sergent Assim est un brave, un héros. Je me sacrifierais pour des gens comme lui !

— Mes félicitations, Abdi agha ! Pourtant, tu te plaignais tellement du Gouvernement ! S'il n'y avait pas eu Ali Safa bey, tu aurais déshonoré le nom du bourg. Heureusement, Ali Safa bey n'a pas laissé expédier tes télégrammes.

Abdi agha roula des yeux tout ronds, prêts à sortir de leurs orbites. Le sous-préfet rit, et confirma :

— Eh oui ! ils n'ont pas été envoyés.

— Aucun ? Pas un seul n'est parti ?

— Bien sûr ! S'ils étaient partis, ces télégrammes,

on t'aurait pendu, et moi aussi. Tu étais donc fou ? Est-ce qu'on envoie des télégrammes comme ça à Ankara ?

Abdi agha réfléchit, puis se mit à rire aux éclats :

— Tant mieux, qu'ils ne soient pas partis, Monsieur le sous-préfet ! Nervosité de ma part ! Le renom de notre bourg, pur comme une rose, aurait été gâché. C'est mieux comme ça. Quand on se fâche, on oublie tout. Ça me faisait mal, de voir qu'un grand Gouvernement ne venait pas à bout d'un gosse teigneux, haut comme trois pommes. Crois-moi, ça me faisait très mal. Mais qu'est-ce que j'ai eu, à envoyer des télégrammes comme ça ! C'était de la folie. Pardonne-moi, Monsieur le sous-préfet ! Excuse-moi !

De chez le sous-préfet, il alla chez le commandant de gendarmerie. Il lui exprima aussi sa joie et ses remerciements. Il lui demanda s'il pouvait, ou non, faire un cadeau au sergent Assim. Il le pria de ne pas planter la tête de Mèmed devant sa maison du bourg, mais devant celle du village. Le commandant accepta.

C'est Ali le Boiteux qui était venu au bourg apporter la nouvelle. Il était allé chez Abdi agha et lui avait dit :

— Que la vie de tes ennemis soit réduite à rien, agha ! C'est fait ! Un berger est descendu de la montagne. Il a vu le cadavre de ses propres yeux, le sergent Assim était en train de lui couper la tête. J'ai voulu, sans plus attendre, apporter vite, en courant, la nouvelle à mon agha.

D'abord, Abdi agha n'y avait pas cru, puis il était devenu fou de joie. Trois jours durant, tous ceux qui, après Ali le Boiteux, étaient descendus des montagnes avaient confirmé la nouvelle.

En quittant le commandant, Abdi agha rentra chez lui et convoqua Ali le Boiteux. Il lui dit :

— Même si le sergent Assim t'a fait un peu de tort, ne lui en tiens pas rigueur, mon cher ! C'est un héros, un brave. Vois comme il a nettoyé notre ennemi !

S'enflammant soudain, il continua avec hargne :

— Et ces paysans, ces paysans ! ces paysans misérables et ingrats ! Depuis un an que je ne suis plus sur leur dos, ils ne m'ont même pas livré un grain. Mais bientôt, je vais aller au village ! Ah ! salauds sans honneur ! misérables ! vous dites qu'il y a eu disette, l'année dernière ? Vous osez dire ça pour ne pas me donner mon dû ? Vous aviez donc tant confiance dans Mèmed le Mince ? Eh bien ! prenez-le, votre Mèmed le Mince ! Prenez-le, et faites ce que vous voudrez de sa tête ! Vous le voyez, votre Mèmed le Mince ! Et maintenant, je vais vous montrer, moi, ce que c'est que la disette ! Je vais vous montrer !

Il prit le Boiteux par la main :

— Ali !

— A tes ordres, mon agha !

— Cette année, la récolte a été meilleure que jamais, n'est-ce pas ?

— Deux fois plus forte que d'habitude.

— Ali !

— A tes ordres, mon agha !

— Quelle punition dois-je infliger à ces paysans ?

— C'est toi qui sais, Agha.

Abdi mit ses habits les plus neufs. Il parfuma son chapelet. Il alla chez le coiffeur, se fit raser. Il débordait de joie. Il alla chez Moustafa efendi de Marache, et entra en souriant dans sa boutique :

— Même si c'est un ennemi, dit Moustafa, on ne

se réjouit pas de la mort, Abdi agha ! Nul ne sait de quoi est fait l'avenir.

Abdi parcourut tout le bazar, boutique par boutique, faisant étalage de sa joie, recevant les félicitations de chacun, puis il monta à cheval pour se rendre au village. Ce fut alors qu'arriva la triste nouvelle : Mèmed le Mince, quoique blessé, s'était sauvé des mains du sergent Assim !

– Qui a dit cela ?

– Le sergent lui-même.

– Où est-il ?

– Tout près d'ici ; il vient.

Abdi agha tira sur les rênes et fit faire demi-tour à son cheval. Le sergent Assim et ses gendarmes rentraient dans le bourg, morts de fatigue.

Abdi, dans la cour de sa maison, faillit tomber en descendant de cheval. Plus mort que vif, il alla tout droit chez l'écrivain public Fahri le Fou :

– Écris, frère ! Ecris directement à Ismet pacha ! Écris : le sous-préfet, le télégraphiste, Ali Safa bey, le commandant de Gendarmerie et le bandit Mèmed le Mince ont partie liée. Écris : Mon Pacha, ils n'ont transmis aucun des télégrammes que je t'ai adressés. Écris !...

XLI

— C'est un coup dur que mon Faucon a porté aux aghas ! dit le vieil Osman. Ali Safa bey essaie maintenant d'envoyer d'autres hommes dans le maquis. Il peut toujours essayer, mon Faucon les descendra tous !

Ils étaient réunis au milieu du village, sous le grand mûrier.

— A présent, nous possédons nos champs, ça y est, pas ?

— Ça y est, dirent-ils.

— Grâce à qui ?

— Grâce à Mèmed le Mince.

Le vieil Osman se leva.

— Ali Saïp bey est venu d'Ankara, dit-il.

Les villageois étaient tout oreilles.

— Il a parlé avec Ismet pacha. Cet automne, aux fêtes... je veux dire pour les fêtes du Gouvernement, il y aura, paraît-il, une amnistie. Dans quinze jours ou un mois... Mèmed le Mince sera amnistié aussi. Il paraît aussi qu'il a un enfant. C'est pourquoi je propose que nous lui donnions de la terre. Qu'il s'installe dans notre village ! Qu'en pensez-vous ?

— Qu'il s'y installe ! dirent ensemble tous les villageois. Nous le porterons sur nos têtes. Nos champs et notre vie lui appartiennent, à un vaillant comme ça !

Le vieil Osman réserva cent hectares dans un des champs les plus féconds. Ces cent hectares appartenaient à la veuve Eché. Les villageois firent une collecte entre eux et lui achetèrent le champ. Tous ensemble, ils attelèrent la charrue et semèrent du blé sur ces cent hectares.

Le vieil Osman prit une poignée de cette terre ensemencée. La terre, comme de l'eau, coulait entre ses doigts :

– A ma mort, dit-il, je ne partirai pas les yeux ouverts. Ali Saïp bey n'a pas l'habitude de mentir. Ce qu'il dit se fera. C'est un des hommes d'Ismet pacha !

Il se passait des choses terribles au bourg. Ali Safa bey en faisait voir de toutes les couleurs au sous-préfet et au commandant de gendarmerie, parce que Mèmed le Mince n'avait pas été pris. Il les accusait de protéger les bandits. Il faisait pleuvoir à Ankara télégramme sur télégramme. Ankara donnait des ordres formels au sous-préfet pour qu'il arrête les bandits. Le capitaine en personne se trouvait à la tête des gendarmes. Les villages du Taurus n'en pouvaient plus. Non pas des bandits, mais des gendarmes.

Mèmed le Mince n'arrivait plus à tenir dans aucun village. Pendant des jours, il restait dans la montagne, sans manger et sans boire, avec l'enfant. Plusieurs fois, ils étaient tombés dans une embuscade du capitaine Farouk, mais ils avaient réussi à s'en tirer.

Ces derniers jours, sans Kérimoglou, Mèmed le Mince aurait été perdu ! Où qu'il fût, Kérimoglou lui faisait parvenir des munitions, du pain, de l'argent. L'argent qui venait du village de Vayvay parvenait aussi par son intermédiaire.

Comme le vieil Osman, Kérimoglou aussi attendait les Fêtes avec impatience. On n'en avait plus pour longtemps.

Mais le village de Dèyirmènolouk et tous les villages du Plateau-aux-Épines n'étaient pas contents de l'approche de l'amnistie. Quand Mèmed abandonnerait le maquis, Abdi agha reviendrait au village. Ils en tremblaient à l'avance.

— Qu'est-ce que c'est encore que l'amnistie ? Si un bandit en est un, il reste dans le maquis. Si j'étais à la place de Mèmed, je ne le quitterais pas. Pourquoi se traînerait-il comme nous autres, paysans ? Tout le monde le craint !

XLII

– Alors, Mèmed le Mince, tu es au courant ? demanda Ali le Boiteux.

– De quoi ? fit Mèmed, les yeux illuminés d'un sourire.

– Comment ? Toi, tu ne sais pas ?

– Non, parole !

– Eh bien, attends !...

– Raconte-moi !

– Tu connais bien le vieil Osman, que je t'ai amené au Ruisseau-des-Fleurs ? Il a appris, par Ali Saïp bey, revenu d'Ankara, que l'amnistie sortirait pour la grande fête du dixième anniversaire de la République. Là-dessus, il a réuni les gens de son village autour de lui, et voici ce qu'il leur a dit : « Mèmed le Mince est notre Faucon. Il faut qu'il vienne s'installer au village ! » Les autres ont répondu : « Nous sommes prêts à le servir ! » Ils t'ont acheté un champ de cent arpents. C'est le vieil Osman qui l'a choisi lui-même. Et ils te construisent une maison. Le vieil Osman m'a dit : « Ali Saïp bey dit certainement vrai, mais de grâce, qu'il fasse attention à lui ! Va lui dire ! Quand l'amnistie sera sortie, j'irai moi-même porter la nouvelle à mon Faucon.» Et alors, comment ça va ?

— Ce capitaine ne me laisse pas de trêve. Il a abandonné tous les autres bandits, les assassins sanglants, et il est toujours après moi. Ça fait peut-être dix fois que nous nous battons. Quoi qu'il arrive, si je le trouve encore une fois devant moi, je le tuerai !

— Il va y avoir l'amnistie, laisse tomber !

— Il me court trop après, je le tuerai !

— Ne fais pas ça ! attends encore un peu, gagne du temps !

Le Boiteux s'en alla.

Depuis qu'elle avait appris la nouvelle de l'amnistie, Hatché ne dormait plus, tellement sa joie était grande.

La terre d'Alayar était rouge comme du sang. Aussi rouge qu'une pastèque très rouge coupée au milieu et exposée au soleil.

Ils s'étaient réfugiés depuis trois jours sur les terres rouges d'Alayar. Bien que le capitaine Farouk tournât autour d'eux comme un oiseau rapace, ils étaient heureux.

Hatché et Iraz chantaient. L'enfant s'appelait toujours Mèmed. Il avait bien profité. Il était potelé. On lui chantait les plus belles berceuses. Hatché jouait avec son petit Mèmed comme avec un ballon.

— Tante Iraz ! disait-elle, vois comment Dieu arrange les choses ! Nous ne souhaitions que trente hectares, il nous en a donné cent, avec, en plus, une maison.

Elle sortait de telles plaisanteries, de tels enfantillages, de telles absurdités, qu'une gosse de douze ans en aurait eu honte.

— Mon Dieu, Mèmed, disait-elle tout le temps, l'amnistie est pour bientôt. Nous aurons une maison, un champ. Pourquoi ne souris-tu pas ? Souris donc un peu !

A cela, Mèmed souriait avec amertume.

Mais, à l'aube, ils furent encerclés à Alayar par le capitaine Farouk.

– Mèmed le Mince ! moi, je ne suis pas le sergent Assim ! Sache-le bien ! cria le capitaine.

Mèmed ne répondit pas. Il savait comment s'en tirer des mains des gendarmes. Il s'en fichait.

Il tirait pour occuper l'adversaire. La nuit tombée, ils allaient fuir en douce. Iraz était devenue plus aguerrie, plus courageuse, et tirait mieux que les bandits les plus renommés. A elle seule, elle aurait pu occuper pendant trois jours ces gendarmes.

Le capitaine Farouk était fou de rage. « Un homme, une seule femme, et un gosse en plus ! » pensait-il.

– Mèmed le Mince ! Je ne te laisserai pas partir !

Mais Mèmed le Mince était décidé ; il tirait pour tuer le capitaine et, pour cela, il se rapprochait des gendarmes. C'était la première fois qu'il faisait une imprudence pareille.

– Je suis fichue ! cria la voix de Hatché, par-derrière.

Mèmed resta glacé sur place, mais il ne se retourna pas. Il fit pleuvoir les balles sur le capitaine. Pas content, insatisfait, il lança grenade sur grenade. Puis, rapidement, il se retourna avec exaltation et vint près de Hatché. Hatché était étendue de tout son long, sans vie. L'enfant était près d'elle. Hatché semblait sourire. A moitié fou, Mèmed tirait comme une mitrailleuse et ne cessait de lancer des grenades. Iraz, de son côté, faisait de même.

Le capitaine fut blessé à plusieurs reprises. Les gendarmes ne tirèrent pas plus longtemps.

Iraz pleurait sur le corps de Hatché. Son visage

ressemblait à celui qu'elle avait à son arrivée en prison.

Le fusil entre les bras, Mèmed s'était assis, et pleurait, tête basse.

Iraz leva la tête et regarda le ciel. Très haut, là-bas, des grues volaient. Le sang de Hatché se mêlait à la terre rouge d'Alayar.

Puis, l'enfant se mit à pleurer. Mèmed le prit dans ses bras et le serra sur son cœur. Pour le calmer, il lui chanta une berceuse, tout en marchant.

— Prévenons le village, pour qu'on enterre Hatché ! dit Iraz.

Elle alla au village. Mèmed resta sans bouger, comme une pierre, avec l'enfant dans les bras, le visage tendu par l'effroi, les yeux fixés sur la morte.

Dès qu'ils eurent appris la nouvelle, les villageois, femmes, hommes et enfants, se rendirent auprès de la morte :

— Ah ! disaient-ils, ah ! la malheureuse Hatché de Mèmed le Mince !

Mèmed appela le syndic. Il lui donna de l'argent.

— Enterrez mon Hatché dignement, avec tous les honneurs qui lui sont dus ! dit-il.

Il la regarda longuement, elle souriait toujours. Il prit l'enfant dans ses bras.

— Allons, partons, tante Iraz ! ajouta-t-il.

Lui devant, Iraz derrière, ils grimpèrent vers les hauteurs de la montagne.

Au sommet, ils trouvèrent une grotte. Ils s'assirent sur une pierre devant l'entrée. Des feuilles tombaient des arbres proches. Un oiseau chantait. Du rocher d'en face s'élança comme une flèche un ramier blanc. Un lézard monta sur le tronc d'un arbre. A cet instant, l'enfant, dans les bras de Mèmed, se réveilla...

Iraz, prenant Mèmed par le petit doigt, le regarda dans le fond des yeux :

– Frère ! dit-elle, frère ! je vais te dire quelque chose.

Mèmed attendait, sans broncher.

– Frère, donne-moi l'enfant et laisse-moi partir avec dans un village d'Antep ! Dans la montagne, il mourra. Il mourra de faim... J'ai renoncé au sang de mon Riza. Voilà ! ça sera celui-là, à la place de mon Riza. Donne-le-moi, et laisse-moi partir, laisse-moi l'élever !

Lentement, Mèmed tendit l'enfant à Iraz. Iraz le prit et le serra sur son sein.

– Mon Riza ! murmura-t-elle, mon petit Riza !

De sa main libre, elle ôta les cartouchières qu'elle portait sur elle. Elle les enleva et les entassa dans un coin.

– Reste en paix, Mèmed le Mince !

Mèmed s'approcha et la saisit par le bras. L'enfant avait cessé de pleurer. Longuement, il fixa le visage de l'enfant.

– Bon voyage ! dit-il.

XLIII

Le parfait cheval, sa croupe doit être, non pas ronde, mais ovale, comme un œuf. Ses oreilles, droites. Son chanfrein de couleur unie. Ses jambes, courtes par rapport à sa longueur. Sa robe ni baie, ni alezane, ni isabelle, ni grise, mais pommelée.

Le cheval attendait devant la maison du vieil Osman. Il hennissait et piaffait. Il avait l'échine toute svelte. Ses yeux étaient comme ceux d'une jeune fille, brillants et tristes. Sa queue descendait jusqu'à terre. Il était élancé. Sa crinière lui tombait du côté droit ; au galop, il s'effilait comme une flûte.

L'amnistie avait eu lieu à la grande Fête Nationale. La plupart des bandits de la montagne étaient descendus remettre leurs armes aux pouvoirs publics. Il y avait toutes sortes de bandits au poste de gendarmerie... Ils attendaient.

Le vieil Osman, caressant le flanc du cheval, déclara :

– Il est digne de mon Mèmed le Mince, de mon Faucon, de mon fils, ce cheval !

– Il en est digne, dirent les villageois.

Le vieil Osman sauta dessus :

– Pas plus tard que dans deux jours, je reviendrai avec mon Faucon Allez chercher les batteurs de grosse caisse du village d'Endèline. Que les doubles grosses caisses résonnent ! C'est comme ça que les villageois de Vayvay doivent aller recevoir Mèmed le Mince au bourg ! Les bandits des autres villages viennent à pied, notre Mèmed le Mince montera un cheval arabe !...

Il prit les rênes du cheval et partit à toute bride. Les monts du Taurus étaient imprégnés de bleu qui virait au mauve.

C'est Djabbar qui avait apporté la nouvelle de l'amnistie à Mèmed le Mince. Les deux amis s'embrassèrent longuement et s'assirent l'un près de l'autre, sans parler. Au moment de partir, Djabbar lui dit :

– Moi, j'irai me rendre.

Mèmed n'ouvrit pas la bouche.

Un jour, à midi, il rentra à Dèyirmènolouk. Ses yeux s'enfonçaient dans son visage bronzé. Il avait le front ridé et ressemblait à un roc. Ses yeux, devenus tout petits, n'étaient plus qu'une lueur obstinée. Pour la première fois, il rentrait ainsi, en plein jour, au village. Il titubait comme un ivrogne. Il semblait inconscient. Les femmes sortaient leur tête à travers leur porte et regardaient, étonnées, effrayées. Les gosses marchaient loin derrière lui, silencieux et craintifs. On avait aussi annoncé la nouvelle de son retour à Huru. Elle arriva en courant et l'accueillit sur la place du village.

L'attrapant avec colère par le col de sa veste, elle lui cria de toutes ses forces :

– Mèmed ! Mèmed ! Ils t'ont descendu Hatché, et tu vas à présent te livrer à eux ? Abdi reviendra de nouveau. Il régnera comme un pacha ! Et toi, tu veux te rendre ? T'es qu'un cœur de femme, tiens ! C'est la première année que le Plateau-aux-Épines n'a pas été affamé. C'est la première année qu'il a mangé à sa faim. Et toi, tu vas laisser Abdi agha nous accabler de nouveau ? Où cours-tu, Mèmed le Mince au cœur de femme ? Tu veux donc te rendre ?

Pendant ce temps, tous les villageois s'étaient rassemblés sur la place et restaient là, sans bouger, dans un silence de mort.

— T'as qu'un cœur de femme, Mèmed ! Regarde tous ces villageois, tous ces gens qui dépendent de toi ! Et tu iras te rendre ? Tu vas laisser Abdi revenir ? Mais les os de la belle Deuné gémiront dans sa tombe, les os de la belle Hatché...

Mèmed devenait tout pâle ; il tremblait et fixait la terre. Violemment, Huru lâcha son col :

— Va donc te rendre, homme au cœur de femme, puisqu'il y a l'amnistie !

A cet instant, le vieil Osman arriva au galop, parmi la foule.

— Mèmed le Mince ! Mon Faucon ! dit-il en fendant la foule.

Il vint près de Mèmed et se jeta à son cou.

— Mon Faucon ! répéta-t-il. Ta maison a été construite, elle est terminée. J'ai aussi fait semer ton champ. Et c'est pour toi que les villageois ont acheté ce cheval. Tu n'es pas comme les autres bandits. C'est avec la grosse caisse et la clarinette que le village de Vayvay va t'accueillir. Qu'ils crèvent de rage, Ali Safa et Abdi agha ! Monte à cheval, et allons !

Sur la place, d'un bout à l'autre, la foule bougonna. On n'entendait que ça : « Maudit vieillard, maudit !... maudit !... »

Mèmed prit les rênes des mains du vieil Osman et

sauta sur le cheval. Ali le Boiteux, qui se trouvait à l'extrémité de la foule, avança en direction de Mèmed. Toutes les têtes se tournèrent de ce côté-là.

Au Boiteux, Mèmed fit un signe avec la tête, qui voulait dire : « Passe devant ! » Le Boiteux fit quelques pas. Puis, Mèmed éperonna le cheval et sortit du village, dans un nuage de poussière. La foule bougonne resta là, à regarder ; elle était figée, pétrifiée, son sang s'était arrêté de circuler.

Arrivé près du Rocher-au-Faucon, Mèmed tira sur les rênes. Il descendit du cheval et alla l'attacher à un platane. L'arbre avait perdu toutes ses feuilles jaune d'or, aux nervures rouges ; elles formaient un tas où son tronc s'enfonçait.

La source du Rocher-au-Faucon était toute verte, partout, d'un vert de cristal... Mèmed s'assit sur une pierre et se prit la tête entre les mains. C'est seulement bien après qu'Ali le Boiteux arriva. Essoufflé et inquiet, il s'assit à côté de Mèmed. Il essuya la sueur de son front avec son index, qu'il secoua.

– Ah ! frère ! je suis mort de fatigue. J'étouffe ! soupira-t-il.

Pour reprendre son souffle, il se tut un moment. Mèmed releva lentement la tête. Ses yeux étaient encore brillants de lumière. Soudain, une lueur jaune bouillonna dans sa tête.

– Frère Ali, dis-moi s'il sera chez lui à minuit ? Pourrai-je le trouver ?

– Tu le trouveras. Comme si tu l'y avais mis de tes propres mains. Il a si peur qu'il ne met plus le nez dehors, dès la nuit venue.

– Explique-moi donc encore une fois, exactement, l'endroit où se trouve sa maison !

– Tu sais où est la prison. Tu connais l'endroit. Eh bien, à droite de la prison, il y a le poste de gendarmerie. Quand tu dépasses le poste de gendarmerie, à l'autre bout de la rue, il n'y a qu'une seule maison, teinte en bleu indigo. Mais, comme tu y vas la nuit, tu ne verras pas sa couleur... Il n'y a donc qu'une seule maison. Elle a une haute cheminée, comme un minaret. Tu la repéreras comme ça. On la voit facilement ; elle te frappera tout de suite. Elle est haute, la maison, elle a deux étages. Toutes les autres alentour n'en ont qu'un. Abdi agha dort seul, dans la chambre qui donne sur le couchant. La porte en bas est verrouillée par-dedans, mais il y a une fente. Tu enfonceras ton couteau par la fente et tu pousseras vers le haut. Elle s'ouvrira.

Sans dire un mot, Mèmed se leva. Il se dirigea vers le cheval, le détacha, et sauta dessus. Au grand galop !... Le cheval filait comme le vent. Sa crinière se dressait comme une flamme.

Mèmed se ressaisit quand le bruit du moulin d'en bas parvint à ses oreilles. Il tira sur la bride, s'arrêta un moment, et tendit l'oreille. Puis, lentement, il poussa son cheval.

Il chargea son fusil et son pistolet. A un moment donné, le cheval sembla vouloir se cabrer ; il l'éperonna et traversa le marché par le milieu. Les lampes à pétrole des cafés étaient encore allumées. Quelques personnes le regardèrent passer, avec curiosité. Depuis quelque temps, les hommes armés ne les étonnaient plus tellement. On en voyait à longueur de journée. Ils n'y attachèrent pas d'importance.

Lui, il ne les vit même pas. Il prit la rue à côté de la mosquée. La maison à la haute cheminée était à gauche. Devant la maison, il descendit du cheval et l'attacha à une branche basse du sombre mûrier de la cour. En haut, il y avait de la lumière.

Il grimpa les escaliers quatre à quatre. Quand les femmes et les enfants virent Mèmed, ils firent un vacarme effroyable.

Il alla tout droit dans la chambre qui donnait sur le couchant. Tout ensommeillé, Abdi agha s'étirait :

– Qu'est-ce qu'il y a ? Que se passe-t-il ? s'écria-t-il en s'affolant.

Mèmed lui saisit le bras et le secoua :

– Agha ! agha ! c'est moi ! dit-il.

Abdi ouvrit les yeux sans comprendre. Puis il resta ainsi, les yeux grands ouverts. Même ses pupilles blanchissaient.

Dehors régnait un vacarme épouvantable.

Mèmed pointa son fusil, et tira trois coups dans la poitrine d'Abdi agha. D'un coup de feu, il avait éteint la lampe.

En un éclair, il descendit les escaliers et enfourcha son cheval. Alertés, les gendarmes commençaient à mitrailler la maison. Mais, à toute bride, Mèmed poussait son cheval vers les Monts Taurus.

Les balles pleuvaient derrière lui, comme du sable.

Ainsi quitta-t-il le bourg.

C'est à l'aube seulement qu'il rentra au village. Arrivé sur la place, il tira sur la tête du cheval pour l'arrêter. La bête était noire de sueur, son poitrail s'activait comme un soufflet. Son cou et sa croupe écumaient. Mèmed aussi était en nage. La sueur suintait de ses aisselles. Ses cheveux se collaient sur son visage.

Le soleil s'éleva à hauteur d'homme. Les ombres s'allongeaient vers le couchant, à l'infini... Le cheval, tout trempé des pieds à la tête, fut inondé de lumière. Il brillait de partout.

C'est ainsi que les villageois virent Mèmed sur

son cheval, raide et comme pétrifié, au milieu du village. Doucement, en silence, femmes et enfants, jeunes et vieux l'entourèrent de tous côtés. Ils firent un cercle immense. On n'entendait pas le moindre bruit. Pas même leur respiration. Tous regardaient Mèmed. Des centaines d'yeux le regardaient. Obstinément, tous se taisaient.

Raide et comme pétrifié au milieu d'eux, le cavalier fit un petit mouvement. Sa monture avança de deux pas, puis s'arrêta. Le cavalier releva la tête. Il parcourut la foule du regard.

Toute pâle, la mère Huru semblait desséchée. Son sang l'avait quittée. Elle fixait ses yeux grands ouverts sur Mèmed ; elle attendait un mot de lui, un geste.

Puis le cheval remua. Mèmed le poussa vers la mère Huru. Quand il fut devant elle, il tira sur la tête du cheval :

— Mère Huru ! mère Huru ! dit-il. C'est fait ! Donne-moi ta bénédiction !

Puis il éperonna son cheval et galopa vers le Mont-Ali. Il fila à travers le village et s'en alla, pareil à un nuage noir. Il disparut.

C'était le moment de labourer. Les cinq villages du Plateau-aux-Épines se réunirent. Les jeunes filles mirent leurs plus beaux atours. Les vieilles femmes se coiffèrent de fichus tout blancs, immaculés. La grosse caisse retentit. Il y eut un grand festin de fête. Ali le Demeuré lui-même, oubliant sa maladie, fit des danses. Puis un matin, de bonne heure, tous se rendirent en masse au champ de chardons et y mirent le feu.

On n'eut plus de nouvelles de Mèmed le Mince. Il ne laissa pas de trace.

Depuis ce temps-là, avant de labourer, les villageois du Plateau-aux-Épines mettent le feu aux chardons de leurs champs et célèbrent une fête joyeuse. Sur la plaine, le feu brûle en tourbillons, pendant trois jours et trois nuits, et dévore follement les panicauts.

On entend les craquements stridents des chardons. Et c'est à ce moment-là qu'une boule de lumière éclate au sommet du Mont-Ali. Il s'illumine, pendant trois nuits, comme en plein jour.

GLOSSAIRE

Anavarza : Colline surmontée des ruines d'un château fort franc, à 25 kilomètres au sud de Kozan (voir ce nom) ; c'est le site de l'ancienne Anazarba (la « Nouvelle Troie »), capitale de la Petite-Arménie à l'époque des croisades.

Antep : Ville et province de la Turquie méridionale, à une centaine de kilomètres au nord d'Alep ; on l'appelle aussi Gazi-Antep.

Blanche (Mer) : Nom turc de la Méditerranée.

Chalvar : Sorte de pantalon très ample, porté par les femmes comme par les hommes.

Couvre-chef (Réforme du) : En 1925, sur l'initiative d'Ataturk, les coiffures de type oriental furent interdites en Turquie, et remplacées par le chapeau ou la casquette européens.

Dadaloglou : Célèbre poète populaire turkmène (voir ce mot) de la région du Taurus, chantre de la résistance des nomades turcs à la sédentarisation que voulait leur imposer le gouvernement ottoman ; on pense qu'il a vécu de 1785 à 1865.

Deuguen : Turc : dögen, « batteur » ; sorte de traîneau en bois, dont la paroi inférieure, garnie de cailloux acérés, écrase le blé étendu sur l'aire de battage ; on y attelle un cheval ou des bœufs.

Dévotion : Porter sa casquette de travers (ou à l'envers) est réputé signe de dévotion, car on doit la placer ainsi pour faire chacune des cinq prières canoniques quotidiennes de l'islam, durant lesquelles le front doit pouvoir toucher terre.

Dèyirmènolouk : Mot à mot : la « Canalisation du Moulin ».

Gouvernement (Nouveau) : Le Gouvernement républicain issu de la révolution de 1920, dirigée par Ataturk.

Guizik Douran : Célèbre chef de bande des Monts Taurus, vers 1920.

Halay : Danse villageoise exécutée par un groupe d'hommes, au son de la grosse caisse et d'une sorte de clarinette (zourna).

Halvâ : Pâte de sésame cuite et très sucrée.

Islahiyé : Ville de la Turquie méridionale, à 80 kilomètres environ à l'ouest de Gazi-Antep (voir : Antep).

Kaf : Montagne légendaire, résidence d'un oiseau merveilleux nommé Anka.

Kébab : Rôti, en général ; plus spécialement rôti d'agneau en brochettes.

Kilim : Tapis tissé (et non noué).

Kohol : Préparation grasse servant à farder en noir les cils et le tour des yeux.

Kozan : Petite ville de la Turquie méridionale, à 80 kilomètres environ au nord-est d'Adana.

Longue Vie : Un souhait de longue vie est une façon traditionnelle turque d'annoncer, par euphémisme, la mort d'un parent ou d'un ami.

Mèmed le Mince : En turc, *Ince Memed* (prononcer : Indjé Mèmed) ; cette forme turque est le titre du roman original ; Mèmed est une prononciation paysanne de Mehmed, autre forme de Mohammed.

Mistik : Diminutif de Moustafa.

Moustafa : Forme officielle du nom propre abrégé souvent, soit en « Moustan », soit en « Mistik », diminutifs attestés l'un et l'autre dans le roman.

Osmaniyé : Ville de la Turquie méridionale, à 80 kilomètres environ à l'est d'Adana.

Saz : Sorte de guitare populaire à long manche et à petite caisse.

Sytyr : Village et lieu-dit, dans l'arrondissement de Kadirli (à l'est de Kozan, voir ce nom).

Tchoukour-Ova : En turc : la « Plaine-Creuse » ; plaine alluviale très plate qui s'étend entre le Taurus et la Méditerranée, comprenant les bassins des fleuves Seyhan et Djeyhan, dans la région d'Adana ; c'est l'ancienne plaine de Cilicie.

Terre (Rôti de) : Façon particulière de cuire le mouton à l'étouffée, dans un trou creusé en terre et recouvert quand le feu de bois est bien pris.

Turkmènes : Nomades pasteurs turcs, de même origine que ceux du même nom au Turkestan.

Voir (Hatché) : Avant de demander une fille en mariage, la coutume était d'envoyer, pour la voir (afin de la décrire au futur époux), une matrone spécialement mandatée (la « Voyeuse »), qui en faisait parfois profession ; « envoyer voir » une fille était la première démarche officielle auprès de sa famille en vue du mariage ; cette coutume, qui n'avait son véritable sens que dans les milieux (surtout citadins) où les filles étaient voilées de bonne heure, s'était étendue, par imitation, jusque dans les campagnes où, comme dans le village décrit par l'auteur, les femmes, en fait, n'étaient pas voilées.

Yeuruks, ou *Yuruks :* Nomades pasteurs turcs, de même souche tribale que les Ottomans (Oghouz), très voisins par leurs origines des Turkmènes ou Turcomans, mais ayant une organisation distincte et restés, jusqu'à ce jour, réfractaires pour la plupart à la sédentarisation.

DU MÊME AUTEUR

Aux Éditions Gallimard

AU-DELÀ DE LA MONTAGNE
  I. LE PILIER
  II. TERRE DE FER, CIEL DE CUIVRE
  III. L'HERBE QUI NE MEURT PAS

MÈMED LE FAUCON

LA LÉGENDE DES MILLE TAUREAUX

LES SEIGNEURS DE L'AKTCHASAZ
  I. MEURTRE AU MARCHÉ DES FORGERONS
  II. TOURTERELLE, MA TOURTERELLE

TU ÉCRASERAS LE SERPENT

ALORS, LES OISEAUX SONT PARTIS...

LE ROI DES ÉLÉPHANTS ET BARBE-ROUGE

LA FOURMI BOITEUSE, *Illustrations de Anne Borellec* (Folio Junior, *n° 241*)

SALMAN LE SOLITAIRE

ET LA MER SE FÂCHA...

LE RETOUR DE MÈMED LE MINCE

LE DERNIER COMBAT DE MÈMED LE MINCE

COLLECTION FOLIO

Dernières parutions

2735. Sempé — *Âmes sœurs.*
2736. Émile Zola — *Lourdes.*
2737. Louis-Ferdinand Céline — *Féérie pour une autre fois.*
2738. Henry de Montherlant — *La Rose de sable.*
2739. Vivant Denon — *Point de lendemain,* suivi de Jean-François de Bastide : *La Petite Maison.*
2740. William Styron — *Le choix de Sophie.*
2741. Emmanuèle Bernheim — *Sa femme.*
2742. Maryse Condé — *Les derniers rois mages.*
2743. Gérard Delteil — *Chili con carne.*
2744. Édouard Glissant — *Tout-monde.*
2745. Bernard Lamarche-Vadel — *Vétérinaires.*
2746. J. M. G. Le Clézio — *Diego et Frida.*
2747. Jack London — *L'amour de la vie.*
2748. Bharati Mukherjee — *Jasmine.*
2749. Jean-Noël Pancrazi — *Le silence des passions.*
2750. Alina Reyes — *Quand tu aimes, il faut partir.*
2751. Mika Waltari — *Un inconnu vint à la ferme.*
2752. Alain Bosquet — *Les solitudes.*
2753. Jean Daniel — *L'ami anglais.*
2754. Marguerite Duras — *Écrire.*
2755. Marguerite Duras — *Outside.*
2756. Amos Oz — *Mon Michaël.*
2757. René-Victor Pilhes — *La position de Philidor.*
2758. Danièle Sallenave — *Les portes de Gubbio.*
2759. Philippe Sollers — *PARADIS 2.*
2760. Mustapha Tlili — *La rage aux tripes.*
2761. Anne Wiazemsky — *Canines.*
2762. Jules et Edmond de Goncourt — *Manette Salomon.*
2763. Philippe Beaussant — *Héloïse.*
2764. Daniel Boulanger — *Les jeux du tour de ville.*
2765. Didier Daeninckx — *En marge.*

2766. Sylvie Germain	*Immensités.*
2767. Witold Gombrowicz	*Journal I (1953-1958).*
2768. Witold Gombrowicz	*Journal II (1959-1969).*
2769. Gustaw Herling	*Un monde à part.*
2770. Hermann Hesse	*Fiançailles.*
2771. Arto Paasilinna	*Le fils du dieu de l'Orage.*
2772. Gilbert Sinoué	*La fille du Nil.*
2773. Charles Williams	*Bye-bye, bayou !.*
2774. Avraham B. Yehoshua	*Monsieur Mani.*
2775. Anonyme	*Les Milles et Une Nuits III (conte choisis).*
2776. Jean-Jacques Rousseau	*Les confessions.*
2777. Pascal	*Les Pensées.*
2778. Lesage	*Gil Blas.*
2779. Victor Hugo	*Les Misérables I.*
2780. Victor Hugo	*Les Misérables II.*
2781. Dostoïevski	*Les Démons (Les Possédés).*
2782. Guy de Maupassant	*Boule de suif et autres nouvelles.*
2783. Guy de Maupassant	*La Maison Tellier. Une partie de campagne et autres nouvelles.*
2784. Witold Gombrowicz	*La pornographie.*
2785. Marcel Aymé	*Le vaurien.*
2786. Louis-Ferdinand Céline	*Entretiens avec le Professeur Y.*
2787. Didier Daeninckx	*Le bourreau et son double.*
2788. Guy Debord	*La Société du Spectacle.*
2789. William Faulkner	*Les larrons.*
2790. Élisabeth Gille	*Le crabe sur la banquette arrière.*
2791. Louis Martin-Chauffier	*L'homme et la bête.*
2792. Kenzaburô Oé	*Dites-nous comment survivre à notre folie.*
2793. Jacques Réda	*L'herbe des talus.*
2794. Roger Vrigny	*Accident de parcours.*
2795. Blaise Cendrars	*Le Lotissement du ciel.*
2796. Alexandre Pouchkine	*Eugène Onéguine.*
2797. Pierre Assouline	*Simenon.*
2798. Frédéric H. Fajardie	*Bleu de méthylène.*
2799. Diane de Margerie	*La volière suivi de Duplicités.*
2800. François Nourissier	*Mauvais genre.*
2801. Jean d'Ormesson	*La Douane de mer.*

2802.	Amo Oz	*Un juste repos.*
2803.	Philip Roth	*Tromperie.*
2804.	Jean-Paul Sartre	*L'Engrenage.*
2805.	Jean-Paul Sartre	*Les jeux sont faits.*
2806.	Charles Sorel	*Histoire comique de Francion.*
2807.	Chico Buarque	*Embrouille.*
2808.	Ya Ding	*La jeune fille Tong.*
2809.	Hervé Guibert	*Le Paradis.*
2810.	Martin Luis Guzman	*L'ombre du caudillo.*
2811.	Peter Handke	*Essai sur la fatigue.*
2812.	Philippe Labro	*Un début à Paris.*
2813.	Michel Mohrt	*L'ours des Adirondacks.*
2814.	N. Scott Momaday	*La maison de L'aube.*
2815.	Banana Yoshimoto	*Kitchen.*
2816.	Virginia Woolf	*Vers le phare.*
2817.	Honoré de Balzac	*Sarrasine.*
2818.	Alexandre Dumas	*Vingt ans après.*
2819.	Christian Bobin	*L'inespérée.*
2820.	Christian Bobin	*Isabelle Bruges.*
2821.	Louis Calaferte	*C'est la guerre.*
2822.	Louis Calaferte	*Rosa mystica.*
2823.	Jean-Paul Demure	*Découpe sombre.*
2824.	Lawrence Durrell	*L'ombre infinie de César.*
2825.	Mircea Eliade	*Les dix-neuf roses.*
2826.	Roger Grenier	*Le Pierrot noir.*
2827.	David McNeil	*Tous les bars de Zanzibar.*
2828.	René Frégni	*Le voleur d'innocence.*
2829.	Louvet de Couvray	*Les Amours de chevalier de Faublas.*
2830.	James Joyce	*Ulysse.*
2831.	François-Régis Bastide	*L'homme au désir d'amour lointain.*
2832.	Thomas Bernhard	*L'origine.*
2833.	Daniel Boulanger	*Les noces du merle.*
2834.	Michel del Castillo	*Rue des Archives.*
2835.	Pierre Drieu la Rochelle	*Une femme à sa fenêtre.*
2836.	Joseph Kesel	*Dames de Californie.*
2837.	Patrick Mosconi	*La nuit apache.*
2838.	Marguerite Yourcenar	*Conte bleu.*
2839.	Pascal Quignard	*Le sexe et l'effroi.*
2840.	Guy de Maupassant	*L'inutile beauté.*
2841.	Kôbô Abe	*Rendez-vous secret.*

2842.	Nicolas Bouvier	*Le poisson-scorpion.*
2843.	Patrick Chamoiseau	*Chemin-d'école.*
2844.	Patrick Chamoiseau	*Antan d'enfance.*
2845.	Philippe Djian	*Assassins.*
2846.	Lawrence Durrell	*Le carrousel sicilien.*
2847.	Jean-Marie Laclavetine	*Le Rouge et le Blanc.*
2848.	D. H. Lawrence	*Kangourou.*
2849.	Francine Prose	*Les petits miracles.*
2850.	Jean-Jacques Sempé	*Insondables mystères.*
2851.	Béatrix Beck	*Accommodements avec le ciel.*
2852.	Herman Melville	*Moby Dick.*
2853.	Jean-Claude Brisville	*Beaumarchais, l'insolent.*
2854.	James Baldwin	*Face à l'homme blanc.*
2855.	James Baldwin	*La prochaine fois, le feu.*
2856.	W. R. Burnett	*Rien dans les manches.*
2857.	Michel Déon	*Un déjeuner de soleil.*
2858.	Michel Déon	*Le jeune homme vert.*
2859.	Philippe Le Guillou	*Le passage de l'Aulne.*
2860.	Claude Brami	*Mon amie d'enfance.*
2861.	Serge Brussolo	*La moisson d'hiver.*
2862.	René de Ceccatty	*L'accompagnement.*
2863.	Jerome Charyn	*Les filles de Maria.*
2864.	Paule Constant	*La fille du Gobernator.*
2865.	Didier Daeninckx	*Un château en Bohême.*
2866.	Christian Giudicelli	*Quartiers d'Italie.*
2867.	Isabelle Jarry	*L'archange perdu.*
2868.	Marie Nimier	*La caresse.*
2869.	Arto Paasilinna	*La forêt des renards pendus.*
2870.	Jorge Semprun	*L'écriture ou la vie.*
2871.	Tito Topin	*Piano barjo.*
2872.	Michel Del Castillo	*Tanguy.*
2873.	Huysmans	*En route.*
2874.	James M. Cain	*Le bluffeur*
2875.	Réjean Ducharme	*Va savoir.*
2876.	Matthieu Lindon	*Champion du monde.*
2877.	Robert Littell	*Le sphinx de Sibérie.*
2878.	Claude Roy	*Les rencontres des jours 1992-1993.*
2879.	Danièle Sallenave	*Les trois minutes du diable.*
2880.	Philippe Sollers	*La guerre du goût.*
2881.	Michel Tournier	*Le pied de la lettre.*
2882.	Michel Tournier	*Le miroir des idées.*

2883. Andreï Makine — *La confession d'un porte-drapeau déchu.*
2884. Andreï Makine — *La fille d'un héros de l'Union Soviétique*
2885. Andreï Makine — *Au temps du fleuve Amour.*
2886. John Updike — *La parfaite épouse.*
2887. Defoe — *Robinson Crusoé.*
2888. Philippe Beaussant — *L'archéologue.*
2889. Pierre Bergounioux — *Miette.*
2890. Pierre Fleutiaux — *Allons-nous être heureux ?*
2891. Remo Forlani — *La déglingue*
2892. Joe Gores — *Inconnue au bataillon*
2893. Félicien Marceau — *Les ingénus*
2894. Ian McEwan — *Les chiens noirs*
2895. Pierre Michon — *Vies minuscules*
2896. Susan Minot — *La vie secrète de Lilian Eliot*
2897. Orhan Pamuk — *Le livre noir*
2898. William Styron — *Un matin de Virginie*
2899. Claudine Vegh — *Je ne lui ai pas dit au revoir*
2900. Robert Walser — *Le brigand*
2901. Grimm — *Nouveaux contes*
2902. Chrétien de Troyes — *Lancelot ou le chevalier de la charrette*
2903. Herman Melville — *Bartleby, le scribe*
2904. Jerome Charyn — *Isaac le mystérieux*
2905. Guy Debord — *Commentaires sur la société du*
2906. Guy Debord — *Potlatch.*
2907. Karen Blixen — *Les chevaux fantômes et autres contes.*
2908. Emmanuel Carrère — *La classe de neige.*
2909. James Crumley — *Un pour marquer la cadence.*
2910. Anne Cuneo — *Le trajet d'une rivière.*
2911. John Dos Passos — *L'initiation d'un homme.*
2912. Alexandre Jardin — *L'île des Gauchers.*
2913. Jean Rolin — *Zones.*
2914. Jorge Semprun — *L'Algarabie.*
2915. Junichirô Tanizaki — *Le chat, son maître et ses deux maîtresses.*
2916. Bernard Tirtiaux — *Les sept couleurs du vent.*
2917. H.G. Wells — *L'île du docteur Moreau.*
2918. Alphonse Daudet — *Tartarin sur les Alpes.*
2919. Albert Camus — *Discours de Suède.*

2921.	Chester Himes	*Regrets sans repentir.*
2922.	Paula Jacques	*La descente au paradis.*
2923.	Sibylle Lacan	*Un père.*
2924.	Kenzaburô Oé	*Une existence tranquille.*
2925.	Jean-Noël Pancrazi	*Madame Arnoul.*
2926.	Ernest Pépin	*L'Homme-au-Bâton.*
2927.	Antoine de St-Exupéry	*Lettres à sa mère.*
2928.	Mario Vargas Llosa	*Le poisson dans l'eau.*
2929.	Arthur de Gobineau	*Les Pléiades.*
2930.	Alex Abella	*Le massacre des saints.*
2932.	Thomas Bernhard	*Oui.*
2933.	Gérard Macé	*Le dernier des Égyptiens.*
2934.	Andreï Makine	*Le testament français.*
2935.	N. Scott Momaday	*Le chemin de la montagne de pluie.*
2936.	Maurice Rheims	*Les forêts d'argent.*
2937.	Philip Roth	*Opération Shylock.*
2938.	Philippe Sollers	*Le Cavalier du Louvre. Vivant Denon.*
2939.	Giovanni Verga	*Les Malavoglia.*
2941.	Christophe Bourdin	*Le fil.*
2942.	Guy de Maupassant	*Yvette.*
2943.	Simone de Beauvoir	*L'Amérique.*
2944.	Victor Hugo	*Choses vues I.*
2945.	Victor Hugo	*Choses vues II.*
2946.	Carlos Fuentes	*L'oranger.*
2947.	Roger Grenier	*Regardez la neige qui tombe.*
2948.	Charles Juliet	*Lambeaux.*
2949.	J.M.G. Le Clezio	*Voyage à Rodrigues.*
2950.	Pierre Magnan	*La Folie Forcalquier.*
2951.	Amoz Oz	*Toucher l'eau, toucher le vent.*
2952.	Jean-Marie Rouart	*Morny, un voluptueux au pouvoir.*
2953.	Pierre Salinger	*De mémoire.*
2954.	Shi Nai-An	*Au bord de l'eau I.*
2955.	Shi Nai-An	*Au bord de l'eau II.*
2956.	Marivaux	*La Vie de Marianne.*
2957.	Kent Anderson	*Sympathy for the devil.*
2958.	André Malraux	*Espoir – Sierra de Teruel.*
2959.	Christian Bobin	*La folle allure.*
2960.	Nicolas Bréhal	*Le parfait amour.*
2961.	Serge Brussolo	*Hurlemort.*

2962.	Hervé Guibert	*La piqûre d'amour et autres textes.*
2963.	Ernest Hemingway	*Le chaud et le froid.*
2964.	James Joyce	*Finnegans Wake.*
2965.	Gilbert Sinoué	*Le Livre de saphir.*
2966.	Junichirô Tanizaki	*Quatre sœurs.*
2967.	Jeroen Brouwers	*Rouge décanté.*
2968.	Forrest Carter	*Pleure, Geronimo.*
2971.	Didier Daeninckx	*Métropolice.*
2972.	Franz-Olivier Giesbert	*Le vieil homme et la mort.*
2973.	Jean-Marie Laclavetine	*Demain la veille.*
2974.	J.M.G. Le Clézio	*La quarantaine.*
2975.	Régine Pernoud	*Jeanne d'Arc.*
2976.	Pascal Quignard	*Petits traités I.*
2977.	Pascal Quignard	*Petits traités II.*
2978.	Geneviève Brisac	*Les filles.*
2979.	Stendhal	*Promenades dans Rome.*
2980.	Virgile	*Bucoliques Géorgiques.*
2981.	Milan Kundera	*La lenteur.*
2982.	Odon Vallet	*L'affaire Oscar Wilde.*
2983.	Marguerite Yourcenar	*Lettres à ses amis et quelques autres.*
2984.	Vassili Axionov	*Une saga moscovite I.*
2985.	Vassili Axionov	*Une saga moscovite II.*
2986.	Jean-Philippe Arrou-Vignod	*Le conseil d'indiscipline.*
2987.	Julian Barnes	*Metroland.*
2988.	Daniel Boulanger	*Caporal supérieur.*
2989.	Pierre Bourgeade	*Eros mécanique.*
2990.	Louis Calaferte	*Satori.*
2991.	Michel Del Castillo	*Mon Frère L'Idiot.*
2992.	Jonathan Coe	*Testament à l'anglaise.*
2993.	Marguerite Duras	*Des journées entières dans les arbres.*
2994.	Nathalie Sarraute	*Ici.*
2995.	Isaac Bashevis Singer	*Meshugah.*
2996.	William Faulkner	*Parabole.*
2997.	André Malraux	*Les noyers de l'Altenburg.*
2998.	Collectif	*Théologiens et mystiques au Moyen-Age.*
2999.	Jean-Jacques Rousseau	*Les confessions (Livres I à IV).*

Impression Société Nouvelle Firmin-Didot
le 25 septembre 1997.
Dépôt légal : septembre 1997.
1er dépôt légal dans la collection : juin 1979.
Numéro d'imprimeur : 40054.
ISBN 2-07-037117-4/Imprimé en Francc.

84240